SACRIFICIAL SINNERS

BLACKWOOD-INSTITUT #2

J ROSE

Dieses Buch ist für alle Opfer.
Mögen wir sie sehen.
Mögen wir sie hören.
Mögen wir ihnen verdammt noch mal glauben.

TRIGGER-WARNUNG

Bei Geopferte Sünder handelt es sich um einen Reverse-Harem-Roman, d. h. die Hauptfigur hat mehrere Liebesbeziehungen, zwischen denen sie sich nicht entscheiden muss.

Dieses Buch ist sehr düster und enthält Szenen, die für einige Leserinnen und Leser triggernd sein können. Dazu gehören Selbstverletzung, Suizid, Gewalt, sexuelle Übergriffe, psychologische Folter und Themen der psychischen Gesundheit wie Psychosen.

Es gibt auch explizite Sprache und sexuelle Szenen, die Blut, Atemkontrolle, zweifelhafte Zustimmung, gegenseitige Selbstverletzung und leichtes BDSM beinhalten.

Wenn du an diesem Inhalt schnell Anstoß nimmst oder er einen Trigger für dich darstellt, lies dieses Buch bitte nicht. Dies ist ein düsterer Liebesroman und daher nichts für schwache Nerven. Außerdem ist dieses Buch zur Unterhaltung geschrieben und soll nicht die korrekte Behandlung von psychischen Problemen darstellen.

»Viele Menschen sind monströs, und viele Monster wissen, wie man das Menschsein spielt.«

\- V. A. Vale

VORWORT

*Ich habe so lange gedacht, ich sei das Monster in meiner eigenen
Geschichte.*

Der Meister meines eigenen Untergangs.

Der Sturm, der sich unter meiner eigenen Haut zusammenbraut.

Ich habe nur den Menschen gesehen, den du aus mir gemacht hast.

Ein Opfer.

Einen gebrochenen Menschen.

Einen leeren Raum in der Welt.

*Ich habe entdeckt, dass alle sieben Jahre die Zellen in unserem Körper
zerstört und neu ersetzt werden.*

*Es ist tröstlich, daran zu denken, dass ich eines Tages einen Körper haben
werde, den du nie berührt hast. Ich werde die Person sein, die ich als Kind
brauchte.*

Stärker.

Tapferer.

Unzerbrechlich.

Ich werde frei sein.

Ich wünschte, das wäre nicht das, was mir am meisten Angst macht.

PROLOG

SECRETS – WRITTEN BY WOLVES

LAZLO – 1984

»WER KANN MIR SAGEN, welches Ziel Zimbardo mit dem Stanford-Prison-Experiment verfolgte?«

Ich starre auf die aufgeweckten, hungrigen Schüler, die jedes meiner Worte verfolgen, und wedle mit dem Buch in der Luft wie ein Prediger mit seiner Bibel, während ich darauf warte, dass jemand auf meine Frage antwortet.

»Irgendjemand? Was bedeutet diese erweiterte Realität?«

Die erwartete Stille zieht sich in die Länge. Ich nehme mir die Zeit, jedem Augenpaar im voll besetzten Auditorium zu begegnen. Alle sind verzweifelt auf der Suche nach Wissen, ihre Köpfe sind offen und bereit, mit allem gefüllt zu werden, was mir gefällt.

»Kommt schon, Leute«, dränge ich. »Was bekommt man, wenn man eine Gruppe unberechenbarer Individuen auf engem Raum einsperrt? Ihnen zugewiesene Rollen gibt, ihnen das Gefühl gibt, dass sie die Kontrolle haben … dass sie Macht haben, wie wankelmütig sie auch sein mag.«

Eine hübsche Blondine streckt ihre Hand hoch. »Er wollte die Ursprünge des Bösen erforschen. Herausfinden, ob

Brutalität eine Folge der Umwelt ist oder etwas Tieferes. Eine verborgene Dunkelheit, die in unseren Köpfen verborgen ist.«

Ich nicke, zufrieden mit ihrer Antwort. »Richtig. Zimbardo konstruierte ein falsches Gefängnis in seiner Universität, um die Freiwilligen glauben zu lassen, es sei echt.«

»Wie?«, fragt jemand.

»Ganz einfach. Das Experiment beschwor eine völlig neue Realität herauf, die so überzeugend war, dass sie alle unweigerlich ihrer eigenen inneren Verdorbenheit zum Opfer fielen. Ein Teilnehmer nach dem anderen wurde gebrochen.«

Eine weitere Hand schießt in die Höhe, als ich einen Schluck Kaffee nehme.

»Ähm, Professor? Ich habe mich nur gefragt, wie können Umweltfaktoren jemanden zum Bösen machen? Sind sie nicht im Grunde genommen einfach nur böse?«

Ich springe vom Rednerpult herunter und nehme auf der Bühne Platz. Mein fasziniertes Publikum lehnt sich ein wenig näher heran, alle dem Schwung und der Autorität erlegen, die jeder anständige Lehrer geschickt ausübt. Ich nehme meine Brille ab, um die Gläser zu polieren, und schenke dem Schüler ein Lächeln.

»Wir alle bestehen aus einem komplizierten Geflecht – unendlichen Kombinationen von Eigenschaften und Erfahrungen, die den menschlichen Geist ausmachen. Jeder Augenblick ist auf einer grundlegenden Ebene von Bedeutung. Das Böse wird nicht einfach geboren – es wird von der Welt um uns herum geschaffen.«

Ich halte inne und blättere in einem Buch mit Eselsohren, das in jeder Vorlesung vorkommt: *Der Luzifer-Effekt.*

»Wie Zimbardo selbst sagte: Wenn man gute Äpfel in eine schlechte Situation steckt, bekommt man schlechte Äpfel. Die Macht, meine Damen und Herren, liegt in der Manipulation des menschlichen Geistes.«

»Warum?«, fragt ein anderer Schüler.

»Weil der Mann, der das Geheimnis zur Manipulation der

Moral von anderen kennt, wirklich unzerstörbar ist«, antworte ich.

Als die Glocke läutet und alle nach draußen gehen, blicke ich auf die Seiten in meiner Hand hinunter. Markierungen und Notizen, die in meinem verzweifelten Bestreben, das Wissen aus den vielen Jahren des Studiums aufzusaugen, für Chaos sorgen. Selbst jetzt, ein Jahrzehnt später, als weltbekannter Psychiater, habe ich das Thema, das mir das Herz gestohlen hat, nicht vergessen.

»Professor Lazlo?«

Ich sehe in die eifrigen Augen des blonden Mädchens von vorhin.

»Jenny, richtig? Gute Antwort vorhin. Du kannst im Kurs eindeutig mithalten. Es ist manchmal ein schwieriges Thema.«

»Es ist faszinierend«, gibt sie zu und kaut an ihrer Lippe. »Ich habe mich gefragt, ob ich Ihnen eine Bewerbung vorlegen kann? Da Sie wissen, was Sie tun und so.«

Ich richte meine Fliege, streiche mir mit der Hand durchs Haar und schenke Jenny ein charmantes Lächeln. »Natürlich. Ich schaue in meinem Terminkalender nach und trage dich ein.«

Sie bedankt sich bei mir, bevor sie den Raum verlässt. Ich drehe mich um und packe meine Sachen, wobei ich mich ziemlich selbstgefällig fühle. Diese College-Mädchen sind leichte Beute und betteln um Aufmerksamkeit. Ich wette, sie wird sich von mir auf meinem Schreibtisch nageln lassen, nur um ein paar Tipps zu bekommen.

»Ähm, Lazlo, richtig? Professor für Psychiatrie?«

Die Tür zum Hörsaal fällt zu, als ein Mann eintritt. Ich runzle die Stirn und betrachte seinen tadellosen schwarzen Anzug, seine polierte Aktentasche und seine unscheinbaren Gesichtszüge. Mir läuft sofort eine Gänsehaut über den Rücken. Es ist nicht das erste Mal, dass andere Universitäten versuchen, mich abzuwerben.

»Ich bin nicht interessiert, ich habe schon Oxford und Cambridge abgelehnt. Bemühen Sie sich nicht.«

Der Mann grinst, nimmt meine Papiere und überfliegt die gekritzelten Notizen. Ich versuche, mich trotz des offensichtlichen Eindringens nicht angegriffen zu fühlen.

»Ich vertrete eine Organisation, die daran interessiert ist, Sie einzustellen. Mein Name ist Pollark.«

»Das ist kein richtiger Name«, merke ich an.

»Das ist der einzige Name, den Sie bekommen werden.«

Kopfschüttelnd gestikuliere ich in Richtung Tür. »Raus aus meinem Hörsaal.«

Pollark öffnet seine Aktentasche und holt eine schmale Mappe heraus. Er hält sie mir hin und deutet auf das dicke, teure Papier darin. Mein Blick fällt auf einen Scheck, der mehr Nullen aufweist, als ich je in meinem Leben sehen werde.

»Soll das ein Scherz sein?«

»Keineswegs. Mein Arbeitgeber ist sehr daran interessiert, Sie einzustellen. Ich kann Ihnen versichern, dass dieses Projekt mehr Geld einbringt, als Sie sich erträumen können. Wo das herkommt, gibt es noch viel mehr.«

Als ich ihm bedeute, Platz zu nehmen, überfliege ich schnell die Papiere, und meine Augen weiten sich vor Ungläubigkeit. Das beigefügte Angebot erregt sofort mein Interesse, so ehrgeizig es auch sein mag. Ganz zu schweigen davon, dass es unmoralisch ist und gegen jeden Eid verstößt, den ich als Klinikarzt abgelegt habe.

»Das ist grotesk.« Ich lache.

Er rührt sich nicht und hebt herausfordernd eine Augenbraue.

»Sie werden niemals eine Finanzierung oder eine klinische Zulassung für diese Art von Vorhaben erhalten. Schreiben Sie einen Film oder so etwas? Ist es das?«, frage ich und warte darauf, dass der Groschen fällt. »Denn meine Zeit ist viel zu wertvoll, um sie mit einem solchen Unsinn zu verschwenden.«

Pollark öffnet sein Jackett und begutachtet mich sorgfältig. Als er mir die darin versteckte Pistole zeigt, wird mir klar, dass dies kein Scherz ist. Vor mir steht ein echter Hai, der auf der Lauer liegt und darauf wartet, zuzuschlagen. Er will, dass ich einen Job annehme, der einem Karriereselbstmord gleichkommt.

»Ich kann Ihnen versichern, dass dies sehr real ist«, erklärt er mir. »Wir haben einen Standort und die Finanzierung durch den privaten Sektor gesichert. Alles, was wir brauchen, sind Klinikärzte, die unsere – sagen wir mal – Ziele teilen und sich an der psychiatrischen Spitzenforschung beteiligen wollen.«

Ich starre ihn ein paar Sekunden lang an und schaue dann wieder auf das detaillierte Angebot hinunter. Trotz allem schwirrt mir der Kopf vor Aufregung. Er hat mein Interesse geweckt. Es ist fast zu schön, um wahr zu sein, aber zwei verlockende Worte lassen sich nicht ignorieren. *Freie Hand.*

»Ist das Gehalt verhandelbar?«, frage ich und verberge meinen Eifer.

»Sagen wir es mal so, Professor. Ihnen wird es für den Rest Ihres Lebens an nichts fehlen, wenn Sie sich bereit erklären, unserer Organisation beizutreten. Mein Arbeitgeber ist immer sehr entgegenkommend. Ihre Bemühungen werden nicht unbelohnt bleiben, wenn Sie sich dazu entschließen.«

Ich schaue zurück auf das ramponierte Buch, das aus meiner Tasche herausschaut. Seiten, die von Experimenten erzählen, die heute, nur zehn Jahre später, nicht mehr erlaubt wären. Die Wissenschaft ist jetzt den Regeln und Vorschriften der zivilisierten Gesellschaft unterworfen, die eine wirklich vielversprechende Forschung verhindern.

»Darf ich fragen, was die Aufsichtsbehörden von Ihrem Vorhaben halten?«

Pollark beugt sich näher und schenkt mir ein kaltes, emotionsloses Lächeln. »Die Organisation, die ich vertrete, hat die Zustimmung der höchsten Ebene des Landes. Unsere

Investoren sind ziemlich überzeugend, ganz zu schweigen von ihren guten Verbindungen.« Er zieht seine dicken Augenbrauen hoch. »Sind Sie dabei oder nicht? Ich brauche Ihre Antwort, bevor ich Ihnen weiteres sagen kann. Sie müssen natürlich eine Geheimhaltungsvereinbarung unterschreiben.«

Meine Finger gleiten über das verschlungene Wappen in der oberen rechten Ecke der Seite, eine erste Skizze dessen, was wie ein offizielles Emblem aussieht.

»Der Name?«

Pollarks Lächeln wird breiter.

»Blackwood Institute.«

KAPITEL 1
BROOKLYN

NIGHTMARE – THE VEER UNION

MEINE FINGER STREIFEN DEN SPIEGEL, glatt unter meiner Berührung. Die erschütternde Wahrheit starrt mich an, unbestreitbar im kalten Licht des Tages. Farblose Augen. Dunkle Ringe. Fahle Haut. Ich sehe aus wie eine Leiche, die wieder zum Leben erweckt wurde.

Ich bin tot.

Das ist nicht real.

Ich bin verdammt noch mal gestorben.

Mit zitternden Händen drehe ich den Wasserhahn auf und spritze mir Wasser ins Gesicht. Angst liegt mir auf der Zunge und vergiftet jeden meiner Gedanken. Erinnerungen überfallen mich weiterhin, aber sie sind alle verschwommen und neblig. Die Worte verlieren sich wie Asche in der Brise.

»Wie lange ist sie schon da drin?«

»Atme durch, Hud. Wir sind keine Streifenpolizisten. Lass es sein.«

Ihre besorgten Stimmen dringen aus dem Schlafzimmer.

»Vor zwei Tagen war sie kurz davor, in den Tod zu stürzen. Wie kannst du ihr jetzt noch trauen?«

»Weil das nicht sie war. Verstehst du das noch nicht? Er

hat sie dort raufgebracht. Öffne deine Augen für das, was um dich herum passiert.«

Ich drücke meine Stirn gegen das Glas und suche nach einer Empfindung, an der ich mich festhalten kann. Ich fühle mich, als würde ich ertrinken, abgetrieben, ohne Halt. Eine Faust hämmert gegen die Tür und ich fahre fast aus der Haut, während mir mein Herz durch die Rippen zu brechen droht.

»Brooklyn! Mach die verdammte Tür auf, ich sagte fünf Minuten. Reiz mich nicht.«

»Sie ist gerade aufgewacht, du musst dich wirklich zurückhalten. Willst du sie erschrecken?«

»Ich will sie beschützen!«

Die Stimmen dringen weiter zu mir durch, klingen aber immer noch distanziert und weit weg. Ich muss sie mir einbilden – ich bin von diesem Dach gefallen, und das hier ist nur ein Traum. Ich bin nicht am Leben, das kann nicht sein. Das hier ist nicht real.

»Das war's, ich habe genug.«

Mit einem heftigen Knall kracht die Tür auf. Gesplittertes Holz fliegt wie tödliche Dolche durch die Luft. Meine Knie geben nach und ich kauere mich in die Ecke unter dem Waschbecken, um mich vor dem Monster zu verstecken, das mich gefunden hat.

»Brooklyn?«

Ich lege mir die Hände über die Ohren und mache mich so klein wie möglich. Kleiner und kompakter – wie ein implodierender Stern, der von innen heraus kollabiert.

»Sieh nur, was du jetzt angerichtet hast.«

»Halt die Klappe, ich habe das im Griff.«

Ich bin gesprungen. Ich bin gestorben. Das ist verdammt noch mal nicht real, sage ich mir im Geiste. Warme Haut trifft auf meine, die Finger rau und hartnäckig und versuchen, mich zurückzuziehen, egal wie sehr ich dagegen ankämpfe. Eine sehr lebensechte Hand umschließt meinen Kiefer und versucht, meine Aufmerksamkeit zu gewinnen, aber ich vergrabe mich noch tiefer in mir selbst.

»Amsel? Ich bin's. Du brauchst keine Angst zu haben.«

Ich schüttle leicht den Kopf.

»Komm schon, Baby. Ich bin bei dir.«

Seine Finger drücken auf mein Gesicht, als wolle er den gebrochenen Verstand darin erforschen. Ich kämpfe gegen den Instinkt an, solange ich kann, und ergebe mich schließlich, als sich meine zusammengekniffenen Augen öffnen. Zwei leuchtende Juwelen starren mich an, türkisfarbene Flecken, die in der erdrückenden Tiefe des Ozeans schwimmen.

»Da bist du ja.«

»Hudson?«, murmle ich mit unglaublich trockenem Mund.

»Ja, ich bin's. Ich bin hier.«

Mit zusammengezogenen Augenbrauen und einem Gesicht voller Sorgenfalten sieht er eher wie ein Dämon als ein Engel aus. Ich muss in der Hölle sein − schließlich war ich schon immer dazu bestimmt, hier zu landen.

»Wo sind wir?«

Hudson sieht mich stirnrunzelnd an, echte Angst tritt in seine kristallklaren Augen. »Wir sind im Badezimmer von Kade und Phoenix. Du bist erst vor Kurzem aufgewacht.«

»Nein«, sage ich kopfschüttelnd, »ich sagte, *wo* sind wir?«

Hinter ihm bewegt sich etwas, was mich noch weiter zurückschrecken lässt. Eine weitere Gestalt taucht auf, obwohl diese eindeutig wie ein Engel aussieht. Mit strahlend blondem Haar und greifbarer Hoffnung, kein Fünkchen Zweifel in Sicht. Er versucht ein beruhigendes Lächeln aufzusetzen.

»Brooklyn? Ich bin's, Kade. Du bist in Blackwood.«

Ich schüttle erneut den Kopf, diesmal etwas energischer.

Was übersehe ich? Warum sind sie hier?

»Ich bin Blackwood entkommen«, sage ich und blicke auf meine fest bandagierten Arme hinunter, wobei mich das ständige Auf und Ab der Schmerzen verwirrt. »Ich … bin gestorben. Das ist nicht real.«

Hudson flucht und macht einen Schritt zurück, um sich zu sammeln. Ich sehe ihm mit großen Augen hinterher, die Ablehnung wie ein Stich in die Brust. Kade nimmt schnell seinen Platz ein und sinkt auf die Knie.

»Ist schon gut. Du wirst schon wieder, Liebes. Das verspreche ich dir.«

Seine Stimme bringt alles wieder zurück. Wie er aus voller Lunge schreit, dass ich nicht springen soll, während die anderen langsam näher kommen. Bei der plötzlichen Erkenntnis in all ihren alarmierenden Details zucke ich zusammen. Jemand war da, um mich in der Gewalt des Sturms aufzufangen. *Eli.* Mein stummer Retter.

»Kade«, wimmere ich.

»Schhh. Ich habe dich, alles gut.«

Er ergreift meinen Körper und zieht mich sanft unter dem Waschbecken hervor. Starke Arme legen sich um mich, als ich in seinem Schoß platziert werde, und hüllen mich in beruhigende Wärme ein. Ich vergrabe mein Gesicht in Kades Hemd und atme seinen vertrauten Geruch ein, während Hudson mich schweigend beobachtet.

»Das ist echt?«

»Es ist echt. Du bist echt«, bestätigt Kade.

Heiße Tränen brennen auf meinen Wangen. Die Wahrheit flieht vor mir, während der Raum verschwimmt, verborgen hinter einem Vorhang der Verzweiflung.

»Was ist auf dem Dach passiert?«

Kade antwortet zunächst nicht, sondern streichelt weiter mein Haar. Ich versuche, den Nebel zu bekämpfen, der meinen Verstand trübt, aber er gleitet mir durch die Fingerspitzen. Ich erinnere mich nur noch daran, wie Rio mich die Treppe hinauf in den Tod geführt hat. Jeden Schritt, den ich in Richtung dieses Moments tat … wollte er von mir. Er köderte mich in meinem tiefsten Moment.

»Wir haben Rio erwischt, nachdem er dich dort hinaufgeführt hatte, als er sich wieder herunterschlich«, erklärt Kade. »Er war am Telefon und hat vor jemandem mit seinem Erfolg geprahlt. Das war krank. Er sollte …«

»Nicht«, wirft Hudson ein.

Ich stoße einen zittrigen Atemzug aus. »Sag es mir.«

»Sie muss es wissen«, erwidert Kade. »Sie ist diejenige, die seinetwegen fast gestorben wäre. Wir müssen hier alle auf derselben Seite stehen.«

Hudson rastet schließlich aus und schlägt mit der Faust gegen die Badezimmertür. Er brüllt vor Wut und stürmt davon. Ich bleibe auf Kades Schoß sitzen und beobachte den sich zurückziehenden Tornado der Gefühle.

»Ignoriere ihn. Wir sind alle nur …« Kade stößt einen Seufzer aus. »Wir sind ein bisschen angespannt, nach dem, was dir passiert ist, das ist alles.«

»Wo ist er?«

»Wer? Die anderen?«

Ich schlucke meine Angst hinunter und schaue in seine haselnussbraunen Augen.

»Nein. R-Rio.«

Dunkelheit scheint auf einmal über Kade hereinzubrechen und ein Schatten legt sich über ihn. »Er hat dich dorthin gebracht, Liebes. Wir haben gehört, wie er seinem Kumpel am Telefon die ganze Sache erzählt hat.«

»Ich verstehe nicht.«

»Ehrlich gesagt hatte ich gehofft, dass du etwas Licht in die Sache bringen könntest.«

Meine Augen flackern, während ich das ganze Chaos in meinem Kopf durchspiele. »Hudson hatte ihn im Schwitzkasten, während Eli …« Ich breche ab, die Scham brennt heiß in meinen Adern.

»Dich beruhigt hat«, fügt Kade hinzu.

Schuldgefühle drohen mich zu ersticken und wickeln sich um meine Luftröhre. Das war nicht Teil des Plans. Man macht sich nie Gedanken über die Folgen, denn wer will so etwas schon überleben? Wir trösten uns mit dem Wissen, dass wir uns nicht mit dem hinterlassenen Chaos herumschlagen müssen. Das ist ein Job für die Lebenden.

»Wo ist er jetzt? Rio?«

»Lass uns ins Schlafzimmer gehen, bevor Hudson durchdreht.«

Kade steht auf und drückt mich an seine Brust. Ich klammere mich an sein T-Shirt und ignoriere den Spiegel, als wir das Badezimmer verlassen. Ich muss nicht noch einmal sehen, wie schlecht ich aussehe.

Im anderen Zimmer sitzt Hudson auf dem Bett, den Kopf tief zwischen seinen gespreizten Beinen gesenkt. Der Anblick bricht mir das Herz, als wir uns auf das Bett gegenüber sinken lassen. Sie sehen beide erschöpft aus. Kade wickelt mir eine Decke um die Schultern, bevor er mich an seine Seite drückt, unfähig, seine Hände bei sich zu behalten.

»Wir haben uns um Rio gekümmert«, platzt er heraus.

»Was meinst du?«

Hudson hebt den Kopf und offenbart einen schmerzverzerrten Ausdruck. »Er war eindeutig in irgendeinen verkorksten Mist verwickelt. Ich weiß nicht, warum er dich nach dort oben gebracht hat, ob zu seinem eigenen Vergnügen oder was auch immer. Aber wir haben gehört, was sein Kumpel wollte, und das ist nicht normal.«

Meine Stimme ist leise, kaum hörbar. »Was wollte er?«

»Ein Bild.«

Kade mustert mich, während sein Bruder spricht. Er sieht verzweifelt aus, aber ich habe keine Antworten. Es ist alles nur ein furchtbarer, traumatischer Fleck. Ich habe den vagen Eindruck eines Gesprächs, aber ich kann mich beim besten Willen an kein einziges Wort erinnern.

»Als wir das mitbekamen, ist Phoenix durchgedreht.« Kade seufzt. »Sie fingen an, sich gegenseitig zu verprügeln.

Hudson musste ihn zurückhalten, während wir dir hinterhergelaufen sind.«

Ich kämpfe gegen eine Tsunami-Welle der Übelkeit an und lasse den Kopf in die Hände sinken. Weitere Tränen fließen, als ich mich keinen Moment länger zusammenreißen kann.

»Warum bist du weggelaufen? Vor deiner Sitzung mit Lazlo?«

»Ich kann das nicht«, schluchze ich als Antwort.

Ein Schlurfen ertönt, und im nächsten Moment kniet Hudson vor mir. Er zieht meine Hände weg und zwingt mich, ihn anzuschauen. Feurige Entschlossenheit brennt in seinen Augen.

»Bei uns bist du sicher«, flüstert er.

Seine glühenden Lippen treffen auf meine und er küsst mich, als hinge sein Leben davon ab. Jedes Streicheln seiner Zunge holt mich in die Gegenwart zurück und mit Kade, der mich festhält, komme ich in die Realität zurück.

Ich verliere mich in dem Kuss und vergrabe eine Hand in seinem wilden schwarzen Haar, die andere in Kades festem Griff. Hudson streicht mit seiner Nase über meine und wischt mit seinen Daumen meine Tränen weg.

»Nichts wird dich von uns wegbringen. Nicht Rio, nicht Blackwood. Nicht einmal du selbst. Du bist nicht mehr allein und wir werden uns dieser Sache gemeinsam stellen.«

Kade drückt mir einen sanften Kuss auf die Schläfe. »Egal, was passiert.«

Ich bin gezwungen, mich wieder hinzulegen, eingeklemmt zwischen zwei massiven Muskelpaketen. Hudson legt von hinten einen Arm um meine Taille, und Kade platziert eine besitzergreifende Hand auf meinem Bein. Keiner von beiden scheint in der Lage zu sein, wegzugehen oder mich loszulassen, da sie ihre eigene Bestätigung der Wahrheit brauchen.

Ich bin noch am Leben.

KAPITEL 2
PHOENIX

FACE ME – THE PLOT IN YOU

ICH WIPPE UNGEDULDIG mit dem Fuß auf den Boden, während Dutzende von Krankenschwestern und Patienten vorbeigehen. Freitags ist immer viel los mit den Neuankömmlingen, die ihre ersten Erfahrungen mit dem Elend machen. Ich muss wegschauen, als sie einen mit geprellten Armen und offensichtlichen Spuren hereinbringen. Sein ganzer Körper zittert, begleitet von dem unsinnigen Gerede.

Das war ich auch einmal.

Instabil und kaputt.

Seit ich in Blackwood bin, habe ich mir mühsam ein neues Leben aufgebaut. Die Jungs haben mich immer unterstützt, aber manche Dinge muss man selbst tun. Die Entscheidung, clean zu werden und seinen Scheiß in Ordnung zu bringen, kann nur von innen kommen.

Ich bin entsetzt, seit ich Brooklyn blutig und halb tot gefunden habe. Wir haben ihr vielleicht das Leben gerettet, aber sie vom Leben zu überzeugen, ist eine ganz andere Herausforderung. Ich weiß nicht, ob wir Erfolg haben werden, wenn wir uns nicht einmal um unsere eigenen Leute kümmern können.

Wie aufs Stichwort kommt der besagte Versager mit seinem dick eingegipsten Bein aus dem Untersuchungsraum gehumpelt. Ich eile an Elis Seite und schenke Doktor Andrew ein gezwungenes Lächeln.

»Physio gleich am Montagmorgen«, befiehlt er.

Eli rollt mit den Augen, als wäre das ganze Chaos lustig. Ich lache nicht und er auch nicht. Ich kann den Schmerz sehen, den er zu verbergen versucht. Er positioniert seine Krücken neu und kann die Wahrheit nicht vor mir verbergen.

»Er wird da sein«, antworte ich in Elis Namen.

Doktor Andrew sieht aus, als wolle er noch mehr sagen, und mustert uns beide ein letztes Mal, bevor er sich dem nächsten Patienten zuwendet. Wir gehen den mit dickem Teppichboden ausgelegten Korridor entlang, und Eli schüttelt meine Hand ab. Sein Gipsbein macht seine Schritte langsam und unbeholfen, aber er ist ein hartnäckiger Mistkerl.

»Du hättest den Rollstuhl annehmen sollen«, murmle ich.

Der wütende Blick, den er mir zuwirft, entspricht meinem eigenen aufgestauten Ärger.

»Gut, mach was du willst. Was weiß ich schon?«

Eli bleibt plötzlich stehen und starrt mich an, als würde er mich dadurch loswerden. Ich greife nach seinem verblichenen T-Shirt und ringe mit dem Wunsch, ihm die Scheiße aus dem Leib zu prügeln, auch wenn er halb tot liegen gelassen wurde, nachdem sie ihn auf dem Fußballplatz verprügelt hatten.

»Sieh mich nicht so an, als ob das keine große Sache wäre!«

In seinen smaragdgrünen Augen blitzen Unsicherheit und Angst auf.

»Du und Brooklyn habt eine Menge zu verantworten, klar?«

Da ich mich nicht zurückhalten kann, landen meine Lippen auf seinen, meine Zähne bohren sich in seine weiche Unterlippe. Der Kuss ist schnell und intensiv, ein Vorgeschmack auf die Strafe dafür, dass er es gewagt hat, mich in dieser Welt allein zu lassen. Eli kommt schnell zur Besinnung und stößt mich weg, sein Blick anklagend.

»Das ist noch nicht vorbei«, knurre ich ihn an.

Er humpelt weiter und bringt Abstand zwischen uns. Ich versuche nicht noch einmal, ihm zu helfen, sondern folge ihm auf dem Weg in die Cafeteria. Sobald wir mit unserem Essen sitzen, schieben wir es beide auf unseren Tellern herum und betrachten den Raum.

Die Moral ist nach den jüngsten Ereignissen auf einem Tiefpunkt. Rios Arschloch-Freunde schmoren schweigend vor sich hin, während die Wärter starren und darauf warten, dass das nächste Drama losgeht. Niemand weiß, was er denken soll. Die Wahrheit ist ein schmutziges Geheimnis, das wir mit ins Grab nehmen werden.

»Was glotzt ihr denn so? Verpisst euch«, blaffe ich.

Die Patienten am Nebentisch, die auf Elis Bein gestarrt haben, schauen schnell weg. *Neugierige Mistkerle.* Ich werde ihnen in den Arsch treten, wenn es sein muss. Sie sollten sich um ihre eigenen verdammten Angelegenheiten kümmern. Eli stupst mich an und befiehlt mir lautlos, mich zu beruhigen.

»Wie auch immer. Dann sollen sie eben starren.«

Während ich auf das Essen auf meinem Teller blicke, blende ich die Welt aus. Unruhe zerrt an meiner Haut, und mein Körper ist so angespannt, dass ich das Gefühl habe, jeden Moment in eine Million Stücke zu zerbrechen. Seit wir Brooklyn zu ihrer Sicherheit betäubt haben, kann ich mich nicht mehr von dem Bild lösen, wie sie am Rande des Abgrunds taumelte, bevor sie wieder in die Sicherheit des Daches gefallen ist.

»Guten Abend, meine Herren.«

Zwei Essenstabletts landen auf dem Tisch. Hudson stellt eines auf den leeren Platz neben Eli und behält die andere Mahlzeit für sich. Er sieht ungefähr so gut aus, wie ich mich fühle, und das ist verdammt mies.

»Was machst du hier? Wer passt auf Brooklyn auf?«

»Sie ist wach«, antwortet er.

Ich drehe den Kopf so schnell zur Seite, dass es wehtut, und suche die Schlange nach meinem Hitzkopf ab. Ich entdecke sie sofort. Sie trägt eine zu lockere Jogginghose und eines meiner alten Band-T-Shirts, dazu ihre typischen neonpinken Doc Martens. Ich bin plötzlich nervös, meine Hände sind zu Fäusten geballt.

»Wie lange schon?«

»Ein paar Stunden. Sie ist verwirrt, also dachten wir, es würde helfen, wenn sie rauskommt.«

Hudsons Kiefer zuckt, als er sieht, wie Kade unser Mädchen nach vorn führt. Wir alle beobachten, wie Teegan von ihrem Tisch aufspringt und Brooklyn in eine riesige Umarmung hüllt. Kade bleibt in der Nähe, um sie zu beaufsichtigen, ganz der Kontrollfreak.

»Verwirrt?«, wiederhole ich.

»Ja. Über das, was passiert ist und so.«

»Was habt ihr gesagt?«

Hudson seufzt. »Es ist kompliziert.«

Ich koche bei seinen Worten. Wir fallen alle auseinander und es ist ihre Schuld. Wir verlieren den Verstand und bleiben trotzdem hier – das ist die Macht, die Brooklyn über uns hat. Ob sie es weiß oder nicht, diese Schlampe hat uns in die Knie gezwungen.

»Was soll das bedeuten?«, dränge ich.

»Wir haben ihr nichts gesagt, nur, dass wir es geklärt haben.«

»Und das hat sie euch tatsächlich abgekauft?«

»Sie ist ein Wrack, Phoen. Sie ist kaum in der Lage, irgendetwas zu hinterfragen.«

Eli stochert weiter in seinem Essen herum und tut so, als würde er nicht zuhören, aber ich merke, dass er an jedem Wort hängt und sein Gesichtsausdruck von Schuldgefühlen gezeichnet ist. Ich ergreife seine Hand, um seine Aufmerksamkeit zu bekommen.

»Wir müssen uns für sie zusammenreißen. Ist das klar?«

Er schluckt schwer, schaltet schnell ab und verdrängt die Gefühle. Als er nickt, löse ich meinen Griff und versuche, meinen eigenen Körper zu lockern, indem ich meine steifen Schultern bewege.

»Entspann dich. Sie ist schon erschrocken genug.«

Ich schaue Hudson finster an. »Das ist hilfreich. Danke.«

Er zuckt mit den Schultern und steht auf, als Brooklyn und Kade zu uns stoßen. Unser Mädchen zittert wie Espenlaub, trotz der stützenden Arme um sie herum. Kade hilft ihr, auf den Platz neben Eli zu rutschen, wo ihr Essen auf sie wartet.

»Da wären wir.«

Tolle Idee, Arschgesicht. Bring die zwei labilsten Mitglieder unserer Gruppe zusammen. Sie ist nur noch eine leere Hülle ihres früheren Selbst und macht sich nicht einmal die Mühe, einen von uns anzusehen. Sie streckt die Finger aus und fährt damit über den Tisch, als wollte sie sich vergewissern, dass er echt ist.

»Amsel?«

Hudson wedelt mit einer Hand vor ihr, woraufhin sie den Kopf hebt. Ich bin so wütend auf sie, voller Verrat und Verbitterung. Aber in diesem Moment kommt mir kein einziges Wort davon in den Sinn. Alles, was ich in meinem Kopf vorbereitet habe, verschwindet, während mein verzweifeltes Bedürfnis nach ihrer Aufmerksamkeit die Hauptrolle einnimmt.

»Hitzkopf?«

Einer ihrer Mundwinkel zuckt nach oben.

»Hey, Phoen.«

Ich halte ihren Blick fest und schreie mich innerlich an, wegzugehen. Sie ist ein bösartiger Wirbelsturm, der auf unsere gegenseitige Zerstörung aus ist, aber trotz all des Herzschmerzes und der Qualen würde ich alles tun, um das Leben in ihre Seele zurückzubringen.

Als Brooklyn sich Eli zuwendet, scheinen beide zu erstarren, in ein stummes Gespräch verwickelt, das ich nicht übersetzen kann. Sie streckt eine zitternde Hand aus und berührt seine Wange. Elis Augen fallen zu, und er lehnt sich automatisch in ihre Berührung.

»Gut gefangen«, flüstert sie.

Eli nimmt ihre Hand und verschränkt ihre Finger miteinander. Ich glaube, der ganze Tisch atmet auf, während wir uns alle entspannen und erleichtert sind, die beiden unversehrt hier zu sehen. Hudson befiehlt Brooklyn zu essen, während Kade sich setzt und einen prüfenden Blick durch den Raum wirft.

»Was hat der Arzt gesagt?«, fragt Kade.

»Physiotherapie und sechs Wochen Gips«, antworte ich für Eli.

Er nickt, und wir verfallen wieder in Schweigen, da niemand so recht weiß, was er als Nächstes sagen soll. Brooklyn knabbert leblos an einem Stück Brot und betrachtet ihr Tablett, wobei sie immer noch Elis Hand umklammert. Alles fühlt sich fast normal an, bis jemand von der anderen Seite des Raumes zu schreien beginnt. Der Streit eskaliert schnell zu einer Schlägerei.

»Hab verdammt noch mal etwas Respekt!«

»Geh mir aus den Augen, Schwachkopf.«

»Dein Freund ist tot. Verhalte dich auch so!«

»Rio hat sich umgebracht! Nicht mein verdammtes Problem.«

Die allgegenwärtigen Wärter schwärmen aus und zerren die beiden streitenden Jungs auseinander. Ich erkenne sofort Rios engste Freunde und Arschlöcher der Extraklasse, Leon und Jack. Die Fäuste fliegen, als sie ihre Wut auf die Wärter richten und es ihnen gelingt, ein paar ordentliche Schläge zu landen, woraufhin schnell Chaos ausbricht.

»Verdammte Idioten«, murmelt Hudson.

Kade beobachtet sie genau. »Sie sind wütend, das ist verständlich.«

»Auf wessen Seite stehst du hier?«

»Ich nenne nur die Fakten.«

Wir sehen alle zu, wie sie aus dem Raum entfernt werden und dabei lauthals fluchen. Ein anderer Wärter fordert alle auf, sich ruhig zu verhalten, und legt eine drohende Hand auf den Schlagstock, der an seiner Hüfte befestigt ist. Erst als sich die Cafeteria wieder beruhigt hat, schaue ich zu Brooklyn, die erschreckend blass geworden ist. Ihre Augen sind weit aufgerissen, als ihr die Realität der Wahrheit bewusst wird.

»Heilige Scheiße. R-Rio …« Ihr Atem wird schneller, die Panik macht sich bemerkbar und sie beginnt zu würgen. »Mir wird schlecht.«

»Scheiße. Wartet hier«, befiehlt Hudson.

Er hebt sie von der Bank, und sie machen sich auf den Weg zur nahe gelegenen Toilette, während wir alle drei zusehen. Als sie weg ist, kommt die Wut zurück. Ich zittere am ganzen Körper und bin nicht nur wütend auf sie, sondern auch auf mich selbst, dass ich sie damit habe davonkommen lassen. Ich kann nicht einfach verzeihen und vergessen. Sie verdient es, bestraft zu werden.

»Das ist gut gelaufen«, schnauze ich.

»Wir konnten sie nicht ewig vor der Wahrheit schützen«, erwidert Kade.

Ich schaue mich um, um mich zu vergewissern, dass niemand zuhört. »Du meinst die Tatsache, dass Hudson Rio vom Dach geworfen hat und wir das alles vertuscht haben? Dass wir alle glauben lassen, er hätte sich umgebracht?«

»Reiß dich zusammen, Phoen. Wir stehen auf derselben Seite.«

»Die Wahrheit wird so oder so herauskommen«, argumentiere ich. »Wir beschützen sie, obwohl sie kein Problem damit hatte, sich umzubringen, ungeachtet dessen, was es mit uns machen würde. Wir alle wissen, dass das

Institut Rios Tod nicht ungeklärt lassen wird. Sie hat uns alle ruiniert.«

Kade antwortet nicht, aber er zuckt bei meinen Worten zusammen. Jeder Einzelne von uns ist durch ihre Entscheidungen verletzt worden, ob er es zugeben will oder nicht. Zu allem Übel ist Eli plötzlich von seinen Schuhen fasziniert und sieht mich nicht einmal an. Ich bin der Einzige, der sich so verhält, als ob an diesem ganzen Schlamassel etwas nicht stimmt.

»Ich bin weg.«

Ich schaue nicht zurück, als ich hinausstürme. Die Jungs benehmen sich wie Fremde und nicht wie meine Familie. Brooklyn ist eine egoistische Schlampe, die alle, die sie lieben, im Stich gelassen hat, als sie die Klinge an ihren Adern angesetzt hat.

Ich habe meine absolute Grenze erreicht, und der Gedanke, mir einen Schuss zu setzen, war noch nie so verlockend wie heute. Wo kann ich etwas Stoff bekommen? *Oh ja*, wir haben den ansässigen Dealer vom verdammten Dach geworfen. Perfekt.

KAPITEL 3
BROOKLYN

WHY YOU GOTTA KICK ME WHEN I'M DOWN? – BRING ME THE HORIZON

MIT FEST ZUSAMMENGEKNIFFENEN Augen klammere ich mich an den Schmerz der frischen Verbände, die um meine Arme gewickelt werden. Sadie versucht ihr Bestes, sanft zu sein, und murmelt beruhigende Worte. Seien wir ehrlich, ich habe alles ins Chaos gestürzt. Ich habe die Schmerzen verdient.

Als sie fertig ist, tätschelt sie mir die Hand und kehrt zu ihrem Verbandskasten zurück, um das Material zu verstauen.

»Die Fäden können nächste Woche gezogen werden. Hier, nimm die.«

Der Anblick weiterer unbekannter Medikamente erfüllt mich mit Furcht.

»Das sind Schmerzmittel und dein übliches Rezept. Ich versuche nicht, dich auszutricksen«, beruhigt sie mich.

»Was machst du dann hier?«

Sadie lässt die Handvoll Pillen auf den Schreibtisch fallen. Ich kann nicht anders, als mich zu schämen, ein toxisches Gefühl, mit dem ich nur allzu vertraut bin. Sie setzt sich so dicht neben mich, dass ihre Schulter meine berührt.

»Ich bin nicht der Feind. Was glaubst du, wer dich zusammengeflickt hat? Wer dir die Transfusion gegeben hat?

Die Jungs haben mir vertraut, dass ich mich um dich kümmere. Sagt dir das nicht genug?«

Ich lasse meinen Kopf in die Hände sinken, beiße die Zähne zusammen und versuche, mich zusammenzureißen. Sie legt einen Arm um meine Schultern und spendet mir Trost, während ich durch die Panik atme. Es ist, als wäre mein Verstand zu einem fremden Wesen geworden, das ich nicht mehr kontrollieren kann.

»Ich weiß nicht mehr, was ich glauben soll.«

»Ich muss wissen, was da oben passiert ist, Brooke«, fleht sie und zwingt mich, mich zu konzentrieren. »Was hat Rio zu dir gesagt? Warum hat er die Tür aufgeschlossen? Hilf mir zu verstehen, womit ich es hier zu tun habe.«

Ihr Blick wandert über die Verbände, die meine zerfetzten Arme verdecken. Sie hat gesehen, was ich mir angetan habe – nun ja, was ich zu tun versucht, aber nicht zu Ende gebracht habe. Ich fühle mich entblößt, wende mich ab und verstecke mich vor ihrem Blick.

»Geh einfach. Lass mich in Ruhe.«

»Du kannst mir vertrauen«, wiederholt sie.

»Warum sollte ich?«

»Weil Rio dich aus einem bestimmten Grund dorthin gebracht haben muss.«

Bei seinem Namen zucke ich zusammen, Säure steigt in meiner Kehle auf. Die falsche Person ist in diesem Sturm in den Tod gestürzt. Die Erinnerungen lauern unter der Oberfläche, so klar wie trübes Wasser. Mein traumatisiertes Gehirn hat alles verdrängt, anstatt sich einer wirklich schrecklichen Sache zu stellen.

»Kade erwähnte, dass du am Tag zuvor eine Therapiesitzung hattest.«

Sadie wartet auf meine Reaktion. Ich erschaudere, als die verdrehte Erinnerung in mir aufsteigt. An diesen Vorfall erinnere ich mich nur zu deutlich. Er hat mich über den

Abgrund getrieben. Ich war entschlossen, es mit allen Mitteln zu beenden.

»Was ist passiert? Hast du Professor Lazlo gesehen?«

Ich kann ihr nicht die Wahrheit sagen – dass ich mir das Ganze eingebildet haben muss. Eine andere Erklärung gibt es nicht. Wie ein Fiebertraum kommt es mir in allen Einzelheiten wieder in den Sinn.

Die dicken schwarzen Schatten, die von Lazlos Wänden tropfen. Sein schrecklicher Spott und der Anblick von Vic, blutverschmiert und geistesgestört, der seine Rache nehmen will.

Willst du deine Eltern nicht wiedersehen?

Wie würdest du es machen?

Mein Brustkorb krampft und ich beginne zu hyperventilieren.

»Ist schon gut, ich bin ja da. Mach dir keine Sorgen«, sagt Sadie.

»Nein, ich habe ihn nicht gesehen«, stottere ich.

»Bist du sicher? Du kannst mir sagen, was passiert ist.«

Ich klammere mich an mein T-Shirt und schnappe nach Luft. Traum und Wirklichkeit verschwimmen in mir und zerbröseln das, was von meinem Verstand übrig geblieben ist. Es gibt kein Zurück mehr, ich bin jetzt wirklich kaputt. Es dauert fast eine Stunde, bis Sadie mich so weit beruhigt hat, dass ich wieder atmen kann, und sie trifft die weise Entscheidung, mich nicht weiter zu drängen.

»Du wirst wieder in Ordnung kommen.«

Ich schlucke meine Hysterie hinunter. »Nichts an dieser Sache ist in Ordnung.«

»Aber das wird es sein. Ich verspreche es.«

Ihr Blick bohrt sich in mich, fest und sicher. *Ist sie real? Bin ich in diesem Moment am Leben?* Paranoia nagt an mir, und ich ertappe mich dabei, wie ich mich auf der Suche nach Schatten im Raum umschaue. Vor lauter Angst schlucke ich die Handvoll Pillen hinunter, und ich bemerke die vertrauten roten Beruhigungsmittel. Es ist schon lange her, dass ich sie gebraucht habe.

»Leg dich einfach hin, komm.« Sadie hilft mir, mich ins Bett zu legen, und zieht mir die Decke bis zum Kinn hoch. »Ruh dich aus, dann geht es dir besser, wenn du aufwachst. Ich komme später wieder, um nach dir zu sehen.«

Nachdem sie den Rest der Ausrüstung zusammengepackt hat, macht sie sich bereit zu gehen. Ein Teil von mir möchte es ihr sagen, die ganze hässliche Wahrheit aussprechen, die mich zerfrisst. Aber sie arbeitet immer noch für Blackwood, auch wenn sie mir hilft. Ich werde den Rest meiner Tage in Einzelhaft verbringen, wenn ich nicht aufpasse.

»Bist du sicher, dass es sonst nichts gibt?«, drängt sie.

»Ich bin sicher«, antworte ich und zwinge mich zu einem gleichmäßigen Tonfall.

»Das ist nur ein kleiner Rückschlag, okay? Jeder darf mal ausrutschen und fallen. Es kommt darauf an, was du als Nächstes tust, nicht auf die Vergangenheit. Du wirst das durchstehen und noch stärker daraus hervorgehen.«

Sie glaubt dir nicht. Du bist total verrückt.

Wer halluziniert denn so etwas?

Töte sie, bevor sie allen erzählt, wie verrückt du bist.

Ich beiße mir auf die Lippe und ignoriere die Stimme, die in meinem Kopf schreit. Sie ist meine Freundin, nicht der Feind. Ich will sie nicht verletzen, wenn ich es nicht muss. Ich muss einfach bei der Lüge bleiben.

Sobald sie weg ist, breche ich zusammen. Meine Fingernägel graben sich in meine Handflächen, und ich versuche, mich zu erinnern, zwinge mich, zurück in den Keller zu gehen, wo die Erinnerungen wieder auftauchen. Es gibt niemanden, dem ich das anvertrauen kann, nicht einmal den Jungs. Sie werden mich ohne Weiteres loswerden, wenn sie merken, wie kaputt ich bin.

Die Wahrheit ist, dass dies alles nur ein beschissener Traum sein könnte. Ich werde in Clearview aufwachen, für den Rest meiner Tage eingesperrt in Einzelhaft. Da die Schleusen geöffnet sind, wird meine Halluzination in erschreckenden Details wieder lebendig.

Vics blutiger Leichnam, der mich verfolgt und nach Rache schreit. Lazlos Lächeln, voller böser Versprechen. Das scharfe Kratzen einer weiteren Nadel, weitere Medikamente, die in meine Venen fließen. Die Zeit biegt und dreht sich und löscht alles aus, was passiert ist.

Es war ein selbst verursachter Albtraum.

Ich schreie in mein Kissen, um den Druck loszuwerden, der mich zu zerreißen droht. Es ist nicht genug, ich muss Schmerzen spüren. Ich schluchze endlos und schlage so fest gegen die Wand, dass meine Haut aufreißt und leuchtend rotes Blut den Putz verschmiert. Woher soll ich wissen, dass ich nicht wirklich gestorben bin? Schließlich ist dies das Fegefeuer, ein Gefängnis für Geisteskranke.

Vielleicht habe ich mir das Ganze auch nur eingebildet.

Vielleicht wollen sie, dass ich das denke.

Vielleicht bin ich immer noch in Einzelhaft eingesperrt.

Vielleicht habe ich Clearview nie verlassen.

Als die Beruhigungsmittel zu wirken beginnen, rolle ich mich zusammen wie ein Kind. Verletzlich und geschlagen, besteht mein einziger Trost aus den vier Männern, die mich so lange am Leben gehalten haben. In meinen letzten Momenten, als ich im heftigen Wind schwankte, kamen mir ihre Gesichter wieder in den Sinn.

Ob real oder nicht, im Angesicht des Todes habe ich mich an ihre Gegenwart geklammert. Ich dachte an blaues Haar, haselnussbraune Augen, eine gestohlene Zunge und dunkle Tattoos.

Ich verdiene sie nicht.

Ohne mich sind sie besser dran.

KAPITEL 4
KADE

LONELY – PALAYE ROYALE

ICH SITZE HINTER DEM EMPFANG, nehme meine Brille ab und reibe mir die schmerzenden Schläfen. Der Stress der letzten Woche hat mich eingeholt. Brooklyn zu schützen und gleichzeitig Eli zu überwachen, ist eine Menge Arbeit für eine Person.

Phoenix und Hudson hängen nach dem, was passiert ist, selbst am seidenen Faden. Es liegt an mir, uns alle zusammenzuhalten – eine Verantwortung, die ich nicht auf die leichte Schulter nehme.

Ich reiße mich zusammen und trinke meinen lauwarmen Kaffee, der dank Mikes heimlicher Maschine koffeinhaltig ist. Doch bevor meine Kopfschmerzen abklingen können, bleibt Sadie am Empfangstresen stehen.

»Wie kommt es, dass du an einem Sonntag arbeitest?«, fragt sie.

»Mike hat mich gebeten, einzuspringen. Die Wochenend-Rezeptionistin ist krank.«

»Wir müssen reden.« Ihre Stimme wird leiser. *»Unter vier Augen.«*

Als ich mich im Foyer umschaue, sehe ich die üblichen Wärter. Sie nippen alle an heißen Getränken und bereiten sich auf den Tag vor, ohne mir Aufmerksamkeit zu schenken. Ich bin vertrauenswürdig und daher unsichtbar. Ich nicke Sadie zu und wir schlüpfen in das hintere Büro. Sobald ich die Tür schließe, fährt sie mich an.

»Ich muss einige Dinge mit dir klären.«

»Toll. Klingt nach Spaß«, stöhne ich.

»Hör auf, dich so aufzuführen, Kade. Du schuldest mir was nach diesem Wochenende.«

»Ich schulde dir was?«

Sie zuckt mit den Schultern und weigert sich, die Aussage zurückzunehmen.

»Ich dachte, Brooklyn wäre deine Freundin.«

»Sie ist meine Patientin«, argumentiert Sadie.

»Warum hast du sie dann nicht gemeldet? Es der Direktorin gesagt und sie zu ihrem eigenen Schutz in Einzelhaft stecken lassen? Verarsch mich nicht, ich bin heute mit meiner Geduld am Ende.«

Von allen Reaktionen hätte ich nicht erwartet, dass Sadie mir ins Gesicht lacht. Bevor sie in einen von Mikes Sesseln sinken kann, ergreife ich ihren Arm. In der Ecke ist eine auf seinen Schreibtisch gerichtete Kamera angebracht, die alles aufzeichnet, was er tut. Unsichtbar zu sein zahlt sich aus – die Direktorin hat keine Ahnung, dass ich davon weiß.

Ich sorge dafür, dass sie versteckt bleibt, und schleiche mich an der Wand entlang. Die Kamera befindet sich in der oberen rechten Ecke des vollgestopften Bücherregals, der perfekte Winkel, um seinen Schreibtisch zu erfassen. Sadie sieht ungläubig zu, als ich mit den Drähten herumfummle und vorsichtig das richtige Kabel herausziehe, damit das rote Aufnahmelicht erlischt.

»So. Mach weiter.«

»Was zum Teufel?«, ruft sie aus.

»Miss White ist nicht der vertrauensvolle Typ, das ist alles, was ich weiß. Sie hat sie letztes Jahr installiert, als Mike seinen Posten angetreten hat. Soweit ich weiß, weiß er nichts davon.«

Sadie lässt sich in einen der Sessel fallen und sackt auf einmal zusammen. Ich bin eindeutig nicht der Einzige mit leerer Batterie. Sturköpfige Menschen am Leben zu erhalten, ist eine Vollzeitbeschäftigung.

»Wie geht es ihr?«, frage ich.

»Sie war letzte Nacht schläfrig, die erhöhte Dosis tut ihr gut. Ich war gerade auf dem Weg zu ihr, als ich dachte, ich fange dich mal ab. Ich möchte über Rio sprechen. Was weißt du über ihn?«

Ich nehme den Sessel gegenüber und denke über ihre Frage nach. Rios Beteiligung an diesem ganzen Schlamassel ist rätselhaft, niemand von uns hat es kommen sehen. Er war der ansässige Verbindungsmann und ein allgemeines Arschloch, aber das hatte niemand von ihm erwartet.

»Er war privilegiert, eingebildet. Hat die Hälfte der Wärter hier bestochen, um Schmuggelware reinzubringen. Was immer man wollte, er konnte es besorgen. Drogen, Schnaps, Rasierklingen. Sein Einfluss hat mich immer schockiert.«

»Wie ist das möglich?« Sadie runzelt die Stirn.

»Ich habe noch nie darüber nachgedacht.«

»Hast du es geschafft, in sein Handy reinzukommen?«

Ich ziehe es aus meiner Tasche und gebe es ihr in die Hand. Der Akku ist schon lange leer, und wir hatten kein Glück damit, es zu entsperren. Wer auch immer mit Rio telefoniert und einen Beweis für Brooklyns Leiche verlangt hat, wir wissen es nicht. Wahrscheinlich war es ein Kumpel, der seinen Spaß hatte. Manche Leute stehen auf verdrehte Sachen. Ich spreche meine Theorie aus, und Sadie schüttelt unbeeindruckt den Kopf.

»Es gibt zu viele Zufälle. Komm schon, Kade. Patienten haben hier nicht das Sagen, es sei denn, das Management will es so. Wir wissen, dass Rio nicht allein gearbeitet hat. Also, wer hat ihm geholfen?«

Ein schreckliches Gefühl blubbert in meinem Bauch, als

hätte ich ein Bleigewicht verschluckt. Ich war wütend, als die Direktorin Rio freiließ, nachdem er Eli verprügelt hatte. Es war offensichtlich, was passiert war, aber sie hat trotzdem zu ihm gehalten.

»Ich weiß nicht, worauf du hinauswillst, aber es ist verrückt«, sage ich.

»Ist es das? Du bist ein kluger Junge. Denk darüber nach.«

»Glaubst du, die Direktorin wollte Brooklyns Tod? Warum?«

Sadie zuckt mit den Schultern. »Es ist eine funktionierende Theorie.«

Mein Handy vibriert in meiner Tasche und unterbricht unser Gespräch. Hudsons Name blinkt auf dem Display und ich gehe mit einem Seufzer ran, bereit, ihm zu sagen, dass er sich verpissen soll. Ich bin nicht darauf vorbereitet, in der Leitung entferntes Geschrei zu hören.

»Hudson?! Was ist los?«

Er antwortet zunächst nicht, sondern knurrt jemand anderem Anweisungen zu. Ich glaube, auch Phoenix' Stimme zu hören, unter den wilden Schreien, die meine Nerven zum Zerreißen spannen.

»Hudson?«

»Ich bin hier. Wir brauchen Verstärkung, jetzt sofort.«

»Wo seid ihr?«

»Hinter dem Zaun, wo früher der Ausgang zum alten Friedhof war.«

Er legt auf und ich starre auf das Handy. Sadie hat das ganze Gespräch mitbekommen und springt auf. Ich bringe das Kabel schnell wieder an der Kamera an, und wir flüchten zum Empfang, einer nach dem anderen, um keinen Verdacht zu erregen.

»Du kannst nicht mit mir kommen.«

»Was? Wir vergeuden Zeit, komm schon«, flüstert Sadie.

»Willst du wirklich dabei erwischt werden, wie du uns hilfst? Die schmeißen dich hier sofort raus, Qualifikationen hin oder her. Geh in dein Büro und überlass das mir. Ich rufe an, wenn wir deine Hilfe brauchen.«

Sie lässt die Schultern sinken, nickt aber schließlich. Ich lasse sie schmollen und renne über den Hof, um den morgendlichen Ansturm zum Frühstück zu umgehen.

Ich war nur einmal auf dem alten Friedhof, als Eli vor ein paar Monaten verschwand. Phoenix musste ihn nach diesem Vorfall mit vier Stichen nähen. Patientengerüchten zufolge wurde er versiegelt, nachdem kürzlich erneut eingebrochen worden war.

Wer das wohl gewesen sein mag.

Ich folge dem Sicherheitszaun bis zu meinem Ziel, und mein Herz schlägt bis zum Hals, als ich die sich entfaltende Situation sehe. Hudson und Phoenix bleiben auf Abstand und versuchen, die verzweifelte, schluchzende Brooklyn nicht zu bedrängen. Sie ist von Kopf bis Fuß mit Schmutz und Blut bedeckt, das aus tiefen Schnitten austritt, die vom Stacheldrahtzaun stammen müssen.

»Was zum Teufel ist hier los?«, frage ich.

»Ich habe versucht, sie zu überreden, zum Frühstück zu kommen«, erklärt Hudson schnell. »Sie ist ausgeflippt und vor mir weggelaufen. Wir haben eine Stunde damit verbracht, sie zu suchen. Seit wir hier sind, redet sie mit sich selbst.«

Ich habe meinen Bruder noch nie so ängstlich gesehen, aber sie bringt die Emotionen in ihm zum Vorschein wie nichts anderes. Brooklyn beachtet sie nicht und krallt sich wie ein verwirrtes Tier am Boden fest. Sie ist völlig durchgedreht und schneidet sich in ihrer stumpfen Verzweiflung die Hände auf.

»Wo zum Teufel ist Sadie?«, zischt Phoenix.

»Sadie kann uns nicht helfen, wir haben ein Image zu wahren. Wenn das Management sie erwischt, verlieren wir unsere Insider-Hilfe, und dann können wir nichts mehr für Brooklyn tun.«

»Scheiß auf das Image. Wir brauchen sie!«

»Dann lasst uns Brooklyn ausliefern, damit sie sie ins Loch schleppen können!«, schreie ich, als ich die Geduld verliere. »Wir können das jetzt sofort beenden, aber wir werden sie nie wiedersehen. Ist es das, was ihr wollt?«

Sie schweigen beide.

»Das dachte ich mir. Geht mir aus dem Weg.«

Sobald sie sich zurückziehen, um mir etwas Platz zu machen, nähere ich mich langsam. Brooklyn hat sich jetzt zu einer Kugel zusammengerollt und schaukelt vor sich hin. Ich gehe auf die Knie, um auf Augenhöhe mit ihr zu sein.

»Liebes? Ich bin's, Kade. Was machst du denn da unten?«

»Ich muss hier raus. Dieser Ort ist völlig falsch. Raus, raus, raus!«

Ihre Worte zerreißen mir das Herz. Ich werfe einen Blick über die Schulter und sehe Phoenix, der Schwierigkeiten hat, ruhig zu bleiben. Hudson hat sich bereits abgewandt und braucht eine Sekunde, um sich zu sammeln. Es ist unerträglich, sie so verletzlich zu sehen, ein Opfer ihres eigenen Geistes.

»Du bist in Sicherheit. Komm, wir müssen dich sauber machen.«

Ich reiche ihr die Hand, die sie misstrauisch beäugt.

»Hier ist es nicht sicher, Kade. Nirgendwo ist es sicher.«

»Wir werden uns um dich kümmern. Ich habe es doch versprochen, oder? Rio ist weg, er kann dir nicht mehr wehtun. Du musst nirgendwo hingehen, wenn du nicht willst, aber hier kannst du nicht bleiben. Wenn die Wärter uns erwischen, stecken wir alle in Schwierigkeiten.«

Ein wenig Bewusstsein kehrt in ihren Gesichtsausdruck zurück, aber die Gewitterwolken in ihren Iriden sind immer noch von Verwirrung getrübt. Wie der Rest von uns hängt sie am seidenen Faden. Wir hätten es kommen sehen müssen – dieser Zusammenbruch war unvermeidlich.

»Verlass mich nicht«, wimmert sie.

»Ich gehe nirgendwohin. Nimm meine Hand.«

Brooklyn sackt schließlich in sich zusammen und lässt sich von mir hochheben. Ihr Körper zittert in meinen Armen, frei von jeglichem Widerstand. Sie kann uns nicht noch einmal verlassen, das würden wir nicht überleben.

Als sie vor einer gefühlten Ewigkeit zwei Wochen im Loch verbrachte, wurden wir verrückt vor Sorge. Und das war vor … allem. Den Gefühlen. Den Komplikationen. Dem emotionalen Ballast.

»Bringt sie zurück in ihr Zimmer. Phoenix, hast du noch mehr von deinen Medikamenten versteckt?«

Er nickt, weigert sich aber, sich Brooklyns Zustand anzusehen. Sie haben eine ernste Sache zu klären, aber ich weiß, dass Phoenix sich hinter dem ganzen Scheiß dennoch sorgt.

»Gib ihr noch eine Dosis. Wir müssen uns unauffällig verhalten. Sie kann sich nicht ewig verstecken, morgen beginnt der Unterricht wieder. Wir müssen uns zusammenreißen und das durchstehen.«

Hudson nimmt mir Brooklyn ab und drückt sie an seine Brust wie ein verletzliches Kind. Er verschwindet mit Phoenix, und ich bleibe zurück und starre auf ihre Rücken.

Wir haben eine Menge Arbeit vor uns.

Ich bin nicht bereit, Brooklyn zu verlieren – sie ist das fehlende Mitglied unserer Familie und ich weiß, dass die Jungs das genauso sehen. Seit sie einen Fuß in dieses Höllenloch gesetzt hat, sind wir in ihrer Umlaufbahn gefangen. Sie fordert uns heraus, treibt uns an, besser zu sein, es besser zu machen. Wir werden das durchstehen. Es gibt keine andere Möglichkeit.

Ich gehe zurück zum Empfang und setze mich wieder hinter den Tisch. Ich rufe Blackwoods Datensystem auf, gebe Rios Namen ein und warte ungeduldig auf die Ergebnisse. Einige grundlegende Informationen werden angezeigt, aber genau wie bei Brooklyns Akte werde ich von einer Firewall aufgehalten.

Es gibt keinen Weg daran vorbei, seine Akte ist von der Direktorin gesperrt. Ich brauche eine Freigabe, um hineinzukommen. Schnell lösche ich meine Spuren und lasse mich in meinem Stuhl zurücksinken, als mir Sadies verrückte Theorie wieder einfällt.

Warum sollte die Direktorin ihre beiden Akten sperren?

Was genau versucht sie zu verbergen?

Und vor wem?

KAPITEL 5

BROOKLYN

CAREFUL WHAT YOU WISH FOR –
BAD OMENS

LAZLOS LÄCHELN IST BREIT, *seine Augen funkeln vor Bosheit. Er ist der Teufel in Menschengestalt, das Böse, verpackt in Reichtum und Autorität. Der Traum verschwimmt und ich renne durch dunkle Gänge, jeder Schritt malt Blut auf den Boden und die Spur führt zurück in die Hölle.*

Rot tropft von den Wänden, zusammen mit furchterregenden Schatten, während Knochen gegen das Messer in meiner Hand knirschen. Ich schneide und steche, verzweifelt auf der Suche nach einem Ausweg. Vic weigert sich zu sterben und drückt mich zu Boden, um mich wieder zu verletzen.

Dann ändert sich alles, die Szene verblasst und ein neues Horrorspektakel beginnt. Dieser wiederkehrende Traum taucht nur alle Jubeljahre einmal auf, wenn mein traumatisierter Geist zu müde ist, um ihn länger in Schach zu halten.

Eine dunkle, vertraute Treppe erstreckt sich vor mir, während Schreie nach oben hallen und in einer ekelerregenden Schleife abgespielt werden. Egal, wie fest ich meinen kleinen, verletzlichen Körper umarme, es gibt keine Erlösung von dem Schrecken. Ich schreie nach Daddy, damit er mich rettet, damit er sie weit weg von hier bringt, wo sie uns nicht mehr wehtun kann.

Mummy ist jetzt das Monster.

———

»Komm schon, da bist du ja. Zeit zum Aufwachen.«

Als ich mich im Bett aufrichte, droht mein Herz aus meinem Brustkorb auszubrechen und die Flucht zu ergreifen. Die verschwitzten Laken verheddern sich um mich, meine Kleidung klebt an meiner feuchten Haut.

Während ich nach Luft ringe, begegne ich Hudson's Blick in dem schattigen Raum. Seine Hände sind ausgestreckt und bereit, mich bei Bedarf erneut zu schütteln.

»Geht es dir gut?«

Ich zwinge etwas Feuchtigkeit in meinen Mund. »Bestens.«

»Blödsinn. Du hast wieder im Schlaf geschrien.«

»Hör auf, mich beim Schlafen zu beobachten, dann ist es kein Thema mehr, oder?«

Sein schwarzes Haar ist wie immer zerzaust und müsste dringend geschnitten werden. Es hängt ihm in die Stirn und bettelt darum, berührt zu werden. Ich halte mich zurück und rutsche in die Ecke des Bettes, so weit weg von ihm wie möglich. Er ist gefährlich geschickt darin, mir unter die Haut zu gehen.

»Erinnerst du dich daran, was vorhin passiert ist?«

Ich suche in meinem Kopf, aber ich finde nichts. Die Sonne geht draußen vor dem Fenster unter, aber der Rest des Tages ist verschwommen. Ich kann mich an nichts mehr erinnern, nachdem ich aus einem weiteren qualvollen Albtraum aufgewacht bin.

»Sollte ich mich an etwas erinnern?«

Hudson starrt mich finster an und ich betrachte beschämt meine Hände, die mit Dutzenden von schmerzhaften Schnitten übersät sind. Jemand hat das Blut abgewaschen und eine antiseptische Creme aufgetragen, aber der eine oder andere Schlammspritzer ist geblieben.

»Habe ich jemanden verletzt?«, frage ich mit leiser Stimme.

Seine lange Pause jagt mir einen Angstschauer über den Rücken.

»Nein. Das hast du nicht.«

Ich versuche, meine Erleichterung zu verbergen, aber Hudson kennt mich besser als ich mich selbst. Er kann die Wahrheit in meinem Gesicht erkennen, egal wie sehr ich ihn auszusperren versuche.

»Du warst hysterisch, wolltest fliehen und hast mit dem Stacheldraht gerungen, als wäre er ein flauschiges Kätzchen. Was zum Teufel hast du dir dabei gedacht? Willst du ins Loch geworfen werden?«

»Offensichtlich habe ich nicht gedacht«, murmle ich.

»Du musst deinen Scheiß auf die Reihe kriegen. Wenn die Direktorin herausfindet, was auf dem Dach passiert ist, werden wir alle untergehen. Rio ist tot. Verstehst du das?«

Am Ende seiner Schimpftirade ist meine Kehle vor Emotionen zugeschnürt. Ich wische mir über die Wangen und atme zittrig ein.

»Ich habe nie darum gebeten. Ihr müsst euch nicht um mich kümmern. Ihr müsst euch nicht sorgen. Lasst sie mich einfach bestrafen, kehrt in euer Leben zurück und vergesst, dass das alles passiert ist.«

»Weggehen? Einfach so?«

»Ja. Um eurer selbst willen.«

Ich habe Angst, dass er es tun wird.

Aber er geht nicht weg.

Er verlässt mich nicht.

Ich hatte vergessen, dass dies Hudson Knight ist. Unzähmbar, unkontrollierbar, verdammt unumstößlich. Seine Augen verdunkeln sich vor Wut, alle Sanftheit und flüchtige Zuneigung verschwindet. Er knackt mit den Fingerknöcheln, als wolle er mir Angst einjagen.

»Du bist ein egoistisches Miststück«, wirft er mir vor.

»Das bestreite ich nicht.«

»Die anderen mögen sich von diesem Schauspiel täuschen lassen, aber ich nicht. Ich kenne die Wahrheit, Amsel«, spottet er, wobei er mich von oben bis unten mit Abscheu betrachtet. »Du hast dich aufgegeben, ohne einen Gedanken an die Menschen zu verschwenden, denen du wichtig bist. Rio hat dir vielleicht geholfen, aber du warst auf diesem Dach, weil du springen wolltest. Du wolltest sterben und den einfachen Weg gehen. Du bist ein verdammter Feigling.«

Ich klettere aus dem Bett, um seinem Zorn zu entkommen. Es ist zu viel, dieser Ansturm der Wahrheit. Das Bedürfnis zu schreien kocht in mir hoch. Wenn ich es laut genug tue, bin ich überzeugt, dass ich aufwache und mich in Einzelhaft wiederfinde, vielleicht sogar in Clearview. Ich sitze nicht hier fest und lasse mir ausgerechnet von Hudson einen Vortrag über Egoismus halten.

Oh, wie sich das Blatt gewendet hat.

»Sag mir, dass ich mich irre«, verlangt er.

Ich schüttle wortlos den Kopf.

»Das kannst du nicht, weil ich recht habe.«

»Bitte hör auf.«

»Zwing mich«, fordert er.

Ich möchte ihm alles erzählen. Die ganze beschissene Wahrheit, die mich in diesen Sturm geführt hat. Er muss die kränksten Seiten von mir sehen, bevor er für immer weggeht, auch wenn ich Angst habe, allein zu sein.

Hudson marschiert zu mir herüber und stößt mich gegen den nahe gelegenen Schreibtisch, woraufhin ein scharfer Schmerz in meinem Rücken aufsteigt. Ich wehre mich nicht, nicht dieses Mal. Unser Zusammenprall ist unvermeidlich.

»Du kannst nicht vor mir weglaufen.«

»Du hast es getan«, sage ich.

»Das heißt aber nicht, dass du es darfst. Du gehörst mir.«

»Von wegen. Lass mich in Ruhe, Hud.«

»Auf gar keinen Fall.«

Er packt mich am Haar und seine Lippen treffen auf meine in einer Explosion von Aggression und Wut. Unsere Zungen duellieren sich, und er zerrt an den schlaffen blonden Strähnen, um mein schmerzerfülltes Wimmern zu unterdrücken. Er hält mich fest, fixiert mich, während er sich nimmt, was er braucht.

Ich mag im Moment die Böse sein, aber das Gefühl beruht auf Gegenseitigkeit. Ich hasse ihn und alles, was er repräsentiert. Aber *verdammt noch mal*, ich will in seinen Körper kriechen und dort sterben, nur damit wir nie voneinander getrennt sind.

Hudson hebt mich auf den Schreibtisch und gleitet zwischen meine gespreizten Beine, ohne auch nur einmal Luft zu holen. Ich werde von dem leidenschaftlichen Kuss verschlungen, bin ihm völlig ausgeliefert. Er zieht mir das Shirt aus und küsst meine Kieferpartie, bevor er seine Zähne tief in meinem Hals versenkt.

»Du tust mir weh«, flüstere ich.

Hudson beißt mich erneut, tiefer, heftiger, während ein Knurren in seiner Brust vibriert. »Gut. Du hast mir wehgetan. Du hast uns allen wehgetan.«

Er zerrt mich zurück zum Bett und breitet mich grob auf der Matratze aus, bevor er sein eigenes Shirt auszieht und tätowierte Haut zum Vorschein bringt. Ich beiße mir auf die Lippe, um meine Proteste zurückzuhalten. Seine Lippen verziehen sich zu einem dunklen, wissenden Lächeln, als könne er die Unentschlossenheit in meinem Gesicht lesen.

»Es ist höchste Zeit, dass ich dich daran erinnere, wem du gehörst.«

»Ich gehöre mir selbst«, betone ich.

»Das ist nicht wahr, und das weißt du.«

Er packt mich an den Knöcheln und zieht mich zurück aufs Bett, während er mir die Jogginghose auszieht und meine baumwollverhüllte Muschi enthüllt, die um Erleichterung bettelt. Sein Mund wandert mein linkes Bein hinauf, vom

Knöchel bis zum Oberschenkel, sein Atem heiß auf meiner Haut.

Als er in die Innenseite meines Oberschenkels beißt, hebe ich die Hüften, um die Reibung zu erhöhen. Das Kratzen seiner Stoppeln bringt mich um, verbrennt meine überempfindliche Haut.

»Du kannst schreien, brüllen, mir sagen, ich soll aufhören. Dich wehren, so viel du willst. Mir sagen, dass du mich hasst. Dich wie eine verwöhnte, egoistische Göre benehmen.« Hudson küsst meine Muschi durch mein Höschen hindurch, bevor er es auszieht. »Das ändert nichts an der Tatsache, dass mir deine gottverdammte Seele seit dem Tag gehört, an dem wir uns kennengelernt haben. Ich werde dich ficken, während du um Gnade bettelst, wenn es das ist, was nötig ist, um es dir zu beweisen.«

Während er sich vergewissert, dass ich ihn beobachte, führt er den feuchten Stoff an seine Nase und atmet tief ein. Dann ist sein Mund wieder zwischen meinen Beinen, seine Zunge gleitet durch meine feuchten Schamlippen. Ich schreie auf, als Hudson meine Klitoris streichelt und einen Finger tief in mich hineinschiebt.

»Gefällt es dir, wenn ich mit deiner engen Muschi spiele?«

»Fick dich, Hudson.«

Er fügt einen weiteren Finger hinzu, bis ich stöhne.

»Bald, Baby«, summt er.

Er lässt mich feucht und zitternd liegen und steht auf, um seine Jeans auszuziehen. Mir läuft das Wasser im Mund zusammen, als er seine Boxershorts herunterzieht und seinen dicken Schwanz zum Vorschein bringt.

Ich bin hin- und hergerissen, ob ich um mein Leben laufen oder seinen Schwanz in den Mund nehmen soll. Jeden einzelnen Zentimeter davon, so wie er es mir vor all den Jahren beigebracht hat. Er weiß es auch und grinst mich so verdammt selbstbewusst an.

»Hör auf, mich so anzuschauen.«

»Wie?«, fragt er unschuldig.

»Weißt du was? Ich mache bei diesem Spiel nicht mit.«

Ich weiche zurück, da ich Zeit zum Nachdenken brauche, bevor ich einen weiteren Fehler mache, aber Hudson ist kein Mann, mit dem man sich anlegen sollte. Schnell bedeckt er meinen Körper und fesselt meine Arme über meinem Kopf, bevor ich entkommen kann. Mit einer geschickten Bewegung zieht er mir mein Höschen um die Handgelenke und fesselt mich an das Bettgestell.

»So ist es besser. Kein Weglaufen mehr.« Er grinst.

»Lass mich gehen, du Arschloch!«

»Wird nicht passieren, Amsel.«

Er liebt jede Sekunde davon. Er genießt meinen inneren Konflikt und die Möglichkeit, seine Macht über mich auszuüben. Meine Augen fallen zu, als er meine Brüste küsst und an meinen steifen Nippeln zieht, bis ich laut aufstöhne. Seine Erektion dringt in mich ein, aber anstatt mir zu geben, was ich will, lehnt sich Hudson zurück und schlägt mir heftig auf die Muschi.

»Schrei, Schlampe. Ich will es hören.«

Ich gebe nach und zische vor Schmerz, als seine Fingerspitzen über meine Hüften gleiten, endlose Narben und knorrige Beulen streicheln. Es ist zu entblößend, zu intim. Es fühlt sich an, als würde er die dunkelsten Ecken meines Geistes ausgraben und zu seinem eigenen Vergnügen untersuchen.

»An die hier erinnere ich mich«, murmelt er mit ausdrucksloser Miene. »Es war schwierig, das zu nähen. Du bist fast ohnmächtig geworden.«

»Deine Näharbeit war beschissen.«

»Ich war sechzehn und hatte Angst. Du warst blutüberströmt und kaum ansprechbar. Das war der Tag, an dem ich erkannte, wie ähnlich wir uns sind. Beide so wütend und verloren. Ich war froh, dass ich es nähen durfte und meine Spuren an dir hinterlassen konnte, auch wenn sie noch so klein waren.«

Ich starre ihn finster an, Wut brennt durch meine Adern. »Ich bin kein Eigentum, das du besitzen kannst. Das hast du nie verstanden.«

Seine leeren Augen sind ohne jede Emotion. Er kehrt zurück in die Sicherheit der Gefühllosigkeit. Es macht mir Angst, diese Version des Jungen, den ich mal kannte. Er ist kein Junge mehr. Er ist nicht einmal ein Mann. Hudson Knight ist ein Ungeheuer – *mein Ungeheuer.*

Er positioniert sich und wartet nicht auf meine Erlaubnis, bevor er ohne Reue in mich stößt. Ich schreie und beiße mir so fest auf die Lippe, dass Blut austritt, das Hudson schnell wegleckt. Er legt ein rasendes Tempo vor, als ob die Welt um uns herum untergeht und dieser Moment alles ist, was wir haben.

Ich bin vollständig ausgefüllt und kann mich kaum an meinen Verstand klammern, während er mit wilder Brutalität in mich hämmert und meine Hüften umklammert. Schon bald werde ich von Hitze durchströmt, aber Hudson hört nicht auf und gibt mir keinen Raum zum Atmen, sondern fickt mich weiter bis zur Besinnungslosigkeit, während ich Feuer fange.

»Sag mir, dass du mich liebst«, befiehlt er.

Ich zwinge mich, die Augen zu öffnen, und schaue in sein umwerfend schönes Gesicht. Noch immer verschlossen und unerreichbar, muss er mich dominieren, um ein Gefühl der Kontrolle zu bekommen. Ich werde sie ihm nicht geben. Er hat es nicht verdient, die Kontrolle zu haben. Ich will, dass er sich mit mir in den freien Fall begibt, in die tiefsten Tiefen des Ozeans sinkt und ertrinkt.

»Fahr zur Hölle.«

»Sag es, Brooke.«

»Nein.«

»*Sag es,* du verdammte Hure.«

Sein Griff wandert zu meiner Kehle, seine Fingernägel graben sich in mein Fleisch. Er drückt so fest zu, dass mir Tränen über die Wangen laufen, und schneidet mir ohne Entschuldigung die Luftzufuhr ab. Ich kämpfe gegen die Fesseln, die mich fixieren, und ringe verzweifelt um die Luft, die mir genommen wird. Meine Kraft reichte aus, um das Baumwollhöschen zu zerreißen.

Ich schaffe es, mich zu befreien, aber anstatt um mein Leben zu laufen, wie ich es sollte, presse ich meine Lippen auf seine. Hudson zu küssen ist leichter als atmen, und in diesem Moment würde ich am liebsten ersticken. Ohne ihn will ich nicht existieren, egal wie verdammt wütend mich das macht.

Wir kämpfen um die Oberhand, wehren uns gegen den anderen, wie wir es immer getan haben und immer tun werden. Es gibt keine Erleichterung, bis wir beide auseinanderfallen. Die Welt verschwimmt durch meinen Luftmangel, während sich die Hitze in mir entfaltet und zu einer explosionsartigen Lust steigert.

Hudson jagt seiner eigenen Erlösung hinterher, und seine letzten, brutalen Stöße fühlen sich an, als würde er mir die Wahrheit einhämmern und jedes hasserfüllte Wort beweisen. Dieser kaltherzige Bastard besitzt mich – Körper, Geist und Seele. Auch wenn ich es mir selbst nicht eingestehen würde.

Ich werde unter seinem Gewicht erdrückt, bevor er sich abrollt. Endlich lockert sich sein Griff um meine Kehle, und ich atme tief ein. Meine Lunge protestiert gegen den Schmerz, aber ich genieße den herrlichen Adrenalinstoß und die pure Ekstase, die die Erleichterung mit sich bringt.

»Ich hasse dich immer noch«, flüstere ich heiser.

»Und ich hasse mich selbst immer noch. Wir sind quitt.«

Ich drehe mich zu dem Mann um, der mein Herz zerstört hat, gebe nach und streiche sein zerzaustes Haar beiseite. Alles, was ich sehen kann, ist sein jüngeres Gesicht, während alte Erinnerungen die Oberhand gewinnen. Seine Wangen sind mit blauen Flecken und Tränen übersät, kein einziges

Wort entweicht. Wir sind beide in gegenseitigem Entsetzen gefangen, gebunden durch Trauma und Reue.

»Du hast mir immer gesagt, dass du mich liebst«, brummt Hudson und sieht mich mit seinen strahlend blauen Augen an. »Jeden Tag und jede Nacht, fast ein Jahr lang.«

»Das war vorher.«

»Bevor du ein Miststück wurdest?«

»Nein, du narzisstisches Arschloch. Bevor du mich von deinem Dealer hast vergewaltigen lassen, um deine Drogenschulden zu bezahlen.«

Alles kommt zum Stillstand. Schmerz durchströmt uns beide und löscht alles aus, was sich ihm in den Weg stellt. Hudson erschaudert, als er den Horror genauso erlebt wie ich. Zum allerersten Mal bereue ich meine Grausamkeit. Ich laufe immer noch vor der Wahrheit davon und bestrafe uns beide für all den Schmerz, der unser Leben zerrissen hat.

Hudson mag ihnen die Tür geöffnet und den Deal abgeschlossen haben. Er schwieg, anstatt zu schreien und zu brüllen. Er weinte leise, als sie ihm ein Messer an die Kehle hielten, um sicherzustellen, dass er seine Meinung nicht änderte. Aber tief in mir drin bin ich mir sicher, dass er jeden quälenden Stoß, den ich ertrug, auch spürte.

»Du glaubst, ich habe sie gelassen?«

»Du hast sie nicht aufgehalten, Hud.«

»Das ist keine Antwort. Glaubst du, ich habe sie das tun lassen?«

Ich schnauze ihn an, unfähig, ihn anzusehen. »Ich weiß es nicht mehr, verdammt!«

Der Abgrund in meiner Brust vergrößert sich, bis ich das Gefühl habe, zu fallen und in die Dunkelheit zu stürzen. Hudson schnappt sich seine Kleidung und versucht wegzulaufen, wobei er mich nicht einmal anschauen kann. Als mir Tränen die Sicht nehmen, zwingt mich eine Welle der Verzweiflung, etwas zu tun.

Wir ertrinken in den unermesslichen Weiten der

Vergangenheit, aber das ändert nichts. Die Jahre haben meine Schwäche für diesen abscheulichen Mann nicht geheilt. Ich kann ihm nicht verzeihen. Ich liebe ihn immer noch. Ich hasse ihn immer noch. Aber verdammt, der Mistkerl hat recht. Ich kann ohne ihn nicht leben.

»Bitte … verdammt, geh nicht.«

Hudson erstarrt angesichts meiner gebrochenen Bitte, sein tätowierter Rücken mir zugewandt. Ich kann mich nicht zurückhalten und fahre mit einer sanften Hand über seine Tätowierung, in der Hoffnung, ihn zurückzuholen. Der Schmerz erwürgt mich, während er schweigend leidet.

»Hudson?«

»Hör einfach auf. Du hast recht damit, mich zu hassen«, platzt er heraus. »Auf dem Dach konnte ich nur daran denken, dich zu beschützen. Dich zu beschützen, wo ich in der Vergangenheit versagt habe. Ich habe das Geräusch genossen, als Rios Schädel auf dem Boden aufschlug. Der Anblick seines Blutes ließ mir das Wasser im Mund zusammenlaufen. Es war für dich, Amsel. Um ihn dafür zu bestrafen, dass er versucht hat, dir wehzutun.«

»Aber du hattest recht«, gebe ich leise zu.

»Nein, das hatte ich nicht.«

»Hör einfach zu, verdammt. Ich wollte springen. Ich habe mich entschieden, ihm zu folgen.«

Ich ergreife seine geballte Faust und zwinge ihn, sich umzudrehen und zurück ins Bett zu kommen. Wir sind beide splitternackt und verletzlich, aber er wehrt sich nicht gegen mich. Nicht mehr. Ich lege meinen Kopf direkt über sein Herz, das den Konflikt verrät, den wir beide fühlen.

Unsere Beziehung war nie normal oder gesund, und schon gar nicht rein. Wir klammern uns nur an die Reste des Lichts, die wir finden können.

»Wir sind nicht gut füreinander.« Hudson seufzt.

»Du hast recht, wir sind verdammt toxisch.«

Als ich seine Tattoos zum ersten Mal aus der Nähe

betrachte, entdecke ich eine tätowierte Amsel direkt unter seinem Herzen. Der Anblick lässt mich erneut erschaudern, während ich die Bedeutung verarbeite. Er hat mich nie vergessen.

Als ich mit der Fingerspitze die dunklen Federn nachzeichne, gibt Hudson ein zufriedenes Geräusch von sich. Wir wurden beide vom anderen gezeichnet, beansprucht von Narben und permanenter Tinte.

»Wir sollten aufhören, bevor jemand verletzt wird.«

Hudson schnaubt. »Du wurdest schon verletzt.«

Keiner von uns bewegt sich.

KAPITEL 6
ELI

I THINK I'M OKAY – MACHINE GUN KELLY, YUNGBLUD & TRAVIS BARKER

ICH ÜBERFLIEGE den Nachrichtenartikel auf meinem Handy und schlucke den Geschmack des Todes hinunter, der mir auf der Zunge liegt. Es ist ein erbärmlicher Text, mehr als alles andere ist es Blödsinn. Die Hälfte der Details ist nicht einmal richtig.

Obwohl der Hausbrand schon lange her ist, ist der Fall meines Vaters immer noch berüchtigt. Die Nachricht von seinem Tod ist endlich an die Presse durchgesickert und hat die Vergangenheit wieder hochgeholt.

Die meisten vermuten, dass ich tot bin, da ich in den letzten zehn Jahren ein Geist war. Ein vernarbtes, nicht liebenswertes Monster – wer zum Teufel würde so leben wollen? Für sie ist die einzig vernünftige Schlussfolgerung, dass ich mich umgebracht habe. Nicht, dass ich es nicht versucht hätte, aber hier bin ich.

Atmend.

Lebend.

Leidend.

Phoenix liegt ausgestreckt neben mir auf dem Bett. Der Wecker hat vor einer halben Stunde geklingelt, aber wir waren lange auf. Ich war überrascht, ihn nach der nächtlichen

Kontrolle an meiner Tür vorzufinden, still wie ein Grab, aber so offensichtlich auf der Suche nach einem Freund.

»Eli?«

Seine Hand gleitet über meine nackte Brust und verweilt auf meinen harten Bauchmuskeln. Ich frage mich, ob er es noch weiter treiben wird, aber die Hand verschwindet. Er klettert aus dem Bett und beginnt sich anzuziehen, wobei er sein zerzaustes Haar richtet.

»Wir werden zu spät kommen, komm schon.«

Ich versuche, mir meine Enttäuschung nicht anmerken zu lassen, das Gefühl bitter und schwer auf meinem Gaumen. Diese seltsame, undefinierte Sache, die zwischen uns abläuft, verwirrt mich so langsam. Ich schnappe mir meine Krücken und klemme mir unbeholfen ein paar Klamotten unter den Arm, bevor ich ins Bad flüchte.

Mit der Sicherheit der Tür zwischen uns atme ich ein wenig leichter. All diese Emotionen sind so überwältigend, die widersprüchlichen Geschmäcker bringen meine Kontrolle durcheinander.

Bittere Asche und Hass.

Süßer Honig und Lust.

Saure Zitrone und Frustration.

Harte Chemikalien und Wut.

Die Hände zu Fäusten geballt, kämpfe ich gegen den Drang an, mein Taschenmesser zu suchen und die Spannung auf die einzige Weise zu lösen, die ich kenne. Das kann ich Phoenix nicht antun, nicht nach den jüngsten Ereignissen.

»Kumpel, beeil dich. Der Unterricht beginnt in zwanzig Minuten.«

Ich stoße mit der Stirn gegen die Tür. *Scheiß auf den Unterricht.*

»Elijah Woods, ich kann deine Stimmung von hier aus hören.«

Ich lächle vor mich hin. Er ist ein Mistkerl, aber Mann, bin ich froh, ihn an meiner Seite zu haben. Komplizierte

Gefühle hin oder her. Als ich aus dem Bad komme, ist Phoenix bereit zum Aufbruch. Er grinst mich an, während er sich meine Tasche über die Schulter wirft.

»Ich mache das schon. Los geht's.«

Es dauert länger als sonst, bis wir das Klassenzimmer erreichen, aber wir schaffen es schließlich. Crawley entdeckt mich sofort und schiebt mir einen Zettel über den Tisch. Es ist eine Notiz vom Empfang, abgezeichnet von Kade. Mariam bittet mich um meine Anwesenheit bei einer dringenden Besprechung.

»Was will sie?«, fragt Phoenix.

Ich zucke mit den Schultern und zerknülle das Papier in meiner Hand. Wahrscheinlich will sie mich wieder aufmuntern. In unserer letzten Sitzung hat sie ihr Bestes getan, um mir einen gehörigen Schrecken einzujagen.

Phoenix bietet mir an, mich zu begleiten, aber ich winke ab, ziehe meine Tasche auf eine Schulter und verlasse das Klassenzimmer. Es ist schwierig, ohne seine Unterstützung zurück über den Hof zu kommen, aber zum Glück treffe ich draußen auf zwei bekannte Gesichter.

»Was machst du allein hier draußen?«, schnauzt Hudson.

Er geht mit Brooklyn zu ihrer üblichen Sitzung, den Arm lässig um ihre Schultern gelegt. Ich zeige auf das Hauptgebäude, um seine Frage zu beantworten, und schaue Brooklyn an. Ihr Blick huscht umher und sie betrachtet ihre Umgebung, als wäre sie auf der Suche nach einem Fluchtweg.

Wenn Rio nicht schon wegen seines zerschmetterten Schädels tot wäre, würde ich ihn in schöne Stücke schneiden und in seinem Blut tanzen, weil er sie verletzt hat. Wut ist im Moment mein Lieblingsgefühl, aber der Geschmack hat sich verändert. Sie schmeckt jetzt wie die Träume von verrückten, eingesperrten Kindern.

Unsere Wut ist alles, was wir noch haben.

Sie schließen sich mir an, und wir betreten den Empfangsbereich, wo die Hölle los ist. Eine Gruppe von mindestens zwanzig schwarz gekleideten Wärtern studiert uns wie Präparate unter dem Mikroskop, und ich erkenne keinen einzigen von ihnen.

Hinter seinem Schreibtisch sieht uns Kade mit großen Augen an, um wortlos zu kommunizieren – *haltet euch da raus.* Wir haben gerade ein Schlachtfeld betreten.

»Warum wurde ich nicht informiert?«

»Bei allem Respekt, ich bin Ihnen keine Rechenschaft schuldig.«

»Ich bin die Direktorin dieser Einrichtung. Sie alle sind mir Rechenschaft schuldig.«

Miss White kommt mitten im Streit aus ihrem Büro gestürmt, ihre Absätze klacken auf dem polierten Holz. Ihr Outfit ist zerknittert, passend zu ihrem erschöpften Gesichtsausdruck.

»Wir haben ein Sicherheitsteam von Weltruf, das in seinem Fachgebiet bestens ausgebildet ist. Ich sehe es nicht ein, dass ein paar Dummköpfe hereinstürmen und die Kontrolle an sich reißen. Das ist völlig inakzeptabel!«

Hinter ihr ist ein Mann mittleren Alters. Er ist stämmig, gebaut wie ein verdammtes Pferd. Das Licht der Kronleuchter schimmert auf seiner Glatze, und mir entgeht nicht die Ausbeulung der versteckten Waffen in seiner Cargohose.

Miss White starrt, während die anderen Wärter strammstehen, bevor der Mann ihnen mit einem Nicken zu verstehen gibt, dass sie sich rühren können.

»Ich verlange, mit Ihren Vorgesetzten zu sprechen. Wer sind Sie?«

»Mein Name ist Jefferson, Ma'am. Sie werden bald Gelegenheit dazu haben, Doktor Augustus wird in Kürze eintreffen. In der Zwischenzeit haben wir Anweisungen vom Vorstand zu befolgen. Also, wenn Sie uns entschuldigen würden.«

»Halt! Sie haben hier keine Autorität.«

Jefferson ignoriert sie und nickt einem anderen Wärter zu.

»Halbert. Sie kommen mit mir, lassen Sie uns den Scheiß erledigen, bevor der Boss kommt.«

Mit vier weiteren Wärtern, die sie flankieren, gehen Jefferson und seine Kumpane den langen Korridor entlang, der zu den Behandlungsräumen führt. Er bleibt stehen und murmelt etwas zu Kade, der mehr als nur ein wenig entnervt aussieht.

Miss White bleibt wie erstarrt auf der Stelle stehen, alle Farbe ist aus ihrem Gesicht gewichen. Wer auch immer dieser Augustus ist, sie sieht nicht gerade erfreut über seine Ankunft aus. Der Name kommt mir irgendwie bekannt vor, aber ich kann ihn beim besten Willen nicht zuordnen.

»Was zum Teufel sollte das denn?«, zischt Hudson.

Ich schüttle den Kopf, und auch Brooklyn spricht nicht, sondern konzentriert sich auf Jefferson, der die Treppe ins Untergeschoss nimmt. Das Zittern in ihren Händen ist nicht zu übersehen, als sie an ihrem Zopf zieht, zusammenzuckt und sich durch den Schmerz zu konzentrieren scheint. Wir nähern uns Kades Schreibtisch, und er zieht uns schnell zur Seite.

»Ihr solltet nicht hier sein.«

»Sie hat ihre Sitzung«, betont Hudson.

»Dieser Dummkopf hat gerade alle anstehenden Termine von Lazlo abgesagt. Bring sie weg von hier, bevor sie es sich anders überlegen.«

Mit einem Mal ist das Leben aus Brooklyn verschwunden, und sie bricht fast zusammen und stützt sich schwer auf Hudsons Arm. Wir sind uns der vielen Kameras und lauschenden Ohren um uns herum, die uns ständig überwachen, sehr bewusst.

»Deiner steht noch, Eli«, informiert mich Kade.

Brooklyns Hand schießt plötzlich hervor und ergreift meinen Ärmel. Ihre großen Augen treffen auf meine, die grauen Tiefen voller Erschöpfung.

»Nein. Geh nicht.«

Ich lehne eine Krücke an den Empfang und streiche ihr über die Wange. Mein Daumen fährt über ihre rissigen Lippen und sie atmet aus, während ihre Lider flattern. Die Art und Weise, wie sie sich mir unbewusst hingibt, macht verdammt süchtig.

»Geh«, murmle ich in ihr Ohr.

Sie erschaudert bei meiner rauen Stimme und klammert sich immer noch fest an mich. Es gibt zu viele Zeugen, sonst würde ich sie gegen die Wand werfen und ihre Lippen verschlingen, sodass kein Raum für Angst bleibt. Aber wir müssen eine sorgfältige Fassade aufrechterhalten. Liebe ist Schwäche, und ich weigere mich, jemandem die Munition zu geben, um uns zu brechen.

Ich lasse sie zurück und humple hinunter zu Mariams Büro. Sie steht in der Tür und wechselt ein paar Worte mit Sadie auf der anderen Seite des Flurs, während sie die Situation beobachten, die sich entwickelt. Die Sorge steht ihnen ins Gesicht geschrieben, und Sadie schlägt abrupt die Tür zu.

»Komm rein, Eli«, grüßt Mariam mich. »Jetzt aber schnell.«

Ich nehme meinen üblichen Platz ein und bringe unbeholfen mein verletztes Bein in Position. Mariam nimmt den anderen Stuhl und stellt ihn absichtlich so, dass die Kamera in der Ecke ihr Gesicht nicht einfangen kann. Ihr merkwürdiges Verhalten macht mich sofort nervös.

»Es tut mir leid, dass ich dich so kurzfristig herbestellt habe. Ich fürchte, es konnte nicht warten«, sagt sie mit leiser Stimme. »Jede überregionale Zeitung des Landes bringt heute deine Geschichte. Ich bin mir sicher, dass das Gefängnis aus diesem Grund versucht hat, die Nachricht vom Tod deines Vaters zu unterdrücken, aber es musste ja irgendwann passieren.«

Das ist nur dummes Geschwätz, überreizte Medien. Es

wird bald vorbei sein. Worüber muss ich mir Sorgen machen? Die Welt denkt, ich bin längst tot.

»Du musst das ernst nehmen«, schnauzt sie, als sie meinen Gesichtsausdruck liest. »Das Institut mag keine Öffentlichkeit, und ich fürchte, wenn deine Anwesenheit hier bekannt würde, hätte das Konsequenzen für dich. Sie werden auf die eine oder andere Weise für dein anhaltendes Schweigen bezahlen. Verstehst du, was ich dir damit sagen will?«

Ihre Worte machen mir keine Angst.

Der Blick auf ihrem Gesicht tut es.

Ich nicke einmal und schiebe meinen Stuhl langsam von ihr weg. Mariam scheint wieder zu sich zu kommen und blickt sich im Raum um, als hätten die Wände Augen. Dieser Ort ist das leibhaftige Böse, die Art und Weise, wie er einen an allem Möglichen zweifeln lässt. Nicht einmal die Therapeuten sind davor gefeit.

»Eli … ich muss dich etwas fragen. Du hast eine Entscheidung zu treffen, genau jetzt. Sie wird bestimmen, was mit dir als Nächstes passiert, also musst du dir deine Antwort gut überlegen.«

Sie schnappt sich meine üblichen Karten und macht sich daran, es so aussehen zu lassen, als würden wir eine Sprachtherapie machen, da das blinkende rote Licht unsere Sitzung aufzeichnet. Die Papiere sind ausgebreitet und Mariam zwingt sich zu einem fröhlichen Lächeln, während ihre Stimme immer noch kaum über ein Flüstern hinausgeht.

»Ich habe dich vor diesem Ort beschützt. Dich und Hudson. Sie haben mir Brooklyn weggenommen und sie einem anderen Therapeuten gegeben, aber ich habe mein Bestes getan. Wir sind nicht alle schlecht, das verspreche ich dir. Aber mit den bevorstehenden Veränderungen, dem Namen, den ich gerade gehört habe … Ich weiß nicht, wie lange mein Schutz noch reicht.«

Ihre Finger zittern, als sie mir beide Karten anbietet.

»Ich kann dich vor Einbruch der Dunkelheit zurück nach

Clearview bringen lassen. Sag nur ein Wort. Dort wird es für dich sicherer sein, weit weg von diesem Ort. Du bist ein komplexer Fall, Eli. Sie lieben komplexe Fälle, an denen sie sich die Zähne ausbeißen können. Lass mich dir helfen.«

Als ich ihr in die Augen sehe, bin ich erstaunt, dass sie es todernst meint. Mariam bietet mir wirklich an, mich in dieses Höllenloch zurückzubringen, und beschreibt es als besser.

Einen kurzen, beschämenden Moment lang denke ich über ihr Angebot nach. Die Angst ist ansteckend und überwältigt mich mit dem herben, magenverbrennenden Geschmack von beißenden Flammen und Batteriesäure.

Ich schiebe es beiseite. Auf gar keinen Fall verlasse ich meine Familie, das Mädchen, das mich morgens aus dem Bett holt und mir einen Grund gibt, weiterzumachen.

Ich strecke die Hand aus und ziehe die *Nein*-Karte. Ihr Lächeln wird schwächer, aber sie erholt sich schnell wieder. Es ist eine perfekt choreografierte Vorstellung. In ihren nächsten Worten liegt ein dicker Unterton von Sorge.

»Du wirst es bereuen. Ich biete dir die Chance zu überleben, in Frieden zu leben. Willst du eine wissenschaftliche Kuriosität sein? Sie werden dich hier nicht rauslassen, sie werden deinen Verstand Stück für Stück auseinandernehmen, ihn dokumentieren, mit ihm spielen. Willst du das wirklich?«

Ich habe keine Wahl.

Weggehen ist keine Option.

»Nein«, flüstere ich.

Das Wort rutscht heraus und Mariam erschrickt, wobei ihr vor Schreck der Mund offen steht. Ich will das nicht, natürlich will ich das verdammt noch mal nicht. Aber wenn ich untergehe, dann werde ich die Menschen schützen, die mir wichtig sind. Das kann ich nicht von Clearview aus tun. Wir brauchen einander zum Überleben, egal, was als Nächstes kommt.

KAPITEL 7
BROOKLYN

MONTREAL – THE WHITE NOISE

AUF DEM WEG in die Cafeteria sind die Patienten so still wie ein Grab. In den letzten Tagen hat sich das Spiel verändert. Alle Regeln wurden überarbeitet, und neue Spieler sind mit von der Partie. Wir sind nur hirnlose Spielfiguren, ahnungslos und verletzlich.

Letzte Woche, als ich nicht da war, kamen Gerüchte über eine Instandsetzung auf. Die Direktorin hat den Unterricht nach den Ereignissen abgesagt, aber niemand hat erwartet, in einen solchen Zustand zurückzukehren – Dutzende neuer Wärter, so viel zusätzliche Überwachung, dass es unmöglich ist, zu atmen, ohne dass jemand davon erfährt, und mehr Disziplin bei Verstößen gegen die Regeln.

Ich habe gestern gesehen, wie einer der neuen Arschlochwärter einen Patienten mit seinem Schlagstock niedergeschlagen hat, weil er ihm widersprochen hat. Das ist wohl kaum ein größeres Vergehen. Für sie sind wir weniger als Abschaum. Die perfekten Opfer. Ein leichtes Vergnügen, das sie ausnutzen können.

»Amsel?«

»Ich komme«, murmle ich.

Ich nehme einen langen Zug von der Zigarette, die Hudson mir zur Beruhigung meiner Nerven gegeben hat, und benutze ihn als Schutzschild, damit niemand etwas merkt. Wir sind nahe an den Türen und der Abgrund liegt dahinter. Eine eilig einberufene, obligatorische Versammlung kann nichts Gutes bedeuten.

Die anderen Jungs sind hinter uns. Phoenix hat die ganze Woche über kaum ein Wort mit mir gesprochen. Er will mir nicht einmal in die Augen sehen. Kade ist wie immer, er wirft mit beruhigenden Worten um sich, um uns alle zusammenzuhalten. Hudson und Eli gewinnen beide Preise für ihr undurchdringliches Schweigen, aber keiner von beiden kann seine Ängste vor mir verbergen.

Als wir in die Cafeteria eintreten, verbergen die hohen Decken und teuren Tapeten eine Vielzahl von Sünden. Wir werden alle beim Eintreten gefilzt und ohne Skrupel gedemütigt. Sobald die Wärter uns für sauber erklären, nehmen wir unseren üblichen Tisch ein.

Hudson rutscht neben mich, während Kade sich auf der anderen Seite setzt und Phoenix und Eli ihren eigenen Platz finden müssen. Ich versuche, beim Anblick ihrer ineinander verschränkten Hände nicht zusammenzuzucken. Ich bin nicht eifersüchtig, auch wenn ich töten würde, um zwischen ihnen zu sitzen.

Okay, vielleicht bin ich ein bisschen eifersüchtig.

Aber nur, weil ich dachte, dass ich irgendwo in der Gleichung vorkomme. Jetzt bin ich mir da nicht mehr so sicher. Sie scheinen auch ohne mich glücklich zu sein, mit ihrem vertrauten Schweigen und ihren verweilenden Blicken.

»Bleibt cool«, weist Kade die Gruppe an.

Hudsons Hand landet auf meinem Bein und drückt fest zu.

»Es gibt so viele von ihnen. Was hat es damit auf sich?«, frage ich.

Kade schüttelt den Kopf. »Ich weiß es nicht.«

Jede einzelne Wand ist von Wärtern gesäumt, neue und alte gleichermaßen. Die Uniformen wurden alle aufgewertet, neue Schlagstöcke und Alarmsysteme an den Gürteln angebracht. Ich bin mir sicher, dass noch mehr Waffen versteckt sind, Gegenstände, die nicht den Vorschriften entsprechen und die versteckt werden müssen, um den Schein zu wahren. Sie sind ganz sicher nicht hier, um auf uns aufzupassen.

Auf der anderen Seite entdecke ich Teegan, deren Augen weit aufgerissen sind. Sie kommt mit Todd herein, nachdem die beiden praktisch miteinander verwachsen sind. Sie schlängeln sich durch die Menge zu uns und setzen sich an das Ende des Tisches. Hudson starrt sie finster an, aber ich stoße ihn mit dem Ellbogen.

»Hör auf damit. Sie ist meine Freundin.«

»Du vertraust ihr? Denn ich tue es nicht«, schnauzt er.

»Du vertraust niemandem. Zieh deinen Kopf aus deinem Arsch.«

»Sie hat recht, Teegan ist harmlos«, mischt sich Kade ein.

Hudsons Griff um mein Bein wird noch fester – fest genug, um einen blauen Fleck zu hinterlassen. Er ist ein besitzergreifendes Arschloch, und Todd wendet angesichts der offensichtlichen Bedrohung den Blick ab, aber Teegan weigert sich, nachzugeben.

»Alles klar, B?«

»Bestens.«

»Gut. Lass dich von diesen Typen nicht herumschubsen.«

Ich schenke ihr ein schwaches Lächeln. »Niemals.«

Kade rollt mit den Augen, während Hudson ihr den Todesblick zuwirft.

Wir verfallen in Schweigen, als sich die Türen zur Cafeteria schließen, in der alle Lehrkräfte anwesend sind. Vorn sitzen die Therapeuten und Lehrer in ihrem eigenen

Bereich, geordnet nach Dienstalter. Mariam und Sadie sitzen dicht beieinander und flüstern sich etwas zu. Zu meiner Erleichterung ist Lazlo nirgends zu sehen.

»Stille! Fangen wir an.«

Die böse Hexe der Klapsmühle tritt vor. Miss White trägt einen perfekt gebügelten Hosenanzug, das Haar nach hinten gekämmt und ihre Miene streng. Keine Spur von Mitleid oder Sympathie in Sicht. Im Gegenteil, sie sieht furchterregend aus. Das Geflüster und Geplapper verstummen augenblicklich.

»Angesichts der jüngsten Ereignisse haben wir einige überfällige Änderungen vorgenommen«, verkündet sie. »Die Sicherheitsvorkehrungen wurden zu eurem eigenen Schutz erhöht, und wir haben mehrere neue Mitarbeiter. Die Sicherheit und das Wohlergehen von euch allen ist unsere oberste Priorität hier in Blackwood.«

Hudson nimmt meine Hand, während Kade näher rückt, sodass sich unsere Arme berühren. Es ist, als ob sie die Bedrohung spüren und die Reihen um mich herum schließen. Niemand glaubt auch nur ein einziges giftiges Wort, das aus dem Mund der Direktorin kommt.

»Ich bin sicher, dass ihr alle verständlicherweise erschüttert seid von dem, was passiert ist. Ich werde in den kommenden Tagen mit allen sprechen, um ihnen meine Unterstützung und mein persönliches Beileid auszusprechen. In der Zwischenzeit stehen euch eure regulären Therapeuten und Betreuer als zusätzliche Hilfe zur Verfügung«, fügt Miss White hinzu.

»Sie wollen uns wohl eher dazu bringen, uns selbst zu belasten«, murmelt Phoenix.

Kade stößt ihn unter den Tisch an und wirft ihm einen Blick zu, der schreit: *Halt die Klappe.* Wir alle wissen, was das ist. Die Schuld auf die zu schieben, die sich nicht selbst verteidigen können. Sie ist auf der Suche nach einem Sündenbock.

Ich umklammere Hudsons Hand fester, als sich ein roter

Schleier über mich legt. Wenn sie es auf ihn abgesehen hat, werde ich sie mit einem rostigen Löffel ausweiden, bevor ich zulasse, dass sie ihn für das wegbringen lässt, was in jener Nacht passiert ist. Nur ich darf seinen dummen Arsch bestrafen.

»Es wird von euch allen erwartet, dass ihr euch an die bevorstehenden Änderungen und an alles, was das Sicherheitsteam verlangen könnte, haltet. Das ist alles nur zu eurem Besten und …«

Das Knallen der Cafeteria-Türen unterbricht ihr Reden. Alle Köpfe drehen sich um und betrachten die Nachzügler. Ich erkenne sofort die Wärter von neulich Morgen, darunter Jefferson, flankiert von seinen Männern.

Er schreitet mit einer Genugtuung hinein, die mir den Magen umdreht, aber die eigentliche Sorge gilt der Person, die er verteidigt und die von allen Seiten geschützt wird. Alle scheinen kollektiv aufzuatmen, als sich die Macht im Raum verschiebt.

»Vielen Dank für die Einladung, Elizabeth. Wie rücksichtsvoll von Ihnen, dieses kleine Treffen abzuhalten, während ich in einer Telefonkonferenz war. Wir werden später über Ihre Respektlosigkeit gegenüber meiner Autorität sprechen.«

Seine Stimme dröhnt wie Donner und die Augen der Direktorin treten hervor, während wir alle zusehen, wie sich das Schauspiel entfaltet. Jefferson und seine Männer ziehen sich zurück und geben den Blick frei auf das wandelnde Raubtier in seiner prachtvollen Kleidung: groß, elegant und beeindruckend.

»Doktor Augustus. Ich bitte um Entschuldigung, wir konnten nicht warten.«

»Natürlich.«

Mit vor Gift triefender Stimme marschiert Doktor Augustus nach vorn in den Raum. Sein glänzendes schwarzes

Haar ist zurückgekämmt und betont sein kantiges Gesicht mit den unverkennbar intelligenten Augen.

Er ist zwar nicht übergewichtig, aber er hat dicke Muskeln, die seinen anthrazitfarbenen Designeranzug ausfüllen. Miss White tritt zurück und erlaubt ihm, ihren Platz einzunehmen.

»Dann stelle ich mich mal vor«, schnauzt er.

Sie hebt ihren Blick nicht vom Boden und unterwirft sich ihm völlig. Ich werde nicht lügen – es ist verdammt schön zu sehen, wie sie aller Autorität und Kontrolle beraubt wird. Die böse Schlampe verdient es, von ihrem Thron gestürzt zu werden.

»Mein Name ist Doktor Warren Augustus«, erklärt er großspurig. »Ich bin der Vorsitzende von Blackwoods Vorstand. Ich bin hier, um Professor Lazlo als Teil des klinischen Teams zu ersetzen und Blackwoods bevorstehende Verbesserungen zu beaufsichtigen.«

Seine perlweißen Zähne schimmern bedrohlich, sein Lächeln ist breit und wild. Bei der Erwähnung von Lazlos Namen verkrampft sich meine Lunge sofort. Ich umklammere meine Brust und versuche, meine Reaktion zu verbergen, aber es ist sinnlos. Sadie sieht mich über den Raum hinweg an.

»Ich kann euch allen, Patienten wie Mitarbeitern, versichern, dass die Integrität und der Erfolg dieses Instituts für mich höchste Priorität haben«, fährt Augustus fort. »Wie die Direktorin gesagt hat, ist eure Mitarbeit bei den kommenden Anpassungen erforderlich. Jeder Einzelne von euch ist durch diese einzigartige Gelegenheit privilegiert. Ihr seid das Herzstück eines Behandlungsprogramms von Weltruf.«

Er hält inne und lässt seinen kalten Blick durch den Raum schweifen.

»Verspielt diese Chance nicht durch Ungehorsam.«

Als er zum Schluss kommt, reißt die Spannung im Raum. Von einem Nachbartisch, an dem Rios Freunde sitzen, ertönt

Geschrei. Leon scheint aufgestanden zu sein, um Augustus' kleine Rede zu unterbrechen. Einer der neuen Wärter ist auf ihn losgegangen und hat ihn gegen den Tisch geschleudert, um seine Arme zu fesseln.

»Lass mich los! Ich möchte nur eine Frage stellen.«

»Keine Fragen«, knurrt der Wärter.

»Das ist Blödsinn! Lass mich los, Arschgesicht.«

Rios andere Freunde, einschließlich Jack, schweigen und beobachten das Debakel mit Angst in den Augen.

»Halbert, lass ihn sprechen.« Augustus seufzt.

Der Wärter schubst Leon, als er ihn loslässt. Alles an dieser Sache ist so falsch. Sie sollten nicht die Befugnis haben, uns nach Belieben zu verletzen, als wären wir Tiere, die auf die Schlachtung warten.

»Mein Freund ist letzte Woche gestorben. Was wollen Sie dagegen tun?«, schreit Leon.

»Soweit ich weiß, hat er sich das Leben genommen. Eine Tragödie, ohne Zweifel.«

Ich drehe vielleicht gerade durch, aber ich schwöre, dass in Augustus' Blick ein Schimmer von Belustigung liegt. Rios andere trauernde Freunde weigern sich alle, Leon zu unterstützen. Sie erkennen die unbestreitbare Autorität und Kontrolle, die seine Lippen in diesem Moment versiegeln sollte.

»Er hat keinen Selbstmord begangen, er wurde umgebracht«, beharrt Leon. »Ich verlange Antworten. Dieses Institut ist ein verdammter Witz, die Welt muss wissen, was hinter diesen Mauern passiert. Ihr seid alle krank.«

Schlechter Zug.

Regel eins: Reize niemals das Tier.

Auf den stummen Befehl seines Vorgesetzten hin schlägt Halbert Leon mit seinem Schlagstock in einer einzigen, geschmeidigen Bewegung ins Gesicht. Blut spritzt auf den Tisch, als Leon fällt und sich die gebrochene Nase hält. Seine

Knie treffen auf den Boden, und Halbert schlägt noch einmal auf ihn ein.

»Wir haben eine Null-Toleranz-Politik für Gewalt, Insasse.«

Ich erschaudere bei dem Wort *Insasse*.

Halbert zerrt Leon auf die Beine und führt ihn aus dem Raum, wobei seine Schreie in der fassungslosen Stille widerhallen. Die Türen schließen sich hinter ihnen, als würden die Tore der Hölle zuschlagen.

»Hat sonst noch jemand eine Frage an mich?«, blafft Augustus.

Schweigen.

Kein einziges Wort.

»Gut. Alle zurück in den Unterricht.«

Die Patienten fliehen mit neuem Elan aus dem Raum, verzweifelt darauf aus, der Gewalt zu entkommen. Ich starre die Therapeuten an und katalogisiere ihre Reaktionen auf das Geschehen.

Einige, wie Mariam und Sadie, scheinen völlig schockiert und angewidert von dem, was sie gerade gesehen haben. Andere scheinen mit der Strafe einverstanden zu sein. Es ist klar, wer mit wem verbündet ist. Wir können keinem von ihnen trauen.

»Was zum Teufel war das denn?«, flüstert Teegan.

»Nicht hier«, antwortet Kade.

Wir gehen gemeinsam und bleiben zum Schutz dicht beieinander. Mir entgeht nicht, wie die Direktorin unsere Gruppe studiert, und ich halte mich an Hudsons Arm fest, bis wir uns im Hof versammeln, wo wir sicher und außer Hörweite sind.

»Das können sie doch nicht tun?«, beginnt Phoenix.

Teegan schüttelt den Kopf. »Das war weder gerechtfertigt noch notwendig. Das ist Missbrauch.«

Eli lässt sich auf die Bank fallen und entlastet sein Bein. Ich setze mich zu ihm, ohne mich darum zu kümmern, ob er

Phoenix mir vorzieht. Ich muss ihn spüren, um zu wissen, dass er noch bei mir ist.

Unsere Finger verschränken sich, und ich schmiege mich an seine Seite, um Wärme zu finden. Die Berührung seiner Lippen an meiner Schläfe ist ein kleiner Sieg. Offensichtlich ist Phoenix nicht der Einzige, den er will. *Halleluja.*

»Sie können machen, was sie wollen«, sagt Kade ernst. »Nur weil sie es bis jetzt nicht getan haben, heißt das nicht, dass sie es nicht tun werden. Wer würde uns schon glauben? In den Augen der Gesellschaft sind wir ein Nichts.«

»Dieser Schwachkopf Augustus bedeutet nichts Gutes«, knurrt Hudson.

Alle stimmen zu, und als ich aufschaue, bemerke ich, dass Phoenix mich finster ansieht. Wie die reife Person, die ich bin, vergrabe ich mein Gesicht an Elis Hals und umklammere ihn fester, während ich mit den Lippen über seine Haut streife.

Was du kannst, kann ich schon lange.

»Wir müssen alle in den Unterricht gehen und uns normal verhalten«, sagt Kade. »Gebt ihm keinen Vorwand, euch wegzusperren. Tut, was sie verlangen, und die Sache wird sich von selbst erledigen.«

Teegan und Todd murmeln ihr Einverständnis, bevor sie zum Unterricht gehen. Hudson hat seine Sitzung mit Mariam und drückt mir einen Kuss auf die Wange, bevor ich reagieren und ihn wegstoßen kann. Wer zum Teufel ist diese zärtliche Person, die er geworden ist?

Kade wirft mir einen vielsagenden Blick zu, bevor er seinem Bruder folgt und mich mit dem verdammt glücklichen Paar zurücklässt.

»Wir haben auch Unterricht«, erklärt Phoenix.

Was du heute kannst besorgen, das verschiebe nicht auf morgen.

»Was ist dein Problem? Du hast seit Tagen nicht mit mir gesprochen.«

»Ich habe keine Zeit hierfür.«

»Willst du mich nicht mehr? Geht es darum?«, frage ich,

wobei meine Wut schnell ansteigt. »Du würdest lieber mit Eli in den Sonnenuntergang laufen, jetzt, da du mich benutzt hast und merkst, dass du ihn wirklich willst. Ich hätte wissen müssen, dass du zu egoistisch bist, um zu teilen.«

Meine Worte sind der Tropfen, der das Fass zum Überlaufen bringt. Mit einem Blick in die Runde, um sicherzustellen, dass niemand zusieht, zerrt Phoenix mich von der Bank und knallt mich mit voller Wucht gegen die nahe gelegene Wand, sodass mir ein heißer Schmerz in den Rücken fährt.

»Willst du das wirklich hier machen?«

»Nur zu«, knurre ich.

»Gut. Du bist diejenige, die aus dem Zimmer gegangen ist und versucht hat zu springen. Du hast mich zurückgelassen, bedeckt mit deinem verdammten Blut, ohne Rücksicht auf die Konsequenzen. Ich habe dein wertloses, erbärmliches Leben gerettet … und es hat dich nicht einmal interessiert.«

Seine Fingernägel graben sich so tief in meine Arme, dass sie Abdrücke hinterlassen, während er seine Nase an meinem Hals entlangführt, fast so, als wolle er mich mit seinem Geruch markieren. Er bereitet sich darauf vor, mich zu töten, bevor er mir das Genick brechen will.

Ich bewege mich nicht. Blinzle nicht. Atme nicht. Jedes Wort verbrennt mich, und ich schwelge in der Folter. Ich verdiene das und Schlimmeres für alles, was ich ihm angetan habe.

»Ich wollte dir nie wehtun.«

Phoenix schnaubt, seine Lippen nur wenige Zentimeter von meinen entfernt.

»Du hast unser Vertrauen missbraucht, hast diesem Drecksack Rio vertraut, als du ihm aufs Dach gefolgt bist. Ich dachte, wir wären eine Familie.«

»Bitte, Phoen. Ich will das in Ordnung bringen.«

»Du kannst es verdammt noch mal nicht in Ordnung bringen.«

Ich ergreife seine Hand und ziehe ihn um die Ecke, sodass wir hinter einer hoch aufragenden Eiche versteckt sind und nicht gesehen werden können. Eli folgt uns, sein Blick ist nervös, als Phoenix mich einkesselt. Mein Rücken ist an den Baum gelehnt, und er dringt ohne Entschuldigung in meinen persönlichen Bereich ein.

Die hasserfüllte Stille zwischen uns knistert vor Spannung, sein Knie drückt meine Beine auseinander und seine Hüften halten mich fest. Ich kann mich nicht bewegen oder weglaufen und unterwerfe mich Phoenix' Willen.

Er kann mit mir machen, was er will, es ist mir egal. Mich würgen. Mich schlagen. Meine Haut verletzen. Meine Nähte wieder öffnen und mich verbluten lassen. Was auch immer nötig ist, um die überwältigende Scham zu lindern, die mich lähmt.

»Glaubst du, du kannst einfach die Beine spreizen und alles wird gut?«, spottet er, während er seine Erektion fest gegen meinen Schritt drückt.

»Natürlich nicht.«

»Warum ist dann deine Muschi so feucht und bettelt darum, berührt zu werden?«

Ohne mich berühren zu müssen, weiß er bereits genau, welche Wirkung er hat. Ich bin kaum in der Lage zu stehen, meine Beine sind zu Brei geworden, während Phoenix an meinem Hals saugt. Ich kann praktisch den aggressiven Bluterguss spüren, den er dort hinterlässt, wo ihn jeder sehen wird.

Phoenix ignoriert Eli hinter uns und presst seine Lippen auf meine, und ich lasse zu, dass er meinen Mund mit seiner Zunge erforscht, auf der Suche nach Antworten, die ich nicht geben kann. Sein Schwanz reibt mit jedem seiner Stöße an mir, was mein Verlangen noch mehr anheizt.

»Bitte«, wimmere ich.

»Bitte was?«

Ich greife in seine zerrissenen schwarzen Jeans und

streichle seine Länge, anstatt zu antworten, in der Hoffnung, ihn zu besänftigen. Es scheint den gegenteiligen Effekt zu haben, denn Phoenix packt mich am Haar und zwingt mich auf die Knie.

»Du willst es wiedergutmachen? Lass mich deinen hübschen kleinen Mund ficken wie die Schlampe, die du bist, und vielleicht sind wir dann quitt.«

Ich lecke mir die Lippen, ziehe ihm die Jeans aus und nehme gierig seinen Schwanz in den Mund, der auf meine Kehle trifft. Phoenix knurrt und zerrt wieder an meinem Haar, dass es wehtut. Ich bewege mich auf seinem Schwanz, bis mir Tränen über das Gesicht laufen, gefangen zwischen Hass und Lust.

Eli sieht schweigend zu und trifft die vernünftige Entscheidung, nicht einzugreifen. Dieser toxische Austausch von Wut und Verzweiflung ist für unser Überleben notwendig. So kommunizieren wir, jenseits von dummen Worten und Ausreden.

Als Phoenix' Stöße schneller werden und er meinen Mund mit schnellen Bewegungen fickt, steigt die Hitze zwischen meinen Beinen. Ich will sie beide. Ungeachtet der Tatsache, dass ich diejenige war, die von ihnen wegging.

Phoenix bemerkt, wie ich meine Schenkel aneinander reibe, grinst und zieht mich an meinem Haar von seinem Schwanz weg. Ich wische mir über die Lippen und wage es, ihn aus trüben Augen anzuschauen.

»Bist du feucht, Hitzkopf?«

Ich nicke gehorsam und schweige.

»Ich wette, du willst, dass ich dich genau hier ficke, genau jetzt, wo jeder vorbeilaufen und es sehen kann. Nicht wahr?«

Ich beiße mir auf die Lippe und nicke erneut.

»Und du glaubst, wenn du mich lässt, wird dir vergeben?«

Er wartet nicht auf meine Antwort, sondern zieht mich auf die Beine und vergewissert sich, dass wir vom Hof aus immer noch nicht zu sehen sind. Aber wenn jemand hinter den Baum kommt, werden wir sofort erwischt.

»Wirst du deine Klappe halten?«

Um seine Frage zu beantworten, drehe ich mich um, stütze meine Hände auf den Baumstamm und strecke den Hintern raus. Ich kann Phoenix' scharfes Einatmen hören und es erregt mich, die Macht, die ich über ihn ausübe, selbst wenn ich meine eigene aufgebe.

Er greift in meinen Hosenbund und reizt mich, ohne ihn herunterzuziehen. Ich zittere vor Verlangen und bin kurz davor, ihn anzuflehen wie die verzweifelte Närrin, die ich bin. Aber die Erleichterung kommt nie.

»Leider hast du Pech, Brooke.«

Ich schaue über meine Schulter und sehe, wie Phoenix seine Jeans wieder hochzieht und mich mit roher Lust anstarrt, während er sich langsam entfernt. Als würde der Abstand zwischen uns ihn irgendwie schützen.

»Was zum Teufel?«, schnauze ich.

»Kümmere dich einmal um dich selbst. Ich bin hier fertig.«

Und mit dieser letzten Beleidigung macht Phoenix auf dem Absatz kehrt und schreitet davon. Hitze brennt auf meinen Wangen, und ich starre auf meine Füße und fühle mich wie der letzte Dreck. Zu allem Überfluss scheint Eli zwiegespalten zu sein, denn er blickt zwischen uns beiden hin und her, seine Loyalität geteilt.

»Geh einfach. Er braucht dich mehr.«

Mit einem letzten traurigen Blick nickt Eli und folgt Phoenix. Als die beiden aus dem Blickfeld verschwinden, bin ich schon im nassen Gras auf die Knie gesunken, leer und gebrochen.

So einen Mist hätte ich von Hudson erwartet, aber nicht von Phoenix. Nicht von meinem blauhaarigen Scherzkeks. Ich bin ein naiver Idiot, weil ich geglaubt habe, dass nach dem, was passiert ist, alles in Ordnung wäre. Diese Wunden kann man nicht so einfach heilen.

Ich habe das einzig Gute ruiniert, was mir je passiert ist. Wir sind zu kaputt, um als Individuen zu funktionieren, geschweige denn eine komplizierte, polygame Beziehung zu führen. Diese Sache zwischen uns ist dem Untergang geweiht, aber sie ist auch der einzige Grund, warum ich im Moment noch lebe.

Ohne sie scheint das Leben nicht lebenswert zu sein.

KAPITEL 8
BROOKLYN

NO ANSWERS – AMBER RUN

WÄHREND ICH VOR Sadies Büro warte, beobachte ich die Patientenströme, die ihren Angelegenheiten nachgehen. Ein weiterer Tag im Paradies, auch wenn sich jeder Tag wie ein Schritt in die falsche Richtung anfühlt.

Ich habe mich so lange an ein einziges Datum geklammert und meine gesamte Existenz auf mein unerschütterliches Bedürfnis hin geplant, tot zu sein, lange bevor es eintrat. Gefangen zwischen meinem Wunsch zu leben und meinem Bedürfnis zu sterben, habe ich zu viel Angst, mich für eines von beiden zu entscheiden. Die Tage und Wochen vergehen in einem einzigen Nebel, während ich in diesem lebendigen Tod feststecke.

Kade und Hudson haben mir Gesellschaft geleistet, während Eli sein Bestes tut, um sich festzuhalten, egal wie weit Phoenix uns alle wegstößt. Wir brechen auseinander, und ich kann nichts dagegen tun.

Die Tür zu Sadies Büro öffnet sich, als sie ihren morgendlichen Patienten hinauslässt und mich an die Wand gelehnt erblickt. Mit einer Geste bittet sie mich einzutreten und wirft einen Blick den Korridor hinunter.

»Erwartest du noch jemanden?«, frage ich, während ich mir einen Platz suche.

»Dir auch einen guten Tag. Was verschafft mir die Ehre?«

»Hör auf, herumzualbern. Wir müssen reden.«

Sadie nickt und blättert in den Papieren, während sie zu dem großen Erkerfenster hinübergeht, das einen Blick auf das Gelände des Instituts bietet. Der Regen fällt in Strömen und verdunkelt einen Großteil der Landschaft. Ich werfe einen Blick auf die Überwachungskamera und frage mich nicht zum ersten Mal, wer genau uns beobachtet.

»Wie ist es gelaufen?«, fragt sie.

»Fabelhaft«, erwidere ich. »Es geht nichts über eine Nahtoderfahrung, um die Perspektive zu schärfen. Vielleicht sollten wir alle ab und an versuchen, uns umzubringen, das gibt uns allen einen neuen Lebensantrieb.«

»Wer albert jetzt herum?«

Schwer atmend stütze ich meine Ellbogen auf meine Knie und nehme mir einen Moment Zeit, um mich zu beherrschen. Sie ist die Einzige, die hier die Antworten zu haben scheint, und ich werde nichts erreichen, wenn ich sie verärgere.

»Hör zu, ich muss wissen, was du weißt. Es ist schon Wochen her, und niemand erzählt mir etwas. Die Jungs behandeln mich wie gebrochenes Glas, und ich habe es so satt. Sag mir die Wahrheit.«

Sie setzt sich hinter ihren Schreibtisch. »Worüber?«

Ich gehe hinüber, reiße ihr die Papiere aus den Händen und werfe sie in den überquellenden Mülleimer. Sadie starrt mich an und blickt dabei auf die Kamera über uns.

»Versuchst du, dich in noch mehr Schwierigkeiten zu bringen?«

»Ich versuche, aus dem ganzen Mist schlau zu werden.«

Sadie runzelt die Stirn. »Und wie kommst du darauf, dass ich dir dabei helfen kann?«

»Du bist eine verdammte Therapeutin, oder nicht?«

Seufzend bedeutet sie mir, mich zu setzen. »Ich kann

deine Freunde nicht dazu bringen, dir zu verzeihen, Brooklyn. Das ist etwas, das du selbst tun musst. Ich kann dir nur dabei helfen, das alles durchzustehen. Also, sprich mit mir.«

Zögernd nehme ich ihr Angebot an und lasse mich in einen Stuhl fallen.

»Ich will nicht reden.«

»Natürlich willst du das. Warum solltest du sonst hier sein?«

»Ich weiß nicht, warum ich hier bin«, gebe ich zu. »Hier … *lebendig*. Irgendetwas davon. Nichts ergibt mehr einen Sinn. Ich habe das einzig Gute in meinem Leben ruiniert und zu allem Überfluss werden wir gequält wie verdammte Tiere, die auf ihre Schlachtung warten.«

Ich muss das nicht weiter ausführen, sie weiß genau, wovon ich spreche. In den letzten Wochen hat jeder Tag neuen Schrecken gebracht. Wachen, die sadistische Spielchen mit den Patienten treiben und sie für die kleinsten Vergehen bestrafen, und zwar jedes Mal auf brutalere Weise. Das gesamte Institut lebt in Angst vor Halbert und seiner fröhlichen Bande von Bastarden.

»Vorsichtig«, sagt Sadie mit leiser Stimme.

»Es ist mir scheißegal, ob sie zuhören.«

»Das sollte es nicht sein.«

Mit einem kurzen Blick auf die Überwachungskamera scheint sie eine Entscheidung zu treffen. Sadie kramt in ihrer Schreibtischschublade und holt eine kleine Fernbedienung heraus, und mit einem Knopfdruck erlischt die rote Aufnahmeleuchte.

»Wir haben fünf Minuten, in denen wir nicht überwacht werden. Nutze sie.«

»Was zum Teufel?«, rufe ich aus.

Sie zuckt mit den Schultern. »Wir alle haben Geheimnisse, Brooke.«

Ich rücke meinen Stuhl näher heran, da das Rennen nun begonnen hat. »Hör zu, ich bin nicht so dumm zu glauben, dass du uns aus reiner Herzensgüte geholfen hast. Du hast mir gesagt, dass hier schlimme Dinge passieren. Nun, es passieren verdammt schlimme Dinge. Ich brauche Antworten.«

Sadie beißt sich auf die Lippe. »Es gibt Dinge, die du nicht verstehst, und ich kann sie dir nicht sagen. Ich habe versucht, dich vor Blackwood zu warnen, und das gilt immer noch. Du bist hier nicht sicher, keiner von euch ist es.«

»Du musst mir irgendetwas geben«, flehe ich.

»Wie wäre es mit der Tatsache, dass alle Notizen, Behandlungspläne und jahrelangen Daten von Lazlo gelöscht wurden, als hätte er nie existiert. Ich kann nicht mal beweisen, dass er dich überhaupt behandelt hat.«

Ich weiche zurück und habe keine Antwort. Sie sieht triumphierend aus, als hätte ich mit meinem Schweigen etwas bewiesen. Der bloße Gedanke an Lazlo löst Übelkeit in mir aus.

»Sag mir, was da unten passiert ist«, befiehlt sie.

»Nichts. Wir haben nur geredet.«

»Worüber?«

Ich starre sie finster an. »Es war eine Therapie, Sadie. Wir haben über alles Mögliche geredet. Was willst du von mir? Lazlo war ein unheimlicher alter Mistkerl, das ist alles. Mehr gibt es nicht zu sagen.«

Ich hoffe, sie kauft es mir ab. Mein ganzer Körper ist verkrampft, ich zittere fast vor Anstrengung, alles in mir zu halten.

Endlose Sitzungen, in denen er in meinem Gehirn herumstocherte.

Nadeln und unbekannte Medikamente.

Halluzinationen und rückwärts laufende Uhren.

Was kann ich ihr sonst sagen? Dass ich keinen blassen Schimmer habe, was da unten im Dunkeln passiert ist? Sie wird mich selbst wegsperren und den Schlüssel wegwerfen.

»Du verheimlichst etwas«, sagt Sadie trocken.

»Das musst du gerade sagen. Warum hast du uns

geholfen? Warum hast du niemandem erzählt, was wirklich mit Rio passiert ist?«

»Ich habe meine Gründe und muss mich vor dir nicht rechtfertigen.«

Die Hände zu Fäusten geballt, kämpfe ich gegen den Drang an, zu schreien und zu toben. Diese Doppelmoral macht mich stinksauer. Sie hat bewiesen, dass wir hier niemandem trauen können. Einschließlich ihr.

»Soweit ich weiß, bist du nur einer von Augustus' sadistischen kleinen Lakaien. Du wirst uns alle den Wölfen zum Fraß vorwerfen und dich dafür loben lassen, dass du Rios Mörder gefangen hast«, schimpfe ich.

»Glaubst du das wirklich?«

»Ich weiß nicht, was ich noch glauben soll, verdammt!«

Sadie überlegt einen Moment lang. Ich kann sehen, dass ich sie Stück für Stück auseinandernehme. Ehrlich gesagt, glaube ich nicht, dass sie nur so tut. Sie war der einzige Lichtblick in dem Höllenloch, das Clearview war. Das kann man nicht vortäuschen. Selten findet man einen Therapeuten, dem es um mehr geht als um seinen Gehaltsscheck am Ende des Monats.

»Hör zu, ich will ehrlich sein«, räumt sie ein. »Es gibt hier Leute, die nicht das Beste für die Patienten im Sinn haben. Dieser Ort ist nicht das, wofür du ihn hältst.«

»Warum bist du dann hier?«

Gewitterwolken ziehen über ihren sonst so sonnigen Gesichtsausdruck hinweg und verwischen alle Spuren meiner unbekümmerten Freundin.

»Du kannst mir vertrauen.«

Sie schüttelt den Kopf. »Das ist keine Frage des Vertrauens.«

»Was ist es dann?«

»Selbsterhaltung. Du bist nicht die Einzige, die hier in Gefahr ist.«

Niedergeschlagen klickt sie auf ihrem Laptop und dreht

den Bildschirm so, dass ich das Foto darauf in voller Größe sehen kann. Ich starre den jungen Mann an, der wahrscheinlich Anfang zwanzig ist. Ein strahlendes, energiegeladenes Lächeln und jungenhaftes braunes Haar umrahmen freundliche goldene Augen. Die gleiche liebenswerte Energie, die ich in Sadie sehe.

»Das ist Jude«, flüstert sie.

Dem Schmerz in ihrem Gesicht nach zu urteilen, weiß ich, dass dies keine schöne Geschichte sein wird. Ich bin mir nicht sicher, ob es die in diesen heiligen Hallen gibt.

»Was ist mit ihm passiert?«

Sie weigert sich, noch einmal auf den Laptop zu schauen, und klappt ihn zu. »Er nahm vor sechs Jahren eine Stelle an, nachdem er seinen Abschluss gemacht und ärztliche Fortbildungen absolviert hatte. Jude wollte sein Leben der Hilfe für andere widmen, und welcher Ort wäre dafür besser geeignet als das renommierte Blackwood Institute?«

Ein bleiernes Gewicht setzt sich in meinem Magen fest. »Er hat … hier gearbeitet?«

Sadie nickt. »Er zog nach Wales und verfolgte seinen Lebenstraum. Es war Liebe auf den ersten Blick, er war so begeistert, endlich das zu tun, was er jahrelang geplant hatte. Dieser Ort war ein wahr gewordener Traum für ihn.«

»Was ist passiert?«

Als sie auf ihre gefalteten Hände hinunterschaut, stelle ich entsetzt fest, dass ihr Tränen über die rosigen Wangen laufen. Ich möchte sie einfach nur umarmen, aber ich spüre, dass das nicht willkommen wäre.

»Innerhalb von sechs Monaten war er weg. Spurlos verschwunden.«

Ich starre sie an. »Wie ist das möglich?«

»Das Institut behauptete, ihm sei eine aufregende Stelle in Europa angeboten worden, wo er eine Ausbildung bei einem berühmten Psychiater absolvieren und dort ein Krankenhaus eröffnen sollte. Man legte sogar einen Brief von ihm vor, zusammen mit Flugtickets und anderen Beweisen. Die Polizei war nicht interessiert.«

»Das macht keinen Sinn.«

Ihr hoffnungsloses Achselzucken bricht mir das Herz.

»Blackwood hat Verbindungen an den richtigen Stellen, Brooke. Wenn sie wollen, dass jemand verschwindet, dann werden sie genau das tun. Es ist plausibel, dass Jude irgendwo da draußen ist und in einem neuen Land sein Leben genießt, aber ich glaube es nicht. Er ist tot.«

Ich überlege, ob ich meine Meinung äußern soll, schlage die Vorsicht jedoch in den Wind. »Es ist auch möglich, dass er einfach gegangen ist und keine Familie hatte, die er informieren konnte, oder einen Grund, hierzubleiben.«

Sadie sieht auf meinen Vorschlag hin untypisch wütend aus und ihre Miene verhärtet sich. Ich lehne mich weiter zurück, immer noch unsicher, wo ihre Loyalität liegt.

»Blödsinn. Er würde nicht weggehen, ohne sich zu verabschieden.«

»Warum nicht?«, dränge ich.

»Weil Jude mein Bruder ist, klar?«, schreit sie und weitere Tränen fließen. »Ich war ein Teenager, als er verschwunden ist. Unsere Eltern starben, als wir noch klein waren, und niemand wollte einem trauernden Kind zuhören. Die Ermittlungen wurden eingestellt, bevor sie überhaupt begonnen hatten. Niemand erinnert sich mehr an ihn, nur ich.«

Ich lasse ihr etwas Zeit, um sich zu sammeln, während ich diese neuen Informationen verarbeite. Ich wusste, dass mehr dahinterstecken musste – dieser schwer fassbare Hauch von Insiderwissen, mit dem sie seit Monaten herumstolziert.

»Deshalb bist du hier«, vermute ich und die Puzzleteile fügen sich zusammen. »Du versuchst herauszufinden, was mit ihm passiert ist, nicht wahr?«

Sadie schluckt und nickt erneut. »Ich habe Jahre mit Planung verbracht, seine Schritte zurückzuverfolgen und mich bei endlosen Jobs zu bewerben. Clearview, Manchester. Und jetzt hier. Dies ist das Ende der Straße. Was auch immer meinem Bruder zugestoßen ist … es ist ihm im Blackwood Institute passiert.«

Das Geräusch von Stimmen und Gesprächen draußen auf dem Hof erinnert uns daran, dass wir immer noch hier sind, gebunden an Regeln und Erwartungen. Wir können nicht so tun, als wäre das alles unwichtig, denn die Wahrheit ist nicht so einfach wie das Stellen der richtigen Fragen. Nicht hier.

»Was ist in jener Nacht passiert?«, drängt Sadie.

»Ich habe dir alles gesagt.«

»Das hast du nicht. Bitte sei ehrlich zu mir. Ich will nur die Wahrheit herausfinden und die Verantwortlichen für all das, was hier vor sich geht, entlarven. Du kannst mir dabei helfen.«

Rasch stehe ich auf und trete den Rückzug an.

»Nein, ich kann nicht.«

»Warum beschützt du ihn? Rio?«

»Ich beschütze niemanden.«

Sadie folgt mir unbeirrt. »Dann sag mir die Wahrheit!«

Unfähig, es in Schach zu halten, ziehe ich an meinem Haar und beiße mir auf die Wangen, um nicht die Kontrolle zu verlieren. Das Gefühl der Implosion ist akut, ausgelöst durch die bloße Erwähnung des Namens, dass ich physisch nicht begreifen kann, was da oben passiert ist.

»Ich kann es dir nicht sagen, weil ich mich nicht erinnere«, gebe ich schließlich zu.

»Du musst dich nur mehr anstrengen, dich in diesen Moment zurückversetzen …«

»Nein! Das ist es nicht. Ich … es ist, als wollte ich mich nicht erinnern. Ich habe alles versucht.«

»Dann streng dich mehr an! Wir haben keine Zeit, es tut mir leid.« Sadie packt mich, ihr Griff eisern. »Du könntest das fehlende Teil des Puzzles sein. Ein lebendiges Zeugnis dafür, was an diesem Ort passiert. Du musst es besser machen.«

»Lass mich los …«

»Denk einfach nach, verdammt. Was ist passiert? Ich muss es wissen! Die Leute zählen auf mich.«

Ihre Stimme wird lauter und verstärkt den Druck, der mich zu sprengen droht. Ich löse ihre Finger von meinen Armen und renne zur Tür, weil ich einen Fluchtweg brauche, bevor ich etwas tue, was ich später bereue. Ihre schroffe, erstickte Stimme lässt mich erstarren.

»Brooklyn! Ich bin hier, weil Blackwood krank ist. Es ist ein verdrehtes Regime, das als medizinisches Wunder dargestellt wird. Niemand überlebt, es ist alles eine Lüge. Du wirst diesen Ort nie verlassen.«

Ich werfe einen Blick über meine Schulter zurück und begegne ihrem müden Blick. »In dem Moment, als ich durch diese Tür trat, wusste ich, dass ich diesen Ort nie wieder verlassen würde. Manche von uns haben keine zweite Chance verdient. Es tut mir leid, ich kann dir nicht helfen.«

Ich renne wie der Feigling, der ich bin, und überlasse sie ihren Verschwörungen und Gespenstern. Das Geräusch ihres Weinens verfolgt mich, und die Schuldgefühle drohen mich weiter entgleisen zu lassen. Ich habe keine andere Wahl als zu fliehen, ducke mich durch die Menschenmenge und ignoriere, dass jemand meinen Namen ruft.

Kurz bevor ich den Raum verlasse, erblicke ich Augustus, der sich in der Ecke des Empfangs mit Jefferson unterhält, und beide beobachten mich durch die Menge der Patienten.

Ich schwöre, dass ich ihn lächeln sehe.

Als wäre das alles irgendwie Teil des Plans.

Zurück in meinem sicheren Zimmer verstecke ich mich für den Rest des Tages vor den Jungs. Ich fülle endlose Seiten meines versteckten Tagebuchs, das durch mein hektisches Gekritzel ramponiert ist.

Ganz gleich, wie eifrig ich schreibe und in meinem vernebelten Gehirn herumwühle, um Erinnerungen freizulegen, die einen Funken Hoffnung bieten – die Wahrheit entzieht sich mir dennoch.

Ich habe keine Ahnung, was bei diesem Sturm passiert ist und warum ich mich nicht daran erinnern kann. Rios Verwicklung und die Wahrheit hinter der Unterströmung von Kriminalität und Schmuggelware sind das kleinste der ungelösten Rätsel, die auf dem Blackwood-Gelände lauern.

Es ist unmöglich, die Wahrheit zu finden.

Der letzte Hinweis verschwand zusammen mit Professor Lazlo.

KAPITEL 9

PHOENIX

ANIMAL IN ME – SOLENCE

ICH SCHAUE in den Badezimmerspiegel und gebe noch ein paar Augentropfen auf meine trockenen Lider. Das ist in den letzten Wochen zu meiner üblichen Routine geworden, die Aktivitäten der vergangenen Nacht mit Täuschung und Lügen zu vertuschen.

Ich bin mir sicher, dass niemand dieses erbärmliche Schauspiel glaubt, das ich hier aufführe, aber Unwissenheit ist ein Segen, oder?

Nachdem ich mich gestern Abend mit Jason, einem der Junkies, mit denen ich mich angefreundet habe, zugedröhnt hatte, war ich nicht bereit, mich mit dem allmächtigen Kade und seinem belehrenden Schwachsinn auseinanderzusetzen. Zum Glück ließ Eli mich bei sich übernachten, wie ich es in letzter Zeit oft getan habe. Ich habe seine stummen Fragen abgewimmelt, obwohl es offensichtlich ist, dass ich Drogen genommen habe.

Ich spritze mir Wasser ins Gesicht und fahre mir mit der Hand über mein zerzaustes blaues Haar, dann verlasse ich Elis Badezimmer, um mich dem Tag zu stellen. Er liegt auf dem Bett, hat das Bein hochgelegt und schaut stirnrunzelnd auf sein Handy. Ich weiß mit Sicherheit, dass Kade und Hudson versucht haben, ihn unter Druck zu setzen, damit er mich überredet – *kein Wortspiel beabsichtigt.*

»Fertig?«

Sein Kopf schnellt hoch, ein schuldbewusster Blick huscht über sein Gesicht.

»Du bist derjenige, der sich den Film ansehen wollte.«

Nachdem er sein Telefon sicher verstaut hat, greift er nach seinen Krücken und deutet zur Tür. Ich vermeide absichtlich den Blickkontakt, in der Hoffnung, mein Zittern nach dem High zu verbergen. Ich habe genug, um die nächsten Tage zu überstehen; mich zu betäuben ist im Moment die beste Option.

Wir machen uns auf den Weg nach unten und reihen uns in die übliche Schlange ein, die uns zum Freitagabendfilm führt, wobei wir uns der vielen Wärter bewusst sind, die uns wie geifernde Hunde beobachten.

Dieses Arschloch Augustus macht keine Witze und greift hart und schnell durch. Ich bin so sehr damit beschäftigt, ihre offensichtlichen Waffen und neuen Ausrüstungsgegenstände zu katalogisieren, dass ich nicht bemerke, dass sich unserer Gruppe ein drittes Mitglied angeschlossen hat.

Brooklyn.

Verdammt noch mal.

Mein Hitzkopf sieht … Mist, sie sieht so verdammt perfekt aus. Mit gebrochenem Herzen und Schlafmangel, während sie kaum auf ihren zitternden Beinen stehen kann. Unsere Blicke treffen aufeinander, und ich entdecke so viel Traurigkeit darin, dass mir das Wasser im Mund zusammenläuft.

Ich spüre noch immer ihre Lippen auf meinem Schwanz und träume spät in der Nacht von diesem Tag, wenn die Drogen unweigerlich wieder nachzulassen beginnen. Ich möchte etwas von ihrer Traurigkeit für mich selbst stehlen, sie wegschließen und die Macht genießen, die ich über ihr verdorbenes Herz habe.

Ich bin froh, dass sie leidet. Verdammt, ich will derjenige sein, der ihr wehtut. Sie brechen und sie den Schmerz fühlen lassen, den ich fühle.

»Ich kann mich nicht erinnern, dich eingeladen zu haben.«

»Freies Land.« Sie zuckt mit den Schultern.

»Ich bin sicher, dass Teegan einen freien Platz für dich hat.«

Seufzend schlurft sie mit den Füßen. »Lass gut sein, Phoen. Ich bin nicht hier, um mich wieder mit dir zu streiten. Ich will nur den Film sehen und ein bisschen schlafen, ohne dass Kade oder Hudson mir im Nacken sitzen.«

Eli humpelt zu ihr hinüber, legt ihr einen Arm um die Schultern und presst seine Lippen auf die ihren. Ich sehe rot und balle meine Hände zu Fäusten. Es bleibt nicht unbemerkt, und er wirft mir einen beschwichtigenden Blick zu.

Mein Kopf ist ein verdammtes Chaos. Ich möchte derjenige sein, der sie küsst, aber gleichzeitig möchte ich ihr miserables Leben für immer beenden. Was würde ich nicht geben, um ein paar Wochen zurückzuspulen, bevor die Scheiße kompliziert wurde und ich mich zu sehr gesorgt habe, um diese Schlampe in einer Lache ihres eigenen Blutes sterben zu lassen.

Ich entscheide mich für den einfachen Weg und stürme los, um unseren üblichen Platz im hinteren Teil des Kinosaals zu finden. Eli versucht, Brooklyn dazu zu bringen, sich zwischen uns zu setzen, aber sie nimmt stattdessen seinen Platz ein und zwingt ihn, sich in die Mitte zu setzen. Ein Friedensstifter inmitten unseres zermürbenden Schlachtfelds.

Ich werfe ihm einen bösen Blick zu. »Du bist ein Arschloch.«

Sein schiefes Lächeln würde es rechtfertigen, ihm den Hintern zu versohlen, wenn wir allein wären, scheiß auf den platonischen Blödsinn. Ich atme tief durch, konzentriere mich auf den Film und versuche, die Patrouille der Wärter zu ignorieren, die dafür sorgen, dass ausnahmsweise mal keine komischen Dinge in den Schatten passieren.

Nach einer Stunde Film schaue ich zu den anderen beiden hinüber und sehe, dass Brooklyn fest eingeschlafen ist und ihren Kopf auf Elis Schoß gelegt hat. Sie sieht unglaublich jung aus, die Arme vor der Brust verschränkt und scheinbar friedlich.

Egal, wie oft ich blinzle und das Bild zu verdrängen versuche, ich sehe nur ihre aschblonden Locken, die mit Blut befleckt sind, jeder sichtbare Zentimeter Haut von ihrer eigenen Hand geschnitten.

Es verfolgt mich nachts, dieses verdammte Bild. Scheiße, es verfolgt mich, wenn ich unsere blöde Badewanne ansehe. Ich laufe vor den Erinnerungen davon, aber sie verfolgen mich immer noch auf Schritt und Tritt und haben sich für immer in meine Psyche eingebrannt.

Ein lauter, klingelnder Alarm unterbricht den Film abrupt und alle Lichter gehen plötzlich an. Instinktiv greife ich nach Eli und Brooklyn, vorbereitet auf eine unbekannte Bedrohung.

Einer der neuen Wärter schlendert herein, der eine beängstigende Macht ausstrahlt, wenn man bedenkt, wie sehr seine Kollegen in seiner Gegenwart schrumpfen.

»Obligatorische Zählung! Alle raus«, brüllt er.

»Im Regen?«, beschwert sich jemand.

Er greift nach seinem Schlagstock und wirbelt ihn wie ein verdammter Zirkusartist herum, wobei er ein unbarmherziges Lächeln aufsetzt. »Hast du ein Problem damit? Du kannst gern eine formelle Beschwerde einreichen, ich brauche etwas, womit ich mir später den Arsch abwischen kann.«

Die anderen Wärter lachen, als wäre das alles ein lustiger Scherz. Einer nach dem anderen werden wir aus dem warmen Kinosaal getrieben und in die dunkle Nacht hinausgeworfen.

Ich wehre mich nicht gegen Brooklyn, als sie Eli zwischen uns einklemmt, um sicherzustellen, dass die Wärter ihn nicht ins Visier nehmen können, weil er langsamer geht. Ich habe das Gefühl, wir würden beide Blut vergießen, um *unseren* kleinen Eli zu schützen.

Heftiger Regen prasselt auf den Boden wie Maschinengewehrfeuer und durchnässt uns alle bis auf die Knochen. Während wir in demütigenden Schlangen dastehen, zählen die säuerlich dreinblickenden Wärter jede einzelne Person dreimal.

Mehr Menschen strömen aus dem Eingang, während jedes Stockwerk von Oakridge geleert wird, einige sogar in Pyjamas. Es ist ihnen scheißegal, dass ein sintflutartiger Regenguss auf uns alle niederprasselt.

Wütendes Geflüster erregt meine Aufmerksamkeit und ich schaue zur anderen Reihe hinüber, wo ich ein paar von Rios verbliebenen Freunden entdecke, die nicht zum Schweigen gebracht wurden. Sie haben Abstand gehalten, nachdem Leon in Einzelhaft gesteckt wurde, und Jack steht jetzt abseits von ihnen. Wir würdigen uns keines Blickes, obwohl ich noch vor wenigen Stunden bei ihm Koks gekauft habe.

»Der kleine Psycho konnte nicht einmal richtig sterben.« Taylor lacht.

Sein Kumpel stimmt ihm zu und tritt aus der Reihe, um sich Eli genauer anzusehen. »Hey, verdammter Freak. Was hast du mit unserem gottverdammten Freund gemacht, hm? Ihn aufgeschlitzt, wie du dich selbst geschnitten hast? Du bist ein kranker Bastard.«

Eli packt mich am Ärmel, als wolle er mich zurückhalten.

»Lass mich los«, zische ich.

»Du wirst mit Leon in einer gemeinsamen Zelle landen«, warnt Brooklyn.

»Fick dich, Hitzkopf. Keiner hat nach deiner Meinung gefragt.«

Sie kneift die Augen zusammen, bevor sie sich wieder

Taylor zuwendet und sich mit einem so tödlichen Selbstvertrauen aufrichtet, dass ich schon beim Zuschauen einen Steifen bekomme. *Verdammt noch mal*, dieses Mädchen.

»Wen nennst du einen Freak, Schwachkopf? Als ich das letzte Mal nachgesehen habe, war dein Freund tot. Offensichtlich bist du ein beschissener Freund, denn er hat sich umgebracht. Fall abgeschlossen.«

Es ist verdammt heiß, wie sadistisch sie ist und ihnen Rios Tod unter die Nase reibt, obwohl wir alle wissen, warum der Hausmeister sein Gehirn vom Beton kratzen musste.

»Rio hat sich nicht umgebracht«, verteidigt sich Taylor.

»Bist du taub?«

»Nein, ich bin nur immun gegen deinen Schwachsinn, West. Hör auf, deinen kranken Freund zu beschützen. Er sollte sich mir selbst stellen wie ein echter Mann.«

Brooklyn strafft die Schultern und stellt sicher, dass Eli sicher hinter ihr steht. »Willst du wirklich vor diesen neuen Arschlöchern hier etwas anfangen? Ich werde den Boden mit dir aufwischen, viel Glück dabei, danach noch flachgelegt zu werden.«

Während die Wärter damit beschäftigt sind, die Wohnheime zu leeren und die Patienten zu zählen, holt Taylor zu einem Schlag gegen Brooklyn aus, aber er ist viel zu langsam. Sie wirbelt durch die Luft wie eine verdammte Göttin und rammt ihm ihre Faust in den Magen. Ihre Aufmerksamkeit richtet sich auf Dean, der nicht glauben kann, dass ein Mädchen seinen Freund niedergeschlagen hat.

»Willst du es versuchen, Arschgesicht?«

Er hebt seine Hände zur Kapitulation.

»Ich kümmere mich nur um meinen eigenen Kram.«

»Das habe ich mir gedacht«, spottet Brooklyn.

Sie dreht sich wieder zu uns um, und das ist ein Fehler. Ich sehe den Angriff kommen, lange bevor sie es tut. Taylors Gesicht ist rot vor Wut und er stürmt auf sie zu, wobei er ihr mit seiner Größe und seinem Gewicht leicht den Schädel brechen könnte.

Ich stoße Eli zurück und fange Taylor ab, wobei ich den Schwung nutze, um uns von der Schlange weg und in die Dunkelheit zu befördern. Wir stolpern durch die durchnässten Gärten, bis wir weit genug weg sind, dass die Wärter uns nicht mehr sehen können, verdeckt von hoch aufragenden Bäumen.

Die Zeit beschleunigt sich, als meine Faust immer wieder in Taylors Gesicht landet und ich nicht aufhöre, selbst als sein heißes Blut meine Knöchel benetzt. Ich bin kein großer Kämpfer, war es noch nie. Aber *verdammt noch mal*, es fühlt sich gut an, einem Arschloch die Nase zu brechen.

»Herrgott … Phoenix, hör auf!«

Ich ignoriere das Mädchen, das mir das Herz gebrochen hat, die Schreie des Arschlochs unter mir und den Schmerz meiner kaputten Knöchel. So fühlt es sich an, wenn man anderen die Scheiße aus dem Leib prügeln kann, anstatt sie nur mit Worten zu verletzen.

Ich sehe den Reiz – Hudson hat recht. Gerade als Taylor anfängt, Blut zu husten, packt mich jemand anderes von hinten und wir rollen wieder durch den dicken Schlamm. Als wir nach dem Zusammenstoß mit einem Baum gestoppt werden, finde ich Brooklyn zitternd unter mir.

»Warum zum Teufel hast du das getan?«, schreie ich.

»Du hättest ihn umgebracht. Ich habe dich gerade vor dem Gefängnis bewahrt.«

»Sieh dich um, das ist ein verdammtes Gefängnis!«

Ich greife nach ihrem durchnässten, schlammigen T-Shirt, wobei ich es mit Blut verschmiere. Jeder Atemzug fühlt sich wie eine gigantische Anstrengung an. Ich möchte schreien und toben, bis die Welt wieder einen Sinn hat und ich mich nicht mehr betäuben muss, nur um mich wieder unter Kontrolle zu haben.

»Phoen«, krächzt sie.

»Nein. Das darfst du nicht tun.«

»Was tun?«

»Diese Sache zu etwas anderem machen, als es ist«, antworte ich wütend. »Er hat Eli beleidigt, also habe ich den wertlosen Wichser verprügelt. Sieh mich nicht so an, als würde ich dir verzeihen, anstatt auch in den Arsch zu treten.«

»Wenn es das ist, was du tun musst, dann tu es.«

Unsere Stirnen prallen aufeinander, während der sintflutartige Regen die ganze Welt außer uns übertönt. Ich spüre nur den Schlag ihres grausamen Herzens und sehe die Tränen, die an ihren Wimpern kleben und darum betteln, losgelassen zu werden.

»Bestrafe mich. Tu mir weh. Es interessiert mich nicht mehr«, fleht sie.

Ein verärgertes Lachen entweicht mir. »Genau das ist das Problem, Hitzkopf. Du hast dich vorher nicht genug gesorgt, um zu bleiben, und trotz allem tust du es immer noch nicht. Nicht genug, um einen Unterschied zu machen.«

Meine Worte treffen ins Schwarze, und ihr Gesichtsausdruck verfestigt sich wieder zu vertrauter Wut. Ich liebe es zu sehen, wie ihre Kontrolle bröckelt und sich auflöst.

»Wann wirst du endlich erwachsen, hm?«

»Ich habe dich verdammt noch mal sterben sehen«, schreie ich.

Brooklyn weicht zurück und versucht, vor mir wegzulaufen, aber ich halte sie im Schlamm fest, während der heulende Wind und der Regen uns in einer zerstörerischen Blase einschließen. Alles kocht an die Oberfläche, jeder letzte Rest von Hass und unmöglicher Liebe, den ich für diese schreckliche Kreatur empfinde.

»Du bist in meinen Armen verblutet, und ich habe deinen leblosen Körper mit bloßen Händen zusammengenäht. Zwanzig Stiche, um genau zu sein. Du kannst sie an den Narben abzählen, die von meiner Hand an deinem Körper hinterlassen wurden.«

Ich lasse ihr durchnässtes T-Shirt los und lege stattdessen

meine Hände um ihren Hals, weil ich sie unter Kontrolle haben muss. Sie versucht, meine Finger von ihrer Luftröhre zu lösen, während das Blut von der Stelle, an der sich meine Fingernägel eingegraben haben, an ihrem Fleisch hinunterläuft und einen süßen Schmerz verursacht, der mein Herz zum Pochen bringt. Als sie scheitert, tritt Bosheit in Brooklyns Gesichtsausdruck.

»Du willst die Wahrheit? Ich hasse dich, weil du mein Leben gerettet hast.«

Ihre erstickten Worte treffen mich wie Säure, und ich ziehe meinen Griff fester und quetsche das Leben aus ihr heraus. Keiner kann mich aufhalten. Nicht die Jungs. Nicht Blackwood. Nicht einmal der Teufel selbst. Wenn ich sie töten wollte, hier und jetzt, könnte ich das verdammt noch mal tun.

»Du hättest mich einfach sterben lassen sollen«, stößt sie hervor.

Ich lockere meinen Griff so weit, dass sie ungehindert sprechen kann, da ich die kranke Bestrafung ihrer Worte suche. »Ist das so?«

»Ja, das ist es. Ich wäre weit weg von diesem Höllenloch und jedem einzelnen Stück Scheiße darin. Du hattest kein Recht, mir das wegzunehmen. Kein Recht. Jetzt bin ich am Leben, und es ist deine verdammte Schuld.«

»Mein Gott. Du bist eine egoistische Fotze.«

Brooklyn vergräbt ihre Finger in meinem nassen Haar und zerrt kräftig an den Strähnen, bis ich wieder in ihre toten Augen blicke und ihr Geständnis nicht mehr zu übersehen ist.

»Wer könnte mich daran hindern, wieder auf das Dach zu gehen und zu beenden, was ich begonnen habe? Nichts und niemand außer mir kann entscheiden, was als Nächstes passiert. Am Leben zu sein ist meine Entscheidung.«

Trotz des giftigen Smogs, der uns beide verschlingt, prallen unsere Lippen in einem hungrigen, animalischen Kampf aufeinander. Sie schmeckt nach Tod und

Verdammnis, nach meinem Verderben und meiner Erlösung, alles verpackt in einem Ball aus feuriger Hölle.

Ich lasse sie dominieren, besiegt von meinem verräterischen Bedürfnis, ihr zum ersten Mal seit Wochen wieder nahe zu sein. Auch wenn sie in mir täglich den Wunsch auslöst, ihr die Scheiße aus dem Leib zu prügeln.

Ich unterbreche den Kuss. »Warum bist du dann noch hier?«

»Ich bin hier, weil dieses beschissene Leben das Letzte ist, was ich noch habe.«

Ich lache und beiße ihr in die Lippe. »Das war dir egal, als du dir die Adern aufgeschnitten hast oder bereit warst, dich in den Sturm zu stürzen.«

Sie hält inne und setzt ein unmenschliches Lächeln auf.

»Willst du ein Geheimnis hören?«

Ich ignoriere die erhobenen Stimmen und das Geschrei, das unsere bevorstehende Unterbrechung ankündigt, schaue ihr tief in die Augen und nicke einmal.

»Es tat nicht weh, als ich mich tief genug geschnitten habe, um meine Arme zu entstellen. Der einzige Schmerz, den ich fühlte …« Brooklyn legt eine Hand auf ihre Brust, über ihr Herz. »War genau hier.«

Mit einem Mal hat mich der Kampf verlassen. Ich kann es nicht mehr verbergen. Diese wütende Person bin nicht ich, ich hasse, was ich geworden bin. Ich hasse, was *sie* aus mir gemacht hat. Ich lasse Brooklyns Kehle los, die sich schnell verfärbt, balle meine Faust und schlage sie mir gegen die Stirn.

»Ich spüre diesen Schmerz. Es tut so verdammt weh.«

»Lass es mich besser machen«, fleht sie.

Ich gebe fast nach. *Fast.* Der Drang, aufzugeben, sie in den Sonnenuntergang zu entführen und diese gebrochene, verdrehte Art von Liebe anzunehmen, ist so verdammt verlockend. Was auch immer sie mir an Anerkennung und

Aufmerksamkeit schenken wird. Aber mit dem letzten Fetzen Selbstachtung, den ich besitze, schüttle ich den Kopf.

»Das kannst du nicht. Nicht jetzt, niemals.«

»Phoen, bitte …«

»Ich sagte Nein.«

Ich lasse Brooklyn auf dem blutbefleckten Gras liegen und renne wie der Feigling, der ich im Grunde meines Herzens bin. Taylor ist schon weg, verschwunden, um seine Wunden in Ruhe zu lecken, ohne dass das ganze Institut davon erfährt. Eli wartet auf mich, aber er rechnet eindeutig damit, dass Brooklyn mir folgt, und runzelt die Stirn, als sie es nicht tut.

»Lasst mich in Ruhe. Alle beide«, befehle ich.

Da es nichts mehr gibt, was mich hier hält, gehe ich von ihnen weg. Allein. Leidend. Ich sehne mich nach nur einem weiteren Schuss, um den Schmerz wieder erträglich zu machen, auch wenn es nie genug sein wird.

KAPITEL 10
BROOKLYN

CARRY ON – FALLING IN REVERSE

ES FOLGEN schlaflose Nächte und gequälte Tage.

Ich erreiche ein unangenehmes Maß an Akzeptanz und tue so, als würde die Welt nicht zusammenbrechen. Das Leben ist eine hervorragende Ablenkung, selbst wenn es um einen herum niederbrennt.

Nachdem ich dem Tod so nahe war, fühlt sich alles nach … *mehr* an. Ich sehe die Welt, wie ich sie noch nie zuvor gesehen habe. Es ist verdammt beängstigend, aber auch seltsam berauschend.

Zusammengerollt auf Teegans Bett, betrachte ich ihr Gothic-Zimmer. Die Bücherregale sind vollgestopft mit Schallplatten, die in ihren knallroten Player passen, ein echter Klassiker, wie sie mir versichert. Die Lichterketten in Form von kleinen Totenköpfen, eine selbst gemachte Tagesdecke, die mit ihren Lieblingsalben bedruckt ist, unzählige schwarze Outfits, die zwanghaft in ihrem Kleiderschrank sortiert sind.

»Ich habe dein Zimmer noch nie gesehen.«

»Nicht?«

Kopfschüttelnd gebe ich das vorgetäuschte Lernen auf und rolle mich auf den Rücken, wobei ich perfekt verteilte, im

Dunkeln leuchtende Sterne an ihrer Decke entdecke. »Ernsthaft?«

»Was? Ich habe Angst vor der Dunkelheit.«

»Das ist ein Scherz, oder?«

Ein Bleistift prallt an meinem Kopf ab, während sie nervös kichert und den Nippes auf ihrem Schreibtisch zurechtrückt. »Nur weil ich ein Goth bin, darf ich keine Angst vor der Dunkelheit haben?«

»Ich sage nichts.«

Mit einem Augenrollen wendet sie sich wieder ihrem Aufsatz zu. Ein Teil von mir fragt sich, wie es sich anfühlen muss, voll lebendig zu sein. Ein größerer Teil hat Angst vor der Antwort. Leben ist nicht immer gleichbedeutend mit besser.

»Was sind deine Pläne für Weihnachten? Du weißt doch, dass es nächste Woche ist, oder?«

Ihre Frage erschreckt mich, und ich gehe zu den vollgepackten Bücherregalen, um ihre Plattensammlung zu inspizieren, denn ich brauche die Ablenkung.

»Als ob es mich interessieren würde, wann das ist. Ich werde natürlich hier sein.«

»Du hast keinen Ausgang beantragt?« Sie runzelt die Stirn.

»Wird der tatsächlich gewährt?«

Ich beobachte, wie sie ihr Notizbuch ein viertes Mal an der Ecke des Schreibtischs ausrichtet, bevor sie ihren Stift in einem perfekten rechten Winkel anlegt. Sie starrt ihn ein paar Sekunden lang an, bevor sie den Kopf schüttelt und sich zum Weitermachen zwingt.

»Ich hatte noch nie ein Problem. Ich nehme an, ich gelte als risikoarm. Ich werde zurück nach Birmingham reisen und drei Tage bei meinen Eltern verbringen, bevor sie mich zurückfahren.«

Ich schlucke meine Verbitterung hinunter und zwinge mich zu einem Lächeln.

»Schön.«

»Hast du überhaupt einen Antrag auf Ausgang gestellt?«

»Selbst wenn ich jemanden hätte, der sich einen Dreck um mich scheren würde, glaubst du wirklich, sie würden mir Ausgang gewähren? Einer labilen, gewalttätigen Straftäterin, die buchstäblich beim Weglaufen vom Tatort erwischt wurde?«

Teegan schluckt und mir wird klar, dass ich mehr verraten habe, als sie wusste. Meine Vergangenheit ist ein gut gehütetes Geheimnis, zu dem nicht viele Zugang haben.

»Wenigstens hast du Gesellschaft bei deinen Männern.« Teegan grinst.

»Hör auf zu bohren, ich sage dir gar nichts.«

Sie wackelt mit den Augenbrauen und schlendert zu ihrem Plattenspieler hinüber. Als ich ihn zum ersten Mal entdeckte, bekam ich fast einen Herzinfarkt, so retro und glänzend, umgeben von ihrem endlosen Stapel an Schallplatten.

Teegan nimmt meine Hand und zieht mich zurück ins Bett, während aus den Lautsprechern der vertraute Sound von *Pink Floyd* ertönt. Im schwachen Abendlicht erstrahlen die im Dunkeln leuchtenden Sterne in einer reglementierten Konstellation ihres Wahnsinns.

»Woher hast du deine Sammlung?«, frage ich aus heiterem Himmel.

»Mein Vater hat einen Plattenladen. Das hier ist nichts im Vergleich zu ihm. Als ich ein Kind war, gingen wir in Secondhand-Läden auf die Jagd nach verborgenen Schätzen. Es ist Jahre her, dass wir das zusammen machen konnten.«

»Wie lange hast du noch?«

»Vierzehn Monate.« Sie seufzt.

»Dann wird das der erste Punkt auf deiner Liste sein.«

Sie lächelt bei meinen Worten, aber ich werde von dem vertrauten Lied im Hintergrund abgelenkt. Es erinnert mich an zu Hause, an meinen Vater, der in der Garage groovt, während er den Truck repariert. Es ist eine bittersüße

Erinnerung, die ich normalerweise verdrängen würde, aber stattdessen lasse ich mich von ihr umspülen.

Auf das, was folgt, bin ich nicht vorbereitet.

Plötzliches Geschrei durchdringt meinen Schädel mit einer solchen Lautstärke, dass ich überzeugt bin, das schreckliche Geräusch sei real. Ich ringe nach Luft, kämpfe mit den Erinnerungen und stelle mir die blutverschmierte Kiste in meinem Kopf vor, um die Schatten in die einladende Dunkelheit zurückzudrängen.

»Alles klar?«, fragt Teegan.

Ich räuspere mich. »Ja, bestens. Was hast du gesagt?«

Sie starrt mich etwas zu lange an, beweist aber wieder einmal, warum ich ihren verrückten Arsch liebe, indem sie nicht weiter auf mein seltsames Verhalten eingeht.

»Nun, ich brauche mehr Informationen. Vor allem über deinen kleinen Harem.«

»Meinen was?«

»Du weißt schon, *Harem*. Alle Jungs sind besessen von dir.«

Ich verschlucke mich an einem Lachen. »Wohl kaum.«

»Ach, hör schon auf. Ich habe genug gesehen, um zu wissen, dass du offensichtlich mit ihnen allen zusammen bist. Ich will unbedingt wissen, mit welchen du schon geschlafen hast.« Sie kichert.

»Wir führen diese Diskussion nicht.«

»Was? Ich bin neugierig und ein bisschen geil. Spuck es aus.«

Ihr Lächeln ist breiter als das der Grinsekatze. Ich habe noch nie einen glücklicheren Goth gesehen, der in schwarze Kleidung und gruselig dunkles Make-up gehüllt ist und trotzdem kichert wie ein Teenager, der mit seinen Freundinnen Eis isst. Sie ist ein verdammtes Rätsel.

»Nur Kade«, gebe ich zu.

»Du hast nur mit ihm geschlafen?«

Hustend dämpfe ich meine Antwort. »Nur mit ihm habe ich *nicht* geschlafen.«

Ihr aufgeregter Schrei ist wahrscheinlich bis in die dunkelsten Tiefen des Kellers zu hören. Ich halte mir die Hände über die Ohren und warte darauf, dass sie sich verdammt noch mal beruhigt. Diese ganze Sache mit der Mädchenfreundschaft ist noch neu für mich, aber sie macht es mir leicht, sie zu lieben.

»Jetzt muss ich es wissen. Wann? Wo? Wer?«

Ich bedecke mein Gesicht mit einem Kissen. »Du weißt, wer, verdammt.«

»War es mit allen getrennt? Oder …« Ihre Wangen werden rot. »Zusammen?«

Ich benutze das Kissen, um ihr auf den Kopf zu schlagen, woraufhin sie zum Wechseln der Platte davonkriecht, wobei sie vor sich hin kichert.

Wir sollten wirklich zum Abendessen gehen, wir haben das ganze Wochenende rumgehangen und die Jungs sich selbst überlassen. Sie werden sich bald Sorgen machen und mir mit ihrem ganzen besitzergreifenden Scheiß kommen.

»Beantworte die Frage, Brooklyn West!«

»Ein bisschen von beidem«, gebe ich zu.

Teegan fächelt sich dramatisch Luft zu. »Verdammt. Wie sieht die Sache aus?«

»Wenn ich das wüsste.«

»Hast du Gefühle für sie alle?«

Ich zwinge mich, wieder aufzustehen, schnappe mir Elis Kapuzenpulli und werfe ihn über das *Shinedown*-Shirt, das ich vor einiger Zeit von Phoenix gestohlen habe. Es riecht immer noch leicht nach ihm und ich brauche den Trost, mich ihm nahe zu fühlen.

Nach unserem Streit meidet er mich wie die Pest. Ich warte darauf, dass er einem Hassfick zustimmt, um reinen Tisch zu machen, aber er ist verdammt stur.

»Brooklyn?«

Mit einem Seufzer gebe ich nach. »Es ist kompliziert. Bis vor Kurzem habe ich Hudson gehasst und konnte es nicht ertragen, mit ihm in einem Raum zu sein. Jetzt hasst mich Phoenix, ich glaube, Hudson will es noch einmal versuchen, wer weiß, was Eli denkt, und Kade hat mich seit unserem Kuss vor Wochen kaum berührt.«

Teegan stößt einen Pfiff aus. »Mein Gott. Kein Wunder, dass dein Kopf so durcheinander ist.«

»Genau. Komm schon, wir sollten runtergehen. Das Mindeste, was wir tun können, ist, uns zu zeigen«, sage ich, weil ich diesem Gespräch und all seinen unangenehmen Komplikationen entkommen will. »Außerdem gibt es sonntagabends Bratkartoffeln.«

»Der Heilige Gral.«

»Beweg dich, geile Schlampe.«

Wir gehen im Dunkeln zur Cafeteria und folgen dem Schein der Lichter, die den dichten Smog durchdringen. Der Winter hat pünktlich Einzug gehalten, und ich werde von einer weiteren Erinnerung heimgesucht, diesmal an das letzte Weihnachtsfest. Die Dämonen wollen im Moment nicht schweigen und werden jeden Tag lauter.

Ich verbrachte es in Einzelhaft, nachdem ich einen Krankenwärter angegriffen hatte, weil er versucht hatte, mich in das Weihnachtsliedersingen mit den anderen Patienten einzubeziehen. Man kann mit Sicherheit sagen, dass es die schlimmste Zeit des Jahres ist, wenn ich das will. Scheiß auf den Heiligen Geist und den Weihnachtsmann.

Das Abendessen ist in vollem Gange, also schnappen wir uns unser Essen und schleichen zum Tisch hinüber. Hudson starrt mich wortlos an, obwohl wir uns SMS schreiben, seit er mir ein Handy aus ihrem Versteck geschenkt und verlangt hat, dass ich mich regelmäßig melde.

Besitzergreifende Arschlöcher, die ganze Bande.

»Schön, dass du dich zu uns gesellst«, bemerkt Kade.

Ich verdrehe die Augen und setze mich Eli gegenüber, der sofort aufschaut und lächelt. Er neigt den Kopf auf eine bestimmte Art und Weise und ich nicke, um zu bestätigen, dass es mir gut geht. Er ruckt mit dem Kinn, und ich nehme mein Besteck und komme seiner Aufforderung zu essen nach. Ich liebe unsere neue Geheimsprache.

»Ist Phoenix nicht bei dir?«, fragt Hudson.

»Warum sollte Phoenix bei mir sein?«, schnaube ich. »Wir wissen doch alle, dass er mir immer noch die kalte Schulter zeigt. Ich habe ihn die ganze Woche kaum gesehen.«

Die Jungs scheinen über Phoenix' Verhalten verärgert zu sein, und ich ertränke die in mir aufsteigenden Schuldgefühle in Kartoffeln und Soße. Es tut weh, weil ich weiß, dass seine Behandlung gerechtfertigt ist und ich nichts tun kann, um das zu ändern.

Als wir mit dem Abendessen fertig sind, beginnt Halbert mit seiner üblichen Routine, die Cafeteria wie ein Raubtier zu umkreisen, das seine Beute jagt und nach einem Vorwand sucht, um anzugreifen. Alle neuen Wärter scheinen eine gewalttätige Ader zu haben und behandeln uns eher wie Gefangene als Patienten, die rehabilitiert werden sollen. Natürlich sind wir die schweigende Masse, ohne Rechte oder die Möglichkeit, für uns selbst einzutreten.

Eine Kleptomanin aus dem Erdgeschoss ist sein nächstes Opfer. Er ertappt sie dabei, wie sie versucht, in ihrer Tasche eingewickeltes Essen herauszuschmuggeln, und im Handumdrehen wird sie an die Wand gedrückt. Bei der anschließenden Durchsuchung dreht sich mir der Magen um, und am Ende weint sie leise und läuft davon, als er sie loslässt.

»Verdammter Mistkerl«, zische ich leise.

»Er ist dienstuntauglich, der Typ gehört wahrscheinlich selbst hierher«, stimmt Hudson zu und senkt seine Stimme. »Er kam neulich zu einer Stichprobe in die Klasse und hat jemanden gepackt, weil er Zigaretten dabeihatte. Sogar der Lehrer war erschrocken, als er den armen Kerl in den Würgegriff nahm und ihm mit Einzelhaft auf unbestimmte Zeit drohte, falls er seine Quelle nicht preisgeben würde.«

»Kennen wir die Quelle?«, meldet sich Kade zu Wort.

»Nicht Rio, so viel ist sicher.«

In Hudsons Augen liegt ein verruchtes Glitzern, das eine köstliche Hitze zwischen meinen Beinen aufsteigen lässt. Der sadistische Bastard weiß genau, welche Knöpfe er drücken muss. *Später*, murmle ich tonlos mit einem Zwinkern, und er grinst mich an.

Halbert dreht sich wieder um und wirbelt seinen Schlagstock in den Händen. Als sein Blick auf Teegan fällt, die neben Eli sitzt und sich um ihre eigenen Angelegenheiten kümmert, ist er beängstigend triumphierend. Er stellt sich über sie und täuscht ein beruhigendes Lächeln vor.

»Hallo, schmeckt dir dein Essen?«

Teegan zuckt zurück. »S-sicher. Danke.«

»Woher hast du die Piercings, Kleine? Hast du einen Kumpel, der dir für einen Blowjob eine Nadel reinsteckt? Das ist Schmuggelware, Insassin. Gesichtsschmuck ist nicht erlaubt.«

Ich unterdrücke mein Bedürfnis, ihn zu korrigieren.

Wir sind keine verdammten Insassen.

»Das war noch nie ein Problem«, stammelt sie.

Ihr Blick gleitet hinüber zu Hudson mit seinem offensichtlichen Augenbrauenpiercing, aber Halbert hat sich sein Opfer bereits ausgesucht. Er ist wie ein Hund mit einem Knochen und weigert sich, den Blick von ihr abzuwenden.

»Nun, das war vorher. Jetzt sind wir hier. Nimm sie raus.«

Ich bin seltsam stolz, als sie ihm direkt ins Gesicht schaut und ihre Angst verbirgt. Mein Mädchen hat Rückgrat. Aber dieses Arschloch mag es nicht, wenn man ihm widerspricht und schlägt seinen Schlagstock mit einem lauten Knallen auf den Tisch.

»Letzte Warnung«, sagt er.

Wenn er noch eine Bewegung macht, bin ich diejenige, die wegen Angriffs auf einen Wärter in Einzelhaft kommt. Niemand legt sich mit meinen Freunden an, ob mit oder ohne Uniform.

»Piercings sind erlaubt. Fragen Sie Miss White«, argumentiert Teegan, deren Stimme vor Nervosität quietscht. »Nächstes Mal sollten Sie die Fakten besser kennen.«

»Miss White ist nicht mehr für dieses Institut zuständig.«

Angesichts dieser Nachricht tauschen wir alle schockierte Blicke aus. Sogar Kade scheint verblüfft zu sein, obwohl er normalerweise den ganzen Klatsch und Tratsch kennt. Halbert nutzt unsere Überraschung aus und hebt den Arm, um Teegan zu schlagen.

Instinktiv stürze ich mich über den Tisch. Teegan kippt nach hinten und ich nehme ihren Platz ein, wobei der Schlagstock meinen Kiefer trifft. Ich habe genug Verstand, um Halberts Handgelenk zu packen, bevor er sich zurückzieht, und drehe, bis seine Knochen knirschen. Er schreit nach Verstärkung, als wäre ich eine durchgeknallte Irre und würde nicht nur meine Freundin verteidigen.

Die Ohrfeige überrascht mich, und alles verschwimmt, als ich zu Boden stürze. Ehe ich mich versehe, springt Hudson auf Halbert und schlägt ihm ins Gesicht. Eli eilt mir zu Hilfe, während Kade sich seinem Bruder anschließt und versucht, die Situation zu deeskalieren.

»Was um alles in der Welt ist hier los?!«

Das tiefe Dröhnen der Autorität lässt alle erstarren. Augustus selbst stürmt in die Cafeteria, sein Mantel flattert hinter ihm und enthüllt die tiefrote Seide, die zu seinem schwarzen Hemd und den diamantenen Manschettenknöpfen passt. In dem Moment, in dem er uns sieht, verzieht sich sein Mund vor Unmut.

Eli legt einen Arm um mich, und ich klammere mich an sein T-Shirt und schlucke das Blut in meinem Mund hinunter. Mein Gesicht schmerzt von dem Schlag, aber ich lasse es mir nicht anmerken.

»Wir haben es nur mit einer Situation zu tun, Sir. Wir werden das klären«, erklärt Halbert eilig, drückt Hudson auf einen Tisch und fixiert seine Arme.

»Lassen Sie ihn los, wir haben nichts falsch gemacht«, rufe ich.

Augustus' Aufmerksamkeit richtet sich auf mich und er katalogisiert meine Position auf dem Boden. Mit Elis Hilfe kämpfe ich mich auf die Beine. Diese Genugtuung haben sie nicht verdient. Ich habe meine Freundin vor einem gefährlichen Raubtier verteidigt, ungeachtet seiner Position.

»Frechheit wird nicht toleriert«, erklärt Augustus.

Ohne den Blickkontakt abzubrechen, hebe ich trotzig mein Kinn. Ein leichtes Lächeln umspielt seine Lippen, als würde er die Show genießen, die ich hier abziehe.

»Ihr Kampfhund hat grundlos versucht, meine Freundin zu verletzen.« Ich gestikuliere zu Teegan, die wie gelähmt vor Angst dasitzt. »Wir haben das Recht, uns zu verteidigen. Vielleicht sollten Sie Ihr Personal in Ethik und grundlegendem Anstand schulen.«

Augustus wechselt innerhalb von Sekunden von amüsiert zu wütend. Er marschiert zu mir herüber, die Schwere seines Blicks erdrückend, als könne er mit einem einzigen Blick in die dunkelsten Ecken meines Geistes sehen.

»Das ist viel Mumm, den Sie da haben, Miss West.«

Irgendetwas schreit mich an, während ich vor dieser Schlange stehe, die in die Haut eines Menschen gekleidet ist. Als würde ich etwas Wichtiges übersehen. Ich spüre, wie die Antwort an den Rändern meines Verstandes hängt, gerade außerhalb meiner Reichweite.

»Nun, mal sehen, ob eine Nacht in Einzelhaft einen Sinneswandel hervorrufen wird. In Blackwood ist kein Platz für Aufsässigkeit. Wir rehabilitieren Sie, damit Sie sich wieder in die Gesellschaft einfügen können, und nicht, damit Sie unschuldige Angestellte, die einfach nur ihre Arbeit machen, in Mitleidenschaft ziehen.«

»Unschuldig?«, wiederhole ich.

Augustus' perfekt geformte Augenbrauen heben sich herausfordernd. Ich wäre dumm, so weiterzumachen – er wird mich einsperren und den verdammten Schlüssel wegwerfen. Stattdessen befreie ich mich aus Elis Umarmung und ergebe mich Halbert. Er lässt von Hudson ab und fixiert mich stattdessen.

»Kleine Schlampe«, spottet er.

»Ich dachte, ich wäre eine Insassin.«

Sein Griff wird fester, bis ich zusammenzucke, woraufhin Hudson eine Reihe von bunten Flüchen ausstößt. Kade muss ihm eine Hand auf die Schulter legen, um zu verhindern, dass ein weiterer Kampf ausbricht.

Augustus macht auf dem Absatz kehrt und blafft die schweigenden Patienten an, mit dem Essen fortzufahren. Keiner sieht mich an, als ich abgeführt werde – wie die armseligen Schafe, die sie sind.

Ich verbringe die Nacht gern in einer Zelle, wenn es sein muss, um die Jungs und Teegan zu schützen. Niemand legt sich mit dem an, was mir gehört.

»Sie haben da eine ordentliche Show abgezogen«, bemerkt Augustus lachend.

Hinter ihm werde ich in meinen schlimmsten Albtraum eskortiert, in den schrecklichen Korridor, der in den Keller führt.

Ich würdige ihn keiner Antwort, auch nicht, als Halbert meine Handgelenke in einem unnatürlichen Winkel knickt und der Schmerz unter meiner Haut brennt. Ich kann dieses Spiel den ganzen verdammten Tag lang spielen.

»Dann vielleicht etwas Zeit zum Nachdenken, bevor wir mit unserer Arbeit beginnen.«

Das bricht meine Entschlossenheit, die Angst schleicht sich ein.

»Unsere Arbeit?«

Augustus schenkt mir ein Grinsen. »Sie sind jetzt meine Patientin, Miss West. Ich habe mich darauf vorbereitet, die Arbeit von Professor Lazlo fortzusetzen und Ihnen auf Ihrem Weg zur Genesung zu helfen.«

Allein der Gedanke, dass dieses Monster in meinem Kopf herumwühlt, ist weitaus schrecklicher als die Dunkelheit des Kellers. Eher lasse ich mich von Halluzinationen und Geistern jagen, als dass ich meinen Verstand an Augustus abgebe.

»Versuchen Sie es nur«, fordere ich.

»Ich mag willige Kandidaten. Wir werden sehen, wie lange das anhält.«

KAPITEL 11

PHOENIX

HOSPITAL FOR SOULS – BRING ME THE HORIZON

ICH HÜPFE vor der Turnhalle auf meinen Fußballen, um mich warm zu halten. Wenigstens war Rio pünktlich. Jack ist ein schlechter Ersatz, aber es gibt nicht viele Drogendealer in einer gesicherten Nervenheilanstalt.

Nur die, die gute Beziehungen haben.

Mein Handy vibriert und ich verfluche den Namen, der auf dem Display blinkt. Kade ist schon den ganzen Tag hinter mir her und versucht, mich in ein Familientreffen zu locken. Brooklyn wurde eine weitere Nacht in Einzelhaft gehalten, also verlangt er Handeln. Wieder einmal ist sie die Quelle eines weiteren Dramas. *Wir sind schockiert.*

»Hey. Tut mir leid, ich bin spät dran.«

Jack bietet mir einen Fauststoß an und deutet auf die Schatten hinter der Turnhalle. Er hat dort weitergemacht, wo Rio aufgehört hat, die Nachfrage nach Schmuggelware ausgenutzt und seine alten Versorgungslinien angezapft. Ich habe dieses Geheimnis für mich behalten – die anderen würden mich umbringen, wenn sie es herausfänden.

»Hier«, bietet er an und drückt mir eine Tüte Koks in die Hand.

»Danke, Mann.«

Ich stecke es in meine Tasche und reiche Jack ein Bündel Geldscheine, das er begierig annimmt. Es fühlt sich ziemlich beschissen an, Kade Geld zu stehlen, aber ich habe den Punkt erreicht, an dem es mir egal ist.

»Willst du etwas Stärkeres? Ich kann alles besorgen, was du willst.«

Ich räuspere mich. »Nein, alles in Ordnung.«

»Bist du sicher? Ich verurteile dich nicht, Bruder.«

Kokain zu schnupfen ist eine Sache, aber das andere Zeug rühre ich ganz sicher nicht an. Der Entzug hat mich fast umgebracht und ich habe es nicht eilig, diese Erfahrung zu wiederholen. Ich würde lieber sterben.

»Sag Bescheid, wenn du mehr willst.« Jack zuckt mit den Schultern.

»Ja, man sieht sich.«

Ich gehe in die Turnhalle und suche mir eine freie Toilette, um eine Line zu ziehen, schniefe und seufze, als die Bitterkeit einsetzt. Als ich letzten Monat wieder anfing, versprach ich mir, es nur einmal zu machen. Nur einmal und das war's.

Ich bin ein ahnungsloses Arschloch, wenn ich dachte, mir würde eine Kostprobe der Welt reichen, die ich hinter mir gelassen habe. Aber wenn Brooklyn versuchen kann, sich von einem Gebäude zu stürzen und die anderen sie trotzdem weiterhin mit Hundeaugen ansehen, dann kann ich einen harmlosen Rausch haben.

Draußen muss ich einer Gruppe von Wärtern ausweichen, die johlend über das Gelände patrouillieren und zwischen denen ein ahnungsloser Patient gefangen ist. Ich erkenne den armen Kerl nicht und beschließe, nicht einzugreifen. Sie werden ihre kranken Spielchen treiben, egal was wir tun – für sie sind wir keine Menschen.

»Phoenix!«

Ich ignoriere die Stimme und renne die Treppe zum Oakridge hinauf, ohne anzuhalten, aber das reicht natürlich nicht, um Seine Majestät, Kade den Diktator, abzuschrecken.

»Phoenix! Mein Gott! Warte doch.«

»Lass mich in Ruhe, Kade.«

Er holt mich gerade ein, als ich den vierten Stock erreiche, und begleitet mich zurück zu unserem Zimmer. Nachdem er seine Schlüsselkarte durchgezogen und mich hineingeschoben hat, lasse ich mich auf mein Bett fallen, während Kade wütet.

»Warum bist du nicht an dein verdammtes Telefon gegangen? Familientreffen. Wir müssen Brooklyn aus dem Loch holen, sie können sie nicht tagelang da drin lassen.«

»Sicher können sie das«, murmle ich und tippe auf mein Handy.

Kade reißt es mir aus der Hand. »Was zum Teufel ist los mit dir? Ich habe schon genug damit zu tun, dass Hudson sich wie ein rücksichtsloser Idiot verhält. Da musst du nicht auch noch durchdrehen.«

»Es tut mir leid, kommen meine Gefühle für dich ungelegen?«

Er lässt die Schultern sinken und schüttelt den Kopf. »Natürlich nicht, aber wir können das nur gemeinsam durchstehen. Du hältst das jetzt schon seit über einem Monat aufrecht, es ist Zeit, darüber hinwegzukommen.«

Schnaubend ignoriere ich Kade und starre an die Decke. Vor allem muss er die Kontrolle haben. Leider gibt es davon im Moment nicht sonderlich viel.

»Kümmere dich um deinen mörderischen Bruder und deine Freundin.« Ich drehe mich um und wende ihm den Rücken zu. »Na los, verpiss dich.«

Gerade als ich denke, dass er nachgibt und wieder jedermanns verdammten Retter spielen wird, atmet er lautstark aus.

»Wir sind deine Familie, Phoen. Diese ganze kindische Fehde muss aufhören, wir können uns nicht gegenseitig bekämpfen, wenn wir Feinde um uns herum haben.«

»Feinde?« Ich lache.

»Hudsons Mutter wird von Tag zu Tag lauter und

versucht, uns alle zu begraben. Eli wird in den nationalen Medien durch die Scheiße gezogen, und meine gottverdammten Freunde wollen sich gegenseitig umbringen, bevor der Rest der Welt es versucht.«

Als ich mich wieder umdrehe, um Kade anzustarren, stelle ich fest, dass er auf untypische Weise die Fassung verliert. Er bleibt stehen, schnappt sich seinen Mantel und ist bereit, wieder in die Dunkelheit hinauszustürmen.

»Gib's auf, sie kommt morgen wieder«, sage ich.

»Willst du wirklich, dass sie eine weitere Nacht im Loch verbringt?«

»Vielleicht gehört sie dorthin, Mann.«

Sein Blick ist scharf. »Das meinst du nicht ernst.«

»Nicht?«

Anstatt auf mich loszugehen, knallt er die Tür laut genug zu, um sogar Satan selbst zu wecken. Ich starre sie ein paar Sekunden lang an, bevor ich mich auf den Boden lege und eine aggressive Runde Liegestütze mache.

Ich habe zu viel Energie in mir, um mich zu konzentrieren. Also gebe ich es auf und betrachte das aufgeräumte Zimmer um mich herum. Kade hält es wie besessen sauber und räumt immer hinter mir auf.

Scheiß drauf.

Scheiß auf ihn.

Scheiß auf alle.

Ich habe alles zurückgelassen, als ich nach Blackwood kam. Familie, Freunde. Meine Schwester Charlie habe ich seit meiner Ankunft nicht mehr gesehen, und Nan wird auch nicht jünger. Ich habe alles geopfert, als ich den Kopf hingehalten habe und in meiner Verzweiflung hierherkam, um eine Gefängnisstrafe zu vermeiden.

Mit der Familie habe ich mich getröstet. Mit der Familie, die ich gefunden habe, nicht mit der, die ich zurückgelassen habe. Ohne sie habe ich nichts. Ich bin nur ein weiterer gescheiterter Junkie.

Ich breche zusammen und stoße mit aller Kraft gegen das nahe gelegene Bücherregal, bis es mit einem gewaltigen Knall umfällt. Bücher, Papiere und versteckte Schmuggelware fliegen durch die Gegend, aber das ist noch nicht alles. Alles muss weg.

Eli findet mich eine Stunde später, zusammengerollt in einer Ecke inmitten von Zerstörung und Gemetzel, verletzt und schwitzend. Von dem Zimmer ist nichts mehr übrig. Ich habe jedes Möbelstück zertrümmert, Papiere und Bücher zerrissen, Glühbirnen und Bilderrahmen zerbrochen.

»Verpiss dich«, rufe ich mit brüchiger Stimme.

Eli lässt seine Krücken stehen und bahnt sich zögernd einen Weg durch die Trümmer zu mir. Seine Verärgerung schmilzt dahin und lässt furchtbares Mitleid zurück. Ich hasse es und wünsche mir nichts sehnlicher, als diesen gottverdammten Blick aus seinem Gesicht zu wischen.

»Bist du taub, verdammt?«

Eli zuckt mit den Schultern und lässt sich neben mir nieder.

»Ich bin jetzt nicht in der Stimmung, das mit dir zu machen.«

Er zieht eine einzelne Augenbraue hoch.

»Diese emotionale Scheiße. Wie auch immer du es nennen willst.«

Wir starren auf die Explosion um uns herum und verfallen in angenehmes Schweigen. Ich habe mich in Elis Gegenwart immer wohlgefühlt, es gibt keinen Druck, zu sprechen oder die Stille mit dummen, sinnlosen Worten zu füllen. Vor allem, wenn Reden nichts hilft.

Elis Kopf landet auf meiner Schulter und überrascht mich. Seine dunklen Locken kitzeln meine Wange, und unsere Hände finden irgendwie zueinander, die Finger verschränkt. Es fühlt sich natürlicher an als atmen, aber ein Teil von mir hat immer noch Angst.

»Ich glaube nicht, dass ich das kann, Eli.«

Ich streiche ohne nachzudenken über sein jeansbekleidetes Bein und merke, wie sich seine Muskeln unter meiner Berührung anspannen.

»Du solltest nicht hier sein. Es ist nicht sicher, in meiner Nähe zu sein.«

»Mir e-egal ...«, stammelt er.

Die gekrächzten Worte überraschen mich zutiefst, und ich hebe sein Kinn sanft mit dem Zeigefinger an, um in seine grünen Augen zu sehen. Sie sind voll von dunklem Verständnis, das ich niemals für selbstverständlich halten sollte.

Ich will, dass er alles sieht, den verdrehten Teil von mir, der nichts mehr will, als ihn zu brechen, ihn den Schmerz spüren zu lassen, der mich zu Tode würgt. Es ist der einzige Weg.

Eli bewegt sich, bevor ich es kann, und seine Lippen landen auf meinen. Er küsst mich, als wäre es das Letzte, was er tun wird, mit Zähnen und Zunge, und kommuniziert mit weit mehr als mitleidigen Worten. Jedes hungrige Aufeinandertreffen ist eine eigene Behauptung, ein unumkehrbares Brandzeichen in meinem Herzen.

Automatisch legt sich meine Hand um seinen Hals und ich drücke zu, um den Kuss zu vertiefen. Der Raum scheint zu schrumpfen und uns näher zusammenzubringen. In einem Moment des Wahnsinns ziehe ich ihn auf meinen Schoß, sodass er rittlings auf mir sitzt, meine Hände auf seinem Rücken ausgebreitet.

Es ist ein unbeholfenes Manöver mit seinem Gipsbein, aber ich bin nicht mehr zärtlich. Der harte Druck seiner Erektion lässt mich gegen seinen Mund stöhnen und ich brauche viel weniger Kleidung zwischen uns.

Es fühlt sich falsch an, ihn ohne Brooklyn zu berühren. Als würden wir irgendwie fremdgehen, eine unausgesprochene Regel brechen. Der Gedanke macht mich nur noch gieriger. Ich möchte das Regelbuch zerreißen und ihn übers Knie legen, ihn für die Scheiße bestrafen, die er auf dem Fußballplatz abgezogen hat.

Eli zieht sich zurück und schnappt nach Luft. Seine Iriden sind vor Lust geweitet, er leckt sich über seine geschwollenen Lippen und betrachtet mich einen Moment lang. Als er nach meinem Hosenbund greift, holt mich die Realität wieder ein.

»Wir sollten aufhören«, flüstere ich.

Er schüttelt den Kopf.

»Ich kann nicht dein verdammter Freund sein, Eli. Nicht mehr.« Panik macht sich in seinem Gesicht breit und ich erkläre es ihm schnell. »Nicht auf diese Weise. Ich brauche mehr.«

Ich fahre mit dem Daumen über seine Unterlippe und ringe mit mir selbst. Er will es auch. Wir beide wollen es. Diese ganze Freundschaftsscharade zum Teufel jagen und neu anfangen.

»Ich möchte dich so verletzen, wie du dich selbst verletzt«, gebe ich leise zu.

Eli nickt zustimmend. Das Flattern seiner dunklen Wimpern ist mein Kryptonit. Er übernimmt die Kontrolle, schiebt seine Hand in meine Jeans und berührt meinen harten Schwanz, was seine Absichten kristallklar macht. Ich habe nicht den Willen, ihn wegzustoßen.

Ich hebe meine Hüften und lasse ihn meine Erektion in die Hand nehmen, während die Luft durch meine zusammengebissenen Zähne zischt. Er streichelt mich mit Selbstvertrauen, ohne auch nur einmal den Blick von mir abzuwenden. Ich vergrabe meine Finger in seinem Haar und führe ihn nach unten, weil ich seinen stillen Mund um meinen Schwanz spüren will.

Er nimmt mich tief auf, saugt und treibt mich an den Rand der Verzweiflung. Wir arbeiten in perfekter Synchronität, bis ich komme und meine Ladung direkt in seine hübsche Kehle spritze.

Eli schluckt gehorsam und wirft mir einen wissenden Blick

zu, sodass ich kurz davor bin, ihn vorzubeugen und seinen engen Arsch zu ficken, bis er endlich spricht.

»Geh jetzt, oder ich werde nicht für meine Taten verantwortlich sein«, warne ich.

Er rührt sich nicht vom Fleck. Nicht wie jeder andere Kerl, der sich aus dem Staub gemacht hat, sobald ich mit ihm fertig war. Wir werden sehen. Es ist noch Zeit.

Ich ziehe meine Kleidung wieder an und räume mein Bett mit einer Armbewegung frei, sodass die Trümmer überall herumfliegen. Eli sieht zu, wie ich ihn hochziehe und auf die Matratze lege, wobei ich auf sein kaputtes Bein aufpasse.

Meine Finger verkrampfen sich vor Verlangen, als ich seinen Hosenschlitz öffne. Ich habe keine Angst mehr, die Grenze zwischen einem harmlosen Flirt und etwas mehr zu überschreiten. Ich bin fertig damit, mich zu verleugnen.

Er gehört *mir*.

Ich drehe ihn um, entblöße seinen perfekten Hintern und bewundere den Anblick. Makellos, eingerahmt von dickem Narbengewebe, das unter seinem T-Shirt hervorlugt. Mit einem Finger fahre ich die Stelle an seiner Taille nach und beobachte, wie Eli erschaudert und den Drang bekämpft, wegzulaufen. Ich habe schon früher flüchtige Blicke auf seine Narben geworfen, aber jetzt will ich alles sehen.

»Versteck dich nicht vor mir, Elijah«, schimpfe ich.

Er hört auf, sich zu wehren, und gibt sich dem Vergnügen hin, als ich seinen dicken Schwanz in die Hand nehme. Nach ein paarmal Streicheln ist er Wachs in meinen Händen.

Ich will nichts mehr, als ihn endlich zu ficken, aber noch nicht. Trotz allem kann ich den Gedanken, es ohne sie zu tun, nicht ganz ertragen. Mein böser verdammter Hitzkopf.

»Warum hast du dich verprügeln lassen?«, flüstere ich ihm ins Ohr. Er antwortet nicht und windet sich gegen die Laken, während ich seine Länge bearbeite. »Du und Brooklyn, ihr habt die Dinge so richtig versaut. Ich denke, das rechtfertigt eine Bestrafung, nicht wahr?«

Eli nickt.

»Lass mich deine Stimme hören.«

Ich beuge mich vor, beiße sanft in sein Ohrläppchen und lasse meine Zunge über die verletzliche Stelle an seinem Hals wandern. Erschauernd gibt Eli ein kaum hörbares Flüstern der Zustimmung von sich.

»Braver kleiner Eli. Ich will dich sehen. Alles von dir.«

Ich kann sehen, wie viel Kraft es ihn kostet, mich nicht wegzustoßen und um sein Leben zu rennen. Stattdessen packt Eli den Rand seines Acid-Wash-T-Shirts, zieht es langsam hoch und wirft den Stoff zur Seite.

Ich lehne mich zurück, betrachte seinen Rücken und drehe ihn sanft zu mir, damit ich auch die Vorderseite sehen kann. Sein gesamter Oberkörper ist von schrecklichen Brandnarben, starren Beulen und Linien von seiner kostbaren Klinge gezeichnet.

»So schön«, murmle ich.

Sein Blick sagt mehr als tausend Worte.

»Du brauchst dich nicht zu schämen, Eli. Nicht vor mir. Du bist verdammt perfekt, so wie du bist. Ich wünschte, du würdest mir glauben.«

Eli studiert mich eine Sekunde lang, denkt über meine Worte nach, bevor er eine Entscheidung trifft. Er dreht sich wieder um, legt den Kopf nach unten und hebt den Hintern, um mich zu ermutigen, ihn zu versohlen. Ich versuche, die stumme Botschaft zu entschlüsseln, die er mir sendet.

»Das ist nicht das, was Freunde tun.«

Dieses Mal spricht er. »N-nein.«

»Wenn wir keine Freunde sind, was sind wir dann?«

Er macht sich nicht die Mühe zu antworten.

Ich glaube, das weiß keiner von uns.

Ich hole meinen versteckten Gürtel unter einer losen Bodendiele hervor, den ich in Brooklyns Zimmer gefunden habe, nachdem sie mit ihrem Selbstmord gescheitert ist, und schlucke schwer. Ich fahre mit den Fingerspitzen über Elis

Narben und streichle das Meisterwerk der Qualen, das meine verkorkste Fantasie fasziniert.

Ich schlage den Gürtel warnend gegen meine Handfläche, aber er zuckt nicht zurück und läuft nicht weg. Der nächste Schlag trifft das empfindliche Fleisch seiner linken Pobacke, helles Rot blüht auf cremigem Weiß auf. Ich bin schon wieder hart, obwohl ich vor wenigen Minuten in seinem Mund gekommen bin.

»Letzte Chance zu fliehen, Eli.«

Er positioniert sich, um seine Zustimmung zu signalisieren.

Zehn Schläge.

Jeder wird mitgezählt.

Als ich fertig bin, keuchend und völlig gesättigt, bricht Eli auf dem Bett zusammen. Seine Haut ist übersät mit neuen Spuren von mir, aber ich empfinde keine Reue. Vielleicht sollte ich das. Aber jedes bisschen Kummer und Schmerz, das sie mir zugefügt haben – er und Brooklyn –, habe ich mir zurückgeholt. Ich habe Rache geübt. Ich habe die Kontrolle.

»P-Phoen.«

Eli dreht sich um und zieht sich die Jeans wieder hoch.

»Jetzt willst du reden?« Ich lache verbittert.

Sein Blick ist fest, als er meine Wange berührt. Mein erster Gedanke ist wegzulaufen. Ihn rauszuschmeißen, mich in meine sichere Ecke zurückzuziehen, weit weg von allen Komplikationen. Aber ich kann nicht vor ihm weglaufen. Eli kennt meine verdammte Seele und wird nichts anderes als die Wahrheit zulassen.

Stattdessen rollen wir uns inmitten der Zerstörung zusammen, sein Kopf auf meiner Brust, direkt über meinem rasenden Herzschlag.

»Besser?«

Sein Flüstern ist wie Musik für meine heidnische Seele.

»Für den Moment. Ich verliere die Kontrolle, und das macht mir Angst.«

Eli bewegt sich, bis wir Nase an Nase liegen. Mit einem bloßen Blick schält er meine Schichten ab und legt jedes einzelne Geheimnis frei. Vorsichtig fährt er mit seiner Fingerspitze über die Ringe unter meinen Augen. Meine erweiterten Pupillen sind nicht zu verbergen, nachdem ich mich in der Turnhalle zugedröhnt habe.

»Ich weiß, ich habe dich enttäuscht.«

Eli schüttelt den Kopf.

»Das habe ich, leugne es nicht. Es tut mir leid.«

Seine Lippen treffen meine in einem kurzen Kuss und nehmen meine Entschuldigung an. Etwas brodelt zwischen uns, ein mächtiges, erschreckendes Gefühl. Ich versuche, mich loszureißen, will fliehen wie der Feigling, der ich bin. Diesmal ist er derjenige, der die Befehle gibt.

»Bleib«, fordert er.

Seine Stimme, atemlos und rau, ist besser als jede Droge. Ich kenne jetzt die Wahrheit. Eli ist mein Rettungsboot, das mich davor bewahrt, in den trostlosen, leblosen Tiefen des Unbekannten zu versinken.

»Erzähl den anderen nichts von den Drogen. Es wird nicht wieder vorkommen.«

Wir besiegeln die Vereinbarung mit einem weiteren Kuss.

Das ist unser kleines Geheimnis.

KAPITEL 12
BROOKLYN

THOUSAND EYES – OF MONSTERS AND MEN

NACHDEM ICH ZUM fünften Mal mit meinem Körper gegen die massive Metalltür geknallt bin, falle ich besiegt auf den fleckigen Betonboden.

In der ersten Nacht in Einzelhaft brachten sie mir Essen und ich ignorierte es. Das nächste Tablett wurde an die Wand geworfen, was einen Zellentausch erforderlich machte, während die Sauerei aufgeräumt wurde. Als ich den Wärter mit einer Schüssel lauwarmer Suppe ins Gesicht schlug, war das der Tropfen, der das Fass zum Überlaufen brachte. Ich wurde betäubt und erhielt eine weitere Nacht für meine Eskapaden.

Augustus rümpfte kurz die Nase über mich und studierte mich wie ein Präparat unter seinem Mikroskop. Es ist, als würde er darauf warten, dass mein Widerstand verpufft. Er hat mir eine vertraute Nadel in den Nacken gestochen und ist dann gegangen, aber seine markerschütternden Worte haben mich seitdem nicht mehr losgelassen.

»Sie werden sich fügen. Das tun sie am Ende alle.«

Die Dunkelheit der Nacht im Keller bringt neues Grauen. Geflüsterte Drohungen und Spott durchziehen die Luft mit unsichtbarem Bösen. Ich habe noch nie so viele Schreie an einem Ort gehört, immer und immer wieder.

Ich wälze mich auf der harten Pritsche hin und her und beginne unkontrolliert zu zittern. In diesem unterirdischen Paradies des Todes gibt es keine Wärme, an die ich mich klammern könnte. Ich halte mir die Ohren zu und versuche, die Geräusche auszublenden, aber es ist sinnlos.

Ich werde hier sterben, ich weiß es.

Es ist nur die Frage, wie lange es dauern wird.

Nach Tagen voller Schmerz und Leid öffnet sich die Zellentür wieder mit einem Knall. Ich habe nicht die Kraft, mich umzudrehen, starre auf die rissige Wand und versuche, nicht darüber nachzudenken, was die dunklen Flecken sind.

»Lass mich in Ruhe«, murmle ich.

»Du hast dich gut gehalten. Ich bin beeindruckt.«

Mit einem Schnauben drehe ich mich um. Der Anblick, der mich erwartet, schockiert mich. Einer von Augustus' neuen Wärtern steht an die Wand gelehnt. Ich betrachte sein perlblondes Haar, das zu einem lockeren Knoten zurückgebunden ist, seine starken Gesichtszüge und sein wissendes Lächeln, das Ärger verspricht.

Ich fühle mich entblößt, als er die blauen Flecken auf meinem Körper studiert, die Schwellung meiner rechten Wange, die von dem Schlag dieses Arschlochs Halbert herrührt.

»Wer zum Teufel bist du?«

Schweigen.

»Sag Augustus, er soll kommen und seine eigene Drecksarbeit machen.«

Er geht in die Hocke und beobachtet mich, als wäre ich ein ungezogenes Kind, das darauf wartet, ausgeschimpft zu werden. Ich kämpfe darum, meinen schmerzenden Körper an die Wand zu drücken, um möglichst viel Abstand zwischen uns zu bringen.

»An deinem Trotz ist nichts Mutiges«, erklärt er.

»Mein Widerstand ist alles, was ich noch habe, Arschloch. Raus aus meiner Zelle.«

Vielleicht wird er mich blutig schlagen, bis ich verspreche, mich zu benehmen. Oder er berührt mich an den falschen Stellen, besudelt meine zerrissene Seele noch ein bisschen mehr. Es gibt keine Regeln in Blackwood, das weiß ich jetzt. Es ist alles nur Fassade.

Stattdessen steht der Wärter auf und streicht seine Cargohose glatt. Ich bleibe hartnäckig, bereit, mich zu verteidigen. Ich hasse die Art und Weise, wie er mich ansieht, als ob er alle meine dunkelsten Geheimnisse kennt, obwohl er ein völlig Fremder ist.

»Wer bist du?«, wiederhole ich zittrig.

Ohne auf meine Frage zu antworten, dreht er sich um und geht. Augustus greift eindeutig nach einem Strohhalm, indem er willkürlich Wärter schickt, um mir mit strafendem Schweigen zu drohen. Es braucht viel mehr als das, um mich zu brechen.

Ich ziehe mich in die kalte Ecke zurück, drücke meine Knie an die Brust und wünsche mir die Nacht weg.

Wenn die Sonne aufgeht, werde ich frei sein.

Dieser Albtraum wird ein Ende haben.

———

»Bringt sie her. Ich bin fertig mit diesem Unsinn.«

Starke Arme umklammern mich, als ich aufschrecke, immer noch gefangen in einem weiteren erschütternden Traum, in dem Vic mich durch dunkle Wälder jagt und blutige Fußspuren hinterlässt.

Als ich die Augen aufreiße, begreife ich, was passiert ist, und schreie aus Leibeskräften. Jemand drückt mir eine Hand auf den Mund, während ich aus meiner dunklen Zelle gezerrt werde, die immer noch in nächtliche Schatten gehüllt ist.

Wehren ist zwecklos.

Stattdessen werde ich schlaff und lasse mich wie ein Stück Fleisch herumschleudern. Die beiden unbekannten Wärter müssen meinen regungslosen Körper an unzähligen verschlossenen Zellen vorbeischleifen, eine schrecklicher als die andere.

Schreie und Rufe hallen um mich herum, dringen durch den verschlossenen Stahl. Ich erkenne den Korridor des Z-Flügels. Dies ist kein Ort der Heilung, wir steigen hinab in die sieben Kreise der Hölle.

»Da rein«, befiehlt Augustus.

Er gestikuliert in Richtung der Tür, die in meinen Albträumen vorkommt, und beobachtet mich mit einem hungrigen Gesichtsausdruck. Obwohl jede Faser meines Wesens danach schreit, zu kämpfen, bin ich gezwungen, an den Ort des Verbrechens zurückzukehren – in Lazlos altes Büro.

Das Innere hat sich mit seinem neuen Bewohner drastisch verändert. Verschwunden sind die verstaubten Bücher und die tristen Kunstwerke, die mich an Draculas Höhle erinnerten. Die neuen Vorhänge sind aus dickem blutrotem Samt. Es wurden neue Regale aufgestellt, vollgepackt mit unzähligen Büchern. An den Wänden hängen alte Fotografien, auf denen Blackwoods Geschichte in schwarzer und weißer Tinte dargestellt ist.

Die beiden Wärter stoßen mich in einen steifen Stuhl mit hoher Rückenlehne, nicken Augustus zu und ziehen sich zurück. Ich stehe vor einem perfekt organisierten Schreibtisch, auf dem kein Staubkorn und kein einziger Gegenstand fehl am Platz ist.

»Das können Sie nicht tun. Ich habe Rechte«, lalle ich.

Augustus ist kühl und gelassen und lässt sich nichts anmerken. Er knallt die Tür zu und lässt mich zusammenzucken, als er auf den Stuhl gegenüber gleitet. Selbst mit dem Mahagonischreibtisch zwischen uns fühle ich mich unsicher. Seine bloße Anwesenheit ist eine Bedrohung für meinen Verstand.

»Verhalten wie Ihres wird hier nicht toleriert, Miss West.«

Ich blinzle, davon überzeugt, dass ich ihn falsch verstanden habe.

»Ich habe gesehen, wie Ihr Mann versucht hat, meine Freundin ohne Grund zu schlagen. Sie wollen über mein Verhalten sprechen? Das ist unfassbar.«

»Was glauben Sie, wo Sie sind?«

Ich antworte ihm nicht, denn es ist eine Falle und ich bin nicht dumm. Seine Taktik ist für mich durchschaubar. Die Hälfte der Psychologie besteht darin, andere zu manipulieren, damit sie genau das sagen, was man hören will.

»Das hier ist kein Rummelplatz, auf dem Sie herumtollen können, Miss West. Es gibt Regeln aus einem bestimmten Grund. Oder haben Sie vergessen, dass Sie vom Gericht dazu verdonnert wurden, hier zu sein? Drei Jahre sind eine lange Zeit, um in einer kalten, dunklen Zelle eingesperrt zu sein.«

Gib ihm nichts.

Angst ist für die Schwachen.

Du bist nicht schwach. Du bist eine kaltblütige Killerin.

Ich unterdrücke ein Schaudern und ignoriere die Stimmen, die durch meinen Kopf schreien. Sie haben in der Zeit, die ich hier unten verbracht habe, zugenommen, und ich bin zu erschöpft, um die Schatten aufzuhalten, die meine Sicht zu infizieren beginnen und sich wie unheimliche Todesengel an die Wände klammern. Als könnte er jedes Rädchen in meinem Kopf sehen, beobachtet mich Augustus genau.

In einem anderen Leben würde ich ihn für gut aussehend halten. Er ist auf dem besten Weg ins mittlere Alter, aber es steht ihm gut. Zweifellos stinkreich, gepflegt und gut gekleidet in seinen Designerklamotten. *Überheblicher Trottel.*

Ich lecke mir über die Lippen und nehme etwas Mut zusammen.

»Wo ist Professor Lazlo?«

»Vorruhestand.«

Er lügt.

Schneide ihm die verdammte Zunge heraus.

»Ich glaube Ihnen nicht«, sage ich stattdessen.

»Welchen Grund habe ich zu lügen? Der gute alte Professor hatte eine beeindruckende Dienstzeit, aber diese Aufgabe erfordert höchstes Engagement. Ich bin hier, um seine gute Arbeit fortzusetzen. Dazu gehört auch, dass ich Sie als Patientin übernehme, Miss West. Wenn ich Sie wäre, würde ich also anfangen zu kooperieren. Lieber früher als später.«

Ein heißer Ausbruch von Panik trifft mich so stark, dass meine Sicht verschwimmt. Der Gedanke an endlose Stunden in diesem klaustrophobischen Büro, mit diesem … *Reptil*. Auf keinen Fall.

»Nennen Sie mir einen Grund, warum ich Sie nicht wieder in eine Zelle werfen sollte.«

Sein dunkles Lächeln ist amüsiert, während er auf meine Antwort wartet. Ich halte meinen Sarkasmus zurück und zwinge mich, rational zu sein.

»Ich möchte mit der Direktorin sprechen.«

Augustus lacht. »Miss White ist weitergezogen. Ich habe jetzt das Sagen, und ich habe Ihnen eine Frage gestellt. Beantworten Sie sie lieber.«

Auf der Suche nach einem anderen Ausweg entscheide ich mich für eine unverfrorene Lüge. »Meine Freunde haben Beziehungen. Anwälte, die nicht zögern würden, zu klagen.«

Augustus *zuckt mit den Schultern.*

Als hätte das nichts zu bedeuten.

»Sie könnten eine Menge unerwünschter Aufmerksamkeit auf Ihr Institut lenken.«

»Gut fürs Geschäft«, sagt er.

Während ich nach einem Krümel suche, den ich ihm

anbieten kann, erschrecke ich, als er seine Hände auf den Schreibtisch knallt und lose Papiere durcheinanderbringt. Er erhebt sich von seinem Platz und überragt mich, um seine Dominanz zu demonstrieren.

»Es gibt keine Drohung, mit der Sie sich Ihre Freiheit erkaufen könnten. Also, es wird folgendermaßen ablaufen.«

Augustus holt eine Akte aus seiner Schublade, um sie mir zu geben. Ich fürchte mich vor dem Inhalt, vor weiteren eindringlichen Fotos, die er mir vor die Nase hält, oder vor schmerzhaften Erinnerungen an die Vergangenheit.

Gerade als er den Mund zum Sprechen öffnet, bricht das Chaos aus. Ein ohrenbetäubender Alarm ertönt und lässt uns beide erstarren. Das Geräusch schwerer Stiefel spiegelt den unruhigen Schlag meines Herzens wider, und in dem Moment, in dem sich die Tür öffnet, marschiert Augustus bereits auf den Korridor hinaus.

Ich sollte weglaufen, diese Chance nutzen und fliehen. Aber ich Idiotin kann meine Neugier nicht unterdrücken und folge ihm, wobei ich vorsichtig in das Chaos hinausspähe.

Eine der Zellentüren ist weit geöffnet. Die Geräusche, die nach draußen dringen, drehen mir den Magen auf die schlimmste Art und Weise um. Ein dumpfer Schlag von Fleisch auf Fleisch, knirschende Knochen, hysterische Schreie.

Hört es sich so von außen an? Nach Tod? Ich war noch nie Zeugin und nicht die Täterin.

»Es ist Patient Sieben, Sir. Er hat den Verstand verloren.«

»Haltet ihn fest! Ruft Verstärkung«, befiehlt Augustus.

Das Sicherheitspersonal strömt herein, um die Ordnung wiederherzustellen, und verwandelt den Keller in ein Kriegsgebiet. Meine Fingernägel graben sich in den Türrahmen, während ich beobachte, wie ein Gewirr aus dünnen Gliedmaßen aus der Zelle gerissen wird.

An seinem zerzausten Haar gezogen, greift der Patient wie

ein tollwütiges Tier an, sein hageres Gesicht von mörderischer Wut zerfressen. Eine rote Spur markiert seine Flucht auf dem Boden.

Blut … *Scheiße*, es strömt aus seinem Mund.

Es ist überall.

Mein Entsetzen wird noch größer, als sie eine Krankenschwester aus der Zelle ziehen, schlaff und nicht ansprechbar. Noch mehr Blut breitet sich in einer wachsenden Pfütze aus, die aus einer Wunde an ihrem Hals strömt, der mit tiefen, deutlichen Zahnabdrücken übersät ist.

Er hat ihr die verdammte Kehle rausgerissen.

Mit seinen bloßen Zähnen.

Ich werfe einen letzten Blick auf das Monster, Patient Sieben. Er wehrt sich gegen verschiedene Nadeln, aber es nützt nichts. Die schiere Menge an bewaffneten Wärtern überwältigt ihn. Ich sehe es als mein Stichwort zu verschwinden, laufe los und stoße direkt mit einer anderen unwillkommenen Gestalt zusammen.

»Erwischt.« Jefferson lacht.

»Schaff sie hier raus«, blafft Augustus.

Er packt mich an den Armen und zerrt mich ohne ein weiteres Wort nach oben. Er setzt mich im abgedunkelten Empfangsbereich ab, der zu dieser frühen Stunde noch verschlossen und verlassen ist.

Gerade als Jefferson wieder sprechen will, ertönt ein heulendes Geräusch aus dem Keller. Ich erschrecke, als das Funkgerät an seiner Hüfte knistert.

»Lass sie. Wir brauchen hier unten Verstärkung.«

»Verstanden«, antwortet er. Jefferson hakt das Gerät wieder ein und grinst mich an. »Zurück ins Wohnheim, Insassin. Wir sehen uns bald wieder.«

Ich verliere keine Zeit und renne um mein verdammtes Leben, hinaus in die eisige Luft. Mit jedem Schritt verlässt mich das Adrenalin, und der Schrecken macht sich breit.

Alles, woran ich denken kann, sind die dicken Blutspuren,

die die Zähne von Patient Sieben bedeckt haben. Das ist mir ein bisschen zu nahe gegangen. Ich muss meine Hände aneinander reiben, um mich davon zu überzeugen, dass sie nicht mehr blutverschmiert sind.

Du kannst das Blut nicht wegwaschen. Nicht wirklich.

Du verdienst es, auch dort unten eingesperrt zu werden.

»Lass mich in Ruhe«, schreie ich in die Luft.

Es ist nichts da. Ich werde von etwas viel Schlimmerem heimgesucht, einem unsichtbaren Monster, das niemand für mich bekämpfen kann. Ich versuche, meinem eigenen Verstand zu entkommen, und renne zurück zu Oakridge.

Ich bin schon fast in Sicherheit, als ein riesiger Schatten hervortritt und den Eingang des Wohnheims versperrt. Ich muss den Drang bekämpfen, vor Angst zu schreien.

»Was zum Teufel willst du?«, schreie ich.

Das Kellerarschloch streicht sich eine lose Haarsträhne hinters Ohr und betrachtet mich. »Ich wollte nur sichergehen, dass du gut zurückgekommen bist. Die Dunkelheit kann manchmal beunruhigend sein.«

»Du verfolgst mich?«

Er verschränkt die Arme vor der Brust und rührt sich nicht. Ich gebe auf und versuche, ihn zu umgehen, bin jedoch völlig unvorbereitet, als er mich gegen die Seite des Gebäudes knallt. Ich stöhne vor Schmerz und reiße mich zusammen, um das Aufblitzen von Schwäche zu verbergen.

»Bleib weg von mir. Ich habe keine Angst vor dir!«

»Du musst auf dich aufpassen. Hier ist kein Platz für Helden. Ich will nicht, dass du verletzt wirst«, drängt er.

Ich starre in seine unergründlichen Augen und bin überrascht, dass ich mich durch seine Worte nicht bedroht fühle. Es fühlt sich eher wie eine Warnung an, ein Aufblitzen von etwas mehr unter der kalkulierten Maske.

»Ich versuche nicht, eine verdammte Heldin zu sein. Ich will nur überleben.«

»Keiner überlebt, Brooke. Du wirst diesen Ort nie verlassen.«

Ich schaffe es, ihn wegzustoßen, renne zum Eingang und hole meinen Ausweis aus meinem BH, wo ich ihn neulich Morgen versteckt habe. Man kann nie vorsichtig genug sein. Als ich einen letzten Blick zurückwerfe, dreht sich mir der Magen um, als ich feststelle, dass er weg ist. Zurückgeschlichen, um seinem Herrn zu dienen.

Ich weigere mich, langsamer zu werden, bis ich mein Zimmer erreiche. Sobald die Tür hinter mir verschlossen ist, sacke ich zusammen und gehe ins Bad, um mir den Geruch des Todes von der Haut zu waschen.

Stattdessen sterbe ich fast vor Schreck. Ein Geist, der viel zu echt aussieht, starrt mich an und tropft geronnenes Blut auf die Fliesen.

Du dachtest, du könntest weglaufen?

Ich schlage mir die Hände über die Ohren. »Du bist nicht echt, verdammt.«

Irgendwie kann ich Vic immer noch hören, wie er näher kommt, wie sich die Haut ablöst wie bei einer sich häutenden Schlange und die weißen Knochen und Muskeln darunter zum Vorschein kommen.

Ich bin so real wie alles andere.

»Lass mich in Ruhe«, wimmere ich.

Sein Lächeln ist gestört, zeigt verfaulte Zähne und Verfall.

Du hast den Deal gebrochen, Babygirl. Jetzt ist deine Uhr abgelaufen. Glaube nicht, dass ich dir das durchgehen lasse. Du schuldest mir was. Leben um Leben.

Da ich mich keinen Moment länger aufrecht halten kann, falle ich auf die Knie und umklammere meine Mitte, wobei ich wie ein trauerndes Tier winsle. Mein Gehirn schaltet auf Selbsterhaltungsmodus um. Als ich es wage, ein Auge zu öffnen, erwartet mich ein neues Monster.

Zeit für deine Spritze, Brooklyn. So ist es brav.

Ich rutsche rückwärts und renne vor Lazlo und seiner scharfen Nadel davon. Mein Rücken prallt gegen die Schlafzimmerwand, und ich kann meinen Schrei nicht unterdrücken, weil ich nicht weiterlaufen kann. Sein breites, gefräßiges Lächeln gleicht einem Hai, der sich darauf vorbereitet, seine Beute zu verschlingen.

»Brooklyn!«

»Nein«, stöhne ich und kneife die Augen zusammen.

»Komm schon, Amsel. Komm zurück zu mir.«

»Nein … bitte, tun Sie mir nicht weh.«

»Schhhh, ist schon gut. Ich bin bei dir. Mach die Augen auf.«

Fingerspitzen drücken gegen mein Gesicht, während ich mich weiter winde, gequält von Bildern und Erinnerungen in einer Endlosschleife.

Schreiend.

Weinend.

Bettelnd.

Dunkle Treppenhäuser und blutige Fliesen. Geister, die sich ihren Weg aus flachen Gräbern bahnen, um die lange vergrabene Wahrheit zu enthüllen.

»Schnapp sie dir, Kade. Rüber zum Bett.«

Eine Hand legt sich über meinen Mund und bringt mein Stöhnen zum Schweigen. Ich bin zwischen zwei massiven Blöcken aus Wärme eingeklemmt, und langsam bricht die Welt wieder über mir herein. Jemand streichelt mein Haar und flüstert tröstliche Worte.

»Genau so, Liebes. Komm zurück.«

»K-Kade?«, keuche ich.

»Ich bin genau hier. Hudson auch.«

Als ich den Mut aufbringe, nachzusehen, sind das Blut und die Blutspuren verschwunden. Lazlo ist in seine verschlossene Kiste zurückgekehrt, zusammen mit meinen anderen Peinigern.

Ich bin in der Mitte meines Bettes eingepfercht, mit einem muskulösen Bruder auf jeder Seite – Kade, der meine Wange streichelt, und Hudson, der mich festhält.

»Wie habt ihr m-mich gefunden?«

»Wir haben versucht, in den Keller einzubrechen«, gibt Hudson zu.

»Was zum Teufel?«

»Um dich rauszuholen.« Kade beobachtet mich mit Sorge.

Hudson drückt mich von hinten an sich, und ich klammere mich an ihn und nutze das Gefühl der Sicherheit, um mich zu erden. Die Halluzinationen sind verschwunden. Sie können mir nicht wehtun.

»Dieses Arschloch Halbert hat uns rausgeschmissen. Wir haben gerade eine geraucht, als du wie ein geölter Blitz vorbeigelaufen bist«, erklärt Hudson. »Was zum Teufel ist passiert?«

»Ich weiß nicht … Ich bin mir nicht sicher. Irgendwas im Keller, irgendein … *Typ*.« Ich vergrabe mich in ihrer Umarmung und lasse meine Augen zufallen. »Bitte … macht, dass das alles verschwindet. Ich kann das nicht.«

Kade drückt mir einen Kuss auf die Schläfe und schließt mich in seine Arme. Ihre Gerüche vermischen sich, Tabak und frische Baumwolle, eine verruchte Mischung aus Behaglichkeit und Besitz. Zwei Teile meines gebrochenen Herzens setzen sich wieder zusammen, und bevor Kade sich zurückziehen kann, ziehe ich seine Lippen auf meine.

Von reinem Instinkt getrieben, stöhnt er überrascht auf, ergibt sich aber bald meiner Zunge, die um Eintritt bittet. Hudsons Griff um meine Hüften wird fester, und ich spüre, wie etwas Hartes gegen meinen Hintern stößt.

Obwohl ich seinen Bruder küsse, gefällt es ihm.

Kade unterbricht den Kuss nur widerwillig und zwingt mich, mich auf der Matratze zu entspannen. Ohne seine Lippen, die meine verschlingen, strömt das Adrenalin mit einem Mal aus meinem Körper und hinterlässt ein unvorstellbar schweres Gefühl.

»Du bist in Sicherheit«, murmelt Hudson.

»Erst ausruhen, später reden wir«, fügt Kade hinzu.

Sie wissen nicht, dass keiner von uns sicher ist.

Nicht hier.

KAPITEL 13

BROOKLYN

DESIGNER DRUGS – FNKHOUSER

»ZUM HUNDERTSTEN MAL, du gehst nicht mit.«

»Diskutieren wir das immer noch?« Ich seufze.

»Das ist keine Diskussion.«

Hudson starrt mich besitzergreifend an und blockiert die Schlafzimmertür. Kade beobachtet unser Patt amüsiert und hält sich aus unserem aktuellen Streit heraus.

»Ich komme mit. Kade hat mich schon vor Monaten für diese Reise angemeldet!«

»Du bist gerade erst aus der Einzelhaft entlassen worden, und jetzt willst du dich auf einen blöden Weihnachtsausflug schleichen, für den du keine Erlaubnis hast?«

»Ich habe unsere Spuren verwischt, sie wird schon klarkommen«, wirft Kade ein.

Ich werfe ihm einen bösen Blick zu. »Sie kann für sich selbst sprechen.«

Grinsend schnappt er sich seinen marineblauen Mantel und überlässt es mir, mich mit unserem ansässigen Schwachkopf auseinanderzusetzen, der nichts lieber täte, als mich wie ein Höhlenmensch an sein Bett zu ketten.

»Ich brauche frische Luft, dieser Ort macht mich

verrückt«, murmle ich und schließe den Abstand zwischen uns.

Hudson bleibt starr und unbeweglich, auch als ich meine Arme um seinen Hals schlinge und meinen Körper an seinen drücke.

»Ich brauche das, Hud. Wir kommen schon klar, Kade wird da sein.«

»Phoenix auch«, wirft Kade ein.

»Als wäre dieses Arschloch heutzutage noch eine Hilfe«, spottet Hudson.

Ich rolle mit den Augen und drücke ein letztes Mal meine Lippen auf seine, bevor ich ihn loslasse, um meine Lederjacke und meine ramponierten Chucks zu holen. Selbst wenn ich ihm in den Arsch treten muss, um aus diesem Raum zu kommen, werde ich das tun. Ich habe eine Zelle gegen eine andere getauscht, und ich weigere mich, in Angst vor Augustus zu leben.

Kade drängt sich an Hudson vorbei und hält mir die Tür auf. »Wir kommen heute Abend zurück. Pass auf Eli auf, wir haben Babysitterdienst für Phoenix. Ruft an, wenn es irgendwelche Probleme gibt.«

»Wir Glückspilze«, schnaube ich.

Hudson verschränkt die Arme über der nackten Brust und sieht aus, als wolle er Kade die Beine brechen, weil er sich gegen ihn gestellt hat. »Bleibt zusammen und kommt in einem Stück zurück. Sonst bringe ich euch beide persönlich um.«

Ich lenke meinen Blick von den harten Muskelsträngen ab, die mir das Wasser im Mund zusammenlaufen lassen. »Ja, Sir. Heute kein Töten, danke.«

»Ich meine es ernst, Amsel. Ich bin in letzter Zeit mit meiner Geduld am Ende. Wenn ich feststelle, dass du dich noch mehr in die Scheiße geritten hast, werde ich dieses Institut niederbrennen, um dich da rauszuholen. Ist das klar?«

Ich ignoriere das mürrische Arschloch, schlüpfe in meine Jacke und bedecke das gestohlene *Machine Gun Kelly*-Shirt, das immer noch nach Eli riecht. Sadie hat mir gestern den Verband abgenommen und mir eine ähnliche Standpauke gehalten, dass ich anständig bleiben soll. Ich bin dankbar für die langen Ärmel, die meine Arme verdecken, die jetzt mehr Narbengewebe als Haut sind.

»Ich könnte dich an das Bett fesseln«, überlegt Hudson.

»Klingt nach Spaß. Ich bin dabei.«

»Um dich zum Bleiben zu bewegen, verdammt.«

»Dann schlage ich dich, weil du ein kontrollsüchtiger Wichser bist.«

»Du bist eine verdammte Nervensäge«, schnauzt er. »Ich habe nie zugestimmt, mit dir weich zu werden, also hör auf, an meine Menschlichkeit zu appellieren, denn wir wissen beide, dass ich keine habe.«

Mit einem Blick auf mein kränkliches Spiegelbild gebe ich auf und versuche, an Hudson vorbeizukommen, aber er hat immer noch keine Lust dazu. Er packt mich an der Kehle und wir ringen, während er mich gegen die Wand drückt und seine Erektion auf meinen Unterleib drückt.

»Wir wissen beide, dass das nicht wahr ist«, entgegne ich.

Sein Lächeln ist dunkel, ganz und gar besitzergreifend. »Du suchst nach etwas, das nicht da ist. Ich bin kein guter Mensch.«

»Denkst du, ich weiß das nicht?«

»Ich glaube, du vergisst das viel zu oft.«

»Lass mich los, Hud. Ich habe die Nase voll von deinem Scheiß.«

Sein Griff lockert sich so weit, dass ich mich befreien kann, und ich schaue ihn finster an, damit er sich zurückhält.

»Komm einfach zu mir zurück«, knurrt er.

Ich bringe ein knappes Nicken zustande. »Das tue ich immer.«

Als ich Kade auf den Korridor folge, fällt die Tür vor Hudsons verärgertem Gesichtsausdruck zu. Wir verschwinden die Treppe hinunter, bevor er uns beide umbringt, und gehen über den Hof, während wir uns eine Zigarette teilen.

»Verhalte dich einfach normal«, rät Kade.

»Ich weiß nicht, ob ich weiß, wie das geht.«

Er schnaubt. »Finde es heraus. Mach es allen anderen nach.«

»Alle hier sind verrückt. Du bist keine Hilfe.«

»Lass uns einfach von hier verschwinden.«

Wir schließen uns dem Chaos an, das am überfüllten Empfang herrscht. Die Patienten stehen Schlange, um von den Wärtern gefilzt zu werden, bevor sie auf einer Tabelle abgehakt werden. Mike führt eine schnelle Zählung durch, während er die Leute nach draußen leitet. Ich lasse Kade den Vortritt, damit er mithelfen kann, wodurch ich mit diesen Arschlöchern allein bleibe.

»Kipp deinen Scheiß aus und nimm die Arme hoch, Insassin.«

Halbert wartet mit einem kranken lüsternen Grinsen auf mich. Er hebt meine Arme hoch und seine Hände verweilen viel zu lange auf meiner Brust und meinem Hintern, obwohl ich eindeutig nichts verberge.

»Wie hast du das geschafft?«, fragt er.

»Ich habe keine Ahnung, was du meinst. Ich bin eine Musterpatientin. Siehst du nicht meinen Heiligenschein?« Ich deute grinsend über meinen Kopf.

»Schwachsinn. Tu uns allen einen Gefallen und halt deinen strammen kleinen Arsch im Zaum.« Er überlegt und schüttelt den Kopf. »Nein, vergiss es. Wenn du es dieses Mal richtig versaust, kann ich dich für den Rest deines Lebens in eine Zelle sperren. Mal sehen, wie lange es dauert, bis du dir den Schädel einrennst, um zu entkommen.«

»Meine Güte, du bist ein echter Charmeur.«

»Halbert! Mach weiter«, schreit jemand.

Nachdem er mich widerwillig für sauber erklärt hat, geht Halbert weiter, um den nächsten Patienten zu terrorisieren, der hinter mir wartet. Ich schnappe mir meine Sachen und folge dem Verkehrsfluss, entnervt von dem Gefühl, dass ich beobachtet werde.

Augustus ist nirgends zu sehen, aber die scharfen Augen der Überwachungskameras fangen alles ein. Wenn er mich beobachtet, warum hält er mich nicht vom Gehen ab? Ist es ihm überhaupt wichtig? Ist das ein Test?

Als ich mich umschaue, fällt mein Blick auf vertraute graue Augen, die in der Ecke versteckt sind, damit man sie nicht sieht. Das lange Haar des Wärters ist locker und zerzaust, im Gegensatz zu seinem früheren Pferdeschwanz. Augustus' Wachhund macht sich nicht die Mühe, zu verbergen, dass er mich direkt anstarrt. Er hebt nur eine Augenbraue, also renne ich los und schaue nicht zurück.

Zu meiner Überraschung folgt er mir nicht.

Ich flüchte in die Sicherheit des Busses und mache mich auf den Weg zu meinem zugewiesenen Sitzplatz. Die Person, die neben mir sitzt, lässt mir das Herz in die Hose rutschen. Phoenix nimmt meine Existenz nicht einmal zur Kenntnis, er hat Kopfhörer aufgesetzt und starrt aus dem Fenster.

Na toll. Wieder die kalte Schulter.

»Achtung an alle!«

Mike steht mit seinem Klemmbrett in der Hand vorn, während Kade den für das Personal reservierten Platz einnimmt, da er heute offiziell als Assistent hier ist.

»Wir müssen noch ein paar Gruppenregeln durchgehen. Der neue Direktor, Doktor Augustus, war so freundlich, die Reise weiterhin zu erlauben. Missbraucht dieses Privileg nicht, in Ordnung?«

Neuer Direktor.

Ich versuche vergeblich, nicht zu zittern.

»Bleibt in euren zugewiesenen Paaren, geht nicht weg«, sagt Mike. »Bestes Benehmen und normale Regeln gelten auch, also wenn es irgendwelche komischen Dinge gibt, werden wir schneller zurückfahren, als ihr schauen könnt.«

Alle zwanzig anwesenden Patienten murmeln ihre Zustimmung. Wie ich die Erlaubnis für diese Reise bekommen habe, werde ich nie erfahren. Kade ist verdammt gerissen, und ich dachte, er wäre anständig und so.

Nachdem wir die langweiligen Sicherheitsvorkehrungen getroffen haben, fahren wir los. Phoenix hat die Augen fest geschlossen, sodass er nicht bemerkt, dass ich mich über ihn beuge, um die Landschaft zu studieren.

Mann, ich habe vergessen, wie die Welt wirklich aussieht. Ich bin überzeugt, wenn ich blinzle, verschwindet sie. Das Alltägliche hat etwas Magisches, wenn man so lange in einem Möchtegern-Gefängnis eingesperrt war.

»Was zum Teufel machst du da?«

Als ich den Kopf neige, sehe ich Phoenix, der mich stirnrunzelnd ansieht, nachdem er seine Kopfhörer abgenommen hat. Sein blaues Haar ist stark verblasst, aber es sind die dunklen Ringe unter seinen Augen, die mich stören.

Seit diesem Filmabend haben wir nicht mehr miteinander gesprochen. Ich sehne mich danach, ihn zu berühren, ihn irgendwie zu spüren. Diese erzwungene Distanz bringt mich um. Ich will einfach nur meinen unbeschwerten Freund zurück, auch wenn das mehr ist, als ich verdiene.

»Ich habe vergessen, wie es aussieht.« Ich seufze.

»Hm?«

»Die reale Welt.«

»Seit wann kümmert es dich, wie die reale Welt aussieht?«, antwortet Phoenix mit harter Stimme. »Ich dachte, es würde dir sowieso nicht reichen, um zu bleiben.«

Ich lasse mich in meinen Sitz zurücksinken und versuche, seine Worte nicht an mich heranzulassen. Jetzt habe ich seine Aufmerksamkeit, aber ich will einfach nur aus diesem fahrenden Bus springen und so weit wie möglich von meinen Problemen weglaufen.

»Du redest also jetzt mit mir?«, schnauze ich stattdessen.

Toller Schachzug, Brooklyn. Verärgere ihn noch mehr.

»Du warst diejenige, die sich praktisch über mir ausgebreitet hat.«

Ich runzle die Stirn und beobachte das feine Zittern, das seinen Körper durchfährt. Er sieht aufgedreht aus – wie von einem unsichtbaren elektrischen Strom durchflossen. Sein Knie wippt unkontrolliert, und er schlägt sich ein paarmal an die Stirn, als wolle er sich wieder zur Vernunft bringen.

»Bist du okay, Phoen?«

»Lass mich verdammt noch mal in Ruhe.«

Er schließt wieder die Augen und wendet sich so weit wie möglich von mir ab, um jedes Gespräch abzubrechen. *Nun, das war eine Katastrophe.*

Ich sollte einfach aufgeben, es ist den Ärger nicht wert. Aber die Wochen des ständigen Aufruhrs haben meine Geduld erschöpft, und ich habe nicht mehr die Kraft, gegen ihn zu kämpfen. Ich lege eine Hand auf sein Knie und führe meine Lippen an sein Ohr.

»Bitte rede mit mir.«

Er dreht sich um und starrt mich an. »Warum sollte ich?«

»Weil ich es leid bin, gegen dich zu kämpfen.«

»Nun, ich bin noch lange nicht fertig, also Pech gehabt.«

In seinen Augen liegt Dunkelheit, die den offensichtlichen Glanz der Hysterie ausgleicht. Ich halte den Atem an, als Phoenix sich umschaut, um sich zu vergewissern, dass niemand zusieht, bevor er seine Lippen aggressiv auf meine presst. Ich bin so schockiert, dass ich mich dem brennenden Kuss hingebe.

Seine Zunge dringt sofort in meinen Mund ein und verdrängt alle Gedanken ans Weglaufen. Hitze breitet sich in meinem Bauch aus, und ich greife nach seinem T-Shirt und ziehe ihn näher zu mir, um uns vor dem Rest des Busses zu verstecken.

Ich stöhne gegen seine Lippen, als er mit einer Handfläche über meine Brüste streicht und meine steifen Nippel durch den dünnen Stoff kitzelt. Als er sich nach unten arbeitet, kratzen Phoenix' Fingernägel schließlich an der Naht meiner Jeans, direkt über meiner pochenden Klitoris.

»Soll ich dich anfassen, Hitzkopf?«

»Ja, Phoen.«

»Sag bitte, verdammt noch mal.«

Ich beiße mir auf die Unterlippe und seufze. »Bitte, *Sir*.«

Phoenix grinst, aber es gibt kein Anzeichen für den Mann, den ich früher kannte, der Witze machte und mir seine Lieblingsmütze zum Tragen gab. Das ist ein anderer Phoenix, düster, tierisch besessen und herzzerreißend, angetrieben von seinem Bedürfnis, mich in kontrollierbare Stücke zu zerlegen.

Er schaut sich noch einmal um, greift geschickt in meine jetzt geöffneten Jeans, schiebt sich in mein feuchtes Höschen und findet meine Klitoris. Ich beiße die Zähne zusammen, um das Stöhnen zu unterdrücken, und genieße das Gefühl, wie seine erfahrene Hand zwischen meine Schamlippen gleitet.

»So nass. Du bist wirklich eine Hure«, murmelt er.

»Du bist derjenige, der mich berührt«, erwidere ich.

Phoenix lässt einen feuchten Finger in mich gleiten und lacht. »Du bettelst förmlich darum. Spreizt deine Beine wie eine läufige Hündin für alle meine Freunde, nur nicht für mich. Was ist daran fair?«

»Du hast seit Wochen nicht mit mir gesprochen, geschweige denn den Weg in mein Bett gefunden. Was ist daran fair?«

Mit seinen Fingern verwandelt er mich in eine Pfütze keuchenden Verlangens. Phoenix presst seine Lippen auf meine Kehle und saugt meine Haut zwischen seine Zähne, um mich für die ganze Welt zu markieren. Das gibt mir den kleinsten Hoffnungsschimmer, dass er mich irgendwo tief im Inneren noch will. Ich kann diese Scheiße in Ordnung bringen.

Umgeben von ahnungslosen Patienten, während er mich mit seiner Hand fickt, dauert es nicht lange, bis die Welle ihren Höhepunkt erreicht. Das ist heißer, als ich zugeben möchte. Ich hatte schon immer eine Vorliebe für öffentliche Orte.

Gerade als ich in den Ärmel meiner Jacke beißen will, um nicht aufzuschreien, lacht Phoenix. Ein kalter, gebrochener Ton. Dann reißt er seine Hand zwischen meinen Beinen weg und lässt mich am Rande eines heftigen Orgasmus zurück. Ich kämpfe gegen den Drang an, vor Frustration zu schreien.

»Fühlt sich nicht gut an, oder?«, sagt er und sucht mit wütendem Blick in meinem Gesicht nach dem Schmerz, den er sich wünscht. »Eine Sache versprochen zu bekommen und eine andere zu kriegen. Du darfst nicht auf meiner Hand kommen, Hitzkopf. Nie wieder. Willst du wissen, warum?«

Ich wimmere und winde mich erbärmlich auf dem Sitz.

»Weil du eine seelenlose Schlampe bist.«

Mit einem letzten abschätzigen Blick wendet sich Phoenix dem Fenster zu und lässt mich völlig unbeachtet. Ich starre auf seinen Hinterkopf, Tränen brennen in meinen Augen. *Wie kann er es nur wagen?* Ich fühle mich gedemütigt.

Unbehaglich und schmerzhaft erregt, verbringe ich die ganze Fahrt damit, darüber nachzudenken, wie ich ihm den Schädel einschlagen kann. Phoenix setzt seine Kopfhörer wieder auf und spielt wütende Musik ab, während er wie ein verdammter Strom führender Draht zuckt und zappelt.

Ich sehe es jetzt.

Die Krankheit pulsiert durch seine Adern.

Er könnte high sein, aber es könnte auch etwas anderes sein. Die anderen haben mich davor gewarnt, dass Phoenix … instabil werden kann. Manisch. Grausam und hasserfüllt. Der Gedanke macht mir Angst, trotz seiner verletzenden Worte.

Als der Bus schließlich auf einem reservierten Platz parkt, weist Mike alle an, auszusteigen. Wir stellen uns alle in einer Reihe auf, mit Wärtern auf beiden Seiten. Ich beobachte, wie Phoenix stolpert, von der Treppe des Busses fällt und ohne einen zweiten Blick an mir vorbeiläuft.

»Kade?«

Er schließt sich mir an und folgt meinem Blick. »Hat er dich verärgert?«

Ich zucke mit den Schultern. »Nicht mehr als sonst. Irgendetwas stimmt nicht.«

Kades Lächeln erreicht nicht seine Augen. »Dich fast zu verlieren war für uns alle verheerend, deshalb schlägt er um sich. Irgendwann wird er zurückkommen.«

»Das ist etwas anderes … ihm geht es nicht gut.«

»Ich bin sicher, dass alles in Ordnung ist. Komm schon, lass uns gehen.«

Flankiert von scharfäugigen Wärtern gehen wir in die Stadt. Ich versuche zu vergessen, dass Phoenix ein stures Arschloch ist, und konzentriere mich stattdessen darauf, meine Umgebung in mich aufzunehmen und sie mir einzuprägen.

Bunte Ladenfronten, das Summen der Menschen, endlos vorbeifahrende Autos und dröhnende Weihnachtsmusik. Hier draußen lässt sich leicht vergessen, dass Blackwood existiert, die Schatten werden von etwas viel Gefährlicherem vertrieben *–Hoffnung.*

Der Markt ist noch ruhig, sodass die Wärter genügend Platz haben, um uns genau zu beobachten. Phoenix verschwindet mit ein paar anderen Patienten, um etwas zu essen zu besorgen, während ich hinter Kade zu einem Stand in der Nähe gehe. Er reicht mir eine riesige heiße Schokolade und ich kann nicht anders, als ihn anzugrinsen. Verdammt, das fühlt sich zu gut an, um wahr zu sein.

Wir setzen uns unter einen großen geschmückten Baum und beobachten schweigend die Menge. Kade trinkt sein Getränk aus und legt einen Arm um meine Schultern, was mein Herz höherschlagen lässt. *Er ist so verdammt süß.*

»Danke für das Getränk.«

»Gern geschehen.« Er lächelt.

»Das fühlt sich total seltsam an. Was machen wir hier?«

»Am Leben sein, Brooke. Genieße es.«

Ich verfalle in Schweigen, genieße die dickflüssige, schokoladige Köstlichkeit und ignoriere Kades Grinsen, während ich mein Vergnügen stöhne. Als ich fertig bin, ist sein Lächeln verschwunden und die Sorge bleibt zurück.

»Hör zu, ich muss dir etwas sagen.«

Das war's mit meiner guten Laune.

»Was denn?«

»Ich sage dir das nur, weil ich dir vertraue. Ich habe Hudson noch nie so … stabil erlebt. Du hast ihn verändert. Er ist schon so lange auf der Stelle getreten, aber du hast alles verändert.«

Meine Gefühle sind zu kompliziert, um sie auszudrücken, wenn es um diesen unerträglichen Mistkerl geht, also zucke ich mit den Schultern.

»Er steckt in Schwierigkeiten, Brooke.« Kade seufzt.

Sofort schießt Feuer durch meine Adern, und ich atme tief durch, bereit, mir den Weg aus dem Schlamassel, in dem wir jetzt stecken, freizuschneiden.

»Worum geht es?«

»Er würde mich umbringen, wenn er herausfindet, dass ich es dir erzählt habe.«

»Spuck es einfach aus. Ich kann ein verdammtes Geheimnis bewahren.«

Kades Stimme sinkt um eine Oktave, erfüllt von eisigem Hass. »Seine Mutter hat neue Beweise vorgelegt, um ihn zu belangen. Ich werde sie davon überzeugen, ihre Aussage zu widerrufen und seinen Namen reinzuwaschen.«

Ich erschaudere eine Sekunde lang bei dieser Bombe. Das ist beschissen, aber ich bin kaum jemand, der über glückliche Familien sprechen kann. Ich habe seine Mutter nie getroffen, das war weit vor meiner Zeit.

»Was sind die Beweise?«

»Dass er ihren Liebhaber kaltblütig und nicht aus Notwehr getötet hat.«

»Heilige Scheiße. Ist das wahr?«

Kade nickt, sein Kiefer fest angespannt. Bin ich krank, weil ich es erregend finde, dass ich nicht die Einzige bin, die Blut an den Händen hat? Hudson hatte schon immer eine herrlich dunkle Seite – man muss sich nur Rios schmutziges Ende ansehen, um das zu wissen. Als wir jünger waren, hat mir das immer Angst gemacht, bevor ich merkte, wie ähnlich wir uns eigentlich sind.

»Ich nehme an, du hast einen Plan«, vermute ich.

»Einen, von dem er nichts weiß, ja. Wir haben ihn im Unklaren gelassen, ich und meine Familie. Du weißt ja, wie Hudson ist, er würde angriffslustig reinstürmen wollen.«

Ich schüttle den Kopf. »Erst zustechen und dann Fragen stellen, richtig?«

»Ganz genau. Wir müssen vorsichtiger sein als das.«

»Und wenn es nicht klappt?«

Kade wirft mir einen intensiven, forschenden Blick zu. »Dann kommt es zum Prozess. Wir werden auseinandergenommen, meine gesamte Familie. Sie werden jeden möglichen Zeugen aufrufen, um Hudson zu verteidigen. *Jeden.*«

Ein ungutes Gefühl macht sich in meinem Bauch breit, als ich begreife, was er sagt.

»Scheiße, du meinst mich?«

»Es ist eine Möglichkeit. Etwas, worüber man nachdenken sollte.«

»Mein Gott, Kade. Ist das dein Ernst? Ich glaube kaum, dass ich die richtige Person bin, um Hudson zu verteidigen.«

»Du bist eine Zeugin, jemand, der ihn schon lange kennt und seinen Charakter bezeugen kann – wie er war, bevor wir ihn überhaupt kennengelernt haben. Wir müssen seine Mutter in Misskredit bringen und beweisen, dass sie völligen Blödsinn redet.«

»Ich kann nur beweisen, dass ich mein Herz einem Monster geschenkt habe und er mich zum Sterben zurückgelassen hat.« Ich zwinge mich, den Blick abzuwenden, um meine Gefühle vor Kade zu verbergen. »Es war ein langsamer Tod. Jeden Tag aufzuwachen, in den Spiegel zu schauen und zu sehen … was er aus mir gemacht hat.«

»Du hast die Chance, es besser zu machen als er«, betont er.

Als ich meinen leeren Becher wegwerfe, fühle ich mich nicht mehr sorglos und entspannt. Diese ganze Reise war nur ein Vorwand für Kade, um mich allein zu erwischen, um mich zu etwas zu überreden, woran ich nicht einmal denken kann. Die Vorstellung, vor Geschworenen zu stehen und den schlimmsten Moment meines Lebens zu leugnen? *Nein, danke.*

»Netter Versuch«, zische ich und stehe auf. »Du bringst mich hierher und sagst mir, ich soll mich entspannen und die Pause genießen. Du willst nur, dass ich Hudsons lügenden Arsch rette. Richtig?«

»Er hat dir den Arsch oft genug gerettet«, antwortet Kade scharf.

»Und hat mich fast genauso oft verarscht.«

Kade folgt mir, fest entschlossen, diesen Streit zu gewinnen. Er ahnt nicht, dass ich genauso stur sein kann. Auf gar keinen Fall werde ich einem Raum voller Fremder erzählen, was vor all den Jahren passiert ist.

Gerade als ich ihn auffordern will, sich zu verpissen, ertönt ein hoher Schrei aus dem Markt. Mit besorgten Blicken rennen wir zurück zu der Menge, die wir zurückgelassen haben.

Eine große Gruppe hat sich um das Riesenrad versammelt, das mit Weihnachtsbeleuchtung und festlicher Dekoration geschmückt ist. Auf den ersten Blick scheint alles in Ordnung zu sein. Die Kinder klammern sich an ihre Eltern, und es läuft weiterhin nervige Musik, Jingle Bells und fröhlicher Scheiß.

Dann folge ich dem Weg der ausgestreckten Finger, schnappe nach Luft und halte mir vor Schreck den Mund zu.

»Oh, Scheiße«, flucht Kade.

»Ist das … *Phoenix?* Oh mein Gott!«

Er klettert das sich bewegende Rad hinauf. Der Fleck in verblichenem Blau und den bekannten zerrissenen Jeans ist eindeutig er. Zusammen mit einem seiner Kumpels erklimmt er die instabile Struktur, wobei seine Füße auf dem glatten Metall abrutschen.

Ich schreie seinen Namen und schiebe mich durch die panische Menge. Das kann doch nicht wahr sein. Er wird fallen und sich sein blödes Genick brechen.

»Halten Sie das Rad an!«, befiehlt Mike.

Um uns herum wimmelt es von Wärtern, die sich durch Zivilisten drängen, während sie das Fahrgeschäft umzingeln. Der Fahrer betätigt die Notbremse und das Riesenrad kommt zum Stehen, zitternd im Winterwind. Die plötzliche Bewegung lässt sowohl Phoenix als auch den anderen Kerl mitten in der Luft erschaudern und sie kämpfen darum, sich festzuhalten.

»Phoenix! Jason! Bewegt euch nicht!«

Ich warte auf ihre Schreie und Hilferufe. Unglaublicherweise folgen stattdessen Gelächter und aufgeregtes Gejohle. Die beiden Idioten brüllen und winken uns zu, während Mike die Wärter neu aufstellt, um alle Bereiche abzudecken.

»Wir fliegen verdammt noch mal in die Freiheit«, schreit Phoenix.

Kade ergreift meine Hand und starrt ängstlich nach oben. »Er wird fallen.«

»Nein, er wird sich nicht bewegen. Sie werden ihn runterholen.«

»Er ist entweder high oder mitten in einem Schub. Verdammt noch mal.«

»Ich habe dir doch gesagt, dass etwas nicht stimmt!«

Die schreckliche Weihnachtsmusik verstummt abrupt und hinterlässt nichts als pfeifenden Wind und die angehaltenen Atemzüge der Patienten und des Publikums. Ein paar Wärter versuchen, ihnen zu folgen, und klettern verzweifelt auf die Metallträger des Riesenrads, um zu verhindern, dass die Sache unschön wird.

»Ich bin der König der gottverdammten Welt«, brüllt Phoenix.

»Meint er das jetzt ernst?« Ich schaue ungläubig.

Kade zuckt mit den Schultern und blickt hinüber, wo Mike zwei stämmige Polizisten aufgespürt hat. »Wenn er … in diesem Zustand ist, sagt er oft so einen Scheiß. Er denkt, er sei jemand anderes.«

»Was ist los? Ist er manisch?«

»Das ist schon eine ganze Weile so«, murmelt er.

Einer der Polizeibeamten holt ein Megafon aus seinem Streifenwagen. Er richtet den Lautsprecher auf Phoenix, der nun gefährlich mit einem Bein an einer Metallstange hängt und die Hände frei hat, um mit der Faust in die Luft zu stoßen.

»Zu Ihrer eigenen Sicherheit, bewegen Sie sich nicht!«

Ich beobachte entsetzt, wie Phoenix dem Polizisten den Mittelfinger zeigt, lacht und beginnt, noch höher zu klettern. Seine Chucks rutschen kurz ab, bevor er den Halt wiederfindet. Zu allem Überfluss folgt ihm auch noch sein Freund Jason, dessen spindeldürre Beine sein Gewicht kaum tragen können.

»Fickt euch alle!«, johlt Phoenix.

»Wir gehen nie wieder zurück!«

»Tod für Blackwood!«

»Wir wollen verdammt noch mal freeeeei sein!«

Zwei weitere Streifenwagen rasen auf den Marktplatz und lenken uns alle mit ihrem Sirenengeheul ab. Das Leben spielt sich immer in diesen kurzen, abgelenkten Momenten ab. Die Tragödie schlägt zu und in neun von zehn Fällen kann man nichts dagegen tun. Ein Sekundenbruchteil ist alles, was es braucht, um die Welt zu beenden.

Kade stößt einen panischen Schrei aus und umklammert

meine Hand so fest, dass meine Knochen knirschen. Ich umklammere ihn mit der gleichen Verzweiflung, und mir wird übel angesichts des sich entfaltenden Albtraums.

Ein unidentifizierbarer, dunkel gekleideter Fleck stürzt plötzlich vom Riesenrad, prallt gegen eine Metallstange und fällt, fällt, fällt.

Niemand atmet.

Niemand blinzelt.

Niemand existiert.

Alles, was ich sehe, ist der menschenförmige Fleck, der sich immer weiter dem kalten, harten Boden nähert.

Dann … Aufprall.

KAPITEL 14

KADE

IMPERSONA – WHAT
HAUNTS YOU

ICH SCHNÜRE SCHNELL meine Laufschuhe und gehe in den Morgennebel. Er hüllt das Institut in eine geheimnisvolle Atmosphäre, in ein unheimliches Gefühl der Gefahr, das nie ganz verschwindet. Der Schnee fällt ununterbrochen in dicken Schwaden und verdeckt das gotische Ungeheuer darunter.

Es dauert nicht lange, bis ich sie eingeholt habe. Brooklyn rennt jeden Morgen los, als ob sie den Problemen, die uns alle zu ertränken drohen, davonlaufen könnte. Ich kenne das Gefühl.

Ihre Füße rutschen über eisige Pfützen, aber das schreckt sie nicht ab. Sie rennt, als ob die Welt hinter ihr in Flammen stünde und das kleinste Zögern den sicheren Tod bedeuten könnte.

»Du kannst nicht ewig weglaufen«, rufe ich.

Ihre Füße geraten nicht ins Stocken. »Lass mich in Ruhe, Kade.«

Ich schaffe es, sie einzuholen, und wage einen Blick in ihre hohlen Augen. Die Wangen sind fahl und abgemagert, von Reue gezeichnet. Ich weiß, dass sie nicht wieder schlafen wird, nicht bevor ihr Körper vor Erschöpfung ohnmächtig wird.

»Wie lange werden wir das machen?«, frage ich.

»Du hast keine Ahnung, wovon du redest.«

Ich ergreife ihren Arm und zwinge sie zum Stehenbleiben.

»Phoenix ist am Leben. Ein verdammter Idiot, aber er lebt. Jason hat sich entschieden, ihm dorthin zu folgen, und er hat den Preis dafür bezahlt. Du kannst aufhören, dich selbst zu bestrafen, davon gibt es schon genug.«

Sie stützt die Hände auf die Knie und atmet flach. »Darum geht es hier nicht. Ihr könnt glückliche Familien spielen und Geschenke austauschen, darum geht es mir nicht.«

»Das muss aufhören. Wir können uns nicht weiter gegenseitig bekämpfen!«

»Es gibt kein *Wir*«, sagt sie trocken.

Ich schaue auf sie hinab und lache kalt.

»Das ist ein Tiefschlag, selbst für dich.«

Sie geht zurück in Richtung der Wohnheime. Eine weitere Gestalt wartet auf den schneebedeckten Stufen. Elis Gips ist abgenommen worden, eine Beinschiene ist geblieben, aber er kann noch einige Wochen nicht joggen. Brooklyn wirft einen Blick auf ihn und geht direkt an ihm vorbei, wobei sie uns beide nun ignoriert.

»Dir auch fröhliche Weihnachten«, rufe ich ihr nach.

Das Zuschlagen der Tür ist meine Antwort.

»Charmant.«

Als ich mich Eli zuwende, führen wir ein stilles Gespräch. Er ist genauso frustriert wie ich und macht sich Sorgen um Phoenix und die Folgen der Ereignisse. Seit der Reise hat ihn niemand mehr gesehen. Als ich nachgefragt habe, hat Mike sich geweigert, mir eine Antwort zu geben. Ich kann nur vermuten, dass er in Einzelhaft ist, was nie zu etwas Gutem führt.

»Kannst du Hudson beschäftigen? Ich muss etwas tun.«

Eli nickt und nimmt meine angebotene Hand an. Wir gehen wieder nach oben, begleitet von den aufgeregten Rufen der Patienten, die sich auf ihren einen Tag relativer Normalität freuen.

Einige haben das Glück, über die Feiertage Ausgang zu bekommen, während bei anderen die Familie zu Besuch kommt. Ich habe meinen üblichen Festtagsbesuch jenseits der Mauern von Blackwood verschoben und mich stattdessen für etwas anderes entschieden.

Es ist an der Zeit, die Kontrolle über unser Leben zurückzugewinnen.

Heute ist der Anfang.

Nachdem ich mir ein schickes Outfit angezogen habe, das zu einem solchen Anlass passt, gehe ich mit dem Universalschlüssel, den ich nach ihrem Selbstmordversuch aus Mikes Versteck gestohlen habe, in Brooklyns Zimmer. Ihre Sicherheit ist wichtiger als Grenzen.

Ich lasse mich auf ihr Bett sinken und warte, bis Brooklyn unter der Dusche fertig ist. Als sie in ein fadenscheiniges Handtuch gehüllt auftaucht, das kaum ihre üppigen Beine bedeckt, senke ich den Blick.

»Bist du mit dem Konzept der Privatsphäre vertraut?«, schnauzt sie.

»Du kannst jederzeit meine Dusche benutzen und halb nackt herumlaufen.«

»Urkomisch.«

»Ich kann dir versichern, dass ich keine Witze mache.«

Während sie in ihrem Kleiderschrank herumwühlt, schaue ich auf mein Handy. Es ist fast so weit und wir dürfen diesen Termin nicht verpassen. Ich hoffe nur halb, dass Stephanie, Hudsons entfremdete und lästige Mutter, zum Besuchstermin erscheint. Das Versprechen von Geld sollte man nicht ablehnen können – vor allem nicht als drogensüchtiger Junkie.

»Was willst du, Kade?«

Als ich aufblicke, sehe ich, dass Brooklyn sich ein *Royal Blood*-T-Shirt über den Kopf gezogen hat, das unzählige Zentimeter vernarbter Haut verdeckt. Ich räuspere mich und versuche, mich nicht auf die verlockenden Kurven ihrer Hüften zu konzentrieren.

»Wir haben einen Besucher. Du kommst mit mir.«

»Hm?«

»Auf der Reise habe ich dich über unser kleines … *Problem* informiert.«

Sie verschränkt die Arme und wirft mir einen unbeeindruckten Blick zu. »Ich habe dir doch gesagt, dass ich nicht aussagen werde. Niemals. Sag deinem Anwalt, er kann sich diese dumme Idee in seinen gut bezahlten Arsch stecken.«

»Unser Anwalt ist weiblich«, erwidere ich.

»Sei nicht so verdammt pedantisch.«

Grinsend gehe ich langsam auf sie zu, sodass sie rückwärts zur Tür geht. Ich habe mich zurückgehalten, habe abgewartet. Habe meinen Brüdern erlaubt, sich mit dem Einzigen zu vergnügen, was diese zerrüttete Familie für immer zusammenhalten könnte. Ich bin fertig. Kein Feinsinn mehr – es ist Zeit, Feuer mit Feuer zu bekämpfen.

»Du kommst mit mir«, befehle ich.

»Sagt wer?«

»Sage ich.«

Sie hebt ihr Kinn und schaut mich trotzig an. »Und wenn ich mich weigere?«

Als ich mit meinen Fingerknöcheln über ihre Wange streiche, entlang ihrer Kieferpartie und hinauf in ihre perlmuttfarbenen Locken, zittert sie sichtlich. Ihr Mund öffnet sich, während sich ihr Körper unwillkürlich zu mir neigt und leise nach mehr bettelt.

»Warum hast du mich nicht geküsst?«, fragt sie plötzlich.

Meine Hand erstarrt. »Ich war mir nicht sicher, ob es willkommen ist.«

»Ich habe dich neulich Abend geküsst.«

Brooklyn macht einen entschlossenen Schritt nach vorn und dreht den Spieß um, um diesmal in meinen Raum einzudringen. Ihre Fingerspitzen fahren über meine gestreifte marineblaue Krawatte und sie wickelt den Stoff um ihre Faust.

»Meine Gefühle haben sich nicht geändert.«

Ich kann mir ein Grinsen nicht verkneifen. »Ich bin neugierig, mehr über deine Gefühle zu erfahren.«

»Ich werde dir alles über sie erzählen ... für einen Preis.«

»Und der wäre?«

»Du«, antwortet sie schlicht.

Ich lege meine Hand auf ihre Hüfte und schiebe einen Finger unter ihr Kinn, um ihre vollen Lippen zu sehen, wobei uns nur wenige Zentimeter voneinander trennen. Es ist so lange her, dass ich sie geküsst habe, nicht andersherum, aber ich brauche mehr als nur eine Kostprobe.

Ich will alles. Ihren Gehorsam. Ihre Kontrolle. Die Gewissheit, dass sie auf mein Kommando auf die Knie fällt und mir hilft, das Leben meines Arschloch-Bruders zu retten, bevor sie sich mir hingibt.

»Komm mit mir und du kannst alles haben, was du willst.«

»Ich habe dir gesagt, dass ich keine Anwälte treffe«, sagt sie.

»Dann hast du Glück.« Ich atme den Duft ihres Duschgels ein, das verdächtig nach Phoenix riecht. »Ich habe Hudsons Mutter eingeladen, um die Bedingungen zu besprechen, damit sie ihre Aussage zurückzieht.«

Brooklyns Augen weiten sich, als sie mich schockiert anstarrt und nicht, wie ich erwartet hatte, wegläuft oder sich wehrt. Irgendetwas brennt tief in ihren Iriden, ein heftiges, beschützendes Bedürfnis, das sich zu meinen Gunsten auswirken könnte.

»Hilf mir, sie zu überzeugen, und ich werde dich belohnen, Liebes.«

»Wie wirst du mich belohnen?«, haucht sie.

Meine Hand wandert weiter nach unten, über ihre Hüfte und entlang ihres Innenschenkels. Ohne den Blickkontakt zu unterbrechen, streiche ich mit meinen Fingern über den Saum ihrer Jeans, unter der ihre süße Muschi liegt. Selbst durch den dicken Stoff hindurch kann ich ihre Wärme spüren. Sie bettelt förmlich darum, berührt, besessen und kontrolliert zu werden. Ich kann alle drei Dinge tun.

»Vertrau mir, es wird sich für dich lohnen«, füge ich hinzu.

Sie flucht, als ich meine Hand zurückziehe, und nickt mir entschlossen zu.

»Darauf werde ich zurückkommen, Kade.«

»Ich würde nichts anderes erwarten.«

Ich verschränke unsere Hände und ziehe sie aus dem Zimmer, bevor sie ihre Meinung ändert. Eli kann Hudson nur eine bestimmte Zeit lang beschäftigen, und ich will nicht, dass er davon Wind bekommt.

Der Plan ist einfach – dem herzlosen Miststück, das sich seine Mutter nennt, genügend Geld bieten, um den Schlamassel zu beseitigen. Mum hat alles geplant und vorbereitet, aber ich habe darauf bestanden, die Ehre zu übernehmen.

Stephanie einen Einblick in Blackwood zu gewähren, verschafft mir einen Vorteil. Sie wird erschüttert sein, verletzlich. Es wird nicht viel nötig sein, um diese Angst auszunutzen und sie erkennen zu lassen, wer hier die wahre Macht hat.

Im Besuchsraum müssen wir die üblichen Sicherheitskontrollen über uns ergehen lassen und das Geschrei von fast wahnsinnigen Patienten ertragen, die unbedingt einen Blick auf ihre Familien erhaschen wollen. Der Raum ist voll, als wir hineingehen und einen Platz in der hintersten Ecke nehmen.

Brooklyn umklammert meine Hand und blickt sich um, als würde sie einen fremden Planeten studieren.

»Ich hasse das«, murmelt sie.

»Warst du noch nie hier?«

»Ich bekomme nicht viele Besucher. Nun, gar keine.«

Ich schiebe unsere Hände unter den Tisch, damit der

Wärter nichts merkt und in die Luft geht. Sie zittert am ganzen Körper und bemüht sich, ein ernstes Gesicht zu bewahren. Jeder Zentimeter des Raumes ist mit grellen Dekorationen bedeckt, die einem die verdammte Festtagsstimmung ins Gesicht schleudern.

»Es tut mir leid, dass ich dir das zumuten muss.«

»Schon gut, das ist mir scheißegal. Wer muss schon feiern?«

»Ich bin letztes Jahr nach Hause gegangen und habe Hudson sich selbst überlassen.« Ich schaue stirnrunzelnd auf den verschrammten Tisch und erinnere mich an das betrunkene Chaos, zu dem ich zurückgekehrt bin. »Es war nicht schön.«

»Bleibst du deshalb dieses Jahr?«

Ich nicke, da ich meiner Stimme nicht traue. Sie braucht nicht zu wissen, wie chaotisch mein Leben zu Hause ist. Hinter den hübschesten Fassaden verbergen sich oft die dunkelsten Wahrheiten. Geld und Luxus sind kein Ersatz für eine echte Familie – eine, die ich in diesem Höllenloch gefunden habe, nicht in den leeren, widerhallenden Fluren der Villa, die ich einst mein Zuhause nannte.

Ich habe aufgehört zu zählen, wie oft ich durch das ferne Geräusch meines Vaters geweckt wurde, der meine Mutter schlug, wenn er dachte, Cece und ich würden schlafen. Er bestraft sie, weil sie seine politische Karriere mit etwas so Trivialem wie Kindern bedroht oder weil sie die falsche Aufmerksamkeit auf seine Kampagne lenkt. Seine Maßstäbe erweisen sich oft als fatal.

»Wissen deine Eltern, dass sie heute kommt?«, fragt sie.

»Nur Mum«, antworte ich zögernd. »Wir versuchen, die Sache diskret zu regeln. Sie hat alles geklärt und Stephanie unter falschem Namen auf die Zulassungsliste gesetzt. Je ruhiger wir die Sache angehen, desto besser.«

»Und es ist diskret, Leute mit Bargeld abzuwimmeln?«

»Diese Welt ist kein Märchen, Liebes. So etwas wie

Anstand gibt es nicht, wir müssen in der Realität leben. Sie lebt von Geld und Gefälligkeiten, zwei Dinge, die mein Vater in Hülle und Fülle hat. Er wird die kleine Abbuchung nicht bemerken, die die Bedrohung, die über uns allen schwebt, zum Schweigen bringt.«

Ihre Stimme ist unsicher. »Ich hoffe, du hast recht.«

Wir warten auf Stephanie und klammern uns aneinander, um uns zu stärken und alles andere auszublenden. Schließlich öffnen sich die Türen und die Familien strömen herein. Sie tragen ihre genehmigten Geschenke bei sich, die ausgepackt und gründlich auf Schmuggelware untersucht wurden.

Ganz hinten in der Schlange erblicke ich sie schließlich. Völlig unbeholfen und deplatziert zwischen den anderen Besuchern, beobachtet sie den Raum mit verstohlenen, deutlich geweiteten Augen.

»Sie ist hier«, murmle ich.

Brooklyn richtet sich in ihrem Sitz auf. »Showtime.«

Stephanie erkennt mich sofort. Ich habe keinen Zweifel daran, dass sie ihre Nachforschungen angestellt hat. Ihr kurzes schwarzes Haar ist schlaff und ungewaschen, ihre Schlüsselbeine treten scharf genug hervor, um Stahl schneiden zu können, und sie ist in abgetragene Kleidung gehüllt, die dringend gewaschen werden müsste.

Aber der größte Mindfuck ist, dass sie die gleichen hellblauen Augen hat wie Hudson. Manchmal vergesse ich, dass er nicht mein leiblicher Bruder ist.

»Kade Knight.« Sie grinst höhnisch und lässt sich auf den Stuhl sinken.

»Danke, dass du gekommen bist.«

»Als hätte ich eine Wahl.«

Stephanie wendet ihre Aufmerksamkeit Brooklyn zu und runzelt die Stirn. Sie kann sie nicht einordnen, und das war genau das, was ich wollte. Sie auf die falsche Fährte locken. Das ist eine Machtdemonstration, um dieser wertlosen Schlampe zu beweisen, wie viel Rückhalt Hudson hat.

»Wer bist du?«, blafft Stephanie.

»Sie gehört zu mir«, antworte ich.

Sie wirft mir einen säuerlichen Blick zu. »Ich spiele keine Spielchen mit euch.«

Ich greife diskret in die Tasche meines weißen Hemdes und hole den Scheck heraus, den meine Mutter im Voraus unterschrieben hat. Ich schiebe ihn über den Tisch, verstecke ihn unter meiner Handfläche und lasse Stephanie einen Blick darauf werfen.

»Sieh dir das an.«

Sie schluckt schwer und betrachtet die großzügige Summe.

Ich senke meine Stimme und vergewissere mich, dass die Wärter nicht in Hörweite sind. »Bringen wir es auf den Punkt. Wir sind bereit, dir eine beträchtliche Summe anzubieten, damit du deine Aussage offiziell zurückziehst und dich so weit wie möglich verpisst. Du wirst den Behörden sagen, dass du einen Fehler gemacht hast und die Drogen deinen Verstand verwirrt haben.«

Stephanie sieht mich mit Abscheu an. »Warum sollte ich auf dich hören? Du bist doch auch hier eingesperrt.«

»Meine Familie hat genügend Mittel, um dir das Leben zur Hölle zu machen«, sage ich schlicht. »Wenn sie es schaffen, mich hier unterzubringen, damit ich mich um den Sohn kümmere, den du im Stich gelassen hast, können sie auch dich mit Scheiße und Elend überschütten.«

Angesichts dieser Information treten ihre Augen ein wenig hervor. Es sieht fast so aus, als würde sie das Angebot in Erwägung ziehen, bevor die Dunkelheit wieder in ihre Augen dringt und sie die Zähne fletscht.

»Hudson hat Ron getötet. Er hat ihn in Stücke gerissen wie ein verdammtes Tier. Mein Sohn ist böse, er ist labil und du solltest dich so weit wie möglich von ihm entfernen.«

»Mögen Sie Blackwood?«, fragt Brooklyn aus heiterem Himmel.

»Hm?«

Brooklyn stützt sich auf ihre Ellbogen und blickt Stephanie furchtlos an.

»Glauben Sie, Kade genießt nur das beschissene Essen und die gelegentlichen Schläge? Mag sein. Vielleicht sollten wir seinen Kontaktleuten sagen, dass sie Sie auch wegsperren sollen, um zu sehen, wie es Ihnen gefällt. Sie können das Zimmer gegenüber von Hudson haben und Ihre Gehässigkeit persönlich wiederholen. Glauben Sie mir, hier kann Sie niemand schreien hören.«

Ihre Worte haben die gewünschte Wirkung, sogar besser, als ich es selbst hätte tun können. Stephanie schaut sich erschrocken im Raum um, nimmt die bewaffneten Wärter, die unzähligen Überwachungskameras und die starren Blicke wahr. Sie schluckt, als würden jeden Moment Handschellen um ihre mageren Handgelenke gelegt.

»Alternativ«, singt Brooklyn, »könnte ich die Klinge aus meinen Jeans ziehen und Ihnen zeigen, wie das Böse wirklich aussieht. Es wird nicht lange dauern, Sie ausbluten zu lassen, selbst wenn diese Arschlöcher zusehen. Ich habe nichts zu verlieren. Echte Monster wandeln in diesen Hallen, und Sie bedrohen die Schlimmsten der Schlimmen.«

»Das würdest du nicht tun«, sagt Stephanie entgeistert.

Mein Schwanz erwacht in meiner Hose zum Leben, als Brooklyn ihre Fingerknöchel knacken lässt und Stephanie ein tödliches Lächeln schenkt. Sie hat keine Waffe, das weiß ich. Aber das Schauspiel ist so verdammt überzeugend. Selbst ich habe ein wenig Angst vor ihr, obwohl mich das nicht davon abhalten würde, sie über diesen Tisch zu beugen und ihre enge Muschi zu ficken, bis sie um Erlösung bettelt.

»Letztes Angebot.« Ich deute auf den verdeckten Scheck.

Sie beobachtet uns beide voller Angst und ich warte darauf, dass Stephanie zusammenbricht. Sie wird nicht lange durchhalten, die Mauern kommen näher, während der Keim des Zweifels wächst. Ein weiterer Stoß und sie gehört uns. Ich kann mitspielen, die Haut meines gewalttätigen Bruders tragen, wenn es das ist, was nötig ist, um dieses Spiel zu gewinnen.

»Vielleicht solltest du ihr einfach die Kehle durchschneiden, das ist sauberer«, flüstere ich Brooklyn zu.

Sie lacht kalt. »Glaubst du, ich schere mich um Sauberkeit? Ich werde sie in Stücke reißen und in ihrem Blut baden, wenn ich das will.«

Stephanie hustet ein wenig, als sie unseren Austausch beobachtet.

Ungeachtet unseres Publikums wirft Brooklyn mir einen hitzigen Blick zu. »Vielleicht darfst du mich sogar darin ficken. Wie würde dir das gefallen?«

Mein Mund wird trocken, und ich vergesse, dass Stephanie uns anstarrt, als kämen wir von einem anderen Planeten, während sie ihren Stuhl langsam nach hinten schiebt. Die Dunkelheit in Brooklyns Augen hat noch nie so verdammt verlockend ausgesehen.

»Vielleicht gefällt es mir.« Ich grinse sie an.

»Glaub mir, das würde es.«

»Willst du es demonstrieren?«

»Führ mich nicht in Versuchung.«

In perfekter Synchronität drehen wir uns beide wieder zu Stephanie um und zeigen diesmal unsere verschränkten Hände. Hudsons böse Hexe von Mutter ist jetzt halb aufgestanden, bereit, sofort loszurennen. Keiner der Wärter ist in unserer Nähe und sie hat für einige kostbare Sekunden keine Rückendeckung, wenn wir ihr etwas antun wollten.

»Was wird es sein?«, fragt Brooklyn mit gelangweilter Stimme.

Stephanie schluckt. »Ich will das Doppelte. Dann bin ich weg.«

Bevor ich dem Betrag weitere Nullen hinzufügen und die Sache still und heimlich klären kann, beschließt die tickende Zeitbombe neben mir, auf spektakuläre Weise zu explodieren.

Brooklyn packt eine Handvoll von Stephanies fettigem Haar und schlägt ihr Gesicht mit einer brutalen Bewegung auf den Tisch.

Stephanie schreit, Blut läuft aus ihrer Nase. Bevor die Wärter den Raum durchqueren können, um einzugreifen, reißt Brooklyn sie über den Tisch und schlägt ihr auf die Kehle.

Ihre Lippen treffen auf Stephanies Ohr, die an ihrem eigenen Blut erstickt. »Nimm es und verpiss dich, sonst trifft dich ein schlimmeres Schicksal als deinen Junkie-Freund. Hast du das verstanden?«

»Bitte … lass mich los.«

»Wenn du es noch einmal auf Hudson abgesehen hast, ziehe ich dir bei lebendigem Leib die Haut ab. Das ist keine Drohung, das ist ein verdammtes Versprechen. Geh.«

Zwei der nächstgelegenen Wärter springen über mehrere Tische und halten Brooklyn schließlich fest, während der ganze Raum schockiert zusieht. Während sie sich an die Kehle fasst, sehe ich, wie Stephanie den herrenlosen Scheck in die Hand nimmt und ihn in ihren BH steckt, bevor sie davonläuft.

Brooklyn wird durch den Raum geschleudert und wehrt sich gegen die beiden Wärter, die sie fixieren wollen. Ich versuche, ihr zu folgen, um sie zu verteidigen, aber ein dritter Wärter stößt mich gegen die Wand.

»Zurücktreten«, befiehlt er.

»Lasst sie los!«, rufe ich.

Da ich mich seiner Fesselung nicht entziehen kann, bin ich gezwungen zuzusehen, wie sie Brooklyns Schädel gegen einen Tisch schlagen, was mehrere entsetzte Besucher zum Schreien bringt. Nachdem sie schlaff und gefügig ist, wird sie fixiert.

»Lasst mich verdammt noch mal los! Ich habe verdammte Rechte«, lallt sie.

»Schweig, Insassin.«

Der Wärter klopft sich ab und murmelt bereits in sein

Funkgerät, um Verstärkung zu holen. Als er merkt, dass er Publikum hat, schlägt er seinen Schlagstock auf den Tisch, ungeachtet dessen, wie schlimm es aussieht.

»Die Besuchszeit ist vorbei. Alle raus!«

Die Patienten in der Umgebung stöhnen auf, und die Besucher schauen verstört auf das, was sie gerade gesehen haben. Man vergisst leicht, dass das hier nicht die normale Welt ist, so sehr sind wir auf den Wahnsinn und die Gewalt eingestellt.

Der Raum leert sich in Windeseile, als Eltern und weinende Kinder fliehen und die übrigen Patienten in die entgegengesetzte Richtung getrieben werden. Ich fluche, als ein selbstgefälliges Gesicht in den nun leeren Raum gleitet, sein übliches Seidenhemd tiefrot gefärbt, passend zur Weihnachtsdekoration.

»Miss West. Sie machen noch mehr Ärger, wie ich sehe.« Augustus seufzt.

Brooklyn windet sich auf dem Boden und versucht, dem Knie zu entkommen, das in ihren Rücken gedrückt wird und ihr die Luftzufuhr abschneidet.

»Ich werde nur meinem Ruf gerecht«, stößt sie hervor.

»Begleitet sie in mein Büro. Es ist Zeit für einen kleinen Plausch.«

Der Rest der Wärter bildet eine Mauer aus Muskeln, um mich daran zu hindern, ihr hinterherzujagen. Ich erhasche Brooklyns Blick, kurz bevor sie aus dem Raum eskortiert wird, und sie schenkt mir ein finsteres Grinsen, völlig furchtlos gegenüber der Strafe, die auf sie zukommt.

Verdammt noch mal.

Ich habe ordentlich Mist gebaut.

»Räumt die Scheiße auf«, brüllt Augustus. »Ich will eine vollständige Nachbesprechung, Kontrolle über die Situation und die Versicherung, dass niemand darüber redet. Das darf nicht nach außen dringen.«

»Ja, Sir«, antwortet ein anderer Wärter.

Augustus wirft mir einen warnenden Blick zu, der mehr als tausend Worte sagt. Mit donnernder Miene stürmt er Brooklyn hinterher. Etwas Schlimmes kommt auf sie zu. Ich werde durch das Durcheinander von umgeworfenen Stühlen und zurückgelassenen Geschenken geführt und zurück in den Wartebereich gestoßen.

Ich fahre mir durchs Haar, während ich auf den verschneiten Hof hinausschreite, und frage mich, wie ich das Hudson erklären soll, ohne dass er mir die Beine bricht.

KAPITEL 15
BROOKLYN

ICH WERDE am Haar in den Keller gezogen und muss hysterisch über die ganze Situation lachen. Stephanies warmes Blut klebt noch immer auf meiner Haut, und mir läuft das Wasser im Mund zusammen, wenn ich daran denke, wie es aus ihrer gebrochenen Nase rinnt und sich mit Rotz und Tränen vermischt. Sie zu verletzen hat sich so verdammt gut angefühlt.

Am Eingang des Z-Flügels steht Jefferson Wache und wartet mit einem Paar Handschellen an seinem Finger. Er wedelt mit ihnen, viel zu selbstzufrieden.

»So schnell zurück?«

»Was soll ich sagen, ich habe diesen Ort vermisst.«

Er legt die Handschellen um meine Handgelenke und entreißt mich den beiden anderen Wärtern, die schnell weggeschickt werden. Ich werde den schwach beleuchteten Korridor hinuntergezwungen und wehre mich gegen seinen Griff, obwohl mein Kopf vom Aufprall auf den Tisch benebelt ist.

»Wo ist dein Kumpel, Halbert? Tötet er Kaninchen oder plant er sein nächstes sadistisches Spiel? Netter Kerl, sehr normal.«

Jefferson sieht mich finster an. »Schweig, Insassin. Wir sind nicht zum Plaudern hier.«

»Ach wirklich? Du bist einfach so verdammt freundlich.«

Mit einem aggressiven Stoß werde ich in Augustus' drückend heißes Büro befördert. Ich überlege kurz, ob ich weglaufen soll, aber ich würde nicht weit kommen. Die Hitze des lodernden Feuers lässt keinen Sauerstoff zum Atmen und ich stolpere über mehrere Möbelstücke, bevor ich auf den Hintern falle.

»Anmutig, Brooke.«

Als ich aufblicke, sehe ich das langhaarige Arschloch auf seinem Posten in der Ecke, wo er mich mit seinen scharfsinnigen Augen mustert. Ich rapple mich auf und lasse mich mit pochendem Kopf in den leeren Sessel gegenüber von Augustus' Schreibtisch fallen.

»Es hat nicht lange gedauert, bis du wieder in Schwierigkeiten geraten bist.« Er seufzt.

Ich werfe ihm einen bösen Blick zu. »Hast du einen Namen, Arschgesicht? Ich könnte dich in meinem Kopf so nennen oder mir etwas Kreativeres einfallen lassen, wenn dir das lieber ist. Außerdem, was für ein Abschaum hat nichts Besseres zu tun, als am ersten Weihnachtstag hier zu arbeiten?«

Er rollt mit den Augen. »Ich heiße Logan. Was für ein Abschaum bricht seinem Besucher am ersten Weihnachtstag die Nase?«

»Ich.«

»Und ich bin hier. Finde dich damit ab.«

Unser Gespräch wird unterbrochen, als die Tür zum Büro geöffnet wird, Augustus hereinkommt und seinen teuren Mantel zur Seite wirft. Er sieht mich mit einem hasserfüllten Blick an.

»Wie ich sehe, haben Sie unser Gespräch über Benehmen vergessen, Miss West.«

»Ich halte Sie nur auf Trab, Doc.«

Er lehnt sich gegen seinen Schreibtisch. »Ich war bereit, geduldig zu sein, sogar sanft. Vielleicht habe ich mich geirrt – offensichtlich hat sich dieser Ansatz auch für den geschätzten Professor Lazlo als vergeblich erwiesen.«

Trotz der drückenden Hitze im Raum kann ich nicht anders, als zu frösteln. Augustus nickt sich selbst zu und geht zu dem Mini-Kühlschrank, der, wie ich weiß, unzählige Fläschchen mit unbekannter Flüssigkeit enthält.

»Genug davon. Zeit für einen Anstoß«, erklärt er.

»Moment …«

Ich komme ins Stocken, als er eine Spritze füllt und die Luftblasen herausklopft. In einem Fluchtversuch drücke ich mich mit meinem ganzen Körper in den Sessel, die Hände immer noch auf dem Rücken gefesselt. Augustus ist nicht in der Stimmung zu spielen, legt die Spritze weg und holt stattdessen seinen Laptop.

Er stellt das Gerät vor mir ab und tippt auf ein paar Tasten, um einen dreigeteilten Bildschirm aufzurufen, auf dem mehrere Überwachungsvideos zu sehen sind, die mehrere Stellen des Instituts zeigen.

»Was ist das?«, frage ich ängstlich.

»Betrachten Sie es als Warnung.«

Er studiert mich wie ein gefangenes Tier, und es gibt keinen Zweifel an seinen Absichten. Ich kann es in seinen Augen sehen. Den Machthunger, den man nur hat, wenn man einen anderen Menschen besitzt. Logan verlagert in der Ecke das Gewicht und schlägt die Beine so lässig übereinander, dass es mich verdammt wütend macht. Ich werde es diesen Wichsern zeigen.

»Ich spiele dieses Spiel nicht mit, was auch immer es ist.«

Augustus tippt erneut auf seinen Laptop und wechselt das Bildmaterial. Diesmal wird die Außenseite von Oakridge eingeblendet. Zwei Gestalten stehen im Schnee, halb versteckt hinter einer hoch aufragenden Weide, und rauchen Zigaretten, wo sie denken, dass niemand sie sehen kann.

Eli und Hudson.

Im nächsten Moment rennt Kade über den Hof zu ihnen, offensichtlich in Panik. Ich weiß sofort, was passiert ist, denn Hudson versteift sich, greift seinen Bruder an und drückt ihn gegen den Baum.

»Da ich nun bewiesen habe, dass dies eine Live-Übertragung ist …«

Augustus wechselt erneut die Kameras. Der Bildschirm wird in Dunkelheit getaucht, ein einziger Scheinwerfer beleuchtet eine vertraute Einzelzelle aus Beton, in der eine einzige Figur sitzt.

Ich halte mir entsetzt den Mund zu und beobachte, wie ein fast hysterischer Phoenix mit den Fäusten gegen die Tür hämmert, wobei seine Schreie durch den stummen Laptop zum Schweigen gebracht werden. Er schreitet durch die Zelle und hält inne, um gegen die Wand zu schlagen, ungeachtet des getrockneten Blutes, das jede Oberfläche befleckt.

Er ist ein Wrack, verzweifelt und mit wilden Augen, die Hände geschwollen und geprellt. Es fühlt sich an, als sei seit der Reise eine Ewigkeit vergangen. Er sieht aus, als hätte er seit Jahren nicht mehr geschlafen.

»Mr Kent befindet sich seit fast sechs Tagen in Einzelhaft«, sagt Augustus und verschränkt seine Finger. »Ich habe keinen Zweifel daran, dass er, wenn man ihn sich selbst überlässt, völlig den Verstand verlieren wird. Er befindet sich bereits tief in einer manischen Phase.«

»Sie brechen ihn«, wimmere ich.

»Korrektur – er bricht sich selbst.«

Ich muss wegschauen, als Phoenix heftig an seinem Haar zieht, auf die Knie fällt und mit der Stirn einmal, zweimal, dreimal auf den Boden knallt. Schließlich verliert er das Bewusstsein. Er sackt zu einem hilflosen Haufen zusammen.

»Ich habe außerdem seine Verschlechterung gefördert«, fügt Augustus hinzu.

»Sie sollten doch Arzt sein!«

»Das bin ich. Sehen Sie, Miss West, ich habe eine ganz bestimmte Verantwortung, wenn es um Blackwoods Programm geht. Wo die anderen Kliniker rehabilitieren, diene ich einem größeren Zweck.«

Ich kann den Blick nicht lange von Phoenix' schlaffem Körper abwenden, tröste mich mit dem stetigen Heben und Senken seines Brustkorbs und möchte am liebsten in den Bildschirm greifen und meine Arme um ihn legen.

Augustus nutzt die Gelegenheit, um seine abgelegte Spritze zu holen, schleicht sich an mich heran und stößt sie tief in meinen Hals. Ich stoße einen Schrei aus, aber es nützt nichts, die eisige Flüssigkeit fließt direkt in meine Venen.

»Das war nicht so schwer, oder?«

Ich sacke zusammen und falle aus dem Sessel. Mein Körper schlägt auf dem Teppichboden auf, aber das Gefühl bleibt aus. Ich bin von den Fingern bis zu den Zehen völlig taub, gelähmt von dem Zeug, das Augustus mir gespritzt hat. Weitaus schlimmer als alles, was Lazlo je benutzt hat.

Augustus lächelt. »Sie können sich gern einen Moment Zeit nehmen.«

Ich stottere eine Antwort und habe Mühe, Worte zu bilden. Die Minuten vergehen, während sich der Raum dreht, mein Körper unkooperativ und fremd. Als ich schließlich aufstehe, fühlt sich alles falsch an. Als ob etwas in mir wäre, ein Parasit in meinem Kopf.

»Setzen Sie sich, Miss West.«

Bemerkenswerterweise tue ich genau das, was er sagt. Meine Füße bewegen sich aus eigenem Antrieb und ich kann nichts dagegen tun. Augustus' Lächeln ist von einer widerlichen Genugtuung erfüllt.

»Ich sage Ihnen, wie das ablaufen wird. Ich werde Mr Kent zu gegebener Zeit freilassen, aber nur im Gegenzug für Ihre Kooperation.«

»Kooperation?«, bringe ich hervor.

Augustus lacht. »Wissen Sie, es gibt nichts, was hier passiert, ohne dass ich davon weiß.«

Durch sein selbstgefälliges Grinsen aufgeschreckt, gerate ich in Panik. Wir alle haben Geheimnisse, die nie das Licht der Welt erblicken dürfen, manche kürzlicher als andere.

»Warum hat die Mutter von Mr Knight Sie besucht?«, fragt Augustus.

Es kostet mich große Mühe, meine Erleichterung zu verbergen – ich hatte schon fast erwartet, dass er Rios verrottende Leiche herschleppen würde, nur um seinen Standpunkt zu beweisen. Diesem Mann ist alles zuzutrauen, das wird mir jetzt klar.

»Sie hat sie bedroht.«

»Ich verstehe.«

Augustus konzentriert sich wieder auf seinen Laptop und schaltet den Feed zurück zu den anderen. Eli steht allein im Schnee und beobachtet, wie Kade einem wütenden Hudson hinterherjagt.

»Sie haben auch eine Verbindung zu Elijah Woods und Kade Knight aufgebaut.«

Der Instinkt schreit mich an, zu lügen, alles zu tun, was ich kann, um alle vier Teile meines toten Herzens irgendwie zu schützen. Wenn Augustus einen manischen Patienten wie Phoenix ohne Konsequenzen quälen kann, dann möchte ich mir gar nicht vorstellen, was er den anderen antun kann.

»Ich bin nicht … ich habe keine Verbindung«, stottere ich.

»Wir wissen beide, dass das nicht ganz stimmt, nicht wahr?«

Mit einem Tastendruck wird das Video von Eli in voller Schärfe eingeblendet. Er hat sich hinter den Baum geduckt und kramt in seiner Tasche. Ich erschaudere beim Anblick des vertrauten Taschenmessers, das er herauszieht, während er in einem Moment purer Verzweiflung den Ärmel seines Pullovers hochkrempelt.

»Elijah ist ein faszinierender Fall, muss ich sagen«, sinniert Augustus.

»Lassen Sie Eli in Ruhe!«

Sein Lächeln ist viel zu selbstbewusst. »Der traumatisierte Geist hat mich schon immer fasziniert. In Elijahs Fall funktioniert er nicht ohne die Sicherheit und Geborgenheit der anderen, die sein Wohlbefinden gewährleisten. Wenn man ihm das wegnimmt, wenn man seine Stützstruktur aus den Fugen reißt …«

Wir beobachten beide, wie Eli tief Luft holt und sich dreimal gewaltsam in den Arm schneidet, ohne seine übliche Kontrolle. Er macht sich nicht einmal die Mühe, die Klinge zu reinigen oder ein Versteck zu suchen, wie es sein Ritual ist. Die Schnitte sind ungleichmäßig und zackig, sein Kopf fällt vor Erleichterung zwischen seine Knie.

Ich kann von hier aus sehen, wie er zittert, überwältigt von all den Kämpfen und Schreien. Ohne Phoenix oder Kade, die agieren können, greift er auf den einzigen Bewältigungsmechanismus zurück, den er kennt.

»Unterhält Sie seine zerstörerische Natur?«

»Nichts an dieser Sache ist unterhaltsam«, schimpfe ich.

Augustus mustert mich mit seinen aufmerksamen Augen und seine Lippen verziehen sich zu einem zufriedenen Lächeln. Er holt sein Handy aus der Tasche und hält es an sein Ohr, ohne den Blick von mir abzuwenden.

»Ihr wisst, was zu tun ist. Zuerst den Stummen.«

Mein Herz schlägt mir bis zum Hals. Auf dem Bildschirm krempelt Eli seinen Ärmel herunter, um die blutenden Schnitte zu verbergen, und atmet schwer, verletzlich, ganz allein, ohne jemanden, der ihn beschützt.

Zu meinem Entsetzen kommen Halbert und ein weiterer Wärter um die Ecke und zerren ihn am Kragen seines Kapuzenpullis vom Baum weg.

»Was sollen wir mit ihm machen?«, überlegt Augustus.

Innerlich flippe ich total aus. Nicht Eli. Augustus kann mit mir machen, was er will, aber Eli ist nicht stark genug, um das auszuhalten. Ich riskiere einen Blick zu Logan, in der Hoffnung auf Verstärkung. Aber natürlich hilft er mir nicht. Er steht einfach nur da, eine emotionslose, leere Hülle vor seinem Vorgesetzten.

»Lassen Sie Eli in Ruhe, ich meine es ernst«, sage ich mit mehr Überzeugung.

Augustus lächelt und rückt seine Krawatte zurecht, als würden seine Männer einen Patienten nicht unter seinem Befehl körperlich angreifen. Die Furcht auf Elis Gesicht ist seelenzerstörend, als er von den beiden Wärtern, einer auf jeder Seite, die beide lachen und schreien, fixiert wird. Halbert greift in Elis Tasche, holt die versteckte Klinge heraus und fuchtelt damit wie mit einem Spielzeug herum.

»Eine Bewegung, das ist alles, was nötig wäre, um sein Leben zu beenden. Niemand sucht nach Elijah Woods.« Augustus steht auf und schreitet auf mich zu. »Er ist ein Nichts. Eigentlich ist er eine Belastung bei all den Zeitungsartikeln und Spekulationen. Was wäre, wenn ich Halbert auffordere, ihm die Kehle durchzuschneiden? Was könnten Sie tun, um das zu verhindern?«

»Nein … bitte …«

Ungewollte Tränen steigen mir in die Augen und brennen auf meinen Wangen. Ich kann sie nicht wegwischen, da ich gefesselt bin und kaum Kontrolle über meinen Körper habe. Völlige Machtlosigkeit ist das schlimmste Gefühl auf der ganzen Welt.

Erbrochenes steigt in meiner Kehle auf, als ich sehe, wie Halbert Elis gestütztes Bein entdeckt. Er tritt ihn genau dort, wo es wehtut, und Eli bricht zusammen, unfähig, sich aufrecht zu halten. Ich kann seinen schmerzerfüllten Schrei spüren, der hinter seinen zusammengepressten Lippen gefangen ist. Er dringt in mich ein und entfacht den Funken des Trotzes.

Ich kämpfe mich auf die Beine und werfe mich betrunken auf Augustus. Er wirft mich beiseite wie Abfall und ich knalle gegen seinen Schreibtisch, wo mir die Luft wegbleibt, bevor ich wieder auf dem Boden lande.

Augustus, der neben mir kniet und mich völlig unter Kontrolle hat, streicht mit einem schlanken Finger an meinem Kinn entlang und streichelt mich, als wäre ich ein kostbarer Schatz, der ihn reich machen wird.

»Ich werde jede einzelne Person verletzen, die Ihnen jemals etwas bedeutet hat, Miss West. In Blackwood ist mein Wort Gesetz. Glauben Sie nicht, ich würde es nicht tun. Unfälle passieren nun mal an solchen Orten, es wäre ein Leichtes.«

»Was wollen Sie von mir?«

Augustus sieht zufrieden aus mit meiner gebrochenen Frage. »Alles. Keine Spielchen mehr. Sie werden meine willige Teilnehmerin für wichtige psychiatrische Forschungen sein. Wenn Sie sich mir ausliefern, lasse ich Ihre kleinen Spielzeuge in Ruhe – die Knight-Jungen, Elijah und sogar den lästigen Phoenix. Das garantiere ich Ihnen.«

Trotz allem kommt mir ein einziges Bild in den Sinn. Patient Sieben, unmenschlich und schreiend, seine Zähne mit unschuldigem Blut befleckt. Die Menschen hier unten sind keine Menschen mehr, sie werden Stück für Stück auseinandergenommen, bis nichts mehr übrig bleibt. Wenn ich mich Augustus ausliefere, wird es kein Zurück mehr geben.

Ich schlucke die Säure hinunter und schaffe es, zu fragen: »Wenn ich Nein sage?«

»Dann werden Sie zusehen, wie ich langsam den Verstand Ihrer Freunde auflöse und sie in leere Hüllen der Menschen verwandle, die sie einmal waren. Elijah zuerst – mit Feuer, glaube ich. Phoenix und seine geliebten Drogen. Hudson, Kade. Sogar das Teegan-Mädchen, ich weiß, sie ist Ihr neuestes Haustier. Wahnsinn ist ansteckend, Miss West.«

Der Raum füllt sich mit sich windenden, spuckenden Schatten, die sich aus den Tiefen ihres geistigen Gefängnisses erheben. Wütender und fordernder als je zuvor. Ihre Schreie erfüllen meinen Kopf, aber ich kann sie nicht ausblenden. Es hat keinen Sinn. Es gibt kein Entrinnen.

Ich werde mich zerreißen, wenn sie dadurch in Sicherheit sind.

Mich an die verdammten Wölfe verfüttern.

Meine Seele an den Teufel selbst verkaufen.

Was auch immer es kostet.

Augustus braucht keine Antwort von mir, er weiß bereits, dass er gewonnen hat. Er drückt mich zurück in den Sessel, brummt vor sich hin und kehrt zum Schrank neben dem Minikühlschrank zurück. Er holt ein bekannt aussehendes Gerät heraus, und der Schrecken legt sich um meine Lunge und bahnt sich seinen Weg durch meine Luftröhre.

»Und jetzt schön still sitzen.«

Ich wehre mich nicht, als er das EEG-Gerät einrichtet und mich mit Elektroden beschwert, die auf meinen Körper geklebt werden. Es ist nicht das erste Mal, ich wurde schon einmal getestet, als ich jünger war. Sie dachten, die Halluzinationen seien lediglich eine Hirnverletzung nach dem Autounfall und nicht die Familienkrankheit, die ihre hässliche Fratze zeigt.

Nachdem er alles eingerichtet hat und bereit ist, schlüpft Augustus hinter seinen Schreibtisch, öffnet eine Schublade und holt die gleiche Akte wie beim letzten Mal heraus. Ein körniges Foto wird direkt vor mich gelegt.

Nein.

Das kann nicht wahr sein.

Ich starre mich selbst an, kaum älter als fünf Jahre, mit einem großen blauen Auge und einer aufgeplatzten Lippe. Ich habe mich für den Schulfotografen zu einem Lächeln gezwungen und versehentlich den Schorf aufgebrochen.

»So ein hübsches Mädchen«, gurrt Augustus.

Irgendwie schaffe ich es, nicht zu kotzen.

»Woher haben Sie das?«

»Ich habe viele Ressourcen, Miss West.«

Ohne mich von der Erinnerung an meine Kindheit loszureißen, erreichen die Stimmen in meinem Kopf ein Crescendo. Sie stammen alle von demselben Dämon. Ich kann sie immer noch hören, wie sie mich vor all den Jahren anschrie, weitere dunkle Erinnerungen, die von meiner Psyche verschlungen und weggesperrt wurden.

Wer bist du, Teufelskind?

Beantworte die Frage.

Ich werde dich bluten lassen, wenn es sein muss.

Sie sah immer nur eines ihrer unsichtbaren Monster, kein verängstigtes Kind, das nur seine Mama zurückhaben wollte. Der erste Schlag tat weh, aber nach einer Weile reagierte ich nicht mehr. Sie hat es zu sehr genossen.

Wenn mein Vater nach Hause kam, sperrte er meine kranke Mutter ins Badezimmer und befahl ihr, sich zu beruhigen. Er hat sie immer beschützt, auch wenn sie uns verprügelte, weil er zu verliebt war, um zu protestieren.

Als die Maschine beginnt, meine Verzweiflung zu erfassen, lehnt sich Augustus mit einem neuen Notizblock und einem Stift zurück, sein böses Lächeln voller Vorfreude. Die Erkenntnis trifft mich wie eine Flutwelle, und ich kann nicht anders, als die Wahrheit herauszuwürgen.

»Lazlo … die letzte Sitzung. Sie war echt, nicht wahr? Ich habe mir die Dinge, die er sagte, nicht eingebildet. Er wollte, dass ich die Kontrolle verliere.«

»Professor Lazlo hat für mich gearbeitet«, antwortet Augustus und bestätigt damit meine schlimmsten Befürchtungen. »Ich werde dort weitermachen, wo er versagt hat. Wir haben Arbeit zu erledigen, Miss West. Blackwood hat den Ruf, an der Spitze der modernen Forschung zu stehen.«

Den Stift bereit, blickt er auf das piepende Gerät und dann wieder auf mich.

»Nun … Ihre Geschichte. Beginnen Sie ganz vorn.«

KAPITEL 16
ELI

HIGH WATER – SLEEP TOKEN

DER FILM LÄUFT im Hintergrund auf Kades Laptop, aber niemand sieht ihn sich an. Wir sind alle zu aufgedreht und warten gespannt auf Phoenix' Rückkehr. Das Institut hat es so lange wie möglich hinausgezögert, aber was auch immer Brooklyn für einen Deal abgeschlossen hat, es ist Zeit, dass die Bastarde zahlen.

Sie liegt ausgestreckt neben mir und hat ihre Beine um meine geschlungen, während sie sich ungeduldig hin und her bewegt. Nach dem vierten Mal drücke ich sie an meine Brust. Meine Hand schleicht sich unter ihr Shirt und ich spüre, wie ihr Atem stockt, während ich über ihren vernarbten Bauch und ihre Rippen fahre, bis meine Hand direkt über ihrem Herzen ruht.

Lebendig. Lebendig. Lebendig.

Jedes Klopfen ist ein Versprechen auf mehr.

Ein schwacher Trost, aber ich nehme alles.

Ich vergrabe mein Gesicht in ihrem langen Haar und atme tief ein. Die realen und imaginären Düfte vermischen sich in mir. Frische Waffeln und Sirup. Feuer und verbranntes, kochendes Fleisch. Blühende Wildblumen und fallende Blätter. Klebriges Blut und der bittere Beigeschmack von

Pillen. Alles, was ich mir unter Heimat vorstelle, und die dunkle Realität der Welt, die wir tatsächlich Heimat nennen.

»Er sollte schon längst hier sein.« Sie seufzt.

Meine Lippen streichen über ihre Ohrmuschel und wandern hinunter zu ihrem weichen, verletzlichen Hals. Es gibt keine Worte, selbst wenn ich die Kraft hätte, es zu versuchen. Augustus hat zugestimmt, Phoenix freizulassen. Er hat nur nicht gesagt, wann.

»Er wird nach Hause kommen«, wirft Kade ein.

Er und Hudson sitzen auf den gegenüberliegenden Seiten des Raumes und schweigen sich hartnäckig an. Diese sinnlose Fehde zieht sich schon seit Tagen hin. Wenigstens haben sie jetzt aufgehört, aufeinander einzuprügeln.

Soweit ich das beurteilen kann, hat Kade ihm den Arsch gerettet, aber dabei Brooklyn in Gefahr gebracht. Wir sollten uns glücklich schätzen, dass Kade noch am Leben ist, nachdem er so einen Mist gebaut hat. Wenn es nach Hudson ginge, wäre er das wohl kaum. Brooklyn kam zurück, scheinbar unverletzt, aber sie weigert sich, weiter über Weihnachten zu sprechen.

»Haben wir alles?«, meldet sich Hudson zu Wort.

Wir schauen uns alle gemeinsam in dem halb wieder aufgebauten Raum um. Mit der für Kade typischen Liebe zum Detail hat er die Möbel im Handumdrehen ausgetauscht.

Phoenix hat nicht bedacht, dass er mit der Zerstörung von allem auch seine geheimen Verstecke preisgegeben hat. Wir haben Tage damit verbracht, Drogen und Pillen die Toilette hinunterzuspülen, während wir nach neugierigen Wärtern Ausschau hielten.

»Es ist alles weg«, bestätigt Brooklyn.

Kade scheint unsicher zu sein. »Er könnte immer mehr bekommen.«

»Dann spüren wir die Quelle auf und sorgen dafür, dass sie ihm nichts mehr verkaufen«, blafft sie. »Blackwood ist ein kleiner Ort, es wird einfach genug sein, herauszufinden, wer nach Rio übernommen hat.«

»Leon hat es nie aus der Einzelhaft zurückgeschafft. Er wäre die erste logische Wahl«, überlegt Kade.

»Stimmt, aber er hatte andere Freunde, die Bescheid wussten«, fügt Brooklyn hinzu.

Hudson knackt mit den Fingerknöcheln. »Überlasst das mir.«

Bevor wir weiter diskutieren können, beendet das Piepen einer gescannten Schlüsselkarte unser qualvolles Warten. Die Zimmertür öffnet sich, und ich sehe einen Wärter, der seinen Ausweis wegsteckt und zurücktritt, um Phoenix einzulassen. Alle nehmen einen letzten, erwartungsvollen Atemzug.

Humpelnd und fast tot, überquert unser letztes Familienmitglied die Schwelle. Mein Herz zieht sich zusammen, als ich seinen Körper betrachte, gekleidet in eine geliehene Jogginghose und ein übergroßes Shirt.

Nach so langer Zeit in Einzelhaft hat er eindeutig an Gewicht verloren, aber das ist es nicht, was mich beunruhigt. Etwas fehlt. Es ist eine Leere in seinem Blick, als er zwischen uns allen hin und her schaut und zum ersten Mal überhaupt zögert.

»Phoenix?«, flüstert Brooklyn.

Sein Blick wandert zu ihr. »Hitzkopf.«

Ich lasse sie los und beobachte, wie sie den Raum durchquert und sich ihm nähert, wie man es bei einem verängstigten Kind tun würde. Ein nervöser Teil von mir bereitet sich darauf vor, dass Phoenix die Flucht ergreift und seinen zerstörerischen Kreislauf fortsetzt. Stattdessen sackt er in Niederlage zusammen.

Brooklyn fängt ihn auf, bis sein ganzes Körpergewicht auf ihr ruht. Sie nimmt seine zitternde Hand und zieht ihn sanft an sich. Sie führt ihn dorthin zurück, wo wir die beiden Betten zu einer Art Nest zusammengeschoben haben.

Phoenix sieht mich endlich, seine hellen Augen sind von der Erschöpfung getrübt.

»Eli.«

Ich lächle und winke ihn zu mir.

Ein unsichtbares Band scheint unsere beiden getrennten Hälften zusammenzuhalten, und er wird von mir angezogen und kriecht zwischen die Laken. Ich schließe ihn in meine Arme und küsse seine Lippen, ohne Rücksicht auf alle Zuschauer. Sein Kopf fällt auf meine Schulter, zu schwer, um ihn allein zu halten.

»Es tut mir leid«, murmelt er.

Ich lege meine Hand in seinen Nacken und drücke ihn, weil er es wissen muss. Keiner von uns ist perfekt. Keiner von uns ist normal. Alles, was wir auf dieser Welt haben, liegt in diesem Raum – und das ist es wert, dafür zu leiden.

Nach einer Begrüßungsrunde, bei der Kade Phoenix auf den Rücken klopft und Hudson ihm seinen üblichen wütenden Blick zuwirft, stecke ich ihn in die schmalste Ecke des Bettes, wo er nicht entkommen kann.

Brooklyn beobachtet uns beide, aber etwas hält sie davon ab, ins Bett zu steigen. Mir ist klar, dass sie uns küssen gesehen hat. Sie weiß, dass wir … *mehr* sind. Nicht definiert, aber immer noch mehr als wir waren.

Ich krümme einen Finger.

Sie schüttelt den Kopf. »Du brauchst mich nicht.«

Bevor ich sie packen kann, antwortet eine müde Stimme.

»Das tun wir.«

Phoenix kann kaum die Augen offen halten, da er von seiner manischen Phase schwer getroffen wurde, aber er hat noch genügend Kraft, um seine Hand auszustrecken. Ein Friedensangebot und vielleicht eine Chance, der ewigen Hölle der letzten Monate zu entkommen.

Ich habe Angst, dass sie es annimmt, und Angst, dass sie geht. Dieses chaotische Netz, das uns alle zusammenhält, ist giftig und unnatürlich, aber ohne es wird keiner von uns es lebendig überstehen.

»Ich habe dir wehgetan«, sagt sie.

Phoenix rührt sich nicht von der Stelle. »Und ich habe dir wehgetan.«

»Vielleicht können wir uns alle darauf einigen, dass es an der Zeit ist, nicht mehr gegeneinander zu kämpfen, sondern gegen alle anderen«, schlägt Kade vor, wobei sein Blick zwischen uns allen hin und her springt.

Brooklyns Füße bewegen sich wie von selbst, tragen sie näher zu ihrer Rettung. Noch ein paar Schritte und ich kann sie selbst über die Kante ziehen, so wie ich es in diesem Sturm getan habe. Sie braucht ein Rettungsboot und ich brauche einen Anker. Wir können das nicht aufgeben, noch nicht. Ich bin bereit, für die Chance auf etwas mehr zu kämpfen.

»Es tut mir leid«, flüstert Brooklyn.

Sie schaut zwischen uns allen hin und her, offen und emotional, ihre undurchdringlichen Schutzmechanismen nach monatelangem Kampf verschwunden.

»Ich habe euch in die Hölle gestürzt, aber ihr seid immer noch da. Ich habe euch als selbstverständlich angesehen und konnte nicht über mich selbst hinaussehen …«

»Niemand gibt dir die Schuld, Amsel.« Hudson seufzt.

Sie schüttelt den Kopf und beißt sich auf die Lippe.

»Ich habe es getan«, gibt Phoenix zu.

Hudson wirft ihm einen mörderischen Blick zu, aber Phoenix nimmt es nicht zurück. Er starrt Brooklyn an, sein Gesicht eine offene Wunde aus Hass und Begierde, die sich zu einem Wirbelsturm der Gefühle vermischen.

»Ich dachte … es wäre einfacher, wenn du gestorben wärst.«

Kade verpasst Hudson einen Dropkick, bevor dieser quer durch den Raum fliegen und Phoenix den Schädel einschlagen kann, während Brooklyn ausgeweidet und allein dasteht. Ich rühre mich nicht, denn was auch immer Phoenix sagen will, es muss gesagt werden. Das ist der einzige Weg, wie wir weitermachen können.

»Du hast mir das Leben gerettet«, sagt sie mit erstickter Stimme.

Phoenix nickt. »Ich habe getan, was ich tun musste. Aber das hat es nicht leichter gemacht, dich Stück für Stück wieder zusammenzunähen. Dein Leben lag in meinen Händen. Es war die schrecklichste Erfahrung meines Lebens. Dann bist du abgehauen und hast es noch schlimmer gemacht.«

Tränen laufen ihr über die Wangen. Sie so offen weinen zu sehen, ihre Gefühle nicht vor uns allen verborgen, das ist etwas anderes. Ich möchte sie in meine Arme nehmen und jeden einzelnen salzigen Tropfen trinken.

»Ich weiß nicht, was ich sagen soll.«

»Sag nichts«, erwidert Phoenix. »Ich dachte, wenn du gestorben wärst, wäre es leichter, dir zu verzeihen. Wiederaufzubauen und zu vergessen. Einem Geist zu verzeihen ist einfacher als einem lebenden, atmenden Menschen.«

»Du musst mir nicht verzeihen. Ich tue es nicht«, antwortet sie traurig.

Phoenix fährt sich mit der Hand über das Gesicht und sein verwaschenes Haar und scheint sich zu schütteln. Er ist gewillt, weiterzumachen, anstatt wegzulaufen.

»Ich möchte es. Es wird Zeit brauchen, aber ich will es versuchen.«

Ein schwacher Hoffnungsschimmer brennt in Brooklyns Augen, ein Funke in der Asche. »Es tut mir wirklich leid, Phoen.«

»Ja«, murmelt er beschämt. »Mir auch.«

»Ich gehe etwas Luft schnappen. Ruh dich aus.«

Brooklyn macht auf dem Absatz kehrt und flieht aus dem Raum. Ich bringe Phoenix in Position und folge ihr, bevor Hudson es tun kann. Er ist im Moment zu wütend und sprunghaft. Ich muss es sein.

Ich laufe ihr hinterher und folge der aschblonden Haarpracht, die so schnell wie möglich die Treppe hinaufflieht. Als ich im obersten Stockwerk ankomme, pocht mein geschientes Bein vor Schmerz.

Sie ist immer noch vor mir, und ich sehe, wie sie sich in Rios altes Zimmer duckt, was in meiner Brust ein Grauen auslöst. Die Tür bleibt unverschlossen, niemand ist hineingegangen, seit der Bewohner ein grausames Ende fand.

Sie steht in der Mitte des leeren Raums und starrt durch ein vergittertes Fenster auf den Sonnenuntergang. Sie reagiert nicht, als die Tür zufällt, als hätte sie gewusst, dass ich ihr folgen würde. Ich werde sie bis ans Ende der Welt jagen, wenn es sein muss.

»Er lebt.«

Ich schlinge meine Arme von hinten um sie und vergrabe meine Nase in ihrem Haar.

»Vielleicht ist das das Beste, was wir verlangen können.«

»Ja«, flüstere ich und küsse ihren Hals.

Das ist nicht ihre Schuld. Phoenix ist immer kurz vor der Implosion, egal zu welcher Zeit. Verdammt, wer ist das nicht? Sein Zusammenbruch war immer vorprogrammiert, unabhängig von ihrer Beteiligung.

»Du musst mir etwas versprechen, Eli.«

Sie dreht sich in meinen Armen, die Hände gegen meine Brust gepresst. Aus der Nähe kann ich die Adern unter der Oberfläche ihrer Pergamenthaut sehen. Ich sehne mich danach, sie mit meiner Zunge nachzufahren, die Klinge in ihr Fleisch zu drücken und zu sehen, wie der karmesinrote Strom fließt. Es ist krank, wie sehr mich das anmacht, mein Bedürfnis, dieser faszinierenden Kreatur wehzutun.

»Eli, falls mir etwas zustößt, versprich mir, dass du sie beschützen wirst.«

Ich halte ihr Gesicht fest und suche nach dem, was sie so ängstlich macht. Ich werde jeden ausweiden, der es wagt, ihr noch einmal wehzutun. Brooklyn bedeckt meine Hand mit ihrer eigenen und schließt die Augen.

»Versprich es mir, Eli.«

Ich presse meine Lippen auf ihre, während endlose Worte meine Kehle verstopfen und mir die Luft nehmen. Ich muss alles wissen. Ihren Schmerz. Ihre Angst. Was die Zukunft bringt und wie wir sie überleben werden.

Sie erwidert meinen Kuss mit Inbrunst und verschlingt meine Gefühle wie Steine des Todes. Ich würde mein Herz herausschneiden und es ihr geben, wenn es das wäre, was sie braucht.

Sie legt ihre Finger um mein Handgelenk und lässt sie meinen Ärmel hinaufgleiten. Abrupt ziehe ich mich zurück, denn ich weiß genau, was sie will. Die Scham und die Schuldgefühle, die dabei zutage treten werden. Brooklyn lässt mich nicht weglaufen, als sie die frischen Schnitte findet, ihre Berührung eine sanfte, ehrfürchtige Liebkosung.

»Du brauchst dich nicht vor mir zu verstecken. Weder jetzt noch in Zukunft.«

Ich schaue ihr in die Augen, nehme den Funken Mut, den ihre Worte auslösen, greife nach meinem Shirt und ziehe es mir über den Kopf. Ich erinnere mich an die Zeit, als ich zu viel Angst hatte, ihr etwas zu zeigen. Jetzt, da jeder hässliche Fleck und jeder verdrehte Zentimeter Fleisch zu sehen ist, spüre ich keine Angst mehr.

Sie gehört mir und ich gehöre ihr.

Meine Narben sind ihre Narben.

Brooklyn beißt sich auf die Lippe, greift nach ihrem eigenen Shirt und zieht es aus. Sie zieht ihre Jogginghose aus und steht fast nackt da, nur mit einem Baumwollhöschen bekleidet. Ich lasse mir Zeit, sie zu betrachten – jeder einzelne Schnitt einer Klinge, die verheilten Zigarettenbrandwunden und frischen blauen Flecken, eine wahre Geschichte der Gewalt.

»Ich brauche Schmerzen, Eli. Hilf mir.«

Wer bin ich, dass ich mich weigere?

Ich fahre mit meinen Fingern über ihre Hüfte und greife nach ihrem schlanken Arm. Der Beweis für ihren kürzlichen Versuch ist selbst für mich schwer zu sehen. Sie versucht, sich zurückzuziehen, während ich mir Zeit nehme, jede hellrosa Narbe zu studieren, die straff gezogene Haut.

Ich lasse sie nicht los, auch nicht, als sie erneut ihren Arm zu befreien versucht. Meine Lippen streichen über die pulsierende Ader an ihrem Handgelenk, wandern nach oben und küssen eine Narbe nach der anderen.

»Ich habe das getan«, schluchzt sie.

Tränen laufen ihr über die Wangen, und ich streiche mit meinem Zeigefinger über ihre Haut, um die Feuchtigkeit aufzufangen. Brooklyn beobachtet, wie ich die Tränen von meinem Finger lecke und den salzigen Geschmack der Verzweiflung genieße. Ihre Traurigkeit hält mich am Leben. Sie erinnert mich daran, dass ich nicht allein bin.

»Bitte tu mir weh. Lass mich für das bezahlen, was ich getan habe.«

Sie sinkt auf die Knie, den Kopf in Unterwerfung gesenkt, und bietet sich mir an. Ich greife in meine Tasche, um das Taschenmesser zu suchen, das Halbert und sein Arschloch-Freund zurückgeworfen und mir dabei gesagt haben, dass ich mich umbringen soll, wenn ich das will. Als würde sie das irgendwie erfreuen.

Ich hole es heraus und lasse die geschärfte Klinge herausschnellen. Brooklyn öffnet bei dem Geräusch den Mund und blickt durch ihre dichten Wimpern.

Ich nehme einen weiteren Funken Mut zusammen. »B-bettle.«

Ihre herrlichen Brüste heben sich, als ihr Atem stockt und sie die Zähne in ihrer Unterlippe vergräbt. Ich falle auf die Knie und lege mich zu ihr auf den Boden von Rios Zimmer – der Mann, den wir getötet haben, um sie zu beschützen. Jetzt beflecken wir sein Grab mit geheiligtem heidnischen Blut.

»Bitte, Eli.«

Sie bietet mir ihr schlankes Handgelenk an, das blass ist und darum bettelt, blutig gemacht zu werden. Ich schüttle den Kopf und zeige ihr, dass sie sich hinlegen soll. Brooklyn schluckt, gehorcht aber trotzdem. Ihr Rücken liegt auf dem nackten Teppich und ihre Beine sind gespreizt, damit ich dazwischen gleiten kann.

Ich umklammere den Griff und drücke die Schneide der Klinge fest genug an ihr Schlüsselbein, um einen Tropfen Blut an die Oberfläche zu bringen. Langsam ziehe ich die Klinge über ihr Brustbein nach unten, zwischen ihre Brüste, und hinterlasse einen tiefen Schnitt, um meinen Weg zu markieren. Dann bewege ich mich zu ihrer harten rechten Brustwarze und ziehe die tödliche, scharfe Spitze über ihr Fleisch. Brooklyn stöhnt, ihr Rücken krümmt sich.

Ich lege meinen Finger auf ihre Lippen. *Stille.*

Ich bewege das Messer zu ihrem Brustkorb und drücke dieses Mal noch fester zu. Der Schnitt ist tief genug, um sie nach Luft schnappen zu lassen, während das Blut ihren flachen Bauch hinunterläuft und sich im Bauchnabel sammelt.

Mit einem Grinsen fahre ich mit meiner Zunge an der Innenseite ihres Oberschenkels entlang, bevor ich an der roten Pfütze lecke und ihre Sterblichkeit aus der Quelle trinke.

»Verdammt … mehr, Eli. Ich brauche mehr.«

Um sie daran zu erinnern, leise zu sein, schlage ich ihr diesmal so fest auf die linke Brust, dass es eine Spur hinterlässt. Ihr Mund öffnet sich zu einem stummen *O* und ich kann ihre Erregung durch den dünnen Stoff riechen, der uns voneinander trennt.

Mit gesenkten Lidern sieht sie zu, wie ich das Messer an ihrem Baumwollhöschen ansetze und es in der Mitte aufschneide, um ihre perfekte, triefende Muschi zu enthüllen.

Mein.

Alles. Mein.

Ich drehe das Messer um, sodass ich es vorsichtig an der

Klinge halte, und biete es ihr an. Brooklyn begreift schnell, nimmt den schlanken Griff in den Mund und saugt daran. Verdammt perfekt.

Sobald er mit ihrem Speichel bedeckt ist, führe ich den Griff an ihre Muschi heran und schiebe ihn vorsichtig zwischen ihre Schamlippen. Sie windet sich und hebt ihre Hüften, um mehr zu bekommen. Ich schiebe ihre Beine noch weiter auseinander und ziehe den Griff über ihre empfindliche Klitoris, bis ich ihr enges Loch erreiche.

Mehr Mut. »B-bettle.«

Sie willigt sofort ein und wimmert nach meiner Berührung. Ich schiebe das Messer in ihren feuchten Schlitz, halte die scharfe Klinge in sicherer Entfernung und beginne, sie damit zu ficken. Nah genug, um die Gefahr zu küssen, aber ohne sie dabei zu schneiden, lässt jeder Stoß meinen harten Schwanz nach Erleichterung schreien.

Es dauert nicht lange, bis ich ihr einen Orgasmus von den Lippen stehle. Ich beiße in ihr Bein, immer und immer wieder, und hinterlasse eine Spur von blauen Flecken. Mit meinen Zähnen, die ihre Klitoris streifen, zerbricht sie in eine Million Stücke und ich lege die Klinge beiseite und benutze stattdessen meine Zunge, um sie mit zwei tief in ihrer Muschi vergrabenen Fingern ein zweites Mal kommen zu lassen.

Als ich fertig bin und sie erschöpft ist, nehme ich meinen Schwanz in die Hand und berühre die frischen Schnitte auf ihrem Körper, wobei ich ihr Blut benutze und es auf meinem Schaft verteile. Brooklyn sieht zu, wie ich mich befriedige, während ich sie betrachte. Die Schnitte und blauen Flecken, die ihr meine Hand zugefügt hat. Der Geruch von Blut, der immer noch meine Lippen bedeckt. Ihr hektisches, unruhiges Atmen.

Sie lässt ihre Hand zwischen ihre Beine gleiten und beginnt, mit sich selbst zu spielen, wobei sie schon wieder feucht ist. Irgendwie fühlt sich das intimer an als Sex. Den Moment zu teilen, ohne dass zwischen uns ein Raum bleibt.

»Ich will, dass du auf mir kommst, Eli.«

Meine Lippen verziehen sich zu einem Grinsen. *Verdammt, ja.*

»Zeig mir, wie sehr du mich willst.«

Ich beobachte, wie sie ihre Muschi mit geübten Berührungen befriedigt, und bearbeite meinen Schwanz fast aggressiv, um den schwer fassbaren Höhepunkt zu erreichen. Wir unterbrechen den Blickkontakt nicht und starren einander tief in die Seele.

Ich möchte sie besitzen. Sie in perfekte kleine Stücke brechen und wieder zusammensetzen. Ihre zerrüttete Psyche mit Bändern aus meinem Blut zusammenbinden, bis ich in ihren Adern schwimme, um nie wieder getrennt zu werden.

»Jetzt«, befiehlt sie.

Ich bringe mich in Position und stöhne, als ich auf ihrem Bauch komme, wo sich Blut und Samen in einer abstrakten Kollision von Schmerz vermischen. Sie ist mit mir bedeckt, unsere Substanzen verbinden sich, werden eins. Es brandmarkt uns mehr, als es Worte je könnten.

»Fuck«, flucht Brooklyn.

Ich lächle sie an. *Ganz genau.*

Von einem schmutzigen Gedanken ergriffen, fahre ich mit einem Finger über ihre Hüfte, um eine Probe der Schweinerei zu nehmen, bevor ich mich selbst koste. Es sollte eklig sein, aber die Hitze in ihrem Blick nimmt mir jede Scham. Wir haben nichts voreinander zu verbergen.

»Eli?«

Brooklyn verschränkt ihre Finger mit meinen und zieht mich nah genug heran, um mir direkt ins Ohr zu flüstern. Die Lautstärke der intimsten Momente des Lebens.

»Ich bin in dich verliebt.«

Ich halte den Atem an, sicher, dass ich mich verhört habe.

»Ich liebe dich verdammt noch mal, Elijah. Hör auf, mich so anzuschauen.«

Ich kann es nicht glauben.

Liebe. Zum ersten Mal werde ich wirklich geliebt.

Ich lecke mir die Lippen und bitte das Universum auf den Knien um eine Stimme. Nur für einen Moment. Eine Sekunde. Mehr als ein gebrochenes Stottern, das mehr Schmerz als Erleichterung ist. Eine echte Stimme, die ihrer Liebe würdig ist. Würdig, das Feuer und alles, was danach kam, zu überleben.

Verdammte Scheiße, gib mir nur einmal in meinem beschissenen Leben eine Stimme.

»Du brauchst es nicht zu sagen. Ich weiß es.«

Brooklyn schmiegt sich in meinem Schoß an mich wie eine zweite Haut. Es gibt keinen Raum zwischen uns, wir haben das gleiche Blut und die gleichen Knochen. Zwei Menschen. Ein Körper. Ein verdrehter, kranker Geist.

Und in diesem Moment wird mir endlich klar, was es bedeutet, von jemandem geliebt zu werden. Eine weitere monumentale Erkenntnis zerreißt mich − dass ich sie trotz meiner gestohlenen Zunge auch liebe. Mehr als alles andere in meinem ganzen verdammten Leben. Sogar mehr als meine Klinge.

Ich bin der kranke Junge, in den sie sich verliebt hat.

Sie ist das kranke Mädchen, von dem ich besessen bin.

Vielleicht sind wir das Gegenmittel füreinander.

KAPITEL 17

BROOKLYN

MADNESS – RUELLE

»NENNEN Sie Ihren Namen für das Protokoll.«

Als ich in das tote, blinkende Auge der Kamera starre, droht mich die Angst zu überwältigen. Augustus sitzt in seiner üblichen Machtposition, die Hände verschränkt, den Blick auf mich gerichtet.

Ich sehe es jetzt so deutlich – die Wahrheit, die ich zu leugnen bereit war. Lazlo, Augustus. Sie sind alle gleich. Ungeheuer, die von der Schwäche anderer profitieren. Es war alles eine Lüge. Blackwood war nie real.

»Brooklyn West.«

»Gut. Fangen wir an.«

Nach einem ganzen Monat dieser Sitzungen bin ich mit dem Verfahren vertraut. Zweimal pro Woche werde ich in den eiskalten Keller begleitet, wo ich meinen üblichen Platz einnehme. Augustus gibt mir die Spritze und holt sein schickes Gerät.

Ich sitze immer starr da, wenn er die Elektroden anbringt, und bereite mich darauf vor, wieder in den Giftmüll der Vergangenheit einzutauchen. Er befragt mich, während er Messungen vornimmt und akribische Notizen macht. Der Zyklus wiederholt sich, immer und immer wieder.

Es ist, als würde er sich auf etwas vorbereiten. Er stellt Hintergrundrecherchen an, bevor die eigentliche Arbeit beginnt. Wenn das nur Vorbereitungen sind, würde ich lieber sterben, als beim Hauptereignis dabei zu sein. Aber mein Leben ist das Einzige, was zwischen Augustus und den Menschen steht, die mir wichtig sind.

Mein Schmerz … ist ihr Schutz.

Das ist ein Preis, den ich zu zahlen bereit bin.

»Machen wir da weiter, wo wir beim letzten Mal aufgehört haben«, fordert Augustus mich auf.

Wie aufs Stichwort kann ich mich seiner Suggestion nicht entziehen. Meine Augen fallen zu, als eine Explosion von Farben hinter meinen Lidern entsteht. Zu diesem Zeitpunkt kann ich nicht mehr sagen, wo die Vergangenheit endet und die Gegenwart beginnt. Wir schwimmen in der schlammigen Weite des Unbekannten.

»Wo sind wir, Miss West?«

Ich sitze in einem abgedunkelten Raum, der in meinem Lieblingsgelb gestrichen ist und für meinen Geschmack viel zu real aussieht. Regale mit Bilderbüchern und Teddybären säumen die Wände, Lichterketten werfen einen schwachen Schein, der Augustus neben mir erkennen lässt.

Er dringt in meine Halluzination ein und inspiziert ein ramponiertes Kaninchen, dessen Ohren abgekaut und dessen Stoff von meinen ängstlichen Gewohnheiten abgenutzt ist. Wenn Mum das Haus niederbrüllte, auf unsichtbare Feinde einschlug und um Hilfe bettelte, musste Dad sie zurückhalten. Ich hatte solche Angst, aber das Kaninchen war immer da, um meine salzigen Tränen aufzusaugen.

»Zu Hause«, sage ich mit leiser Stimme.

»Interessant.«

Augustus legt das ausgestopfte Kaninchen ab und studiert das Zimmer meiner Kindheit, die Hände hinter dem Rücken verschränkt. Seit Wochen arbeiten wir nun schon rückwärts, um den komplexen Wandteppich meines Geistes zu entwirren. Jede Sitzung offenbart mehr Grauen, unzählige vergrabene Erinnerungen. Ich glaube, er ist auf der Suche nach etwas.

»Was ist das für ein Geräusch?«

Ich bemerke das ferne Wehklagen, das mich in den letzten fünfzehn Jahren meines Lebens verfolgt hat, und rolle mich zu einem festen Ball zusammen, so wie ich es als Kind getan hätte. Alles, um dem Unvermeidlichen zu entgehen. Sie kämpfen wieder, aber dieses Mal … verdammt, dieses Mal werden die Monster gewinnen.

»Sie hat schlimme Dinge gesehen. Dad konnte sie nicht für sie töten.«

»Wann haben die Halluzinationen begonnen?«, fragt er.

Auf der Suche nach der Antwort bin ich auf eine Mauer gestoßen. Die Wahrheit ist da, verschlossen hinter Glas. Egal wie sehr ich darauf einschlage, ich kann die mentale Barriere, die mich schützen soll, nicht niederreißen. Ich nehme an, ich sollte für kleine Gaben dankbar sein.

Alles, woran ich mich erinnern kann, ist ihre Krankheit. Ich habe sie so sehr geliebt, aber jede glückliche Erinnerung ist von der Dunkelheit durchdrungen. Als ich den Mut finde, das winzige Bett zu verlassen, schleiche ich aus dem Schlafzimmer und verweile vor einer gespenstisch vertrauten Treppe.

Die markerschütternden Schreie sind hier draußen lauter, eine perfekte Darstellung der Vergangenheit, präsentiert wie unbezahlbare Kunst. Ihre Stimmen sind jetzt klarer und enthüllen die Wahrheit.

»Bitte hör auf! Das ist nicht echt! Lass mich dir helfen.«

»Geh weg von mir, Dämon!«, schreit sie wütend. »Ich schneide dich! Verpiss dich!«

»Nein … b-bitte … Brooklyn ist oben!«

Das Krachen von zersplitterndem Glas lässt mich zusammenzucken, und ich umarme meine schmerzende Mitte, während ich mich danach sehne, diesem Albtraum zu entkommen. Ich bin in meiner eigenen Vergangenheit gefangen, gefesselt von Kräften, die ich nicht kontrollieren kann.

Augustus lässt sich auf die oberste Stufe sinken und winkt mich zu sich. Gemeinsam lauschen wir dem Soundtrack des Todes unter uns.

»Wann haben Sie zum ersten Mal bemerkt, dass es ihr nicht gut geht?«

»Sie hat mich immer nach der Schule abgeholt«, flüstere ich, und meine Stimme bebt vor Angst. »Eines Tages kam sie zu spät, und ich machte mich allein auf den Heimweg. Ich wollte den Beginn meiner Lieblingssendung nicht verpassen. Ich stolperte in der Gasse über sie. Die Katze des Nachbarn lag tot zu ihren Füßen.«

Augustus schreibt das auf. Selbst in dieser verdrehten Traumwelt meiner Fantasie macht er immer noch seine verdammten Notizen. Ich weiß, dass das nicht real ist, aber ich möchte ihm das Papier so tief in den Hals schieben, dass er erstickt.

»Was macht sie da unten?«

»Sieht man das nicht?«, zische ich.

»Das ist Ihr Verstand, Miss West. All das hier wird von Ihnen kontrolliert.«

»Heißt das, ich kann Sie töten?«

Sein Lächeln ist dunkel, sogar stolz. »Wenn Ihnen das gefällt, ja.«

Ich kann die Tränen nicht unterdrücken, die wie saurer Regen über meine Wangen laufen. Jeder Tropfen brennt mir bis auf die Knochen, und ich weine, während weitere schreckliche Schreie die Treppe hinaufhallen.

Mum ist nicht diejenige, die schreit. Das Geräusch ist tiefer, maskuliner. Ich halte mir die Ohren zu und kämpfe gegen die Erinnerungen an, die in tropfende Schatten gehüllt an die Oberfläche kommen.

Jemand berührt mich an der Schulter und ich springe weg,

in der Erwartung, dass mich eine schreckliche Halluzination erwartet. Lazlo und sein Lächeln, oder vielleicht Vic und seine ekelhafte Berührung.

An der Stelle, an der vorher Augustus saß, wartet jemand anderes auf mich, ein Hirngespinst, das so echt aussieht, dass mein Herz in unwiederbringliche Stücke zerfällt.

»Hey, Baby, es ist in Ordnung«, murmelt er.

»Daddy?«

»Komm her, Brooke. Ich habe dich.«

Mit einem Lächeln, das pure Liebe ausstrahlt, lockt er mich in seine Arme. Plötzlich ändert sich die Perspektive des Albtraums und ich stehe neben Augustus und sehe, wie sich die Kindesversion in die Arme ihres Vaters wirft.

Ich kann seinen vertrauten Duft förmlich riechen, nur Zentimeter entfernt, aber gefangen in der Vergangenheit, wo ich ihn nicht erreichen kann. Ich beobachte die halluzinatorische Szene mit einer so starken Sehnsucht, dass die Erinnerungen drohen, mich Atom für Atom zu zerreißen, bis nichts als seelenloser Staub übrig bleibt.

»Ich k-kann das nicht mehr.«

»Wir sind noch nicht fertig«, schimpft Augustus.

»Scheiß auf Ihre Fragen. Ich bin fertig.«

Ich drehe mich im Raum und suche nach einem Ausweg. Ich bin hier eingesperrt, es gibt keine Türen, um vor meiner Vergangenheit zu fliehen. Ich kann dem ständigen Geschrei und dem sanften Murmeln von Dads Stimme nicht entkommen, das in mir den Wunsch auslöst, meine verdammte Haut abzuziehen.

»Wenn er oben bei Ihnen ist … wer ist dann unten?«

Augustus' Frage ist eine zu viel. Die mentalen Türen schlagen zu, und ich werde von plötzlichem Schmerz erfüllt, mein Verstand explodiert. Das ist alles zu viel. Es gibt einen Grund, warum ich dieses Zeug weggesperrt habe.

Mit zusammengekniffenen Augen stürze ich in die Realität zurück und finde mich in Augustus' düsterem Büro wieder, umgeben von Büchern statt vom Tod. Er beobachtet mich immer noch von seinem Schreibtisch aus, die ganze Zeit über ungerührt, den Stift in der Hand.

»Faszinierend.« Er strahlt.

Ich fange an, seine blöden Drähte von meinem Gesicht zu reißen.

»Ich bin fertig.«

»Erst wenn ich es sage.«

Seine Worte entfachen die rohen Wunden, die mich zerreißen, und ich gehe direkt auf die Kamera zu, die immer noch unsere Sitzung aufzeichnet, und schlage mit aller Kraft darauf ein. Das Objektiv knallt auf den Hartholzboden und ich folge ihm und zertrümmere es, ohne zu merken, dass ich auch schreie und das ganze Universum verfluche.

Ich wende mich an Augustus, um mit einem Knurren zu antworten.

»Wir sind fertig, wenn ich sage, dass wir fertig sind, nicht Sie. Das ist mein Kopf, meine Erinnerungen, mein gottverdammtes Leben, das in einer verdammten Explosion zerstört wurde. Sie können sich glücklich schätzen, dass ich Sie überhaupt reinlasse, und sei es nur, um meine Freunde zu schützen.«

Der Verrückte mit viel zu viel Macht lächelt einfach, als wäre er stolz darauf, dass ich endlich einknicke, und als wäre das alles Teil seines Masterplans. Langsam bricht er mich auf, Schicht für Schicht, enthüllt Geheimnisse und Informationen, die ich selbst vergessen habe.

Er klappt seinen Notizblock zu, die Seiten schwer vom Schmerz, an den ich niemals erinnert werden möchte. »Haben Sie Angst vor der Wahrheit, Miss West?«

»Ich habe keine Angst vor der Wahrheit.« Ich balle meine blutenden Fäuste und pflücke Glasscherben heraus. »Ich habe Angst vor der Realität, wenn Männer wie Sie sie so manipulieren können, wie sie wollen.«

»Wehren Sie sich, so viel Sie wollen. Das ist Ihre Wahrheit.« Er grinst.

»Von wegen.«

Augustus notiert sich etwas, immer noch lächelnd. »Miss West, Ihre Vergangenheit hat Sie zu dem gemacht, was Sie heute sind. Sie hat Sie stärker gemacht.«

Als ich meine Hände auf seinen Schreibtisch schlage, erschrickt er tatsächlich ein wenig und weicht zurück, wobei ein kurzes Aufblitzen von Angst in seinen Augen zu sehen ist. Ich würde ihm am liebsten den Kopf einschlagen, aber ich bin zu wütend, um klar zu denken.

»Ich war ein verdammtes Kind«, zische ich mit leiser, gefährlicher Stimme. »Ich musste nicht stärker sein, *ich musste sicher sein.*«

Ohne mich um die Konsequenzen zu kümmern, stürme ich aus dem Zimmer, bevor ich ihn umbringe und mir eine weitere lebenslange Haftstrafe einhandle. Mit jedem Schritt lockert sich die Last auf meiner Brust, weiter weg von dem Monster im Keller und seinen raffinierten Spielen.

Ich höre nicht auf zu laufen, bis ich die Grundstücksgrenze des Instituts erreiche und der hoch aufragende Sicherheitszaun mein Schicksal besiegelt. Schwer atmend lasse ich mich auf die harte Erde fallen und vergrabe mein Gesicht in den Händen.

Ein Monat dieser Folter ist mehr, als ich ertragen kann, und wir haben immer noch nicht das Schlimmste hinter uns. Ich habe eine Scheißangst davor, wie weit er gehen wird, um seine wertvollen Antworten zu bekommen.

Ein großer Schatten fällt über mich, das Knirschen der Blätter verrät seine Präsenz. Ich blicke auf und sehe Logan in sicherer Entfernung stehen, die Hände zur Kapitulation erhoben.

Er ist immer da, jede Woche. Ein ständiger Zeuge und Schatten, unsichtbar in seiner Ecke. Gelegentlich erzählt er mir einen Witz oder redet mit mir, während wir auf Augustus warten. Er versucht, den Schmerz irgendwie zu lindern, auf seine eigene Weise.

»Sag Augustus, er kann mich am Arsch lecken. Ich bin fertig«, knurre ich.

Anstatt zu seinem sadistischen Chef zurückzukehren, bietet er mir seine Hand an. Ich mustere ihn, als wäre er eine Schlange, die ihr Gift in mir versenken will. Logan rollt mit den Augen und setzt sich zu mir auf den Boden, wo der Schnee taut und der Winter vorbeikrabbelt.

»Vor ihm wegzulaufen, wird dir nicht helfen«, sagt er.

»Niemand sonst wird mir helfen. Nicht einmal du.«

»Du bist die Einzige, die das noch verhindern kann, Kleine.«

»Hör verdammt noch mal auf, mich so zu nennen.«

Der Spitzname entstand schon früh, in den kurzen Momenten, bevor Augustus ankam oder sich beim Beenden eines Telefonats verspätete. Logan ist nicht mein Freund. Ich weiß nicht, was wir sind. Aber trotzdem stecken wir da zusammen drin, gefangen in den Umständen.

»Was will Augustus von mir?«

»Musst du mich das wirklich fragen? Ich dachte, du wärst klug.«

»Und ich dachte, du wärst Blackwoods Schlampe, aber jetzt bin ich mir da nicht mehr so sicher. Wer zum Teufel bist du?«

Ich nehme mir einen Moment Zeit, um seine stahlgrauen Augen zu betrachten, die mich mit einer verzweifelten Art von Beschützerinstinkt anstarren. Wir sollten natürliche Feinde sein. Er ist mit Jefferson und seinen Kumpanen im Bunde. Irgendwie fühlt sich Logan nicht wie mein Feind an – aber er ist auch nicht mein Verbündeter.

»Bist du echt?«, platze ich heraus.

Sein Lächeln ist schief, sogar amüsiert.

»Was denkst du?«

Wenn ich darüber nachdenke, finde ich eine logische Erklärung. »Ich denke, du bist ein weiteres von Augustus' Psychospielchen. Er hat dich geschickt, um an mich heranzukommen und mich auf das vorzubereiten, was als Nächstes kommt. Ich denke, du bist eine tickende Zeitbombe und ich bin eine Idiotin, weil ich hier mit dir sitze.«

»Einfallsreich, das muss ich dir lassen.« Er schnaubt.

»Du bist ein verdammtes Arschloch.«

»Und du bist ein unkooperatives Miststück.«

Ein plötzlicher, spitzer Schrei lässt mich aus der Haut fahren. Ich drehe mich auf der Stelle und suche die Bäume um mich herum ab, die das Gelände begrenzen. Wir sind allein im düsteren Tageslicht, gepeitscht von eisiger Luft. Meine Dämonen können mir nicht in die reale Welt folgen, ihr Revier liegt unter der Erde in Augustus' Keller des Schreckens.

»Wie lange kannst du das hinausschieben?«, fragt Logan.

»Was hinausschieben?«

»Dass Augustus sein Ziel erreicht.«

»Ich weiß nicht, was sein verdammtes Ziel ist«, schnauze ich und werfe meine Hände in die Luft. »Ich versuche nur zu überleben, okay? Das ist alles.«

»Keiner überlebt, Brooke. Nicht an diesem Ort.«

Ich beobachte entsetzt, wie sich Logans Gesicht … verändert. Verschlungen von dunklen Schatten, die seinen Körper umschließen und zu wachsen beginnen, Fleisch und Knochen schmelzen. Ich stehe immer noch mit einem Fuß in der Vergangenheit und die Schreie werden immer lauter, bis ich mir die Ohren zuhalte und unkontrolliert schluchze.

»Bitte … hilf mir, mach, dass es aufhört«, flehe ich weinend.

Aber Logan ist weg, verschlungen von den bösen Bewohnern meiner dunkelsten Halluzinationen. An seiner Stelle schreitet mit sicheren Schritten Vics ghulähnliche

Gestalt aus den Bäumen, nachdem er mich gebrochen und allein gefunden hat.

Ich kann dir überallhin folgen, Babygirl.

Vergiss das nicht.

»Lass mich in Ruhe, verdammt. Hau ab!«

Er streckt seine skelettartigen Finger wenige Zentimeter vor meinem Gesicht aus.

Du kannst nicht vor dem fliehen, was in dir lebt.

Ich werde immer hier sein, egal was passiert.

Ich halte mir die Hände über die Ohren und lasse die ganze Angst in einem verzweifelten, alles verzehrenden Schrei heraus. Eine Bitte an jeden da draußen, an jemanden, der die Macht hat, mich von der Kontrolle zu befreien, mit der Augustus mich infiziert hat.

»Brooklyn! Wach auf!«

Eine ferne Stimme schleicht sich ein, hoch und panisch.

»Teegan?«

»Verdammte Scheiße, atme. Mach die Augen auf.«

Ein plötzlicher Schmerz sticht in meiner Wange, ich reiße die Augen auf und finde mich … zusammengesackt in einer Toilettenkabine wieder.

Was zum Teufel ist gerade passiert?

Der Zaun und die dichten, düsteren Wälder sind verschwunden, zurück bleiben polierte Fliesen und goldene Armaturen. Ich liege zusammengerollt in einer Kugel auf dem Boden, in der hintersten Ecke. Teegan starrt mich an, auf ihren Knien.

»Heilige Scheiße, das war gruselig«, murmelt sie.

»Wie bin ich hierhergekommen?«

»Du bist in der Bibliothek einfach starr geworden und hast angefangen, völligen Unsinn zu reden. Ich bin dir hierher gefolgt, bevor jemand den Sicherheitsdienst ruft, und habe gesagt, dass ich mich vergewissern werde, dass es dir gut geht.«

Sie zittert am ganzen Körper, ihre Augen sind weit

aufgerissen und ihre Stirn glänzt vor Angstschweiß. Die Tür ist hinter uns verschlossen, wir sind in der relativen Sicherheit der Kabine gefangen.

»Ich war … Ich dachte …«, stottere ich.

»Wir sollten die Jungs anrufen, ich weiß nicht, was ich tun soll«, murmelt sie.

»Nein! Ruf sie nicht an. Sie dürfen es nicht wissen.«

»Dass du krank bist? Komm schon, Mädchen.«

Ich zwinge meinen erschöpften Körper, sich aufzurichten, lehne mich mit dem Rücken an die Wand und drücke meine Knie zum Schutz an meine Brust. »Nein, dass ich durchdrehe. Bitte, Tee. Sag es ihnen nicht.«

Sie schüttelt den Kopf und lässt ihren Blick durch den engen Raum schweifen, offensichtlich auf der Suche nach etwas, das sie ausrichten und kontrollieren kann. Da es keine Ablenkung gibt, flucht Teegan leise vor sich hin und zieht eine Schachtel Zigaretten aus ihrer Tasche. Ich glaube, meine Augenbrauen verschwinden in meinem Haaransatz, so schockiert bin ich.

»Halt die Klappe. Du hast mich zu Tode erschreckt.«

»Du rauchst nicht.« Ich lache leise.

»Sie gehören Todd, aber jetzt rauche ich.«

Mit zitternden Händen zündet sie sich eine an und reicht sie mir, bevor sie selbst eine nimmt. Ich kann nicht anders, als zu kichern, als sie beim ersten Zug hustet und würgt. Sie starrt auf das kleine Stäbchen des Todes, als wäre es Dynamit, das gleich explodiert.

»Das ist so ekelhaft.«

Ich atme aus und lasse meine Augen zufallen. »Man gewöhnt sich daran.«

Sie fuchtelt mit der Hand in der Luft herum, um den Rauch zu vertreiben, da sie sich daran erinnert, dass wir uns immer noch in einer öffentlichen Toilette befinden. Ich bin mir ziemlich sicher, dass das Rauchen von den Wärtern missbilligt wird, aber im Moment können sie mir kaum noch etwas antun. Ich bin bereits nicht mehr zu retten.

»Brooklyn … rede mit mir.«

»Ich kann nicht. Es tut mir leid.«

»Wir sind Freunde, nicht wahr? Ich war so allein, bevor ich dich traf. Du warst der erste Mensch, der in mir mehr als nur einen Freak gesehen hat.« Sie lächelt und nimmt einen weiteren unbeholfenen Zug. »Ich weiß, dass hier etwas Schlimmes passiert. Alle wissen es, aber niemand spricht darüber. Ich schätze, wir machen uns alle etwas vor.«

»Manchmal ist die Welt, deren Existenz wir vorgeben, besser als das wirkliche Leben.«

»Aber Träume dauern nicht ewig, man muss immer wieder aufwachen«, sagt sie sanft.

Ich rauche meine Zigarette in aller Ruhe zu Ende, lasse sie in die Toilettenschüssel fallen und rapple mich auf. Ich biete Teegan eine Hand an und ziehe sie in die größte vorstellbare Umarmung, fest und so verdammt perfekt.

»Danke, dass du meine Freundin bist, Tee. Ich weiß, ich zeige es nicht immer, aber ich war auch allein. Du bist diejenige, die mir einen Gefallen tut, indem sie hier ist.«

Ihre Augen glänzen vor Tränen. »Verdammt, B.«

»Kein Wort zu den Jungs, verstanden?«

Sie nickt widerwillig. Ich lasse sie zuerst gehen und bleibe stehen, um mich im Badezimmerspiegel zu betrachten. Helles Licht beleuchtet meinen zombiehaften Zustand, meine Augen sind voller Erschöpfung und vom Weinen gerötet. Mein Haar ist spröde und trocken, weil ich nichts gegessen habe, egal wie oft Hudson mir am Esstisch droht.

Ich verliere die Kontrolle.

Ich habe das Gefühl, dass jeder Tag mich dem Tod näher bringt, aber dieses Mal nicht nach meinen Bedingungen. Zum ersten Mal in meinem Leben habe ich mich tatsächlich für das Leben entschieden, und die Welt hat Nein gesagt. Diesmal nicht.

Das Leben ist für gute Menschen reserviert, nicht für Monster wie mich. Logan hat recht, es gibt kein Entkommen. Ich werde hier verdammt noch mal sterben.

Augustus will mich nur wegen einer Sache – meines Verstandes und des wissenschaftlichen Wertes, den er hat. Ich habe keinen Zweifel, dass er nicht aufhören wird, bis ihm jeder Zentimeter von mir gehört.

KAPITEL 18

HUDSON

VIOLENT PICTURES – DREAM ON DREAMER

»RAUS DAMIT. Du verschwendest meine Zeit.«

Ich ramme meine Faust erneut in Tylers Bauch und grinse sadistisch, als er sich vornüberbeugt und nach Luft schnappt. Ein weiterer Schlag gegen seinen Kopf und er landet auf dem Boden und prallt dabei gegen einen nahen Baum.

Ich beobachte, wie das Blut aus einer Wunde an seiner Stirn fließt und über sein schlaffes Gesicht rinnt. Der Anblick lässt mir das Wasser im Mund zusammenlaufen.

»Ich weiß es nicht …«, schluchzt er.

»Ich habe gesehen, wie du es geschnupft hast, Schwachkopf. Wer ist deine Quelle?«

»Bitte … ich war's nicht …«

Als ich ihm in die Rippen trete, schreit er auf und landet auf dem Rücken, wobei er seinen gebrochenen Brustkorb umarmt. Ich wische meine Hände an meinen Jeans ab, wobei der zerrissene schwarze Stoff das Blut aufsaugt. Ich könnte das den ganzen Tag tun. Es fühlt sich gut an, etwas zu tun, wenn auch heftiger, als Kade es angeordnet hat.

»Glaube nicht, dass ich dich nicht töten werde, nur weil du Phoenix gevögelt hast«, warne ich und hocke mich neben die erbärmliche Kreatur. »Ich bin mit meiner Geduld am Ende, Tyler.«

»Frag … Phoenix … er hat es mir gegeben!«

Als ich ihn anstarre, flammt mein Temperament auf und ich muss mich zurückhalten, ihn nicht zu erwürgen. Kade und ich haben Phoenix vor Wochen befragt, als er aus der Einzelhaft zurückkam.

Er hat seine Quelle verraten – irgendein Abschaum aus dem Pinehill-Wohnheim. Das Arschloch wurde aufgrund eines anonymen Hinweises am nächsten Tag geschnappt, dank uns. Dann haben wir letzte Nacht eine weitere Packung Koks in Phoenix' ausgezogenen Jeans gefunden. Das ist noch nicht vorbei.

»Hör auf, zu lügen, bevor ich dir die Zähne einschlage«, warne ich.

Tyler versucht, sich hochzustemmen, aber ich drücke meinen Fuß in die Mitte seiner Brust und halte ihn am Boden fest. Er weint jetzt ununterbrochen, es wird nicht mehr lange dauern, ihn zu brechen.

»Du fickst jetzt diesen Süchtigen, nicht wahr?« Ich verstärke den Druck auf seine Brust. »Zade, oder? Vielleicht sollte ich ihm auch einen Besuch abstatten, vielleicht ist er etwas entgegenkommender.«

»Lass ihn da raus«, stottert Tyler.

»Dann gib mir, was ich will.«

Während er sich Rotz und Tränen abwischt, bricht Tyler schließlich zusammen. »Es ist Jack.«

Ich verfluche meine Dummheit. Natürlich ist er es. Die Gerüchte besagten, dass Leon Rios rechte Hand war, bevor er in Einzelhaft gesteckt wurde und nie zurückkehrte. Es heißt, er sei in eine andere Einheit verlegt worden, weil er nach dem Verlust seines Freundes nicht hierbleiben konnte.

Einfach urkomisch. Ich hätte ihn selbst umbringen sollen für das, was er Eli angetan hat, sie hätten sich ein gottverdammtes Grab teilen können.

»Wenn du jemandem davon erzählst, besuche ich dich im Schlaf. Niemand wird jemals deine Leiche finden, nicht einmal hier. Hast du mich verstanden?«, drohe ich.

Tyler sieht aus, als würde er sich in die Hose machen, während er sich Blut aus den Augen wischt. Ich nehme meinen Fuß weg und überlasse es ihm, seinen bedauernswerten Arsch aufzurichten und sich wieder zuzudröhnen. Wenn Phoenix wieder etwas kauft, dann braucht er eine Intervention. Wir werden keine Wiederholung von Weihnachten erleben.

»Ja?«, antwortet Kade, als ich seine Nummer wähle.

»Ich habe die Quelle. Ich kümmere mich darum.«

»Tyler?«

Ich streiche mir das Haar aus den Augen. »Er wird kein Problem sein.«

»Mein Gott, Hud. Musstest du ihm wirklich wehtun?«

»Man bekommt keine Antworten, wenn man nett ist.«

Ich lege auf, stecke mein Handy weg und stapfe durch die Bäume zurück, um den patrouillierenden Wärtern auszuweichen. Nicht, dass sie sich noch darum scheren.

Selbst wenn sie mich mit meinen Händen an Tylers Kehle fänden, würden sie wahrscheinlich lachen und sich Popcorn holen. Unser Wahnsinn unterhält sie. Augustus schleppt uns alle in ein sehr dunkles Kapitel von Blackwoods Herrschaft.

Es dauert nicht lange, Jack aufzuspüren. Ich weiß genau, wo ich suchen muss, und folge Fußspuren, denen ich seit Monaten nicht mehr nachgegeben habe. Dieser Gang der Schande war früher meine tägliche Routine, jetzt ist er eine ferne Erinnerung daran, wie unglaublich allein ich war, bevor meine Amsel zu mir zurückkehrte.

Die Tür zum Kunstraum ist geschlossen, aber ich kann immer noch das übertriebene Stöhnen hören, bei dem ich den Kiefer anspanne. Ich stürme hinein und erschaudere innerlich beim Anblick von Britt, die auf dem Tisch ausgebreitet ist und von Jack gevögelt wird, dessen käsig weißer Arsch mir zugewandt ist. Zuerst bemerkt sie mich nicht, aber als sie mich sieht, reißt sie die Augen auf.

»Hudson! Was soll der Scheiß?«

Jack hört nicht auf, wirft mir nur einen kurzen Blick zu und stößt weiter unerbittlich in sie. »Bin gleich bei dir, Kumpel. Gib mir eine Sekunde.«

»Lass dir Zeit.« Ich seufze.

Ich lehne mich an den Schrank und starre aus dem Fenster. Es ist fast zu vertraut, um damit klarzukommen. Damals habe ich alles getan, was nötig war, um zu überleben. Stunde um Stunde, Tag um Tag. Ich ertränkte mich in Elend und Lastern und bereitete mich auf ein Leben mit dieser Scheiße vor.

Jetzt ... sind die Dinge anders. Ich verbringe meine Nächte damit, Brooklyns nackten Rücken zu streicheln und von einem Leben jenseits dieser Mauern zu träumen, weit weg von Blackwood. Ich stelle mir vor, was für eine Zukunft wir zusammen haben könnten, wenn alles gesagt und getan ist.

Nachdem er gestöhnt hat, zieht Jack seine Jeans wieder hoch und schiebt Britt zur Seite. Sie hüpft vom Tisch herunter, hebt ihr Höschen vom Boden auf und starrt mich dumm an.

»Eifersüchtig?«, fragt sie hoffnungsvoll.

»Da gibt es nicht viel, worauf ich eifersüchtig sein könnte, Britt.«

»Natürlich bist du das. Jack ist ein echter Mann, er behandelt mich mit Respekt. Weit mehr, als du es je getan hast.«

Ich schaue mich im Raum um und sehe Britt spöttisch an.

»Das ist Respekt?«

Ihre Wangen werden knallrot, und sie richtet ihre Kleidung, bevor sie ihre Tasche vom Boden aufhebt.

»Ich hoffe, du und Brooklyn werdet sterben. Ich bin weg.«

»Warte«, ruft Jack und schiebt einen durchsichtigen Beutel zu ihr hinüber.

Britt nimmt die Pillen und stopft sie tief in ihre Tasche. Sie wirft mir noch einen letzten sehnsüchtigen Blick zu, bevor sie die Flucht ergreift. Mir wird schlecht, als ich sehe, wie sie aus dem Zimmer tänzelt, eine Erinnerung an meinen Tiefpunkt in den zwei Jahren, die ich hier bin. Manchmal braucht man einen Perspektivwechsel, um zu erkennen, wie weit man es gebracht hat.

»Was darf es sein? Ich habe das beste Zeug«, fragt Jack.

»Ich bin nicht hier, um zu kaufen.«

»Hast du einen besonderen Wunsch oder so was?«

Ich knacke meine blutverschmierten Fingerknöchel und setze ein hungriges Lächeln auf. Nichts würde ich lieber tun, als diesem Arschloch die Beine zu brechen und ihn verrotten zu lassen. Er muss an jenem Tag dort gewesen sein und Eli zur Unterhaltung verprügelt haben.

»Ja. Hör auf, an Phoenix Kent zu verkaufen.«

Jack lacht schallend. »Du bist nicht sein verdammter Aufpasser.«

»Das bin ich, verdammt noch mal. Lass ihn in Ruhe, verstanden?«

Er verschränkt die Arme und alle Anzeichen von Belustigung sind verschwunden. Jack greift in seine Tasche und holt eine tödliche, geschärfte Klinge hervor. Anstatt die gewünschte Wirkung zu erzielen, lache ich in sein erwartungsvolles Gesicht.

»Glaubst du wirklich, das macht mir Angst, großer Mann?«

»Ich bin der neue große Mann hier, Arschloch. Du solltest dich besser fügen.«

»Du bist ein Nichts«, spotte ich.

»Ist das so?«

Während ich ihm gegenüberstehe, bemerke ich nicht, dass sich die Tür geöffnet hat und zwei weitere Personen in den Raum geschlichen sind. Ein scharfer Tritt gegen meine Beine lässt mich stolpern und ich falle gegen einen mit Leinwänden bedeckten Tisch, wo mich der Schlag auf die Seite meines Kopfes unerwartet trifft.

»Guten Abend, Jungs.« Halbert lacht.

Ich werde in einen Stapel nasser Gemälde gestoßen und von den beiden Wärtern eingekesselt. Da ich erwarte, dass sie sich Jack schnappen, sehe ich ungläubig zu, wie er sich zwischen ihnen hindurchschlängelt, als wäre er zu Hause. Jack blickt mit einem verdammt nervigen Lächeln auf mich herab, sein geschmuggeltes Messer bestens zu sehen.

»Du solltest wirklich besser aufpassen, Hudson. Es bedeutet gar nichts mehr, dass du hier den großen Macker markierst. Du stehst schließlich in meiner Schuld. Manche würden dich gern den Wölfen zum Fraß vorwerfen, aber ich finde, es macht Spaß, dich zu behalten. Das macht die Dinge unterhaltsam, oder?«

»Was redest du da für einen Scheiß?«, knurre ich.

Halbert reagiert als Erster und zieht mich hoch, bevor er meine Arme hinter meinem Rücken fixiert. Er ist überraschend stark und kommt mir sehr nahe, sodass sein heißer Atem mein Ohr trifft.

»Füge dich, Junge. Bevor die Dinge unschön werden.«

»Warum deckt ihr ihn?«

»Wir beschützen dich nur, das ist unser Job.« Er schnaubt voller Selbstvertrauen, als er Jack die Klinge abnimmt und sie in meine Seite drückt. »Hast du Lust auf einen netten Ausflug in die Krankenstation? Denn genau das wird passieren, wenn du weiterhin Ärger machst.«

»Er ist derjenige, der Drogen und Schmuggelware an das gesamte Institut verkauft. Ihr nehmt den Laden seit Monaten auseinander, um diesen Mistkerl zu finden. Aber ich bin derjenige, der an einen verdammten Tisch gedrückt wird?«

»Wenn du nicht geschützt wärst, wärst du schon tot.« Halbert lacht.

»Geschützt von wem?«, rufe ich.

Der Druck der Klinge verschwindet, und sie treten zurück, amüsiert von meiner offensichtlichen Verwirrung. Jack nimmt seine Klinge zurück und steckt sie weg, während er mich immer noch anstarrt. Das Arschloch-Trio arbeitet verdammt noch mal zusammen, was auch immer das für den Rest von uns bedeutet.

»Wir werden sehen, wie lange dieser Schutz anhält«, fügt Jack hinzu.

»Ich habe keine Ahnung, wovon ihr alle redet, verdammt.«

»Vielleicht solltest du die Nachrichten lesen. Man sieht sich, Hudson.«

Ich bleibe allein im Kunstraum zurück und sehe zu, wie sie sich zurückziehen. Halbert und Jack scherzen wie alte Freunde, während der andere Wärter die Nachhut bildet, um sicherzustellen, dass ich nicht nachkomme.

Ich bin so verdammt verwirrt, dass ich im Zimmer herumwirble und nach jemandem Ausschau halte, weil ich sicher bin, dass ich mir das alles nur eingebildet habe. Ich bin allein. Es gibt keine Zeugen, die den Mindfuck bestätigen könnten, der soeben stattgefunden hat. Sekunden später blinken die Überwachungskameras wieder und beginnen mit der Aufzeichnung.

Was zum Teufel?

Ich hole mein Handy heraus und finde mehrere verpasste Anrufe von Kade. Seine SMS werden immer verzweifelter und verlangen, dass ich ihn zurückrufe. Ich ignoriere sie alle. Er ist immer noch ein Arschloch für den Mist, den er letzten Monat abgezogen hat.

Schutz.

Schon tot.

Nachrichten.

Von Panik überwältigt, lehne ich einen weiteren Anruf von Kade ab, öffne die Website des nationalen Nachrichtensenders und scrolle durch unzählige banale

Schlagzeilen. Gerade als ich den angehaltenen Atem loslassen will, trifft mich der Schlag.

Ich starre auf ein Bild von meinem verdammten Gesicht, geprellt und blass, an der Spitze eines Artikels. Das Fahndungsfoto vom Polizeirevier, als ich vor zwei Jahren wegen Mordverdachts verhaftet wurde. Es ist dasselbe auf jeder Website, die ich aufrufe, mein Gesicht prangt für die ganze Welt – direkt neben einem Kampagnenfoto von Kades Vater.

Familie eines Politikers des Meineids beschuldigt.
Korruption und Skandale erschüttern die Kommunalverwaltung.
Zeuge meldet sich und behauptet Erpressung und Verschwörung.

Das Handy knackt in meinem Griff, als ich die Dutzenden von Geschichten betrachte, eine bösartiger als die andere. Kades Vater ist ein Nationalheld und ein beliebter Lokalpolitiker, der auch andere Geschäfte betreibt.

Blackwood brachte mein Schicksal vor zwei Jahren zum Schweigen, als er genügend Geld dafür ausgab, um sicherzustellen, dass die Verurteilung seinen wertvollen Ruf oder seine Wiederwahl nicht beeinträchtigte. Aber offensichtlich reichte das Geld nicht aus, um meinem Miststück von Mutter die Zunge herauszuschneiden.

»Hör verdammt noch mal auf anzurufen«, sage ich, als ich rangehe.

»Fick dich, Hudson. Hast du es gesehen?«

»Ja, ich habe es verdammt noch mal gesehen.«

Kades Seufzer schallt durch die Leitung. »Wir sind am Arsch.«

»Das geht vorbei, Ma erzählt Scheiße. Das Geld muss ihr ausgegangen sein, also versucht sie ihr Glück erneut.«

Als ich den Kunstraum verlasse, halte ich Ausschau nach Halbert oder Jack, die darauf warten, sich wieder auf mich zu stürzen, aber der Korridor ist zum Glück menschenleer.

»Keine Panik, Bruder. Wir kriegen das schon hin.«

»Er hat mich nach Hause beordert, Hud.«

Ich bleibe stehen und fluche. »Wann?«

»Unverzüglich.«

Mir dreht sich der Magen um vor lauter Angst. Die Sache mit der perfekten Familie ist, dass alles eine vorsichtige Fata Morgana ist – wie der trügerische See in einer knochentrockenen Wüste, der verschwindet, sobald man nahe genug herankommt.

Janet Knight ist eine Heilige – das lässt sich nicht leugnen. Aber sie hatte das Pech, einen Mann zu heiraten, der sich mit Lügen und Geld tarnt, um etwas viel Dunkleres zu verbergen.

»Geh nicht. Bleib einfach hier.«

»Ich muss. Mum hat auch angerufen, ich kann sie damit nicht allein lassen.«

»Was kann er tun? Es ist alles nur Clickbait, die Presse wird sich irgendwann zurückziehen.«

»Stephanie hört nicht auf, ihr verdammtes Maul aufzureißen.« Es gibt eine lange Pause, bevor Kade wieder spricht, die Stimme vor Angst gesenkt. »Nicht bevor er sie dazu bringt.«

Trotz allem, trotz all der Scheiße und dem Elend, das sie mir angetan hat, wird mir schlecht bei dem Gedanken, dass meinem beschissenen, einzig verbliebenen Elternteil etwas zustoßen könnte.

Das ist es, was mich vor zwei Jahren zurück in diese Hölle gezogen hat, als ich mein perfektes Leben hinter mir ließ – ein fehlgeleitetes, unerschütterliches Gefühl, dass ich ihr auch die Chance auf ein besseres Leben schuldete. Und wohin hatte es mich gebracht?

»Wir brauchen dich hier«, argumentiere ich.

»Ich werde nicht lange weg sein. Nur so lange, um zu

vermitteln und sicherzustellen, dass die Sache nicht aus dem Ruder läuft. Brooklyn hat dich, Phoenix hat Eli. Ihr werdet alle klarkommen.«

»Und du hast uns. Wir machen den Scheiß zusammen, nicht getrennt.«

»Dieses Mal nicht. Ich muss das allein machen.«

Er legt auf, und ich fluche wie wild, auf der Suche nach einem Weg, ihn hier zu halten. Es ist nicht so, dass ich Kade nicht zutraue, auf sich selbst aufzupassen, vielmehr habe ich Angst davor, wozu sein Vater fähig ist, wenn er bedroht und wütend ist.

Ich erinnere mich noch an eine meiner ersten Nächte in diesem Haus, an das blaue Auge, mit dem er in unser Zimmer zurückkam, weil er es gewagt hatte, sich für seine Mutter einzusetzen. Leroy wollte nie Kinder haben, schon gar nicht einen adoptierten Bastard mit Problemen. Der Nutzen für sein öffentliches Image war der entscheidende Faktor.

Wenn Kade gehen muss, dann werde ich derjenige sein, der einspringt.

Ich kann unsere Familie in seiner Abwesenheit zusammenhalten.

Und danach notfalls seinen Arschloch-Vater töten.

KAPITEL 19
BROOKLYN
SAVE ME – OMRI

AUFRECHT IN HUDSONS BETT SITZEND, umklammere ich meine hämmernde Brust. Die Luft weigert sich, meine Lunge zu erreichen, die ständig brennt, als würde ich von unsichtbaren Händen gewürgt.

Alles, was ich sehen kann, ist die dunkle, quälende Treppe, die nach unten führt, unterbrochen von Schreien und der Wärme meines Vaters, der mein Haar streichelt und mir sagt, ich solle in meinem Zimmer bleiben, wo es sicher ist.

Ich hätte auf ihn hören sollen. Ich hätte aus diesem Haus und von all seinen Bewohnern fliehen sollen, als ich die Gelegenheit dazu hatte. *Törichte Brooke.* Und jetzt sieh mich an.

»Das ist der dritte Albtraum heute Nacht.«

Die leise Stimme lässt mich aufschrecken, und ich entdecke Kade, der aus dem Fenster von Hudson eine Zigarette raucht. Die Spitze leuchtet in der Dunkelheit des Zimmers und erhellt sein gezeichnetes Gesicht. Hudson stöhnt im Schlaf, legt seine Arme um mich und versucht, mich in die warmen Laken zurückzuziehen.

»Mir geht es gut«, flüstere ich und wische mir die Tränen aus dem Gesicht.

»Tut es nicht.«

»Lass mich in Ruhe, Kade.«

»Wann wirst du mir sagen, was los ist?«

Ich schaffe es, mich aus Hudsons Armen zu befreien, stehe auf und geselle mich zu Kade ans Fenster. Er bietet mir den letzten Rest seiner Zigarette an, und ich nehme sie und sauge den Rauch ein, während er zusieht.

»Warum gehst du?«, erwidere ich.

»Du weißt, warum.«

»Du brauchst nicht zu gehen, deine Eltern sollen sich um Stephanie kümmern. Bleib hier bei uns. Ich kann nicht allein auf all diese Arschlöcher aufpassen, weißt du.«

Kade versucht, nicht zu lachen. »Du schaffst das schon.«

»Das ist nicht wahr.«

Ich lege meine Hand auf seine, unsere Finger verschränken sich und er sieht mir in die Augen. In seinem Blick liegt etwas begraben, eine Angst, die ich noch nie bei ihm gesehen habe. Kade ist unser Fels in der Brandung. Ohne ihn weiß ich nicht, wie wir uns über Wasser halten sollen.

»Wir funktionieren nicht ohne dich«, flehe ich.

Er streicht mit dem Daumen über meine Fingerknöchel, eine sanfte Berührung, die mich nach mehr verlangen lässt. Kade studiert meine Hände, zu abgelenkt, um die Intensität meines Verlangens zu bemerken, ihn gegen die Wand zu werfen und den grauen Pullover von seinem Schwimmerkörper zu reißen.

»Du musst mir vertrauen, Brooke. Ich werde zurückkommen.«

»Ich habe dir niemals nicht vertraut.«

Seine Lippen verziehen sich zu einem trockenen Lächeln. »Da bin ich mir nicht so sicher. Du hast monatelang verdammt hart dafür gekämpft, so weit wie möglich von uns wegzubleiben. Du bist so schnell gerannt, dass du gar nicht gemerkt hast, dass das gar nicht nötig war.«

Ich schließe den verbleibenden Abstand zwischen uns, trete zwischen Kades Beine und lege meine Stirn auf seine nackte Brust, meine Lippen gleiten über seine warme Haut. Zwischen ihm und Hudson zu schlafen ist noch relativ neu, eine unausgesprochene Abmachung, da wir im Laufe der Zeit ganz natürlich zusammengerutscht sind.

»Kade?«

»Hmm?«

Ich beuge mich vor und drücke meine Lippen auf seine. »Du schuldest mir immer noch diese Belohnung. Glaube nicht, ich hätte es vergessen. Bring mich irgendwo hin.«

Er schleicht mit seiner Hand an meinen Kopf heran und hält mich fest, während seine Lippen die meinen liebkosen und seine Zunge Zugang zu mir sucht. Ich lege eine Hand auf sein Herz und lasse zu, dass er die Kontrolle übernimmt und mich verschlingt, obwohl Hudson nur wenige Zentimeter entfernt schläft.

Der eifersüchtige Bastard würde Kade wahrscheinlich aus dem Fenster stoßen, wenn er uns erwischt. Zusammen in einem Bett zu schlafen ist eine Sache, das hier ist eine ganz andere. Ich kann nicht anders, als darüber zu fantasieren, wie es wäre, mit beiden zusammen zu sein … zur gleichen Zeit. *Verdammt.*

»Wo?«, haucht Kade.

»Überall, nur nicht hier. Ich … ich will dich.«

Seine Augen verfinstern sich vor Verlangen, die Stimmung verändert sich. »Jetzt?«

»Jetzt, Kade. Bevor du mich in dieser Hölle allein lässt.«

Als er mich wieder küsst, ist das Element der Kontrolle ausgelöscht. Er knabbert an meinem Kiefer, bevor er mich mit glühendem Verlangen küsst und meine Arme mit unglaublicher Kraft umklammert.

Kade klettert vom Fenster herunter, geht mit mir zurück zum Bett und zieht mich auf seinen Schoß. Sobald ich rittlings auf ihm sitze, spüre ich jeden Zentimeter seines harten Schwanzes, der sich durch seine Jogginghose an mich drückt.

»Scheiße, Liebes. Ich will dich auch.«

»Also, nimm mich.«

Ich reibe mich an ihm und genieße das Gefühl der Macht. Seine Hände schlüpfen unter mein T-Shirt, gleiten über meine Hüften und finden meine nackten Brüste. Er nimmt eine in jede Hand, drückt fest zu und zieht an meinen Nippeln, bis ich laut stöhne. Das Geräusch dringt zu Hudson durch, der im Schlaf meinen Namen murmelt, bevor er sich umdreht.

»Komm schon, ich habe eine Idee«, flüstert Kade.

Er stellt mich wieder auf die Beine, wirft ein Hemd über und nimmt meine Hand. Ich folge ihm auf nackten Füßen, zu aufgeregt, um an etwas anderes zu denken. Die monatelange sexuelle Spannung lässt meine Knie schwach werden und mein Herz explodieren.

Wir schleichen uns mitten in der Nacht die Treppe hinauf, wobei es im Wohnheim angesichts der späten Stunde relativ still ist. Auf jeder Etage patrouillieren Wärter, aber Kade ist geschickt und wartet, bis sie wechseln, bevor er die Treppe hochrennt. Wir schaffen es unbemerkt in den obersten Stock, aber ich erstarre, als ich sehe, wohin er mich bringt.

»Auf keinen Fall«, flüstere ich.

»Ich dachte, du vertraust mir?«

Ich schaue zwischen ihm und der letzten Treppe, die zum Dach führt, hin und her und kämpfe mit der Angst, die mich am ganzen Körper zittern lässt. Ich war seit der Nacht des Sturms nicht mehr dort oben.

Die Jungs haben Rios Schlüsselkarte behalten – ich habe sie gefunden, als wir nach Phoenix' Versteck suchten, und mir geschworen, nicht mehr dorthin zurückzukehren. Nicht so bald.

»Ich werde dich immer beschützen, Liebes«, verspricht Kade.

»Deinetwegen mache ich mir keine Sorgen.«

Kade drückt mich mit dem Rücken gegen die Wand und

schiebt ein Knie zwischen meine Beine, bis ich völlig gefangen und gezwungen bin, ihn anzuschauen. Sein Zeigefinger fährt über meine Unterlippe, als würde er sich jeden Zentimeter von mir einprägen, um ihn später wieder abrufen zu können.

»Hier haben wir dich verloren«, sagt er und küsst sanft meinen Mundwinkel. »Ich will dich dort oben zum ersten Mal ficken und beweisen, dass uns nie wieder etwas trennen wird.«

Seine Worte lassen mich fast zu einer Pfütze der Begierde schmelzen. Ich nicke verzweifelt und schlinge meine Arme um seinen Hals. Kade hebt mich hoch, drückt mich an seine Brust und trägt mich die wenigen Stufen zum Dach hinauf.

Nach einem kurzen Scan öffnet sich die Tür und eiskalte Luft strömt uns entgegen. Ich blicke zurück auf die Überwachungskamera, die alles aufzeichnet, und stelle mir vor, wie Augustus zusieht und sich Notizen macht. Er hat gesagt, dass hier nichts passiert, ohne dass er davon weiß. Ich strecke den Mittelfinger in die Höhe und lächle.

Du kannst mich nicht kontrollieren, Arschloch.

Das Dach ist so dunkel, dass ich nichts sehen kann. Nur das schwache Leuchten der Sterne und der Mondsichel bietet Erleichterung von der erdrückenden Last der Nacht. Kade hält mich fest und zieht an meinem Haar, um meinen Hals freizulegen, damit er sich nach unten arbeiten kann.

Er drückt mich gegen eine Backsteinmauer, die Kälte sickert in meine Knochen, was jedoch nicht die Hitze unterdrückt, die sich zwischen meinen Beinen aufbaut.

Ich bringe sein perfektes blondes Haar durcheinander, während ich die Beine um seine Taille schlinge, um aufrecht zu bleiben. Zwischen ihm und der Wand bin ich ihm ausgeliefert. Es ist verdammt perfekt.

»Ich will es weder langsam noch sanft, Kade.«

»Das nächste Mal vielleicht«, überlegt er.

Ich beiße fest in sein Ohrläppchen, bis er sich an mir reibt und sein Schwanz gegen meine Schlafshorts drückt.

»Vielleicht. Aber jetzt möchte ich, dass du mir alles zeigst, woran du seit Monaten denkst.«

Kade umfasst meinen Hintern und hält mich immer noch hoch. »Ja, Ma'am.«

Geschickt zieht er mir die Schlafshorts herunter und hält mich mit einem Arm fest, während er sie mir vom Körper streift. Ich trage keinen Slip, nur ein übergroßes T-Shirt, das ich von Hudson gestohlen habe, um darin zu schlafen.

Kades Zunge erforscht meinen Mund, während seine Hand zwischen uns gleitet und mühelos meine feuchte Muschi findet. Ich reibe mich an seiner Hand, während er seine Finger mit meiner Erregung benetzt.

Dann überrascht er mich, indem er einen in mich gleiten lässt und mit dem anderen langsam in mein Arschloch eindringt.

»Fuck«, stöhne ich und genieße das Gefühl der Fülle.

»Du bist so verdammt schmutzig, Liebes.«

Er fickt mich mit den Fingern in beide Löcher, und ich bin schwach und bereit, innerhalb weniger Minuten zu explodieren. Aber Kade ist nicht so willig, reißt seine Hand weg und lässt mich wieder auf die Füße fallen.

Sein selbstbewusstes Grinsen verblasst nicht, als er meine Hüften ergreift und mich herumwirbelt, wobei er eine Handvoll meines offenen Haars wie Zügel hält. Ich stütze meine Hände auf die Mauer, bereit und wartend.

Von hinten flüstert er mir ins Ohr: »Das wollte ich schon tun, seit wir uns kennengelernt haben.«

»Dann tu es.«

Stattdessen schockiert er mich erneut, indem er mir den Hintern so hart versohlt, dass ich stöhne. Er lindert den Schmerz mit einer sanften Liebkosung, bevor er mich wieder schlägt und an meinem Haar zieht, das immer noch um seine Faust gewickelt ist. Das hätte ich von Hudson erwartet, aber nicht von meinem sanften Kade.

»Beug dich vor, kleine Schlampe.«

Heilige Scheiße. Kades Dirty Talk ist unglaublich heiß. Ich wölbe meinen Rücken, sodass ich im perfekten Winkel bin, und warte auf die Erleichterung. Der süße, charmante Kade wird mich nicht dafür arbeiten lassen. Er wird mich nicht warten und betteln lassen, wie es die anderen tun … *oder?*

»Sag mir, wie sehr du meinen Schwanz willst.«

Ich schaue über meine Schulter und begegne seinem Blick. Scheinbar können einen die Menschen immer überraschen. Mein strahlender Ritter beobachtet mich mit roher Besitzgier, so weit entfernt von dem unschuldigen Mann, den ich kenne.

Ich will diese intensive Person noch mehr, die von Blut und Tod gezeichnet ist und ihre Zehen in die Dunkelheit taucht, die wir alle so gut kennen.

»Bitte, Kade.«

»Ich liebe es, wenn du meinen Namen so sagst.«

Er fährt mit den Fingern durch meine Schamlippen, und ich schnappe nach Luft, als sein feuchter Daumen diesmal auf mein Arschloch trifft und hineindrückt. Kade lächelt mich an wie ein Raubtier, das endlich seine lang ersehnte Beute gefangen hat.

Mit einem weiteren scharfen Ruck an meinem Haar zische ich vor Schmerz, und er presst seine Lippen auf meine Kehle. Ich bemerke nicht, dass seine Jogginghose heruntergeschoben ist, bis seine Erektion meine Muschi berührt, so nah an der Stelle, an der ich es will. Ohne mich auch nur einen Moment länger warten zu lassen, gleitet Kade mit einem einzigen sanften Stoß in mich hinein und ich schwöre, ich sehe Sterne.

»Mein Gott. Du bist so verdammt eng.«

Als er an meinem Hals saugt, weiß ich, dass es morgen einen höllischen Knutschfleck geben wird. Es ist mir egal, ich keuche, während Kade mich gegen die Wand fickt. Die frische Luft und die Kameras machen es nur noch heißer.

Jeder könnte kommen und uns erwischen – vielleicht schickt Augustus seine Männer, um zuzusehen und zu lachen.

Sie würden keine Gelegenheit dazu bekommen. Ich würde ihnen die Kehle durchschneiden und mich von Kade in ihrem Blut vögeln lassen.

Nachdem ich einmal zum Höhepunkt gekommen bin, zieht sich Kade zurück und ermutigt mich, meine Beine wieder um seine Taille zu legen. Er stößt in einem noch tieferen Winkel in mich, sodass mein Rücken an die Wand stößt.

»Halt dich fest, Baby.«

Ich klammere mich an seine breiten Schultern und vergrabe mein Gesicht an seinem Hals, während er meinen Körper verehrt. Er stößt mit raschen Atemzügen in mich hinein, die Hand in meinem Haar vergraben und mit starken Beinen, die mich hochhalten. Die gespannte Feder in meinem Unterleib zieht sich wieder zusammen, bereit, sich in einer weiteren gewaltigen Explosion zu lösen.

»Bist du kurz davor?«, murmelt er.

»Ja, hör nicht auf.«

»Könnte ich nicht, selbst wenn ich es versuchen würde.«

Ich ziehe mich zurück, um ihn anzuschauen, nehme die Brille von seinem Gesicht und presse meine Stirn an seine. Der Anblick von Kade, der jedes Quäntchen seiner kostbaren Kontrolle verliert, wird mir für immer in Erinnerung bleiben. Er gibt seine Macht ab, vielleicht zum ersten Mal.

»Komm für mich, Brooke«, befiehlt er.

Ich bringe ihn mit einem heftigen Kuss zum Schweigen und sauge an seiner Unterlippe. Kade hämmert mit neuer Geschwindigkeit in mich hinein, als würde er seine Dämonen jagen, indem er jeden Zentimeter von mir in Besitz nimmt. Ich frage mich, wer genau diese Person ist. Mein Rücken wird am Ende dieser Nacht schwarz und blau sein, aber ich würde es um nichts in der Welt ändern.

Am Ende brechen wir beide auf dem Dach zusammen, ich auf Kade, während ich seinen Schwanz reite, als würde ich damit mein Geld verdienen. Er küsst jeden Zentimeter von mir und jagt seiner eigenen Erlösung hinterher. Ich entlocke ihm das Vergnügen und nehme ihn in einem tiefen Winkel, bis auch ich bereit bin, mich zu lösen.

Als wir beide kommen, ist es weder leise noch gezügelt. Wir können es nicht mehr zurückhalten, nachdem wir monatelang umeinander herumgetanzt haben. Ich will, dass das ganze Institut hört, wie ich ihn für mich beanspruche. Kade sackt zusammen und ringt nach Atem, während ich die Nachbeben meines eigenen Orgasmus genieße.

»Das war …«

»Längst überfällig«, beende ich und setze ihm die Brille wieder auf.

Sein Lachen ist wie warmer Honig auf strapazierten Nerven. Wir atmen gemeinsam, die Intimität erdrückend, aber ich will nicht weglaufen. Er ist unter meiner Haut und wickelt sich um meine Knochen wie ein Parasit. Kade und seine verkorkste Familie von Ausgestoßenen besitzen mich. Ich gehöre zu den Vieren, in guten wie in schlechten Zeiten.

Als er mich loslässt, um seine Kleidung zu suchen, ziehe ich meine Schlafshorts an und werfe einen Blick auf das Dach. Die Erinnerungen an diese Nacht schleichen zu mir herüber wie Rauch in der Brise und lecken an meiner Haut. In meinem verletzlichen, postkoitalen Dunst bin ich nicht in der Lage, sie zu verdrängen.

Ich glaube, Kade sagt meinen Namen, aber das Geräusch wird übertönt, während ich in die Dunkelheit blicke und mein Herzschlag sich beschleunigt. Schritte dringen an mein Ohr und kommen immer näher. Sie sind gekommen, um uns zu bestrafen.

Nein.

Etwas Schlimmeres kommt.

»Lass mich in Ruhe«, wimmere ich.

Vic schleppt sein ausgetrocknetes Skelett und grinst mich durch das Blut an, das aus seinem zerfetzten Gesicht tropft. Er bleibt nur wenige Meter von mir entfernt stehen, sein Blick wandert über meine nackten Beine, während ich mein Shirt herunterziehe, weil ich es hasse, wie er mich ansieht, selbst in meiner Vorstellung.

Du verdammte Hure.

Niemand außer mir berührt dich.

Du gehörst immer noch mir, kleine Brooke.

»Das ist nicht real«, rufe ich und starre ihn an.

Natürlich ist es das.

Ich lebe in deinem Kopf.

Du gehörst mir, Babygirl.

»Nein. Du bist tot. Du bist verdammt noch mal tot!«

Vic kommt noch näher und löst den Gürtel, der immer noch um seine Taille geschlungen ist. Ich weiß, was kommen wird. Der Schmerz. Das Blut. Der Verlust aller Gefühle und der Kontrolle. Ich bleibe gebrochen in Glasscherben und den Resten seiner Vergewaltigung zurück.

Entfernt spüre ich, wie jemand anderes mich schüttelt, mich anfleht, zurückzukommen, aber ich kann den Blick nicht von Vic lösen. Er ist unvermeidlich.

Ich werde dich niemals allein lassen.

Erst wenn du dich umbringst.

Komm zurück zu mir.

»Ich kann nicht zurückkommen. Bitte … Scheiße, das darf nicht wahr sein.«

Wenn ich tot bin, musst du es auch sein.

Genau wie Rio es wollte.

Du hättest die Sache beenden müssen.

Alles fällt in die Bedeutungslosigkeit, als seine geflüsterten Worte an dem sich auflösenden Faden in meinem Kopf zerren. Ich sinke auf die Knie, der Schmerz reißt mich auf. Die Erinnerungen treffen mich wie eine Tonne Ziegelsteine, und ich schreie die Schatten an, versuche sie verzweifelt zu vertreiben. Ich will nicht wahrhaben, was hier oben passiert ist. Ich will es nicht fühlen.

»Hör auf! Hör einfach auf!«

Komm schon, Babygirl.

Irgendwann musst du brechen.

Der Druck wird immer stärker und ich glaube, ich werde ohnmächtig, weil ich zu lange nicht atme. Ehe ich mich versehe, werde ich in jemandes Schoß gehalten, abgeschirmt vom Wind, der über das Dach peitscht. Vic ist weg, zurück in sein flaches Grab geschlichen.

»Amsel?«

»Liebes?«

Ich umklammere meinen pochenden Kopf und wimmere vor Schmerz. Ich nehme zwei vertraute Gerüche wahr und verdränge das Bild von Rio, der mich quält, sein Grinsen breit vor Zufriedenheit. Ich beobachte, wie sich seine Lippen zu Worten bewegen, aber es kommt nichts heraus.

Nein.

Ich weigere mich, mich zu erinnern. Noch nicht.

Ich schaffe es, meine Augen zu öffnen, und sehe zwei blaue Juwelen aus Angst und Furcht. Hudson umklammert schmerzhaft mein Kinn und lässt mich nicht wegsehen, während mir die Tränen über die Wangen laufen.

Ich muss dieses Monster wieder dahin bringen, wo es hingehört, aber es sind zu viele. Vic. Rio. Lazlo. Mum. Sogar Augustus. Ich werde von verdammten Geistern zu Tode gewürgt.

»Ich k-kann nicht a-atmen«, stottere ich.

»Mach es mir nach«, befiehlt Hudson.

Er atmet langsam ein und aus und zwingt mich, es ihm gleichzutun. Kade steht hinter ihm und überlässt seinem Bruder die Kontrolle. Als das scheitert, trifft mich das Brennen von Hudsons Handfläche auf meiner Wange unvorbereitet, aber die Ohrfeige holt mich zurück. Ich atme tief die süße, herrliche Luft ein.

»Was zum Teufel hast du mit ihr gemacht?«, knurrt Hudson.

Kade sieht schuldbewusst aus und hält Abstand zu mir.

»Nichts. Wir haben nur … und sie … *Verdammt.* Das war eine schlechte Idee.«

»Meinst du? Hier oben? Mein Gott, Kade.«

»Ich habe nicht nachgedacht, in Ordnung?«

Sie diskutieren, bis ich meine Stimme finde, leise und schwach.

»Bitte … h-hört auf zu streiten.«

Hudson schlingt seine Arme um mich und hebt mich hoch, als wäre ich kaum mehr als ein Kind. In meinem zerbrechlichen Zustand kuschle ich mich enger an ihn und lasse mich ausnahmsweise einmal trösten. Sogar von ihm.

»Was ist passiert, Brooke?«, fragt Hudson sanft.

»Genau das, was sie wollen«, flüstere ich.

»Wer? Wovon redest du?«

Unfähig, meine Augen länger offen zu halten oder mich zu erklären, gebe ich mich erneut der Dunkelheit hin. Es ist eine willkommene Erleichterung.

KAPITEL 20

KADE

SAINTS – ECHOS

ICH PACKE die letzten Sachen in meine Reisetasche und stelle sie widerwillig vor der Tür ab. Phoenix liegt noch immer schlafend in seinem Bett, an Eli gekuschelt und mit nackter Brust.

Wir sind allein hier drin, Hudson hat Brooklyn mit in sein Zimmer genommen, nachdem sie ohnmächtig wurde. Er war viel zu wütend, um sie mir anzuvertrauen, nach dem, was auf dem Dach passiert ist.

»Du musst auf sie aufpassen«, flehe ich.

Eli blinzelt und hebt eine einzelne Augenbraue.

»Ich weiß es nicht, finde es heraus. Geh einfach zum Unterricht und verhalte dich normal, lass Brooklyn nicht aus den Augen, bis wir wissen, was mit ihr los ist. Ich bin morgen wieder da.«

Er deutet auf Phoenix, der noch schläft.

»Ihn auch. Jack ist gewarnt worden, aber ich traue ihm nicht.«

Ich verlange eine Menge. Eli hat seine eigene Scheiße zu bewältigen, aber uns gehen die guten Möglichkeiten aus. Es fühlt sich an, als würde sich alles gleichzeitig rächen. Ich muss das Feld ebnen und wieder die Kontrolle über die Situation erlangen.

»Wir kommen schon klar«, stöhnt Phoenix schläfrig.

Ich rolle mit den Augen. »Nun, entschuldige, dass ich dir im Moment nicht vertraue.«

»Komm endlich drüber weg, Kade. Ich habe meinen Scheiß im Griff.«

»Hast du das? Wirklich?«

Phoenix schlägt die Decke zurück, sein blaues Haar steht in alle Richtungen ab. Neben ihm kaut Eli immer noch auf seiner Lippe herum und schaut zwischen uns beiden hin und her, in Befürchtung eines weiteren Streits.

Es wird immer schwieriger, ihn vor Schaden zu bewahren, und die Auswirkungen seiner ständigen Trigger stehen auf der langen Liste der Sorgen, die mich nachts wach halten.

»Geh einfach, wir schaffen das«, wiederholt Phoenix.

Nur mit seinen Boxershorts bekleidet, verschwindet er im Badezimmer. Ich kämpfe gegen den Drang an, ihm den Mittelfinger zu zeigen, und sehe Eli wieder in die Augen. Er nickt und bedeutet mir, dass ich gehen soll.

Ich fühle mich wie ein verdammtes Arschloch, aber ich kann die Bitte meines Vaters nicht ablehnen – ich habe keinen Zweifel daran, dass er die Macht hat, mich notfalls mit Gewalt aus Blackwood herauszuholen. Was auch immer Dad will, er bekommt es.

Ich lasse die beiden allein und gehe zu Hudsons Zimmer, bringe es aber nicht über mich, zu klopfen. Die beste Nacht meines Lebens hat sich in einen Albtraum verwandelt, und das ist alles meine Schuld. Ich hätte sie nie mit nach oben nehmen dürfen. Ohne mich zu verabschieden, verlasse ich das Wohnheim und melde mich am Empfang ab.

Ich jogge die gewundene, gepflasterte Straße hinunter, die einen im Paradies willkommen heißt, und lasse das bedrohlich aufragende Institut hinter mir. Jeder Schritt zwischen mir und den anderen verstärkt das Gewicht, das sich in meinem Bauch sammelt.

Ich schüttle es ab und gehe auf den knallroten Sportwagen zu, der am Straßenrand geparkt ist. Ich hatte Mum erwartet oder vielleicht einen Fahrer.

»Sieh einer an«, ruft Cece.

Ich steige in ihr unglaublich teures Auto und nehme meine Schwester fest in die Arme. »Du hast also endlich deine Prüfung bestanden. Aller guten Dinge sind vier. Netter Schlitten.«

»Er bringt mich von A nach B.« Sie lacht.

Kaum bin ich angeschnallt, legt sie den Gang ein und fährt wie eine Wahnsinnige auf Speed. Blackwood verschwindet im Rückspiegel, und ich schlucke schwer und zwinge mich, mich auf die bevorstehende Aufgabe zu konzentrieren. Ich muss mein Pokerface bereit haben und darf mich nicht ablenken lassen.

»Wie kommt es, dass du zu Hause bist?«

Cece zuckt mit den Schultern. »Dad hat mich auch zurückgeholt.«

»Was? Warum?«

Sie beißt sich auf die Lippe, weil sie nicht antworten will.

»Sag es mir einfach, Cece.«

»Es ist nur … die Dinge in der Schule sind ein bisschen durcheinandergeraten. Alle haben die Nachrichten gesehen. Die anderen Mädchen haben mich wegen Hudson fertiggemacht. Sie nannten ihn einen Psychopathen, Kade. Wie bescheuert ist das denn? Die kennen ihn doch gar nicht so gut wie wir.«

»Ich bin mir nicht ganz sicher, ob er nicht ein Psychopath ist.« Ich seufze und klappe den Spiegel nach unten, um mein Äußeres auf Unvollkommenheiten zu überprüfen. »Aber er gehört zur Familie. Das steht an erster Stelle.«

»Ich bin mir nicht sicher, ob Dad das auch so sieht.«

»Dann bringen wir ihn dazu, es so zu sehen. Um Hudsons willen.«

Nickend drückt Cece das Gaspedal durch, und wir verfallen in angespanntes Schweigen, während die Kilometer dahinfließen. Keiner von uns ist froh, nach Hause zu kommen, es ist kaum ein Grund zum Feiern.

Als wir vor dem hochmodernen Sicherheitstor halten, das den Zugang zu dem weitläufigen Anwesen in der Ferne ermöglicht, habe ich das Gefühl, dass mich mein Hemdkragen zu Tode würgt. Mein Telefon vibriert mit einer SMS und ich begrüße die Ablenkung.

> Brooklyn: Danke, dass du dich verabschiedet hast.

> Ich: Es tut mir leid, Liebes. Pass auf dich auf.

> Brooklyn: Und du sei vorsichtig, Arschloch.

> Ich: Das werde ich. Habt nicht zu viel Spaß ohne mich.

> Brooklyn: Wohl kaum. Komm bald nach Hause.

Cece parkt ihr Auto neben Dads glänzendem Porsche 911 und seufzt schwer. Sie betrachtet die Villa mit demselben Schrecken wie ich. Ich greife über die Konsole und nehme ihre Hand in meine.

»Überlass das mir, okay?«

»Ich lass dich ihm nicht allein gegenübertreten«, murmelt sie.

»Ich komme schon klar. Beschäftige Mum und halte sie davon fern.«

»Sie ist stärker, als du denkst.«

Ich steige aus dem Auto und streiche mein Hemd glatt. »Das bin ich auch.«

In der Eingangshalle angekommen, drückt mich Cece kurz, bevor sie ihre Tasche die große Doppeltreppe hinaufträgt, wobei sie ihre Schritte bewusst leicht hält.

Ich betrachte noch einmal mein Spiegelbild in dem nahe gelegenen vergoldeten Spiegel. Da ich keine Ausrede mehr habe, winke ich die Haushälterin ab, die mich begrüßt, und gehe zum Arbeitszimmer, wo ich einmal anklopfe.

»Herein.«

Drinnen sind die Vorhänge gegen den verregneten Tag zugezogen, und in der Ecke brennt ein loderndes Feuer. Der riesige Mahagonischreibtisch, auf dem sich ein ordentlicher Stapel Papierkram befindet, ist leer, während zwei hochlehnige Ledersessel vor dem Kamin besetzt sind.

Ich bleibe unbeholfen in der Tür stehen, während Whiskeygläser angestoßen und ausgetrunken werden. Dad nimmt sich Zeit, um zu schlucken, bevor er mir zuwinkt, damit ich nach vorn trete.

»Sieh an, sieh an. Der verlorene Sohn kehrt zurück«, verkündet er.

Leroy Knight ist ein imposanter Mann – stets tadellos gekleidet in einen dreiteiligen Anzug, mit Manschettenknöpfen, die mehr kosten als die meisten Häuser, seine Glatze bis zur Perfektion poliert.

Ich habe seine Augen, auch wenn sein Haselnussbraun mit mehr grünen Flecken versetzt ist und mit kalkulierter Intelligenz glänzt. Vater nimmt sich Zeit, mich zu betrachten, und drückt seine Zigarre aus.

»Deine Krawatte ist schief, mein Sohn. Bring das in Ordnung.«

Als ich nach unten schaue, sehe ich keinen Fehler, aber ich richte sie trotzdem.

»Tut mir leid, Sir.«

»Warum hast du so lange gebraucht, um hierherzukommen?«

»Ich hatte gestern noch Unterricht. Ich entschuldige mich.«

»Wenn ich rufe, erwarte ich, dass du kommst.«

Schluckend schaue ich auf den anderen Sessel. Wenn möglich, wird mein Unbehagen noch größer, und ich mache einen vorsichtigen Schritt nach hinten. Gekleidet in ein anthrazitfarbenes Hemd und Anzughose, ein falsches Lächeln im Gesicht, hebt Tony sein Glas zu mir, bevor er trinkt.

»Schön, dich wiederzusehen, Kade.«

Dad hat viele Geschäftspartner, mehr als ich zählen kann. Bei keinem dreht sich mir so sehr der Magen um wie bei Tony. Er befasst sich mit den etwas *zwielichtigeren* Aspekten der Leitung einer politischen Kampagne und mehrerer erfolgreicher Geschäftsvorhaben.

Während Vaters Hände makellos sauber sind, sind die seiner Untergebenen mit genügend Blut beschmiert, um eine Einweisung nach Blackwood zu rechtfertigen. Erfolg ist in dieser Welt nicht möglich, ohne einen hohen Preis zu zahlen.

»Wir kommen gleich nach«, schnauzt Dad und gibt Tony ein Zeichen, dass er gehen soll. »Komm, setz dich, mein Sohn. Wir haben viel zu besprechen.«

Tony grinst mich an, streicht sich die Hose glatt und verlässt den Raum. Sobald wir allein sind, lasse ich mich in den Ledersessel neben Dad fallen und starre in die Tiefen des Feuers.

»Wo ist Mum?«

»Sie ruht sich aus. Sie hat Migräne.«

Dad schenkt sich noch einen Whiskey ein, ohne mir einen anzubieten. Ich könnte den Alkohol gebrauchen, um meine Nerven zu stählen, die bereits an den Rändern ausfransen. Ich hatte nicht erwartet, Tony hier zu sehen, und auch nicht, dass Dad so tödlich ruhig sein würde. Das ist nie ein gutes Zeichen.

»Sag mal, wer von euch hatte die Idee, Stephanie zu einem privaten Treffen nach Blackwood zu bitten? Du oder deine dumme Mutter?«, blafft Dad.

Ich zucke zusammen. »Ich.«

»Natürlich. Ich dachte, ich hätte aus einem Grund für deine schicke Ausbildung bezahlt. Vielleicht bist du doch nicht so schlau, wie du uns alle glauben machen willst. Hat dich diese Straßenratte weich gemacht, Kade?«

»Hudson ist keine Straßenratte«, flüstere ich.

Ich sehe den Schlag nicht kommen. Ich bin ein Narr. Die Wucht schleudert mich aus dem Sessel und ich lande auf dem Rücken vor dem knisternden Feuer. Dads Gesicht ist knallrot vor Wut, als er sich über mich erhebt und mit seinem fachmännisch polierten Schuh mein Handgelenk zermalmt, bis ich aufschreie.

»Dieser verdammte Junge hat nichts als Ärger gemacht. Ich habe ihn eingekleidet, ihn in unser Haus aufgenommen. Habe ihn durch das College und die Schule gebracht. Und was ist der Dank?«

Das kristallene Whiskeyglas segelt gegen den Schornstein über dem Kamin und zersplittert in Stücke, die auf mich herabregnen. Ich halte mir mit einer Hand die Augen zu, immer noch gefesselt von Dads Fuß, der auf mein anderes Handgelenk drückt.

»Nicht nur, dass du mich hintergangen und das Risiko, mit dieser wertlosen Schlampe zu verhandeln, außer Acht gelassen hast, du hast sie auch noch an den Ort gebracht, den wir wegen seiner Privatsphäre für Hudson vorgesehen haben«, schimpft Dad und starrt mich mit äußerster Verachtung an. »Du hast Schande über diese Familie gebracht, Kade.«

Als er seinen Fuß auf meinem Hals platziert und meine Luftröhre zerquetscht, werde ich schlaff und gebe nach. Wenn ich mich wehre, wird es nur noch schlimmer.

»Ich habe nur versucht zu helfen«, stammle ich.

»Du hast mir nicht gehorcht. Du und deine Mutter.«

»Mum h-hatte nichts damit zu tun, das war alles ich.«

»Ihr verdammter Name steht auf dem Papierkram. Aber hier geht es nicht um sie, sie hat ihre Lektion bereits gelernt.« Bei seinen Worten schlägt mir das Herz bis zum Hals, aber Dad ist noch nicht fertig. »Es ist an der Zeit, dass du dir deinen Platz in dieser Familie verdienst. Wir werden diese Angelegenheit ein für alle Mal klären. Auf meine Art.«

Dad zieht mich hoch, sein Griff um meinen Hals droht mir die Knochen zu brechen, während er mich in die Tiefen der Villa führt. Durch die alten, nicht mehr genutzten Dienstbotenzimmer führt ein Gang in ein unterirdisches Stockwerk aus der Zeit der Prohibition.

Heutzutage wird dieser private Teil des Hauses für seine nächtlichen Pokerspiele und Geschäftstreffen genutzt. Ich erinnere mich noch gut daran, wie ich mich als neugieriges Kind dorthin geschlichen habe und für meinen Ungehorsam fast zu Tode geprügelt wurde.

Tony wartet am Fuße der Treppe, raucht eine Selbstgedrehte und hat eine Hand lässig in die Tasche gesteckt. Ich erkenne die Ausbuchtung eines Holsters unter seinem Jackett. Er ist wie immer bewaffnet.

Dad stößt mich grob in den Warteraum, und beide blockieren den Ausgang, sodass ich der dunklen, von flackerndem Kerzenlicht erhellten Etage zugewandt bin.

»Wir müssen euch nicht vorstellen«, sagt Dad.

Ich weiche zurück, bis ich gegen die feuchte Wand stoße, und starre in die entsetzten Augen von Hudsons Mutter. Stephanie sieht noch schlimmer aus als bei unserem letzten Treffen, nur noch Haut und Knochen.

Ihre Lippe ist aufgeplatzt und ihr ganzes Gesicht von Prellungen geschwollen, aber noch erschreckender ist die Art und Weise, wie ihre Hände über ihrem Kopf gefesselt sind, verbunden mit einem Wasserrohr.

»Was ist das?«, keuche ich.

»Eine Lektion, mein Sohn.«

Dad zieht sein Designer-Jackett aus, steckt seine Manschettenknöpfe ein und beginnt, die Hemdsärmel hochzukrempeln. Tony folgt ihm und enthüllt eine Waffe, die in seinem Lederholster steckt. Ich schaue zum Ausgang und finde die Tür verschlossen und verriegelt vor. Kein Entkommen.

»Mit zwanzig Riesen bist du also nicht weit gekommen, was?« Dad lacht.

»Bitte … ich werde a-aufhören, ich sage kein W-Wort«, schluchzt Stephanie.

»Zweifellos hast du dir das alles reingezogen. Also dachtest du, du könntest einen Aufstand machen und mich um mein ganzes gottverdammtes Geld erleichtern? Leute wie du machen mich krank.«

Auf seine Worte folgt ein schneller und brutaler Schlag ins Gesicht, und Stephanie stößt einen Schrei aus, bevor ihr Kopf nach vorn sackt. Blut tropft auf den Steinboden, wo es sich zu einer bereits getrockneten Pfütze gesellt.

»Du hast die Integrität dieser Familie bedroht«, knurrt Dad.

»Welche Integrität?«, schreit Stephanie.

Er versetzt ihr einen weiteren Schlag, dieses Mal in den Magen. Ich schaue weg, als sie sich übergibt, mit mehr Blut als Erbrochenem. Tony sieht aus der Ecke mit kranker Freude zu und lacht leise.

»Meine gesamte Karriere ist auf diesem Fundament aufgebaut.« Dad wendet sich wieder mir zu und wischt sich die Fingerknöchel an einem Taschentuch ab. »Nicht wahr, mein Sohn?«

Ich antworte nicht. Ich kann nicht sprechen. Es ist ein bröckelndes Fundament, durchzogen von Ängsten und Verbitterung, das von innen heraus korrodiert. Wir sind eine aufrechterhaltene Fassade des häuslichen Glücks, hinter der sich eine weitaus dunklere Realität verbirgt.

»Bitte … ich werde meine Aussage zurücknehmen und der Presse sagen, dass ich alles erfunden habe«, fleht Stephanie, deren ganzes Gewicht an den Handschellen hängt, als ihre Knie nachgeben. »Du wirst mich nie wiedersehen. Ich s-schwöre.«

Dad ignoriert ihr Flehen und dreht sich zu mir um. Ich erbleiche, als ich sehe, dass er jetzt Tonys Pistole in der Hand hält, die Hand ausgestreckt, um sie mir anzubieten.

»Nimm sie, Kade.«

»Ich kann nicht«, murmle ich beschämt.

Dad drängt mich in die Ecke und packt mich an der Krawatte, sodass wir Nase an Nase sind. Ich kann den Alkohol und den Zigarrenrauch in seinem Atem riechen, und es dreht mir den Magen um.

Plötzlich drückt die Pistole mit beängstigender Wucht gegen meine Schläfe. Was mir noch mehr Angst macht, ist der Anflug von Verzweiflung in mir, der sich wünscht, er würde einfach abdrücken und es hinter sich bringen.

»Nimm die Waffe, oder du wirst Hudson nie wiedersehen.«

Ich schaue Dad tief in die Augen und merke, dass ich keine Wahl habe. Keine Kontrolle. Nichts. Ich habe mir jahrelang etwas vorgemacht. Amy und unser Baby sind gestorben, um mein sogenanntes wertvolles Image zu schützen – die Person, die Dad aus mir machen wollte, obwohl der Weg hier endet. In diesem unvorstellbaren Moment.

Wie der Feigling, der ich bin, nehme ich die Waffe.

Dad packt mich fest an der Schulter und führt mich vorwärts, bis ich wenige Meter vor Stephanie stehe. Sie fleht mich mit ihren Augen an und hustet immer noch große Blutklumpen.

»So eine Verschwendung. Selbstmord ist wirklich eine Tragödie.« Dad seufzt.

Tony lacht. »Sie konnte offensichtlich nicht mit sich und ihren Lügen leben.«

»Damit werdet ihr nicht durchkommen«, weint sie, hilflos und allein. »Die Welt wird erfahren, was hier passiert ist. Ich lasse mich nicht zum Schweigen bringen.«

»Wir kontrollieren die Erzählung«, mischt sich Dad ein. »Du hättest das Geld nehmen und abhauen sollen, du Närrin. Jetzt werden wir jedes einzelne giftige Wort, das du gedruckt hast, in Misskredit bringen. Jede Lüge. Du bist zu mir nach Hause gekommen und hast mich und meine Frau bedroht. Zweifellos high von Drogen.«

Stephanie schreit ihre Frustration heraus und ich spüre, wie meine eigenen verzweifelten Tränen überlaufen und die Waffe in meinen Händen heftig zittert. Dad lockert seinen Griff nicht und hält mich an Ort und Stelle fest.

»Du hast zugegeben, dass du die ganze Welt getäuscht hast, nur um eine letzte Dröhnung zu bekommen, bevor du dir eine Kugel in den Schädel jagst«, sagt Dad abschließend. »Mein brillanter Sohn, der von seinem Studium zu Besuch nach Hause gekommen ist, wurde Zeuge der ganzen Tortur. Zum Glück war er hier, um seinen alten Herrn zu beschützen.«

Dad zwinkert mir zu und tritt zurück. Ich stehe nun im Mittelpunkt, und es wird klar, wer Stephanie die Kugel in den Schädel jagen wird. Er erwartet von mir, dass ich die beschütze, die mir etwas bedeuten. Dies ist der letzte Test meines Schwurs, meine Familie zu beschützen – Hudson und alle anderen.

»Tu es, Kade.«

Mein Finger tanzt über den Abzug. Innerlich sehe ich mein zehnjähriges Ich, zitternd und ängstlich, als mein Vater mich zum ersten Mal zur Jagd mitnahm. Er zwang mich, jeden Schritt zu lernen, bis ich mein erstes Reh schoss und zusah, wie das Leben aus seinen schönen schokoladenfarbenen Augen wich. Nur dass dies kein Reh ist. Das ist ein lebendiger, atmender Mensch.

»Bitte, Kade ... hilf mir«, fleht Stephanie.

Ich kann sie nicht sehen.

Nicht mehr.

Alles, was ich sehe, ist Hudson, gefesselt und verletzlich an ihrer Stelle, der um sein Leben bettelt. Dann Brooklyn. Eli. Phoenix. Cece. Mum. Jeder, der mir etwas bedeutet, ist gefesselt und Dads kranker Gnade ausgeliefert. Keiner ist vor ihm sicher. Ich muss das Spiel mitspielen, koste es, was es wolle.

Ein kehliger Schrei entweicht meinen Lippen, als ich schließlich den Abzug drücke. In einem Augenblick zerspringt Stephanies Schädel. Heißes Kupfer spritzt auf meine Lippen und ich stehe wie erstarrt da, durchtränkt von ihrem Blut.

»Das war doch gar nicht so schwer, oder?«, ruft Dad.

Unfähig, ihren gebrochenen Körper noch einen Moment länger zu betrachten, stolpere ich in die Ecke des Raumes und übergebe mich wiederholt, bis nichts mehr in meinem Magen ist.

»Denk daran, was hier passiert ist, Kade«, warnt Dad. »Ich werde es dir nicht noch einmal sagen.«

Seine Drohung ist der Tropfen, der das Fass zum Überlaufen bringt, und ich laufe weg. Beide lachen mich aus und rufen mir ihr Lob zu. Ich schaue nicht zurück. Ich fliehe auf tauben Beinen und lasse sie zurück, damit sie Hudsons Ma beseitigen, eine weitere eliminierte Bedrohung für dieses Imperium der Korruption.

Ich habe keinen Zweifel daran, dass Stephanie und unser kleines Problem mit genügend Geld verschwinden werden. Ihre Geschichte stirbt mit ihr. So wie sie alle. Die Leute, die Vaters Thron bedrohen oder sich ihm in irgendeiner Weise widersetzen.

Als ich wieder in die Eingangshalle stürme, sehe ich mich

im Spiegel. Die Person, die dieses Haus betreten hat, ist verschwunden.

Ich starre auf mein Spiegelbild, das mit Rot und vereinzelten Knochenfragmenten bedeckt ist, und bin wie betäubt. Wenn noch etwas in mir wäre, würde ich mich wieder übergeben.

»Kade?«

Die Arme um ihre zitternden Knie geschlungen, beobachtet Cece mich vom oberen Ende der Treppe aus. Ich wische mir Blut und Tränen aus den Augen und versuche, meine zerbrochenen Teile für sie wieder zusammenzusetzen. Es gelingt mir nicht. Stattdessen falle ich auf die Knie, bis sie die Treppe heruntereilt und mich festhält.

»Was hat er dir angetan?«, wimmert sie.

»Wir gehen.«

»Was ist mit Mum?«

Cece hilft mir auf die Beine, totenbleich, während sie auf mein einst weißes Hemd blickt, das jetzt tiefrot durchtränkt ist. Ich schiebe sie sanft von mir weg, in Richtung Haustür.

»Steig in den Wagen. Ich komme nach.«

»Nein, warte …«

»Tu es, Cece!«

Ich schicke sie los und zwinge mich, die Treppe nach oben zu nehmen. Jeder Schritt fühlt sich an wie das Letzte, was ich tun werde, eine unerträgliche Last drückt mich nach unten. Ich bleibe bei meinem alten Zimmer stehen und reiße mir die blutverschmierten Kleider vom Leib, wobei ich die ganze Zeit gegen die Übelkeit ankämpfe. Ich muss sie ausziehen.

Nachdem ich mich schnell umgezogen habe und in Mums Zimmer ankomme, fühle ich mich schon wie tot. Das ist meine Buße, der Preis, den ich für all das zahlen muss, was ich getan habe, um dem Monster zu helfen, das seine Zigarre raucht.

Ich wurde aus einem bestimmten Grund nach Blackwood geschickt.

Schließlich müssen die Investitionen überwacht werden.

Mein Vater hat im Laufe der Jahre ein kleines Vermögen in das Institut gesteckt, einer der schwer fassbaren privaten Spender. Nachdem er die Behörden bestochen hatte, um Hudsons Aufnahme zu gewährleisten, und mir das Leben so angenehm wie möglich gemacht hatte, wurde mir bald klar, dass von mir erwartet wurde, dass ich … auf bestimmte Dinge *aufpasse*.

Dad ist kein sentimentaler Mensch, die Wahrheit ist viel herzloser.

Ich bin sein verdammter Maulwurf.

Monatelang habe ich alle belogen, Informationen ausgegraben, die mich nichts angehen, die Politik der Ärzte und die Patienten, die sie auseinandernehmen, beobachtet … Ich habe alles berichtet. Scheinbar unschuldige Informationen, die in den falschen Händen jedoch zur tödlichen Waffe werden.

»Mum? Bist du wach?«, flüstere ich.

Als ich in ihr dunkles Zimmer blicke, verschlingt mich die Angst. Unter der Bettdecke liegt ein Klumpen, menschenähnlich und still wie ein Grab. Sie hatte immer einen Vorrat an Schlaftabletten bei sich, um dieser Hölle zu entkommen, wenn es nötig war.

Langsam ziehe ich die Laken zurück und mache mich auf den unvermeidlichen Aufprall gefasst. Jeder Zentimeter der fleckigen Haut bestätigt meine schlimmsten Befürchtungen.

Sie ist schwarz und blau.

Sie wurde fast zu Tode geprügelt.

»K-Kade?«

Ihre Stimme ist ein gebrochenes Flüstern, das mir einen Stich ins Herz versetzt. Ich versuche, sie zu beruhigen, meine eigenen Augen brennen vor wütenden Tränen, aber sie schiebt meine suchenden Hände beiseite.

»Geh n-nach Hause. Es ist hier nicht sicher f-für dich.«

»Ich lasse dich nicht zurück!«

Als sie sich umdreht, um ihr geprelltes Gesicht und ein zugeschwollenes Auge zu zeigen, lächelt sie mich hilflos an. »Er k-kann mir wehtun, aber dir nicht. Mir geht es gut, solange ich weiß, dass du in Sicherheit bist.«

»Nein … Wir können irgendwo weit weg von hier gehen. Irgendwohin.«

»Jemand muss zurückbleiben.« Sie streichelt mir über die Wangen und streicht mein Haar zur Seite. »Ich weiß, du glaubst mir nicht, aber du hast mich immer stolz gemacht. Dein Bruder und deine Schwester haben Glück, dass sie dich haben. Pass gut auf sie auf, Kade. Bitte.«

Ihre Worte schneiden so verdammt tief, dass ich Angst habe, mich nie wieder zu erholen. Nicht nach dem, was ich gerade getan habe. Es hat noch nie jemanden gegeben, der weniger wert war als ich. Mum stößt mich mit ihrer verbliebenen Kraft von sich und versucht ihr Bestes, ein Lächeln zustande zu bringen, das einen abgebrochenen Zahn offenbart.

Es kostet mich alles, was ich habe, sie zurückzulassen. Ich zwinge mich, an die anderen Menschen zu denken, die von mir abhängig sind, die in Gefahr sind, wenn ich nicht da bin, um sie zu beschützen. Dads Macht reicht überallhin, auch nach Blackwood. Ich muss nach Hause. Was auch immer als Nächstes kommt, es wird nicht schön werden.

»Was machst du da?«, blaffe ich Cece an.

Sie steht immer noch im Haus, nicht sicher im Auto eingeschlossen. Unkontrolliert weinend blickt sie zur Tür ihrer Mutter. Ich ziehe sie hinaus, ohne Rücksicht darauf, was sie will.

»Was glaubt ihr eigentlich, wo ihr hingeht?«

Seine Stimme dröhnt wie Donner und lässt das Grauen tief in meine Knochen eindringen. Die Haustür steht offen, und draußen peitscht der Regen auf den Boden, aber das größere Übel liegt im Inneren. Cece umklammert meine

Hand, als wir uns beide umdrehen und unserem Vater gegenüberstehen.

»Wir gehen, Dad.«

»Das glaube ich kaum. Es gibt noch viel zu besprechen.«

Ich räuspere mich und nehme all meinen Mut zusammen, um mich aufzurichten und ihm furchtlos gegenüberzutreten.

»Cece geht wieder zur Schule und ich kehre nach Blackwood zurück, zu Hudson und meinen Freunden. Wir werden nicht hierher zurückkommen.«

»Du bist ein Narr, wenn du glaubst, dass ich dich von dieser Familie weggehen lasse«, warnt Dad und zündet sich lässig eine weitere Zigarre an. »Geh wieder nach oben, Cece. Lass die Erwachsenen unter vier Augen reden.«

Bevor ich sie aufhalten kann, lässt Cece meine Hand los. Sie geht direkt auf Dad zu und sein Lächeln strahlt Zuversicht aus, als sie gehorcht.

»Braves Mädchen«, lobt er.

Cece genießt seine Berührung, ihre Augen fest geschlossen. Mir wird schlecht, als ich sehe, welche Macht er über sie hat. Als ich mich darauf vorbereite, alles zu tun, was nötig ist, um ihr dummes Leben zu retten, selbst wenn ich sie am Haar herausziehen muss, überrascht mich Cece.

»Ich schäme mich, deine Tochter zu sein.«

Cece verpasst unserem Vater eine Ohrfeige, die so heftig ist, dass sie knallt, und schreitet davon, ohne einen Blick zurückzuwerfen. Dad sieht wirklich schockiert aus und berührt seine rote Wange, bevor es in Wut umschlägt.

»Dafür wirst du bezahlen, Kade.«

Ich starre ihn an. »Das habe ich schon.«

Ohne Zeit zu verlieren, jage ich Cece hinterher und stürze mich ins Auto, als sie den Motor startet. Wir fahren mit quietschenden Reifen los und rasen die lange Einfahrt entlang.

Als ich Dad im Rückspiegel sehe, steht er auf der Schwelle und starrt uns wütend hinterher. Das ist noch nicht vorbei.

Noch lange nicht.

»Das hättest du nicht tun sollen«, rufe ich.

Cece überschreitet massiv das Tempolimit, als sie mit Tränen in den Augen vom Gelände flieht.

»Ich weiß.«

Sie schaut von der Straße weg und schenkt mir ein zittriges Grinsen.

»Aber das war es verdammt noch mal wert.«

KAPITEL 21

BROOKLYN

15 MISSED CALLS – MOUTH CULTURE

»BERUHIGT EUCH! Denkt an die Gruppenregeln!«

Sadie belehrt den Raum, während sie auf die Tafel kritzelt. Eigentlich sollten wir eine Liste sogenannter positiver Bewältigungsmechanismen zusammenstellen, aber das Ganze hat sich in einen Pisswettbewerb verwandelt, bei dem die Arschlöcher im Raum ihre Heldentaten vergleichen.

Britt tut alles, was in ihrer Macht steht, um mich zu verärgern, und nachdem ich die ganze Nacht von Hudson befragt wurde, was auf dem Dach passiert ist, fällt es mir schwer, nicht zu reagieren.

Kade ist nicht hier, um mich davon abzuhalten, die dürre Schlampe zu töten und ihre verdammte Leiche dort zu vergraben, wo sie niemand finden wird. Deshalb bin ich nicht verantwortlich für das, was passiert, wenn sie nicht ihr verdammtes Maul hält.

»Das ist Zeitverschwendung«, murmelt Teegan.

»Wie lange noch?«

»Noch fünfzehn Minuten.«

»Das soll wohl ein Scherz sein?«, stöhne ich.

Sadie wirft mir von der anderen Seite des Raumes einen unbeeindruckten Blick zu und versucht immer noch, den Rest der Gruppe zu bändigen. Ich lächle süß und zeichne mit meinem Zeigefinger einen kleinen Heiligenschein über meinem Kopf. Ihr Augenrollen zeigt mir, wie sehr sie das zu schätzen weiß.

»Hast du schon was von Kade gehört?«

»Nö. Er sollte heute zurück sein.«

Teegan stößt mit ihrer Schulter gegen meine. »Mach dir keine Sorgen, er ist ein großer Junge. Wie wäre es, wenn wir das Mittagessen ausfallen lassen und zurück in mein Zimmer gehen? Dad hat ein paar neue Platten geschickt, du wirst ausflippen, wenn du sie siehst.«

»Welche?«

Ihr Grinsen ist voller Schalk. »Nirvana, limitierte Auflage.«

»Du sprichst meine Sprache. Ich bin dabei.«

Ich werfe einen ungeduldigen Blick in die Runde und begehe den Fehler, Jack auf der anderen Seite des Kreises in die Augen zu schauen. Er hat sich direkt auf Leons freien Platz in der Gruppe gestürzt, fast so, als hätte er nie existiert.

Es scheint niemanden zu stören, dass Leon verschwunden ist, nachdem er zu viele Fragen gestellt und eine Szene gemacht hat. Diese ahnungslosen Schafe sind verdammt dumm.

»Manchmal passieren Dinge im Leben, die wir nicht kontrollieren können«, fährt Sadie fort, während ihre Handschrift die Tafel füllt. »Alles, was wir kontrollieren können, ist unsere Reaktion auf diese Ereignisse und ob wir unser Handeln von unseren Emotionen bestimmen lassen.«

»Aber wir sind alle verschieden«, argumentiert jemand.

Sadie nickt und macht ihren Stift zu. »Ja, natürlich. Aber das heißt nicht, dass wir nicht voneinander lernen können. Was für den einen funktioniert, kann auch für den anderen gut sein. Diese Gruppe ist eine Gelegenheit, Ideen auszutauschen und die eigenen Fähigkeiten zu erweitern.«

Britt hebt ihre Hand, Sadie nickt und wirft mir einen beschwichtigenden Blick zu.

»Wir sind aber nicht alle gleich, oder?«, sagt Britt, ihre Stimme schrill und nervig. »Ich meine, wir haben buchstäblich Mörder in der Gruppe. Ich habe noch nie einen Menschen getötet und in Teile zersägt.«

Eine tödliche Stille kehrt ein. Ich balle meine Hände zu Fäusten und atme tief durch, um einen Anschein von Ruhe zu bewahren. Teegan wirft mir einen nervösen Blick zu und füllt die Lücken, über die ich nicht sprechen wollte. *Verdammte Britt.* Ich werde nicht darauf eingehen, sie ist nur sauer, weil Hudson sie seit Monaten nicht mehr beachtet hat.

»Wir sind nicht hier, um über private Informationen zu sprechen«, schimpft Sadie.

»Es ist kaum privat, das Internet ist voll mit Nachrichtenberichten und allen blutigen Details. Wer sonst fühlt sich wohl dabei, ein Zimmer mit der berüchtigten Partnermörderin zu teilen? Sie ist eine verdammte Psychopathin.«

Das kurze Lachen von Lana, unserem harten Hund, wischt das Lächeln von Britts Gesicht. Seit unserer allerersten gemeinsamen Sitzung steht sie auf meiner Seite und scheut sich nicht, die kalte, harte Wahrheit zu sagen. Ein Mädchen nach meinem Geschmack.

»Eilmeldung, Prinzessin. Wir sind alle Psychopathen«, gurrt Lana. »Ich habe mehr Leute umgebracht als alle anderen hier. Das erste Mal schlich sich mein Stiefvater in mein Zimmer, um meine kleine Schwester auf die gleiche Weise anzufassen wie mich. Willst du wissen, was ich getan habe?«

Britt wird blass und sitzt auf der Kante ihres Stuhls, als wolle sie so weit wie möglich von Lana weglaufen. Ich mische mich nicht ein, ich genieße die Show viel zu sehr.

»Vielleicht ist jetzt nicht der beste Zeitpunkt, um …«, beginnt Sadie.

»Ich habe ihm seinen verdammten Schwanz abgeschnitten und ihn gezwungen, ihn zu essen wie ein Eis am Stiel«, unterbricht Lana.

Die ganze Gruppe starrt sie mit unterschiedlichen Ausdrücken von Schock, Unglauben und … *Belustigung* an? Vielleicht sind sie nicht alle so prüde, wie ich bisher dachte.

»Lauf nur.« Lana lacht düster. »Ich bin mir sicher, dass Daddy deine Wunden lecken wird, wenn er kommt, um noch mehr Abführmittel zu bringen, die er sich in den Arsch gesteckt hat. Zwingt er dich, ihm dafür einen zu blasen? Oder beugst du dich gleich vor wie eine brave kleine Prinzessin?«

Britt errötet und sieht aus, als wollte sie vom Erdboden verschluckt werden. Das ist einfach unbezahlbar. Ich erwarte, dass sie wie der Feigling, der sie ist, aus dem Raum rennt, aber es gibt eine plötzliche Bewegung, als sie sich durch den Kreis stürzt und Lana zu Boden wirft.

»Du verdammte Hure! Wie kannst du es wagen?«

Mit den Händen auf Lanas Kehle, stößt Britt ein wütendes Heulen aus. Ich bin fast beeindruckt. Sadie ist nutzlos, während sie schreit, dass sie aufhören sollen. Obwohl Lana allein klarkommt, beschließe ich, einzugreifen und Britt am Haar zu packen. Sie schreit, als ich sie quer durch den Raum schleudere und eine Handvoll ihrer Strähnen in meiner Hand verbleibt.

»Du verrücktes Miststück«, kreischt sie.

»Lass Lana in Ruhe, Schlampe. Du bist hier in der Unterzahl.«

Britt versucht, sich zu wehren und packt mich am Knöchel, wobei sie wie eine Idiotin herumfuchtelt. Ich nutze Sadies Zögern voll aus, ramme meinen Fuß auf Britts Finger und warte auf das befriedigende Knacken der gebrochenen Knochen. Scheiß auf meine Entschlossenheit, ich nehme die Bestrafung hin, wenn es sein muss.

»Halt in Zukunft den Mund, sonst sind deine Beine dran«, warne ich.

Ich lasse die losen Haarsträhnen zu ihren Füßen fallen, überlasse Britt ihrem Schluchzen und reiche Lana die Hand, wobei ich ihr ein Lächeln schenke. In einer Sache hat sie recht: Britt gehört nicht hierher. Nicht mehr. Der Thron der Königin ist längst gestürzt, die Herrschaft der Verrückten kann beginnen.

»Das war's! Die Gruppe ist entlassen, alle sofort raus«, ruft Sadie, die Hände in die Hüften gestemmt. »Brooklyn, du bleibst hier«, fügt sie hinzu.

Britt humpelt hinaus, wobei sie sich den Kopf hält, der eine beeindruckende neue Kahlstelle vorweist, und würdigt mich keines weiteren Blickes. Teegan bedeutet mir, sie anzurufen, folgt den anderen und lässt mich allein in dem leeren Stuhlkreis zurück.

In dem Moment, in dem die Tür zuschlägt, wirbelt Sadie zu mir herum.

»Was zum Teufel glaubst du, was du da tust?«

»Sie hat angefangen, verdammt«, schnauze ich.

»So etwas kannst du nicht tun, Brooke. Das ist inakzeptabel.«

»Sagst du das als meine Freundin? Oder als Ärztin?«

»Wie wäre es als Mensch?«

Ich schnappe mir meine Tasche, marschiere zu ihr hinüber und trete nah an sie heran. Die ganze Wut und Erschöpfung schlagen in glühende Wut um und Sadie geht rückwärts, scheinbar aus Angst vor mir.

»Hör auf, dir vorzumachen, dass du hier etwas Gutes tust«, spotte ich, weil ich ihr wehtun will. »Du folgst einer toten Spur, die zu einem Geist zurückführt, während der Rest von uns leidet und die Hölle erträgt, die Augustus niederregnen lässt. Untersuche das, du verdammter Feigling. Ansonsten geh mir aus den Augen.«

Da ich keinen Bock mehr habe, stürme ich aus dem Gruppentherapieraum, bevor ich etwas Schlimmeres tue, wie sie zu schlagen. Sadie schreit mir ausnahmsweise nicht hinterher, und als ich mich umdrehe, finde ich sie zusammengekauert vor, die Hände vor dem Gesicht.

Ich sollte ein schlechtes Gewissen haben, aber ich habe nicht mehr den Luxus, mich um die Gefühle anderer zu kümmern. Sie hat diese Lektion verdient.

»Das war nicht sehr nett, weißt du.«

Ich gehe direkt an Logan vorbei, der im Korridor wartet und mit den Augen rollt, bevor er die Verfolgung aufnimmt.

»Jetzt ignorierst du mich. Sehr erwachsen.«

Ich werfe ihm einen vernichtenden Blick zu und gehe weiter. Ich bin heute nicht in der Stimmung, seine kleinen Spielchen mitzuspielen. »Lass mich in Ruhe.«

»Nein«, antwortet er und schließt zu mir auf. »Mach weiter auf dich aufmerksam und sieh, was passiert. Diese Leute sind nicht deine Freunde. Sie werden dich nicht vor diesem Ort beschützen.«

»Offensichtlich wirst du das auch nicht tun.«

»Ich bin hier auf deiner Seite.«

»Das ist Blödsinn. Du wirst gut bezahlt, ja?« Ich schüttle den Kopf. »Augustus ist ein verdammter Mistkerl, ich weiß nicht, wie du nachts schlafen kannst.«

»Und wie schläfst du, hm?«

Er starrt mich interessiert an und wartet auf meine Antwort.

»Ich schlafe nicht. Nicht mehr.«

Ich lasse ihn im Korridor zurück und stürme auf den Hof, wo ich mir mit zitternden Händen eine Zigarette anzünde. Augustus kann mich mal, Logan auch. Wenn er beruflich in meinem Gehirn herumstochern will, rauche ich eine verdammte Zigarette.

Da ich Teegan nicht gegenübertreten kann, nachdem Britt die Bombe für alle, die es noch nicht wussten, hat platzen lassen, verstecke ich mich während der Mittagspause in der

Bibliothek, da ich etwas Zeit für mich brauche, um mich zu entspannen.

Es ist wahrscheinlich der ruhigste Ort im ganzen Institut, weit weg vom ständigen Zustand der Wachsamkeit und Angst. Hoch aufragende Mahagoniregale, die dicht mit Büchern gefüllt sind, bieten Schutz vor der Außenwelt, und für einen Moment kann ich mir fast einreden, dass ich weit weg von hier bin und ein normales Leben führe. Doch das hält nicht lange an.

»Darf ich mich zu dir setzen?«

Als ich von der Seite aufschaue, die ich halb zu lesen vorgebe, entdecke ich Jack, der an ein Bücherregal lehnt und mich beobachtet.

»Freies Land«, murmle ich.

Er lässt seine Tasche fallen, setzt sich mir gegenüber und nimmt wahllos ein Buch in die Hand, das er auf seinem Schoß aufschlägt. Als bräuchte er diese Deckung – wir alle wissen jetzt, wer er ist. Blackwoods neueste Schlampe.

»Was willst du?«

Sein Lächeln ist schief. »Nur reden. Das ist alles.«

»Ich habe dir absolut nichts zu sagen.«

»Dein Freund hatte neulich viel zu sagen.«

Ich werfe ihm einen bösen Blick zu. »Hudson ist nicht mein Freund.«

»Nicht?«

Die Belustigung in seinem Gesicht lässt mich vor Wut zucken. Das ist der Mann, der Phoenix wochenlang versorgt hat, der geholfen hat, die Scheiße aus Eli herauszuprügeln, und der Rio vor der Bestrafung für alle seine Vergehen geschützt hat. Wenn jemand eine Tracht Prügel verdient, dann ist er es.

»Du solltest weggehen, bevor ich etwas tue, was ich später bereue«, warne ich.

»Ich habe keinen Zweifel, dass du es nicht bereuen

würdest.« Jack lacht. »Aber im Interesse des Fortschritts bin ich hier, um einen Waffenstillstand vorzuschlagen. Man hat mir gesagt, ich solle mich von deinen Boy Toys fernhalten, und so gern ich Hudson in der Hölle schmoren sehen würde, ich stehe zu meinem Wort.«

Als ich Jack ansehe, wird mir klar, dass er es ernst meint.

»Wer hat dir gesagt, dass du Abstand halten sollst?«

Er runzelt die Stirn, dann lacht er. »Du weißt es nicht? Oh, Mann. Das wird so verdammt gut werden.«

»Beantworte die Frage, bevor ich dich zwinge.«

Jack steht auf und unterdrückt ein weiteres Lachen. Er wirft das Buch beiseite, greift nach seiner Tasche und wirft mir einen letzten amüsierten Blick zu.

»Und ich dachte schon, du wärst schlau. Allmächtige Brooklyn, Augustus' Lieblingshure. Pass auf dich auf, Schlampe. Er kann dich nicht ewig beschützen.«

Ich rapple mich auf und folge ihm aus der Bibliothek, gerade rechtzeitig, um Halbert zu entdecken, der am Eingang wartet. Gemeinsam verlassen sie den Raum und gehen zurück in den Hof. Für den unbedarften Zuschauer sieht es so aus, als würde Halbert ihn eskortieren.

Ich kann die Wahrheit sehen. Die Wärter sehen Jack genauso an, wie sie Rio angesehen haben – mit Ehrfurcht und verdammtem Respekt.

Du kannst dich immer noch nicht erinnern, was, Babe?

Ich kneife die Augen zusammen und schüttle den Kopf, um die Stimme zu vertreiben.

Du wirst bald gleichziehen.

Die Zeit wird knapp, Brooke.

Selbst in meinen Halluzinationen ist der Geruch von Zigarettenrauch unverkennbar. Sie ist zwischen seinen steifen, toten Fingern geklemmt, als Rio träge daran zieht und mich aus einigen Metern Entfernung beobachtet.

»Nicht real. Nicht real«, rufe ich.

Er schlendert direkt auf mich zu, so nah, dass ich sein verwesendes Fleisch riechen kann. Ich schaue mich bei den wenigen Patienten in der Nähe um, aber niemand gibt einen Laut von sich. Ich bin die Einzige, die Rio sehen kann, oder besser gesagt, seinen verwesenden Leichnam.

Ich bin so real wie jeder andere auch.

Rio tippt mit einem Finger gegen meine Schläfe, und die Berührung seiner Knochen lässt meinen Magen rebellieren.

Die Realität kann sein, was immer du willst.

Es ist alles hier oben.

Mein Handy vibriert in meiner Tasche, und ich erschrecke über die Erinnerung, dass ich tatsächlich wach bin. Das ist kein verdrehter Albtraum. Als ich es herausgezogen habe, ist Rio schon verschwunden. An seiner Stelle ist nur noch ein schwacher Schatten zu sehen.

»Hallo?«

»Amsel. Wo bist du?«

Ich stoße einen erleichterten Seufzer aus. »Hudson.«

»Bist du okay? Was ist denn los?«

»Nichts, mir geht's gut. Ich musste nur etwas lesen.«

Er murrt leise und scheint nicht überzeugt zu sein. Wann habe ich mich jemals darum gekümmert, mit Blackwoods Lehrplan Schritt zu halten? Ich verlasse die Bibliothek und begebe mich an die frische Luft, wo ich versuchen kann, ein wenig leichter zu atmen.

»Wir sind im Zimmer. Kade ist hier.«

»Scheiße, ich komme.«

»Bleib, wo du bist. Ich komme und hole dich«, befiehlt er.

»Mein Gott, Hud. Ich bin durchaus in der Lage, allein zu gehen.«

Ich lege auf und stecke mein Handy ein, bevor er ein weiteres Wort sagen kann. Meine Beziehung zu Hudson ist immer noch so, als würde ich durch ein tödliches Minenfeld laufen, mit der Gewissheit, dass jeden Moment eine hochgehen wird. Es ist keine Frage des Ob, sondern des Wann.

Als ich zu Kades und Phoenix' Zimmer zurückkehre, unserem vereinbarten Treffpunkt, habe ich mich fast wieder im Griff. *Fast.* Ich setze einen hoffentlich normalen Gesichtsausdruck auf, gehe hinein und finde alle in angespannter Stille vor.

Elis Blick trifft zuerst auf meinen, während er mich in sich aufnimmt und intensiv nach all den Geheimnissen sucht, die ich zu verbergen versuche.

»Du hast den Unterricht verpasst«, sagt Phoenix.

Er sitzt an die Wand gelehnt und ignoriert die Stapel von Arbeit um ihn herum, die Eli nach und nach durcharbeitet. Ich zeige ihm den Mittelfinger, lege meine Tasche und meinen Mantel ab und gehe zu Kades leerem Bett.

Hudson sitzt am Schreibtisch, die Füße aufgestützt und mit seinem üblichen starren Blick. »Ich dachte, wir waren uns einig, dass niemand allein ausgeht.«

»Wir waren uns einig, dass du ein kontrollsüchtiges Arschloch bist und das nie passieren wird«, antworte ich und ziehe meine Beine an die Brust. »Manchmal brauche ich Freiraum.«

»Lass den Quatsch. Wir haben alle gehört, was in der Gruppe passiert ist.«

Ich lasse meine Stirn auf die Knie sinken. »Scheiß Teegan.«

»Sie macht sich Sorgen um dich«, erklärt Hudson.

»Ich sagte, dass es mir gut geht. Britt hat es verdient, sie hat es auf mich abgesehen, seit ihr nicht mehr wie die Karnickel vögelt. Ich habe mich um das Problem gekümmert. Das war's.«

Phoenix schnaubt, was ihm ausgerechnet von Eli einen Klaps auf den Kopf einbringt. Die beiden unterhalten sich stumm, und ich schaue weg und suche den Raum nach Kade ab. Das Rauschen der laufenden Dusche beantwortet meine Frage.

»Irgendwann wird die *Es geht mir gut*-Ausrede nicht mehr funktionieren.«

Phoenix starrt mich an und ignoriert den warnenden Blick, den Eli ihm zuwirft.

»Das musst du gerade sagen. Wie läuft es mit der Nüchternheit?«, frage ich.

Er sucht nach einem anderen Wort. »Bestens.«

»Bestens? Wirklich?«

»*Fantastisch*. Es ist das Beste.«

Ich rolle mit den Augen. »Kein Grund sarkastisch zu sein, Phoen.«

»Ihr redet beide nur Scheiße.« Hudson schüttelt den Kopf.

»Verpiss dich, Hud«, sagen wir beide gleichzeitig.

Phoenix kann nicht anders, als mich anzugrinsen, zum ersten Mal seit so verdammt langer Zeit. Mein Magen dreht sich um und ich lächle zurück. Unser Gezänk wird unterbrochen, als sich die Badezimmertür öffnet und ein Schwall Dampf herauskommt.

Kade tritt mit einem um die Hüften gewickelten Handtuch heraus und streicht sich die nassen blonden Locken aus dem Gesicht. Meine Aufregung wird schnell durch den tiefvioletten Bluterguss an seinem Hals ausgelöscht, der fast wie die Spitze eines Schuhs geformt ist. Ein weiterer schwillt auf seiner linken Wange an, eingerahmt von schweren Augenringen unter seiner Brille. Er hat eindeutig nicht geschlafen.

»Kade?«

Ich beobachte, wie sein Adamsapfel bebt, als er uns warten sieht, und wie sich in seinem müden Blick ein Ausdruck von Angst festsetzt. Kade hat keine Angst vor irgendetwas in dieser Welt. Für ihn ist das alles nur ein weiteres Rätsel, das es zu verstehen und zu lösen gilt. Diese Person … sieht nicht wie mein Kade aus.

»Ich ziehe mir etwas an«, murmelt er.

Ich tausche besorgte Blicke mit Hudson aus, während Kade sich anzieht. Er verzichtet auf seine üblichen schicken Klamotten und wirft sich eine verblichene Jogginghose über, wobei er seine muskulöse Brust nackt lässt.

Anstatt sich zu mir aufs Bett zu setzen, kauert er sich in die Ecke, weit weg von uns allen. Er öffnet das Fenster und zündet sich eine Zigarette an.

»Was ist passiert?«, fragt Hudson.

Verdammt subtil. Kade raucht schweigend und starrt auf den fallenden Regen hinaus. Als die Zigarette aufgebraucht ist, kann er uns nicht länger ausweichen. Sein Kiefer zuckt, während er die Hände ringt und nun auf den dicken Teppich starrt.

»Ich bin nach Hause gegangen. Cece auch.«

Hudson wird blass. »Geht es ihr gut?«

»Cece geht es gut. Ich habe dafür gesorgt, dass sie zurück in die Schule kommt. Ich habe dort übernachtet und bin dann heute Morgen mit dem Taxi zurück nach Blackwood gefahren.« Kade sieht auf, sein Blick trifft kurz den meinen, bevor er wieder zu Hudson gleitet. »Ich kann nicht … verdammt. Ich weiß nicht, was ich euch sagen soll.«

Mir ist schlecht, während ich ihn beobachte und mir sicher bin, dass seine nächsten Worte alles verändern werden.

»Mein Vater hat vor zehn Jahren in Blackwood investiert und seitdem noch mehrmals. Er hat überall Augen und Ohren. In den letzten zwei Jahren habe ich ihn mit Informationen gefüttert. Wöchentliche Berichte über das Geschehen, sowohl über das Personal als auch über die Patienten. Alles, was er bei Bedarf verwenden kann.«

»Wofür verwenden?«, fragt Phoenix.

Kade zuckt mit den Schultern. »Druckmittel. Dad ist im Vorstand.«

»Warte, was?«, platze ich heraus.

»Das ist schon seit Jahren so. Ich habe es euch nicht

erzählt, weil ich dachte, je weniger ihr wisst, desto besser. Er mag keine losen Enden. Ich habe versucht, euch alle zu beschützen.«

Hudson steht auf, die Hände in die Hüften gestemmt. Ich stelle mich an den Rand des Bettes, bereit, bei Bedarf einzugreifen. Mir gefällt nicht, wohin dieses Gespräch führt. Das Kade die ganze Zeit über Geheimnisse hatte, wird nicht gut ankommen.

»Was ist mit Ma?«

Kade lässt die Schultern hängen. »Es tut mir leid, Hud.«

Hudsons Hände ballen sich zu Fäusten und ich berühre ihn sanft an der Schulter, um ihn zu beruhigen.

»Wo ist sie? Was hat er mit ihr gemacht?«

»Ich wollte nie, dass das alles passiert …«

Hudson schiebt mich beiseite und marschiert auf seinen Adoptivbruder zu. Phoenix und Eli schauen ängstlich zu, ebenso gefesselt von der bevorstehenden Explosion. Wir können uns jetzt nur noch auf den Knall vorbereiten.

»Wo ist sie?«, wiederholt Hudson.

Kade scheint zu zerbrechen und vor lauter Trauer in sich zusammenzufallen. Für Stephanie empfand er nichts als Verachtung, also trauert er nicht um ihren Verlust. Das ist etwas anderes. Etwas Schlimmeres.

»Ich sollte der Gute sein«, flüstert Kade und nimmt seine Brille ab, um sich die geröteten Augen zu reiben. »Es tut mir so verdammt leid, Hud. Ich hatte keine andere Wahl. Er hat euch alle bedroht, auch Mum. Das war die einzige Möglichkeit.«

Die Bindung zwischen Eltern und Kind ist eine seltsame Sache. Sie haben die Macht, uns Zentimeter für Zentimeter zu zermürben, uns zu missbrauchen, zu brechen, zu traumatisieren, bis nur noch Scherben übrig sind.

Das weiß ich nur zu gut. Zum Teufel, das tun wir alle. Aber irgendwie wird unser inneres Kind immer die Monster lieben, die uns auf die Welt gebracht haben. Es ist zu tief verwurzelt, um es auszugraben.

»Nein«, fleht Hudson.

Kade bricht völlig zusammen. Ich habe ihn noch nie weinen sehen, immer war er stark und verlässlich. Er sinkt vor Hudson auf die Knie, bietet sein Leben als Wiedergutmachung an und bettelt um die Hinrichtung.

»Ich h-habe sie getötet. Ich habe deine Ma getötet.«

KAPITEL 22

ELI

HIGHER – SLEEP TOKEN

ICH BETRETE DAS KLASSENZIMMER, halte Phoenix' Hand fest und lasse mich von ihm zu unseren üblichen Plätzen ziehen. Brooklyn klammert sich an meine Seite und klemmt mich zwischen die beiden.

Wir drei halten zusammen wie Pech und Schwefel, denn zu mehreren ist man sicherer und so. Ich wünschte, ich könnte sagen, dass das auch für den Rest unserer Gruppe gilt, aber das Leben liebt es, uns alle auf die eine oder andere Weise zu verarschen.

Als ich Phoenix aus seinem Zimmer abgeholt habe, war Kade schon weg – er hat viel zu tun, seit Mike die Arbeit der ehemaligen Direktorin für Augustus übernimmt.

Das ist offensichtlicher Blödsinn. Er geht uns allen aus dem Weg, erscheint nicht mal zum Essen. Hudson auch nicht. Die beiden sind ins kalte Wasser gesprungen und es gibt keine Anzeichen, dass sie bald wieder auftauchen.

Phoenix zieht mir meinen Stuhl heraus, und ich lasse mich darauf nieder, während ich Brooklyns Tasche von meiner Schulter fallen lasse. Sie lächelt so mädchenhaft, wenn ich sie ihr trage, fast so, als wären wir ein normales Paar. Nicht dieses komplizierte Dreieck mit einem noch komplizierteren Netz obendrauf.

Vielleicht ist es besser, wenn wir es nicht benennen. Ich und Brooklyn. Ich und Phoenix. Die anderen auch. Was wir zusammen sind und was wir getrennt sind, dafür gibt es keine Worte. Vielleicht ist das auch gar nicht nötig. Ich will nicht, dass wir in eine der engen gesellschaftlichen Schubladen passen, denn das würde das, was wir haben, nur schmälern.

»Hast du von Hudson gehört?«, fragt Phoenix.

Brooklyn lässt ihren Notizblock und ihren Stift auf den Tisch fallen und fährt sich mit der Hand über den losen Zopf. »Er hatte heute Morgen Therapie mit Mariam. Natürlich konnte er nicht darüber reden, was passiert ist, aber ich hoffe, es hat geholfen. Er schließt mich aus, lässt mich nicht einmal ins Zimmer.«

»Er wird schon wieder.«

»Es scheint, als ob ich immer darauf warte, dass jemand wieder wird.«

Phoenix presst die Lippen aufeinander und spielt mit seinem Handy, um sich abzulenken, anstatt zu antworten. Ihr vorübergehender Waffenstillstand hat eine gewisse Atempause gebracht, aber wir sind noch lange nicht aus dem Schneider.

Nachdem ich eine Angstattacke bekam, als sie wieder zu streiten begannen, haben sie sich darauf geeinigt, in meiner Gegenwart freundschaftlich miteinander umzugehen. Zumindest vorläufig, während der Rest unserer Gruppe auseinandergerissen wird.

Sobald der Raum voll ist, beginnt Crawley mit dem Vortrag, und mindestens die Hälfte der Patienten schläft in den ersten zehn Minuten ein. Die Wärter haben es sich angewöhnt, stichprobenartig Kontrollen durchzuführen und die Leute mitten in der Nacht rauszuschmeißen, um ihre Zimmer zu durchwühlen.

»Leute?« Brooklyn nickt in Richtung Tür. »Seht mal.«

Zwei Wärter sind in den Raum geschlüpft und bewegen

sich entlang der Wände. Ihre Hand landet auf meinem Bein und drückt mich, um mich zu beruhigen. Ich bin ein regelmäßiges Opfer ihrer Schikanen geworden, eine Figur des Spottes.

»Nur über meine Leiche«, brummt Phoenix.

Brooklyn studiert sie beide. »Einverstanden.«

»Ihr zwei haltet euch da raus. Lasst mich das machen.«

»Von wegen! Die werden dir in den Arsch treten, Schönling.«

Phoenix starrt sie finster an. »Wen nennst du Schönling?«

»Wir wissen beide, dass ich besser zuschlage als du.«

»Willst du wetten, Hitzkopf?«

»Darauf würde ich mein Leben verwetten«, prahlt sie.

»Einverstanden.«

Brooklyn schiebt ihren Stuhl näher heran, sodass sich unsere Körper an allen möglichen Stellen berühren. Ihre Wärme beruhigt mich, und ich lasse ihren Duft auf mich wirken.

Zuhause. Sicherheit. Schutz.

Ich nehme Phoenix' Hand unter dem Tisch und versuche, ihn unter Kontrolle zu halten. Ich habe mich immer gefragt, warum die Leute solche Angst vor einer Zwangseinweisung haben. Diese Orte existieren in einem Reich jenseits der Normen der Gesellschaft. Unter den Toten und Gestörten, die in Stasis gefangen sind, geschieht nichts.

Aber in dieser neuen, verbesserten Version von Blackwood … Das ist die wahre Horrorshow. Ich verstehe endlich, was Angst vor dem System bedeutet.

»Gibt es ein Problem?«, ruft Crawley aus.

Die beiden Wärter schweigen und warten darauf, dass die Tür aufspringt und an der Wand abprallt. Brooklyn flucht leise vor sich hin, als Halbert hereinkommt, in gebügelter Uniform und mit mehr nicht vorschriftsmäßigen Gegenständen, als ich zählen kann.

»Keiner bewegt sich«, befiehlt er.

Phoenix stützt seinen Arm auf die Lehne von Brooklyns Stuhl und sieht mich an. Er ist entschlossen, uns beide zu beschützen, aber ich mache mir mehr Sorgen darüber, welche Strafe die Wärter verhängen werden, wenn er eine Szene macht.

»Was zum Teufel soll das?«, fragt Crawley.

»Gehen Sie zur Seite.«

»Das ist inakzeptabel. Ich versuche hier, einen Kurs zu leiten.«

Halbert schenkt ihm ein gefährliches Lächeln. »Wenn Sie ein Problem haben, können Sie sich gern an Doktor Augustus wenden. Er hat immer ein offenes Ohr für … *Feedback*.«

Crawley macht einen Rückzieher, dieser rückgratlose Mistkerl.

Wir müssen uns selbst schützen.

Halbert stützt sich lässig auf unseren Tisch. Am liebsten würde ich ihm den selbstgefälligen Blick aus dem Gesicht wischen und ihm die Nase brechen. Phoenix wirft mir einen Blick zu und ich weiß, dass wir uns völlig einig sind.

»Ahh, Miss West. Wie immer ein Vergnügen.«

»Ich habe heute keine Sitzung.« Brooklyn seufzt.

»Du gehst dahin, wo ich es sage, Insassin.«

»Verpiss dich, Halbert.«

»Ihr Arschlöcher habt kein Recht, uns zu terrorisieren«, fügt Phoenix hinzu.

Halbert starrt ihn finster an, die Hand auf seinem Schlagstock. »Wir machen nur unsere Arbeit. Halt dich zurück, Junge. Dein Ton gefällt mir nicht.«

»Das ist eure Arbeit?« Brooklyn zeigt auf eine der schwächeren Patientinnen, die nach einer Durchsuchung schluchzend ihre Kleidung zurechtrückt.

»Ihr habt euer Recht auf Privatsphäre verloren, als ihr hier reingekommen seid«, antwortet Halbert und nutzt die Ablenkung, um Phoenix in den Schwitzkasten zu nehmen. »Frechheit wird mit Gewalt beantwortet.«

Wir weichen beide in die Ecke zurück, und ich versuche, Brooklyn mit meinem Körper zu schützen. Sie können mit mir machen, was sie wollen, aber nicht mit ihr. Crawley schaut weg und ist keine Hilfe. Nicht einmal ein bloßer Protest gegen die Tatsache, dass seine Klasse wie Tiere gejagt wird.

Halbert versucht als Nächstes, Brooklyn zu packen, aber stattdessen reißt er mich nach unten. Ich werde auf den harten Boden gestoßen, ein Knie in meinen Rücken gedrückt, bis ich keine Luft mehr bekomme. Die Wärter halten die anderen unter dem Vorwand fest, sie zu durchsuchen, aber wir alle wissen, dass das eine Farce ist.

»Wir sind sauber! Nimm deine Hände von mir«, schreit Brooklyn.

Nachdem wir gründlich durchsucht und wieder freigelassen wurden, rücken wir alle zusammen und sehen zu, wie die übrigen Patienten im Klassenzimmer der gleichen Demütigung unterworfen werden. Eine Person wird hinausbegleitet, als die Wärter ein angespitztes Stück Plastik aus seiner Tasche ziehen. Wer läuft schon mit einem selbst gemachten Messer herum? *Amateur.*

»Woods. Du kommst mit mir«, ruft Halbert.

Phoenix legt sofort seinen Arm um meine Brust und weigert sich, mich loszulassen. »Auf keinen Fall. Ihr habt nichts bei uns gefunden.«

»Er hat einen Besucher, du neugieriger Scheißer. Zurück, oder ich werfe dich in Einzelhaft«, droht Halbert.

Beide sehen mich mit der gleichen Verwirrung an, und mir rutscht das Herz in die Hose. Es gibt nur eine Person, die mich hier besuchen würde, und ich erwarte sie schon seit einer Weile. Ich schüttle den Kopf und signalisiere, dass es in Ordnung ist, bevor ich meinen Rucksack nehme und den Wärtern nach draußen folge.

Halbert legt seinen eisernen Griff um meinen Bizeps und zerrt mich. Das Zuschlagen der Tür hinter uns lässt Phoenix' Proteste verstummen, und ich werde nach draußen geschleppt, quer über den Hof, vor den Augen aller Anwesenden.

»Er ist der Stumme, von dem ich euch erzählt habe.« Halbert lacht.

Alle umstehenden Wärter starren mich an, als wäre ich ein verdammtes Ausstellungsstück, und lachen auf meine Kosten. Halbert weigert sich, seinen Griff zu lockern, obwohl mein ganzer Arm von Schmerz erfüllt ist.

»Bist du langsam, Junge?«

»Daddy hat ihn wahrscheinlich ordentlich fertiggemacht.«

»Seht euch den kleinen Freak an, er zittert.«

»Ich habe gehört, dass er seit zehn Jahren nicht mehr draußen war.«

Ich unterdrücke den Drang, ihnen allen das Hirn einzuschlagen, und starre geradeaus. Die sadistischen Wärter wollen eine Reaktion, und ich werde eher sterben, als etwas zu zeigen. Ich bin an den Hass und die Abscheu gewöhnt.

Endlich kommen wir am Empfang an, und ich werde im Wartebereich abgesetzt und grob auf einen Platz gestoßen. Mike steht stirnrunzelnd an Kades leerem Schreibtisch, kommt aber schnell herüber, als er mich warten sieht.

»Hey, Eli. Tut mir leid wegen all dem.«

Ich umklammere meinen Rucksack, meine Angst holt mich ein. Ich habe mich vor diesem Moment gefürchtet, aber das Unvermeidliche lässt sich nicht aufschieben. Das Beste ist, es einfach hinter sich zu bringen.

Ich streiche mein *Blind Channel*-Shirt glatt und folge Mike in das hintere Büro. Er hat seinen Schreibtisch für den Anwalt, Mr Freeman, geräumt. Ich erkenne ihn von den verschiedenen Gerichtsverhandlungen. Er wartet auf mich in seinem verdammt schicken Anzug, mit einer beiseitegelegten Aktentasche auf dem Tisch. Was auch immer der Inhalt ist, er ist für mich.

»Elijah, schön, Sie wiederzusehen.«

Ich nicke und umklammere meinen zitternden Körper. Es

ist mir scheißegal, was mein Vater mit seinem Testament gemacht hat, der Mann hat es nicht verdient, dass man sich an ihn erinnert.

Am liebsten würde ich jede noch so abscheuliche Erinnerung auslöschen, aber egal, wie tief ich mir in die Haut schneide, wie viel Blut ich als Bezahlung vergieße, sein Geist will sich nicht rühren.

»Ich bin hier, um über den Nachlass von Mr Kenneth Woods zu sprechen.«

Der Drang, zu explodieren, zerrt an meiner Haut, und ich schaue auf meine gefalteten Hände, während ich darauf warte, dass die Tortur ein Ende hat.

»Ich fürchte, es gibt nicht viel Geld, der größte Teil seines Vermögens wurde bei dem … *Vorfall* vernichtet. Der Rest wurde für Gerichtskosten oder während seiner Haftstrafe ausgegeben.«

Ein Teil von mir möchte über seine Wortwahl lachen, aber ich konzentriere mich stattdessen darauf, durch den schrecklichen Geschmack des Hasses zu atmen.

Bittere Asche.

Säure.

Blut.

Flammen.

Ich verliere meinen verdammten Verstand und möchte nichts weiter, als davonzulaufen, weit weg von diesem Ort und den Erinnerungen, die er an die Oberfläche bringt, an eine Zeit, die ich lieber vergessen würde.

»Es ist meine gesetzliche Pflicht, das Testament meines Mandanten zu vollstrecken, daher muss ich Ihnen heute wie angewiesen einen Gegenstand übergeben. In Anbetracht Ihrer persönlichen Umstände scheint es unangemessen, aber leider ist ein Testament rechtsverbindlich. Verstehen Sie das?« Mr Freemans Gesichtsausdruck ist mitfühlend.

Er greift nach seiner Aktentasche, klappt sie auf und holt einige Papiere heraus. Ich unterschreibe schnell, während er das vorbereitet, was sonst noch drin ist. Es kostet mich große Mühe, den Füllfederhalter wegzulegen, dessen messerscharfe Spitze mich verhöhnt.

»Ausgezeichnet.« Mr Freeman nickt. »Nun, bitte sehr.«

Meine Umgebung löst sich in Dunkelheit auf, als ich auf Mikes unordentlichen Schreibtisch starre, während sich meine ganze Welt um diese verdammte Aktentasche dreht. Inmitten des Papierkrams liegt eine Beweismitteltüte. Mr Freeman legt sie widerwillig vor mir ab und wirft einen nervösen Blick auf Mike in der Ecke.

Weißt du, warum wir beten, Elijah?
Für Buße. Dass Gott uns die Sünden vergibt.
Geh auf die Knie und küsse die Bibel, mein Sohn.

Das geschwärzte und feuerbeschädigte Buch, das nur wenige Zentimeter von meinen Fingerspitzen entfernt liegt, verfolgt mich in meinen Träumen, seit ich meine Narben bekommen habe. Es hat mich durch alle Krankenhäuser, Verlegungen und wiederholten Abschnitte verfolgt. Ich kneife die Augen zusammen, zu viele Erinnerungen drängen sich auf, um sie von der Realität zu trennen.

Endlose Nächte, die ich zitternd und hungrig im Sündenschrank verbrachte. Am Morgen wurde ich am Haar hinausgezerrt und gezwungen, niederzuknien und um Vergebung zu bitten. Meine Lippen streiften für einen Moment die Bibel, bevor mein Vater sie hochhob und mich damit blutig schlug.

Ein kalter, distanzierter Schleier legt sich über mich, und ich nehme den Gegenstand entgegen und schiebe ihn in meinen Rucksack. Mike schaut verblüfft, als hätte er erwartet, dass ich mich in ein heulendes Wrack verwandle.

Dafür bin ich viel zu konzentriert. Nachdem der Anwalt zufrieden ist, endet die Sitzung und ich kann gehen. Ich laufe hinaus, ohne etwas anderes zu hören, beschäftigt mit dem schweren Gewicht in meiner Tasche. Mit einer kurzen SMS teile ich Phoenix mit, wo er mich finden kann.

Es gibt nur einen Ort, um das zu tun. Irgendwo versteckt, unerreichbar für den Rest von Blackwood. Wir haben ihn letztes Jahr entdeckt, als wir auf der Suche nach einem Ort waren, an dem wir alle zusammen abhängen können. Ich schlug mich durch den dichten Wald hinter dem Hauptgebäude und wich den Wärtern und den üblichen Überwachungskameras aus, die ich auswendig kenne.

Am hinteren Zaun, wenn man ihm weit genug in die dunkelste Ecke des Instituts folgt, gibt es einen Abschnitt, der gerade locker genug ist, um darunter durchzurutschen. Er hebt sich vom Boden ab und ermöglicht mir, in die Welt dahinter zu schlüpfen.

Blackwood hat viele Geheimnisse.

Ich habe eines davon zufällig entdeckt.

Eingebettet in den düsteren Wald, der das Grundstück umgibt, liegt eine verlassene Kapelle. Die Glasmalerei ist längst gesprungen und zerfallen, und der Metallzaun mit den Stacheln ist stellenweise halb eingestürzt.

Ich hebe die morsche Tür beiseite, schlüpfe in den uralten Raum und warte, zusammengekauert neben dem letzten verbliebenen Möbelstück – ironischerweise ein Altar.

Sie brauchen nicht lange, um mich zu finden, denn auch Phoenix kennt den Weg auswendig. Die Tür wird geöffnet und gibt ihnen den Weg in die Ruine frei.

»Was zum Teufel ist das hier?«, ruft Brooklyn aus.

Phoenix schließt die Tür gegen die Kälte und folgt ihr durch den Gang. »Es war schon verlassen, bevor das Institut überhaupt eröffnet wurde. Das ist geschütztes Land, also konnten sie es nicht abreißen.«

Beide rennen zu mir und scheinen gleichermaßen erleichtert zu sein, mich in einem Stück zu sehen. Phoenix zieht mich in eine feste Umarmung, während Brooklyn zusieht.

»Was ist passiert? Geht es dir gut?«, fragt sie.

Ich zucke mit den Schultern, lasse meinen Rucksack fallen und suche darin.

»Was machen wir hier, Eli?«

Als ich die Beweismitteltüte herausziehe, muss ich mich mit aller Kraft dagegen wehren, sie weit wegzuwerfen. Ich greife nach der zerbrechlichen Bibel und achte darauf, die geschwärzten Seiten nicht zu beschädigen, während ich sie in die Mitte des Altars lege.

»Heilige Scheiße«, haucht Brooklyn.

»Ist das …«

Ich nicke und nehme Phoenix' angebotene Hand. Brooklyn gesellt sich zu uns, und mit ihrer Kraft auf beiden Seiten kann ich das letzte verbliebene Stück meiner Kindheit betrachten. Es sieht so unscheinbar aus, aber die durch das Feuer beschädigten Seiten erzählen Geschichten, die niemand jemals hören wird.

»Dann ist das Testament deines Papas also durch«, vermutet Phoenix.

Brooklyn sieht mich an. »Was willst du damit machen?«

In mir brodelt ein heftiges Bedürfnis, eine schiere Verzweiflung, die alle Furcht und Angst verdrängt. Ich hasse die Person, die mein Vater aus mir gemacht hat. Sie ist schwach. Geschädigt. Unwiederbringlich. Dieses Buch repräsentiert alles, was mit mir nicht stimmt – es hat es nicht verdient zu existieren.

Ich hole meine versteckten Zigaretten hervor, von denen wir alle eine anzünden und schweigend den Rauch genießen. Es dauert einige Minuten, bis ich meinen schwachen Mut wiedergefunden habe, das bisschen, das mir noch geblieben ist.

»Nicht m-mehr«, stottere ich.

Ich trete vor und verlasse die Sicherheit ihrer Umarmung, um auf eigenen Beinen zu stehen. Mein ganzes Leben wurde von dieser Nacht bestimmt. Dem kranken Mann, der das Böse sah, wo nichts war als ein hungriges Kind, das um Gnade bettelte.

Ich habe die reale Welt außerhalb von stationären Einrichtungen nicht mehr gesehen, seit … *Verdammt.* Es ist schon so lange her, ich weiß es nicht mehr. Mehr als die Hälfte meines Lebens. Ich habe eine Heidenangst davor.

»Du schaffst das, Eli«, ermutigt Brooklyn mich.

Ich genieße die Beruhigung ihrer Stimme, die Explosion der beruhigenden Aromen, die ihre bloße Anwesenheit mit sich bringt, reibe meine Zigarette an den trockenen, brennbaren Seiten und warte.

Es dauert nicht lange, bis sich die Glut wie eine Krankheit ausbreitet. Wir sehen zu, wie die Bibel brennt und die verkohlte Schale in ein schönes Nichts zerfällt.

Als nur noch Asche übrig ist, lasse ich meine Augen zufallen. Mein ganzes Leben lang hat mich diese Last niedergedrückt. Sie hat jede Möglichkeit des Glücks verseucht und mich in der Vergangenheit gefangen gehalten.

Jede Spur meines Vaters ist nun von dieser Existenzebene getilgt worden und hat nichts als Erinnerungen hinterlassen. Sein Tod fühlte sich wie ein kranker Hohn an, aber damit … kann ich wohl leben. Er ist tot, und ich bin immer noch hier. Unbesiegt. Ungebrochen. Ich habe verdammt noch mal gewonnen.

»Wir sollten feiern«, erklärt Phoenix.

Brooklyn grinst. »Was hast du dir denn vorgestellt?«

»Oh, da fallen mir ein paar Dinge ein.«

Mit seinem erhitzten Blick, der zwischen uns beiden hin und her springt, zieht Phoenix Brooklyn in die Mitte. Ich lasse meine Hände auf ihre Hüften fallen, ihr Hintern stößt direkt an meinen Schritt. Phoenix starrt mich über ihre Schulter an.

»Eli … Scheiße, ich bin verdammt stolz auf dich.«

Seine Worte wickeln sich wie ein Schnürsenkel um mein Herz, und ich greife über Brooklyn hinweg, um seine Wange zu streicheln. Wir halten sie fest umschlungen und unsere

Lippen treffen sich. Phoenix küsst mich in einem heftigen Zusammenprall von Zähnen und Zunge, auf dem schmalen Grat zwischen Schmerz und Lust.

Ohne sie beide wäre ich nicht hier.

Irgendetwas verbindet uns, ein unzerstörbares Band.

Brooklyn schmilzt zwischen uns, reibt sich an mir und verlangt verzweifelt nach Aufmerksamkeit. Es fühlt sich so verdammt richtig an, sie hier zu haben, um diesen Moment zu erleben. Ich bin komplett mit ihnen an meiner Seite.

»Problem, Hitzkopf?« Phoenix grinst.

»Nein.«

»Bist du eifersüchtig?«

Sie beißt sich auf die Lippe, aber sie leugnet es nicht. Ich lasse meine Lippen über ihre Ohrmuschel bis hinunter zu ihrem Hals wandern. Als ich meine Zähne in ihrem Hals versenke, stöhnt sie auf, während ich ihre blasse Haut markiere.

»Willst du, dass wir dich anfassen?«

»Du weißt, dass ich das will«, stöhnt sie.

»Dann musst du dafür arbeiten, Baby. Zeig uns, wie sehr du willst, dass wir dich ficken, und vielleicht tun wir es.«

Mit einem genervten Knurren dreht sich Brooklyn zu mir um. Phoenix packt mein Shirt und zieht mich näher, damit sie mich küsst.

Als ihre Lippen auf meine treffen, gibt er ein leises Brummen der Zustimmung von sich. Sie schmeckt so gut, wie ein vom Himmel geschicktes Wunder, das durch Krankheit und Verzweiflung gemildert wird.

»Auf die Knie, Hitzkopf.«

Ihre Zunge streicht über meine Unterlippe, bevor wir uns voneinander lösen, wobei ihr das brennende Bedürfnis ins Gesicht geschrieben steht. Brooklyn fällt gehorsam vor mir auf die Knie und blickt durch ihre Wimpern zu mir auf.

»Was soll ich mit ihm machen?«

Phoenix blickt mich an. »Benutze deinen Mund.«

Sie greift nach meinem Hosenbund, lässt ihre Hand in meine Boxershorts gleiten und berührt meinen steinharten Schwanz. Phoenix leckt sich über die Lippen und beobachtet erregt, wie Brooklyn mich tief in den Mund nimmt und saugt. Ich greife mit einer Hand in ihr Haar und führe sie auf meiner Erektion. Sie ist ein verdammter Profi.

Phoenix packt mich und küsst mich erneut, seine Zunge beansprucht jeden Zentimeter meines Mundes, während Brooklyn mich an den Rand der Verzweiflung treibt. Bevor ich in ihrer hübschen Kehle kommen kann, packt Phoenix sie am Haar, verlangsamt ihre Bewegungen und übernimmt wieder die Kontrolle. Sie starrt mich hungrig an.

»Lass mich die Arbeit zu Ende bringen.«

»Noch nicht«, blafft Phoenix.

Er zieht sie hoch und sieht sich in der zerstörten Kapelle um, als wäre er auf der Suche nach dem perfekten Ort. Als sein Blick wieder auf dem Altar landet, der noch immer von glimmender Asche bedeckt ist, nickt er.

»Perfekt. Bewegt euch, ihr beiden.«

Brooklyn nimmt meine angebotene Hand und wir versammeln uns um den Altar. Die Vorstellung, unser Mädchen zusammen zu ficken, auf den brennenden Überresten des Vermächtnisses meines Vaters … *verdammt noch mal*. Allein der Gedanke daran lässt mich fast explodieren.

»Hoch mit dir.«

Sie starrt Phoenix an. »Im Ernst?«

»Sehe ich aus, als würde ich Witze machen?«

Brooklyn springt auf den Altar und weicht nur knapp den rauchenden Überresten der Bibel aus. Phoenix packt sie an den Knöcheln und zerrt sie in Position, bis sie mit gespreizten Beinen dasitzt.

»Leg dich hin«, befiehlt er.

»Ich werde mich verbrennen.«

»Und?«

Brooklyn grinst finster und wirft mir einen geladenen Blick

zu, bevor sie sich auf den Altar zurücklehnt und sich der rauchenden Glut meiner beschissenen Kindheit hingibt. Sie zischt, als sie sich den Rücken verbrennt, tut aber trotzdem, wie ihr geheißen. Ich bin beeindruckt.

Phoenix wirft ihre Schuhe zur Seite und zieht ihr die Jeans aus, bis sie zittert. Ich beobachte, wie er mit seiner Zunge von ihrem Knöchel bis zum Schambein fährt und ihre baumwollverhüllte Muschi sanft küsst.

»Du solltest dankbar sein«, murmelt er.

»Wieso das?«

Er winkt mich nach vorn und wir stehen nebeneinander, während Brooklyn sich windet. Ihr Höschen wird ihr langsam von den Beinen gezogen und entblößt ihre glitzernde, rosafarbene Muschi in der Luft der Kapelle.

»Ich wollte den kleinen Eli hier schon lange, lange Zeit ficken. Aber weil wir Gentlemen sind, haben wir es nicht getan, damit du zusehen kannst. Ist das nicht süß, Hitzkopf?«

Ich kämpfe gegen den Drang an, mit den Augen zu rollen. Gentlemen ist eine Übertreibung, eher wollten wir beide, dass unser Mädchen dabei zusieht, wenn wir diese letzte verlockende Grenze überschreiten. Phoenix' Worte haben die gewünschte Wirkung und Brooklyn hebt ihre Hüften, bettelt darum, berührt zu werden.

»Ich will euch beide«, fleht sie.

»Halt die Klappe, Schlampe. Wir haben hier das Sagen.«

Phoenix packt ihr T-Shirt und zieht es ihr über die Augen, sodass sie nichts mehr sieht. Brooklyns ganzer Körper bebt vor Verlangen, und wir beide genießen den Nervenkitzel, dass sie gefangen und uns ausgeliefert ist.

»Willst du zuerst?«

Ich zucke mit den Schultern und gebe ihm ein Zeichen, weiterzumachen.

Er spreizt ihre Beine weit und fährt mit seiner Zunge zwischen ihre triefenden Schamlippen, während er seine eigene Erektion befreit. Ich beobachte fasziniert, wie Phoenix mit ihrer Klitoris spielt und sie schön feucht macht, bevor er die Spitze seines Schwanzes an ihr positioniert.

»Sag das Wort, Hitzkopf.«

»Bitte«, antwortet sie sofort.

Phoenix grinst mich an, bevor er in sie eindringt und Brooklyn ein gehauchtes Stöhnen entlockt, während sie sich auf dem Altar windet. Er findet seinen Rhythmus und hält ihre Hüften, während er in sie stößt, bevor er zu mir zurückblickt.

»Ihr Mund sieht leer aus, Eli.«

Auf seinen Hinweis hin trete ich an den Altar heran und streichle mich dabei. Brooklyns Kopf ist zur Seite geneigt, und ich schiebe meinen Schwanz in ihren einladenden Mund, unterhalb der behelfsmäßigen Augenbinde.

»Braver Junge«, lobt er.

Brooklyn nimmt uns beide klaglos – Phoenix, der in sie hämmert, während sie an meiner Länge würgt und es dennoch schafft, mich in den Wahnsinn zu treiben. Es fühlt sich so richtig an, sie auf diese Weise zu teilen, ihre sündige Seele gemeinsam zu beanspruchen.

Bevor er kommen kann, zieht Phoenix sich zurück und ruckt mit dem Kopf, um mir zu signalisieren, dass ich seinen Platz einnehmen soll. Wir tauschen schnell und er hilft Brooklyn auf Hände und Knie, sodass ihr perfekter Arsch in die Luft gestreckt ist.

Wunderschöne rote Striemen bedecken ihren Rücken mit Verbrennungen von den Überresten der Bibel meines Vaters, und mir läuft bei diesem Anblick das Wasser im Mund zusammen. Sie vernarbt und blutig zu sehen als Spiegel meines eigenen verdrehten Fleisches, besänftigt etwas tief in mir.

Ich lasse meine Handfläche gegen ihre Pobacke knallen, genieße ihren Seufzer der Lust und gleite dann mit einem Finger durch ihre durchnässte Muschi bis zu ihrem Arschloch.

»Verdammt noch mal«, flucht sie.

Ich schiebe einen glitschigen Finger in sie hinein, spiele mit ihrem engen Loch und dehne es mit einem weiteren Finger aus. Ich positioniere mich an ihrer Muschi und gebe dem Drang nach, sie bis zur Besinnungslosigkeit zu ficken. Sie kann nicht wissen, wer in ihr steckt, und nimmt bereitwillig Phoenix' Schwanz in den Mund, während ich in sie eindringe.

»Gefällt es dir, wenn wir dich ficken?« Phoenix lacht.

Sie murmelt unverständlich um seinen Schwanz herum, aber die Hitze zwischen ihren Beinen ist Antwort genug. Mit einer Hand halte ich ihre Hüfte und stoße in sie, während ich die frischen Striemen auf ihrem Rücken studiere. Der Anblick spornt mich an, bis Phoenix innehält.

»Ich denke, sie kann uns beide nehmen, Eli.«

Ich starre ihn an, fasziniert von dem Gedanken.

»Komm schon, sei nicht so schüchtern.«

Wir ziehen uns beide heraus und Phoenix streichelt weiter seine Erektion, während er Brooklyn die Augenbinde abnimmt und ihr vom Altar herunterhilft. Sie steht auf zittrigen Beinen, als er mir zu verstehen gibt, dass ich auf den Steinstufen Platz nehmen soll.

Ich helfe ihr, auf meinen Schoß zu klettern, gleite zurück in ihre enge Muschi und genieße den tieferen Winkel. Es ist, als wäre sie für mich gemacht. Phoenix sieht sich die Show an, sein Gesicht voller Vorfreude.

»Hattest du schon mal zwei Schwänze in dir?«, fragt er.

Brooklyn beißt sich auf die Lippe. »Nein.«

»Es gibt für alles ein erstes Mal.«

Ich lege meine Hand um ihre Kehle, presse meine Lippen auf ihre und beiße zu, weil ich ihr süßes, nach Kupfer schmeckendes Blut kosten muss. Brooklyn wimmert, als sie Phoenix' Hitze in ihrem Rücken spürt. Er versenkt seine Zähne in ihrer Schulter, unterbricht unseren Kuss und drückt seine Fingerspitzen auf ihre Lippen.

»Lecken, Baby.«

Brooklyn befeuchtet seine beiden Finger und reitet mich

weiterhin, während sie die Befehle befolgt. Ich beobachte, wie sie die Augen vor Überraschung weit aufreißt, als Phoenix seine Finger zu ihrem Arschloch führt und einen hineinschiebt. Sie stöhnt, ihre Muschi verkrampft sich um meine Länge.

»So eng«, murmelt Phoenix. »Lass mich noch einen hinzufügen.«

Fasziniert beobachte ich, wie er sie weiter dehnt und Brooklyn vor Verlangen erschaudern lässt. »Mehr, Phoen.«

»Sei nicht ungeduldig.«

»Ihr gehört beide mir, nicht wahr?«

Wir schauen uns an und Phoenix grinst. »Verdammt richtig, wir gehören dir. Genauso wie wir dich teilen können.«

Er hält inne, um Speichel auf seinen Schwanz tropfen zu lassen, und verteilt das Gleitmittel auf seiner Länge, bevor er mehr davon auf Brooklyns Hintern überträgt. Sie zittert förmlich und gibt sich seinen Vorbereitungen hin, während ich weiter in sie stoße.

»Phoenix«, haucht sie verunsichert.

»Halt die Klappe, Brooke. Wenn ich dein Arschloch ficken will, dann werde ich das verdammt noch mal tun. Und jetzt küss Eli wie eine brave kleine Patientin, dann darfst du vielleicht kommen, okay?«

Ich halte sie immer noch am Hals fest und ziehe Brooklyns Lippen auf die meinen. Sie keucht in meinen Mund, und ich erkenne den Moment, in dem Phoenix beginnt, sich in ihren Hintereingang zu schieben. Mein Gott, das sollte illegal sein.

»Gut?«, murmle ich.

Brooklyn knurrt. »Ja.«

»Hier gibt es keine Beschwerden«, scherzt Phoenix.

Brooklyn hält auf meinem Schoß inne, während sie sich an das allmähliche Eindringen gewöhnt, und verlagert ihr Gewicht, bis sie die richtige Position gefunden hat. Phoenix geht es langsam an, lässt sie sich winden, während er tiefer in sie eindringt, bis wir unser wunderschönes Mädchen gemeinsam ficken.

Ich muss gestorben sein.

Das ist der verdammte Himmel.

Überwältigt von endlosen Wellen blitzartiger Lust, muss ich mich darauf konzentrieren, weiterzumachen. Ich kann Phoenix in ihr spüren, wie er an meinem Schwanz reibt, der immer noch tief in ihrer Muschi steckt. Wir tauschen ein Grinsen aus, genießen beide das Gefühl.

Wir arbeiten als perfektes Team zusammen und verwöhnen unser Mädchen, bis sie um Gnade bettelt, wobei wir ab und zu einen Kuss auf ihren unruhigen Körper pressen. Phoenix ist zuerst sanft und gewöhnt sie daran, bevor er das Tempo erhöht.

Zwischen uns hallen Brooklyns Schreie durch die Kapelle, als sie die Kontrolle abgibt. Es ist ein herrlicher Anblick, ihr dabei zuzusehen, wie sie in eine Million Stücke zerbricht. Ich finde meine eigene Erlösung und starre tief in Phoenix' verschmitzte Augen. Ich will sehen, wie auch er die Kontrolle verliert.

Während er seine Lippen auf meine drückt, werden seine Stöße immer heftiger, bis er stöhnt und seinen eigenen Höhepunkt findet. Wir brechen unbeholfen in einem Gewirr von Gliedmaßen zusammen und lachen, als Phoenix die Treppe hinunterstolpert und seinen nackten Hintern zeigt. Er landet ausgebreitet auf dem Boden, wo er wilde Flüche ausstößt.

»Anmutig.« Brooklyn schnaubt.

»Halt die Klappe, Hitzkopf.«

»Schau, eine nackte Ballerina!«

»Hey, ich bin ein verdammt guter Tänzer. Du wirst schon sehen.«

»Versprechen, Versprechen.«

Ich unterdrücke ein Lachen und ziehe sie an meine Brust,

als Phoenix grinsend neben uns zusammenbricht. Als Brooklyn mich ansieht, schmilzt ihr Lächeln dahin.

»Ich will nicht zurück.«

Phoenix streicht ihr das Haar aus der Stirn, bevor er mir einen überraschend sanften Kuss auf die Schläfe drückt. Mit uns beiden in seinen Armen sieht er vollständig aus. Komplett. Zum ersten Mal seit Monaten wieder glücklich.

»Ich auch nicht«, gibt er zu.

»Können wir hier eine Weile bleiben?«

Ich nicke und schließe meine Arme um sie. Wir kuscheln uns aneinander, um uns zu wärmen, und ruhen in friedlicher Stille, während wir die untergehende Sonne draußen ignorieren. Ich möchte für immer so bleiben. Es ist mir scheißegal, wohin wir gehen oder was die Zukunft bringt, solange sie beide darin vorkommen.

»Wir sollten zurückgehen.« Phoenix seufzt.

Brooklyn wirft mir einen Blick zu. »Bist du bereit?«

Nickend lasse ich sie los, um nach meiner Kleidung zu suchen, und nehme mir einen Moment Zeit, um mich zu sammeln. Irgendetwas fühlt sich in mir anders an. Irgendwie leichter. Ich atme tief ein und finde die Antwort.

Keine Aromen.

Keine Angst.

Nichts.

Die Stimme meines Vaters ist weg.

Zum ersten Mal kann ich die reale Welt schmecken.

Elijah Woods ist tot. Nur Eli bleibt.

Ich bin verdammt noch mal frei.

KAPITEL 23

BROOKLYN

IF I SAY – MUMFORD & SONS

»BITTE, Kade. Lass mich rein.«

Als ich wieder an die Tür klopfe, erhalte ich keine Antwort. Kade hat sich abgeschottet und weigert sich, das Zimmer für den Unterricht oder sogar für die Arbeit zu verlassen. Er ist ein Geist geworden.

Seit über einer Woche hat ihn keiner von uns gesehen. Phoenix ist bei Eli geblieben, um ihm etwas Privatsphäre zu geben, auch wenn ich gesagt habe, dass es keine gute Idee ist, ihn allein zu lassen.

Wir haben das zu lange erlaubt und seinem Bedürfnis nach Selbstzerstörung nachgegeben. Niemand kann besser als ich verstehen, was er durchmacht, also habe ich Phoenix und Eli in den Unterricht verbannt und bin zurückgeblieben, um diese Scheiße ein für alle Mal zu klären.

»Kade! Ich gehe nicht, bevor du nicht mit mir geredet hast.«

Stille.

Scheiß drauf.

»Zwing mich nicht, die Tür aufzubrechen!«

Meine Hand ist wund vom Klopfen an der Tür, und ich sacke mit dem Rücken zum Holz zusammen. Er ist da drin, allein und leidend. Ich verstehe es. Mein Leben hat sich für immer verändert, als Vic seinen letzten Atemzug tat, und jetzt muss Kade die gleiche Last tragen. Aber er muss es nicht allein tun.

»Es ist nicht deine Schuld, Kade.«

Von drinnen ertönt ein Schlurfen, als würde er sich gegen die Tür lehnen, um mir nahe zu sein, dann wieder Stille. Ich kann ihn fast durch das Holz hindurch spüren.

»Bitte rede mit mir.«

Ich sitze gefühlt stundenlang da und warte auf eine Antwort, die nie kommt. Patienten gehen an mir vorbei, werfen mir einen seltsamen Blick zu, behalten aber ihre Meinung für sich. Ich habe mir einen Ruf erarbeitet, und niemand will gebrochene Finger oder Schlimmeres.

»Das ist noch nicht vorbei. Ich werde zurückkommen.«

Auf tauben Beinen stehe ich auf, überlasse Kade widerwillig seinem Schweigen und gehe den Korridor hinunter, wobei ich die Opulenz und den Reichtum um mich herum verachte, die mir einst den Atem geraubt haben.

Es macht mich krank, dass sich hinter der glänzenden Fassade ein System verbirgt, das darauf ausgelegt ist, seine Bewohner zu brechen. Ich verliere die Menschen, die ich liebe, und es gibt nichts, was ich dagegen tun kann.

Ich hämmere wie eine Besessene an Hudsons Tür, bereit, mir wenn nötig die verdammten Hände zu brechen. Jemand wird mit mir reden. Ich weigere mich, das noch eine Sekunde länger hinzunehmen. Als die Tür mit einem Klicken geöffnet wird, falle ich fast hinein, kann mich aber noch auffangen.

»Hudson?«

»Geh weg, Brooke.«

Als ich langsam hineingehe, sehe ich, wie er wieder im Bett verschwindet, während die Vorfrühlingssonne Licht auf die Explosionsstätte in seinem Zimmer wirft. Klamotten, Bücher und zerrissenes Papier liegen auf dem Teppich, sogar die eine oder andere Bierflasche ist dummerweise zu sehen.

Als ich mehrere leere Tütchen finde, gespickt mit Resten von weißem Pulver, raste ich aus. Er sollte den Nachschub für Phoenix stoppen, nicht die beschlagnahmten Drogen für sich behalten.

»Was willst du, Amsel?«

Ich bleibe am Ende des Bettes stehen. »Reden.«

»Dann solltest du gehen, denn das wird nicht passieren.«

Ich unterdrücke das Bedürfnis, zu wüten und zu schreien, und halte mich stattdessen zurück. Als ich nach dem Sturm aufgewacht bin, war Hudson da. Das ist er immer. Der Junge, der mich auf die schlimmste Art und Weise verletzt hat, hat sein Bestes getan, um seine Fehler zu korrigieren, um es besser zu machen.

Ich kann mehr für ihn sein.

Das *muss* ich verdammt noch mal.

Ich ziehe meine Doc Martens aus, ziehe Phoenix' *Deftones*-Shirt über meinen Kopf und entledige mich meiner zerrissenen Jeans. Nur mit BH und Slip bekleidet gehe ich zum Bett, schlüpfe zwischen die Decken und finde Hudson, der in der Ecke ausgestreckt ist. Ich werfe ein Bein über seine Taille und vergrabe mich in seiner Körperwärme.

»Ich werde verdammt noch mal nicht gehen.«

»Das solltest du«, murmelt er.

»Diesmal nicht. Ich bin genau hier.«

Es dauert nicht lange, bis er nachgibt und sein Gesicht in meiner Halsbeuge vergräbt. Ich werde von seinen breiten, tätowierten Armen umschlungen, die mich fest an seine nackte Brust drücken. Wir liegen in schwerer Stille da und atmen einander ein, so wie wir es als Kinder getan haben.

»Hast du ihn gesehen?«, flüstert Hudson.

»Niemand hat das. Er braucht dich.«

»Ich kann ihn nicht ansehen, Amsel. Ich liebe ihn, aber jedes Mal, wenn ich meine Augen schließe, jede verdammte Nacht …« Sein heißer Atem geistert in einem gequälten Seufzer über meine Haut. »Alles, was ich sehe, ist Mas

Gesicht. Geprellt und verprügelt, kurz bevor ich ihren Freund umgebracht habe und hier gelandet bin. Einen Moment lang war sie erleichtert. Sie war immer noch Ma, trotz alledem.«

»Es tut mir leid, Hud.«

Er hebt den Kopf und blickt mit seinen blutunterlaufenen Augen in meine. »Ich werde sie nie wiedersehen. Sie war ein Miststück, aber sie war meine Familie.«

Ich streiche mit dem Daumen über seine stoppelige Wange und präge mir jeden Zentimeter ein. Er sieht immer noch so aus wie der Mensch, den ich kannte – ein wenig rauer, abgehärtet durch Zeit und Umstände. Aber mein gebrochener, verdrehter Junge ist da drin, unter der Angeberei und der Wut.

»Sie hat ihre Wahl getroffen. Daran ist nicht Kade schuld.«

»Er hat ihr die Wahl genommen.«

»Sein Vater hat sie genommen«, erinnere ich ihn.

Als ich meine Hand von seiner Wange löse, drückt er mir einen sanften Kuss auf die Mitte meiner Handfläche. »Du warst noch nie der vergebende Typ. Wie kannst du ihn nach allem so einfach verteidigen?«

»Weil ich weiß, wie es sich anfühlt, für das Schlimmste verantwortlich zu sein, was man je getan hat, und mit dem Wissen zu leben, was man unerlaubt genommen hat«, gebe ich beschämt zu. »Es ist die intimste Form der Hölle, mit seiner Schuld allein zu sein.«

Die kleinste, fast unsichtbare Träne kullert über Hudsons Wange, bevor er sie aufhalten kann – ein Aufflackern von Menschlichkeit, die er so oft tief vergräbt, bis nichts als seine monströse Seite übrig bleibt.

Männer weinen auch, selbst wenn die dumme Gesellschaft ihnen sagt, dass sie das nicht dürfen. *Scheiß auf diesen Schwachsinn.* Ich werde alle Tränen auffangen, die er zu vergießen hat.

»Du weißt, wie es sich anfühlt, sich selbst zu hassen.«

»Scheiße, Brooke. Du weißt, dass ich das tue.«

»Und du weißt, wie zerstörerisch Schuldgefühle sein können.«

»Nun, offensichtlich. Worauf willst du hinaus?«

»Dann hör mir bitte einfach zu. Kade ist dein Bruder, er gehört jetzt zu deiner Familie.« Ich wische die Träne weg und drücke ihm einen Kuss auf den Mundwinkel. »Um seinetwillen liegt es an dir, das in Ordnung zu bringen. Du hast die Chance, ihn zu retten, bevor es zu spät ist. Diesen Luxus hatten wir beide nicht.«

Hudson seufzt, wobei der Hauch eines Lächelns seine Mundwinkel umspielt. »Mein Gott. Ich habe dir schon mal gesagt, dass du nicht an meine Menschlichkeit appellieren sollst.«

»Und ich habe dir gesagt, dass wir beide wissen, dass du menschlicher bist, als du zugeben willst. Das ist keine schlechte Sache.«

Hudson fixiert mich unter seinem muskulösen Körper und fährt mit seiner Nase über meine. »Hör auf, so erwachsen zu sein, das macht mir Angst.«

»Was soll ich sagen, es ist persönliches Wachstum.«

»Du hast dich verändert, Brooke.«

»Nein, ich will nur nicht mehr weglaufen.«

Ich drücke meine Lippen auf seine und verspüre kein Bedürfnis, ihm die Wahrheit zu verheimlichen. Unsere Tage des Kampfes sind vorbei. Er ist so unwiderruflich wie die Nacht, die jeden Tag die Sonne verschluckt und uns alle in die tröstliche Wärme des Schattens taucht.

»Amsel?«

Ich starre in seine aquamarinblauen Augen. »Ja?«

»Ich will, dass du es weißt, verdammt. Du musst wissen …«

Hudsons Stirn trifft meine, unser Atem vermischt sich.

»Die Wahrheit ist, dass ich dich liebe, seit ich sechzehn Jahre alt war und du mich fertiggemacht hast, weil ich mich verprügeln ließ«, flüstert er. »Ich habe dich geliebt, als ich weggelaufen bin, weil ich dich nicht ansehen konnte, ohne zu sehen, was ich getan habe. Und ich habe dich geliebt, als du einen Blick auf mich geworfen und mich in der Cafeteria niedergestochen hast. Verdammt, es hat mich sogar ein wenig heißgemacht.«

Ich kann nicht anders, als zu lachen, und sein Lächeln ist umwerfend.

»Ich liebe dich immer noch, verdammt. Ich habe nie aufgehört.«

»Hudson …«

Er schüttelt den Kopf und legt einen Finger auf meine Lippen. »Ich weiß, dass du mich hasst. Ich erwarte nicht, dass du es erwiderst, nicht jetzt … verdammt, niemals. Was ich getan habe, ist unverzeihlich, und ich werde mir nie verzeihen, geschweige denn es von dir erwarten. Dieser Ort ist verdammt beschissen, aber ich bin froh, dass eine Sache dabei herausgekommen ist. Blackwood hat dich zu mir zurückgebracht.«

Nachdem alle Barrieren beseitigt sind, sehe ich ihn jetzt klar und deutlich. Das schwarzhaarige Monster, in das ich mich vor so vielen Jahren verliebt habe.

Abgestumpft und unglücklich, mit einem Lächeln, das nur für mich strahlte. Besitzergreifend genug, um einen verletzten Vogel zu töten, damit ich ihn liebe. Gebrochen genug, um wegzugehen, als ich ihn am meisten brauchte. Gut genug, um mich in meinem tiefsten Moment zu halten und mir zu sagen, dass alles wieder gut wird.

Ein unvollkommenes menschliches Wesen wie wir alle. Irgendwie ist er für mich immer noch derselbe. Der Anfang und das Ende.

»Ich hasse dich, Hudson Knight.«

Sein Lächeln ist ungebrochen, er hängt an jedem meiner Worte.

»Aber die Wahrheit ist, dass ich dich von dem Moment an

geliebt habe, als ich dich in dieser verdammten Schule gesehen habe. Und jetzt, auch wenn wir dazu verdammt sind, ein schlechtes Ende zu finden, gehöre ich immer noch dir. Das habe ich die ganze Zeit.«

»Du musst es nicht sagen«, wirft er ein.

»Lass mich ausreden, Arschloch.«

Grinsend beißt er sich auf die Lippe und wartet ab.

»Hudson, ich liebe dich.«

»Du hast es gesagt.« Er strahlt.

»Jetzt nicht weich werden.«

»Ich fürchte, das könnte ich. Sag es nicht weiter.«

Wir prallen aufeinander wie Zwillingsflammen, die zur Zerstörung bestimmt sind, mit Zähnen und Zunge und der schieren Verzweiflung, eins zu werden. Hudson drückt mich auf das Bett und bedeckt mich mit seinem tätowierten Körper. Jeder Zentimeter seiner Haut erzählt die Geschichten aus seiner Vergangenheit, die wir in der Dunkelheit unseres Kinderheims ausgetauscht haben.

Ich gebe mich ihm hin, ergebe mich der Unvermeidlichkeit, dass wir zusammen fallen, wie wir es immer getan haben und immer tun werden.

»Warte«, sage ich, als ich mich losreißen kann.

»Jetzt gibt's kein Zurück mehr, Baby.«

Ich rolle mit den Augen und lege eine Hand auf seine Brust, um ihn wegzuschieben. »Wir können das jetzt nicht machen. Kade ist in seinem Zimmer eingeschlossen und macht niemandem auf. Geh zu ihm.«

»Jetzt sofort? Ernsthaft?«

»Ernsthaft. Bring die Dinge in Ordnung, ich werde immer noch hier sein.«

Hudson stöhnt in ein Kissen und schleppt sich aus dem Bett, wobei er mir einen Blick auf seine starken Schenkel und seine Brust gewährt. Ich schaue ihm anerkennend zu, und Hitze flutet zwischen meine Beine.

»Hör auf, mich anzuschauen, als wäre ich ein Baum, den du hinaufklettern willst.«

»Nein.« Ich grinse.

Er zieht seine üblichen zerrissenen Jeans und ein ausrangiertes Shirt über und starrt mich sehnsüchtig an. »Ich komme wieder ins Bett und bringe dich zum Schreien, wenn du so weitermachst.«

Ich schlage die Decke zurück und lasse ihn zusehen, wie ich mit meinen Fingern über meinen Bauch fahre, bevor ich in mein Höschen schlüpfe. Ich bin bereits feucht, und wenn er zuschaut, werde ich es noch mehr. Ich tauche einen Finger in meine Muschi und spreize meine Beine, damit er mir zusehen kann, wie ich mit mir selbst spiele.

»Amsel«, knurrt er.

Ich führe meinen feuchten Finger an meine Lippen, schmecke mich und stöhne, mache eine Show daraus, an dem Finger zu saugen, bevor ich ihm zuzwinkere.

»Geh. Beeil dich.«

»Du bist böse.«

»Aber du liebst mich.«

Hudson grinst. »Verdammt richtig, das tue ich.«

Als er hinausstürmt, lasse ich mich wieder nach hinten auf das Bett fallen. Da ist dieses seltsame, leichte Gefühl in meiner Brust. Ich habe keine Ahnung, was es ist, aber vielleicht … fühlt es sich genau so an. Ich werde das Wort nicht aussprechen, es ist ein Fluch. Aber eines Tages hoffe ich, dass wir es finden können. Das schwer fassbare Ding, das alle Menschen suchen.

Als die Tür zuschlägt, setze ich mich auf und runzle die Stirn.

»So schnell zurück?«

Ich erwarte nicht, Jeffersons dunkles, hungriges Lächeln zu sehen. Er kommt um die Ecke, eine Hand an seinem Schlagstock, die andere an einem vertrauten Paar Handschellen, das mir die Luft abschnürt.

»Verschwinde von hier«, schreie ich und drücke mich in die Ecke.

»Ich freue mich auch, dich zu sehen. Schwing deinen Arsch aus dem Bett, du hast deine Sitzung verpasst.«

»Ich bin beschäftigt. Sag Augustus, er soll sich ins Knie ficken.«

»Du kannst dir nicht aussuchen, wann du kommst«, warnt er und kommt gefährlich nahe. »Wenn du dich nicht anziehst und mit mir kommst, schleife ich deinen käsigen Arsch selbst nach draußen. Dann kann das ganze Institut sehen, was du wirklich bist: ein kleiner verdammter Freak.«

Ich verschränke die Arme, um die Narben zu verdecken.

»Alternativ kann ich mir auch Elijah schnappen«, schlägt Jefferson vor. »Ich habe ihn draußen gesehen, wie er mit diesem blauhaarigen Mistkerl dort geraucht hat, wo sie denken, dass wir sie nicht sehen können. Vielleicht kann er stattdessen für dich einspringen, hm? Das wird Augustus beschäftigen.«

Mein Herz schlägt mir bis zum Hals, aber ich lasse es mir nicht anmerken und knurre Jefferson stattdessen an.

»Dreh dich um, damit ich mich anziehen kann, Perverser. Ich komme ja schon.«

KAPITEL 24

BROOKLYN

MY BODY IS A CAGE –
ARCADE FIRE

ICH WERDE IN AUGUSTUS' Büro gestoßen und fange mich ab, bevor ich auf den Hintern falle, und stolpere stattdessen gegen die Bücherregale. Jefferson schnaubt und winkt mir zu, bevor er die Tür zuknallt.

Er hat mir nicht mal erlaubt, eine Nachricht für Hudson zu hinterlassen, also werde ich später für das ganze Verschwinden den Arsch versohlt bekommen. *Na toll.*

»Dein Shirt ist falsch herum.«

Ich drehe mich um und finde Logan in seiner Ecke. »Dein Kumpel hat mir zehn Sekunden gegeben, um mich anzuziehen, bevor er mit den Handschellen drohte, also entschuldige bitte, wenn mein Outfit nicht perfekt ist.«

»Warum warst du nackt vor Jefferson?«

Ich starre ihn an, schiebe meine Arme schnell wieder durch das T-Shirt und richte mich, wobei ich leise Obszönitäten murmle.

»Er versteht nicht, was eine verschlossene Tür bedeutet.«

Logan lacht und wendet seinen Blick ab, um mir so etwas wie Privatsphäre zu geben, während ich mich in Ordnung bringe. Als ich fertig bin, sehe ich mich in Augustus' Büro um und finde es noch unordentlicher vor als sonst.

Auf dem Mahagonischreibtisch stapeln sich mehrere Zeitungen und ungeordnete Notizen, die die polierte Oberfläche verschandeln. Mit einem kurzen Blick auf die Tür schleiche ich hinüber, nehme die erste Zeitung und überfliege die Schlagzeilen.

Lokalpolitiker nach falschen Anschuldigungen rehabilitiert.
Verschwörungsanklägerin & Süchtige begeht Selbstmord.
Philanthrop dankt dem Institut für die Behandlung seines verstörten Sohnes.

Unglaublich.

Sie haben die ganze Geschichte in hübsche kleine Schleifen verpackt. Stephanie, labil und high, erfand eine Geschichte, um eine der mächtigsten Familien des Landes ins Visier zu nehmen. Als ihr Plan nicht aufging, nahm sie sich in einem Drogenrausch das Leben.

Den Zeitungen zufolge ging die angesehene Familie Knight unverletzt und gestärkt daraus hervor und schwor, zu ihrem unschuldigen Lämmchen und Adoptivsohn zu stehen.

Verdammte Scheiße.

Ich glaube, ich muss kotzen.

»Hier steht nicht einmal etwas darüber, was Hudson getan hat«, zische ich und lese den Artikel erneut. »Kades Vater hat die ganze Geschichte so verdreht, dass sie ihm passt und seiner Karriere nützt. Verdammt, damit hat er wahrscheinlich gerade die nächste Wahl gewonnen. Verdammt noch mal.«

»Geld spinnt ein Netz aus Lügen, Kleine.«

»Ich dachte, wir hätten den Spitznamen besprochen, Mistkerl.«

Er grinst. »Was? Mir gefällt er.«

»Und mir würde es gefallen, wenn du dich verpisst.«

Ich lege die Zeitung beiseite und nehme meinen üblichen Platz ein. Augustus wird überglücklich sein, denn dieses ganze Fiasko ist eine riesige Werbung für Blackwood. Aus seinem vergoldeten Arschloch werden neue Patienten strömen, die um einen Deal zur Strafminderung betteln.

Logan wacht von der Ecke aus über mich, während wir auf Augustus warten, wobei seine vertraute Anwesenheit einen Hauch von Trost bietet. Als der böse Bastard selbst auftaucht und die Tür wütend zuschlägt, kann ich nicht anders, als zusammenzuzucken.

Augustus entledigt sich seines luxuriösen Wollmantels und seines Schals und streicht sich mit der Hand über das nach hinten gekämmte Haar. Er sieht mich und blickt finster drein.

»Sie haben unsere Sitzung verpasst, Miss West.«

»Ja … es kam etwas dazwischen.«

»Sich mit Ihrem Sträflingsfreund im Bett zu wälzen, ist keine ausreichende Entschuldigung, um unsere gemeinsame Zeit zu versäumen. Oder haben Sie die Abmachung vergessen? Ich bin gern bereit, Ihr Gedächtnis aufzufrischen, wenn es nötig ist, und bringe einen von ihnen für eine Live-Demonstration hierher.«

Ich halte meinen Blick abgewandt. »Das wird nicht nötig sein.«

»Gut. Lassen Sie es nicht wieder vorkommen.«

Hinter mir ist ein Schlurfen zu hören, und ich erschrecke über eine zusätzliche Präsenz im Raum, die am offenen Kamin steht. Die geisterhafte Kreatur, die mindestens eins neunzig groß ist, wartet auf weitere Anweisungen. Unter dem struppigen braunen Haar, das längst hätte geschnitten werden müssen, blicken mich zwei eindringliche karamellfarbene Augen an.

Das ist er.

Das Monster aus dem Keller.

Ich kämpfe gegen den Drang an, um mein verdammtes Leben zu rennen. Ohne das Blut, das von seinem Kinn tropft, während er wie ein tollwütiges Tier knurrt, hätte ihn fast nicht wiedererkannt.

»Sie erinnern sich an Patient Sieben. Er wird sich uns heute anschließen.«

Ich schlucke und nicke ihm zu. »Hallo.«

Außer seinem leeren, beunruhigenden Blick gibt es keine Antwort. Fast so, als wäre unter seiner Haut nichts als Blut und Knochen, eine leere Stelle, wo einmal ein Mensch war. Er gehorcht Augustus wie ein dressierter Hund, das Kinn in Unterwürfigkeit gesenkt.

»Patient Sieben arbeitet schon seit mehreren Jahren mit mir in einer anderen Einrichtung«, sagt Augustus, voller Stolz auf seine Schöpfung. »Der Geist ist eine seltsame Sache, so formbar und einfallsreich. Er lässt sich wie Ton formen und in etwas Neues verwandeln.«

Augustus geht auf die andere Seite des Schreibtisches, stützt sich auf die Mahagoniplatte und sieht seinen Patienten an.

»Aber wo gehobelt wird, da fallen Späne.«

Meine Haut kribbelt angesichts der Aura von Macht, die von dem Dämon ausgeht, der in Autorität und Auszeichnungen gehüllt ist. Während die Zeitungen den Schwachsinn drucken, für den sie bezahlt werden, liegt die Wahrheit in unseren lebendigen Gräbern begraben.

»Warum zeigen wir unserem Gast nicht, welche Fortschritte du gemacht hast?«

Augustus streicht Sieben eine Haarsträhne hinters Ohr und beugt sich vor, um seinen Befehl zu flüstern.

»Mal sehen, wie lange du brauchst, um mit dem Kopf durch die Wand zu kommen.«

Ich schlucke die brennende Säure hinunter, die in meiner Kehle aufsteigt, als Sieben nickt und gemessenen Schrittes auf die Wand zugeht. Er wendet sich dem Beton zu und hält für einen angespannten Moment inne.

Das muss eine Art Spiel sein oder ein kranker Scherz, eine

Abschreckungstaktik. Augustus wirft mir einen Blick zu, um sich zu vergewissern, dass ich mir die Show ansehe.

»Komm schon, du hast deine Befehle.«

Das Knirschen von Knochen lässt mich erschaudern, als es durch den Raum hallt. Sieben schlägt mit der Stirn gegen die Wand und hört nicht auf. Selbst als sein Schädel bricht, die Haut aufplatzt und rote Spuren auf der Tapete hinterlässt.

»Noch einmal«, befiehlt Augustus.

Einmal, zweimal, dreimal.

Bei jedem Schlag spritzt mehr Blut, und mein Magen dreht sich schmerzhaft um und droht jeden Moment zu rebellieren.

»Bitte … aufhören«, flehe ich.

»Mehr, Sieben.«

Augustus sieht ohne ein einziges Aufflackern von Reue zu, wie sein Patient sich langsam selbst den Kopf einschlägt. Als Sieben stolpert und kurz davor ist, das Bewusstsein zu verlieren, befiehlt der Arzt ihm schließlich, aufzuhören. Ich war in meinem ganzen Leben noch nie so entsetzt und erleichtert.

»Gut gemacht. Du kannst dich jetzt setzen.«

Sieben lässt sich neben mir auf den Sitz fallen und kämpft darum, die Augen offen zu halten. Ich starre auf den endlosen Strom von Blut, der aus den selbst zugefügten Wunden in seinem Kopf fließt.

»Wie viel wissen Sie über die Geschichte von Blackwood, Miss West?«

Die Frage trifft mich völlig unvorbereitet und ich wende meinen Blick von dem Wesen neben mir ab.

»Ich … ich verstehe nicht. Nichts.«

Augustus nimmt Platz und fummelt an seinen Diamantmanschettenknöpfen herum. »Wissen Sie, in den Sechzigern und Siebzigern boomte das Gebiet der Psychologie. Es gab so viele vielversprechende Experimente und Forschungsgebiete, die die Grenzen der wissenschaftlichen Erkenntnis verschoben. Aufregende Zeiten. Blackwood wurde in den frühen Achtzigern gekauft und für die Nutzung umgewidmet, mit der Absicht, eine hochmoderne Pflege anzubieten.«

»Gekauft von wem?«

Augustus lächelt über meine Frage und deutet mit einer Geste auf ein gerahmtes Foto an der Wand. Ich habe es noch nie bemerkt, ich bin zu sehr abgelenkt, wenn ich in diesem Raum bin.

Ich gehe hinüber, um es näher zu betrachten, und bemerke das vertraute Gebäude, in dem das Personal in altmodischer Krankenschwesterntracht und weißen Kitteln arbeitet.

»Blackwood Institute.« Ich berühre das Schild. »1984.«

»Das wurde bald zu einem Zufluchtsort für gefährliche und gestörte Menschen. Ein alternativer Weg, jenseits der Grenzen von Strafjustiz und Bestrafung«, erklärt Augustus, während ich wieder Platz nehme. »Wissen Sie, was das Beste an Kriminellen ist, Miss West? Menschen, die keine andere Wahl haben, als ihr Schicksal hier zu akzeptieren?«

Ich ringe meine verschwitzten Hände. »Sie haben nichts zu verlieren.«

»Richtig. Aber … sie sind auch entbehrlich. Ersetzbar. Aus der Gesellschaft ausgestoßen und letztendlich vergessen. Wenn Sie diesen Ort verlassen, wird niemand auf Sie warten. Niemand, der Sie vermisst oder zu Hause willkommen heißt. Sie sind allein auf der Welt, und das ist … *vorteilhaft.*«

Augustus blickt wieder zu Patient Sieben hinüber und gibt einen weiteren stummen Befehl. Bevor ich weglaufen kann, umschlingt mich sein skelettartiger Körper wie eine gewundene Schlange.

Ich habe keine Zeit zu schreien oder mich zu wehren, sondern kratze an seinen Händen, die meine Luftröhre zerquetschen. In seinen seelenlosen Augen lodert ein Feuer, ein brennendes Inferno, das mich ganz verschlingen wird.

Während ich ruhiggestellt bin, füllt Augustus eine Spritze, deren Flüssigkeit eine dunklere Farbe hat als das übliche Gebräu. Ich versuche, Sieben abzuschütteln, aber der Raum wird durch den Mangel an Luft unscharf.

Ich spüre nur noch den Schmerz in meiner Lunge, dann ein scharfes Kratzen, als Augustus die Spritze direkt in die Halsvene setzt.

»Ich behandle keine Patienten, Miss West. *Ich breche sie …* sorgfältig und akribisch.«

Die Welt entgleitet mir, und ich treibe auf einem See der Bewusstlosigkeit und falle zurück in die Tiefen meines Geistes. Durch endlose, quälende Sitzungen programmiert, folgt er perfekt den Befehlen.

Ich schleppe mich unaufgefordert zu dieser imaginären Treppe zurück, jede mühsam errichtete Wand bricht zusammen. Schreie hallen um mich herum, bettelnd und flehend.

Der schreckliche Soundtrack erwacht wieder zum Leben und überwältigt alle verbliebenen Sinne. Ich genieße die Wärme der Arme meines Vaters um mich herum, seinen Atem, der mein Haar umspielt.

»Es tut mir leid, Brooke. Es wird alles wieder gut.«

Bettelnd.

Schluchzend.

Weinend.

Nichts ist vergleichbar mit dem verzweifelten Flehen eines Sterbenden. Ich dachte, ich hätte es von Vic in seinen letzten Momenten gelernt, als er um sein Leben bettelte. Es machte die Tötung ach so süß, zu sehen, wie das Licht aus seinem Körper schwand, als ich mein Messer tiefer in seinen Bauch versenkte.

»Sie tut ihm weh, Daddy.«

»Schhhh, ist schon gut. Geh zurück in dein Zimmer.«

Während ich das verängstigte Mädchen und ihren verzweifelten Vater in den Tiefen meiner Erinnerung zurücklasse, verändert sich mein Albtraum und explodiert wie verschüttete Tinte.

Diesmal steige ich auf das Dach, voller Entsetzen, aber unfähig, mich zurückzuhalten. Rio grinst mich an und wartet darauf, dass das Licht der Überwachungskamera auf Kommando ausgeht. Seine Lippen bewegen sich und dieses Mal kann ich die Worte hören.

Nichts an diesem Ort ist echt.

Es ist alles nur ... eine Illusion.

Mit einem quälenden Atemzug reiße ich die Augen wieder auf. Der Raum dreht sich um mich herum, tickt und brummt. Ich starre an die Decke von Augustus' Büro, und er sitzt wieder hinter seinem Schreibtisch, als wäre nichts passiert, während er in irgendwelchem Papierkram blättert.

Patient Sieben ist nirgends zu finden. Die Wand ... sie ist makellos. Keine Blutspritzer, kleine Flecken oder Dellen, die darauf hinweisen, dass etwas passiert ist.

»Willkommen zurück. Sie waren ohnmächtig, Miss West«, informiert mich Augustus. »Die Spritze kann unangenehm sein, bitte lassen Sie sich Zeit. Wir haben es nicht eilig, unsere Sitzung zu beginnen.«

Benommen und verwirrt liege ich gebrochen auf seinem Teppich und finde keinen Trost in seinem zufriedenen Lächeln. Es dauert eine Ewigkeit, bis ich meinen unkooperativen Körper zurück auf meinen Platz schleppe, wo Augustus wie üblich die Maschine einstellt. Rios Stimme weigert sich, mich zu verlassen.

Ich bin froh, dass Augustus beschlossen hat, dich in das Programm aufzunehmen.

Ich werde eine verdammte Beförderung bekommen.

Ich kann nicht weglaufen oder schreien, als sich mir die Wahrheit offenbart. Es gibt jetzt kein Entrinnen mehr – das Programm. Ich habe mich nach Belieben mit der Illusion gefüttert, aber die monatelange Verleugnung hat nichts verhindert. Ich bin trotzdem hier gelandet, starre auf eine saubere Wand, und mein Verstand ist zersplittert.

Rio hat gewonnen.

Augustus hat gewonnen.

Blackwood hat verdammt noch mal gewonnen.

»Ich möchte mich auf eine bestimmte Erinnerung konzentrieren«, beginnt Augustus.

Ich schlucke, zu erschrocken, um mich auch nur zu bewegen.

»Ich denke, dass diese Erinnerung von einer weiteren Untersuchung profitieren wird. Ein Trauma kann außergewöhnliche Dinge mit unserem Verstand anstellen. Die Zeit verbiegen, verschwimmen lassen … die Realität entfernen. Die Wahrheit kann völlig unkenntlich werden. Wir werden sie gemeinsam finden.«

Augustus schlägt seinen Notizblock auf, die Seiten dick und voll mit Notizen. Das EEG-Gerät explodiert vor Lärm, Dutzende von Drähten verfolgen den Tornado, der durch mich tobt. Ich sehe mich hektisch im Raum um, auf der Suche nach etwas.

Es gibt keinen Patienten Sieben.

Keinen Logan. Nichts.

Ich bin allein, tanze mit dem Teufel und *verliere den Verstand*.

»Erzählen Sie mir von der Katze, Miss West.«

»Katze?«, murmle ich, wobei meine Stimme mir fremd ist.

Augustus blättert in seinen Notizen auf eine Seite und lacht.

»Die arme kleine Brooklyn ist allein auf der Welt und bettelt um Liebe, die sie nie bekommen wird. Als sie verzweifelt zu ihrer Lieblingssendung zurückkehren will, stößt sie auf etwas, das ihr Angst macht. Ihre Mutter, lachend und im Delirium, eine erwürgte Katze in ihren Händen.«

Seine Worte malen ein Bild, und sofort bin ich wieder das kleine Mädchen, das zittert wie Espenlaub und so schnell rennt, wie seine Beine es tragen. Mum folgt mir schreiend und brüllend und zieht damit die Aufmerksamkeit der ganzen Nachbarschaft auf sich. Dad wird sich später bei ihnen entschuldigen und erklären müssen, dass sie mit der Mutterschaft überfordert ist.

»Was geschah dann?«

Ich lecke mir die trockenen Lippen und finde meine Stimme. »Es w-wurde schlimmer. Sie hatte Angst vor ihrem eigenen Schatten. Sie sprach mit Dingen, die nicht da waren, s-sang spät in der Nacht zu unsichtbaren Kindern.«

»Und da begannen die Schläge?«

Ich nicke und spüre, wie Tränen meine Wangen benetzen. »Dad hat den Arzt angerufen und ihn angefleht, ihr zu helfen. Er sagte, sie sei krank und müsse eine Weile weg, um gesund zu werden. Es dauerte Monate, aber dann kam sie nach Hause. Sie war nie wieder die Gleiche. Kalt … l-leer.«

Augustus verlässt seinen Platz hinter dem Schreibtisch und nimmt stattdessen den leeren Stuhl neben mir. Er sitzt in der ersten Reihe und sieht zu, wie ich zusammenbreche. Die Erinnerungen werden nicht nachlassen, jetzt, da sie frei sind. Tief drin bin ich immer noch das verängstigte kleine Mädchen, das vor seiner eigenen Mutter davonläuft.

»Was nun?«, drängt Augustus.

»So v-viel Geschrei. Weiter und weiter und weiter …«

»Wer hat geschrien?«

Die Qual löscht jeden rationalen Gedanken aus, und ich umklammere meine Stirn und flehe darum, dass es aufhört. Ich will mich nicht erinnern. Ich flehe darum, dass die Erinnerungen mich in Ruhe lassen, unwissend und in Frieden.

Aber egal, wie sehr ich diese dicht gepackten Kisten verschließe, die Zeit ist gekommen. Ich besitze nicht mehr die Kraft, alles in Schach zu halten. Die Wahrheit kommt auf mich zu.

»Gehen Sie die Treppe hinunter. Nehmen Sie mich mit«, befiehlt er.

Augustus' Stimme holt mich zurück in den Albtraum.

Meine kleinen, kindlichen Füße sinken in den Teppich, als ich die Treppe hinunterschleiche. Dad ist kurz vorher gegangen und hat mir das Versprechen abgenommen, in meinem Zimmer zu bleiben. Aber das Geschrei hat aufgehört, also muss es jetzt sicher sein.

Es gibt keinen Grund zur Sorge.

Daddy wird auf mich aufpassen.

Erwachsene meinen immer, was sie sagen, oder?

Während Augustus mir in dieser verdrehten Traumwelt auf den Fersen ist, schleiche ich durch das dunkle Haus, bis die Küche vor mir liegt. Von drinnen ertönt ein ersticktes, gebrochenes Schluchzen, das nicht menschlich klingt. Wie eine verletzte Amsel, die von wütenden Händen zu Tode gequetscht wird.

»Mein armer Junge … Was hast du getan, Melanie?«

»Er wurde hergeschickt, um mich auszuspionieren. Ich musste es tun!«

Ich erschaudere beim Klang von Mums Stimme und bleibe in der Tür stehen. Mein Blick wandert über die polierten Kacheln, weiß und sauber … aber da ist etwas Dunkles, das sich auf ihnen ausbreitet.

Mit einem Schluchzen folge ich der sich ausbreitenden Pfütze zu ihrer Quelle und finde Dad auf den Knien vor, der den Herrn um Vergebung anfleht. Da ist etwas auf seinem Schoß. Nein, *jemand.*

»Und hier sind wir«, jubelt Augustus.

Dad stößt einen furchtbaren Schrei aus und schmiegt den schlaffen Körper an seine Brust. Ich kann sein Gesicht nicht sehen, aber ich weiß jetzt, wer es ist.

Zum ersten Mal seit über einem Jahrzehnt erinnere ich mich daran, wer immer wieder zwischen meiner Mutter und mir stand und mich vor weiteren Schlägen bewahrte. Wer mich nachts festhielt und mich in den Schlaf schaukelte und mir ein Leben fern von diesem Ort versprach. Der sein Leben gab, um mich vor ihrem Wahnsinn zu schützen.

Ich habe einen älteren Bruder. *Hatte.*

»Daddy?«, flüstere ich.

Sein Kopf schnellt hoch, seine großen Augen treffen auf meine. »Oh nein, Brooklyn … sieh nicht hin, Süße.« Seine Stimme trieft vor Verzweiflung, Tränen laufen über sein blasses Gesicht. »Geh wieder ins Bett, ich komme und lese dir eine Geschichte vor. Ich muss mich nur um Mummy kümmern.«

Ich bin ein braves Mädchen, also tue ich, was man mir sagt.

Die Ohren meines weichen Stoffkaninchens werden strapaziert, als ich mich durch den Stoff kaue und dem Geschrei unter mir lausche. Sie streiten darüber, was sie tun, wen sie anrufen sollen. Ein Wort setzt sich in meinem Gehirn fest, zu traumatisch, um es jemals zu vergessen, und schleicht sich in die Tiefen meiner Psyche.

Handsäge.

»Ich werde nicht zulassen, dass sie dich mir wegnehmen, mein Schatz …«, erklärt Dad.

Er war zu rein für diese Welt, schwach und abhängig. Süchtig nach ihrer Art von Liebe, geblendet von der Krankheit, die uns alle verschlingen will. Gefangen in dem Albtraum schreie ich mich in den Schlaf, während mein Verstand in Stücke zerbricht, die niemals repariert werden können.

Ihr Handeln war der Anfang vom Ende. Die Stimmen und Schatten tauchten in den folgenden Monaten, nach dem schicksalhaften Autounfall, der mich allein und verwaist zurückließ, auf.

Elternlos. Bruderlos. Gebrochen.

»Wir müssen ihn wegschaffen. Stück für Stück. Hol die Säge.«

»Nein! Er ist mein Sohn, ich will ihn begraben.«

»Lass nicht zu, dass sie mich wegbringen, Ian. Bitte … ich flehe dich an …«

»Beruhige dich, Mel. Ich bringe das in Ordnung. Ich verspreche es.«

Ich kauere in der Ecke von Augustus' Büro und lasse die Vision von meinem Kind-Ich hinter mir, die Vergangenheit schmilzt dahin, während ich in die reale Welt zurückkehre. Die letzte Erinnerung ist entschlüsselt.

Heftiges Schluchzen zerreißt mich, und ich drücke meine Knie an meine Brust, in der Hoffnung, dass die Dämonen mich in Ruhe lassen, wenn ich mich klein genug mache. Selbst der, der auf dem Stuhl sitzt und mich studiert.

Nicht real.

Real.

Nicht real.

Real.

»Ich h-habe ihn getötet«, schreie ich in meine Hände.

»Wen? Ihren Bruder?«

Ich schüttle den Kopf und kämpfe um Worte. »Vic. Ich h-habe ihn getötet und … in Stücke gesägt. Genau wie d-die Stimmen es mir gesagt haben. So wie es mein V-Vater getan hat. So wie ich es v-verdammt noch mal gelernt habe, als er meinen Bruder zerschnitten hat, um das M-Monster zu schützen, das er anstelle von mir liebte.«

Augustus strahlt mich an, als hätte er die ganze Zeit auf genau diese Worte gewartet. Die schmutzige, mörderische Perle im Herzen dieser Tragödie. Monatelange Arbeit und er hat seine Antwort.

Er blickt mich erwartungsvoll an, die professionelle Fassade ist wieder verschwunden. Etwas Unheimliches nimmt ihren Platz ein.

»Wissen Sie, die Wahrheit ist, dass das Blackwood Institute nie dazu gedacht war, Geisteskranke zu heilen«, erklärt er beiläufig.

»Was?«, wimmere ich.

»Einige sind hier, um sich zu rehabilitieren und nach Hause zurückzukehren, aber niemand verlässt diesen Ort ohne meine Zustimmung. Wir behandeln diejenigen, die eine Familie haben, und bauen unseren guten Ruf auf, der ausreicht, um die Außenwelt zu täuschen, während ich die vielversprechendste Ernte für meine eigenen Zwecke behalte.«

Er legt eine ruhige Hand auf meinen Kopf und streichelt sanft mein Haar. Ich versuche, mich zurückzuziehen und vor dem zu fliehen, von dem ich weiß, dass es kommt. Es gibt kein Entkommen vor ihm. Kein Verstecken oder Flehen, keine Chance auf Rettung.

Meine Seele gehört Blackwood.

Das hat sie immer.

Augustus beugt sich zu mir herunter und hebt mit seinem Finger mein Kinn an, damit ich ihm in die Augen schaue.

»Wir sind hier, um zu lernen und Pionierarbeit zu leisten, jenseits der Zwänge der zivilisierten Zeit. Wie meine Vorgänger studiere ich das Böse in all seinen Formen. Und Sie, Brooklyn West, sind das perfekte Subjekt. Nicht nur ein Opfer, sondern auch ein Täter. Ein unbeflecktes Produkt des reinen Bösen. Sie werden meine bisher größte Schöpfung sein.«

Er küsst mich auf die Stirn, wie es jeder Vater tun würde.

»Sie werden … Patient Acht sein.«

KAPITEL 25
PHOENIX

ADRENALINE – ZERO 9:36

DAS GERÄUSCH eines sterbenden Tieres weckt mich auf.

Bettelnd, wimmernd … als würde es irgendwie versuchen, mit mir zu sprechen. Verzweifelt darauf aus, verstanden zu werden, und dennoch dazu verdammt, allein zu sterben.

Ich drehe mich im Bett um und umklammere die leeren Laken, wo Brooklyn eigentlich schlafen sollte, in sicherer Entfernung und unter unserer ständigen Überwachung. Stattdessen ist sie verdammt noch mal weg.

»Kade? Wach auf, Mann.«

Er stöhnt und tippt auf sein Telefon, um Licht in den dunklen Raum zu bringen. Ich liege jetzt schon eine Weile in meinem eigenen Bett, seit er beschlossen hat, sich wieder in die Welt der Lebenden zu begeben.

Wir haben Brooklyn abwechselnd in unsere Obhut genommen, nachdem die Situation eskaliert war. Neulich Nacht haben wir sie erwischt, völlig wahnsinnig und außer Kontrolle, wie sie ihr Bein tief genug aufgeschnitten hat, dass es mit acht Stichen genäht werden musste.

Ich glaube nicht, dass einer von uns seitdem richtig geschlafen hat.

»Das sollte besser einen guten Grund haben«, murmelt Kade.

Ich schaue mich im Raum um, und mir läuft ein mulmiges Gefühl über den Rücken.

»Hörst du das?«

Wir verfallen in Schweigen und lauschen dem Geräusch.

»Es kommt aus dem Badezimmer.«

Ich springe aus dem Bett und gehe auf leichten Füßen durch den Raum. Die optimistische Seite in mir möchte glauben, dass sie pinkeln gegangen ist, aber ich bin kein Idiot. Hier ist kein Platz für Hoffnung, das ist die gefährlichste aller Emotionen für die Eingesperrten und Geisteskranken. Wir haben alle scharfen Gegenstände aus genau diesem Grund versteckt.

Ich öffne die Badezimmertür und schaue hinein.

Mein Herz bleibt stehen.

Ich habe Angst, sie wieder ausblutend vorzufinden, und das Resttrauma droht mich zu überwältigen. Ich glaube nicht, dass ich das noch einmal überleben würde.

Aber es ist kein Blut in Sicht. Ich glaube, es geht ihr gut. Als ich das Licht anmache, wird mir klar, wie verdammt naiv ich bin. An dieser Szene ist überhaupt nichts gut.

Brooklyn stützt sich mit den Händen auf dem Waschbecken ab und starrt ihr eigenes Spiegelbild an. Ihr Blick ist leer, ohne jede Erkenntnis. Ich glaube nicht einmal, dass sie wach ist. Dicke Tränen fließen ungehindert über ihre Wangen.

Mein Hitzkopf sieht irreparabel gebrochen aus.

»Baby? Was ist los?«

Ich ziehe sie in meine Arme, reibe ihren Rücken und bemerke die Gänsehaut, die ihren ganzen Körper bedeckt. Sie ist immer noch nackt, nachdem wir vorhin gefickt haben, und zittert heftig.

»Sie b-bringt ihn um, Daddy. Rette i-ihn.«

Ich habe zu viel Angst, um überhaupt zu atmen. »Wovon redest du?«

»Du solltest ihn r-retten. Halt sie auf, sie bringt ihn um.«

Ich schüttle sie unsanft, aber sie sieht mich nicht an, ihre Augen sind immer noch auf den Spiegel gerichtet. Ich fuchtle mit der Hand vor ihrem leeren Gesicht herum, aber es passiert nichts. Brooklyn ist nirgends zu finden, gefangen in ihren Albträumen oder etwas viel Schlimmerem. *Erinnerungen.*

Ich schreie nach Kade, halte sie fest und warte auf Hilfe, denn ich drehe hier völlig durch. Er wirft einen Blick auf das Chaos und übernimmt die Kontrolle. Er streicht ihr das verschwitzte Haar aus dem Gesicht und blickt ihr in die glasigen Augen.

»Brooklyn? Ich bin's, Kade, wach auf, Liebes.«

Er schnippt mit den Fingern und bekommt ebenfalls keine Reaktion.

»Komm schon, Hitzkopf«, flehe ich.

Kade blickt zwischen dem Spiegel und Brooklyns zitternder Unterlippe hin und her und verschwindet wieder im Zimmer. Ich weiß genau, dass Sadie einen Vorrat an Medikamenten für Notfälle zurückgelassen hat, aber die anderen trauen mir noch immer nicht damit, das Versteck zu zeigen.

»Tu ihm n-nicht weh …«, stöhnt sie und schwankt.

»Schhhh, ist schon gut. Bei mir bist du sicher.«

Ich drücke Brooklyn einen Kuss auf ihr verfilztes Haar, und sie stößt einen weiteren gequälten Laut aus. Ich trete einen Schritt zurück, in der Hoffnung, dass mehr Abstand sie beruhigt. Stattdessen verwandelt sich ihr Gesichtsausdruck in etwas anderes. Sie holt mit der Faust aus und bevor ich sie aufhalten kann, schlägt sie mit einem wütenden Schrei auf den Spiegel ein.

»Ich gehöre dir nicht, Vic. Das habe ich nie!«

Glasscherben fliegen durch die Luft, und ich reiße

Brooklyn mit mir, bis wir auf dem Badezimmerboden liegen, übersät mit scharfen Splittern. Sie windet sich weiterhin unter mir, gequält von einem unsichtbaren Feind.

»Kade! Beeil dich, verdammt.«

»Ich komme!«

Als er wieder in der Tür steht, nimmt er Brooklyn aus meinen Armen und drückt sie an seine Brust, wobei er beruhigende Laute von sich gibt. Ich kämpfe mich auf die Beine und blute aus mehreren kleinen Schnitten, nehme den Schmerz jedoch kaum wahr, da ich zu sehr auf ihr Gemurmel konzentriert bin.

Nachdem wir es geschafft haben, sie in eine Jogginghose und ein T-Shirt zu stecken, legen wir sie in Kades Bett und ziehen die Decke so fest, dass jeder Soldat ins Schwärmen geraten würde.

Brooklyn kämpft gegen die Fixierung an, während Schweiß von ihrem geröteten Gesicht tropft. Ihr Mund öffnet sich mit einem Keuchen, das so von Schmerz erfüllt ist, dass es mein Herz in noch kleinere Stücke bricht.

»Was sollen wir tun?«, frage ich in Panik.

»Warte mal. Liebes, trink etwas Wasser für mich. Komm schon.«

Wie durch ein Wunder schafft Kade es, ihr ein Glas Wasser einzuflößen. Mir entgeht nicht der unverkennbare Strudel des aufgelösten Pulvers darin, ein Medikamentencocktail, der uns etwas Zeit verschaffen sollte, um herauszufinden, was wir als Nächstes tun.

Diese Phasen kommen seit einiger Zeit jeden Tag und werden von Stunde zu Stunde schlimmer. Wir können niemanden um Hilfe bitten, solange wir nicht wissen, warum sie sich so schnell verschlechtert hat. Irgendetwas hat sie über den Abgrund gestoßen. Oder … *jemand*.

Kade lässt sich neben ihr auf die Decke fallen und hält unser Mädchen fest, bis sie schließlich einschläft. Ihre Augen bewegen sich weiterhin hinter ihren geschlossenen Lidern, aber das schreckliche Keuchen ist verstummt. Er schlingt seine Arme um sie wie eine Zwangsjacke.

»Irgendwelche guten Ideen?«, frage ich verzweifelt.

»Ich habe nichts. Die Dinge sind in letzter Zeit den Bach runtergegangen, das muss sie destabilisiert haben.«

»Das ist Blödsinn, Kade.«

Ich weiß, was das ist.

Blackwood Institute.

Geführt von Verrückten für Verrückte.

Kade schaltet das Licht aus, und ich zwinge mich zurück ins Bett, als mich die Erschöpfung packt. Wir machen uns gern vor, dass wir hier sicher sind und unser Schicksal selbst in der Hand haben.

Die Wahrheit ist eine bittere Pille – wir sind nie sicher. Nicht hier und auch sonst nirgendwo. Und schon gar nicht, wenn die Bedrohung von innen kommt und nicht so leicht zu besiegen ist.

Als ich wieder einschlafe, konzentriere ich mich auf das leise Geräusch von Brooklyns Atem. Jede Hoffnung auf eine ruhige Nacht wird durch einen ohrenbetäubenden Schrei eine Stunde später zunichtegemacht, gerade als die Morgendämmerung durch das Fenster zu spähen beginnt.

»Scheiße! Wo ist sie?«

Kade fällt aus dem Bett und klammert sich an die leeren Laken. Wir ziehen uns an und rennen auf den Flur hinaus. Eine Handvoll anderer Patienten ist aus ihren Zimmern aufgetaucht und sucht nach der Quelle des Aufruhrs.

Unten im Treppenhaus finden wir den Schuldigen. Ich bin verdammt erleichtert, jemand anderen als Brooklyn zu sehen, der blutend und gebrochen am Boden liegt.

Eine mir bekannte Krankenschwester wird von einem der Nachtwärter versorgt, ihr Bein in einem unnatürlichen Winkel abgeknickt, während Blut aus ihrem Kopf strömt. *Was für ein herrlicher Anblick.*

»Ist sie gefallen?« Ich lache.

Sie ist die Schlampe, die mir immer den Finger in den Hals steckt und meine Bemühungen vereitelt, Pillen zu verstecken. Verdammt, sie verdient es, die Treppe hinuntergestoßen zu werden.

»Meinst du …«

Ich spreche den Gedanken nicht zu Ende, denn Kade weiß, worauf ich anspiele. Er sieht besorgt aus und blickt ein letztes Mal auf die Krankenschwester hinunter, bevor er erklärt, dass wir uns aufteilen sollten.

Ich renne wieder nach oben, um mir Hudson zu schnappen, während er Eli holt. Wir müssen unser Mädchen finden, und zwar schnell. Es dauert ein paar Minuten, bis Hudson antwortet und die Tür mit einem Knurren öffnet.

»Phoenix, Mann. Ernsthaft … verpiss dich.«

»Wir haben ein Problem.«

»Verdammt noch mal. Lass mich meine Schuhe holen.«

Nachdem wir Brooklyns leeres Zimmer auseinandergenommen haben, sind wir verzweifelt. Sie ist nirgends zu finden, und ich habe sogar unter dem verdammten Bett nachgesehen.

Während Kade alle auffordert, Ruhe zu bewahren, rastet Hudson aus und schlägt mit den Fäusten auf die Badezimmertür ein, und Eli beobachtet den Wahnsinn mit kaum unterdrücktem Entsetzen.

»Irgendwelche Ideen, bevor wir den Sicherheitsdienst einschalten müssen?«, seufzt Kade.

Ich fange an zu protestieren, als auch Hudson zischend seine Abneigung kundtut. Wir diskutieren und werfen mit Ideen um uns, aber Eli schweigt beharrlich. Erst als er sich versteift und mit einem seltsam klingenden Quietschen aus dem Zimmer sprintet, werden wir aufmerksam und laufen ihm hinterher.

Jeder Schritt nach oben hallt wie ein Donnerschlag, das Grauen umklammert fest mein Herz. Er bringt uns direkt in den obersten Stock. Hier oben ist es ruhig, in Dunkelheit gehüllt, die von der aufgehenden Sonne durchbrochen wird.

Ich mache mich auf den Weg zum Ausgang und mein Mund wird trocken, als ich daran denke, wie wir das letzte Mal auf dem Dach gelandet sind. Es verfolgt mich jede Nacht, ohne Ausnahme. Die Ausgangstür steht einen Spaltbreit offen, gerade so weit, dass niemand etwas bemerkt, wenn er nicht hinschaut.

»Du hast mir gesagt, dass du den Schlüssel nach dieser Nacht weggeworfen hast«, sagt Kade.

Hudson errötet. »Ich wollte … Scheiße!«

Wir stürmen auf das düstere Dach und finden Eli, der wie erstarrt in die Ferne blickt. Ein Déjà-vu überfällt mich mit solcher Wucht, dass mir schwindelig wird. Dort sitzt Brooklyn auf der Kante und lässt die Füße baumeln.

»Halt!«

»Brooklyn!«

»Hitzkopf!«

Als wir hinter ihr zum Stehen kommen, schaut sie uns über die Schulter an, als wären wir die Verrückten, weil wir so viel Lärm machen.

»Was schreit ihr denn so?«

Ich mache zaghafte Schritte, um den Abstand zwischen uns zu verringern, die Hände ausgestreckt, bereit, sie bei der ersten Gelegenheit zu packen.

»Komm einfach von der Kante weg«, locke ich.

Sie schenkt mir ein schiefes Lächeln. »Ich sitze nur hier.«

Wir drängen uns um sie herum und ich tausche mit den Jungs besorgte Blicke aus. Ihre Stimme ist ganz falsch, leicht und ungewohnt, als wäre jemand anderes in ihren Körper eingedrungen, und sie starrt mich an. Diesmal sieht sie wach aus und schwingt ihre Beine über der Kante.

»Was machst du?«, fragt Kade beunruhigt.

»Reden.«

»Mit … wem?«

Sie blickt zur Seite und runzelt die Stirn, setzt aber bald wieder ihr Lächeln auf. »Mit mir selbst. Ich mag es hier oben. Es ist ruhig und laut zugleich, der Wind übertönt alles andere.«

Kade studiert sie. »Hast du die Schwester geschubst?«

Sie antwortet nicht, sondern lächelt breit. Während Hudson schnaubt, sieht Kade unbehaglich aus – er kann diese Version von Brooklyn nicht mit der in seinem Kopf vereinbaren.

»Sie hat mich nicht gesehen.« Brooklyn kichert.

Fluchend tritt Kade einen Schritt zurück und rauft sich die Haare. Eli nutzt die Ablenkung und schafft es, sich Brooklyn zu nähern, ohne sie zu erschrecken, und setzt sich neben sie.

Widerwillig akzeptiert sie seinen Arm um ihre Schultern, und er flüstert ihr etwas ins Ohr, was sie zum Lachen bringt, bevor sie Hudson wieder anschaut.

»Du hast meine Badezimmertür kaputt gemacht?«

»Du warst verschwunden«, schnauzt er.

»Ich habe nachgedacht, ich war nicht verschwunden. Mir geht es gut.«

Wir lassen uns alle an verschiedenen Stellen auf der Kante nieder. Kade hat die beruhigendste Ausstrahlung, aber er kann sich nicht zum Sprechen durchringen. Ich weiß, dass er an die Krankenschwester und ihr gebrochenes Bein denkt, die ohne Reue die Treppe hinuntergestoßen wurde.

Sein Gewissen hat in letzter Zeit sehr gelitten, aber er redet sich immer noch gern ein, dass wir gute Menschen sind und nicht die Monster, die der Rest der Welt sieht.

Brooklyn starrt in den Himmel, ihr Gesichtsausdruck schwankt zwischen zufrieden und … schmerzerfüllt. Als wüsste sie nicht, was sie fühlen soll oder was in ihrem Kopf vorgeht.

»Ihr findet mich immer, nicht wahr?«

Hudson schnaubt. »Selbst wenn du vor uns wegläufst.«

»Aber ihr wart nicht immer bei mir. Ich war so lange allein.« Ihre Stimme bricht, ihre Augen füllen sich mit Tränen. »Wusstet ihr, dass ich einen Bruder hatte? Vor langer, langer Zeit.«

Während wir drei darauf warten, dass sie es näher ausführt, sieht Hudson mich über ihre Schulter hinweg an, und ich kann echte Angst erkennen.

»Amsel … du hattest nie einen Bruder.«

»Du weißt nicht alles über mich, Hud.«

Ich sehe Hudson um Bestätigung an, aber er schüttelt den Kopf. Wir kennen die Zusammenfassung ihrer Kindheit, ihre nichtsnutzigen Eltern, die bei einem mysteriösen Autounfall starben und Brooklyn als Waise und allein zurückließen – wie wir alle.

»Er war groß wie mein Vater. Gut und freundlich, aber auch mürrisch. Beschützend mir gegenüber. Er hat mir immer diese tiefgründigen Fragen gestellt, als wäre er die kleine Stimme des Gewissens in meinem Kopf. Er versuchte mir beizubringen, mehr zu sein als unsere Mutter, nehme ich an. Sie war nicht das beste Vorbild.«

»Wie war sein Name, Hitzkopf?«, dränge ich.

Brooklyn starrt in die Ferne, ihre Hände zittern in ihrem Schoß. Hudson nimmt eine und hält sie fest, weil er deutlich spürt, dass hier etwas nicht stimmt. Körperlich sieht sie noch genauso aus. Aber ich werde das Gefühl nicht los, dass wir nicht mehr mit unserer Brooklyn sprechen.

»Ich … weiß es nicht. Ich kann mich nicht erinnern.«

Keiner weiß so recht, wie er auf ihre offensichtliche Verwirrung reagieren soll. Sie redet eindeutig Unsinn und will uns nicht zuhören. Also sehen wir zu, wie die Sonne langsam am Horizont aufgeht und uns alle in strahlendes Licht taucht.

Die Wärter wechseln von der Nachtschicht und tauschen Grüße und Vorfallmeldungen aus. Ein medizinisches Team trägt die Krankenschwester weg, die weint und vom Geschehen verwirrt ist. Die Küchen werden für den Tag in

Betrieb genommen, um die verrückten Massen zu ernähren. Die Welt dreht sich weiter, auch wenn die Realität um uns herum zusammenbricht.

»Lass uns dir helfen«, sagt Kade schließlich.

»Ihr könnt nicht helfen.«

»Wir wollen es versuchen«, füge ich hinzu.

Brooklyn wirft mir einen Blick zu, in dem so etwas wie Angst liegt. Was immer sie braucht, ich werde es tun. Ich bin fertig damit, sie zu hassen. Dieser Ort will uns auseinanderreißen, der einsame Wolf ist auf diese Weise leichter zu brechen. Nicht unter meiner Aufsicht.

»Wir sollten reingehen«, stößt Hudson hervor.

Ich helfe Eli aufzustehen, dann reiche ich Brooklyn die Hand und übergebe sie an Hudson, bevor er ausrastet. Sobald sie sich in seinen Armen zusammengerollt hat, holt er tief Luft, drückt sie kurz an seine Brust und gibt sie dann an mich weiter. Wir alle brauchen die Beruhigung nach diesem Chaos.

»Du bist eiskalt.«

»Ich kann nichts spüren«, murmelt sie.

Ihre Worte machen mir Angst. Sie ist zu dünn, zu zerbrechlich. Ich bin die einzige Person, die ihr wehtun darf. Es ist meine Aufgabe, sie zu verletzen und zu vernarben, sie zu lieben, bis der Tod uns verdammt noch mal scheidet. Und selbst dann werde ich ihren gottverdammten Arsch bis ans Ende der Welt jagen.

»Komm nicht allein hier hoch. Sag es mir oder jemand anderem«, flehe ich.

»Manchmal muss ich allein sein.«

Meine Lippen streifen ihre, um sie zu trösten. »Du bist nicht allein. Das musst du nie wieder sein. Wir sind deine Familie, Brooke. Wir alle.«

Sie erwidert den Kuss, kann aber trotzdem die Qual in ihren Augen nicht verbergen. Nicht vor mir. Die anderen mögen ihr den Mist glauben, aber ich kenne die Wahrheit.

Ich hatte selbst genügend Geheimnisse, um zu wissen, wie

es aussieht und welchen Tribut es fordert, eine so schwere Last mit sich herumzutragen. Unfähig, die Last zu teilen oder Erleichterung zu finden.

Brooklyn belügt uns.

Sie lügt nach Strich und Faden.

Und ich werde herausfinden, warum.

KAPITEL 26

BROOKLYN

DESTROYER – OF MONSTERS AND MEN

DOMINO WAR mein Lieblingsspiel als Kind.

Leichte Unterhaltung, wenn meine Eltern das Haus niederbrüllten und kurz davor waren, sich gegenseitig umzubringen. Mein Vater sagte immer, je mehr wir lieben, desto heftiger streiten wir.

Als ich jünger war, habe ich nie verstanden, was er damit meinte – wie Liebe etwas viel Unvollkommeneres und Giftigeres sein kann als die Geschichten, die in Disney-Filmen erzählt werden.

Ich reihte die winzigen Elfenbeinplättchen zu perfekten Kreisen auf und sehnte mich nach der Begeisterung, wenn ich nur einen einzigen Dominostein berührte und zusah, wie das Ganze außer Kontrolle geriet. Wie ein Schmetterling, der tausend Meilen entfernt mit den Flügeln schlägt und trotzdem einen Tornado verursacht.

Handlungen haben Konsequenzen.

Das verstehe ich jetzt.

Ich dachte, wenn ich mich umbringe, kann ich sühnen. Töricht, nicht wahr? Hier gefangen, gibt es keine Vergebung. Nur das Böse. Jetzt muss ich lernen, wie tief die Dunkelheit geht.

Ohne Logan, der heute Leibwächter spielt, steht Augustus hinter seinem Schreibtisch vor mir und klopft die Asche seiner Zigarette in einen silbernen Aschenbecher. Er hat noch nie in meiner Gegenwart geraucht, aber die Maske ist nun gefallen.

»Wie hat es sich angefühlt, sie fallen zu sehen?«, fragt er.

Ich erinnere mich an die Aufregung, die sich in meiner Brust aufbaute, als ich mich an die Krankenschwester heranschlich. Das war meine Hausaufgabe – jemanden zu finden, der es wert ist, bestraft zu werden, und ihm Schmerzen zuzufügen. Monatelang habe ich beobachtet, wie sie die Patienten wie Dreck behandelte und ihre Autorität ausnutzte, um ihnen Leid zuzufügen. Als ich sie gebrochen und mit Schmerzen sah, fand etwas in mir seinen Platz.

»Gut«, gebe ich zu.

»Ich habe über die Kameras zugeschaut. Beeindruckende Arbeit.«

»Sie haben zugesehen?«

»Natürlich.«

Alles, was in Blackwood geschieht, steht unter seiner Kontrolle. Selbst wenn wir denken, dass wir frei sind, ist das alles eine Lüge. Augustus will, dass schlimme Dinge passieren. Er will, dass die Patienten Drogen nehmen und mit Schmuggelware handeln, sich prügeln und ficken, sich selbst verletzen und Chaos anrichten.

Es sind alles unschätzbare Daten für seine Berechnungen, eine ungenutzte Quelle von Wissen und Macht. Rio arbeitete für Blackwood, um die Korruption zu nähren und den Informationsfluss zu gewährleisten. Den Wahnsinn zu versorgen und zuzusehen, wie alles um des Experimentierens willen außer Kontrolle gerät.

»Lassen Sie uns über Ihren Bruder reden«, schlägt Augustus vor.

»Nein.«

»Sie haben hier nicht das Sagen, Miss West. Finden Sie es nicht seltsam, dass Sie ihn aus Ihren Erinnerungen gelöscht haben? Ein ganzer Mensch, einfach weg.« Augustus schnippt mit den Fingern. »Der menschliche Verstand verblüfft mich immer wieder aufs Neue.«

»Wenn Sie damit fertig sind, sich über mein Gehirn einen runterzuholen, würde ich gern weitermachen.«

Augustus ignoriert meine Worte, nimmt seine Zigarettenschachtel und schiebt sie mit hochgezogenen Augenbrauen zu mir herüber. Ich zögere, weil ich sicher bin, dass es eine Falle ist. Er lächelt nur und ermutigt mich, mich selbst zu bedienen.

»Wir haben noch viel Arbeit vor uns.«

Ich atme die vertraute Behaglichkeit des Nikotins ein und unterdrücke mein Schaudern über seine Worte. Ein Teil von mir weigert sich immer noch, die entsetzliche Wahrheit zu glauben, die wir ausgegraben haben. Ein zehn Jahre altes Geheimnis, das in den dunkelsten Nischen meines Geistes schlummert.

»Es gibt keine weitere Geschichte zu erzählen«, brumme ich.

»Ich bin nicht mehr an Ihrer Geschichte interessiert.«

»Woran dann?«

»Ich habe Ihnen gesagt, warum es Blackwood gibt. Jetzt müssen Sie es selbst sehen.«

Augustus öffnet seine Schreibtischschublade und holt ein Paar glänzende Handschellen hervor. Mein Herz setzt einen Schlag aus, als er sich nähert. Ich sollte so weit von diesem gottverlassenen Raum weglaufen, wie ich nur kann. Meine Chance in der Wildnis nutzen, jenseits des Stacheldrahtzauns. Unterkühlung wäre besser als ein weiterer Tag als seine Laborratte, die auf Kommando tanzt wie eine Ballerina in ihrer Spieldose.

»Ich habe Ihnen von Ungehorsam erzählt. Es kann noch viel schlimmer für Sie werden«, warnt er.

Ich habe keine andere Wahl, als mich von ihm fesseln zu lassen, das Metall gräbt sich in mein Fleisch. Wir verlassen das

Büro und finden meinen Lieblingssadisten im Flur, dessen lüsterner Blick über mich streift.

»Abend, Chef«, grüßt Jefferson.

»Sind die Vorbereitungen getroffen?«

»Ja, Sir. Wir sind vor einer Stunde mit Patient Sieben fertig geworden.«

Ich halte meinen Mund, als ich weggeführt werde und die relative Sicherheit des Büros hinter mir lasse. Ich hätte nie gedacht, dass der Tag kommen würde, an dem ich diesen Ort als vertraut oder tröstlich bezeichnen würde, aber die feuchte Dunkelheit der sich ausbreitenden Räume dahinter ist eine ganz andere Art von Hölle.

»Der Zimbardo-Flügel wurde kurz nach der Eröffnung errichtet, um die beiden Zwecke von Blackwood zu trennen«, erklärt Augustus und führt mich einen weiteren endlosen Korridor entlang.

Jeder Schritt fühlt sich bedeutsam an.

Als stünde ich an der Grenze zwischen Leben und Tod.

»Zimbardo … *Z-Flügel*«, murmle ich.

»Der letzte wahre Pionier auf dem Gebiet der Psychologie des Bösen«, bestätigt Augustus. »Er sehnte sich danach, die Verdorbenheit des menschlichen Geistes zu verstehen, was bestimmte Individuen dazu veranlasst, den weniger benutzten Weg vom Guten zum Bösen einzuschlagen. Genetische Veranlagungen oder der Einfluss von Umweltfaktoren.«

Wir kommen an verschlossenen und verriegelten Türen vorbei, ohne einen Hinweis darauf, welcher Schrecken dahinter lauert. Vorräte, leere Arrestzellen … oder etwas viel Schlimmeres, über das man nicht nachdenken sollte.

»Heutzutage unterliegt die Forschung ethischen Zwängen, die verhindern, dass etwas wirklich Interessantes untersucht wird«, fährt Augustus fort und streicht sein Seidenhemd glatt.

Ich werde langsamer, um durch eine offene Tür zu spähen, und starre auf eine riesige Stahlbadewanne, die genau in der Mitte steht. Erbrochenes steigt mir die Kehle hinauf, jeder neue Schrecken überfällt mich.

Dunkle Schlieren auf dem Boden.

Rote Strudel auf rostigem Metall.

In die Wanne eingebaute Fesseln, die den Insassen festhalten.

»Warum bin ich hier?«, wage ich zu fragen.

Augustus blickt über meine Schulter. »Ah, die Badewanne. Ein bisschen altmodisch, ich weiß. Manchmal sind die besten Taktiken die alten, Miss West. Aber keine Sorge, ich habe etwas Besonderes für Sie geplant.«

Augustus steht die pure Freude ins Gesicht geschrieben, als wir vor der letzten Tür anhalten. Er übernimmt die Kontrolle von Jefferson, nimmt mir die Handschellen ab und führt mich in die erwartete Dunkelheit. Ich taste herum und greife in die Luft, bis ein Schalter umgelegt wird und helles Licht den Raum erhellt.

»Willkommen in der Isolationskammer.«

Ich versuche zu fliehen, aber Jefferson holt mit der Faust aus und schlägt sie mir in den Magen. Er folgt mit einem schnellen Tritt in die Rippen, bevor er sich aus dem Raum zurückzieht.

»Ich dachte, Sie wüssten es inzwischen besser, als wegzulaufen.« Augustus seufzt.

»Sie … k-krankes Arschloch«, huste ich.

Er schnalzt mit der Zunge und wirbelt die Handschellen in seinen Händen. »Ich bin Wissenschaftler, ein Forscher. Eines Tages wird die ganze Welt meinen Namen kennen. Er wird in den Geschichtsbüchern stehen, für all das, was ich zur Wissenschaft beigetragen habe, indem ich mir die Hände ein wenig schmutzig gemacht habe. Keine Belohnung ohne harte Arbeit, nicht wahr?«

»Ich bin nicht Ihr verdammtes Wissenschaftsprojekt.«

Stöhnend richte ich meinen Körper auf und sehe sein amüsiertes Lächeln.

»Sie werden sein, was immer ich will. Wir haben Ihre Vergangenheit erforscht, Ihre genetische Veranlagung zum Bösen. Jetzt ist es Zeit für einen kleinen Anstoß. Diese entscheidenden Umweltfaktoren erweisen sich oft als wirksam.«

Ich drehe mich auf dem Absatz um und schreie Beleidigungen und Flüche, als die Tür zuschlägt. Allein gelassen in der Kammer, suche ich nach einem Ausweg. Die Wände sind aus glattem Beton und saugen die gesamte Wärme aus dem Raum ab. Keine Fenster, keine Türen. Kein Platz zum Weglaufen. Ich muss mir vormachen, dass die Flecken auf dem Boden nur Feuchtigkeit sind.

Ich frage mich, wie viele Menschen hier schon gestorben sind.

Ich frage mich, ob ich hier drin sterben werde.

Ich frage mich … ob es nach all dem eine Erleichterung sein wird.

Mit einem seltsamen Knistern wird das Licht gedimmt, bis auf einen einzigen Lichtstrahl, der auf eine nahe gelegene Wand projiziert wird. Von Staubpartikeln vernebelt, die in der Luft hängen, schlinge ich meine Arme um mich, als ein körniges Video auf den Beton gemalt wird.

»Lächle für die Kamera, Brooke! Zeig uns deine großen Zähne.«

Nein.

Das kann nicht sein.

Ich schaue mir das Video an, auf dem Mum mich von hinten umarmt und meine platinblonden Zöpfe zerzaust. Sie drückt mir einen feuchten Kuss auf die Wange, bevor sie die Kamera ergreift und zu Dad dreht. Lachfalten und freundliche Augen, die sie mit so viel Liebe ansehen, dass es mir den Magen umdreht.

»Meine schöne Frau.« Er seufzt glücklich.

»Werde jetzt nicht rührselig, Ian. Komm, gehen wir mit ihr ins Meer.«

Die Kamera wird an jemand anderen weitergereicht und ich schlage mir die Hände vor den Mund, um die hässlichen Schluchzer zu unterdrücken. Das muss er sein – mein Bruder. Sein Lachen ist hoch und vorpubertär, während er unseren Eltern dabei zusieht, wie sie mich über den Sandstrand führen. Sie schwingen mich zwischen sich – wie eine richtige Familie.

»Sie fragen sich jetzt sicher, woher ich dieses Band habe.«

Augustus' Stimme flüstert durch einen Lautsprecher, der in der Ecke versteckt ist. Ich suche nach irgendetwas, das ich benutzen kann, um das verdammte Ding zu zerschlagen und seinen bösen Fleck von diesem Ort zu entfernen. Das Video läuft weiter und zermalmt die Reste meiner Kontrolle.

»Es gibt viele Dinge, die Sie nicht wissen, Miss West.«

»Ich spiele dieses Spiel nicht mit Ihnen!«

Es gibt eine lange Pause, bevor meine Strafe eintrifft. Ich lasse mich auf den Boden fallen und halte mir die Ohren zu, als eine erderschütternde Geräuschexplosion den Raum erfüllt. Das intensive Klingeln prallt von den Wänden ab und hallt um mich herum, bis ich das Gefühl habe, mein Kopf würde explodieren.

Ich weiß nicht, wie lange das so weitergeht. Aber als ich schließlich meine Ohren loslasse, die trotz der Stille immer noch klingeln, sind meine Hände blutig.

»Der nächste Schritt auf unserer kleinen Reise in die Vergangenheit«, singt Augustus.

Ich blinzle durch trübe Augen und bin auf den nächsten Angriff nicht vorbereitet. Das neue Video ist noch älter, an den Rändern unscharf und in Graustufen getaucht. Ich erkenne den Zeitstempel aus den frühen Neunzigern, als der Reporter zum Institut hinter ihm gestikuliert.

»Wie Sie sehen können, ist Blackwood die Zukunft der psychiatrischen Versorgung in England. Mit erstklassigen Ärzten und Einrichtungen ist es zu einem Zufluchtsort für

Menschen geworden, denen es für die Außenwelt zu schlecht geht. Sehen Sie – hier ist einer!«

Wie ein Zootier, das vor einem gebannten Publikum zur Schau gestellt wird, beobachte ich mit Entsetzen, wie die weißen Türen eines Lieferwagens aufgeschlagen werden und zwei Wärter eine Frau herauszerren.

In dem Moment, in dem die Kamera nah genug heranschwenkt, wird ihr Gesicht eingefangen. Verborgen hinter einem verworrenen blonden Vorhang und doch unverkennbar vertraut.

Verdammter Gott im Himmel.

Sie kämpft und schreit nicht, sie speit keine hasserfüllten Flüche und droht nicht mit dem Tod. Diese Frau ist jünger als meine Erinnerungen, unberührt von der Grausamkeit von Krankheit und irreversiblen Schäden. Hoffnungsvoll. Ungebrochen. Lebendig.

Mum.

»Jemanden entdeckt, den Sie kennen?«, stichelt Augustus.

Ich starre in ihre schüchternen Augen, während die Reporter ihr wie Geier folgen. Das Video ist auf mehrere Jahre vor meiner Geburt datiert, aber es ist unbestreitbar sie. Der anfängliche Schock löst sich bald in Wut auf. Er ist unter meiner Haut, gräbt seine Krallen tief in mein Gehirn und verwirbelt es zur Unterhaltung.

»Melanie West, neunundzwanzig Jahre alt. Eingewiesen wegen postpartaler Psychose und nach drei Jahren als erfolgreiche Kandidatin erklärt.«

Während ich Augustus zuhöre, wie er seine Informationen vorträgt, fahre ich mir mit den Fingernägeln über die Kopfhaut, als könnte ich die Haut abziehen und alles neu ordnen, was sich in mir so verdreht hat.

Postpartal.

Ich war zu diesem Zeitpunkt noch nicht einmal ein feuchter Gedanke, noch Jahre von meinem Geburtsdatum entfernt. Es ist der unwiderrufliche Beweis, dass das, was wir entdeckt haben, wahr ist. Ich hatte wirklich einen Bruder. Eine Familie. Ich habe das alles verloren.

Ich zwinge mich, wieder auf das Band zu schauen, und beobachte, wie die Wärter Mum zu den Toren des Instituts eskortieren. Ein kleines Team wartet auf die Presse, um Fotos zu machen und die Nachricht zu verbreiten, um noch mehr Investoren anzulocken, die den Horror von Blackwood ausweiten.

Die Erkenntnis läuft mir über den Rücken, als ich mich näher an die Bilder heranwage, nah genug, um die körnigen Gesichter zu sehen. Ich erkenne ihn sofort, zwischen zwei Krankenschwestern stehend.

Jugendlich und weniger faltig, mit der gleichen verdammten Brille und demselben finsteren Lächeln. Meine Faust fliegt gegen die Wand und ich schreie auf, als meine Fingerknöchel schmerzen und heißes Blut über meine Haut rinnt. Egal wie fest ich schlage, ich kann die Bilder, die weit außerhalb meiner Reichweite projiziert werden, nicht verletzen.

»Professor Lazlo hat fast dreißig Jahre lang Pionierarbeit für Blackwoods Programm geleistet«, sinniert Augustus.

»Das kann nicht wahr sein … Das ist nicht real.«

Augustus zoomt das Video heran, sodass Mums Gesicht unverkennbar ist.

»Hören Sie auf, sich selbst zu belügen, Brooklyn.«

Das Video wird unterbrochen und ich ziehe mich schützend zurück, als der Ton wieder in den Raum dröhnt. Es fühlt sich an, als ginge die Welt unter, jede seismische Erkenntnis wird durch den Schmerz und die Verwirrung der Reizüberflutung unterstrichen. Sie versuchen, mich über den Abgrund zu stoßen.

Mir wird klar, dass es funktioniert.

Mir wird klar, dass ich nicht davor weglaufen kann.

Ich schluchze in meine knochigen Knie, die an meinen Bauch gepresst sind, und es kommt mir wie eine Ewigkeit vor, bis das Geräusch aufhört. Der Schmerz, der durch jeden Teil von mir dringt, füllt meine Poren wie ein Krebsgeschwür und lässt keinen Platz für irgendetwas anderes. Nicht einmal für mich selbst. Ich spüre, wie sie mir durch die Finger gleiten, die Fetzen von Klarheit, die mir geblieben sind.

»Melanie erwies sich als eine unserer besten Patientinnen«, verrät Augustus. »Sie hatte eine solche Wildheit in sich, eine glorreiche Dunkelheit, die Lazlo mit ein wenig Ermutigung an die Oberfläche holte. Ich bin gespannt, ob Sie ihr das Wasser reichen können.«

»Niemals«, keuche ich und wische mir die Tränen aus dem Gesicht. »Sie war meine Mutter, nicht Ihre handzahme Psychopathin. Ihr habt das getan. Ihr seid diejenigen, die sie krank gemacht haben.«

Augustus lacht hämisch los und genießt meinen Schrecken.

»Melanie war das Lieblingsexperiment von Lazlo. In den drei Jahren, die sie hier verbrachte, hat er wirklich unglaubliche Dinge erreicht. Ich habe ein ganzes Dossier über alle Morde, die durch ihre Hand geschahen. Er schuf das perfekte Monster.«

Ich atme scharf ein und finde die gefürchtete Antwort auf meine Frage. »Bevor sie in die Wildnis entlassen wurde.«

»Wie ein dressierter Tiger, der in seinen natürlichen Lebensraum zurückkehrt«, erklärt Augustus. »Welchen Sinn hat es, den menschlichen Geist zu formen, wenn er die neue Form nicht beibehält? Lazlos Arbeit musste auf ihre Wirksamkeit getestet werden. Als Ihr Vater Jahre später die Behörden auf sie ansetzte, kehrte Melanie natürlich nach Blackwood zurück.«

Er war es. *Lazlo.*

Er war die ganze Zeit ihr Arzt.

Ich schlage meinen Kopf gegen die Wand, in der Hoffnung, bewusstlos zu werden, und mein Körper fällt zurück in den Trost des Schmerzes. Mein ganzes Leben war eine Lüge. All die Jahre, die ich damit verbracht habe, mein verfluchtes Blut zu beschuldigen, die »Familienkrankheit«, die mein Leben ruiniert hat – *vergeudet.*

Ich erinnere mich an den Tag, an dem sie uns weggenommen wurde, ich war so verängstigt. Aber als sie zurückkam … war jeder Anflug von meiner Mutter erloschen. Ein paar Wochen später geschah jene schicksalhafte Nacht.

»Sie hat meinen Bruder ermordet«, schluchze ich.

»Melanie tat, was ihr beigebracht wurde. Die Wahrheit ist, Miss West, Blackwood ist Ihr Zuhause. Es fließt durch Ihre Adern, auch wenn Sie uns auf Schritt und Tritt bekämpfen. Sie haben schon immer zu diesem Institut gehört. Ihr Leben wurde geboren, um diesem Programm zu dienen, so wie es Ihre Mutter tat. Das ist Ihr Schicksal.«

Ich ziehe mich in die hinterste Ecke des Raumes zurück und rolle mich zu einer wehrlosen Kugel zusammen. Das Knallen der Tür lässt mich aufblicken, wo das ausdruckslose Gesicht von Patient Sieben auf mich wartet.

»Lassen Sie uns ein Spiel spielen.« Augustus gluckst. »Sieben ist mein erfolgreichstes Projekt. Nicht ganz Ihre Mutter, aber er ist verdammt gut. Wenn man genügend Druck auf ein Stück Kohle ausübt, entsteht ein Diamant. Ein herrlicher, purpurner Blutdiamant.«

Sieben kommt näher, sein Blick fest auf mich gerichtet. Ich kann nirgendwohin laufen, ich stehe mit dem Rücken zur Wand. Er bleibt nur wenige Zentimeter von mir entfernt stehen, seine Nasenlöcher blähen sich bei jedem Atemzug. Mit Schrecken stelle ich fest, dass ich die Hoffnung hege, er möge meinen Schädel gegen die Wand schlagen.

Ich würde die Erlösung begrüßen.

»Hier ist der Deal. Beweisen Sie, dass Sie weitere Investitionen wert sind, und Sie werden diese Kammer verlassen können. Wenn Sie mich nicht beeindrucken, werde ich Elijah zu Ihnen in die Dunkelheit bringen«, erklärt Augustus. »Mal sehen, wie gut er sich bei einer Reise in die

Vergangenheit schlägt. Glücklicherweise gibt es jede Menge Filmmaterial über seinen kleinen, feurigen Unfall. Es wird nicht viel brauchen, um ihn zu brechen.«

»Sie haben versprochen, sie in Ruhe zu lassen«, wimmere ich.

»Wenn Sie mit dem Teufel feilschen, sind Sie verdammt, Miss West.«

Ohne weitere Vorwarnung packt mich Sieben grob und schleudert mich quer durch den Raum. Ich schlage auf dem Boden auf und Schmerz schießt meine Wirbelsäule hinauf. Er schreitet emotionslos voran und tritt mir so fest ins Gesicht, dass meine Nase bricht.

Während ich an einem endlosen Strom von Blut ersticke, setzt er sich auf meinen Körper und legt seine großen, starken Hände um meine Kehle. Dann beginnt er zu drücken.

Ich flehe im Stillen um Gnade.

Ob für den Tod oder die Erlösung, weiß ich nicht.

Der Raum verengt sich, bis nur noch wir beide übrig sind, in dieser gegenseitigen Hölle gefangen. Keiner von uns beiden ist frei. Er zieht seinen Griff fester und fletscht die Zähne, während er langsam meine Luftröhre zusammenpresst. Gerade als ich mich mit meinem Schicksal abfinde und darauf vorbereite, meine Augen zu schließen, blitzt etwas in seinem Blick auf.

Ein kurzer Anflug von Erkenntnis.

Vielleicht ein menschliches Wesen im Inneren des Tieres.

Er beugt sich so weit vor, dass seine Lippen mein Ohr berühren, und ich höre zum ersten Mal seine Stimme, was mich aus meiner Benommenheit aufschreckt.

»Wehre dich oder du wirst sterben. Schlag mich. Tu mir weh. Bring mich dazu, aufzuhören, denn ich will dich nicht töten.«

Er zieht sich zurück, nickt mir kurz zu und lockert seinen Griff gerade so weit, dass ich Luft holen kann. Dann lasse ich die Bestie in mir los und greife an, wobei ich jedes Quäntchen Kraft nutze, das ich noch habe.

Sein Schädel knallt auf den Boden, als ich mich auf ihn stürze und mit den Fäusten auf sein Gesicht einschlage. Der Blutdurst nimmt überhand. Reiner Überlebensinstinkt.

Wenn ich Eli von diesem Keller fernhalte, indem ich mich Blackwood ergebe, werde ich meinen Namen mit Blut unterschreiben und mein Schicksal bereitwillig akzeptieren. Das Knirschen von zertrümmerten Knochen und nassem, zerquetschtem Fleisch dringt nicht einmal zu mir durch. Ich schreie, während ich unbarmherzig auf Sieben einprügle, ein ursprüngliches Geräusch der Freude.

Als ich fertig bin, muss Jefferson seinen Körper wegschleppen. Schlaff, blutend und gebrochen. Er ist nicht mehr als Mensch zu erkennen. Ich bin mir nicht einmal sicher, ob er unter dem roten Wasserfall noch lebt.

Mein Kopf hängt vor Erschöpfung herunter, meine Muskeln schreien aus Protest. Ich bemerke erst, dass Augustus den Raum betreten hat, als seine Hand über mein blutverschmiertes Haar streicht – eine fürsorgliche, zärtliche Geste.

»Gut gemacht, Patient Acht.«

»Eli?«, flüstere ich gebrochen.

»Er wird frei bleiben wie die anderen auch. Aber ihre Freiheit hat ihren Preis.«

KAPITEL 27

HUDSON

DEATHBEDS – BRING ME THE HORIZON

ICH NEHME einen langen Zug von dem Joint, halte den Rauch in meiner Lunge und genieße den Rausch der Ruhe. Ich blase ihn aus und gebe den Joint an Kade weiter. Wir teilen ihn schweigend und studieren das Institut unter uns.

»Glaubst du ihr?«

Er zuckt mit den Schultern und drückt den Joint aus. »Ich habe die Akten geprüft, das andere Mädchen wurde nach den Büchern in Einzelhaft eingewiesen. Wir haben keinen Grund zur Annahme, dass sie lügt.«

Nachdem sie vor ein paar Tagen grün und blau geschlagen zurückkam, hat Brooklyn sich geweigert, mit uns zu sprechen. Sie hat sich in ihrem Zimmer verkrochen, und keiner von uns weiß, was passiert ist, nur dass sie behauptet, in einen Streit geraten zu sein.

Während die anderen vielleicht leichtgläubige Idioten sind, weiß ich, dass sie lügt. Mein Mädchen würde sich nie von jemandem so in den Hintern treten lassen.

»Hast du schon etwas über Augustus herausgefunden?«

»Er ist blitzsauber.« Kade seufzt. »Ich habe alle seine Qualifikationen und seinen Hintergrund überprüft, ich war gründlich. Es sieht so aus, als hätte er an einem anderen Ort im Norden gearbeitet, bevor er nach Blackwood gekommen ist. Nichts deutet darauf hin, dass er … ich weiß nicht. Irgendwie involviert ist. Wir wissen, dass es Brooklyn nicht gut geht. Sieh dir an, wo wir sind, verdammt noch mal.«

»Das ist mir scheißegal«, schnauze ich. »Ich kenne sie besser als sie sich selbst. Das ist sie nicht. Ich sage dir, Augustus ist böse. Wir übersehen hier etwas.«

Ich sage nicht, dass ich nur halb an meine Worte glaube. Wir alle wissen, wozu Brooklyn fähig ist. Kade zögert, aber ich gebe ihm ein Zeichen, es einfach auszuspucken.

»Bei allem Respekt, sie ist hier, weil sie jemanden getötet hat. Vielleicht kennen wir sie nicht so gut, wie wir glauben. Brooklyn ist labil. Es geht ihr psychisch nicht gut, und wir ermutigen sie nur.«

Ich werfe ihm einen warnenden Blick zu. »Vorsichtig, Bruder. Glashäuser und so. Deine Hände sind nicht so sauber, wie du zu glauben scheinst. Muss ich dich daran erinnern?«

Er zuckt zusammen, die Farbe verschwindet aus seinem Gesicht.

»Das habe ich mir gedacht.«

»Lass mich in Ruhe, Hud. Ich spreche nur aus, was wir alle denken.«

»Niemand sonst denkt das«, behaupte ich.

»Sie hat die Krankenschwester die Treppe hinuntergestoßen, ohne auch nur einen Gedanken daran zu verschwenden. Sie hat Britt die Finger gebrochen, dich in der Cafeteria niedergestochen und einen Mann ohne jegliche Reue umgebracht. Ich glaube, ich muss nicht weiterreden. Wir beschützen ein Tier.«

»Unser verdammtes Tier!«

»Sie ist mir auch wichtig«, verteidigt sich Kade.

»Hört sich für mich nicht so an.«

»Verdrehe nicht meine Worte.« Kade schnippt den fertigen Joint beiseite und lässt die Schultern hängen. »Ich will damit nur sagen, dass wir sie nur eine gewisse Zeit lang schützen können. Wenn sie weiter diese Spirale hinunterstürzt, wird das Institut irgendwann eingreifen. Es wird wenig geben, was wir tun können, um das zu verhindern.«

»Das Institut ist dafür verantwortlich!«

»Unsere Köpfe zu verkorksen und Patienten zum Spaß zu quälen? Ja, sicher. Aber du redest hier von einer ausgewachsenen Verschwörung. Hast du eine Vorstellung von den Auswirkungen? Das ist doch Schwachsinn.«

Seine Worte entfachen meine unaufhörliche Wut. Ich stehe auf und laufe auf dem Dach herum. Ich habe es so satt, immer zwei Schritte hinter allen anderen zurückzubleiben. Alle Teile sind da, dieses zerbrochene Puzzle, das ein Eigenleben zu haben scheint, und doch will es nicht passen.

»Du bist derjenige, der gesagt hat, dass hier etwas nicht in Ordnung ist«, sage ich.

»Du versuchst, die Schuld auf die Ärzte zu schieben, um der Wahrheit zu entgehen«, antwortet er traurig. »Wir sind alle in ein labiles, gebrochenes menschliches Wesen verliebt, das sich nicht unter Kontrolle hat. Sie ist aus einem bestimmten Grund hier, und wir haben uns aus Sentimentalität vor dieser Tatsache verschlossen.«

Ich packe Kade an seinem perfekt gebügelten Hemd und drücke ihn gegen die Backsteinwand. Seine Augen treten vor und er krallt sich an meinen Handgelenken fest, um den Druck zu mindern.

Wenn er nicht mein Bruder wäre, wäre er schon tot. Wie er so treffend sagte, ist Sentimentalität ein verdammtes Miststück, aber sie ist das Einzige, was ihn im Moment schützt.

»Was ist mit *Familie ist für immer?*«

»Vor der Realität wegzulaufen, hilft keinem von uns«, keucht Kade.

»Du willst über die Flucht vor der Realität reden? Okay, dann lass es uns tun. Du hast meine verdammte Ma umgebracht. *Du.* Niemand sonst.«

»Hudson … bitte …«

»Nein! Genug ist genug. Es ist mir scheißegal, was passiert ist, es ändert nichts an den Tatsachen. Sie ist deinetwegen tot. Ich war bereit, dich in deiner Schuld ertrinken zu lassen, und Brooklyn war diejenige, die mich überzeugt hat, dir die Hand zu reichen und zu helfen.«

Schmerz überwältigt Kades Gesichtsausdruck, und er fleht mich stumm an, aufzuhören. Ich bin noch nicht fertig. Ganz und gar nicht.

»Du läufst vor deinen Dämonen davon und hältst uns anderen einen Vortrag, weil wir genau das Gleiche tun«, schreie ich ihm ins Gesicht.

»Lass mich los, Hud.«

Stattdessen schlage ich ihn mit voller Wucht gegen die Wand, sodass ihm die Luft wegbleibt. Kade keucht und versucht, sich zu wehren, aber ich bin stärker als er. Er kann nicht mehr vor der Wahrheit weglaufen, ich werde es nicht zulassen.

»Gib es zu. Du hast sie getötet.«

»Sie hat versucht, unsere Familie zu begraben, weil wir dir geholfen haben.«

»Sie war trotzdem meine verdammte Mutter! Jetzt ist sie tot.«

Ich habe um einen Geist getrauert, denn trotz ihrer Fehler war sie ein Mensch aus Fleisch und Blut. Familie. Die Frau, für die zu schützen ich getötet habe, und die mich in die Hölle auf Erden brachte. Kinder sind gebrochen, weil sie nicht anders können, als die Monster zu lieben, die sie hervorgebracht haben.

»Es tut mir leid«, fleht Kade.

»Das bedeutet mir nichts.«

»Bitte, Hud. Es tut mir so verdammt leid.«

»Wenn du mir erlaubt hättest, mich selbst auszuliefern, wäre sie noch am Leben. Janet würde es gut gehen. Deinem Vater würden nicht unsere gottverdammten Ärsche gehören.

Cece würde sich nicht aus Angst in ihrer Schule verstecken und hätte ein Zuhause, zu dem sie zurückkehren könnte. Du musstest mich retten und alle anderen opfern.«

Tränen laufen Kade über die Wangen. »Weil du mein Bruder bist.«

»Das bin ich nicht. Das war ich nie. Du brauchtest nur ein weiteres Opfer, das du retten konntest, einen weiteren hoffnungslosen Fall, den du deinem Repertoire an Fehlschlägen hinzufügen konntest.« Ich schnaube, als wäre die ganze Sache lustig. »Du kompensierst deine eigenen Unzulänglichkeiten, indem du dein Ego aufbläst und dich als Retter aufspielst. Keiner von uns muss von dir gerettet werden, Kade. Du musst dich selbst in Ordnung bringen.«

Als ich ihn zur Seite stoße, weicht er erschrocken vor mir zurück. Ich habe ihn noch nie so verstört gesehen. Aber als er mir in die Augen sieht, die unleugbare Wahrheit in seinem Gesicht, hat er Angst. Es gibt nichts Schrecklicheres, als sich seinen eigenen Fehlern zu stellen.

Ich feuere meinen letzten Schuss. »Du nennst dich einen guten Menschen, aber du bist ein egoistisches Arschloch. Wir haben versprochen, Brooklyn vor dem zu schützen, was auch immer als Nächstes kommt, sei es sie selbst oder jemand anderes. Du hast sie aufgegeben. Die Wahrheit ist, du bist ein Haufen Scheiße. Ich schäme mich verdammt noch mal für dich.«

Er bricht weinend zusammen.

Der Kade, den wir kannten, ist weg.

Mit einem Schnauben lasse ich ihn auf dem Dach zurück, um sich in Selbstmitleid zu suhlen. Er kann machen, was er will. Ich habe Brooklyn schon einmal verlassen, und das war der schlimmste Fehler meines ganzen Lebens. Ich habe sie so oft im Stich gelassen, und ich weigere mich, die lange Liste zu erweitern.

Niemand hat von mir erwartet, ihr Beschützer zu sein, aber ich bin der Einzige, der stark genug dafür ist.

Ich stapfe zurück zu ihrem Zimmer und verschaffe mir mit dem Universalschlüssel, den ich Kade gestohlen habe, Zugang. Ich finde Eli schlafend in ihrem Bett, zum Schutz um sie geschlungen. Brooklyn ist hellwach und starrt nachdenklich an die Decke.

»Amsel?«

Sie erschrickt und blickt zu mir auf. Die dunklen Ringe unter ihren Augen schmerzen mich auf einer atomaren Ebene. Wir haben sie und uns gegenseitig enttäuscht. Blackwood hat uns alle gebrochen.

»Was machst du hier?«, flüstert sie.

»Ich bin deinetwegen gekommen.«

»Warum?«

»Weil es mein verdammter Job ist, Baby.«

Behutsam löst sie Elis Arm von sich. Er sieht so jung aus, wenn er in ihrem Bett liegt, unschuldig und verletzlich. Ich bin schockiert, als ich feststelle, dass er kein Shirt trägt und Haut zeigt, die ich selbst noch nie gesehen habe.

Dicke Narben aus verdrehtem Fleisch bedecken jeden Zentimeter, straff gezogen und schmerzhaft. Brooklyn bemerkt, dass ich ihn anstarre, und zieht die Decken bis zu seinem Kinn hoch, um die Narben zu verdecken.

»Du hast sie noch nie gesehen?«

»Er ist ein privater Mensch«, argumentiere ich.

»Wärst du das an seiner Stelle nicht?«

Sie klettert vom Bett, nimmt ihre Zigaretten und geht zum Fenster. Ihre Hände zittern, als sie sich eine anzündet. An diesem Punkt sind die Regeln überflüssig. Keiner von uns tut mehr so, als hätten wir Angst vor Bestrafung.

»Was willst du, Hud?«

Ich starre sie mit wortlosem Verlangen an. »Dich.«

»Ich bin hier.«

»Nein, das bist du nicht. Du warst es schon eine Weile nicht mehr.«

Ihre grauen Augen treffen auf meine, verstrickt mit

Geheimnissen, die ich nicht länger ertragen kann. Ich wünschte, ich könnte in ihren Geist eindringen und ihr die Wahrheit mit bloßen Händen entreißen.

»Wirst du mir sagen, wer dich verletzt hat?«

»Ich habe es dir schon gesagt«, antwortet sie zu schnell. »Diese dumme Schlampe, Megan. Sie ist eine von Britts Lakaien. Bist du sicher, dass du nicht auch deinen Schwanz in sie gesteckt hast?«

»Hör auf, das Thema zu wechseln. Hier geht es nicht um Britt.«

Sie wirft die Zigarette weg und blickt mich so böse an, dass ich vor ihr zurückweiche. Hinter ihrem verletzlichen Äußeren verbirgt sich ein eingesperrtes Tier, eine geifernde Bestie, die meiner eigenen gleicht.

Ich beschließe, mich zu behaupten, und lasse sie direkt auf mich zugehen. Ihre Fäuste ballen sich in meinem T-Shirt, ihre Iriden flackern mit Flammen, die ich in mir selbst erkenne.

»Sag mir, was du brauchst«, flehe ich.

»Du musst mich in Ruhe lassen.«

»Hör auf, mir ins Gesicht zu lügen.«

Sie lehnt sich gegen meine Berührung, als ich mit meinen Fingerknöcheln über ihre Wange streiche und dunkle Blutergüsse nachzeichne, die nur von Fäusten stammen können. Jemand hat angefasst, was mir gehört. Das kann nicht ungestraft bleiben.

»Du kannst mir nicht geben, was ich brauche«, flüstert sie.

»Versuch es nur. Nimm, was immer es ist, halte dich nicht zurück.«

Brooklyn stößt einen Seufzer aus, ihre Nase streift die meine. »Wir können nicht beide wütend sein. Ich will dir nicht wehtun, ich will der Welt wehtun. Der ganzen Welt.«

Ich schließe meine Hand um ihre geprellte Kehle und drücke sie mit dem Rücken gegen die Wand, wobei ich ihre Beine mit meinem Knie spreize. Egal, was sie sagt, ich kenne sie besser als jeder andere. Sie liebt den Nervenkitzel der Jagd und wandelt auf der Grenze zwischen Schmerz und Vergnügen.

Wer sonst verliebt sich in vier kaputte Außenseiter mit so viel Ballast? Kaputte Menschen tun sich immer zusammen, in der Hoffnung, die fehlenden Teile ihrer selbst in jemand anderem zu finden.

»Warum können wir nicht die ganze Welt verbrennen? Wer zum Teufel sagt, dass wir dieses Recht nicht haben?« Ich presse meine Lippen auf ihren Puls und genieße es, wie er für mich einen Schlag aussetzt. »Wenn es das ist, was du brauchst, dann marschieren wir da raus und töten jedes einzelne Arschloch, das es wagt, uns schief anzuschauen.«

»Das können wir nicht.«

»Den Teufel können wir nicht. Ich werde für dich Richter, Geschworener und Henker sein, Amsel. Ich werde der Bösewicht sein, wenn es das ist, was du brauchst. Ich werde das Ungeheuer sein. Solange ich dafür deine Liebe bekomme.«

Sie schließt ihre gequälten Augen und gibt sich mir hin. Ich küsse mich ihren Hals hinunter und hasse die blauen Flecken, die ihr die Hände eines anderen Menschen zugefügt haben. Sie bettelt um mich, sehnt sich nach der süßen Erlösung, die nur meine Berührung bringen kann.

Ich liebe es, dass ich diese Wirkung auf sie habe, dass ihr Körper genauso süchtig nach mir ist wie ich nach ihr. Sie ist die gottverdammte Luft, die ich atme, das Licht am Ende des Tunnels und die Dunkelheit zugleich.

»Wir werden hier sterben«, murmelt sie.

»Vielleicht.«

»Ich glaube nicht, dass wir ein Happy End verdient haben.«

Ich vergrabe meine Finger in ihrem offenen Haar und ziehe kräftig daran, wobei ich genieße, wie sie Luft holt. »Vielleicht tun wir das nicht. Verdammt, ich weiß, dass ich es nicht verdiene. Aber eine Sache weiß ich ganz sicher.«

»Die wäre?«

Ich schenke ihr ein grausames Grinsen.

»Wir werden wenigstens zusammen sterben.«

Unser Kuss ist ein Inferno rasenden Verlangens. Ich verschlinge ihre Lippen, bis sie stöhnt und sich an meinen Körper presst, auf der Suche nach mehr Reibung. Ich liebte das unschuldige Mädchen, das ich früher kannte, aber dieses sexuell selbstbewusste Tier ist etwas ganz anderes.

Brooklyn spreizt ihre Beine, lädt mich ein, näher zu kommen, bis ich meinen Schwanz direkt gegen ihren Schritt drücke. Ich kann ihre Hitze von hier aus spüren, die darum bettelt, entfesselt zu werden. Gerade als ich sie vorbeugen will, schrillt ein Alarm im Zimmer.

Sie zuckt angesichts des Lärms vor Angst zusammen, und ich drücke sie an meine Brust, weil ich ihre Reaktion hasse. Es ist nur ein Feueralarm, wahrscheinlich wieder eine Übung. *Warum hat sie solche Angst?*

»Lass uns rausgehen, bevor die Wärter die Tür aufbrechen.«

»Ich … ich glaube nicht, dass wir das tun sollten.«

Ich sehe sie stirnrunzelnd an. »Wir können hier nicht bleiben.«

Sie versucht, mich mit ihren Augen anzuflehen, aber ich halte ihr Handgelenk fest, damit sie sich nicht wehren kann. Wir schnappen uns den verschlafenen Eli vom Bett, der wegen des überwältigenden Lärms ebenfalls kurz vor einem Zusammenbruch steht, und stoßen im Korridor mit Kade zusammen, der auf dem Weg vom Dach zurück nach unten ist.

Er weigert sich, mich anzusehen, und rennt mit geschwollenen, roten Augen die Treppe hinunter. Eine Sekunde lang fühle ich mich fast schlecht. Das Gefühl ist aber schnell wieder erloschen. Der blöde Arsch hat zur Abwechslung die Wahrheit verdient.

»Wo ist Phoenix?« Brooklyn sieht sich um.

»Scheiße. Er ist in seinem Zimmer.«

»Wir müssen ihn holen!«

»Er ist ein großer Junge. Ich muss dich rausbringen«, beharre ich.

»Nein, wir können ihn nicht zurücklassen!«

»Du bist meine Priorität, Amsel.«

Als Eli sieht, wie Brooklyn ausflippt, fasst er einen Entschluss. Ich beobachte, wie er mit seiner Angst ringt und widerwillig seinen Todesgriff um Brooklyn löst, um sich die Ohren zuzuhalten. Er nickt uns beiden zu und rennt die Treppe wieder hinauf. Ich glaube, das ist das Mutigste, was ich ihn je habe tun sehen.

Wir lassen den Strom der Patienten an uns vorbeiziehen und reihen uns in die Schlange ein, die nach unten führt. Kade ist schon weg, um nicht mit uns reden zu müssen. *Verdammter Feigling.*

Während der Feueralarm weiterschrillt, treiben die Wärter die Patienten nach draußen und stellen sie zur Zählung auf.

»Wir müssen auf sie warten«, fleht Brooklyn.

Als ich die Tränen in ihren Augen sehe, während sie mich anstarrt, fluche ich. »Gut. Zwei Minuten.«

Wir bleiben im Treppenhaus zurück, während sich die Zimmer um uns herum leeren. Unter dem Schrillen des Alarms hallt das Geschrei von draußen wider. Ich zähle in meinem Kopf rückwärts, bereit, sie nach draußen zu zerren, sobald die zwei Minuten um sind. Eli dreht wahrscheinlich durch, aber er hat Phoenix.

»Zeit zu gehen«, verkünde ich.

»Nein! Ich gehe zurück.«

Brooklyn löst sich aus meinem Griff und rennt die Treppe wieder hoch. *Verdammt noch mal.* Bevor wir unser Stockwerk erreichen können, bleibt sie wie angewurzelt auf dem teuren Teppich stehen. Eine Gestalt versperrt uns den Weg und wartet offensichtlich auf uns.

»Keine Bewegung, sonst haben wir ein Problem«, schreit

Jack mit dem Messer in der Hand über den Alarm hinweg. »Das gilt auch für dich, Brooklyn.«

Er wirft einen Blick auf die Überwachungskamera, die in der Ecke des Treppenhauses angebracht ist, und nickt ihr kurz zu. Im nächsten Moment verstummt der Alarm. Ich wusste es. Sie haben mich alle für verrückt erklärt, aber ich wusste es, verdammt. Brooklyn drückt meine Hand und mahnt mich, ruhig zu bleiben.

»Wir haben noch eine Rechnung offen, Hudson. Ich mag Respektlosigkeit nicht«, erklärt Jack.

Ich schiebe Brooklyn hinter mich und schütze sie mit meinem Körper. »Und ich mag es nicht, wenn Arschlöcher meine Freunde mit Drogen versorgen, um sich damit umzubringen. Und doch sind wir hier.«

Er öffnet das scharfe Messer in seiner Hand und fängt es mit geübtem Griff. Ich bin mir nur allzu bewusst, dass er es jeden Moment in mir vergraben könnte. Irgendwie muss ich nah genug herankommen, um ihn zu entwaffnen.

»Du hast jede einzelne Person hier verprügelt und alles kaputtgemacht. Hast du die gestohlenen Drogen auch für dich behalten, Arschloch? Bei mir kauft keiner mehr«, schimpft er.

»Was für eine verdammte Schande.«

»Trotz aller Warnungen hast du deinen Platz vergessen. Glaube nicht, dass das unbemerkt geblieben ist. Wir alle wissen, was du mit Rio gemacht hast.«

Ich höre auf zu atmen.

Brooklyn starrt, ohne zu blinzeln.

»Glaubst du wirklich, wir wüssten das nicht?« Jack lacht.

»Wir?«, wiederhole ich.

Ich stolpere rückwärts und kämpfe darum, ruhig zu bleiben. Er schluckt den Köder, folgt mir und kommt näher. Noch ein paar Schritte und ich kann sein eigenes Messer in seinem Bauch versenken.

»Er steht unter meinem Schutz. Das kannst du nicht tun«, platzt Brooklyn heraus.

Ich starre sie verständnislos an, während Jack weiter grinst und die Unterhaltung genießt. »Scheiß auf den Schutz. Augustus kann sich ein neues Haustier suchen, mit dem er spielen kann.«

»Du willst das nicht tun«, versucht sie.

»Oh, ich glaube, ich will es.«

Brooklyn tritt hinter mir hervor und weigert sich, sich zu verstecken. Die Angst, die ihren Körper zum Beben gebracht hat, ist verschwunden und durch Ruhe ersetzt worden. Ich versuche, sie festzuhalten, aber sie stößt mich beiseite und ist entschlossen, sich Jack allein zu stellen.

»Er wird dich dafür bezahlen lassen, dass du ihn verraten hast.«

Wovon zum Teufel redet sie?

Jack schüttelt amüsiert den Kopf. »Sag mir eins. Was hat Rio in dieser Nacht zu dir gesagt? Ich bin mir sicher, er hat deinen Zusammenbruch noch genossen, bevor er dich deinem Schicksal überließ.«

»Jemand sollte mir besser sagen, was zum Teufel hier los ist«, knurre ich.

»Du stolperst schon seit geraumer Zeit in dieser Sache herum«, sagt Jack und macht mich noch wütender. »Ich dachte, du wärst schlau, aber vielleicht habe ich mich geirrt.«

Als ich einen besorgten Blick auf Brooklyn werfe, sehe ich, dass sich ihr Gesicht verändert. Sie zittert bei seinen Worten, als würde die bloße Erwähnung von Rios letzter Tat sie erschrecken.

»Er sagte, es sei alles nur eine Illusion«, murmelt sie.

Jacks Lachen verursacht mir eine Gänsehaut. »Du hast unseren besten Mann ausgeschaltet und uns alle zu Tode geschockt, das gebe ich zu. Das war nicht der Plan. Aber es hat sich herausgestellt, dass du lebendig viel mehr Spaß machst als tot. Lazlo hat es nie verstanden, oder? Der Idiot hat sich verkalkuliert, aber Junge, er hat für diesen Fehler bezahlt.«

Ich verliere die Geduld, stürze mich auf Jack und versuche, ihn als letzten Ausweg die Treppe hinunterzuwerfen. Er ist schnell mit seiner Klinge, schwingt sie durch die Luft, zerschneidet mein dünnes T-Shirt und erwischt dabei auch meine Brust.

Ich beiße die Zähne zusammen, verdränge den Schmerz und stoße ihn weg. Er stolpert, bevor er sein Gleichgewicht wiederfindet, und fuchtelt warnend mit der Waffe herum.

»Noch eine Bewegung und ich werde dich ausweiden.«

»Versuch es. Ich fordere dich heraus«, stachle ich an.

»Du hast es immer noch nicht kapiert, oder? Ich habe hier die Kontrolle!«

»Du bist völlig wahnsinnig.«

Brooklyn presst eine Hand gegen meine blutende Brust, erfüllt von mörderischer Wut. Bevor ich sie davon abhalten kann, sich einzumischen, hallen Schritte über uns. Ich habe schreckliche Angst, dass es Eli und Phoenix sein könnten. Ich kann sie nicht alle beschützen. Da der Alarm ausgeschaltet ist, sind sie hoffentlich an Ort und Stelle geblieben.

Es sind nicht die beiden.

Jemand weit Schlimmeres.

Ein Sack aus Haut und Knochen gesellt sich zu Jack, legt seine Hand um seinen Bizeps und drückt ihm einen Kuss auf die Lippen. Als sie sich voneinander lösen, wirft Britt mir einen hasserfüllten Blick zu.

»Seid ihr mit dem Konzept eines Handlangers vertraut?«, fragt Jack.

Keiner von uns antwortet.

Britt wirft ihr Haar über die Schulter und lächelt vergnügt. »Ein Handlanger ist ein falscher Teilnehmer. Der Inhaber der echten Macht in einem Experiment.«

Brooklyn macht einen Schritt nach vorn und weicht meinen Händen aus. Ich fühle mich wie im freien Fall, als die Auswirkungen auf mich einprasseln, jede Erkenntnis ein weiterer seismischer Schock.

»Du arbeitest für ihn«, faucht Brooklyn.

Britt kichert. »Keine Sorge, wir sind nicht hier, um dich zu töten. Er ist viel zu sehr in sein kostbares kleines Versuchskaninchen verliebt.« Sie hält Jack ihre Hand hin, damit er ihr die Klinge geben kann. »Aber wir waren immer so brav, also ist eine kleine Belohnung angebracht. Geh beiseite, Schlampe.«

Brooklyn bleibt standhaft. »Wenn du ihn anfasst, wirst du sterben.«

»Willst du uns die Treppe hinunterstoßen, wie du es mit der Krankenschwester getan hast?«, spottet Jack.

Bevor Brooklyn ihnen das Licht ausknipsen kann, weicht Jack ihr aus und stürzt sich auf mich. Ich falle die ersten paar Stufen hinunter und kämpfe mich auf die Füße.

Brooklyn springt von hinten auf Jack, aber er dreht den Spieß um und schlägt sie gegen die Wand. Meine Sicht färbt sich rot, als er sich auf ihren Körper setzt und ihre Handgelenke über ihrem Kopf festhält.

»Schwach und verletzlich siehst du am besten aus«, stichelt er lachend.

In meiner Absicht, ihm das Genick zu brechen, weil er sie angefasst hat, bin ich nicht darauf vorbereitet, dass Britt die nächste Gelegenheit nutzt, um mit Jacks Messer auf mich zuzukommen. Ich wehre den Hieb ab, aber in letzter Sekunde schlüpft sie durch meinen Griff und sticht mir die Klinge tief in den linken Arm.

Überrumpelt stolpere ich wieder und versuche, das Blut zu stoppen, das zwischen meinen Fingern fließt. Dem starken Blutfluss nach zu urteilen, hat sie mich schlimm erwischt. Ich habe keine Zeit zu verlieren.

»Du hättest mich lieben sollen«, schreit Britt und verpasst mir einen weiteren Hieb, diesmal auf meine rechte Hand, sodass ich den Halt am Geländer verliere. »Du hast mich gefickt und weggeworfen, mich wie ein wertloses Spielzeug behandelt. Ich habe alles hingenommen, was immer du verlangt hast, weil ich dich liebte. Eine Woche nach ihrer Ankunft hast du mich weggeworfen.«

Rot strömt durch meinen Griff und färbt den Teppich ein. Benommen vom Blutverlust kann ich mich nicht bewegen oder Brooklyn vor dem Schlag schützen, den Jack ihr an die Schläfe versetzt, sodass sie auf der Treppe bewusstlos wird.

»Britt, b-bitte«, sage ich und hebe eine blutige Hand.

Sie streicht mir mit der Klinge quer über die Handfläche und schneidet so tief, dass sie am Knochen entlang schabt und ich fast den Inhalt meines Magens erbreche.

»Du hast mich unterschätzt, Hudson. Andere sehen mein Potenzial. Als sie an mich herantraten, wusste ich, dass dies meine Rache sein würde. Ich konnte nicht Nein sagen.«

Ihr Körper stößt mit meinem zusammen und sie ragt mit einem wahnsinnigen Lächeln über mir auf. Britt holt erneut mit der Klinge aus und bereitet sich auf den tödlichen Schlag vor. Ich bin völlig ungeschützt und kann mich nicht wehren.

»Ich musste nur das Spiel spielen und Befehle befolgen. Ganz einfach.«

Sie küsst ihre Fingerspitzen, legt sie auf meine Lippen und lächelt.

»Lebwohl, Hudson.«

Unter ihr gefangen, in Erwartung des letzten Messerstichs, verliere ich langsam das Bewusstsein. Ich sehe nicht Britt. Ich sehe nicht die vertrauten Wände von Blackwood. Ich sehe nicht die blutenden Wunden, die mich lähmen. Ein eindringliches Bild tritt in den Vordergrund.

Brooklyn.

Sie rappelt sich auf, unsicher und schwach, ihre Stirn blutet von dem letzten Schlag. Sie schnappt sich einen nahe gelegenen Feuerlöscher und schafft es, ihn in die Höhe zu heben, dann stößt sie einen Schrei aus, als sie den ahnungslosen Jack am Kopf trifft.

Die Welt verschwimmt wieder und verblasst.

Kurz darauf spritzt mir heißes Blut ins Gesicht.

Ich blinzle durch einen roten Vorhang und würge unter dem kupfernen Tod. Wo Britt nur Sekunden zuvor noch stand, wartet nun das Grauen. Sie starrt mich mit leeren Augen an, nachdem Brooklyn ihr das Messer über die Kehle gezogen hat, Bindegewebe und Muskeln durch den Schnitt freigelegt.

Britt stürzt in Zeitlupe und bricht mit einem endgültigen Aufprall auf der leeren Treppe zusammen. Brooklyn umklammert immer noch das blutige Messer, ihr Atem geht schwer. Sie wischt sich die rot getränkten Hände an ihren Jeans ab und nickt mir entschlossen zu.

»Du hattest recht. Lasst uns die ganze verdammte Welt verbrennen.«

KAPITEL 28

BROOKLYN

THROUGH ASH – MOON TOOTH

DUNKELHEIT. *Schreie. Schrecken.*

Unsere nächtliche Routine des Grauens beginnt.

»Schhhh, ist schon gut. Ich habe dich.«

»Ich h-habe Angst«, wimmere ich und kuschle mich an mein Kaninchen.

»Musst du nicht, ich bin hier. Ich werde immer hier sein. Schließe deine Augen und höre auf meine Stimme. Auf nichts anderes.«

Das beruhigende Gewicht meines Bruders legt sich hinter mich ins Bett, seine Arme umschlingen meinen Körper. Er streichelt mein verschwitztes Haar und singt leise vor sich hin. Ich bin mir sicher, dass kein Achtzehnjähriger seinen Freitagabend mit seiner kleinen Schwester im Bett verbringen möchte, aber er tut es trotzdem.

»Ich kann sie immer noch hören«, gebe ich zu.

»Sie wird dich nicht anrühren, das lasse ich nicht zu. Versuch zu schlafen.«

»Wie?«

»Schafe zählen, weißt du noch? Lass es uns gemeinsam tun.«

Ihr wütendes Geschrei geht weiter, während wir gemeinsam mit gedämpften Stimmen imaginäre Schafe zählen und kaum in mein Doppelbett mit babyrosa Laken passen. Mum kam vor ein paar Wochen nach Hause.

Jetzt ist sie wieder krank.

Schlimmer als je zuvor.

Wir sind nach oben geflüchtet, als sie anfing, alle Fotos zu zerschlagen, und uns schreckliche Dinge vorwarf. Sie denkt, wir hätten ihre Kinder gestohlen und ihren Platz eingenommen. Ich versteckte mich unter dem Küchentisch, als sie mir zum zweiten Mal in dieser Woche mit der Faust die Lippe aufschlug.

»Ich dachte, der Arzt würde sie gesund machen«, rufe ich.

»Ich auch, Kleine. Vielleicht dauert es eine Weile.«

»Aber sie war so lange weg. Warum hat es nicht geklappt?«

Er hält mich noch fester und ich höre meinen Bruder seufzen. »Mach dir keine Sorgen. Alles wird gut werden. Sie wird irgendwann zu uns zurückkommen.«

Das hält die Tränen nicht davon ab, zu fließen. Vor Kummer und Schmerz, vor Angst und Ungewissheit. Was passiert, wenn er aufs College geht? Wer wird mich dann beschützen? Ich habe solche Angst, mit ihr allein in diesem Haus zu sein. Mum ist weg, vielleicht für immer. Ich weiß nicht, wer diese andere Person ist.

»Wird sie jemals wieder gesund werden?«

»Ich weiß es nicht, Brooke. Aber egal, was passiert, wir sind immer noch eine Familie. Das werden wir immer sein, durch dick und dünn.« Sein Atem zerzaust mein Haar, mit dem Duft der Selbstgedrehten, die er vor seinem Schlafzimmerfenster raucht.

»Was passiert, wenn du nicht mehr da bist?«

»Denk nicht daran.«

Irgendwie werden meine Augenlider schwer. Mit der Stärke und dem Schutz meines Bruders, der mich beschützt, kann ich es wagen zu schlafen. Er wird sie nicht mehr an mich heranlassen, zumindest nicht heute Nacht. Solange ich ihn habe, wird alles gut sein.

Ich kann mir eine Welt ohne ihn nicht vorstellen.

———

Traum und Wirklichkeit sind eins geworden.

Nach unzähligen Sitzungen dieser Tortur bemerke ich den

unerbittlichen Druck des Schlauches nicht mehr. Das Wasser ist eiskalt, es prasselt mit einer solchen Heftigkeit auf mich ein, dass es mir jeden rationalen Gedanken raubt und mich betäubt. Ich kann mich nicht mehr daran erinnern, wann ich das letzte Mal meinen Körper gespürt habe.

Zunächst habe ich mein Schicksal bereitwillig akzeptiert – die schiere Qual, mit einem unerbittlichen Wasserstrahl an die Wand gepresst zu werden, während die Wärter lachen. Ich versank in einen halbbewussten Zustand, gequält von Träumen und aufgewühlten Erinnerungen. Es war eine Erleichterung, geistig abzuschalten.

»Das ist genug, Jefferson.«

»Sir?«

»Schalte es aus. Wir wollen sie für heute Abend bei Bewusstsein haben.«

Das Wasser hört abrupt auf, der ausgebeulte Schlauch fällt in sich zusammen, als er sich entleert. Ich sinke auf meine geprellten Knie, schnappe nach Luft und kotze das ganze Wasser aus, das ich geschluckt habe. Mein Körper ist erschöpft von der Anstrengung, wach zu bleiben, trotz Augustus' neuestem grausamen Spiel.

Ein Paar teurer Slipper schleicht sich an mich heran, und Augustus sinkt in die Hocke, ein schlanker Finger gleitet unter mein Kinn. Er sieht aus wie ein Racheengel, so schön und tödlich zugleich.

»Wissen Sie, warum Sie bestraft werden, Miss West?«

»Sie können mich mal«, zische ich.

»Achtung! Unzähmbare Bestien werden ohne Rücksicht auf ihren Wert eingeschläfert.«

Er löst seinen Griff um mein Kinn und ich rutsche schlaff auf den Boden. Augustus' Lippen kräuseln sich, als er meinen geschwächten Zustand wahrnimmt. Auch wenn mein Körper mich im Stich lässt, bleibt mein Geist stark. Es gibt keine dunklen Ecken mehr, die mir Angst einjagen – ich weiß, was ich geworden bin.

Ich habe Britt die Kehle aufgeschlitzt und mit Vergnügen in ihrem Blut gebadet. Egal, wie lange er mich dafür foltert und alles riskiert, ich weigere mich, mich dafür zu entschuldigen, das Monster zu sein, das er geschaffen hat.

»Unsere Arbeit hier ist wichtig, aber auch die Kontrolle. Sie haben gegen die Regeln verstoßen«, informiert er mich.

»Es gibt hier noch viele verzweifelte Huren, die Sie für Ihr sadistisches Regime rekrutieren können.« Ich streiche mir das tropfende Haar aus dem Gesicht. »Noch viel mehr Handlanger, richtig? Sie können sich die Schwachen und Verletzlichen zum Manipulieren aussuchen.«

»Nicht jeder hat die nötige *Belastbarkeit*, um die Wahrheit zu ertragen.«

Ich lache, meine Kehle ist rau und schmerzt.

»Und worin genau besteht diese Wahrheit?«

Augustus schaut mich einen Moment lang an und fummelt wie üblich an seinen diamantenen Manschettenknöpfen herum. Ich stelle fest, dass der Doktor selbst eine ängstliche Angewohnheit hat, die er nicht kontrollieren kann. Wir sind alle Sklaven unserer Gedanken, sogar er.

»Man braucht Hilfe auf allen Ebenen, um eine Operation dieser Größenordnung durchzuführen«, antwortet er. »Meine Projekte haben zwar Priorität, aber diejenigen, die den reibungslosen Ablauf dieses Prozesses ermöglichen, sind entscheidend. Die Handlanger sind mir unterstellt. Sie haben einen der Meinen ohne Erlaubnis getötet, und das hat Konsequenzen.«

»Vielleicht hätten Sie mir dann die Erlaubnis geben sollen«, erwidere ich.

Augustus' Augen leuchten vor Wut, als er mir eine schnelle Ohrfeige verpasst. Ich falle auf den Rücken und lache hysterisch über den Schmerz. Das ist ein willkommener Trost nach Tagen der Taubheit.

»Sie haben Glück, dass alle draußen waren«, knurrt er, als sollte ich dankbar sein. »Niemand sucht nach Brittany

Matthews. Sie wird verschwinden und Sie werden für die Unannehmlichkeiten bezahlen, die mich das gekostet hat.«

»Setzen Sie es auf meine verdammte Rechnung.«

Was ist schon ein weiterer wertloser Handlanger für ihn? Wo sie herkommt, gibt es noch viel mehr. Die Wahrheit war die ganze Zeit da, ich wollte mich ihr nur nicht stellen. Ich habe sie verdrängt, die Erinnerungen verborgen und mich aus Bequemlichkeit selbst belogen. Rio war nur eine Marionette, ein Symptom eines kaputten Systems. Genau wie Jack und auch Britt.

Ich spucke Blut und blicke Augustus furchtlos an. »Warum haben Sie Rio geschickt, um mich zu töten? Er war ein weiterer Ihrer Lakaien, genau wie Lazlo. Das Arschloch hat sogar mit seiner verdammten Beförderung geprahlt.«

»Rio hat getan, was ihm gesagt wurde.«

Ich schüttle den Kopf. »Wir wissen beide, dass Lazlo aus der Reihe getanzt hat, zu übermütig wurde. Haben Sie ihn dafür bestraft? Frühzeitige Pensionierung, von wegen. Wenn Sie weiter Ihre Angestellten töten, gehen Ihnen bald die loyalen Untertanen aus.«

Augustus grinst mich höhnisch an. »Lazlo wurde für seine Unverschämtheit bestraft. Miss White auch, die dumme Schlampe. Ich dulde keine Illoyalität. Sie täten gut daran, diese Lektion zu lernen.«

Ich schaffe es, meinen gebrochenen Körper an die Wand zu pressen, und kämpfe gegen das heftige Zittern an. Jedes Quäntchen Wärme wird diesem Raum entzogen, jedes Gefühl von Behaglichkeit ist verschwunden. Es ist ein cleveres Psychospielchen, eine weitere Taktik.

»Ich verstehe immer noch nicht, wozu das alles gut sein soll.«

»Dies ist das größte und aufwändigste wissenschaftliche Projekt in der Geschichte der Menschheit«, prahlt Augustus. »Jede Minute des Filmmaterials, das wir sammeln, ist entscheidend. Jeder einzelne Patient gehört zu mir. Ihr lebt euer erbärmliches Leben, und wir studieren euch, greifen ein, wo es nötig ist … schubsen und ermutigen, wo es nötig ist.«

»Zu welchem Zweck?«

Seine Lippen verziehen sich zu einem zufriedenen Lächeln, als würde er sich freuen, dass sein Äffchen durch die Reifen springt und endlich zur Vernunft kommt.

»Um diejenigen zu finden, die für die Aufnahme in den Z-Flügel geeignet sind. Die Wertlosen eliminieren und das Potenzial finden. Wir haben eine Verpflichtung, Blackwood ist lediglich ein Sortiersystem. Wir geben euch einen Sinn, machen aus euch etwas Neues. Eine wertvolle Ware, für die viele gut zahlen werden.«

»Wer? Wofür bezahlen?«, frage ich.

Ohne auf mich zu achten, schleicht er sich trotz meiner Rufe aus dem Raum. Jetzt, da die Schleusen offen sind, will ich alles wissen. Wir waren so verdammt dumm. Es war die ganze Zeit da, jedes Warnzeichen. Das Gefühl, dass etwas unglaublich falsch war.

Mir war nur nicht klar, *wie* falsch es war.

Rio hatte recht – es ist alles eine Illusion.

»Oh, Miss West.« Augustus hält im Türrahmen inne. »Wir werden heute Abend einer wichtigen Veranstaltung beiwohnen. Wenn Sie mir noch einmal nicht gehorchen, werde ich dieses Mal Blut vergießen, obwohl ich Ihnen die Wahl überlassen werde, welchen Jungen Sie mir ausliefern. Klingt das fair?«

Ich erbleiche angesichts seiner Drohung, und er grinst.

»Enttäuschen Sie mich nicht wieder.«

Trotz allem will ein verzweifelter, abhängiger Teil von mir ihm gefallen. Will Befehle befolgen und die Vorteile ernten. Nach monatelanger sorgfältiger Planung hat er durch Einschüchterung und Beeinflussung die Kontrolle über einen verräterischen Teil meines Geistes erlangt.

Das Zuschlagen der Tür hallt durch den Raum, und ich sacke zusammen. Jeder Instinkt will Augustus trotzen, aber die

Drohung gegen meine Leute lässt mich ungeschützt. Er behauptet, Hudson sei am Leben und erhole sich auf der Krankenstation. Ich möchte ihm glauben, aber dieser Mann ist eine Schlange, deren einziges Ziel es ist, sich selbst zu dienen.

In der bedrückenden Stille bemerke ich, dass ich den einen oder anderen Schmerzensschrei hören kann. Als ich mich in der leeren Kammer umschaue, finde ich niemanden vor. Nicht einmal Logan. Ich vermisse seine Anwesenheit, die lustigen Kommentare und seinen schützenden Blick.

Als das Geräusch nicht aufhört, schleiche ich über den fleckigen Boden, bis ich ein winziges Metallgitter in der Wand entdecke.

»Hallo?«

Schweigen.

»Ist da jemand? Bitte …« Ich breche ab.

Ich habe solche Scheißangst, möchte ich hinzufügen. Ich kann meine Augen nicht schließen, ohne die Stimme meines Bruders zu hören, das ganze verdrehte Knäuel von Trauma steigt in meiner endlosen Einsamkeit an die Oberfläche.

»Du solltest auf ihn hören. Er wird dich nicht noch einmal warnen«, flüstert jemand.

Ich greife mit den Fingern in das rostige Metall und ziehe kräftig daran, aber es lässt sich nicht bewegen. Auf der anderen Seite ist nichts als Dunkelheit, durchzogen von einem scharfen, kupfernen Geruch. Frisch vergossenes Blut.

»Wer bist du?«

»Du hast mir die Scheiße aus dem Leib geprügelt, also solltest du es wissen.«

»Sieben?«, keuche ich.

»Bingo.«

Ich lasse mich gegen die Wand sinken und lausche dem Klang seines Atems. Ich frage mich, mit welchem Sieben ich spreche – mit der leeren, brutalen Maschine, die Augustus erschaffen hat, oder mit dem tief darin vergrabenen Menschen, der sich nach Flucht sehnt.

»Wie geht es dir?«

»Beschissen. Für Augustus' neue Prinzessin kannst du ordentlich zuschlagen.«

»Ich bin nicht seine gottverdammte Prinzessin.«

Sieben schnaubt, bevor er vor Schmerz zischt.

»Sicher bist du das nicht … *Prinzessin*.«

Ich wringe mein triefend nasses Haar aus und nehme mir einen Moment Zeit, um mich zu sammeln. Mit Sieben zu sprechen ist wie ein Blick in einen schrecklichen Spiegel, der das Unvermeidliche zurückwirft. Ich habe Angst, so zu werden wie er, obwohl die Ähnlichkeit mit jedem Tag größer wird.

»Wie heißt du?« Ich seufze.

»Sieben.«

»Nein. Dein richtiger Name.«

»Sieben.«

»Das ist nicht dein Name.«

»Es ist der einzige Name, den ich noch habe.«

Ein plötzliches Heulen außerhalb der Kammer durchdringt die Luft. Es klingt wie ein verwundetes Tier, das um sein Leben kämpft, und lässt mich die Zähne zusammenbeißen. Wir sind nicht allein hier unten.

»Wer ist das?«

Siebens Stimme ist verzweifelt. »Wahrscheinlich Fünf. Sie ist ein Schreihals.«

Ich verspüre den plötzlichen Drang, mich zu übergeben und die Infektion zu beseitigen, die Augustus in mich eingepflanzt hat, obwohl ich schon so lange nichts mehr gegessen habe.

»Es gibt noch mehr?«, flüstere ich.

»Nur zwei andere sind noch am Leben«, antwortet Sieben mit fast emotionaler Stimme. »Eins, Drei, Vier und Sechs sind tot.«

Diesmal kann ich mich nicht zurückhalten und würge Wasser und Galle hoch, bis nichts mehr übrig bleibt und meine Kehle wund ist. Sieben schweigt, während ich schluchze, und schert sich nicht um meine mentale Implosion. Er ist so herzlos, wie Augustus es beabsichtigt hat.

»Es hat keinen Sinn, darüber zu weinen, du wirst auch bald tot sein.«

»Herrgott noch mal … halt die Klappe.«

»Ich unterhalte mich nur, Prinzessin. Ich hätte dich töten sollen, als ich die Gelegenheit dazu hatte.« Er senkt seine Stimme, und ich höre gerade so seine gemurmelten Worte. »Das wäre menschlicher gewesen.«

Bevor ich etwas erwidern kann, jagt mir das Klirren des Türschlosses einen Schauer über den Rücken. Ich wische mir gerade noch rechtzeitig den Mund ab, als Jefferson hereinschreitet und meine Lieblingshandschellen herumwirbelt. *Nein.*

Er sieht mich am Metallgitter stirnrunzelnd an, und ich erhebe mich eilig, weil ich das seltsame Bedürfnis verspüre, Sieben vor Strafe zu bewahren, nachdem ich ihn beinahe selbst getötet hätte.

»Komm mit, Insassin. Wir müssen wohin.«

»Wohin?«, frage ich.

Jefferson packt mich am Haar und schleudert meinen Schädel gegen die Wand, bis ich Sterne sehe. Als ich desorientiert bin, legt er mir die Handschellen um und schleppt mich aus dem Raum.

»Komm schon. Wir gehen in zehn Minuten.«

»Wohin?«

Sein Grinsen glänzt vor Bosheit. »Du wirst schon sehen. Zeit für eine Party.«

Als er mich den düsteren Korridor entlangzerrt, höre ich das Jammern hinter einer weiteren verschlossenen Tür noch deutlicher. Es ist kehlig, unmenschlich. Lieber würde ich mir noch einmal die Pulsadern aufschneiden, als zu dieser Person zu werden.

»Was ist das?«, schaffe ich es zu fragen.

Jefferson bleibt vor der Tür stehen und schiebt eine kleine Klappe auf. Etwas schreit mich an, nicht hinzusehen, aber ich kann das Bedürfnis nicht unterdrücken, zu erfahren, welches Schicksal mich erwartet.

»Darf ich vorstellen: Patient Zwei. Sie hat es sich mit einem anderen Patienten zu gemütlich gemacht. Siehst du, was passiert, wenn du ungezogen bist?« Sein Atem ist heiß und klebrig an meinem Ohr. »Daraus solltest du lernen, sonst endest du genauso.«

In der Ecke einer schäbigen Zelle, angekettet und in einer Zwangsjacke, sitzt ein Mädchen. Oder das, was von ihr übrig ist, denn sie ist nur noch ein leerer Geist. Ein dicker, blutverschmierter Verband ist um ihren Kopf gewickelt und verdeckt die Stelle, an der ihre Augen sein sollten.

»Oh mein Gott«, flüstere ich entsetzt.

»Ohne Augen kann man sich nicht von fleischlichen Genüssen ablenken lassen«, spottet Jefferson. »Patient Zwei hat vergessen, wem sie gehört. Sie hat sich verliebt. Erbärmlich. Nimm dich in Acht, Brooklyn. Du wirst die Nächste sein.«

KAPITEL 29
BROOKLYN

SHED MY SKIN – WITHIN
TEMPTATION

»DAS KANN DOCH NICHT WAHR SEIN«,
murmle ich.

Ich starre auf das schwarze Seidenkleid, das unter Seidenpapier vergraben ist, und bekämpfe den Drang, den zarten Stoff in Fetzen zu reißen. Das teure Hotelbadezimmer fühlt sich so falsch an, als würde ich nicht hierhergehören.

Ich war noch nie in einem Hotelzimmer, ich gehöre nicht in diese Welt der Normalität und der Einhaltung von Regeln. Für diese gefühllose Gesellschaft bin ich nichts weiter als eine Unannehmlichkeit für den Steuerzahler.

Ein Klopfen an der Badezimmertür lässt mich aufschrecken, denn Jefferson steht draußen und wartet auf mich.

»Beeil dich, Insassin. Ich habe nicht den ganzen Tag Zeit.«

Ich hatte nicht erwartet, dass mein Abend so verlaufen würde. Als ich im Schutze der Nacht aus Blackwood eskortiert und in eine wartende Limousine verfrachtet wurde, wusste ich, dass ich am Ende war.

Die Fahrt in die Stadt dauerte ein paar Stunden, und die beiden Wärter auf den vorderen Sitzen weigerten sich, meine

Fragen zu beantworten. Wir parkten vor einem glitzernden Boutique-Hotel, vollgestopft mit teuren Autos und Glamour, und fanden dort Jefferson, der auf meine Ankunft wartete.

Offenbar habe ich eine Aufgabe zu erledigen.

Ich habe zu viel Angst zu fragen, worin diese besteht.

Seufzend ziehe ich das Kleid aus der Verpackung und betrachte es mit Abscheu. Die Spaghetti-Träger sind fast nicht existent und werden jeden Zentimeter meiner Narben zeigen. Ich habe keinen Zweifel daran, dass das eine bewusste Entscheidung ist – ein weiteres Spiel von Augustus, um mich verletzlicher zu machen.

Ich ziehe mich bis auf die Unterwäsche aus, drehe mich um und schaue in den Spiegel, ohne die Person zu erkennen, die mich anschaut. Die Vermeidung von Spiegeln ist mittlerweile zur Selbsterhaltung geworden.

Wer bin ich?

Wer werde ich sein, wenn Augustus fertig ist?

Mein Körper ist spindeldürr, frei von jedem Gewicht, das ich nach meiner Ankunft in Blackwood vor sechs Monaten zugelegt habe. Meine beiden Arme sind verformt und mit endlosen Narben verunstaltet, die sich überlappen und der Außenwelt meinen Wahnsinn vor Augen führen.

Mit zusammengebissenen Zähnen ziehe ich das Kleid an und betrachte mein Spiegelbild. Der Stoff schmiegt sich an meine hervorstehenden Knochen, aber ich bin dankbar für den bodenlangen Stoff. Wenigstens erfülle ich meine Rolle.

Ein weiteres Klopfen an der Tür lässt mich zusammenzucken, und ich schlüpfe mit den Füßen in die passenden Schuhe und lasse mein aschblondes Haar über meine Schultern fallen. Es bietet wenig Trost, aber ich nehme, was ich kriegen kann.

Meine Gedanken schweifen zu den Jungs.

Geht es ihnen gut?

Vermissen sie mich so sehr, wie ich sie vermisse?

Werde ich sie jemals wiedersehen?

»Beweg dich, Brooklyn. Zwing mich nicht, da reinzukommen.«

Ich kämpfe gegen ein Knurren an und trete in das Hotelzimmer ein. Jefferson lässt seinen Blick über mich schweifen und nickt zufrieden, bevor er nach meinen Handgelenken greift. Sobald ich gefesselt bin, legt er einen dünnen Schal um meinen Körper, um die Handschellen vor Blicken zu verbergen.

»Los geht's. Augustus wartet.«

»Wirst du mir sagen, warum ich hier bin?«

Er schnaubt und wirft mir einen kalten Blick zu. »Halt die Klappe und vielleicht überlebst du die Nacht. Wenn du Ärger machst, lasse ich die Isolationskammer wie ein verdammtes Märchen aussehen. Verstehen wir uns?«

Ich unterdrücke ein Schaudern und nicke einmal. Vielleicht sollte ich zum ersten Mal in meinem Leben meine Einstellung für mich behalten. Irgendetwas sagt mir, dass Augustus dieses Mal nicht verzeihen und vergessen wird, sollte ich zu weit gehen.

Jefferson genießt meinen Gehorsam und drückt mich gegen die Wand. Seine Hand gleitet durch den Schlitz meines Kleides und streift mit einer absichtlichen Bewegung direkt über meinen Slip.

»Fass mich an und du verlierst deine Finger«, warne ich.

»Halt die Klappe. Das wirst du brauchen.«

Ich schlucke schwer, als er die Schlüsselkarte für das Zimmer in den Gummizug meines Höschens schiebt, bevor er sich mit einem Zwinkern zurückzieht.

Mir ist immer noch schwindelig vor Angst, als wir gehen und in das belebte Foyer im Erdgeschoss treten, umgeben von funkelnden Kronleuchtern und Prunkstücken. Ein ständiger Strom von Gästen wuselt herum, nippt am Champagner und unterhält sich mit leisen Stimmen.

Nachdem ich sie eine Minute lang beobachtet habe, stelle ich fest, dass jeder Ausgang von bewaffneten Wachen bewacht wird. Sie machen sich nicht einmal die Mühe, ihre Waffen zu verbergen, und beobachten uns alle mit professionellen Masken.

Doch niemand scheint Angst zu haben.

Tatsächlich sind die meisten Gäste ebenfalls bewaffnet.

Wir werden in den großen Ballsaal geführt und steuern auf einen runden Tisch in der hinteren Ecke zu. Zwei Plätze sind bereits besetzt, und ich zögere, als ich sehe, wer bei Augustus sitzt, gekleidet in einen passenden Smoking.

Verdammter Mist.

Sieben sieht so anders aus, dass ich ihn fast nicht wiedererkannt hätte. Sein wildes Haar ist gebändigt und kurz geschnitten, sodass sein zerschrammtes, zerschlagenes Gesicht zum Vorschein kommt und seine toten Augen im Mittelpunkt stehen. Ich starre ein wenig zu lange auf seine Lippen und wende meinen Blick schließlich ab.

Augustus sieht gewohnt gepflegt aus und streicht sein schwarzes Seidenhemd glatt, das perfekt zu meinem Kleid passt. Als er uns kommen sieht, kippt er einen Schluck der bernsteinfarbenen Flüssigkeit hinunter und schenkt mir ein zufriedenes Lächeln.

»Sie haben sich wirklich gut herausgeputzt, Miss West.«

Ich kämpfe gegen den Drang an, ihm die Nase zu brechen, und halte den Mund. Augustus zieht eine Augenbraue hoch, bereit für eine kluge Erwiderung, die nie kommt. Ich hasse es, wie erfreut er über meinen neu gewonnenen Gehorsam aussieht.

Jefferson übergibt mich und zieht sich auf seinen eigenen Platz zurück. Augustus zieht mich an den schmerzhaften Handschellen zu sich, deren Schlüssel er schwenkt.

»Werden Sie sich benehmen?«

Ich überlege, ihm ins Gesicht zu spucken, verzichte aber darauf.

»Warum bin ich hier?«

»Immer noch voller Fragen, wie ich sehe. Lernen Sie denn nie dazu?«

»Nein. Ich fürchte nicht.«

Augustus schließt die Handschellen auf, steckt sie in seine Tasche und berührt mit seinen Lippen mein Ohr. »Diese Versammlung hat eine ganze Liste von potenziellen Investoren, die an Blackwoods Arbeit interessiert sind. Mehrere Mitglieder des Vorstands sind ebenfalls anwesend, um Kontakte zu knüpfen und neue Kunden zu gewinnen.«

»Kunden?«

Augustus setzt mich direkt neben Sieben ab. Lieber verbringe ich die Nacht damit, mit dem Schlauch gefoltert zu werden, als zwischen diesen beiden Sadisten. Augustus nimmt seinen Platz ein, schaut sich im Raum um und untersucht die Gäste auf mögliche Ausbeutung.

»Was würde es bringen, das perfekte Angebot an rücksichtslosen, brutalen Tötungsmaschinen zu schaffen, wenn es keine Käufer gibt, die diese Maschinen kaufen wollen?« Er gluckst. »Ich sagte doch … wertvolle Ware.«

Heilige Scheiße.

Ich werde verdammt noch mal verkauft.

Als immer mehr Gäste Platz nehmen, wird das sanfte Summen der Geigen im Hintergrund von dem intensiven Klingeln in meinem Kopf übertönt. Ich verliere die Kontrolle über meine Atmung, und gerade als ich denke, dass ich ohnmächtig werde, legt sich plötzlich ein Gewicht auf die nackte Haut meines linken Beins, das durch den Schlitz in meinem Kleid entblößt ist.

Warm, gleichmäßig … beruhigend.

Dann wird mir klar, wer mich berührt.

Aus dem Augenwinkel sehe ich Siebens Augen, die mir ein Loch in den Kopf brennen. Wo sonst ein Vakuum an Emotionen herrscht, glänzt stattdessen ein Schimmer der Erkenntnis.

Die Hoffnung ist zurück, eine vergrabene Persönlichkeit in

einer gehärteten Schale. Er schüttelt sanft den Kopf, sein Daumen streift über meinen Innenschenkel, während ich erschaudere.

Dann ist die Hand weg.

Stattdessen treffen seine weichen Lippen mein Ohr.

»Reiß dich zusammen, ich will dich nicht umbringen. Er wird mich dazu zwingen, wenn du es vermasselst, Prinzessin.«

»Vielleicht solltest du es tun.«

»Ist es wirklich das, was du willst?«

»Du kannst mir nicht geben, was ich wirklich will.«

Sieben blickt finster drein, bevor wieder die geübte Leere in seinen Ausdruck tritt. Ich werfe einen Blick auf Augustus, der gerade lange genug wegschaut, damit ich das silberne Tafelmesser vom Tisch nehmen kann. Ich werde es ihm in den Hals rammen und mich verhaften lassen, wenn es sein muss. Ich werde mich nicht wie ein Tier verkaufen lassen.

Bevor ich handeln kann, zwingt mich eine Hand, das Messer loszulassen, das daraufhin auf den Boden fällt. Ich sehe auf und entdecke Logan, der auf mich wartet. Er kommuniziert stumm mit mir, bevor er sich wieder an seinen Platz in der Ecke schleicht und den Raum beobachtet.

Seine überraschende Anwesenheit erstaunt mich, aber natürlich gibt es keine Erklärung. Augustus scheint es nicht zu bemerken, er richtet seinen Smoking und glättet sein Haar, um sich auf den Kampf vorzubereiten.

»Kommen Sie jetzt, Miss West. Zeigen Sie uns Ihr hübsches Lächeln.«

Mit seiner Hand an meinem Arm lassen wir Sieben und Jefferson hinter uns. Augustus weigert sich, mich loszulassen, selbst als wir uns am Ende der nahe gelegenen Bar niederlassen, weit weg von den Blicken der anderen. Er spricht leise, sein Verhalten ist bewusst entspannt.

»Heute Abend ist ein Herr anwesend, der unserem Betrieb erhebliche Probleme bereitet hat. Er hat eine leitende Position im Unternehmen und wird durch seine Loyalität geschützt, also müssen Sie Ihre Aufgabe erfüllen … *in aller Stille*. Ich kann nicht zulassen, dass andere Mitglieder des Vorstands davon Wind bekommen.«

Ich schnappe mir ein Glas Champagner, bevor der Kellner verschwindet, ignoriere Augustus' missbilligenden Blick und leere es in drei Schlucken. Verdammt noch mal, Tequila ist mir lieber als dieser schicke Scheiß.

»Das scheint kein stiller Ort zu sein«, bemerke ich.

»Es ist die einzige öffentliche Veranstaltung, an der Martin teilnimmt.«

»Und was genau ist meine Aufgabe?«

Augustus blickt mir ins Gesicht, damit ich seinen Befehl nicht missverstehen kann. »Ich will, dass Sie die Bedrohung mit allen Mitteln eliminieren. Beweisen Sie mir Ihren Wert und vielleicht lasse ich Ihre Freunde am Leben.«

»Wie soll ich das machen, ohne dass es jemand merkt?«

Augustus grinst. »Glauben Sie mir, er wird Sie finden.«

Ich kaue auf meiner Lippe und denke über seine Befehle nach. Er hat mir keinen Grund gegeben, zu glauben, dass er Hudson, Kade, Phoenix oder Eli nicht verletzen wird. Vielleicht wird er es trotzdem tun, nur um mich zu ärgern.

»Warum sollte ich irgendetwas glauben, was Sie sagen?«

Augustus holt sein Handy heraus und tippt auf den Bildschirm, bevor er es an mich weitergibt. Mir gefriert das Blut in den Adern, als ich die Videoüberwachung aus der Krankenstation in Blackwood sehe.

Hudson liegt bewusstlos im Bett, eingewickelt in Decken und Drähte. Er ist an einen Beutel mit Flüssigkeiten angeschlossen, während er sich von einer Transfusion erholt. Zu seiner Linken steht Halbert Wache.

»Wenn Sie nicht gefügig sind, hat Halbert die Anweisung, Hudsons Fäden aufzureißen und ihn verbluten zu lassen. Es wird langsam und schmerzhaft sein, und ich werde Sie zwingen, jede einzelne Sekunde davon zu beobachten«, erklärt Augustus ruhig.

»Das würden Sie nicht wagen.«

Mit brennenden Augen dreht sich Augustus um und nickt Jefferson zu, der einen Anruf tätigt. Auf dem Bildschirm, den ich in meinem Todesgriff halte, schlendert Halbert zu Hudson hinüber, packt seinen Arm und reißt die dicken Verbände ab. Er holt ein Taschenmesser aus seiner Cargohose und sticht es direkt in Hudsons Fleisch.

Selbst ohne Ton kann ich seine Schreie hören.

Sein weit aufgerissener Mund verrät mir alles, was ich wissen muss, während er in seiner Bewusstlosigkeit schreit und gegen seine Sedierung ankämpft. Halbert zupft an den Fäden, als würde er auf einer gottverdammten Geige spielen, wobei er den ersten durchtrennt und das Fleisch aufreißt. Ich knalle das Handy hin und weigere mich, weiter zuzusehen.

»Ich werde es tun«, gebe ich nach.

»Gut. Lassen Sie uns beginnen.«

Er nimmt meinen Arm und führt mich zu einem anderen Tisch. Ich befreie mein Gesicht von allen Emotionen und setze eine kalte Maske auf, die sogar mit Siebens totem Blick konkurrieren würde. Augustus begrüßt einige der elegant gekleideten Männer mit einem Händedruck, bevor er mir einen Stuhl herauszieht.

»Und wer ist diese Schönheit, die du da am Arm hast?«

»Meine neueste Errungenschaft«, antwortet Augustus.

»Natürlich, ich habe darauf gewartet, sie mit eigenen Augen zu sehen. Was für ein schönes Exemplar.«

Ich sehe die gruseligen Männer mittleren Alters, die mich beobachten, mit einem gezwungenen Lächeln an und halte meine Lippen fest verschlossen. Sie reden und trinken gemeinsam, während ich schweigend zusehe. Alles, woran ich denken kann, ist Halbert, der nur wenige Zentimeter vom wehrlosen Hudson entfernt ist.

Augustus dreht sich mit seinem charmanten Lächeln zu mir um. »Du siehst ein wenig blass aus, Liebes. Warum gehst du nicht auf dein Zimmer? Lass die Männer über das Geschäftliche reden.«

Gerade als ich höflich ablehnen will, sehe ich die Warnung in seinen Augen und nicke. Ich fliehe aus dem Ballsaal und ignoriere Logan, der sich von der Wand abstößt und mir folgt. Jefferson hat alle Hände voll zu tun mit Sieben, der sich anscheinend in kostenlosem Alkohol ertränkt.

Da ich Logan im Moment nicht ertragen kann, stürze ich mich in den Aufzug und drücke den Knopf, bevor er mich einholen kann. Die Fahrt nach oben ist herrlich still, und ich atme mehrmals tief durch, nachdem ich die Höhle des Löwen verlassen habe.

Meine Erleichterung ist nur von kurzer Dauer.

Als ich hinaustrete, wartet ein Mann auf mich.

»Du hast lange genug gebraucht«, ruft er.

Ich erstarre auf der Stelle, als er sich mir nähert. Er ist ebenfalls mittleren Alters und trägt einen feinen Designeranzug, der seinen üppigen Bauch verdeckt. Aber sein Lächeln zeigt nur Zähne und raubtierhaften Hunger. Als er mich am Haar packt und zur Tür zerrt, wird mir klar, mit wem ich es zu tun habe. Meiner Zielperson.

»Komm schon, hör auf, meine Zeit zu verschwenden. Ich habe ein hübsches Sümmchen für dich bezahlt«, warnt Martin und zieht so fest an mir, dass es wehtut. »Inoffiziell, natürlich. Es ist zwar unethisch, mich an den Vorräten der Firma zu bedienen, aber du warst zu verlockend, um zu widerstehen.«

Es ist bereits geschehen.

Augustus hat mich verdammt noch mal verkauft.

»Sei brav und öffne die Tür. Ich werde langsam ungeduldig«, befiehlt er.

Ich verdränge meine Angst, hole die Schlüsselkarte zwischen meinen Beinen hervor und ignoriere das scharfe Ausatmen des Mannes neben mir, dessen Whiskeygeruch mir eine Gänsehaut verursacht.

Sobald wir drinnen sind, schließt sich die Tür hinter uns, und ich muss allein mit dem Teufel tanzen. Er weiß nicht, dass ich nicht brav bin.

»Für eine Irre hast du dich gut herausgeputzt. Weshalb sitzt du ein, Schätzchen?«

»Das wüsstest du wohl gern«, antworte ich und ernte damit ein schallendes Gelächter.

»Ich habe gehört, dass du hitzig bist. Das mag ich am liebsten.«

Mein erster Fehler ist, dass ich ihm den Rücken zuwende. Ich bin völlig unvorbereitet auf den harten Schlag gegen die Seite meines Kopfes. Ich stolpere und Martin schlägt mir in den Magen, sodass ich auf das nahe gelegene Bett falle.

»Hältst du mich für dumm, Mädchen? Augustus hat mich einfach seine neueste Lieblingspsychopathin kaufen lassen, ohne sich zu beschweren. Verdammter Idiot.«

Martin entledigt sich seines Jacketts und krempelt seine Hemdsärmel hoch.

»Er ist nichts im Vergleich zu den Leuten, mit denen ich zu tun habe, die seine Projekte für den Profit verkaufen. Er sitzt in seinem Elfenbeinturm und herrscht über uns alle, als hätte er eine Ahnung, was es heißt, Teil von Incendia zu sein. Erbärmlich.«

Incendia.

Ich klammere mich mit beiden Händen an das Wissen.

Mit meinem Haar in seiner Faust, schlägt Martin immer wieder auf mich ein. Ich wehre mich nicht und lasse die Schläge bereitwillig über mich ergehen. Er muss denken, dass er gewinnt. Blut fließt aus meinem Mund und meiner Nase und verschmiert das makellose Bettlaken, was ihn nur noch mehr zu erregen scheint.

Martin stürzt sich auf mich und drückt meine Beine mit seinem beträchtlichen Gewicht weit auseinander. Ich schreie fast laut auf, als er mit seiner Zunge über meine linke

Gesichtshälfte fährt und jeden Tropfen Blut von meiner Haut leckt.

»Köstlich. Es geht nichts über den Geschmack der Wahnsinnigen.«

Mit einem Ruck reißt er die Spaghetti-Träger meines Kleides auf und entblößt meine nackten Brüste. Ich mache mich schlaff und tue so, als wäre ich nachgiebig, als sich seine Lippen um meine Brustwarze legen.

»Schrei, Schätzchen. Ich liebe es, das zu hören.«

»Bitte hör auf«, flehe ich mit vorgetäuschter Verzweiflung.

»Ich habe immer noch für dich bezahlt, also werde ich auch was für mein Geld bekommen. Du wirst mich nicht umbringen.«

Mein Verstand schaltet sich ab, findet sich mit dem Unvermeidlichen ab. Ich spüre seine pochende Erektion zwischen meinen Beinen, die sich an mir reibt. Am liebsten würde ich mir die Haut mit einem Messer abziehen, nur um ihn nicht mehr zu spüren.

Ich schaue ihm über die Schulter und versuche, sein Stöhnen auszublenden. Er ist auf die Nummer hereingefallen. Alles, was ich brauche, ist eine Gelegenheit, und was ich sehe, bietet mir genau das.

Ein Holster um seine Schultern.

Er ist bewaffnet. *Bingo, Arschloch.*

Ich zwinge mich, meine Hüften zu heben und mich mit einem gehauchten Seufzer an ihm zu reiben, der hoffentlich überzeugend klingt. Martin lässt meine Brustwarze los und hält inne, um mich anzusehen.

»Verdammte Schlampe. Dir gefällt das. Willst du meinen Schwanz schmecken, Psycho?«

Ich beiße mir auf die Innenseite der Wangen und nicke.

Seine Nasenlöcher blähen sich und er lässt meine Arme lange genug los, um nach seinem Reißverschluss zu greifen, wobei er bereits seine Erektion streichelt. Mit einer Hand an seinem winzigen Schwanz ist er machtlos, meine nächsten Schritte zu stoppen.

Ich ziehe mein Knie hoch, schlage es direkt in sein Gesicht und warte auf das Knirschen. Als er seitlich auf dem Bett liegt, habe ich ihm die Waffe gestohlen. Das Gewicht fühlt sich so verdammt gut in meinen Händen an.

Ich drücke sie grinsend an seine Stirn.

»Ehrlich gesagt, gibt es nicht viel Schwanz zu schmecken.«

»Jetzt komm schon, Schatz. Ich habe nur herumgealbert.«

»Erspar mir den Mist«, zische ich und genieße das Gefühl der Macht. »Es ändert nichts. Du bist ein Perverser.«

Seine Augen glänzen vor echten Tränen, der große Mann zittert wie Espenlaub, wenn man ihm eine Waffe an den Kopf hält. Es wird mir ein Vergnügen sein, sein Hirn an die Wand zu spritzen.

»Ich bin ein Vater, ich habe Kinder. Das kannst du nicht tun«, fleht er hilflos.

Schnaubend löse ich die Sicherung. »Denkst du, deine Kinder sind mir wichtig? Sie sind ohne dich besser dran.«

»Was immer Augustus will, ich werde es tun. Ich werde niemandem erzählen, was hier passiert ist, nicht einmal dem Rest des Vorstands. Bitte.«

Während sein Leben in meinen Händen liegt, droht das Gewicht des Augenblicks mich zu erdrücken. Gefangen auf einem Gleis zwischen zwei fahrenden Zügen, habe ich keine andere Wahl mehr. Mich dieser unheiligen Tat zu opfern, ist die letzte Möglichkeit, die ich noch habe.

Ein kalter Luftzug streicht über meine Schulter, und ich weiß, was ich vorfinden werde. Einen sich schnell ausbreitenden Schatten, der sich um meine Gliedmaßen windet. Das ultimative Gesicht all meiner Dämonen hockt neben Martins zusammengekauertem Körper, durchtränkt von Blut und Verwesung.

Seine Haut schält sich von seinen Knochen, seine Augen infizieren mich immer noch mit giftiger Wut. Er findet mich immer in meinen schlimmsten Momenten. Vic ist tot, aber die Erinnerung an ihn wird mich für immer verfolgen.

Komm schon, Brooke.

Sei nicht schüchtern. Beende die Arbeit.

»Du schon wieder? Lass mich in Ruhe«, rufe ich.

Martin zuckt zusammen, sein Blick huscht durch den Raum, auf der Suche nach jemand anderem. Als er merkt, dass wir allein sind, verblasst sein Gesicht noch mehr.

»Mit wem redest du?«

Drück den Abzug.

Es ist sauber, ohne Sauerei. Einfach.

Vic verschwindet, bevor er auf der anderen Seite des Bettes wieder auftaucht, in Dunkelheit gehüllt. Ich schlucke schwer und vermeide es, ihn direkt anzuschauen. Selbst in meinen Halluzinationen kann ich das Hirngewebe sehen, das durch seinen gebrochenen Schädel freigelegt wurde.

Er wollte dich vergewaltigen.

So wie ich es getan habe. Lass ihn bezahlen.

Du bist nicht allein. Lass es uns gemeinsam tun.

Es gibt kein Zurück mehr. Die Menschen, die ich liebe, könnten jeden Moment getötet werden, und die Erinnerung an den Mann, den ich ermordet habe, verhöhnt mich. Ich kann diese Scheiße nicht mehr machen.

Vic schlendert zu mir herüber, seine blutigen Hände legen sich über meine auf die Waffe. Ich weiß, dass ich es mir nur einbilde. Er ist nicht real, aber seine Kontrolle ist allmächtig.

Er macht mich zu dem Ungeheuer, das ich wirklich bin.

Gemeinsam entfesseln wir die Hölle.

Mein markerschütternder Schrei hallt um uns herum, Kugeln durchbohren Martins Fleisch und versprühen roten Tod an die Wände. Seine Augen sind weit aufgerissen, frei von jeglicher Präsenz, als sein schlaffer, lebloser Körper auf den Boden fällt, bevor ich die Waffe entladen habe.

In der Folge halte ich mein zerrissenes Kleid hoch, um meine Brust zu bedecken, und lasse mich in die Ecke sinken, um mir den schmerzenden Kopf zu halten. Vics Lachen hallt in mir nach und verwandelt sich in die schrecklichen Schreie, die nie weit entfernt zu sein scheinen.

Ich kann fast spüren, wie der Geist meiner Mutter auf mich herabstarrt, stolz auf die Abscheulichkeit, die sie geschaffen hat. Wir sind jetzt beide Kinder von Blackwood. Verloren in meinen eigenen Gedanken, hört die Zeit auf zu existieren, und ich tauche aus der Welt ab, bis mich ein Geräusch zurückholt.

»Du hattest recht. Sie war die Investition definitiv wert.«

»Ich habe es dir gesagt. Wir haben Glück, dass sich die Pläne zum Besseren gewendet haben.«

»Ich kümmere mich um die Aufräumarbeiten, aber du musst die Leiche entsorgen.«

»Das wird kein Problem sein. Wir sind in Blackwood für solche Dinge gerüstet. Überlass das mir.«

Die beiden Stimmen, die sich unterhalten, schrecken mich aus meinem tauben, halbbewussten Zustand auf und ich stelle fest, dass Augustus im Schlafzimmer erschienen ist und Martins auskühlenden Leichnam mit Stolz inspiziert. Ich habe seinen cleveren kleinen Test bestanden.

Hinter ihm steht ein anderer Mann vom Tisch, der mich fest im Blick hat. Er sinkt auf ein Knie, sein teures Parfüm dreht mir den Magen um. Er streicht mit der Hand über meinen Arm und verzieht die Lippen zu einem zufriedenen Lächeln.

»Ich kann verstehen, warum mein Sohn sich so sehr in dich verliebt hat.«

Davon überzeugt, dass ich mich verhört habe, starre ich in seine seelenlosen Augen.

»W-was haben Sie gerade zu mir gesagt?«

Er packt mein Kinn so fest, dass ich mich nicht losreißen kann, und lacht.

»Oder sollte ich sagen, technisch gesehen, *Söhne*. Leroy Knight – es ist mir ein Vergnügen, dich kennenzulernen.«

KAPITEL 30
KADE

THE LIGHTHOUSE – HALSEY

ICH NEHME das Zimmer auseinander und stopfe fast wahllos Kleidung in meine Tasche. Ich achte nicht auf den Tornado der Zerstörung um mich herum, die herausgezogenen Schubladen und die umgestürzten Bücherstapel.

Die letzten Monate waren die Hölle. Die reine, unverfälschte Hölle. Ich dachte nicht, dass es noch schlimmer werden könnte. Dann kam der Anruf, Cece kreischte und weinte in den Hörer und schrie, ich solle meinen Arsch hier rausschaffen.

Ich bin ein gottverdammter Idiot.

Ich habe nie nach Blackwood gehört.

Die Schlafzimmertür knallt auf, als Hudson schwankend hereinstürmt. Er ist kaum bekleidet, trägt immer noch sein Krankenhausarmband und seine Verbände, aber er ist entschlossen, mich aufzuhalten.

»Ich habe dich am Telefon gehört«, knurrt er.

»Mein Gott, Hud. Geh wieder ins Bett.«

Er stürzt quer durch den Raum und versucht, mir die Tasche aus der Hand zu reißen. »Du wirst nicht gehen. Wir haben keine Ahnung, wo Brooklyn ist, es passiert irgendeine Scheiße und du gehörst hierher.«

»Verschwinde. Ich kann nicht bleiben, und das weißt du.«

Er stößt mich mit überraschender Kraft gegen die Wand, wenn man bedenkt, dass er mir den ganzen Weg von der Krankenstation gefolgt ist, wo er jetzt schon seit über einer Woche liegt. Ich habe den Anruf in der Ecke des Zimmers entgegengenommen, weil ich dachte, er schläft. Offensichtlich bin ich ein Idiot.

Hudson starrt mich finster an, weiß wie ein Geist. »Wir brauchen dich hier.«

Ich lache verbittert, denn ich bin mit allem fertig.

»Warum? Britt ist tot, Brooklyn ist weg. Phoenix und Eli sind außer Gefahr. Du bist am Leben. Ich werde gerade woanders gebraucht, und du kannst mich nicht daran hindern zu gehen.«

Hudson stolpert, als ich ihn wegstoße und in seinem geschwächten Zustand überwältige. Meine richtige Familie braucht mich jetzt. Ich wusste, dass es schlimm war, Mum zurückzulassen, aber ich hätte nie gedacht, dass die Bedrohung von ihr ausgehen würde. Sie ist immer so stark gewesen.

»Was ist passiert?«, fragt er.

Ich lasse mich auf das Bett sinken und vergrabe mein Gesicht in meinen Händen. »Mum hat eine Überdosis genommen. Cece ist bei ihr im Krankenhaus, aber sie ist verängstigt und allein. Dad ist auf einer Geschäftsveranstaltung, aber wenn er zurückkommt …«

Ich breche ab, da ich die Lücken nicht zu füllen brauche. Zweifellos wird es eine weitere Bestrafung für unsere Mutter geben.

»Scheiße! Ist sie … okay?«

Ich zucke benommen mit den Schultern. »Ich habe keine Ahnung. Ich muss jetzt gehen.«

»Du kannst nicht gehen.« Hudson schüttelt den Kopf. »Sie

werden Brooklyn in dem Loch verrotten lassen, wenn wir nichts tun. Du bist der Einzige, der sie da rausholen kann, Kade. Gib sie nicht auf.«

»Sie hat Britt vor Zeugen die Kehle aufgeschlitzt, ohne Gewissensbisse. Ich kann einen Scheiß dagegen tun.«

»Blödsinn!«, schreit Phoenix und rennt mit Eli auf den Fersen hinein.

Die Tür fällt hinter ihnen zu, und beide sehen uns mit dem gleichen Ausdruck von Müdigkeit an.

»Das ganze Institut glaubt, dass Britt verlegt wurde«, erklärt Phoenix schnell. »Wir alle wissen, dass es von der Leitung vertuscht wurde. Jack ist auch weg. Verdammt, sie haben sogar den verdammten Teppich herausgerissen. Sie ist aus dem Schneider.«

»Ich habe es dir verdammt noch mal gesagt«, zischt Hudson. »Jack und Britt haben für Augustus gearbeitet, genau wie Rio. Sie stecken alle mit drin, deshalb wurde es vertuscht. Er ist ein Verrückter und hat unser Mädchen in seinen Klauen.«

»Du warst vom Blutverlust halb tot und im Delirium!«, beharre ich.

Dieser Ort kann einem unter die Haut gehen und einen dazu bringen, alles infrage zu stellen, aber es ist unmöglich, dass das gesamte Institut eine Lüge ist. Das kann ich nicht akzeptieren. Nicht nach allem, was ich aufgegeben habe, um hier zu sein, an seiner Seite. Mein ganzes Leben wurde auf Eis gelegt. Ich weigere mich zu glauben, dass das alles umsonst war.

»Mach deine verdammten Augen auf«, schreit Hudson.

Ich ignoriere ihn und packe meine letzten Habseligkeiten in die Tasche. Mein altes Ich hätte sich ins kalte Wasser geworfen, die Sache für sie erledigt und die ganze damit verbundene Anerkennung genommen. Alles für die Chance, einen Funken Selbstwertgefühl zu finden. *Erbärmlich.*

Ich bin nicht mehr dieser Mensch, nicht seit Hudson mir

klargemacht hat, wie oberflächlich ich war. Die letzten zwei Jahre waren eine riesige Zeitverschwendung – ich bin so wertlos wie immer und die Menschen, die mir wichtig sind, haben in der Zwischenzeit gelitten.

»Warte«, bittet Phoenix und blockiert die Tür. »Wir haben etwas gefunden, das ihr beide sehen müsst.« Er wirft Eli einen unsicheren Blick zu. »Draußen in den Wäldern.«

»Ich habe keine Zeit für so etwas!«, rufe ich aus.

»Glaub mir, nimm dir Zeit. Ganz im Ernst.«

Mit einem Schnauben gebe ich ihm das Zeichen, vorauszugehen. Hudson starrt immer noch auf mein Gepäck, aber selbst er kann mich nicht umstimmen. Ich habe versucht, den kaputtesten aller Menschen zu reparieren, und dabei genau die Menschen vernachlässigt, die mich am meisten brauchten. Ich bin fertig.

Wir folgen Phoenix hinaus in die frische Morgenluft, schlängeln uns durch die Menschenmassen, die zum Frühstück gehen, und machen uns auf den Weg zum Zaun. Als wir uns über das Gelände schleichen, wird mir klar, wohin wir gehen, und ich bleibe stehen.

»Ich habe die verdammte Kapelle schon gesehen. Ihr verschwendet meine Zeit.«

»Es ist nicht die Kapelle«, murmelt Phoenix.

Wir begeben uns zu dem losen Stück Zaun und schlüpfen einer nach dem anderen darunter hindurch, wobei wir abwechselnd nach patrouillierenden Wärtern Ausschau halten, bevor wir im Grünen verschwinden.

Ich zögere, als wir an der Kapelle vorbeikommen und in die dahinter liegende Wildnis gehen. Das ist viel zu weit draußen, um sicher zu sein. Wenn wir hier draußen erwischt werden, dann war's das. Ausbruchsversuche werden mit den schwersten Vergehen gleichgesetzt.

Das ist eine einfache Fahrkarte in Brooklyns Nachbarzelle.

Wenn sie überhaupt noch in Blackwood ist.

Der Gedanke schmerzt mich, also verdränge ich ihn.

Dieses Mädchen wird von vier Männern verfolgt, und sie schert sich um keinen einzigen von ihnen. Sosehr ein Teil von mir es auch hasst, es zuzugeben, ich kann es nicht mehr tun – ihr strahlender Ritter in Rüstung sein. Ich kenne jetzt die Wahrheit. Sie kann nicht geheilt werden.

»Wohin gehen wir?«, brüllt Hudson.

»Das ist alles Privatland«, antwortet Phoenix und duckt sich unter eine dicke Weide. »Wir waren gestern Abend auf dem Dach, um frische Luft zu schnappen, und haben in der Ferne Rauch bemerkt, der kaum sichtbar war. Er kam aus dieser Richtung, also sind wir ihm gefolgt.«

»Privatgrundstück von Blackwood«, erkläre ich. »Und was zum Teufel schleicht ihr hier draußen herum? Wollt ihr euch in Schwierigkeiten bringen?«

Beide ignorieren mich weiterhin, als wir auf einer Lichtung auftauchen. Der beißende Geruch von Rauch dringt in meine Lunge, ich huste und spähe durch den trüben Dunst. Wir sind von so vielen Bäumen umgeben, dass die Außenwelt völlig verdunkelt ist, was es zum perfekten Versteck macht. Vor etwas, das eine Garage zu sein scheint, liegt noch die Asche eines riesigen Lagerfeuers.

»Wir haben die Wärter letzte Nacht hier draußen entdeckt«, erklärt Phoenix.

»Was haben sie getan?«

Er schluckt, als er mir mit einer Geste zu verstehen gibt, dass ich mich dem aufgetürmten Haufen aus Asche und Schutt nähern soll. Ich stoße mit meinem Zeh dagegen und schüre die noch brennende Glut. Ein ekelhaft süßlicher Geruch hängt in der Luft, und ich kann nicht sagen, was es ist, anders als alles, was ich je zuvor gerochen habe.

»Sie kamen mit Lieferwagen und luden diese … Säcke ab. Lange, dicke Säcke.« Phoenix zittert und greift nach Elis Hand. »Wir dachten, sie würden nur Müll verbrennen. Normal, oder?«

Ich gebe ein Brummen von mir, während Hudson

schweigt. Phoenix hockt sich hin und greift in die noch rauchende Asche. Wir scheinen alle gemeinsam nach Luft zu schnappen, als er seine Finger um einen langen, gebogenen Gegenstand wickelt.

Ich habe keine Ahnung, was es ist, bis er es mir entgegenstreckt und sich mir plötzlich der Magen umdreht. Hudson klopft mir auf den Rücken, während ich versuche, mich nicht zu übergeben, aber seine Geste stockt abrupt, als auch er einen Blick auf das wirft, was Phoenix in der Hand hält.

Einen Knochen.

Einen verdammten *menschlichen Knochen*.

»Wir haben gesehen, wer in dem Sack war, bevor sie ihn den Flammen überlassen haben.«

Mehrere Sekunden lang spricht keiner, da wir zu schockiert sind.

»Wer?«, bringe ich hervor.

Elis leises Krächzen beantwortet meine Frage. »L-Leon.«

Die Welt kommt zum Stillstand, als wir alle auf den verkohlten Knochen starren und keine Worte finden. Hudson dreht sich um und geht weg, rauft sich die Haare und dreht sich wieder zu uns um. Er scheint völlig verloren, unfähig, seinen Blick von dem Knochen abzuwenden, den Phoenix immer noch hält.

»Leon wurde verlegt.«

»Offiziell«, werfe ich ein.

»Genau wie Britt«, sagt er abschließend.

Diesmal kotze ich meine Eingeweide aus, bis nichts mehr als Reue in mir übrig bleibt. Ich habe mir eingeredet, dass Rio allein arbeitet und die Drogen wie überall über versteckte Kanäle eingeschmuggelt werden. Ich kann nicht zugeben, dass ich meinem Vater geholfen habe, in eine Verschwörung zu investieren, die seit zwei Jahren die kränksten Menschen der Gesellschaft tötet.

Verdammter Narr.

»Sie töten die Patienten und verbrennen die Leichen. Leon hat zu viele Fragen gestellt und ist verschwunden. Ist das ein Zufall?« Phoenix schaut zwischen uns allen hin und her. »Ich glaube nicht. Es ist Zeit für einen Weckruf.«

Hudson spricht meine schlimmste Befürchtung aus.

»Glaubt ihr … sie haben sie getötet?«

Keiner von uns kann das beantworten. Phoenix sieht am Boden zerstört aus, während Elis Hände zu Fäusten geballt sind, da er sich wahrscheinlich schneiden will. Hudson schlägt gegen einen Baum und ich kann mich kaum auf den Beinen halten.

Wir haben das getan.

Wir haben sie nicht beschützt.

»Sie ist am Leben«, fleht Phoenix das Universum an.

»Das muss sie sein«, fügt Hudson hinzu.

Bevor wir alle den Verstand verlieren können, durchbricht das Brummen eines herannahenden Motors die Stille. Ich ziehe Hudson zurück in den Wald, während Phoenix Eli in Sicherheit bringt. Zu viert beobachten wir, wie ein Konvoi schwarzer Geländewagen von einem Feldweg auftaucht und vor der Garage vorfährt.

Alle halten den Atem an, keiner von uns achtet auf seine Umgebung. Das Klicken einer Pistole direkt hinter uns ertönt wie eine Explosion. Ich schlucke hart und bereite mich darauf vor, einen Wärter anzugreifen, wenn es nötig ist, aber ich drehe mich um und sehe stattdessen einen vertrauten finsteren Blick.

»Kann mir jemand sagen, was ihr alle hier macht?«

Sadie entsichert die Waffe und lässt sie nicht sinken. Sie steht in dunkler Kleidung da und wartet auf unsere Antwort, während ich meine Hände hebe.

»Willst du diese Frage selbst beantworten?«

»Ihr seid die, die nicht hier sein dürfen«, erwidert sie. »Ich habe jedes Recht, hier zu sein, ob ihr es glaubt oder nicht.«

»Hast du auch das Recht, Patienten mit diesem Ding zu drohen?«

»Ihr solltet nicht hier sein.« Sadie wirft mir einen warnenden Blick zu. »Das ist zu viel für euch. Geht zurück ins Institut und vergesst alles, was ihr hier gesehen habt. Habt ihr mich verstanden?«

»Auf keinen Fall. Verantworte dich«, blafft Phoenix.

Gerade als sie eine weitere halbherzige Ausrede vorbringen will, werden wir durch Geschrei dazu veranlasst, uns wieder dem Geschehen zuzuwenden. Die Türen der Autos werden zugeschlagen, mehrere bewaffnete Wärter sind ausgestiegen.

Wir sehen alle ungläubig zu, wie der Kofferraum geöffnet wird und etwas mit einem dumpfen Knall herausfällt. Ein weiterer dicker, körperförmiger Sack, der wenig der Fantasie überlässt.

»Was zum Teufel?«, zische ich.

»Halt die Klappe, sonst sind wir alle tot«, flüstert Sadie.

Als Jeffersons Stiefel den Boden berühren, sehe ich rot. Dieses schleimige Arschloch war vom ersten Tag an eine Gefahr. Er öffnet den Reißverschluss des Sacks und enthüllt uns allen das Grauen.

Der Mann darin ist voller blutiger Einschusslöcher, seine Brust ist praktisch zerfetzt. Ich betrachte sein schlaffes Gesicht, während ein Gedanke an die Oberfläche meines Bewusstseins drängt.

Ich kenne ihn.

Ich glaube … er arbeitet mit meinem Vater zusammen.

Verdammte Scheiße.

»Entsorg die Leiche. Das darf sich nicht herumsprechen.«

Augustus' Stimme geht ihm voraus, als er aus dem hinteren Teil des Geländewagens gleitet und unsichtbare Fussel von seinem Mantel klopft. Jefferson nickt und bedeutet seinen Jungs, zu kommen und die Leiche zur Verbrennung wegzuschleppen.

»Was den Vorstand betrifft, so ist Martin in den Ruhestand gegangen und nach Südamerika umgezogen«, erklärt Jefferson.

»Mach alles ganz legal. Keine losen Enden«, weist Augustus an.

»Ja, Sir. Was ist mit ihr?«

Die andere Hintertür öffnet sich, und als ein bleicher, vernarbter Arm herausfällt, erschrecke ich mich halb zu Tode. Hudson flucht lauthals und bekommt von Phoenix eine Ohrfeige, die ihn zum Schweigen bringt.

Wir alle beobachten mit angehaltenem Atem, wie der Rest der blutigen, schlaffen Brooklyn aus dem Auto geschoben wird. Auf der Suche nach Lebenszeichen studiere ich das Heben und Senken ihres Brustkorbs.

Sie ist am Leben.

Die Erleichterung in unserer Gruppe ist greifbar.

»Bring sie in den Z-Flügel, bevor die Medikamente nachlassen«, sagt Augustus und betrachtet ihre liegende Gestalt. »Nimm auch Sieben mit. Ich muss ihn neu konditionieren und die Maschinen vorbereiten. Er ist … emotional geworden. Kompromittiert.«

Zeitgleich mit seinen Worten steigt eine weitere Person aus dem Auto, die ohne fremde Hilfe steht. Ich runzle die Stirn über den schlaksigen Mann, dessen Smoking seine offensichtliche Unterernährung und die kürzlichen Schläge nicht verbergen kann.

Da sein Gesicht verborgen ist, kann keiner von uns seine Identität feststellen. Wahrscheinlich ein weiterer armer Bastard unter Augustus' allmächtiger Fuchtel. Er kniet neben unserem verdammten Mädchen und drückt sie an seine Brust.

»Ich bringe ihn dafür um, dass er sie anfasst«, schwört Hudson.

»Sag deinem inneren Alphaloch, es soll sich endlich beruhigen.«

»Halt die Klappe, Kade. Sonst breche ich dir auch das Genick.«

»Sieh hin. Er ist nicht derjenige, der ihr wehtut.«

Wir alle sehen zu, wie der skelettartige Mann Brooklyn fast zärtlich das lose Haar hinter das Ohr streicht. Sie werden beide in ein anderes Auto verfrachtet, das nicht mit dem Blut eines toten Mannes befleckt ist, und zurück zum Institut gefahren.

Es dauert eine Weile, bis die restlichen Wärter fertig sind, und als alle weg sind, sehen wir einander an. Ungläubig und erstaunt.

»Ich muss gehen«, erklärt Sadie.

»Warte. Du musst dich erklären.«

Sie starrt mich finster an. »Nicht jetzt. Geht zurück in die Wohnheime und haltet euch ausnahmsweise mal zurück. Lasst euch nicht in Ärger verwickeln und überlasst das mir.«

Sie steckt ihre Waffe ein und rennt zurück durch die Bäume, bevor ich fragen kann, wovon zum Teufel sie redet. Die anderen machen sich nicht einmal die Mühe, ihr hinterherzuschauen, sondern starren auf die Stelle, an der Brooklyns zerschundener Körper zu Boden fiel.

»Was haben sie mit ihr gemacht?«, knurrt Phoenix.

Ich werde von einem plötzlichen Schlag überrascht, als Hudson mir einen seiner klassischen rechten Haken verpasst, der meine Brille fliegen lässt. Er tritt mir zur Sicherheit in die Rippen und ich falle auf den Waldboden, wo ich mir den Bauch halte.

»Ich habe es dir gesagt!«, schreit er. »Du hast mir ins verdammte Gesicht gelacht und mich verrückt genannt. *Im Delirium.* Ich habe euch allen seit Monaten gesagt, dass Augustus böse ist. Er hat die Fäden hinter Rio, Jack und dem verdammten Lazlo gezogen. Bei allem.«

Phoenix bietet mir eine Hand an und wirft ihm einen verärgerten Blick zu. »Ist das wirklich der richtige Zeitpunkt, um sich gegeneinander zu wenden? Wir haben alle Fehler gemacht, auch du.«

Bevor Hudson ihm ein ebensolches blaues Auge wie mir verpassen kann, rapple ich mich auf und wische mir das Blut vom Mund.

»Du hast recht. Ich habe mich geirrt. Scheiße, ich war so dumm.«

»Musik in meinen verdammten Ohren«, donnert Hudson.

Eli blickt sich auf der verlassenen Lichtung um und bleibt stumm. Irgendwie scheint er von all dem weniger schockiert zu sein. Als hätte er irgendwie gewusst, dass die Dunkelheit von Blackwood viel tiefer reicht, als wir alle je hätten ahnen können. Nach allem, was er durchgemacht hat, hat er gelernt, das absolut Schlimmste in den Menschen zu sehen.

Phoenix beißt sich auf die Lippe. »Was machen wir jetzt?«

Im Angesicht der Familie, die ich noch vor einer Stunde verlassen wollte, wird mir klar, was zu tun ist. Es wird nicht einfach sein. Es wird nicht legal sein. Ich bin mir nicht einmal sicher, ob es möglich ist.

Aber es ist notwendig, für mich und die, die ich liebe, um den Albtraum zu überleben, den dieser Ort bereithält. Hudson hatte recht – ich kann nicht verschwinden. Die Arbeit ist noch nicht getan. Ich bin nicht bereit zu gehen.

Nicht ohne sie.

»Wir bereiten uns vor«, sage ich mit Überzeugung.

Alle drehen sich um und sehen mich an.

»Wofür?«

Als ich jedem von ihnen in die Augen sehe, ist meine Entscheidung besiegelt.

»Das Blackwood Institute zu verlassen. Wir alle. Für immer.«

KAPITEL 31
BROOKLYN

WHAT YOU NEED – BRING ME THE HORIZON

DAS GERÄUSCH der aufschlagenden Zellentür schreckt mich auf. Mein Kopf pocht von dem Kater der Medikamente, mit denen sie mich betäubt haben, und die bittere Säure lastet schwer auf meiner Zunge.

Meine Sicht wird klarer, ich kneife die Augen zusammen und stelle fest, dass ich wieder in der Isolationskammer bin. Zusammengerollt in der hintersten Ecke, jeder Zentimeter Haut zu sehen, übersät mit blauen Flecken und getrocknetem Blut. Ich blinzle und sehe, dass Jefferson mich angrinst.

»Da ist sie ja.«

»Was … Wie … wie bin ich hierhergekommen?«

Er schnaubt. »Harte Nacht? Das hast du gut gemacht. Ich habe gesehen, was sie mitgebracht haben, du musst das ganze Magazin in dieses Arschloch gejagt haben. Beeindruckende Arbeit.«

Seine Worte wecken Verständnis, und der Ansturm der Erinnerungen macht mich noch schwindliger. Martin, der mich niederdrückt. Die fingerförmigen Abdrücke auf den Innenseiten meiner Oberschenkel. Sein Grinsen, als er seinen Schwanz in die Hand nahm. Tränen und Flehen. Blut und

Kugeln und zertrümmerte Knochen. Zwei wartende Clowns, die mit dem Stolz sadistischer Eltern lächeln.

Oh mein Gott.

Kades Vater.

Kades verdammter Vater.

»Mir wird schlecht«, erkläre ich.

Jefferson rollt mit den Augen und wartet darauf, dass ich aufhöre zu würgen. Mein Magen krampft sich zusammen, weil ich so lange nichts gegessen habe, und als ich damit fertig bin, den Verstand zu verlieren, verschwindet er und kommt mit einer Schüssel Suppe zurück. Ich esse sie gierig und nehme auch eine Flasche Wasser an.

»Es wird dich freuen zu erfahren, dass heute dein Glückstag ist.«

Ich reibe mir die Schläfen. »Sag das meinem Kopf.«

»Hör auf zu jammern. Ich habe deine Dosis selbst überprüft. Du bist in Ordnung.«

Jefferson wirft mir ein Kleiderbündel zu, aber sein teilnahmsloses Gesicht verrät nichts. Selbst als ich ihn anstarre und darauf warte, dass er mir den Rücken zudreht, beobachtet er mich weiterhin mit diesem verdammten Grinsen.

Das blutbefleckte Seidenkleid hängt an meinem Körper, und ich weigere mich, den Blickkontakt zu unterbrechen, als ich es ausziehe und den zusammengeknüllten Stoff zur Seite werfe. Mir wird eine weitere Wasserflasche gegeben und ich benutze diese, um so viel Haut wie möglich zu reinigen, wobei die Wasserspuren leuchtend rot sind.

»Eine Dusche wäre schön«, murmle ich.

»Ich warte nicht darauf, dass du dich in Schale wirfst, Insassin.«

»Fick dich, Jefferson. Selbst Gefangene haben grundlegende Menschenrechte.«

»Du bist keine Gefangene.«

»Was bin ich dann?«

Er lässt seinen schmutzigen Blick über meinen Körper gleiten. »Du bist nichts. Du existierst nicht.«

Ich streife mir das übergroße Shirt über den Kopf, schaffe es, meine Beine unter mich zu bringen und ziehe die verblichenen Jeans hoch, deren Stoff sich an meinen Knöcheln sammelt. Ich bin mir sicher, dass ich mit meinem Skelettkörper mit Sieben mithalten könnte, aber mir ist schlecht, nachdem ich nur eine Schüssel Suppe gegessen habe.

So schnell wie ich aufgestanden bin, geben meine Beine nach und ich falle fast auf mein Gesicht. Jefferson muss mich an der Taille festhalten, um mich zu stützen, sehr zu seiner Belustigung. Der ganze Raum ist schief und wackelig, da die Nachwirkungen der Medikamente noch nicht nachgelassen haben.

»Du irrst dich«, keuche ich.

»Wie das?«

»Ich existiere. Das kannst du mir nicht wegnehmen.«

Jefferson lacht noch mehr und zerrt mich aus der Isolationskammer hinaus auf den Korridor des Z-Flügels. »Du gehörst Blackwood. Eigentum – das ist alles, was du jetzt sein darfst.«

Bevor ich die Kraft aufbringen kann, mich zu wehren, ertönt ein markerschütternder Schrei, der die Türen der einzelnen Zellen auf dem Korridor erschüttert. Das Ausmaß des Schmerzes und des Elends in diesem Hilfeschrei ist unvorstellbar.

»Siehst du, was passiert, wenn du dich von deinen Gefühlen leiten lässt?«, spottet Jefferson.

»Ihr habt Patient Zwei die Augen genommen. Was könnt ihr sonst noch tun?«, frage ich und habe fast Angst vor der Antwort.

»Das ist nicht ihr Geschrei.«

»Was?«

»Halt die Klappe. Nicht mehr reden.«

Ich werde die verwinkelten Gänge entlang und wieder

hinauf in das erste Untergeschoss begleitet. In Augustus'
leerem Büro angekommen, hallt der Schrei noch immer in
meinem Kopf nach. Ich schreite über den dicken Teppich,
komme langsam wieder zu Kräften und sehne mich danach,
diesem höllischen Ort zu entkommen.

Es war Sieben, der geschrien hat. Ich will mir den Weg
nach draußen freikämpfen und ihn mitnehmen. Der Gedanke,
dass sie Sieben wehtun könnten, tut mir weh.

Ich bin verdammt noch mal am Arsch.

Ich bleibe neben dem gerahmten Foto an der Wand stehen
und starre auf die körnige Version von Lazlo, umgeben von
seinen treuen Krankenschwestern. Ihn leibhaftig zu sehen,
nicht in einer verdrehten Halluzination … das ist surreal.

Ich erinnere mich an den Tag, an dem ich aus diesem
Büro rannte, überzeugt davon, dass ich mir den ganzen
Albtraum ausgedacht hatte. Er hat sich die Zeit genommen,
mich zu destabilisieren. Mich zu belügen. Meinen Verstand zu
verdrehen, wie er es für richtig hielt. Ich hoffe, was immer
Augustus ihm angetan hat, es hat wehgetan.

»Miss West?«

Augustus lehnt an seinem Schreibtisch und beobachtet
mich aufmerksam. Ich kehre nicht auf meinen gewohnten
Platz zurück, ich brauche den Abstand, während er sich setzt.
Seine Krallen sind so tief in meinem Kopf, dass ich keine
Kontrolle mehr habe.

»Ich wollte Ihnen nur für Ihre Arbeit danken, bevor Sie
wieder nach oben gehen.«

Mein Blick fällt schockiert auf ihn. »Sie lassen mich raus?«

Er beobachtet mich genau, die Finger verschränkt. »Sie
haben getan, was verlangt wurde. Das verdient eine
Belohnung, meinen Sie nicht auch? Sie können nach oben
gehen und Ihre Freunde wiedersehen.«

»Wo ist der Haken?«

»Kein Haken, Miss West.«

Ich umarme mich und warte darauf, dass er lacht und

mich zurück in eine Zelle wirft. Es ist ein Spiel. Er tut es wieder – er spielt mit meinem Kopf, macht mir falsche Hoffnungen, um meinen Geist noch ein wenig mehr zu brechen. Er wartet darauf, dass ich mich bei ihm bedanke, und lächelt dabei. Ich würde lieber sterben. Ich weiß, was das ist – eine Ablenkung.

»Warum arbeitet Kades Vater mit Ihnen zusammen?«

Augustus seufzt und lehnt sich in seinem Sitz zurück. »Stellen Sie keine Fragen, wenn Sie nicht für die Antworten bereit sind. Gehen Sie mir aus den Augen, bevor ich meine Meinung ändere. Sie wollen doch jetzt nicht meine Großzügigkeit beleidigen, oder?«

Obwohl ich versucht bin, bis zum bitteren Ende zu kämpfen und die Wahrheit zu verlangen, koste es, was es wolle … bin ich so verdammt müde. Ich will die Sonne sehen und in einem richtigen Bett schlafen. Meine eigenen Kleider tragen und eine heiße, ununterbrochene Dusche nehmen.

Aber vor allem will ich die Jungs sehen. Selbst wenn sie mich für alles, was ich getan habe, anschreien müssen, mir sagen, dass sie mich hassen und mein Gesicht nie wieder sehen wollen. Ich werde es hinnehmen. Ich werde alles nehmen, was ich kriegen kann.

»Ich zähle natürlich auf Ihre Diskretion«, fügt Augustus hinzu.

»Was soll das bedeuten?«

»Unsere Arbeit ist mit äußerster Vertraulichkeit zu behandeln. Sie dürfen niemandem ein Wort über die Ereignisse der letzten Monate, einschließlich der letzten Nacht, verraten.«

»Sie wollen, dass ich die Menschen anlüge, die ich liebe«, antworte ich.

»Sie können aber auch Ihren Platz im Z-Flügel einnehmen, wenn Sie es vorziehen. Siebens Zelle hat etwas mehr Platz, während er …« Augustus bricht ab und lacht. »Wieder in Behandlung ist.«

Da ich diese Aussage nicht entschlüsseln will, blicke ich zur Tür, zu nervös, um mich zu bewegen. Augustus beobachtet mich, um zu sehen, ob ich es wage, sein Geschenk anzunehmen.

»Nur zu«, ermutigt er.

Zögernd lege ich meine Hand auf den Türgriff und versuche, etwas Mut zu fassen. Als ich sie öffne, schaue ich auf den Korridor hinaus, und mein Herz schlägt mir gegen die Brust. Die Freiheit ist genau dort.

»Miss West«, ruft Augustus.

Jetzt kommt es. Das unvermeidliche Gelächter, während ich zurück in meine Zelle gezerrt werde und sie den Schlauch bringen. Mehr Hunger und Psychospielchen. Videos aus meiner Kindheit und böser Spott.

»Genießen Sie Ihren Tag«, sagt er abschließend.

Blinzelnd warte ich auf die Pointe. Sie kommt nicht. Ich greife nach dem einzigen Fünkchen Hoffnung, das mir bleibt, und renne los. Meine Füße stampfen auf den Boden, dicht gefolgt von meiner Eskorte zurück in die Welt der Lebenden.

Als ich in den Empfangsbereich trete, Jefferson dicht auf den Fersen, muss ich gegen das helle Sonnenlicht blinzeln. Dies ist ein hohler Sieg.

Ich kann nur daran denken, wie Lazlo meine Mutter wieder in die Welt entließ, nachdem er sie »in Ordnung gebracht« hatte, um seine Arbeit zu testen, und wie viel Kontrolle er aus der Ferne über sie hatte. Man kann sehen, was daraus geworden ist. Das ist keine Belohnung. Ich bin ein Versuchskaninchen, eine tickende Zeitbombe.

»Na los.« Jefferson seufzt, scheinbar enttäuscht, sein Spielzeug zu verlieren.

»Welcher Wochentag ist heute?«

»Sonntag. Deine Freunde frühstücken gerade.«

Als ich auf meine geliehene Kleidung, meine blutbefleckte Haut und meine Handgelenke mit den offensichtlichen blauen Flecken hinunterschaue, fühle ich mich völlig entblößt.

»Ich kann da so nicht reingehen.«

Jefferson gräbt seine Finger in meinen Arm. »Wir haben uns um deinen Unfall mit Britt gekümmert. Du wirst jetzt mitspielen und dich normal verhalten. Denk nur daran, dass wir überall Augen haben. Ein Schritt aus der Reihe und ich werde es wissen.«

Ich hasse den Gedanken, aber ich fühle mich völlig allein, als Jefferson mich verlässt, um mich dem Unvermeidlichen zu stellen. Es gibt einen Trost in wiederholter, brutaler Folter und Demütigung. Man lernt, sich abzuschotten, sich klein und unbedeutend genug zu machen, um zu überleben. Mit den Konsequenzen meines Handelns umzugehen, ist viel schrecklicher.

Ich kann ihnen nicht gegenübertreten.

Sie dürfen nie erfahren, was aus mir geworden ist.

Ich bleibe auf der Schwelle der Cafeteria stehen und werfe einen Blick auf die Menge der Patienten, die sich für den Tag stärken. Die Wärter beobachten sie alle, unheilvoller als je zuvor.

Wie viele wissen, was hier passiert? Wer steht noch unter Augustus' Beobachtung, bereit für die Aufnahme in den Z-Flügel? Gibt es noch mehr Handlanger, die dafür sorgen, dass sein Experiment ungestört weiterläuft?

Ich zittere am ganzen Körper und bin völlig überwältigt, Tränen laufen mir über die Wangen. Der Blick hinüber zu unserem Tisch ist eine schlimmere Folter, als es die Kammer je sein könnte. Mein Herz krampft sich beim Anblick der vier Jungs zusammen, die essen und reden, als würde ihre Welt ohne mich weiter bestehen – während ich ohne sie nichts bin.

Ich kann mich nicht bewegen.

Ich sitze fest. Gefangen hinter Glas.

Sie essen. Atmen. Leben.

»Du solltest zu ihnen gehen.«

Ich fahre aus der Haut, umklammere meine Brust und

entdecke Logan, der wie immer mit ein paar weisen Worten wartet. Als wäre er nie weg gewesen.

»Ich k-kann nicht.«

»Bitte, Brooke. Sei nicht allein, Familie ist wichtig. Geh und sei ein Teil davon.«

Ich schüttle den Kopf. »Ich gehöre nicht mehr dazu.«

Er sieht mich traurig an, als wolle er noch mehr sagen, kann es aber nicht. Ich bringe ein schreckliches Lächeln zustande und schaue zurück auf den Tisch. Ich war wer weiß wie lange weg. Natürlich mussten sie weiterleben. Warum tut es dann so verdammt weh?

Logan lässt mich in Ruhe und verschmilzt mit der Menge, als Patienten die Cafeteria verlassen und sich auf den Weg zum Unterricht machen. Sie scheint fast echt zu sein, diese Illusion. Raffiniert konstruiert, um die Wahrheit zu verbergen. Ich kann nicht alle vier anlügen, um Augustus und seinen Wahnsinn zu schützen.

Plötzliche Hitze durchströmt mich, als ich merke, dass ich entdeckt wurde. Ich schaffe es, seinen gequälten smaragdgrünen Augen zu begegnen, und beobachte, wie Eli die verschiedenen Stadien des Schocks durchläuft. Er ist so verdammt schön. Seine Wangenknochen sind scharf genug, um mein Fleisch zu zerschneiden, und seine Lippen betteln darum, meine blutigen Wunden zu reinigen.

Sein Mund öffnet sich leicht, als wäre er nicht davon überzeugt, dass ich kein Geist bin. Lahm hebe ich meine Hand und winke ihm niedergeschlagen zu.

Das ist alles, was er braucht.

Mein Geist war schon immer sein Wunderland.

Ohne die anderen zu stören, stellt Eli sein Tablett ab und steuert direkt auf mich zu. Ich drehe mich um und laufe weg, bevor die anderen mir folgen können, da ich nicht bereit bin, mich ihnen allen auf einmal zu stellen. Während ich draußen darauf warte, dass er mich einholt, kommen leise Schritte zu mir.

Ich warte auf seine Ablehnung.

Sie kommt nicht.

Seine Finger verschränken sich mit meinen, als wären sie füreinander geschaffen.

»Du hättest mir nicht folgen müssen«, sage ich niedergeschlagen.

Der leichte Druck von Elis Hand signalisiert, dass er damit nicht einverstanden ist.

»Ich hätte nicht zurückkommen sollen. Es ist sicherer, wenn du weit weg von mir bist.«

Eli umarmt mich so fest, dass meine Rippen knacken. Das ist alles, was ich brauche. Ein Hallo und ein Abschied in einem einzigen tragischen Moment. Seine weichen Locken reiben an meiner Wange, und ich bade in seinem Duft, der mehr nach Zuhause riecht, als es irgendein Gebäude je könnte. Er ist mein sicherer Ort. Meine Zwillingsflamme. Mein verdammter Partner in der Dunkelheit.

Ich frage mich, ob ich seiner bin.

Ich frage mich, wie mein Wahnsinn für ihn schmeckt.

»Ich habe … d-dich vermisst«, flüstert er.

»Scheiße, Eli. Ich habe dich auch vermisst«, krächze ich.

Er verschlingt mich mit seinen Augen und lächelt. Ich werde mitgeschleift, durch den Hof, ohne zu schauen, wohin wir gehen. Ich brauche es nicht zu wissen. Eli ist mein Leitstern. Das war er schon immer.

Vorbei an den verlassenen Wohnheimen und den Wärtern, die jetzt genau zu wissen scheinen, wer ich bin, erreichen wir die Umzäunung. Eli ringt mit einem älteren, verrottenden Teil des Sicherheitszauns und schafft ein neues Loch.

Ich mache mir keine Sorgen wegen der Kameras.

Augustus kann mir nichts Schlimmeres antun.

Wir waten durch Gestrüpp und wogende Bäume und werden vom Nieselregen bis auf die Knochen durchnässt.

Gierig sauge ich den Duft des frischen Regens ein, zum ersten Mal in meinem Leben dankbar für eine solche Kleinigkeit.

Schließlich erreichen wir den Friedhof, überwuchert und verlassen, so wie ich ihn in Erinnerung habe. Es kommt mir wie eine Ewigkeit vor, seit wir das erste Mal auf diesen Stufen standen, gestört von Wärtern, die genau wussten, wo wir waren.

Hier ist Augustus.

Bringen Sie die Zielperson zurück in Reichweite oder packen Sie Ihre Koffer.

Es war sein erster Auftritt in meinem Leben, bevor ich es überhaupt wusste, als er den Wärtern befahl, uns aufzuspüren. Der Teufel stand die ganze Zeit vor der Tür.

Wir brechen vor dem Mausoleum zusammen.

Ich versuche vergeblich, Worte zu finden.

Uns beiden wurde die Zunge gestohlen.

Ich lasse meinen Kopf an seine Schulter sinken, und Elis Hand weigert sich, meine zu verlassen. Wir klammern uns aneinander, um uns zu schützen, und die Schrecken des Kellers verblassen. Es gibt nur uns – zwei gebrochene Seelen, die einen Anschein von Frieden ineinander finden.

Eli drückt wieder meine Finger, und ich weiß, dass er eine Erklärung will. Ich habe nichts zu bieten. Selbst wenn Augustus meine Taten vertuscht hat, wissen die Jungs Bescheid. Hudson hat die ganze Sache gesehen. Sie haben mit eigenen Augen gesehen, wer ich wirklich bin.

»Es tut m-mir so verdammt leid«, stottere ich.

Eli stößt einen langen Atemzug aus. »Nein.«

»Erfinde keine Ausreden für mich.«

»Nein.«

»Hör auf, Nein zu sagen. Gott, ich sollte nicht hier sein.«

Eli packt mich am Kinn und zwingt mich, ihn anzuschauen. In seinen smaragdgrünen Augen sprudeln so viele Worte, eine Fontäne von Emotionen wartet darauf, von seinen gefrorenen Lippen entlassen zu werden.

Stattdessen küsse ich ihn. Ein reiner, einfacher Kuss. Eine Entschuldigung. Er lässt meinen Kopf auf seinen Schoß sinken, lässt mich auf ihm liegen und hält mich fest. Meine Augen fallen zu, während die Tränen weiter auf meiner Haut brennen.

»Manchmal frage ich mich, ob die Welt außerhalb von Blackwood wirklich existiert«, sage ich und mache mir nicht länger die Mühe, meine Scherben zu verstecken. »Es muss mehr im Leben geben als das hier. Was wäre sonst der Sinn des Lebens? Ich will nicht, wenn es das hier ist.«

»Das … ist k-kein Leben«, stößt Eli hervor, sein Körper bebt vor Angst. »Aber … eines T-Tages …« Er neigt seinen Kopf zu mir und führt meine Lippen wieder auf die seinen. »Werden w-wir eines h-haben.«

Ohne die Augen zu öffnen, verschlingen wir uns gegenseitig wie verzweifelte Liebende, getrennt durch einen Abgrund des Todes. Seine Zunge beansprucht jeden Zentimeter meines Mundes, und ich ziehe an seinem Haar, nehme jedes Quäntchen seines Geistes, seines Körpers und seiner Seele für mich in Anspruch. Ich vergrabe die gestohlenen Stücke von ihm tief in mir, fest verschlossen, wo niemand sie jemals wegnehmen kann.

Ich öffne die Augen und lächle erbärmlich. »Du wirst eines haben. Ich werde diesen Ort nie verlassen. Nicht mehr.«

Eli drückt mir einen sanften Kuss auf die Nasenspitze und schüttelt den Kopf. »Z-zusammen … oder g-gar nicht.« Sein Griff um mein Kinn wird fester, als seine Lippen über meine Wangen streichen und die Tränen wegküssen. »W-werde dich n-nicht zurücklassen. Lieber s-sterbe ich … als ohne d-dich zu leben.«

Ich kann nicht anders, als ein zittriges Lachen auszustoßen.

»Ich liebe dich zu sehr, um dich mit mir runterzuziehen.«

»Mir … e-egal. Zusammen … o-oder gar nicht.«

Der hartnäckige, unglaubliche Mistkerl legt seine Stirn an

meine. Wir atmen die Luft des anderen und bilden zwei Hälften eines beschädigten Ganzen.

Ich blicke ihm tief in die Augen. »Schwöre es.«

Er zieht fragend eine Augenbraue hoch.

»Schwöre, dass du immer mein sein wirst und mich nie vergisst. Schwöre, dass du, egal was passiert, immer noch mein Monster sein wirst. Ich liebe dich und du musst mir bei deinem gottverdammten Leben schwören, dass du mich auch liebst, denn ich bin eine labile, verkorkste Mörderin, die ohne dich nicht leben kann.«

Das Geständnis erschöpft mich.

Ich bereite mich darauf vor, dass er geht.

Stattdessen erhellt sich Elis Gesicht mit einem herzzerreißenden Grinsen.

»Ja«, flüstert er.

»Ja?«

»Ich s-schwöre.«

»Dann haben wir einen Deal.«

Mit nichts als den geflüsterten Versprechen, die uns verbinden, könnte ich glücklich und ohne Reue sterben. Elis Lächeln verblasst nicht, und ich weiß, was jetzt kommt. Sein Taschenmesser glitzert in der Frühlingssonne und ich beiße mir auf die Lippe, in Erwartung seiner nächsten Schritte.

So haben wir angefangen.

Versiegelt in Blut und Krankheit.

Es ist nur passend, dass dies unser Ende sein sollte.

Ich verlasse den Komfort seines Schoßes und lege mich zurück auf den kalten Stein des Mausoleums, wo er mich sechs Monate zuvor geschnitten hat, als ich mich nicht selbst schneiden konnte. Dieses Mal ist es anders. Ich biete meinen Körper zum Schlachten an.

Eli hebt das geliehene Shirt hoch, ohne auf Blut und blaue Flecken zu achten, und küsst meinen vernarbten Bauch. Er rollt die Jeans so weit herunter, dass meine Hüfte frei liegt, und wirft mir zur Bestätigung einen letzten Blick zu.

»Vertraust … d-du mir?«

Ich nicke und genieße seine raue Stimme. »Immer.«

Er hält das Taschenmesser in seinem geübten Griff und ich unterdrücke einen Schmerzenslaut, als die Klinge meine Haut trifft. Zuerst denke ich, dass er mich nur schneidet, aber die Spitze des Messers gleitet weiter über mein Fleisch. Ich brauche nicht hinzusehen, ich vertraue ihm mit meinem ganzen Leben.

Nachdem er seine sorgfältige Arbeit beendet hat, setzt sich Eli auf seine Fersen und führt die blutverschmierte Klinge an seine Lippen. Diesmal beobachte ich fasziniert, wie er vorsichtig über die Klinge leckt und jeden Tropfen meines warmen Blutes aufnimmt.

Seine Jeans wölben sich durch den Druck seiner Erektion und er schaut mit unbeschreiblichem Verlangen auf mich herab. Ich blicke an meinem Körper hinunter, brennend vor Neugierde.

Als ich sein Werk entdecke, muss ich über die makabre Liebeserklärung schmunzeln. *Perfekt.* Eli lässt sich neben mir auf den Rücken fallen und hält mir das Taschenmesser hin.

Er hebt sein Shirt und entblößt seinen Waschbrettbauch sowie die herrlichen Haare, die gerade nach unten führen. Ich setze mich mit Leichtigkeit auf seinen Körper und nehme die Klinge entgegen, bereit, sein Design zu kopieren.

Als ich fertig bin, passen wir perfekt zusammen.

Donec mors nos separavit.

Beide wurden vom anderen beansprucht, jeder Satz tief genug eingeschnitten, um eine perfekte Narbe zu hinterlassen, aus der süße blutrote Tropfen auf den entweihten Stein unter uns tropfen.

»Was bedeutet das?«

»Bis d-dass der Tod … uns s-scheidet«, flüstert er.

Ich lächle und schüttle den Kopf. Es ist genug. Eli wird immer genug sein. Egal, was es kostet oder wie viel ich von mir selbst in Streifen abreißen und opfern muss, um seine Sicherheit zu gewährleisten.

Ich werde das Herz, das er mir so mutig geschenkt hat, bis zu meinem letzten Atemzug beschützen. Was auch immer nötig ist, er wird die Sonne außerhalb dieses verdammten Ortes aufgehen sehen. Er wird die Welt sehen und *leben*.

Dafür werde ich sorgen.

Selbst wenn es das Letzte ist, was ich tue.

»Komm her und fick mich«, flehe ich schamlos. »Lass mich vergessen, nur für eine Minute. Ich habe zu viel Angst, ihnen gegenüberzutreten.«

Ohne eine Beschwerde reißt Eli sein Shirt komplett weg und hält einen Moment inne, um sein neues, blutiges Brandzeichen zu bewundern. Die Worte sind durch meine zitternde Hand etwas schief, aber er grinst trotzdem.

»Babygirl«, bringt er hervor.

»Ja?«

Er spreizt meine Beine und lässt sich zwischen ihnen nieder, presst seine Lippen auf meine und raubt mir die Luft aus der Lunge. Als wir uns voneinander lösen, ist Mut in seiner Stimme zu hören.

»Ich ... l-liebe dich.«

Ich blinzle die Tränen weg. »Ich liebe dich auch, Eli.«

KAPITEL 32
HUDSON

FUCK IT – GLASS TIDES

ES KOSTET mich jedes Quäntchen Selbstbeherrschung, um ihre Tür nicht einzutreten. Selbstwachstum, ich weiß. Dieses Mädchen macht mich verdammt weich.

Meine Lunge krampft, weil ich den ganzen Weg zurück zu Oakridge gesprintet bin, und eine einzige SMS brennt mir ein Loch in den Kopf, als ich endlich mein Ziel erreiche. Phoenix und Kade werden nicht weit hinter mir sein, da die Nachricht an uns alle ging.

Unser Leuchtturm, der uns nach Hause winkt.

Sie ist wieder da.

Eli findet mich zuerst, die Beine gekreuzt, während er rauchend an ihrem Fenster sitzt. Er hebt eine Hand, um mich davor zu warnen, die Badezimmertür aus den Angeln zu reißen, und gibt mir mit einer Geste zu verstehen, dass ich mich setzen soll. Drinnen höre ich die Dusche laufen. Meine Amsel ist nur wenige Zentimeter entfernt, so nah wie schon lange nicht mehr.

»Wann?«, frage ich.

Er zuckt mit den Schultern.

»Warum ist sie zuerst zu dir gekommen?«

Eli bedeutet mir, dass ich mich setzen soll.

»Du hättest früher schreiben sollen.«

»Setz dich«, flüstert er heiser.

Zu schockiert, um weiter zu schreien, lasse ich mich auf Brooklyns Matratze sinken. Es dauert nicht lange, bis sich die Tür wieder öffnet und Phoenix in seiner Eile fast über die Schwelle stürzt. Kade folgt viel verhaltener, sein Gesicht verrät seine Nervosität.

Er fühlt sich verantwortlich.

Keiner von uns war auf die Wahrheit vorbereitet.

Es gibt genügend Schuldzuweisungen für alle.

»Wo ist sie?«, blafft Phoenix.

Eli zeigt auf das Badezimmer und warnt ihn mit seinen Augen. Es spricht dafür, wie sehr wir uns verändert haben, wenn wir sehen, wie Eli ausnahmsweise die Befehle gibt. Sie hat uns verändert. Hat uns zu mehr gemacht, als wir waren, weicher an den Rändern. Aus all dem Schmerz ist etwas entstanden.

Hoffnung.

Gottverdammte, beschissene Hoffnung.

Kade lehnt mit verschränkten Armen an der Wand. Er sieht mich immer noch nicht richtig an. Janet lebt, wurde aus dem Krankenhaus entlassen und wohnt widerwillig bei ihrer Schwester, während Kades Vater auf Geschäftsreise ist.

Es war schwer für ihn, die Kontrolle abzugeben, das weiß ich. Aber es gibt im Moment zu viel böses Blut zwischen uns, als dass ich ihn trösten könnte. Ich kann nicht an ihn oder seinen Vater denken, ohne etwas schlagen zu müssen.

»Wie geht es ihr?«, fragt Phoenix.

Er nimmt Eli in seine Arme und ich beobachte, wie die beiden einen Kuss austauschen.

»Hast du eine Ahnung, wie sie entkommen konnte?«, füge ich hinzu.

Eli antwortet keinem von uns und zuckt wieder mit den Schultern. Wir müssen abwarten und es herausfinden. Die

Dusche scheint ewig zu laufen, ein Soundtrack zu unserem ängstlichen Warten.

Kade wackelt mit dem Bein, und Phoenix raucht zwei Zigaretten und zuckt vor Vorfreude. Als die Dusche ausgeschaltet wird, stehen wir alle ein bisschen aufrechter da – bereit, die Sache endlich in die Hand zu nehmen.

Die Tür öffnet sich, und ich verliere jede rationale Fähigkeit, ruhig zu bleiben. Sie taucht auf wie ein Kaninchen im Schneesturm, fast unsichtbare Haut auf einem Skelett, so weit entfernt von dem schönen Wesen, das ich seit fast sechs verdammten Jahren liebe.

Brooklyn drückt das Wasser aus ihrem strähnigen Haar und zittert, eingewickelt in ein Handtuch, das nicht verbergen kann, was sie durchgemacht hat.

»Amsel«, flüstere ich ehrfürchtig.

Graue Augen der Verwüstung finden mich.

»Hudson.«

Während alle anderen wie erstarrt auf der Stelle stehen, komme ich näher. Wir alle saugen sie in uns auf, unsicher, wie wir reagieren sollen. Brooklyn ist vorsichtig, jeden Moment bereit zu fliehen. Ich betrachte ihr blaues Auge, ihr geprelltes Gesicht und ihre Arme, ihren geisterhaften Teint und ihren deutlichen Gewichtsverlust.

Sie haben ihr alles weggenommen.

Aber sie haben sie uns nicht genommen.

»Kann ich …« Ich räuspere mich. »Dich halten?«

Sie holt eine Yogahose und ein weißes Shirt aus ihrem Kleiderschrank – eines von meinen, was mein Herz zum Rasen bringt – und nickt.

Ich durchquere den Raum und achte darauf, es langsam anzugehen. Ich habe in meinem ganzen Leben noch nie etwas langsam angehen lassen, aber für sie … tue ich es.

Ich öffne meine Arme und lasse sie den letzten Meter schließen, der uns trennt. Erst zögert sie, dann stößt sie so heftig mit mir zusammen, dass ich fast das Gleichgewicht verliere. Ich hebe sie von den Füßen, ihr Gesicht an meinem Hals vergraben, und spüre, wie ich endlich entspanne.

»Du fühlst dich so verdammt gut an in meinen Armen«, gebe ich zu.

»Lass nicht los. Bitte … verdammt. Lass einfach nicht los.«

Ihre Stimme bricht, als sie verstummt. Entfernt bemerke ich, dass sie weint. Schreckliche, hässliche Schluchzer, so untypisch für die Person, die ich kenne. Die Emotion schockiert mich zu Tode, aber ich klammere mich fester an sie und hoffe irgendwie, dass sie wie ein Phantom unter meine Haut schlüpft und dort bleibt, wo ich sie sicher halten kann.

Phoenix hustet hinter uns. »Hitzkopf?«

Brooklyn hebt den Kopf, und ich erkenne den Moment, in dem sie ihm in die Augen schaut und ein Lächeln aufsetzt. »Hey Ärger.«

»Kann ich mitmachen?«

Ich lasse sie los, woraufhin sie zu Phoenix geht und ihn in eine verzweifelte Umarmung zieht. Kade beschließt, nicht länger ein rückgratloser Scheißer zu sein, stößt sich von der Wand ab und wartet, bis er an der Reihe ist. Das letzte bisschen Spannung fällt aus ihr heraus, als er sie beruhigt.

Ich bin ihr Beschützer.

Phoenix ist ihr Grund zum Lächeln.

Kade ist ihre Gewissheit.

Und Eli … ihr Ebenbürtiger in der Dunkelheit.

»Wieder zusammen.« Sie seufzt.

»Und daran wird sich auch nichts mehr ändern«, schwöre ich.

———

Inmitten des Schmerzes, der Trennung und des Gemetzels gibt es einen letzten Nachmittag von etwas, das dem echten Leben gleichkommt.

Wir sprechen nicht über Augustus oder den blutigen, von

Kugeln durchlöcherten Körper. Britts Tod oder die verbrannten Überreste unzähliger Leichen in den Wäldern. Wir nehmen nicht einmal zur Kenntnis, dass sich der Boden anschickt, sich zu öffnen und uns ganz zu verschlingen.

Wir spüren es alle – dass unsere Zeit in Blackwood auf die eine oder andere Weise bald zu Ende sein wird. Also tun wir stattdessen das einzig Logische im Angesicht des drohenden Untergangs.

Wir gehen schwimmen.

Wie durch ein Wunder sind die Wärter mit einer hässlichen Schlägerei vor der Cafeteria beschäftigt, sodass wir fünf uns in die Turnhalle schleichen können. Wir schleichen uns zu einem Zeitpunkt hinein, an dem es eine Stunde lang menschenleer ist, während der Rest des Instituts zu Mittag isst.

Das Schwimmbecken ist im typischen Blackwood-Stil ein schimmerndes Juwel aus poliertem Marmor. Es hat olympische Ausmaße mit hohen gotischen Fenstern und einem Hauch von Buntglas und ist zweifellos ein Bestandteil der ausgeklügelten Marketingkampagne für Führungskräfte, die in Augustus' Wahnsinn investieren wollen.

Zur Sicherheit verbarrikadieren wir die Tür.

Scheiß auf Blackwood.

Wir schulden ihnen nichts mehr.

Phoenix zieht sich schnell bis auf seine Boxershorts aus und stürzt sich mit einem Schrei und einer Arschbombe ins Wasser, die uns alle durchnässt.

»Der Letzte ist ein Verlierer!«, ruft er.

»Du bist der einzige Verlierer hier, Phoen«, rufe ich zurück.

Eli zieht sich in die Sicherheit einer Bank in der Ecke zurück, behält seine Kleidung an und beobachtet uns stattdessen mit einem breiten Grinsen auf den Lippen.

Ich halte Brooklyns Hand, während sie sich schwer an mich lehnt und mich mit ihren Augen anfleht, sie nicht mit einer Million Fragen zu löchern, die darauf warten, beantwortet zu werden.

Das kann alles warten.

Im Moment sind wir am Leben.

»Kommst du rein?«

Sie beißt sich auf die Lippe und nickt. »In einer Minute.«

Um meine neu gewonnene Kontrolle noch weiter zu testen, lasse ich sie am Beckenrand zurück und ziehe mein eigenes T-Shirt und meine Jeans aus. Ihre Augen verschlingen mich ganz und verweilen auf dem tätowierten Vogel, den ich so stolz unter meinem Herzen trage.

Ich erinnere mich noch daran, wie ich ihn bekam, drei Jahre nach unserem letzten Gespräch. Mein Herz gehörte ihr, schon damals. Ich habe jeden verdammten Tag an sie gedacht, und egal, was sie glaubt, ich habe sie gesucht.

Unser Mädchen.

Meine verdammte Amsel.

»Willst du einfach so dastehen?«, zieht Phoenix mich auf.

»Sei vorsichtig, was du dir wünschst, Arschloch.«

Ich mache eine Arschbombe ins Becken und ertränke ihn fast absichtlich. Ich tauche am Boden entlang und er sieht mich nicht kommen, bis ich ihm auf den Rücken springe und ihn zurück unter Wasser reiße. Wir kämpfen, hustend und prustend, beide darauf aus, den anderen zu ertränken.

Natürlich gewinne ich.

»Okay, okay. Waffenstillstand!«, prustet er.

Ich grinse und wische mir das Wasser aus den Augen. »Weichei.«

»Nicht alle sind wie ein verdammter Lastwagen gebaut.«

»Gut, such dir ein Spiel aus. Ich werde deinen dürren Arsch trotzdem schlagen.«

Phoenix kneift die Augen zusammen und klettert hinaus, um sich einen Ball zu suchen, mit dem er spielen kann. Während ich warte, schaue ich zurück zum Beckenrand. Kade hat es gewagt, sich neben Brooklyn zu setzen, und nach einer halben Stunde peinlichen Schweigens redet er endlich.

Die Art und Weise, wie sie die Hand des anderen umklammern und miteinander flüstern, deutet auf eine Entschuldigung hin. Vielleicht kann er jetzt heilen. Verdienen wir es nicht alle, dass man uns vergibt? Vielleicht nicht. Ich bin mir nicht sicher, ob ich das tue. Aber Kade … er verdient es.

Eines Tages werde ich es ihm selbst sagen.

Nachdem ich den dummen Idioten geschlagen habe.

Viele, viele Male.

Phoenix springt wieder rein und verwickelt mich in ein Volleyballspiel, während Kade sich auszieht und zu uns gesellt. Zum ersten Mal seit Wochen lächelt er wieder, und ich kann nicht anders, als es zu erwidern, auch wenn ich den Ball etwas zu fest in Richtung seines Kopfes schlage.

»Tut mir leid, ich habe dich nicht gesehen.« Ich grinse.

Er nimmt den Ball aus dem Wasser und spannt seinen Bizeps an. »Das war's, jetzt wird gespielt. Du weißt, dass ich Schulmeister war, oder?«

»Ja, ja. Ich erinnere mich an die verdammten Medaillen.«

Phoenix schwimmt zu mir rüber, um sich gegen Kade zu verbünden. »Ich glaube, wir können es mit ihm aufnehmen, Hud. Medaillen hin oder her.«

»Nur zu.« Kade lacht.

Wir spielen, bis wir uns kaum noch bewegen können, verletzt und geschlagen vom aggressivsten Volleyballspiel der Welt. Phoenix erklärt Kade widerwillig zum Sieger, klettert hinaus und stürzt sich auf Eli, um ihn nass zu machen, während er ihn zu Tode kuschelt.

Sogar ich muss zugeben, dass sie süß sind.

Brooklyn schaut ihnen zufrieden zu, und sie schauen zurück, beide verdammt verliebt in sie – wie wir alle.

»Amsel?«, rufe ich.

Sie sitzt am Rand, die Yogahose bis zu den Waden

hochgekrempelt, damit sie ihre Füße ins Wasser tauchen kann. Als sie zu mir hochschaut, verzieht sie die Mundwinkel zu einem kurzen Lächeln.

»Was gibt's?«

»Willst du einfach nur dasitzen?«

»Ich komme nicht rein. Es ist zu kalt.«

»Sei kein Weichei, es wird bald wärmer.«

Brooklyn verdreht die Augen und zeigt mir den Mittelfinger.

»Es ist ziemlich kalt«, wirft Kade ein.

»Halt die Klappe, Champ. Ich will ein Rückspiel.«

Ich tauche wieder unter, ziehe ihn im Vorbeigehen ins Wasser und schwimme zu Brooklyn hinüber. Sie spreizt die Beine, um mich dazwischen zu lassen, und bevor sie protestieren kann, packe ich sie an der Taille und ziehe sie hinein, wobei ich mich an ihrem entzückenden Quietschen erfreue.

Brooklyn, deren ätherisch weißes Haar nach hinten gekämmt ist, blickt mich mit ihrem üblichen Feuer an. »Du bist ein Arschloch.«

Ich ersticke fast an meiner Erleichterung.

»Sag es noch einmal.«

»Hudson Knight. Du bist ein verdammtes Arschloch.«

Verdammt noch mal, das ist mein Mädchen. Ich drücke sie gegen den Rand des Beckens und lasse sie meinen harten Schwanz spüren, der sich schnell aufrichtet. Sie keucht ein wenig und starrt mich durch ihre Wimpern an wie ein gottverdammter Racheengel.

Ich war noch nie ein Fan davon, zu teilen. Wir haben einen ziemlichen Schlamassel angerichtet, ein bisschen zu kaputt, um so etwas Komplexes ohne Fehler zu bewältigen. Aber im Moment würde ich nichts lieber tun, als ihre Muschi vor all meinen Brüdern zu ficken – damit sie persönlich hören, wie sie nach mir schreit.

»Hudson«, wiederholt sie atemlos.

»Ich liebe es, wenn du meinen Namen sagst.«

»Das liegt daran, dass du ein Egoist bist.«

»Autsch. Nun, Doc. Welche Behandlung würden Sie einem selbstverliebten Arschloch wie mir empfehlen?«

Brooklyn schlingt ihre Beine um meine Taille, ihr T-Shirt im Wasser völlig durchsichtig, und zieht einen Schmollmund. »Ich habe viele Vorschläge. Keiner davon ist jugendfrei oder für die Öffentlichkeit geeignet.«

Als ich mich im Raum umschaue, sehe ich, dass Kade uns von der anderen Seite des Pools aus aufmerksam beobachtet, während Eli und Phoenix in der Ecke herumknutschen. Ich will sie. Wir alle wollen sie. Meine Amsel und all ihre hässlichen, zerbrochenen Teile sind es wert, geteilt zu werden.

»Irgendetwas sagt mir, dass sie nichts dagegen haben werden«, flüstere ich verschwörerisch.

»Was ist mit dir?«

»Sagen wir es so, ich bin neugierig.«

Ich lasse meine Lippen zu ihrem Ohrläppchen wandern, sodass Brooklyn über meine Schulter schauen und sich selbst überzeugen kann. Alle sind hingerissen. Sie wirft ihren Kopf zurück und lässt zu, dass ich meine Hand um ihren Hals lege. Selbst wenn alle zusehen, mache ich ihr klar, dass sie immer noch mir gehört.

Ich fahre mit meiner Hand über ihr durchnässtes T-Shirt, kneife in ihre Brustwarze, die durch den Stoff sichtbar ist, und rolle die Knospe zwischen meinen Fingern. Brooklyn reibt sich an mir und quält meinen steinharten Schwanz, der sich nichts sehnlicher wünscht, als in ihr vergraben zu werden. Aber wenn wir das machen, dann will ich es auch richtig machen.

Ich drücke sie an meine Brust, klettere aus dem Pool und nehme mir eines der Handtücher der Jungs, um es auf dem Boden auszubreiten. Brooklyn lässt sich von mir hinlegen und streift das T-Shirt von ihrem Körper ab.

Ich finde ihre Lippen und verschlinge sie, wobei ich jede

Spur meiner vorangegangenen Sanftheit hinter mir lasse. Sie nimmt alles, unsere Zähne prallen aufeinander und sie hebt ihre Hüften, während sie jegliche Kontrolle verliert.

Als wir uns voneinander lösen, stelle ich fest, dass Kade herausgeklettert ist, um näher zu kommen. Er schaut zu – fasziniert, interessiert … hungrig.

»Willst du mal probieren, Bruder?«

Kade streicht sein goldenes Haar zurück und schluckt schwer. Phoenix und Eli haben sich nicht von der Stelle gerührt, sind immer noch ineinander verschlungen und blicken beide auf Brooklyn, die unter mir ausgebreitet ist. Ich grinse und Phoenix lächelt, packt Eli am Haar und presst seine Lippen auf die seinen.

»Kade«, wimmert Brooklyn. »Komm.«

Kade überlegt den Bruchteil einer Sekunde und lässt sich neben ihr nieder, wobei er mir einen nervösen Blick zuwirft.

»Keine Sorge, dieses Mal werde ich dich nicht töten.«

»Wie beruhigend.« Er seufzt.

Getreu meinem Wort gebe ich ihm genügend Raum, um Brooklyn in einen stürmischen Kuss zu verwickeln. Die ganze Zeit über bleiben meine Hände an ihren Hüften. Während Kade unser Mädchen verwöhnt, ziehe ich ihr langsam die nasse Yogahose von den Beinen und stelle fest, dass sie kein Höschen trägt und feucht für mich ist.

Ich küsse sanft die Innenseite ihres Oberschenkels und ignoriere die frischen Schnitte, bei denen ich mir sicher bin, dass Eli etwas damit zu tun hat, aber ein weiterer Fleck lässt mich erstarren. Schwarze Blutergüsse. *Verdammte Fingerabdrücke.*

»Was zum Teufel?«, brülle ich.

Kade wirft selbst einen Blick darauf und blinzelt, während Brooklyn versucht, meine besorgten Hände wegzuschieben. Es gibt keine Ausrede. Jemand hatte seine verdammten Hände an ihr.

»Ist schon gut«, murmelt sie.

»Nichts davon ist gut. Ich will einen Namen.«

»Es gibt keinen. Du brauchst dir keine Sorgen zu machen.«

Ich packe sie am Haar, ziehe ihre Lippen zu meinen und beiße zu, während ich darauf warte, dass das Blut fließt. Sie windet sich in meinem Griff und wimmert, während ich den Kupferfluss direkt aus ihrem Mund lecke. Als könnte ich die Wahrheit, die sie so verzweifelt verbergen will, in ihrem Blut finden.

»Hudson …«, beginnt Kade.

Ich bringe ihn mit einem einzigen Blick zum Schweigen.

Ich ziehe Brooklyns Beine auseinander und fahre mit meinem Zeigefinger zwischen ihre Schamlippen, die klitschnass sind und um meinen Schwanz betteln. Ich zwicke ihre Klitoris, bevor ich einen Finger in sie hineinschiebe, und sie stöhnt vor Vergnügen.

»Gefällt dir das, Baby?«

»Ja.«

Ich werde die Antwort aus ihr herausfoltern, wenn es sein muss. Ich füge einen weiteren Finger hinzu und beobachte, wie sie sich an meiner Hand reibt, so schnell von einer einzigen Berührung in den Bann gezogen. Dann reiße ich meine Hand weg, kurz bevor sie kommen kann.

»Scheiße!«, zischt sie.

»Ich sagte, beantworte die verdammte Frage.«

»Dieses Spiel machen wir nicht, Hudson.«

»Dann antworte. So einfach ist das.«

Brooklyn starrt mich finster an und dreht sich zu Kade um. Sie bestraft mich, indem sie seine Lippen auf ihre zieht. *Arschloch.* Dann stößt sie mich mit dem Fuß zur Seite und klettert auf Kades Schoß, wo sie sich auf seine nassen Boxershorts setzt.

Ich sollte sie beide umbringen.

Niemand missachtet mich.

Sie greift in seine Boxershorts, befreit Kades Schwanz und streichelt ihn, woraufhin er zischt. Auch wenn sie ihn berührt, ist es so heiß, ihr dabei zuzusehen, wie sie die Kontrolle übernimmt. Kade fühlt sich bald wohl, ohne Rücksicht auf sein Publikum. Sie positioniert sich neu, um ihn an ihren Eingang zu führen.

»Warte …«

Sie ignoriert Kade und sinkt auf ihn herab, bevor einer von uns zu Wort kommen kann. Wir sehen alle, wie er stöhnt, den Kopf nach hinten fallen lässt und ihre Hüften umklammert. Phoenix und Eli haben innegehalten und beobachten fasziniert, während sie sich gegenseitig berühren.

»Du wolltest, dass ich warte?«

»Auf keinen Fall«, brummt Kade.

»Ich kann auch Spiele spielen«, wirft sie mir zu.

Kade grinst mich süffisant an. Er begegnet Brooklyn Stoß für Stoß und findet seinen Rhythmus. Er genießt es, sie dabei zu beobachten, wie sie mich vor den Augen der ganzen Gruppe in die Knie zwingt.

Ich werde es ihnen zeigen. Als ich meine Chance erkenne, werfe ich alle Bedenken beiseite, denn ich muss sie um mich herum spüren, bevor ich den Verstand verliere.

»Gut. Lass uns spielen«, erkläre ich.

Ich stelle mich hinter Brooklyn und streiche mit der Hand über die weiche Rundung ihres Hinterns. Kade wird langsamer und wirft mir einen fragenden Blick zu. Ich erwarte, dass er einen Rückzieher macht, wenn er merkt, was ich vorhabe, aber er fickt meine Amsel einfach weiter, direkt vor meinen Augen.

Ich lege meine Finger auf Brooklyns Lippen und flüstere ihr ins Ohr.

»Leck daran, sofort.«

Ihr Lächeln wird dunkler. »Ja … *Daddy*.«

»Sag das noch einmal, und ich werde verdammt noch mal nicht teilen.«

Sie tut ganz unschuldig und wirbelt gehorsam ihre Zunge über meine Finger. Sobald sie feucht sind, küsse ich mich an ihrem Rücken entlang und bringe meine Finger zu ihrem engen Arschloch.

Sie spannt sich an und reitet immer noch auf Kades Schwanz, als ich vorsichtig einen Finger hineinschiebe. Zischend atmet sie aus und klammert sich noch fester an Kade.

»Willst du meinen Bruder immer noch mehr als mich?«, frage ich.

»Mistkerl«, keucht sie.

Nachdem ich den Finger in ihr bewegt habe, um sie vorzubereiten, füge ich einen weiteren feuchten hinzu und dehne ihren Hintereingang weiter aus. Sie wehrt sich nicht gegen mich, was mich zu der Frage bringt, was sie und die beiden Wichser in der Ecke getrieben haben.

Wie aufs Stichwort grinst Phoenix mich an.

Bastard.

Ich versuche, bei dem Gedanken nicht eifersüchtig zu werden, sondern stelle mir stattdessen vor, wie es wäre, sie in der ganzen Gruppe herumzureichen. Ich habe mir beim Volleyballspiel eindeutig eine Gehirnerschütterung zugezogen.

Brooklyn beginnt zu zittern, als Kade in sie stößt, während ich weiter mit ihrem Arschloch spiele. Zu wissen, dass sie das schon mal gemacht hat, hilft, auch wenn es mit dem selbstgefälligen Paar in der Ecke war.

Ich umfasse meinen pochenden Schwanz, lasse noch mehr Speichel auf mich tropfen und bearbeite meine Erektion, um die Feuchtigkeit zu verteilen. Ich habe das noch nie mit jemand anderem gemacht, geschweige denn mit meinem Adoptivbruder, der bereits in ihrer perfekten rosa Muschi steckt.

Ich ziehe meine Finger aus ihr heraus, jetzt, da sie schön entspannt ist, und drücke die Spitze meines Schwanzes warnend gegen ihr Arschloch.

»Hudson …«, wimmert sie.

»Schhhh. Entspann dich einfach, ich werde es ruhig angehen.«

Kade zieht sie für einen Kuss zu sich heran, was mir Zeit gibt, meine Länge und ihren Hintereingang noch feuchter zu machen, damit sie triefend nass und bereit ist.

Es kostet mich all meine Selbstbeherrschung, langsam vorzugehen und Zentimeter für Zentimeter in sie einzudringen, auch wenn sie sich so himmlisch anfühlt. Sie keucht und hält sich an Kade fest, um sich langsam an die Fülle zu gewöhnen.

Es ist ein unglaubliches Gefühl.

Wer hätte gedacht, dass es so heiß ist, sie zu teilen?

»Okay?«, frage ich.

Sie blickt über ihre Schulter und sieht mich mit schweren Augen an.

»Wirst du mich jetzt auch ficken?«

»Ja, verdammt, das werde ich. Halt dich fest, Baby.«

Ich beginne mit gemäßigten Stößen. Ich halte es kontrolliert und gebe ihr Zeit, sich zu bewegen, wenn nötig. Kade findet seinen Rhythmus und wir arbeiten miteinander in einem schweißtreibenden, hektischen Gewirr. Es dauert nicht lange, bis Brooklyn herausfindet, was funktioniert.

Verdammter Phoenix und Eli.

Ich werde sie umbringen, wenn ich hier fertig bin.

Sie bewegt ihre Hüften, um uns beiden entgegenzukommen, und bricht bald in einem intensiven, glühenden Orgasmus zusammen. Ich genieße den unglaublichen Anblick, beiße in ihren Hals und sauge an dem weichen Fleisch, um meine eigenen Spuren zu hinterlassen.

»Du gehörst mir, Amsel.«

Kade unterbricht den Kuss und sagt: »Und mir.«

»Vergesst uns nicht!«, schreit Phoenix.

Sie stammelt eine Antwort, zu sehr von den Gefühlen überwältigt, während wir sie beide bis zur Besinnungslosigkeit ficken. Phoenix und Eli sehen sich das Schauspiel an, und ich glaube, sie berühren sich auch gegenseitig. Beide sind erregt von dem Anblick unseres Mädchens, das bis zum Rand gefüllt ist.

Die Fantasie überkommt mich wieder, und ich frage mich, wie es wohl wäre, wenn wir sie alle ficken würden – einer nach dem anderen. Zu meiner Überraschung muss ich feststellen, dass mich der Gedanke verdammt erregt.

Kade ist zuerst fertig und packt Brooklyn an der Kehle, als er zum Höhepunkt kommt. Sie kann ihren Schrei nicht unterdrücken und hält sich immer noch an ihm fest, um das Gleichgewicht zu halten, während ich mein Tempo erhöhe und immer schneller in sie stoße. Ich kann es nicht lange zurückhalten, ihr Arschloch ist so eng.

»Sag mir, wer die blauen Flecke hinterlassen hat«, befehle ich.

Als ich ihr auf die Pobacke schlage, atmet sie zischend aus.

»Niemand ...«

»Du lügst mich an.«

Brooklyn wirft mir einen schmutzigen Blick über die Schulter zu und keucht, als ich ihr erneut den Hintern versohle, wobei mein Schwanz, der noch immer tief in ihr steckt, erschüttert wird.

»Antworte mir.«

»Ich versuche ... dich zu beschützen«, stöhnt sie.

»Wir brauchen deinen Schutz nicht, Amsel.«

Da ich mich nicht länger zurückhalten kann, stöhne ich während meiner Erlösung, und sie krampft sich um mich und kommt ein drittes Mal.

Wir brechen alle zusammen, und Wärme strömt zwischen uns aus. Brooklyn landet halb auf Kades Brust, während sie in meinem Schoß nach Luft schnappt.

Phoenix johlt und bringt uns alle zum Lachen.

»Verpiss dich, Mann.« Ich grinse ihn an.

»Das war heiß, Leute. Und mehr als nur ein bisschen unerwartet.«

»Das kannst du laut sagen«, murrt Brooklyn.

Kade befreit sich aus ihren Armen und errötet, nachdem der Moment vorbei ist. Er zieht sich wieder nach innen zurück, versteckt sich vor uns. Brooklyn packt ihn am Bizeps und zwingt ihn, sie anzusehen.

»Kade … bitte. Du musst nicht gehen.«

Er wirkt unsicher und blickt mich kurz an.

Darum geht es hier.

»Es ist in Ordnung«, murmelt er.

Brooklyn wirft mir einen Blick zu, der schreit: *Bring das in Ordnung.* Ich habe seit Wochen kaum mit Kade gesprochen, viel zu wütend nach unserem Wortgefecht auf dem Dach. Vielleicht ist es an der Zeit, dass ich endlich erwachsen werde.

»Hör zu, es tut mir verdammt leid«, gebe ich zu und hasse den verdammten Schmerz in seinen Augen. »Ich hätte das nicht sagen sollen. Es war grausam, aber ich war so wütend auf dich wegen dem, was passiert ist. Aber ich denke … es ist nicht deine Schuld.«

»Aber das ist es«, antwortet er traurig.

»Wir alle haben verdammte Schuld. Sind wir jetzt quitt?«

Brooklyn lächelt mich an, stolz auf meine beschissene, aber aufrichtige Entschuldigung. Bevor ich sie traf, kannte ich die Bedeutung des Wortes *Entschuldigung* nicht. Jetzt verteile ich es links, rechts und in der Mitte. Sie ist ein verdammtes Luder.

»Mir tut es auch leid«, entgegnet Kade.

»Das war doch gar nicht so schwer, oder?«, sagt Brooklyn.

Wir ziehen beide unsere Kleidung wieder an und lassen Brooklyn auf dem Handtuch liegen, dann stehen wir uns gegenüber. Kade klopft mir auf den Rücken, und ich ziehe ihn zu einer Männerumarmung heran und drücke ihn fest an mich.

Das war es, was wir brauchten. Jemanden, der uns wieder zusammenbringt. Es ist nicht das erste Mal, dass wir uns zerstritten haben, und es wird auch nicht das letzte Mal sein, aber Brooklyn hält uns zusammen, auch wenn wir es selbst nicht können.

Sie studiert uns beide, ihr Blick wird traurig, als sie zwischen uns allen hin- und herschaut, auch zwischen Phoenix und Eli, die in der Ecke sitzen.

Es ist fast so, als würde sie sich diese Szene einprägen, als könnte jeder Moment ihr letzter auf dieser gottverlassenen Erde sein.

Das werde ich nicht zulassen.

Diesmal nicht.

KAPITEL 33

BROOKLYN

NOT JUST BREATHING – THE PLOT
IN YOU

EIN HÄMMERN an der Tür weckt mich.

Ich wusste, dass es kommen würde. Nichts Gutes währt lange.

Ich bin in Phoenix' Armen gefangen, während Elis Kopf auf meiner Brust ruht. Beide schlafen noch immer auf der gemeinsamen Matratze, die wir wie üblich durch das Zusammenschieben der beiden Betten geschaffen haben.

Gestern Abend sind wir nach dem Abendessen alle wieder ins Schlafzimmer gegangen und haben uns ein warmes Nest geschaffen, in dem wir Filme schauen und kuscheln konnten.

Phoenix und Eli waren nach meinem kleinen Auftritt mit den Knight-Brüdern sehr gefühlsbetont und wollten ihren eigenen Anteil an der Action. Nicht, dass ich mich beschweren würde. Ich könnte mich daran gewöhnen, Teil dieses Sandwiches zu sein.

»Tür«, stöhnt Hudson unter der Bettdecke hervor.

Phoenix greift fester nach meinem Oberschenkel, der über seinen Körper gezogen ist und direkt an seiner Morgenlatte reibt. Ich schaue in den Rest des dunklen Zimmers und finde Kade aufrecht im Bett.

»Wie spät ist es?«

»Sieben Uhr«, stöhnt er.

»Scheiße. Ich gehe schon.«

Ich löse mich von den Jungs, falle aus dem Bett und lande auf dem Gesicht, sehr zu Kades Belustigung. Ich zeige ihm den Mittelfinger, ziehe mein geliehenes Shirt tiefer, um meine nackten Beine zu bedecken, und stapfe hinüber, um die Tür zu öffnen.

»Miss West«, sagt Jefferson mit einem lüsternen Grinsen.

Ich überlege, ob ich sie zuschlagen soll, entscheide mich dann aber für einen finsteren Blick.

»Verpiss dich, Jefferson.«

»Meine Güte, wie mutig wir vor unseren kleinen Freunden sind.« Sein Grinsen wird ernst. »Du weißt, wie es läuft. Ich sage, spring, Schlampe. Du fragst, wie hoch. Nimm deinen Scheiß und beweg dich.«

»Amsel? Was ist hier los?«

Hudson kommt zu mir in die Tür und kann sein Knurren kaum unterdrücken. Er trägt enge Boxershorts, die nichts der Fantasie überlassen, und sein Haar ist eine zerzauste Explosion, die viel zu viel darüber aussagt, was wir in der vergangenen Nacht getrieben haben.

»Was zum Teufel willst du?«, knurrt er.

Mit der Hand über dem Schlagstock macht Jefferson einen bedrohlichen Schritt nach vorn. »Zurück, Insasse. Deine Freundin und ich machen einen kleinen Spaziergang.«

»Sie wird nirgendwo mit dir hingehen. Wir kennen unsere Rechte, Arschloch. Du kannst sie nicht weiter festhalten, nicht mehr.«

Das amüsiert Jefferson noch mehr, sein fast hysterisches Lachen ist viel zu laut für diese frühe Stunde. »Eure Rechte? Hör zu, Kumpel. Du hast das Recht, die Klappe zu halten, während ich dein Mädchen dahin zurückbringe, wo sie hingehört – wenn du damit fertig bist, ihren Arsch wie eine gottverdammte Zigarette herumzureichen, hmm?«

Ich sollte mich schämen, denn ich wusste, dass Augustus

uns im Schwimmbad beobachtet und auf jedes Zeichen geachtet hat, dass ich unsere Abmachung brechen würde. Aber irgendwie machte das Wissen, dass er uns beobachtete, es noch süßer. Ich hoffe, der Mistkerl hat bis zum Ende zugeschaut und gesehen, wie sehr ich es genossen habe, seine dummen Regeln zu brechen.

Bevor Hudson ihm das Licht ausknipsen kann, fixiert Jefferson ihn mit hinter dem Rücken verschränkten Armen an der Wand und wirft mir einen kalten Blick zu, der Langeweile verrät.

»Bist du bereit? Ich kann diesen Verlierer auch mitbringen, wenn du willst. Ihm Gesellschaft leisten, während der Boss sich um deinen straffälligen Arsch kümmert.«

Als ich nicht antworte, reißt Jefferson Hudsons Arm höher, bis er vor Schmerz stöhnt. Es braucht eine Menge, um meinen blauäugigen Psychopathen zu verletzen, also gebe ich schnell nach.

»Meine Güte, hör auf. Gib mir zwei Minuten, okay?«

»Du hast dreißig Sekunden.«

Jefferson lässt Hudson los, grinst mich an und zieht sich zurück, um draußen zu warten. Ich nutze die Gunst der Stunde und schlage ihm die Tür vor der Nase zu, von einem Anflug der Angst ergriffen. Ich will nicht wieder in den Keller gehen und dem Teufel in seinem Designeranzug gegenüberstehen.

»Das machen wir nicht«, schreit Hudson und kommt auf mich zu. »Ich habe es satt, diesen Leuten nachzugeben, als hätten wir keine andere Wahl. Wir können uns immer noch wehren, das haben sie uns noch nicht weggenommen.«

»Ich kann ihn nicht einfach ignorieren. Augustus wird das nicht dulden.«

»Es ist mir scheißegal, was er duldet. Sieh dich doch an! Sieh dir an, was er mit dir gemacht hat!« Hudson drückt mich gegen die Wand und packt meine Arme so fest, dass es wehtut. »Ich werde nicht zulassen, dass du dir das weiter antust. Mit seinen Drohungen werden wir schon fertig.«

»Glaubst du, ich will gehen?«, rufe ich.

Nachdem er sich eine Jogginghose angezogen hat, legt Kade seine Hand auf Hudsons Schulter, ganz der Friedensstifter.

»Sie hat recht. Solange wir nicht von hier verschwinden können, müssen wir mitspielen. Wenn sie Verdacht schöpfen, sind wir alle in Schwierigkeiten.«

Ich starre ihn an. »Was? Von hier verschwinden?«

Die beiden ignorieren mich und starren sich intensiv an. Allein der Gedanke, Blackwood zu verlassen, hat mich zu sehr in den Bann gezogen, um ihre stumme Unterhaltung zu hinterfragen.

Flucht.

Ein Leben außerhalb dieses Ortes.

Ich nehme das kurze, törichte Aufflackern der Hoffnung und schließe es weg, verwerfe die Idee. Es wird nicht funktionieren, es gibt kein Entrinnen aus diesem Albtraum. Es ist zu spät.

Wo auch immer wir hingehen, Augustus wird mich immer finden. Er hat zu gute Verbindungen und ich bin zu wertvoll, als dass er einfach loslassen könnte. Er wird die verletzen, die mir etwas bedeuten, nur um an mich heranzukommen, und das kann ich nicht zulassen.

Ich befreie mich aus Hudsons Umarmung und ziehe mich an. Phoenix und Eli sind jetzt wach und beobachten mich mit dem gleichen Ausdruck von Angst. Ich schenke beiden ein Lächeln, denn ich weiß, dass es keinen Sinn mehr hat, die Wahrheit zu verbergen.

Während ich mich bei der Befragung am Vorabend auf ein Minimum an Details beschränkt habe, füllten sie unweigerlich eine Menge Lücken.

Ich nehme ihre beiden Hände und lasse mich von ihnen in die Arme ziehen. Phoenix atmet mich ein, sein Herzschlag ist so schnell, dass ich ihn spüren kann, während Eli am ganzen Körper zittert. Es kommt mir jetzt unvorstellbar vor, dass ich mich vorher entschieden habe, vor den beiden wegzulaufen.

Wenigstens eine Sache hat es mich gelehrt – wenn man etwas gefunden hat, für das es sich zu kämpfen lohnt, dann hält man es verdammt noch mal fest und lässt nicht los. Wenn ich mich opfern muss, um diese vier Männer zu schützen, die Teile meines Herzens, von denen ich nicht einmal wusste, dass sie mir fehlen, dann soll es so sein.

Ich werde weggehen, auch wenn es mich innerlich umbringt.

Ich habe keine verdammte Wahl.

Ich kann sie nicht schützen, wenn sie unter der Erde sind.

»Passt aufeinander auf«, murmle ich.

Phoenix drückt mich fester an sich. »Du kommst zurück.«

»Ich weiß. Aber passt trotzdem aufeinander auf. Bitte.«

Ich drücke Phoenix ein letztes Mal, bevor ich ihn loslasse und mich Eli zuwende. Er sieht verängstigt aus, voller Unsicherheit und Wut. Der ängstliche Junge, der sich vor der Welt versteckt, den ich vor so vielen Monaten kennengelernt habe, kommt wieder zum Vorschein.

»Mach dir keine Sorgen. Ich habe ein Versprechen gegeben, schon vergessen?« Mit einem Blick auf meine Hüfte, wo die pochende Gravur von meinen Jeans verdeckt wird, zaubere ich Eli ein Lächeln auf die Lippen. »Bis dass der Tod uns scheidet. Ich komme wieder, halte meine Seite des Bettes warm.«

Er nickt einmal.

Wir haben unser Versprechen mit Blut besiegelt.

Das ist unumstößlich.

Bevor ich durchdrehe, folge ich Jefferson auf den Korridor. Ich kann weder Hudson noch Kade ansehen, die beide wütend darüber flüstern, was als Nächstes zu tun ist. Sie versuchen, mir zu folgen, aber Jefferson knallt ihnen die Tür vor der Nase zu.

Anstatt mich von ihm fesseln und ihn meine Demütigung genießen zu lassen, gehe ich bereitwillig die Treppe hinunter. Den Kopf hocherhoben, den Rücken gerade und entschlossen.

Alles, was jetzt zählt, ist, sie in Sicherheit zu bringen. Und wenn sie irgendwie entkommen können, dann muss ich ihnen genügend Zeit verschaffen, um dieses Höllenloch niederzubrennen und zu fliehen.

Auch wenn ich noch drinnen bin.

Ich gehe gern in Flammen auf … für sie.

———

Das vertraute Kratzen der Nadel verursacht einen stechenden Schmerz, als eiskalte Medikamente in einer gefühlt viel größeren Dosis als üblich in meinen Blutkreislauf strömen. Augustus blickt auf mich herab, zieht die Nadel aus meiner Vene und lächelt.

»Sie haben sich gut amüsiert, ja?«

Die Taubheit breitet sich wie verschüttetes Blut aus und entzieht meinem zitternden Körper jegliches Gefühl, und ich schaffe es, ihm einen schmutzigen Blick zuzuwerfen, bevor meine Gesichtsmuskeln erschlaffen.

»Sie können mich mal.«

»Eine große Show.« Er lacht. »Ich gebe zu, es ist faszinierend für mich. Ihr fünf habt euch in den letzten sechs Monaten mehr verbunden, als ich es je zuvor gesehen habe. Ihr habt eine Pseudo-Familieneinheit geschaffen, mit allen notwendigen Komponenten. Vielleicht ist das etwas, das ich weiter erforschen sollte.«

Ich bin nicht in der Lage, ihm zu drohen, zu sehr bin ich damit beschäftigt, mich an die Reste von Klarheit zu klammern. Anstatt in seinem Büro zu bleiben, begleitet mich Augustus in die Tiefen des Z-Flügels, vorbei an unzähligen Zellen und ihren namenlosen Bewohnern.

Mein bisheriger Mut schwindet bald, und Jefferson wirft mich über seine Schulter, als ich versuche zu fliehen. Anstatt mich zurück in die Todeskammer zu werfen, erreichen wir das Ende des letzten Ganges und betreten einen höhlenartigen Raum, der vor Dunkelheit trieft.

Die feuchten Wände durchdringen die Luft mit Schimmel und Fäulnis, und genau in der Mitte stehen zwei einzelne Stühle. Mit Handschellen gefesselt, verliere ich langsam den Bezug zur Realität, während ich auf den anderen leeren Stuhl schaue.

Augustus schaut auf seine Uhr. »Bring sie herein.«

Jefferson verlässt seinen Posten in der Ecke und wirft mir einen lüsternen Blick zu. Als ich Logan in der anderen Ecke entdecke, der wie immer auf seinen Chef aufpasst, wirft er mir einen beruhigenden Blick zu. Er erinnert mich daran, mich zusammenzureißen, aber es nützt nichts. Ich bin zu sehr zugedröhnt, die Stimmen peitschen gegen meinen Willen durch mich hindurch.

Du warst schon immer allein.

Nicht liebenswert.

Gebrochen.

Monster.

Die Schatten, die sich um Augustus' Knöchel sammeln, wirbeln im schwachen Licht herum und gewinnen an Geschwindigkeit. Ich schüttle meinen Kopf und versuche, die Bilder zu vertreiben, die mich zu ertränken drohen. Die Medikamente schüren die Krankheit, die erwartungsvoll in mir schlummert und gehorchen will.

»Es ist an der Zeit, dass Sie sich als würdig erweisen, in meinem Programm weiterzumachen«, erklärt Augustus. »Sie haben großes Potential gezeigt, aber *Brooklyn* kann nicht weiter mit mir arbeiten. Sie ist zu … menschlich.«

»Ich bin ein Mensch«, stammle ich.

»Das müssen Sie nicht sein«, korrigiert er. »Noch werde ich Sie nicht töten. Beweisen Sie sich und ich garantiere für die Sicherheit Ihrer Familie. Dauerhaft. Solange Sie unter meiner Obhut stehen, wird ihnen kein Leid geschehen … als Patient Acht.«

Eine grässliche Gestalt tritt aus den Schatten, als sei sie Augustus' Wahnsinn entsprungen. Sein Haar ist nass von frischem Blut, sein Körper zerfetzt von der Hektik einer Klinge, die ich nur zu gut kenne. Vic durchquert den Kerker und hockt sich mit seinem sadistischen Lächeln neben meinen Stuhl.

Verstehst du nicht, Baby?

Wir sind unausweichlich.

Dein Leben ist ohne mich wertlos.

»Lass mich in Ruhe«, flehe ich, während die Handschellen in meine Handgelenke schneiden.

Dann lass dich von ihm töten.

Sei mein, für immer.

Augustus durchbricht die Schatten, die mich in Angst und Schrecken versetzen, und kommt näher, um mich zu untersuchen. Er sieht so verzweifelt aus, in die tiefsten Abgründe meines Geistes vorzudringen und jeden noch so kleinen Schaden zu studieren, den er mir zugefügt hat. Sie verschwimmen ineinander – Vic und Augustus, der eine real und der andere ein schrecklicher Geist.

»Du wirst dich fügen, Patient Acht. Du hast keine andere Wahl.«

Nun also das Du. Ich reiße meinen Blick von dem Schattengewitter los, das jeden Zentimeter dieses Gefängnisses infiziert, und schaue an Vics bösem Lächeln vorbei zu Augustus.

Er will, dass ich breche. Mich biege. Zerbreche und implodiere. Etwas anderes werde. Etwas Neues. Etwas Unmenschliches.

Stattdessen spucke ich ihm direkt ins Gesicht.

»Ich gehöre Ihnen nicht. Das werde ich nie.«

Vic grinst, als wäre er stolz auf mich.

Da ist mein Mädchen.

Immer noch meins.

Augustus wischt sich mit einem angewiderten Blick die klebrigen Klümpchen aus den Augen und gibt mir eine Ohrfeige, die mir die Lippe aufreißt.

»Ungehorsames Kind. Nein ist keine Option.«

Die Tür öffnet sich und schließt sich ein paar Sekunden später wieder. Mit hängendem Kopf und Blut, das von meinem Kinn tropft, kämpfe ich gegen den Nebel in meinem Gehirn an, der mich zu erdrücken versucht. Das Scharren des Stuhls gegenüber zwingt mich, den Kopf zu heben.

Was ich finde, ändert alles.

Die ganze Welt bleibt verdammt noch mal stehen.

»Ich glaube, ihr beide kennt euch.« Augustus grinst.

Auch sie ist mit Handschellen gefesselt und sieht viel zu echt aus, um eine weitere verdrehte Halluzination zu sein. Ihr kastanienbraunes Haar hängt schlaff und wirr herunter. Die Kleidung ist an einigen Stellen zerrissen, was auf einen kürzlichen Kampf hindeutet. Ihre Knöchel sind zerkratzt, und ihre Augen sind so wild vor Angst, dass sie die Wut und den Kummer verschlingen, die ich erwarten würde.

»Meine Güte … Brooklyn?!«

»Allison«, flüstere ich entsetzt.

Sie ist hier. In Fleisch und Blut. Das ist Augustus' Trumpf. Ich starre Vics gottverdammte *Schwester* an. Die Verfasserin der unzähligen Briefe, mit denen ich mich auf dem Dach gequält habe. Sie sieht mich an, als wäre ich ein Dämon aus der Hölle, der sich seinen Weg nach oben gekrallt hat, um ihre ewige Verdammnis zu sichern.

»Bitte … lassen Sie mich gehen«, fleht sie Augustus an. »Ich habe Geld, nennen Sie Ihren Preis. Ich weiß nicht, was das ist … aber bitte, ich flehe Sie an.«

Augustus saugt ihre Verletzlichkeit in sich auf, grinst und schnippt mit den Fingern in der Luft. Sieben krabbelt aus der dunkelsten Ecke des Raumes nach vorn, kaum wiederzuerkennen von einer weiteren Schlägerei, die ihn schwer humpeln lässt.

Unsere Blicke treffen sich, und das Fenster zu seiner Seele ist leer.

Hohl.

Vollkommen unmenschlich.

»Nimm ihr die Handschellen ab«, befiehlt Augustus.

Hoffnung flackert in Allisons Augen auf, aber sie fängt an zu schluchzen, als Sieben direkt an ihr vorbeihumpelt und sich stattdessen neben meinen Stuhl kniet. Seine Fingerspitzen verweilen auf meinen blutenden Handgelenken, als er die Anweisung ausführt, so schnell, dass ich glaube, ich hätte es mir nur eingebildet. Sobald ich frei bin, stolpere ich vom Stuhl und stehe auf den Beinen, die sich wie flüssiger Brei anfühlen.

»Allison hat in den letzten achtzehn Monaten eine Hasskampagne gegen dich geführt«, informiert mich Augustus und umkreist ihren Stuhl wie das Raubtier, das er ist. »Sie hat deinen Namen durch alle Zeitungen des Landes geschleift und sichergestellt, dass die ganze Welt weiß, was du getan hast. Selbst nachdem wir deine Präsenz in den sozialen Medien gelöscht haben, als du in das Programm aufgenommen wurdest. Sie hat es dir sehr schwer gemacht, zu verschwinden.«

Sein Geständnis dringt kaum zu mir durch. Ich bin zu sehr damit beschäftigt, in Allisons tränenüberströmte Augen zu starren, die mich leise anflehen. Wofür, das weiß ich nicht. Ich kann ihr nicht helfen. Ich kann mir selbst nicht helfen.

»Morgen früh wird Allison Brunel tot aufgefunden werden. Trauer, so scheint es, war unausweichlich. Die Zeitungen werden den Verlust eines so jungen Lebens betrauern, bevor sie ihren Namen – und damit auch deinen – in den Tiefen des Archivs begraben, wo mein Team dafür sorgen wird, dass auch die letzte Spur dieser Geschichte für immer verschwindet.«

Allison schluchzt noch heftiger und ich schaue über sie

hinweg zu Augustus, der stolz mit seinem Masterplan prahlt, sein Lächeln messerscharf. Ganz das Monster, als das ich ihn kenne.

»Jetzt ist dein Moment gekommen, Patient Acht. Wir wissen beide, was ihr Bruder dir angetan hat. Den Schaden, den er hinterlassen hat. Er hat dich verletzt. Dich erniedrigt. *Dich vergewaltigt.* Hat er es nicht verdient zu sterben?«

»Mein Bruder war unschuldig. Sie hat ihn ermordet!«, schreit Allison.

Bevor ich weiß, was ich tue, schlage ich ihr meine Faust direkt ins Gesicht, um ihre bösartigen Lügen zum Schweigen zu bringen. Blut rinnt aus ihrer Nase und klebt an meiner Haut. Ich starre es fasziniert an, während Gelächter in meinen Ohren widerhallt wie eine Klinge in meinem Schädel. Natürlich wartet Vic auf mich.

Du bist eine Mörderin, Babygirl.

Hatte Martin den Tod verdient?

Britt?

Ich war nur der Anfang.

Augustus haucht mir in den Nacken und streicht mir das Haar über die Schulter, sodass seine Lippen mein Ohr berühren. »Tu es. Sie hat es verdient, nicht wahr? Dieses Stück Abschaum zu beschützen und dich zum Bösewicht zu machen. Die Welt hält dich ihretwegen für ein Monster. Nimm deine Rache.«

Sieben löst ihre Handschellen, packt Allison am Haar und schleudert sie durch den Raum. Sie prallt gegen die Steinwand, das Knirschen gebrochener Knochen untermalt ihre Schreie. Ich gehe auf sie zu, und die Schatten folgen mir, meine Gefährten in dieser Hölle.

Töte sie.

Lass sie bezahlen.

Bereite ihr Schmerzen.

Sie ist das Monster.

Allison berührt ihren Hinterkopf, ihre Finger rot gefärbt,

und entfernt sich so weit von mir, wie es ihr träger Körper zulässt. Ich folge ihr mit jedem Schritt, bedrohlich, überwältigt von einem Urbedürfnis. Augustus schaut aufmerksam zu und hüpft praktisch vor Erregung.

Jeder einzelne Teil von mir, den ich hasse … führt auf sie zurück. Sie hat die Welt gegen mich aufgebracht. Sie hat die Geschichte vergiftet und das Böse geschützt, das mich nach Blackwood geführt hat. Sie verkaufte die Lüge, ihr Bruder sei ein unschuldiges Opfer und nicht der Dämon, als den ich ihn kannte.

»Bitte … Brooklyn. Tu das nicht«, weint sie.

»Warum?«, bemerke ich kühl.

»Ich weiß, dass es dir wehtut, aber das macht es nicht besser. Ich flehe dich um Gnade an.«

Ich lache ihr ins verängstigte Gesicht. »Gnade? Dein Bruder hat keine Gnade gezeigt, als er sich mir aufdrängte, obwohl ich ihn anflehte, es nicht zu tun. Auch nicht die Polizisten, die mich daran hinderten, mich umzubringen. Oder die Ärzte, die mich in eine Zwangsjacke steckten und mich als kaltblütige Mörderin abstempelten. Auch nicht die Zeitungen, obwohl ich das wohl dir zu verdanken habe.«

Ich trete ihr in den Magen, woraufhin sie würgt und Blut hustet. Als Nächstes trete ich ihr ins Gesicht und beobachte mit Genugtuung, wie sie einen Zahn ausspuckt, der direkt aus dem Zahnfleisch gerissen wurde. Das ist nicht genug.

Ich kann diejenigen, die mich verletzt haben, nicht bestrafen. Ich kann sie nicht zwingen, es zurückzunehmen. Aber ich kann sie verletzen, auf jede einzelne Art, wie ich verletzt wurde. Sie wird wissen, wie es sich anfühlt, verdammt noch mal zu *leiden*.

»Auf die Knie«, befehle ich.

Allison weint noch heftiger und verliert jegliche Kontrolle, als sie sich auf die Knie zwingt. Sie wischt Rotz, Tränen und Blut weg und ihre eindringlichen Augen treffen auf meine.

Gefüllt mit Bedauern und Schmerz, eine eiternde Wunde, die uns verbindet.

»B-bitte …«

»Dein Bruder hat mein Leben ruiniert. Ich bin nicht mehr der Mensch, der ich einmal war.« Die Hände zu Fäusten geballt, halte ich mich mit einem Hauch von Kontrolle zurück. »Dich zu töten wird dieses Mädchen nicht zurückbringen. Sie ist für immer fort.«

Meine eigenen Tränen fließen, als ich in ihre verängstigten Augen blicke. Es wäre so einfach. In Sekundenschnelle vorbei, mit kaum mehr als dem Schnitt einer Klinge. Ich könnte ihr Leben für mich beanspruchen.

»Aber dein Leben zu verschonen … wird mich davor bewahren, etwas Schlimmeres zu werden«, flüstere ich gebrochen und lasse meine Hände schlaff an meine Seiten fallen.

Logan, der in der Ecke steht und mich wie immer mit seiner beruhigenden Präsenz beobachtet, nickt einmal – sein Lächeln bestätigt meine Entscheidung.

Allison keucht und holt tief Luft. Das Klicken von Augustus' Schuhen verrät ihn, bevor er mich schlägt und stolpern lässt. Ich umklammere meinen pochenden Kopf und lache heftig.

»Du enttäuschst mich«, schimpft er.

»Gut. Besser als dir zu gefallen, Arschloch.«

Wieder schnippt er mit den Fingern und Sieben folgt ihm wie ein dressierter Hund. Das perfekte Monster, gehorsamer als ich es je sein werde. Sein Blick streift mich, in seinen kalten Augen liegt so etwas wie Anerkennung, bevor er sie schnell wieder unterdrückt.

»Beende die Arbeit«, fordert Augustus.

Ich starre Sieben an und zwinge ihn, mich anzuschauen. Seine leere Maske ist bis zur Perfektion geübt und verbirgt alles, was sich darunter befindet. Aber ich weiß, dass er da drinnen ist. Irgendwo existiert ein menschliches Wesen. Die Welt hat ihn aufgegeben, aber nicht ich.

»Du musst das nicht tun«, flehe ich.

Seine Nasenflügel blähen sich, das einzige Zeichen dafür, dass er mich hören kann. Augustus sieht rasend aus, packt mich an der Kehle und schlägt mir seine Faust in den Kiefer.

»Halt den Mund. Letzte Warnung. Sieben, wenn du weitermachen würdest.«

Ich breche am Rande der Bewusstlosigkeit zusammen, mein Mund voller heißem Blut. Sieben nähert sich, ein tödlicher Fleck, als er Allison an ihrer Kehle gegen die Wand drückt. Er beginnt, das Leben aus ihr herauszuwürgen, und sie strampelt und zuckt wie ein sterbendes Tier.

»Sieben!«, rufe ich und versuche krampfhaft, aufzustehen. »Du musst das nicht tun, du kannst mehr sein als die Person, die er aus dir gemacht hat. Keiner kann dir dein Leben zurückgeben, du musst es dir nehmen!«

Diese zerstörerischen Augen treffen wieder auf meine und er ist da. Ich gönne mir einen kurzen Moment der Erleichterung, als Bewusstsein über Siebens Gesichtsausdruck flutet, sein Griff sich lockert und Allison zum ersten Mal nach Luft schnappen kann.

Wir sind verdammte Idioten.

Der Tod ist die einzige Gewissheit im Leben.

Der ohrenbetäubende Knall eines Schusses durchschneidet den Raum, und in der letzten Sekunde blicken Allisons versteinerte Augen auf meine, auf der Suche nach etwas.

Vergebung?

Erlösung?

Das spielt keine Rolle.

Die Kugel durchschlägt ihren Schädel und bespritzt die Wand mit klebriger Materie. Ihr schlaffer Körper fällt in Siebens Arme, und er hält sie fest, während Sturmwolken über sein Gesicht ziehen.

»Siehst du, wie es geht?« Augustus lacht.

Hinter ihm stimmt Jefferson in das Gelächter ein, während er den Rauch aus seinem Revolver bläst und ihn in seinen Hosenbund zurücksteckt. Ich lasse meine Stirn auf den Boden sinken, ohne jeglichen Kampf.

»Arme, hilflose Brooklyn.«

Augustus' Hand auf meinem Kopf lässt mich nicht einmal zusammenzucken, als er über mein blutiges Haar streicht.

»Weißt du, was dein Problem ist? Du machst Schurken zu Helden und wunderst dich dann, dass sie dich enttäuschen. Das Spiel ist aus, Mädchen.«

Ich schlage seine Hand weg, hebe den Kopf und lasse Augustus sehen, wie jeder Funken Wut mein Rückgrat stählt. Er runzelt die Stirn und weicht zurück, als ich auf die Beine komme. Sieben lässt Allisons Leiche fallen und schiebt seine eisige Maske an ihren Platz.

»Und du machst aus gebrochenen, unschuldigen Kindern Monster«, fauche ich ihn an. »Wir alle wissen, wer hier der wahre Bösewicht ist, Doktor. Mach dir nichts vor.«

Lautlos und brutal fliegt Sieben durch den Raum und stürzt sich direkt auf Jefferson. Die beiden ringen und verprügeln sich gegenseitig in einem Wirrwarr aus Fäusten, bis die Waffe knapp außerhalb ihrer Reichweite rutscht. Ich schnappe mir den nächstgelegenen Stuhl und werfe ihn auf Augustus, gleite über den Boden und bekomme die Waffe in die Hände, gerade als Jefferson Sieben fallen lässt.

»Gib mir die verdammte Waffe«, zischt er.

Stattdessen richte ich sie direkt auf sein hässliches Gesicht.

»Warum sollte ich dir nicht deinen verdammten Kopf wegpusten, hm?«

Mein Finger tanzt auf dem Abzug, bereit, die elende Existenz dieses Wichsers von der Erde zu tilgen, doch der Stich einer Nadel tief in meinem Nacken lässt mich aufschreien.

Augustus injiziert mir eine weitere große Dosis direkt in

die Vene und reißt mir die Pistole aus dem Griff, um sie mir an die Schläfe zu rammen.

Machtlose kleine Brooke.

Immer einen Schritt hinterher.

Es dauert nicht lange, bis die Medikamente auch die letzten Reste an erbärmlicher Kontrolle in mir beseitigen. Ich liege in einer Lache meines eigenen Blutes, die Schatten tanzen über die befleckte Zelle und begraben mich in einem Sarg, den ich selbst geschaffen habe. Vic kniet neben mir und fährt mit einem halluzinatorischen Finger über meine Kieferpartie.

Nicht mehr weglaufen.

Gib einfach nach.

Dein Kampf ist vorbei.

»Nein«, murmle ich und schließe meine Augen.

Alles, was ich sehe, sind sie. Ihre Gesichter. Ihr Lächeln. Die Männer, die ich liebe und die meine Liebe erwidern. Mein Körper krampft fast vor der Kraft der Medikamente, die ihn durchfluten, und ich rapple mich auf.

Logan steht an meiner Seite, eine sichere Präsenz im Angesicht von so viel Wahnsinn. Wenigstens bin ich mit ihm nie allein. Er kümmert sich um mich, wie er es in diesem Land der unmöglichen Entscheidungen nur kann.

Die nächsten Sekunden vergehen in Zeitlupe, als ich mich von Logans beruhigendem Lächeln abwende und feststelle, dass Sieben ebenfalls auf die Beine kommt. Er wischt sich das Blut von der Stirn und stürzt sich mit seiner verbliebenen Kraft auf Augustus, um die Waffe an sich zu reißen.

Ein weiterer Schuss durchschlägt mein Trommelfell, und ich sehe gebannt zu, wie Jefferson stolpert und vor Schmerzen schreit.

Ein Wort folgt auf Siebens letzten Zug.

»LAUF!«

KAPITEL 34

BROOKLYN

HEART OF GLASS (CRABTREE REMIX) – BLONDIE, PHILIP GLASS & JONAS CRABTREE

OB MAN ES glaubt oder nicht, ich habe früher viel gelesen. Nicht lachen. Bevor die Pillen und Spritzen das bei meiner Ankunft in Clearview unmöglich machten und ich zu dieser gebrochenen Version meiner selbst wurde.

Irgendwo habe ich gelesen, dass die Gegenwart nichts weiter als eine Fantasie ist, eine Illusion, die man uns vorgaukelt, damit wir glauben, dass das Leben jemals etwas anderes sein könnte als das, was vorher war. Komisch, wie wahr sich das jetzt anfühlt, gejagt von meinen eigenen Gedanken.

Du rennst besser weg, kleines Mädchen.

Ich will dich schreien hören.

Die Armee der Verdammten folgt dem hektischen Klatschen meiner Füße, die auf polierten Hartholzböden und dicken Perserteppichen aufschlagen. Ich muss nur zurück zu den Jungs kommen. Also renne ich um mein Leben.

So wie ich vor Mum weggelaufen bin.

Vor Vic.

Vor Hudsons Dealer.

Vor den Kinderheimangestellten.

Vor Lazlo.

Vor *mir selbst*.

Ich höre den Alarm, der die Wärter alarmiert, sich zu bewaffnen und mir hinterherzujagen, um mich zurück in die Dunkelheit zu zerren. Ich habe nicht gezögert, als ich Sieben zurückließ. Was immer Augustus uns angetan hat ... es ist zu spät. Wir sind nicht mehr zu retten.

Bei jedem Schritt, den ich mache, folgt mir Logan, der mich ermutigt und kein einziges Mal von meiner Seite weicht. »Lauf weiter, Brooke. Bleib nicht stehen.«

Als ich in den Empfangsbereich stürme, erschrecke ich mehrere Patienten und Wärter, die meinen blutigen und zerschrammten Zustand bestaunen. Meine Beine drohen nachzugeben, also lehne ich mich gegen den Türrahmen und ohrfeige mich selbst, um die Kontrolle wiederzuerlangen. Sie sind hinter mir her.

Die Schatten.

Die Monster.

Geister, die viel zu viel zu sagen haben.

»Du musst laufen«, befiehlt Logan.

»Ich k-kann nicht ...«

»Du kannst es. Lauf und dreh dich nicht um, tu es!«

Auf tauben Beinen stolpernd, verlasse ich den Trost seiner Anwesenheit und folge den Befehlen. Bevor ich mich nach draußen stürze, begehe ich den fatalen Fehler, zurück in den Schlund der Hölle zu schauen.

Hinter Logan, der mich anschreit, wo Vic mich zuvor verfolgte, tritt eine neue Halluzination an seine Stelle. Die Ursünde, die sich ihren Weg in die erschreckende Gegenwart bahnt. Meine Vergangenheit hat lange auf sich warten lassen, und der Teufel klopft an meine verdammte Tür.

»Mummy?«, wimmere ich.

Ihr hageres, skelettartiges Gesicht grinst mich unter den Blut- und Knochenspritzern an, die vom zerstörten Körper meines Bruders übrig geblieben sind. Schatten tragen sie auf einer krachenden Welle der Trauer, die jeden ihrer Schritte antreibt.

Ich stolpere nach draußen, falle auf meine aufgeschürften Knie und zerfetze meine Hände in meiner Verzweiflung, aufzustehen. Als ich mich wieder umdrehe, ist die Halluzination meiner Mutter verschwunden.

An ihrer Stelle lädt ein vertrautes, krankes Grinsen unter einer zierlichen Drahtbrille meine Angst ein. Lazlo winkt mir mit drei Fingern.

Willst du deine Familie nicht wiedersehen?

Sag mir, wie du es machen würdest.

Mein Magen rebelliert beim Anblick von Rio mit seinem eingeschlagenen Kopf, der ihm auf die Schulter klopft und ebenso höhnisch grinst. Er zwinkert mir zu, und mein Gehirn beschwört jedes einzelne ekelhafte Detail herauf, wie seine Leiche wohl ausgesehen hätte.

Nichts an diesem Ort ist echt.

Verstehst du das noch nicht?

Es ist alles eine Illusion.

Die Sonne brennt auf mich herab, aber ich höre nicht auf die Rufe und Schreie um mich herum. Weitere Wärter strömen aus einem nahe gelegenen Gebäude und schreien in ihre Funkgeräte, als sie mich erblicken.

Ich ducke mich durch Gebäude und leere Gänge und laufe vor einer Bedrohung davon, die niemand sonst sehen kann. Ihre Elektroschocker und Schlagstöcke bedeuten mir nichts. Ich habe mehr Angst davor, was passiert, wenn meine Dämonen mich einholen.

Irgendwie finde ich mich außerhalb von Oakridge wieder. Ich stoße mit einem ahnungslosen Patienten zusammen, und wir landen beide auf dem Rasen und schnappen nach Luft. Ich grabe meine Finger in den Dreck und ziehe meinen geschundenen Körper aufrecht, auf der Suche nach Rettung.

Um eine Bank in der Nähe versammelt, finde ich sie. Mein Grund zu existieren. Sie haben die Köpfe zusammengesteckt, drehen sich alle nach der Quelle des Aufruhrs um und erblassen bei meinem Anblick.

»Brooklyn?«, ruft Kade.

Hudson springt über die Bank, bereit, mir zur Seite zu eilen. Ich halte eine blutige Hand hoch und schreie aus Leibeskräften, dass er stehen bleiben soll. Mit angsterfülltem Gesichtsausdruck kommt er zum Stillstand.

»Amsel? Was … Bist du okay?«

»Bleib zurück!«

Schmerz schießt wie ein Peitschenknall durch meinen Kopf, und er wird wackelig und verschwimmt an den Rändern. Als sich meine Sicht klärt, sehe ich Hudson nicht mehr. Sein Vorgänger steht an seiner Stelle und knackt mit den Fingerknöcheln in Erwartung meiner Bestrafung.

Sackgasse, Babygirl.

Wir sind alle deinetwegen hier.

Kein Entkommen.

Vic hockt im Gras, immer noch von seinem unsterblichen Besitz meiner Seele überzeugt. Ich kann nicht leben, während er mich heimsucht. Ich werde mich nie von dem Mann befreien können, der den letzten Teil von mir genommen und in unerkennbare Stücke zerschlagen hat. Die Zähne zu einem Schrei zusammengebissen, packe ich ihn an der Kehle und greife an.

Es heißt töten oder getötet werden.

Ich werde ihn wieder umbringen, wenn es sein muss.

Meine Fäuste verschwimmen, meine Knöchel brechen unter der Heftigkeit meiner Verzweiflung, während ich Vic in den Boden schlage. Ob echt oder nicht, sein Blut ist warm und befriedigend. Ich lasse mich darin tanzen und würge den lebendigen Tod aus ihm heraus.

Als mein Körper sich weigert, weiterzukämpfen, schlinge ich meine Hände um seinen Hals und drücke mit allem zu, was ich noch habe. Ein Chor von Schreien und Flüstern durchfährt mich, ein tödlicher Wirbelsturm, der das Feuer anheizt.

Töte ihn. Töte ihn. Töte ihn.

Töte ihn. Töte ihn. Töte ihn.

Die Vergangenheit läuft in einer unaufhörlichen, unentrinnbaren Schleife. Ich bin wieder in dieser Wohnung, Blut klebt zwischen meinen Schenkeln, das Messer in der Hand. Nichts anderes ist wichtig. Nicht die Leute, die zusehen. Nicht die Patienten. Nicht die Wärter. Nicht einmal Augustus und was das bedeutet.

Brooklyn, Patient Acht.

Wir sind ein und dieselbe Person.

Menschlich und unmenschlich.

Opfer und Täter.

»Lass mich verdammt noch mal in Ruhe, Vic!«, schreie ich.

Ich schlage ihm mit einem Stein den Schädel ein und sehe zum zweiten Mal, wie das Leben aus seinen Augen weicht. Diesmal ist die Genugtuung noch süßer. Der Sieg ist mein. Er kann mich jetzt nicht mehr heimsuchen, nie wieder. Ich habe den Geist getötet, der in meinem Kopf mit seinen Ketten rasselt.

Nein.

Nicht ganz so einfach.

Nicht in dieser Welt.

Langsam, unwiderruflich … dringt die Welt wieder ein. Schreie, panische Stimmen und Flehen. Arme, die sich wie Stahlbänder um mich schlingen und mich nach hinten ziehen, mich auf den kalten Boden drücken. Drohungen und Schreie, Schmerz und Leid.

Als sich die Schatten zurückziehen und in die Ecken meines Geistes verschwinden, kommt endlich die wirkliche Welt zum Vorschein. Ich finde die Wahrheit, die auf mich wartet. Vic ist nicht tot. Er ist nicht real. Es war alles nur in meinem Kopf.

»Hitzkopf …« Phoenix weint und drückt mein Gesicht an seine Brust. »Baby, was hast du getan? Oh, verdammte Scheiße …«

Hudson wird von einem Wärter mit Handschellen zurückgehalten, um ihn in Schach und von mir fernzuhalten. Seine Augen treffen auf meine, und ich kann nicht begreifen, was dort steht.

Jenseits der Angst.

Jenseits der Sorgen.

Der Abgrund schaut mich an.

Ich sollte dem lieben Gott danken, dass Eli hinter uns versteckt ist. Seine Abscheu würde mich zerreißen. Ich könnte diesen letzten, vernichtenden Schlag nicht verkraften.

»Ich dachte … ich dachte … ich …«

Phoenix hält mich noch fester. »Sprich nicht. Nicht jetzt.«

Ausgestreckt auf dem purpurfarbenen Gras, die Hände auf einer leblosen Brust drückend, beobachte ich ungläubig, wie Kade seine Lippen auf das zerschlagene Gesicht presst und die Wärter, die wie erstarrt dastehen, um Hilfe bittet. Er hält den schlaffen Körper in seinen Armen, sein Hemd verfärbt sich schnell von weiß zu rot.

Dachtest du, du könntest mich so einfach loswerden?

Ich bin in dir.

Es gibt keine Möglichkeit, mich auszugraben.

Vics Lachen zerreißt die Fäden der Kontrolle, die mich bei Bewusstsein halten, und die Tränen kommen. Ein allmächtiger Tsunami angesichts eines sinnlosen Blutbads.

Während Phoenix mich aufrecht hält, starre ich auf das unschuldige Leben hinunter, das zu meinem ohnehin schon schweren Gewissen hinzukommt. Der Patient, mit dem ich zusammengestoßen bin und bei dem ich zu sehr außer mir war, um ihn zu erkennen. Alles, was ich sah, waren die Schatten.

Nicht die Realität.

Nicht ihr Gesicht.

Nicht meine Freundin.

Nicht … *Teegan*.

»Was habe ich getan?!«, schreie ich vergeblich.

Keiner kann mir antworten.

Diesmal nicht.

Als ich vom Tatort weggeschleppt, mit einem Beruhigungsmittel betäubt und von mehreren Wärtern niedergeschlagen werde, ist kein Kampf mehr in mir. Alles, was ich sehen kann, ist die blutverschmierte Hülle meiner ersten echten Freundin, die auf dem Rasen liegt und nicht auf die Erste Hilfe reagiert.

Ich lasse zu, dass sie mich von ihrer Leiche wegbringen, ohne mich darum zu scheren, wo ich landen werde. Die Dunkelheit erwartet mich, und ich trete mit offenen Armen in sie ein. Dort gehöre ich hin. Das ist es, was ich verdiene. Nicht einmal die Jungs protestieren.

Sie alle sehen mir zu, wie ich gehe.

Leer und mit gebrochenem Herzen.

KAPITEL 35
KADE

CHEMICAL – THE DEVIL WEARS PRADA

DIE HEISSE, unerbittliche Sommersonne brennt auf mich herab, als ich vor der Bibliothek rauche. Ich zerquetsche meine fertige Zigarette unter meinem Schuh und sehe zu, wie die Glut aus der Welt verschwindet.

Ich sollte etwas fühlen, wenn ich weiß, dass nur wenige Meter entfernt Halbert und seine Kumpel meine schmutzigen Geschäfte bewachen. Schuldgefühle, sogar Scham. Aber ich fühle es nicht mehr. Ich fühle gar nichts.

»Kann ich den Rest nächste Woche bezahlen? Ich warte auf mein Geld«, feilscht Todd, dessen Gesicht durch den monatelangen Drogenkonsum hohl und gezeichnet ist. »Bitte, Mann.«

»Du kennst die Abmachung.«

»Bitte … ich b-brauche das. Ich k-kann nicht … ich kann nicht schlafen. Jede Nacht sehe ich ihr Gesicht. Sie verfolgt mich, ich kann nicht schlafen!«

Bei seinen Worten wird mir übel, aber ich lasse es mir nicht anmerken. Ich sehe auch Teegans Gesicht, jede Nacht, wenn ich meine Augen schließe. Geschlagen und erschlafft, während ich auf ihre Brust drückte und um einen Herzschlag bettelte.

Aber ich kann nicht schwach sein. Nicht mehr. Das Institut muss jetzt Angst vor mir haben, ich verschaffe mir überall Respekt und Autorität. Das ist die Rolle des Handlangers und ich spiele meine Rolle verdammt perfekt.

Ich halte einen Tablettenblister in der Hand und gehe unauffällig rückwärts, um den Überwachungskameras zu entgehen, wobei ich Todd ein Zeichen gebe, mir zu folgen. Da niemand zusieht, reiche ich ihm die Dosis.

»Kein einziges Wort.«

Er nickt dankbar. »Danke.«

»Sei bereit. Warte auf das Signal, wie wir es besprochen haben.«

»Verstanden. Bald?«

Ich drücke seinen Arm. »Bald. Wir werden weit weg von hier sein.«

Die Hoffnung, die in seinen blutunterlaufenen Augen aufblüht, verdreht mir den Magen. Ich schaue weg und schalte wieder ab. Er weiß, was auf ihn zukommt – ich lege schon seit langem Spuren, um andere für unsere große Flucht zu gewinnen.

Ich vergewissere mich, dass er bereit ist, atme tief ein und ziehe meine Faust zurück, um sie ihm ins Gesicht zu rammen. Es muss realistisch sein, niemand darf vermuten, dass ich nicht mit dem Herzen dabei bin. Wir spielen jetzt alle das Spiel.

»Du hast mich gehört, Insasse. Keine Bezahlung, kein Geschäft!«, brülle ich.

Ich stoße Todd weg, sodass die Kamera ihn sehen kann, und er setzt einen schmerzverzerrten Ausdruck auf, während er sich das blutende Gesicht hält. Die vorgetäuschten Tränen sind beeindruckend. Ich lasse ihn laufen und sperre jedes Schuldgefühl in den Tiefen meines Geistes ein, wo es die Klappe halten und mich in Ruhe lassen kann.

Ich bin nicht Rio, aber ich erledige den Job.

Das ist alles, was Augustus wollte.

Als ich an diesem heißen Nachmittag wieder auftauche, sehe ich Halbert, der die Gruppen von Patienten beobachtet, die sich draußen sonnen und zu Mittag essen, und der zweifellos sein nächstes Opfer auswählt, das er zur Unterhaltung schikanieren kann. Als er mich sieht, bemerkt er meine aufgeschürften Knöchel und grinst wie der Sadist, der er ist.

»Weißt du, ich hätte nie gedacht, dass du den Mut für so etwas hast, Kade.«

»Menschen können dich überraschen.«

»Mr Puritanisch, Daddys Schoßhund, es ist wirklich lustig, wie weit du gefallen bist. Ich bin fast stolz.«

Ich kämpfe gegen den Drang an, diesem Arschloch den Hals umzudrehen, während Halbert mir ins Gesicht grinst.

»Die kleine Miss Brooklyn wäre so verdammt stolz, wenn sie noch hier wäre. Ich bezweifle, dass sie überhaupt noch lebt. Wahrscheinlich hat sie sich die Pulsadern aufgeschnitten, als sie nach Clearview zurückgebracht wurde.«

Ich stolpere fast und unterdrücke schnell jede Emotion, bevor er sie ausnutzen kann. Das ist ein Trick, den ich in den letzten Monaten notgedrungen gelernt habe. Ihr Name ist wie ein Fluch, die Inkarnation des Bösen, die nicht laut ausgesprochen werden darf. Nicht mehr. Nicht ohne Konsequenzen.

»Wann kommt die nächste Lieferung?«, brumme ich.

Halbert sieht verärgert aus, dass seine Worte nicht ihr Ziel erreicht haben.

»Morgen Abend.«

»Dann eben morgen. Du kannst dich in der Zwischenzeit gern verpissen.«

Er versucht, mein frisches weißes Hemd zu packen, aber ich stoße ihn stattdessen und sehe mit Genugtuung, wie er auf eine Bank in der Nähe fällt. Halbert rappelt sich auf, die Hand warnend über seinem Schlagstock.

»Pass auf, Knight. Nur weil du der neueste Sklave des

Chefs bist, heißt das nicht, dass ich dir nicht den Arsch für Ungehorsam aufreißen kann«, zischt er.

»Klär das mit Augustus. Ich muss noch woandershin.«

Ich richte meine Brille, stapfe davon und lasse Halbert wütend zurück. Er ist nichts weiter als ein hirnloser Fußsoldat, er kann mir nichts anhaben. Nicht nach all meiner sorgfältigen Arbeit, um an diesen Punkt zu gelangen und das Vertrauen des Instituts zu gewinnen.

Blackwoods Schlampe zu werden ist das Schwerste, was ich je getan habe, und es hat mich alles gekostet.

Meine Freunde.

Meine Familie.

Mein ganzes verdammtes Leben.

Ich musste die Person, die ich war, hinter mir lassen und jemand anderes werden. Jemand, den ich hasse und der mich krank macht, wenn ich jeden Abend in den Spiegel schaue. Aber das wird es wert sein.

Ich werde zusehen, wie dieser Ort brennt.

Ich bahne mir einen Weg zurück durch die Menge, wobei die Patienten ihren Blick abwenden und mir aus dem Weg gehen. Die meisten sehen mich zu gleichen Teilen mit Angst und Verwirrung an. Ich genieße den Respekt aller um mich herum, der Patienten und der Wärter gleichermaßen. Genau wie Rio.

Es hat mich viel gekostet, mir meinen neuen Ruf zu verdienen, mühsame Arbeit und das völlige Auslöschen meiner Moralvorstellungen. Es war eine Aufgabe, auf die ich mich in der herzzerreißenden Leere, die sie hinterließ, konzentrieren musste.

Sie ist seit vier Monaten weg.

Vier endlosen, quälenden Monaten.

Zurück in Oakridge gehe ich in mein Zimmer und bereite mich auf den Zustand vor, in dem ich Phoenix vorfinden werde. Ich weigere mich, ihm etwas zu verkaufen, sodass seine inzwischen regelmäßigen manischen Phasen nur mit

Medikamenten behandelt werden – keine Drogen oder Alkohol, die ihm Gnade gewähren.

Ich weigere mich, ihm das anzutun, egal wie sehr er schreit und mir mit dem Tod droht. Sie ist nicht hier, um ihn vom Abgrund zurückzuholen, und keiner von uns hat noch die Kraft dazu.

»Phoenix?«

»So schnell zurück?«, erwidert er.

Ich finde ihn in der Ecke seines Bettes zusammengerollt, eine Zigarette zwischen den Lippen, und Phoenix sieht mich finster an. Ich ziehe meine Schuhe aus und verstaue mein zweites Handy in seinem diskreten Versteck.

Das ist eine rein geschäftliche Angelegenheit, nichts, womit sich die Jungs beschäftigen müssen. Nur einer von uns muss sich die Hände schmutzig machen.

»Hast du vor, heute aufzustehen?« Ich seufze.

»Warum sollte ich? Und seit wann kümmert dich das überhaupt?«

»Hör auf damit, Phoen. Ich bin derjenige, der dich vor der Einzelhaft bewahrt hat, als du neulich die Scheiße aus dem Typen, der Sport gemacht hat, rausgeprügelt hast. Nimm einfach deine Scheißmedikamente und tu, was die Therapeuten sagen, klar? Das muss aufhören.«

Phoenix lässt sich auf den Rücken fallen, drückt die Zigarette an der Wand aus und lacht – ein kaltes, leeres Geräusch, so weit entfernt von dem Freund, den ich einst kannte.

»Die Medikamente wirken nicht mehr. Nichts funktioniert mehr.«

Ich schlucke schwer und versuche, die Ranken der Scham zu lösen, die das Leben aus mir herauswürgen. Das ist alles meine Schuld. Als ich das leblose Zimmer durchsuche, bleibt mein Blick an der Tasche mit den Habseligkeiten hängen, die unter meinem Bett liegt. Ich zwinge mich, wegzuschauen. Niemand kann es ertragen, sie zu öffnen und zu sehen, was von dem Mädchen übrig ist, das wir verloren haben.

»Wo ist Eli?«, frage ich müde.

Wenn möglich, wird seine Stimme noch kälter.

»Du weißt genau, dass er sich weigert, jemanden zu sehen, selbst mich. Man kann ihn nicht mehr erreichen.« Phoenix kaut auf seiner Lippe, sein Schmerz ist deutlich zu sehen. »Er wird nie wieder zu uns zurückkommen.«

Ich bedecke mein Gesicht mit den Händen und reibe mir die Schläfen, um den ständigen Schmerz zu lindern. Ich dachte, wir wären schon vorher kaputt gewesen. Sie hat uns wieder zusammengebracht, unsere Amsel, unser Hitzkopf. Das verdammte Licht in der Dunkelheit, das aus dem Nichts kam und unsere ganze gottverdammte Welt wurde, ohne es zu merken.

Jetzt … sind wir ein Nichts.

Ohne sie habe ich die einzige Familie verloren, die ich je hatte.

»Ich versuche, das in Ordnung zu bringen«, murmle ich und werfe ihm einen Blick zu. »Ich werde uns hier rausholen, Phoen. Uns alle. Die Teile sind da, wir sind bereit. Ich warte nur auf den richtigen Moment.«

Phoenix schnaubt hasserfüllt. »Und was hat es dich gekostet, hm?«

Meine Geduld ist am Ende und ich schlage mit der Faust gegen die Wand.

»Ich habe das für unsere verdammte Familie getan. Denkst du, ich wollte meine verdammte Seele an Blackwood verkaufen? Um das zu werden, was ich hasse?«, schreie ich. »Augustus und seine Bande von Psychopathen davon zu überzeugen, dass meine Loyalität bei ihnen liegt, ist unser Ticket hier raus. Ich werde alles tun, was verdammt noch mal nötig ist, um das durchzuziehen.«

Phoenix verlässt sein Bett und streicht sich mit der Hand durch sein verwaschenes braunes Haar. Das Blau ist längst verblasst, und er hat sich nie die Mühe gemacht, es wieder nachzufärben. Nicht für dieses Halbdasein, gefangen zwischen Leben und Sterben. Er ist nicht bereit zu akzeptieren, dass sie nicht mehr da ist, aber wir müssen weitermachen. Auch wenn das bedeutet, ihren Geist zurückzulassen.

»Du machst mich krank«, zischt er.

»Ich tue, was notwendig ist. Irgendjemand muss es ja tun.«

»Rede dir das ein, wenn es dadurch einfacher wird. In der Zwischenzeit leiden die Leute, an die du verkaufst, unter deinen Händen und Blackwood macht Profit.«

Ich springe auf und wir stehen Nase an Nase.

»Ich versuche, uns alle zu retten«, knurre ich.

Phoenix verliert die Kontrolle, seine Faust fliegt in mein Gesicht.

»Dieser Ort ist ein verdammtes Krebsgeschwür! Sie beuten die Kranken aus und zerstören sie zu ihrem eigenen verdammten Vorteil. Nichts ist es wert, ihnen zu helfen. *Nichts.*«

Ich nehme meine Brille ab und wische mir über die blutende Nase, während er sich seine Lederjacke schnappt und mir noch einen letzten angewiderten Blick zuwirft, bevor er den Raum verlässt. Ich starre auf die Tür, die hinter ihm zuschlägt, und möchte ihm am liebsten hinterherlaufen und die Dinge wieder in Ordnung bringen.

Ich kann nicht aufhören, noch nicht. Egal, wie sehr sie mich dafür hassen, ich muss die Jungs da rausholen. Brooklyn hätte es so gewollt. Das habe ich ihr versprochen. Und das werde ich verdammt noch mal auch tun, egal, wie viel ich dabei von mir selbst verliere.

———

Ich trage die letzte Kiste von der Laderampe hinunter und deute mit dem Kopf zum Hintereingang. Taggert folgt mir, lädt die Kisten auf den Wagen und quittiert die Lieferung.

Tony steckt den Papierkram weg und wendet sich mir zu, ein breites Grinsen der Freude im Gesicht. Ich bin mir sicher, dass es meinem Vater Spaß macht, ihn mit diesen Lieferungen zu beauftragen – die Zeiten, in denen ich über einfache Tagesgeschäfte berichtete, sind längst vorbei. Ich kenne jetzt die Wahrheit, den wahren Grund für seine Investitionen und sein Interesse am Blackwood Institute.

Dad steckt da mit drin.

Das tun sie alle – der Vorstand.

Ein schattenhaftes, namenloses Unternehmen finanziert Augustus und seinen Wahnsinn, speist Drogen und Schmuggelware in das System ein und beobachtet alles in Echtzeit aus wissenschaftlicher Neugier. Ein sich selbst erhaltendes soziales Experiment mit den labilsten und blutrünstigsten Straftätern des Landes.

Und ich helfe ihnen dabei.

Oh, wie die Mächtigen verdammt noch mal gefallen sind.

»Abend, Kade. Deine Mutter lässt grüßen«, sagt Tony.

Ich versuche, mich nicht auf die offensichtliche Schwellung an seinen geprellten Fingerknöcheln zu konzentrieren und auf das, was das mit sich bringen könnte. Durch die Nase atmend, setze ich ein ungerührtes Lächeln auf.

»Sag Dad, dass das Geld bis zum Abend bei ihm sein wird.«

»Gute Arbeit. Er ist zufrieden mit deiner Arbeit.«

Bei dieser Andeutung läuft es mir kalt den Rücken hinunter. Es bleibt in der Familie. Warum sollte man beliebige Patienten manipulieren und finanzieren, wenn der eigene Sohn die schmutzigen Geschäfte erledigen kann, die nötig sind, um dieses Experiment am Laufen zu halten?

»Überweise es auf das Offshore-Konto. Ich schicke dir eine SMS mit den Details«, weist Tony an und blickt auf sein Handy. »Er will auch ein Update über Hudson. Am besten, du hältst ihn bei der Stange, Junge.«

Ich blicke ihn finster an. »Hudson ist unter Kontrolle. Sag meinem verdammten Vater, er soll aufhören, sich um ihn zu sorgen, und das mir überlassen. Ich bin in der Lage, mich um meinen dummen Bruder zu kümmern.«

»Allein im letzten Monat war er sechsmal in Einzelhaft.«

Scheiße. Ich habe versucht, es so ruhig wie möglich zu halten, aber Augustus muss uns verraten haben. Hudson ist im Moment so sprunghaft wie ein ausbrechender Vulkan, ganz zu schweigen von seiner Unberechenbarkeit.

»Ich habe es unter Kontrolle«, wiederhole ich.

Tony sieht nicht überzeugt aus und zieht sein Jackett zurück, um mir seine Waffe zu zeigen. »Das solltest du besser. Sonst muss ich eingreifen und mich selbst um ihn kümmern. Dein Vater will keinen Ärger mehr, schon gar nicht mit dieser Straßenratte.«

Als er wieder in seinen Wagen steigt, winkt Tony mir ein letztes Mal zu, bevor er in die untergehende Sonne fährt. Ich stehe mit geballten Fäusten da und zittere vor Wut.

Nach allem, was ich getan habe, um mich zu beweisen, hält das Stück Scheiße, das sich mein Vater nennt, mir immer noch Hudsons Leben als Köder vor.

Ich bin es so leid, die Menschen zu verlieren, die ich liebe. Ich hasse es, der Bösewicht zu sein, und wünsche mir nichts sehnlicher, als wieder auf der richtigen Seite zu stehen.

Alle meine Pläne sind ausgearbeitet, die Spielfiguren sind an Ort und Stelle und bezahlt. Wir sind bereit, Blackwood eine Kostprobe seiner eigenen Medizin zu geben. Wenn ich handeln will, dann ist jetzt der richtige Zeitpunkt. Bevor ich meine Brüder für immer verliere.

Ich hole mein Handy heraus und tippe auf Hudsons Namen. Er nimmt gleich beim ersten Klingeln ab. Gequältes Stöhnen und ein deutliches Raufen hallen in der Leitung wider.

»Ich bin hier beschäftigt«, blafft er.

»Mach das fertig. Hol die anderen und triff mich in der Ruine der Kapelle.«

Das Geräusch eines letzten, strafenden Schlags lässt mich die Zähne zusammenbeißen. Während ich von innen heraus arbeite, hat Hudson die andere Richtung eingeschlagen. Er führt seinen eigenen Krieg gegen Augustus, bricht alle Regeln und richtet in seinem Kummer Chaos an.

»Worum geht es hier?«, knurrt Hudson.

»Es ist so weit. Ich bin verdammt noch mal fertig.«

Schweigen.

»Hud?«

»Heute Abend?«, sagt er.

Das Fünkchen Hoffnung in seiner Stimme ist wie eine Klinge in meinen Eingeweiden, die sich verdreht und schneidet, bis ich mich vor emotionaler Angst fast krümme.

»Es tut mir leid, dass es nicht früher sein konnte«, flüstere ich beschämt.

»Wir können nicht gehen, Kade. Nicht ohne sie.«

Ich neige den Kopf, um in den Sonnenuntergang zu fluchen, und verliere die Geduld. »Herrgott, wie oft wollen wir noch denselben Streit aufwärmen? Sie ist weg. Brooklyn kommt nicht mehr zurück. Wir können hier nicht bleiben und auf einen Geist warten, Hud. Wir müssen uns um uns selbst kümmern.«

»Sie haben sie nicht nach Clearview zurückgeschickt«, argumentiert er heftig.

Seit diesem Tag haben wir uns monatelang im Kreis gedreht. Offiziell hieß es, sie sei zurück nach Clearview verlegt worden und habe ihren Platz in Blackwood verloren. Unser Mädchen ist im System verloren gegangen, weit außerhalb unserer Reichweite. Aber ich bin der Einzige, der es zugeben will.

»Sie ist wahrscheinlich tot.« Ich seufze und hasse es, die Worte laut auszusprechen. »Zieh deinen Kopf aus deinem Arsch und sieh dich einmal um. Wir sind am Ende, unser

Leben hier ist es nicht wert, gelebt zu werden. Ich habe Brooklyn schon verloren und ich will euch drei nicht auch noch verlieren.«

Meine Stimme bricht, erstickt vor Rührung.

»Wir können nicht weg«, murmelt er.

»Hör auf, Hud. Hör einfach auf. Denk an die anderen.«

Er zögert und stößt einen gequälten Laut aus. »Was ist der Plan?«

»Hol die Jungs, es ist mir egal, was du tun musst, um sie zu überzeugen. Wir treffen uns in einer Stunde mit eurem Gepäck in der Kapelle.«

Ich halte inne und erlaube mir einen Hauch von Vorfreude.

»Wir verlassen das Blackwood Institute. Heute Nacht.«

KAPITEL 36

BROOKLYN

NUMB – LINKIN PARK

DAS IST KEIN LEBEN.

Existieren … vielleicht.

Aber selbst das scheint für diesen ewigen Zustand des Fegefeuers übertrieben. Ich nehme an, das ist alles, was ich verdiene, nach allem, was ich getan habe, um hierherzukommen. Das unschuldige Blut, das meine Hände befleckt.

In der Ecke des Raumes sitzend, beobachte ich, wie Sieben auf das männliche Ziel einprügelt. Er hat dem armen Kerl bereits den Arm gebrochen, der schlaff und in einem unnatürlichen Winkel herunterhängt.

»Ich werde dich noch einmal fragen«, ruft Jefferson.

Das Arschloch mit dem offensichtlichen Hinken macht sich die Hände nicht mehr schmutzig. Nicht mehr, seit Sieben ihm mit einer gut platzierten Kugel das Bein zerschmettert und sich eine schreckliche Strafe eingehandelt hat. Patient Zwei dachte, sie hätte es schwer, blind und gebrochen.

Sieben zieht seine linke Seite vor, schlägt dem Mann erneut mit der Faust ins Gesicht und bricht ihm den Kiefer. Der Bastard macht sich vor Angst fast in die Hose und ist kaum in der Lage zu sprechen.

Das hält Sieben nicht auf, nichts kann ihn mehr aufhalten. Selbst nachdem Augustus' graugesichtige Ärzte die Hand, die den Schuss abgegeben hat, entfernt haben, ist er so rücksichtslos wie immer.

»Wer hat die Daten weitergegeben, Roberts?«

Unkontrolliert weinend schüttelt der Mann den Kopf.

»Ich war es nicht!«

Jefferson lacht und deutet an, dass Sieben ihn wieder schlagen soll. »Das Leck enthielt Material von mehreren Jahren. Genug, um diese ganze Operation in den falschen Händen in die Knie zu zwingen. Jemand hat die verdammte Überwachungskamera gelöscht und seine Spuren verwischt. Das musst du schon besser machen.«

»Ich s-schwöre … ich w-weiß es nicht«, schluchzt er.

»Zurücktreten«, befiehlt Jefferson Sieben.

Sieben lässt den sterbenden Mann in eine Pfütze seines eigenen Urins fallen, schürzt angewidert die Lippen und wischt sich die verbliebene, blutverschmierte Hand ab. Nach fast einer Stunde scheint er noch nicht gesättigt zu sein.

»Du bist dran, Acht.«

Ich trete vor, werfe Jefferson einen Blick zu, und er nickt, um mir zu signalisieren, dass ich es versuchen soll. Ich lockere meinen Nacken und bereite mich auf das vor, was zu tun ist.

Wir sind ein tödliches Duo. Sieben macht sie fertig und ich töte sie, egal mit welchen Mitteln. Augustus' geschätzte Massenvernichtungswaffen.

Ich knie mich neben den erbärmlichen Wurm und schiebe einen Finger unter sein Kinn, um ihm in die Augen zu sehen. Weit, verängstigt und voller Geheimnisse. Er kennt die Wahrheit. Ich kann seine Lügen sehen und die Verzweiflung auf meiner Zunge schmecken.

»Die Wahrheit«, befehle ich.

»Bitte … ich weiß es nicht!«

Ich ziehe ein scharfes Messer aus einer der Taschen meiner Cargohose und halte es an die einzelne Glühbirne, die an der Decke hängt. Während Roberts zusieht, fahre ich mit meiner Zunge an der Kante entlang und schmecke kalten Stahl und Tod.

»Die Wahrheit«, wiederhole ich.

»Ich sagte doch … ich weiß es nicht, verdammt!«

Ich streiche mit meinen Lippen über sein Ohr und halte meine Stimme federleicht. »Jedes Mal, wenn du lügst, werde ich etwas abschneiden. Wir werden so lange weitermachen, bis nichts mehr übrig ist. Möchtest du wissen, wo ich anfange?«

Ich sauge das Gefühl der Macht in mich auf, lasse zu, dass sie meine Adern füllt, unter meine Haut dringt und den Schmerz heilt, der mich mit jedem wachen Moment zerreißt.

Ich ziehe die Spitze meiner Klinge an seinem Kiefer entlang, umkreise seine Augenhöhle und stoße sie gerade tief genug hinein, um einen dünnen Blutstrom auszulösen.

»Die Zeit ist um. Ich will eine Antwort.«

Nachdem das Messer nur wenige Zentimeter von seinem Augapfel entfernt ist, schreit Roberts schließlich, ich solle warten. Der schleimige Wurm hat besser durchgehalten, als ich dachte, das muss ich ihm lassen.

»Ich war es nicht … aber ich weiß, wer es war. Irgendeine Frau. Sie kam mit einem Besucherausweis ins Büro und sagte, sie hätte Anweisungen von Augustus selbst erhalten. Sie hatte den richtigen Papierkram! Ich habe nur Befehle befolgt, ich w-wusste nicht … Ich dachte, sie sei echt!«

»Ich will einen Namen.« Ich grinse, bereit, ihn zu schneiden. »Oder dein Auge. Wähle.«

»Ich k-kannte sie nicht … Ich flehe dich an …«

Ich liebe es, wenn sie betteln. Es macht es noch befriedigender, wenn ich ihre erbärmlichen, verräterischen Zungen für immer zum Schweigen bringe. Diese Leute sind Maden. Der schlimmste Abschaum, der für Augustus arbeitet und sein Unternehmen über jeden Vorwurf erhaben hält.

Nach allem, was sie ermöglicht haben, verdienen sie es nicht zu leben.

Jefferson macht ein ungeduldiges Geräusch und stapft durch den Raum, um einen Anruf entgegenzunehmen. Ich rühre mich nicht, denn ich halte Roberts' Leben immer noch in meiner Hand. Als Jefferson außer Hörweite ist, beuge ich mich vor und flüstere erneut.

»Sag es mir und ich schwöre, dass Augustus dafür bezahlen wird, dass er dir das angetan hat.«

Ich reiße die Augen auf und flehe diesen Idioten an, zu schweigen. Er mag für den Teufel arbeiten, aber die Loyalität reicht nur bis zu einer bestimmten Grenze. Eine tödliche Tracht Prügel ändert die Prioritäten der Menschen sehr schnell.

»Ich schwöre dir, ich k-kenne ihren Namen nicht«, murmelt er, während ihm das Blut aus dem Mund läuft. »Aber … sie hatte rosa Haar und Hippieklamotten. Ganz l-laut und so.«

Seine Atemzüge werden feucht und rasselnd, ein sicheres Zeichen dafür, dass seine Lunge kollabiert ist. Das passiert bei gebrochenen Rippen. Ich nicke schnell, löse meinen Griff um sein Hemd und lasse Roberts fallen.

Gerade als er erleichtert aussieht, als würde er irgendwie verschont werden, greife ich mein Messer und schneide ihm mit einer einzigen Bewegung die Kehle durch. Das klaffende, blutige Lächeln legt Muskeln und Nerven frei und beendet sein Leben in einem Sekundenbruchteil.

»Nichts?«, zischt Jefferson.

Als ich durch den Raum schaue, sehe ich, dass er sein Telefonat beendet hat. Ich stehe auf, stecke mein Messer weg und wische mir die fleckigen Hände an meiner Kleidung ab.

»Er ist ein Bürohengst. Er hatte keine Ahnung.«

»Verdammt noch mal. Augustus wird mir die Eier abreißen.«

Ich starre Jefferson finster an. »Als ob du welche hättest.«

Er läuft blitzschnell durch den Raum, sogar mit seinem beschissenen beeinträchtigten Bein. Er fixiert mich an der Wand, drückt mir die Kehle zu und schlägt mir in den Magen, sodass mir die Luft wegbleibt.

»Pass auf, Acht. Ich kann dir immer noch wehtun.«

»Und ich kann immer noch auf dich schießen. Oh, warte. Das ist schon passiert.«

Jefferson spreizt mit seinem Knie meine Beine, drückt mich mit seinem ganzen widerlichen Körpergewicht gegen die Wand und fährt mit seiner Zunge an meinem Ohr entlang.

»So bist du mir lieber, Hure. Leer und hohl. Weißt du überhaupt noch, was du getan hast? Wessen Blut deine schmutzigen Hände befleckt?«

Seine Worte vergrößern das schwarze Loch in mir, ein klaffender Abgrund, der sich mit jedem Tag mehr vertieft. Ich kann nicht an *sie* denken. Ich weigere mich.

Diese Hölle zu überleben bedeutet, den Kopf in den Sand zu stecken und die Person, die ich einmal war, zu verdrängen, sodass nur noch ein Tier an meiner Stelle ist. Wenn sie nicht leben durfte, dann darf ich es auch nicht.

»Was ist mit denen, die du zurückgelassen hast?«

»Lass mich in Ruhe«, warne ich.

Jeffersons krankes Lachen hallt in mir nach, gleitet mir unter die Haut und zerrt wieder an diesen verdammten Erinnerungen.

»Die arme Acht, allein auf der Welt. Sie haben deine Muschi geteilt wie eine verdammte Mahlzeit. Aber wer fickt dich jetzt, Mädel?«

Ich schließe meine Augen, das scharfe Brennen der Tränen überrascht mich. Ich weine nicht mehr, das habe ich schon sehr lange nicht mehr getan. Doch irgendwie reißt er die unerwünschte Emotion heraus.

Ich weiß nicht einmal, warum ich weine, und ich erkenne auch nicht die Gesichter, die in meinem Unterbewusstsein auftauchen und nach Anerkennung verlangen. Sie sind mir jetzt fremd. Eine ferne Erinnerung, unerreichbar für mich.

»Ich bin sicher, dass sie dich alle vergessen haben. Du bist nur ein weiteres wertloses Stück Dreck, das weggeworfen wurde. Und eines Tages, wenn Augustus fertig ist … werde ich derjenige sein, der dich fickt, bis du schreist und um Gnade bettelst«, flüstert Jefferson. »Erst dann darfst du sterben.«

Mit seiner Hand, die immer noch meine Kehle umklammert, schlägt er meinen Schädel gegen die Wand, bis ich die Kontrolle über die Welt verliere und in die Bewusstlosigkeit gleite, dankbar für die Erleichterung.

Als ich schließlich wieder zu mir komme, fühlt es sich an, als sei eine Ewigkeit vergangen. Ich bin in eine Zwangsjacke geschnallt, die mich an meine Pritsche fesselt, und starre an die Decke. Sie ist rissig, verblasst und wird nur von dem Licht erhellt, das unter der Tür zu meiner Zelle hindurchsickert. Kein einziges anderes Möbelstück, abgesehen von der metallenen Toilettenschüssel in der Ecke.

»Sieben?«, wimmere ich.

Sein Schweigen drückt mit zu viel Angst auf meinen Schädel, als dass ich es in mir behalten könnte. Augustus weiß, dass ich es hasse, gefesselt zu sein, deshalb legt er mir jetzt immer die Zwangsjacke an. Damit ich mich unterwerfe und Angst habe, unter seiner Kontrolle.

»Sieben? Bist du da?«, wiederhole ich verzweifelt.

»Ich bin hier, Prinzessin.«

Ich werfe einen Blick auf das Metallgitter, das in der nahen Ecke versteckt ist. Auf der anderen Seite, mein einziges Stück menschlicher Trost in dieser höllischen Ebene der Existenz. Ich bin allein in meinem Wahnsinn, bis auf das eine Monster, das versteht, wie es ist, alles zu verlieren.

»Wie lange war ich weg?«

»Ein paar Stunden.«

Ich lasse mich auf das steinharte Bett zurücksinken.

»Bist du okay?«

Keine Antwort.

»Bitte … rede mit mir, Sieben.«

Mein wimmerndes Flehen klingt erbärmlich, aber ich kann es mir nicht leisten, vor ihm stark zu sein. Es ist schon anstrengend genug, es vor allen anderen aufrechtzuerhalten, den Opfern, die Augustus uns zum Schlagen und Töten schickt.

Sieben ist der Einzige, der weiß, wie es ist, aufgelöst zu werden – wenn dein ganzer Verstand Stein für Stein aufgelöst und zu einer neuen Konstruktion zusammengesetzt wird. Eine von Augustus gewählte neue Person und Identität, die alle Erinnerungen an das, was vorher war, entfernt.

Wie war mein Name?

Wer war ich?

Hat … jemand, irgendjemand, mich geliebt?

Werde ich vermisst?

Interessiert das überhaupt jemanden?

Weitere Tränen laufen über mein geprelltes Gesicht. Ich habe mir schon lange nicht mehr den Luxus gegönnt, zu weinen. Das lädt nur noch mehr Schmerz ein, indem ich die Schlösser aller Kisten in meinem Kopf entferne, damit die Dunkelheit frei sein kann.

Irgendetwas hat sie aufgewühlt.

Die geflüsterten Worte eines sterbenden Mannes und eine Beschreibung, die mir so bekannt vorkam, aber ich kann mich nicht an die Person erinnern, die ich einmal kannte.

»Du solltest dich ausruhen«, antwortet Sieben schließlich.

»Das will ich nicht. Erzähl mir etwas Gutes.«

»Es gibt nichts Gutes.«

Wir schweigen gemeinsam und genießen die Pause von Augustus' unerbittlichem Missbrauch. Konditionierung, nennt er es. Wenn wir einen Fehler machen, werden wir verprügelt. Erbarmungslos. Das ist noch das Geringste. Eine Peitsche und ein Stahlkappenstiefel sind mir allemal lieber als psychologische Folter.

»Was hat Roberts dir erzählt?«, fragt Sieben.

Ich beiße mir fest auf die Lippe, um die Haut aufzubrechen, und nutze den Schmerz, um meine Gedanken zu fokussieren und die Schatten und Geister zu vertreiben, die sich wieder auf den Fahrersitz zu schleichen drohen.

»Nichts.«

»Ich dachte, wir haben keine Geheimnisse«, sagt er traurig.

»Und ich dachte, wir reden nicht über die Wahrheit.«

Ich kann Siebens Seufzen von hier aus hören, obwohl mehrere Zentimeter Beton zwischen uns liegen. »Es gibt keinen Ausweg, Prinzessin. Du kannst es mir genauso gut sagen. Im Moment bin ich alles, was du noch hast.«

»Er … hat jemanden beschrieben«, gebe ich zu. »Die Frau, die die Informationen gestohlen hat. Ich weiß nicht, wer sie ist, aber sie kam mir bekannt vor.«

»Wie das?«

Das Bild, das sich seinen Weg durch meine mentalen Barrieren bahnt, zeigt mir das Gesicht einer Frau. Weich und rundlich, mit Lachfalten und strahlender, ungetrübter Hoffnung. Das Haar ist rosa wie Zuckerwatte und sie trägt bunte Kleidung, ganz die tröstliche Therapeutin.

»Ich glaube, sie war von … *früher*.«

Sieben weiß, was ich meine, ohne es erklären zu müssen – wir beide umgehen diesen tiefen, beunruhigenden Abgrund, der uns miteinander verbindet. Eine endlose Leere ohne Boden.

Wir hatten mal ein Leben, vor langer Zeit. Da bin ich mir sicher. Der Schmerz in meiner Brust, der sich weigert, nachzulassen, sagt es mir.

»Erinnerst du dich an dein Leben?«, frage ich sanft.

»Zeitweise. Ich erinnere mich, dass ich Menschen geholfen habe. Der Rest … Es ist, als würde man einen Sturm am Horizont heranziehen sehen«, verrät Sieben.

Er hat heute einen guten Tag. Die meiste Zeit über

existiert Sieben nicht. Nach einer Neukonditionierung oder einem besonders schlechten Auftrag ist er nichts weiter als eine leere Maschine. Die Person, die ich kenne, kommt und geht wie die Gezeiten, ein Hauch von Menschlichkeit, der bald wieder verschwindet.

»Was ist mit dir?«

»Nichts. Nur Menschen, Gefühle. Gerüche, die ich nicht zuordnen kann, und Gesichter ohne Namen. Ich glaube, wir sind kaputt, Sieben.«

»Prinzessin … wir waren nie ganz.«

Das Geräusch sich nähernder Schritte treibt mein Herz an den Rand der Explosion, ein vertrauter Gang und universelles Zeichen des Schreckens. Ich erwarte, dass meine eigene Zellentür aufgerissen wird. Stattdessen ertönt das Klicken des Schlosses in der Nachbarzelle.

»Bringt die Maschine«, befiehlt Augustus, seine Stimme weit entfernt.

Ich kämpfe gegen die Zwangsjacke, auch wenn es vergeblich ist. »Lass ihn verdammt noch mal in Ruhe! Hey, Arschloch! Komm her und stell dich mir selbst!«

Augustus ignoriert meinen Köder, er hat sich inzwischen an meinen Blödsinn gewöhnt. Ich bin beschützerisch gegenüber Sieben geworden, dem Mann, der eine Hand verloren hat, um mir eine Chance auf die Flucht zu geben.

Ich kann mich nicht mehr daran erinnern, wie es an diesem Tag endete. Alles, was bleibt, ist der Geruch des Todes und das Geräusch der Schreie. Ich weiß, dass es schlimm endete. Sie kommt immer noch zu mir, wenn ich ohnmächtig werde, das namenlose Mädchen, dessen Blut auf das Gras tropft.

Wenn ich nur an sie denke, durchzuckt mich ein so starker Schmerz, dass ich ihn wieder in die Kiste packe und jede Hoffnung, mich jemals zu erinnern, ignoriere.

»Du bist als Nächste dran, Acht.« Augustus lacht.

Ich schreie und tobe und fordere Freiheit von den Fesseln,

die mich hilflos machen. Als sie beginnen, Sieben wehzutun, betritt Logan meine Zelle für sein regelmäßiges Erscheinen. Meine einzige andere Gesellschaft an diesem Ort, eine weitere Anomalie, die ich nicht infrage stellen möchte.

»Beruhige dich. Du kannst ihm nicht helfen.«

»Sieben!«, schreie ich.

Er schreit sofort zurück, aber nicht zu mir. Der Schmerz ist so furchtbar, dass er gar nicht anders kann, als zu reagieren. Sein Monster verblasst im Vergleich zu denen, die uns hier festhalten, gebrochen und misshandelt. Ich wälze mich auf der Liege hin und her und ignoriere Logans ständige Bitten, mich zu entspannen.

Ich bin allein hier unten. Ich habe jeden und alles verloren, was mir einmal wichtig war. Sieben ist alles, was ich noch habe. Ohne ihn, oder sogar ohne seine körperlose Stimme durch das Gitter, könnte ich genauso gut tot sein.

Vielleicht bin ich das bereits.

Ich hätte wissen müssen, dass ich in der Hölle landen würde.

KAPITEL 37

ELI

I FEEL IT TOO – DREAM STATE

ICH SITZE AUF DEM ALTAR, die Beine unter mir gekreuzt, und starre durch die zertrümmerte Glasscheibe hinaus. Heiße, klebrige Rinnsale von Blut laufen die Innenseite meines Armes hinunter, von den tiefen Schnitten, die ich mir mit gefletschten Zähnen und hektischen Bewegungen zugefügt habe.

Beim Schneiden ging es für mich immer um Kontrolle. Mir das zurückzuholen, was andere mir gestohlen haben: meinen Körper, meine Zunge, meinen Geist. Ich habe immer die Kontrolle gehabt, nicht die Klinge.

Alle Fortschritte, die ich gemacht habe, sind weg. Vergeblich und irrelevant. Jetzt bin ich einer Kraft verpflichtet, die größer ist als ich selbst. Dem tief verwurzelten Drang zur Selbstzerstörung. Er war schon immer da, sogar als ich ein Kind war.

Sie hat mir geholfen, ihn zu zähmen.

Ihn wegzusperren, mehr als nur ein Opfer zu werden.

Ich schaffe es nicht ohne Brooklyn. Vorher habe ich dieses Spiel namens Leben gespielt. Ich war in einen meiner besten Freunde verknallt, wenn ich nicht gerade meinen nächsten Selbstmordversuch plante. Sie gab mir etwas – Anerkennung.

Verständnis. Gesellschaft in meiner eigenen persönlichen Form der Hölle.

Zum ersten Mal in meinem Leben fühlte ich mich gesehen.

Der Gedanke, dass sie allein in Clearview ist, weggesperrt von der Menschheit für den Rest ihrer Tage … schmerzt mich mehr, als ich jemals in Worte fassen kann. Aber es gibt keine Geschmäcker, die mich in Angst und Verzweiflung ertränken.

Nicht mehr.

So schmeckt das Leben ohne Brooklyn. Verdammtes Nichts. Endloses, unermessliches, unmenschliches Nichts. Seit wir von der Verlegung erfahren haben, sehe ich die Welt in geschmacklosen Grautönen, und ich hasse es, verdammt.

Das Geräusch von Schritten draußen veranlasst mich, den Ärmel meines Kapuzenpullis herunterzukrempeln und das Taschenmesser außer Sichtweite zu verstauen. Ich habe seit Monaten keine Zeit mehr mit den Jungs verbracht – oder überhaupt mit jemandem.

Ich hoffte, dass ich allein ungestört verschwinden könnte. Aber Phoenix' verzweifelte SMS hat mich hierhergeführt, mit einer einzigen gepackten Tasche und einem zaghaft in der Luft baumelnden Rettungsanker.

»Eli?«

Als ich aufschaue, sehe ich alle drei Mitglieder unserer zersplitterten Familie auf mich zukommen, wobei sie die morsche Tür wieder an ihren Platz schieben. Hudson und Kade sehen noch genauso aus, nur hagerer und von deutlicher Erschöpfung gezeichnet.

Ich erkenne die Person neben ihnen fast nicht wieder. Lippen, die ich geschmeckt habe, und Muskellinien, die ich mit meiner Zunge nachgezeichnet habe. Phoenix bleibt einige Meter entfernt stehen. »Du bist gekommen.«

Ich betrachte sein struppiges braunes Haar, seine hohlen Augen und seine schmerzhaft scharfen Wangenknochen, die auf den ständigen Ansturm des Wahnsinns hinweisen, den ich aus der Ferne beobachtet habe. Wir sind beide hilflos und ohne unseren Anker, der uns beschwert, außer Kontrolle. Der blauhaarige Mann, den ich liebe, ist jetzt weit weg, vielleicht für immer verschwunden.

Ich nicke einmal.

»Ich bin froh, dass du hier bist. Danke … dass du gekommen bist«, murmelt er.

Achselzuckend drehe ich mich um und sehe, dass Kade mich anlächelt. Wir tauschen unbeholfene Grüße aus, als wären wir nichts weiter als Fremde, dann hüpfe ich vom Altar hinunter, und wir drängen uns alle um ihn herum, während Kade einen Stapel Papiere ausbreitet. Ich bleibe auf Distanz, da ich misstrauisch bin. Ich weiß jetzt, wer er ist − Augustus' Handlanger und Blackwoods Schlampe.

Kann ich ihm trauen?

Habe ich eine Wahl?

»Vor vier Monaten habe ich euch allen versprochen, dass ich uns hier rausholen werde«, beginnt Kade, seine Stimme voller Traurigkeit. »Es tut mir leid, dass wir alles verlieren mussten, um hierherzukommen. Ich habe einen Plan, aber es wird uns alle brauchen, um das durchzuziehen.«

»Was für einen Plan?«, fragt Phoenix.

Hudson zündet sich eine Zigarette an und zuckt zusammen, als er seine geprellten Hände anspannt. Ich bin überrascht, dass er aus dem Loch raus ist, er hat schon lange keinen Tag mehr ohne Kampf überstanden. Ich habe das Geflüster und die Gerüchte sogar in meiner Einsamkeit gehört.

»Alles ist vorbereitet. Meine Kunden sind bereit, wir machen unseren Zug beim Abendessen«, bestätigt Kade.

Hudson starrt. »Unseren Zug?«

Kades Lächeln ist triumphierend, sogar ein wenig stolz. »Wir sind nicht die Einzigen, die mit Augustus' Schwachsinn fertig sind. Wir haben monatelang geplant und so getan, als wären wir seine verdammten Haustiere, aber jetzt ist das ganze Institut auf unserer Seite. Jeder, dem ich Schmuggelware verkauft habe, ist bereit zu gehen. Heute Abend, meine Herren … *machen wir einen Aufstand.*«

Er legt seinen Rucksack auf den Altar, kippt ihn aus und holt einen Vorrat an scharfen Messern heraus, der für zwei Personen reicht. Phoenix lacht überrascht auf, wird aber schnell ernst, als er eine der Waffen inspiziert und sich ein langsames Grinsen auf seinen Lippen ausbreitet.

»Im Ernst?«

Kade klopft ihm auf die Schulter. »Im Ernst. Wir hauen hier ab und erledigen auf dem Weg nach draußen so viele Mistkerle, wie wir können. Verdammt sollen sie alle sein. Wir haben genügend Leute, um eine echte Chance zu haben. Im schlimmsten Fall verbrennen wir dieses Höllenloch zu Asche.«

Die beiden klopfen sich auf den Rücken, umarmen sich und hüpfen praktisch vor Freude. Ich sehe Hudson in die Augen und erwarte, dass er dasselbe tut. Aber stattdessen ist er ernst und starrt auf die Messer.

»Was ist los?« Kade runzelt die Stirn.

Hudson nimmt eines und wiegt es in seinen Händen. »Wir können nicht gehen, ohne den Keller zu räumen. Jeder arme Wichser da drinnen hat sein Leben durch Augustus ruiniert bekommen. Wir lassen sie nicht allein zum Sterben zurück, die Welt muss erfahren, was hier passiert ist.«

»Wir haben keine Zeit …«

»Nimm dir die Zeit«, schnauzt Hudson. »Es sei denn, du willst für den Tod von so vielen unschuldigen Menschen verantwortlich sein, die unter unseren Füßen liegen. Wir brauchen Beweise.«

Phoenix sieht niedergeschlagen aus. »Hör zu, Hud … sie ist nicht da drin.«

Hudson weigert sich, jemandem in die Augen zu sehen, und schüttelt den Kopf. »Glaubt, was ihr wollt, ich habe die Hoffnung nicht aufgegeben. Diese Verlegung war Blödsinn.

Ihr schaltet die Wärter aus, gebt mir ein paar Patienten, die wissen, wie man zuschlägt, und ich räume den Keller.«

»Es gibt zu viele Wärter«, argumentiert Phoenix.

»Wir sind ihnen drei zu eins überlegen«, sagt Kade, als würde er es tatsächlich in Erwägung ziehen. »Wenn sich genügend von uns wehren, wird sich das Ganze herumsprechen und ausbreiten. Wenn wir es richtig anstellen, können wir die gesamte Patientenpopulation entfachen. Das ist Ablenkung genug … es könnte dir etwas Zeit verschaffen.«

»Ich bin dabei«, meldet sich eine Stimme.

Alle drehen sich um und schauen zu der nun offenen Tür hinüber. Sadie steht ganz in Schwarz gekleidet in dem bröckelnden Gang. Sie greift in ihre Manteltasche und holt zwei Pistolen heraus, die sie auf den Altar knallt. Hudson nimmt sofort eine, während Kade sich die andere schnappt.

»Du hast meine Nachricht also erhalten.«

Sie wirft Kade einen prüfenden Blick zu. »Hätte nicht gedacht, dass du das wirklich durchziehst. Ich bin beeindruckt. Ich habe mit deinem Kontakt da draußen gesprochen, er ist bereit und wartet mit dem Fluchtplan. Verpass dein Fenster nicht, hörst du? Ich decke euren Abgang.«

Kade nickt und bietet Sadie seine Hand zum Schütteln an. Die Puzzleteile fügen sich zusammen, und mir wird klar, dass ich die ganze Zeit recht hatte – sie ist auf unserer Seite. Mehr als wir wussten.

»Ich komme mit dir«, sagt sie zu Hudson.

»Warum?«

»Weil ich hier bin, um sicherzustellen, dass Blackwood zu Fall gebracht wird. Der Keller ist der Schlüssel, um das zu erreichen. Letzte Woche habe ich Daten von einem sicheren Server gestohlen, der mit Blackwoods Muttergesellschaft verbunden ist.«

»Du hast was getan?«, ruft Kade aus.

Sie begegnet kurz seinem Blick. »Ich bin aus einem

bestimmten Grund hier. Hudson hat recht, wir können sie nicht da unten lassen. Das geht viel tiefer, als uns allen bewusst ist.«

»Ist sie da unten?«, zischt Hudson.

Wir alle stehen still und warten verzweifelt auf ihre Antwort.

»Ich weiß es nicht«, gibt Sadie zu, obwohl ich den Zweifel in ihrem Gesicht sehe. »Ich habe Akten gesehen, was Augustus gemacht hat. Wer auch immer da unten ist, braucht unsere Hilfe. Ihr macht euren Job und ich mache meinen. Dieser Ort ist bereit zu explodieren … Wir müssen nur die Flammen entfachen.«

Phoenix legt seinen Arm um meine Schultern und berührt mich zum ersten Mal seit vielen langen Monaten, als hätte sich zwischen uns nichts geändert. Er nimmt sich die Zeit, sich in unserer zusammengewürfelten Gruppe umzusehen, angetrieben von der schieren Entschlossenheit, diesen Ort in die Knie zu zwingen.

»Lasst uns die Scheiße aufmischen.« Er grinst.

Hudson lächelt zuversichtlich. »Amen.«

Wir nehmen alle unsere Waffen und schieben sie in diskrete Verstecke, während Kade unsere Taschen mit den spärlichen Besitztümern im Gebüsch vor der Kapelle verstaut, damit wir sie leicht erreichen können.

Wenn unsere Arbeit getan ist, werden wir in den Wald laufen, um seinen Kontaktmann zu treffen. Dann werden wir in die Realität fliehen. Eine Welt, die mich ein Jahrzehnt zuvor zurückgewiesen und verstoßen hat. Ich habe eine Scheißangst, aber nichts kann mich überzeugen, hierzubleiben.

Als wir im Schutze der Nacht zum Institut zurückkehren und uns darauf vorbereiten, das Leben, wie wir es kennen, hinter uns zu lassen und ins Ungewisse zu gehen, ergreife ich Phoenix’ Arm und halte ihn an.

»Geht es dir gut?«

Ich starre ihm in die Augen. »N-nein.«

Er überwindet den Abstand zwischen uns, umfasst meine Wange und zieht mich an seinen Körper. Es fühlt sich so verdammt gut an. Zu gut, als dass ich es ablehnen könnte, obwohl ich ihn in letzter Zeit weit von mir gestoßen habe. Ich konnte ohne sie nicht mit ihm zusammen sein. Es fühlte sich nicht richtig an, nur eine Erinnerung an all das, was wir verloren hatten.

Ich lecke mir über die Lippen und zwinge mich, die Worte auszusprechen.

»Es tut mir … l-leid.«

Phoenix' Gesicht verzieht sich vor Schmerz, und er presst seine Stirn an meine und hält mich fest. Unser Atem vermischt sich, während wir einander in uns aufsaugen und uns einen Moment Zeit nehmen, uns wieder zu verbinden.

»Du musst dich nicht bei mir entschuldigen.«

»D-doch«, stottere ich.

»Nein, musst du nicht. Brooklyn zu verlieren …« Seine Stimme bricht und er zittert. »Es hat uns alle verändert. Ich weiß nicht, was die Zukunft bringt, Eli. Ob sie überhaupt noch lebt oder in Reichweite ist. Aber ich schwöre dir, ich gehe nirgendwohin. Freunde, Liebhaber, das ist mir egal. Du gehörst mir und ich gehöre dir.«

Unsere Lippen treffen sich in einem süßen, zärtlichen Kuss, der die Wunden heilt, die uns voneinander getrennt haben. Skepsis hin oder her, ich weiß, dass Phoenix immer noch hofft, dass sie da draußen ist. Er betet, dass unser Hitzkopf, unser Babygirl, zu uns zurückkommt.

Vielleicht werden wir wieder eine Zukunft haben.

Aber nicht ohne sie darin.

KAPITEL 38
HUDSON

ANARCHY – LILITH CZAR

DIE ATMOSPHÄRE in der Cafeteria ist von einer dicken, spürbaren Spannung geprägt. Selbst die Wärter wirken nervös, als ob sie spüren, dass etwas bevorsteht. Der Fall eines verdammten Imperiums.

Nacheinander schaut uns jeder von Kades Verbündeten in die Augen und nickt subtil. Ein gutes Drittel des Raumes wurde mit Drogen, Schmuggelware und dem Versprechen auf Rache erkauft.

Ich gebe zu, dass Kade es dieses Mal geschafft hat.

Ich bin widerwillig beeindruckt.

Phoenix sitzt starr und bereit, seinen Arm um Elis Schultern gelegt, den er zu beschützen scheint. Ich habe den leisen Verdacht, dass Eli uns alle mit seinem Durst nach Gewalt überraschen wird. In seinen Augen flackern Gefahr, Zorn und unbändige Wut.

»Dreißig Sekunden«, murmelt Kade.

Wir starren auf seine Uhr und halten den Atem an, während die silbernen Zeiger zur vollen Stunde herunterticken. Das Klirren von Besteck und das leise Gemurmel von Gesprächen treten in diesen letzten Momenten in den Hintergrund, die Ruhe vor dem Sturm.

Genau um achtzehn Uhr explodiert der Feueralarm in einem gewaltigen Lärmgetöse. Mehrere Patienten schreien und springen auf, bereits in Panik. Die Wärter schauen sich erschrocken um, unvorbereitet auf den plötzlichen Lärm. Schnell wird ihnen klar, dass es sich nicht um eine Übung handelt.

Dichter, berauschender Rauch dringt von der Ecke aus in den Korridor und kündigt die Ausbreitung der herrlichen Flammen an, die genügend Chaos verursachen werden, um uns die Flucht zu ermöglichen.

»Todd hat es getan.« Ich lache, ebenso überrascht.

»Es braucht nicht viel, um eine Bibliothek niederzubrennen«, erwidert Kade.

Beim Anblick des aufsteigenden Rauches, der den Korridor infiziert, verzehnfacht sich die Unruhe im Raum. Es ist ein gefährlicher Cocktail, den wir zu unserem Vorteil nutzen werden. Kade glättet sein Hemd, wobei er seinen Vater in vielerlei Hinsicht widerspiegelt, bevor er auf den Tisch klettert.

Das ist es. Sein Moment.

Unzählige Gesichter blicken auf, bereit für sein Zeichen.

»Seit Monaten werden wir herumgeschubst und wie Tiere behandelt«, schreit er über den Alarm hinweg. »Wir sind Menschen, kein Vieh, das man treiben und schlachten kann. Das ist kein Krankenhaus mehr, das ist ein Gefängnis. Ich sage, *genug ist genug*!«

Kade greift in seine Tasche, zieht Sadies Waffe heraus und hält sie in die Luft. Dutzende von Wärtern stehen schnell auf, rufen nach Verstärkung und marschieren auf unseren Tisch zu.

Wir ziehen unsere eigenen Waffen und scharen uns um Kade, der das Signal für alle gibt, ihm zu folgen. Nacheinander enthüllt jeder Tisch seinen Anteil. Verteilt über den ganzen Raum, bewaffnet mit genau dem System von

Schmuggelware, das Blackwood benutzt hat, um seine Opfer zu manipulieren.

Selbst gemachte Klingen, Messer, sogar lose Ziegelsteine. Jede nur erdenkliche kreative Waffe. Wir sind bewaffnet wie die Wilden und mehr als wütend genug.

Als Halbert in den Raum stürmt, bleibt er stehen und entdeckt Kade, dessen Gesichtsausdruck von harten Linien geprägt ist. Er holt seinen Schlagstock und seinen Taser, als könnte das jemals mit unserer gestohlenen Feuerkraft mithalten.

»Alle auf den Boden!«, befiehlt er.

Niemand bewegt sich auch nur einen Zentimeter.

Wo sich Patienten früher geduckt und die Kontrolle abgegeben hätten, zögern sie jetzt. Es hat sich etwas geändert. Wenn man einige wenige befähigt wird der Rest folgen.

Wir alle starren Halbert trotzig an, egal wie laut er wieder ruft, dass sich alle vor ihm verbeugen sollen. Kade stellt sicher, dass der ganze Raum zuschaut, als er die Pistole hebt und sie direkt auf Halbert richtet.

»Du zuerst!«, schreit er.

Der ohrenbetäubende Knall seines Schusses durchschneidet den schrillen Alarm, und wir alle sehen, wie die Kugel in Halberts Brust einschlägt, ein perfekter Volltreffer. Kade war schon immer der bessere Jäger. Rücksichtslos und präzise in gleichem Maße.

Als Halbert in einer Blutlache zusammensackt, bricht in vorhersehbarer Weise die Hölle los. Die Dutzenden von Wärtern, die den Raum umstellen, bewaffnen sich und stürmen los, bereit, uns alle mit Gewalt in die Knie zu zwingen.

Jeder einzelne Patient, der mit Kades System bezahlt wurde, stürzt sich in das Handgemenge – sie stechen, schneiden und brüllen sich ihren Weg durch die schwarz gekleidete Mauer der Autorität, die uns alle überrollen will.

Bevor Phoenix mit dem Messer in seiner Faust den ersten

Schritt machen kann, stürmt Eli an ihm vorbei und schleudert sein ganzes Körpergewicht in einem Wirbel aus Fäusten und gezacktem Stahl auf einen nahen Wärter. Blut spritzt über das Linoleum und beide gehen zu Boden, aber einer geht als Sieger hervor.

Eli kommt auf die Beine, blutverschmiert und mit dem größten verdammten Lächeln im Gesicht. Er packt Phoenix und küsst ihn grob, bevor er ihn wieder wegstößt.

Phoenix stößt einen Pfiff aus. »Dann lasst uns feiern.«

Ich nicke Kade ein letztes Mal zu und er gibt mir Deckung, während ich durch den Wahnsinn rase und jeden, der nicht auf unserer Seite ist, mit einem schnellen Schlag oder Tritt ausschalte.

Es dauert nicht lange, bis ich durchkomme – wie vorhergesagt haben sich die Patienten, die nicht in den verrauchten Korridor geflüchtet sind, von der Menge anstecken lassen und sind in die Aufruhrstimmung hineingezogen worden. Ich komme an zwei von Rios Ex-Kumpels vorbei, die einen besonders brutalen Wärter erwürgen und sein Gesicht zu Brei schlagen.

»Hudson! Hierher!«

Sadie ruft mich durch das Kriegsgebiet, das durch den Rauch, der von Sekunde zu Sekunde heißer wird, kaum zu erkennen ist. Dutzende von Sprinklern treten in Aktion und überfluten die Cafeteria und den Empfang mit Wasser, was die Verwirrung und die Wut nur noch vergrößert.

Wir nutzen die Ablenkung, fassen uns an den Händen, springen über den Empfangstresen und gehen in den dahinter liegenden Korridor. Wir ziehen beide unsere Waffen und schalten die drei Wärter aus, die die Treppe hinaufrennen, bevor sie überhaupt eine Chance haben, zu reagieren.

Sadies Schüsse treffen mit geübter Präzision genau in die Mitte ihrer Köpfe, und sie hält kurz inne, um ihre Sicherheitskarten zu stehlen und mir eine zu geben.

»Wer zum Teufel bist du?«, schreie ich.

Sie schenkt mir ein Grinsen. »Dein Schutzengel.«

Wir nehmen jeweils zwei Treppenstufen auf einmal und treffen auf noch mehr Wärter, die zu Hilfe eilen. Wir sind beide verschwitzt und blutüberströmt, als wir Augustus' gefürchteten Keller betreten.

Vor mir erstreckt sich ein hallender Korridor, gesäumt von vertrauten Einzelzellen, die alle mit Belegungsschildern gekennzeichnet sind. Zwei Krankenschwestern warten in der Ecke mit … *Mariam?* Sie schenkt mir zur Begrüßung ein kurzes Lächeln.

»Was zum Teufel?«

Sadie hält mich auf. »Sie gehören zu mir. Wir werden diese Patienten rausholen.«

Da ich keine Zeit habe, es zu hinterfragen, nicke ich. »Was ist mit dem Rest?«

»Ich komme dir hinterher, geh die nächste Ebene durchsuchen!«, befiehlt Sadie.

Ich überlasse es ihnen, die Zellen aufzubrechen, und folge den Schildern zum berüchtigten Z-Flügel. Ich bin oft genug hier unten gewesen, um die Gerüchte zu hören, nachdem ich Monate damit verbracht habe, absichtlich gegen die Regeln zu verstoßen, um mich einsperren zu lassen und nach jedem Zeichen von Brooklyn zu suchen.

Ich halte meine Waffe nach oben gerichtet, so wie es mir Kades Vater bei der Jagd beigebracht hat, und gehe mit leichten Schritten durch den eiskalten Keller.

Es ist zu still, irgendetwas stimmt nicht. Je tiefer ich gehe, desto dunkler wird es. Älterer Beton wird zu glattem Stein und Zellen werden zu leeren, blutverschmierten Kammern.

Die ersten paar Türen, die ich aufschlage, sind ein Reinfall, wenn auch übelerregend. Eine verrostete, purpurrot getränkte Badewanne mit Fesseln lässt mich vor Wut fast erblinden, aber ich verdränge es. Im nächsten Raum steht nichts weiter als ein Holzstuhl in der Mitte, der mit den Narben von Peitschenhieben gezeichnet ist.

Die gottverdammten Beweise sind hier unten.

Das ist genug, um Blackwood zu Fall zu bringen.

Ich halte inne, um ein paar eilige Fotos mit meinem Handy zu machen, wobei mir das Geschrei einen Schauer über den Rücken laufen lässt.

Mehrere Stimmen und Schreie ertönen aus der Ferne, der letzten Ebene des Z-Flügels. Mit einem tiefen Atemzug begebe ich mich in die Dunkelheit, bereit, mich dem Teufel selbst zu stellen, wenn es sein muss. Was immer nötig ist, um mein Mädchen zu finden. Ich weigere mich, ohne sie zu gehen, nicht dieses Mal.

Ich komme, Baby.

Dieses Mal werde ich dich verdammt noch mal retten.

KAPITEL 39

BROOKLYN
WORST PART OF ME – I PREVAIL

»KOMM SCHON. Rede mit mir.«

Ich ignoriere Logans verzweifeltes Flehen und konzentriere mich stattdessen auf die Schreie, die aus Siebens Nachbarzelle kommen. Sie sind schon seit über einer Stunde da drin und wirken ihre Magie auf meinen Freund. Alles nur, weil ich es gewagt habe, mit ihm zu sprechen und seine Menschlichkeit zu offenbaren.

Augustus erkaufte sich mein Schweigen, indem er zustimmte, mir die Zwangsjacke abzunehmen, und so muss ich nun gehorsam zuhören, wie Sieben die Folter erträgt, und meinen feigen Mund halten.

»Er wird schon wieder«, beruhigt Logan mich.

»Willst du wohl endlich die Klappe halten? Du bist nicht hilfreich.«

»Panik ist keine Lösung.«

»Oh, danke. Als wüsste ich das nicht schon.«

Sein mitfühlender Blick berührt mich bis ins Mark. Trotz allem ist seine Anwesenheit in meiner Zelle beruhigend. Logan ist die einzige Konstante, er hat mir nie wehgetan und schweigt.

Ich vertraue ihm auf eine Weise, die ich mit Worten allein

nicht erklären kann, und er taucht immer im richtigen Moment auf, genau dann, wenn ich eine Stimme der Vernunft brauche, die mir einen Funken Hoffnung gibt.

»Das ist nicht deine Schuld.«

»Alles ist meine Schuld«, schluchze ich und raufe mir die Haare.

Als er die Zelle durchquert, schockiert er mich zu Tode, indem er mich in seine Arme zieht. Die schlichte Umarmung macht jeden Rest von Kontrolle zunichte und ich breche zusammen, während ich mich an seinen seltsam vertrauten Duft klammere.

Logan streichelt mein Haar. »Du hast immer dein Bestes gegeben. Wir geben der Beute nicht die Schuld, wenn sie den Klauen eines Raubtiers zum Opfer fällt.«

»Das ist meine Schuld.« Ich breche zusammen. »Alles, was passiert ist, mein ganzes verdammtes Leben … das habe ich mir selbst zuzuschreiben. Ich verdiene es, bestraft zu werden, nicht Sieben.«

»Du irrst dich. Du warst noch ein Kind, und sie war ein Monster. Es gab nichts, was du hättest tun können. Das weiß ich doch. Hör auf, dir die Schuld an der ganzen Welt und all ihrem Bösen zu geben.«

»Warte, was?«

Seine Stimme dringt durch meinen Kopf und zerrt an etwas Unergründlichem. Dieses verknotete, verheddertes Garnknäuel, das in die Vergangenheit zurückreicht, durchtränkt von Tränen und vergossenem Blut.

Ich starre in Logans graue Augen, deren Iriden in Gewitterwolken gehüllt sind, meinen eigenen so ähnlich. Er schenkt mir ein Lächeln, das mich noch mehr verunsichert. Es ist das Lächeln, von dem ich jede Nacht träume.

»Wer war ein Monster?«, flüstere ich.

Das Krachen von Fäusten auf Fleisch unterstreicht meine Worte, gefolgt von weiteren Schreien von nebenan, als Sieben seine Strafe erhält. Ich kann ihm nicht helfen, denn auch mir fällt der Boden unter den Füßen weg.

Während die Zelle um mich herum dahinschmilzt und unter dem Gewicht der zunehmenden Schatten und der Dunkelheit zusammenbricht, starre ich Logan an.

Mein Freund.

Mein Entführer.

Der Beschützer meines Peinigers.

»Du warst noch ein Kind«, wiederholt er.

Ich fasse mir an die pochenden Schläfen und stoße einen Schrei aus, als die Bilder auf mich einprasseln, so wie es meinem Gehirn antrainiert worden ist. Augustus hat die Flammen des Wahnsinns angefacht und das Durchdringen von Vergangenheit und Gegenwart begünstigt. Siebens Schreie haben abgedrückt und mich in die Fänge meiner Erinnerungen zurückgeschickt.

Und Logan ist hier.

So wie er es immer ist.

Ich verliere mich im Ansturm der Halluzinationen, während sich die dunkle Treppe vor mir ausbreitet. Ich schleiche wie immer hinunter und nähere mich der unausweichlichen Entdeckung, wie verflucht mein Familienblut ist.

Nur dieses Mal ist es Sieben, der schreit, während Mum unerbittlich auf ihn einprügelt. Er hat meinen Traum infiziert und den Platz meines Bruders in der verdrehten Erinnerung eingenommen.

Die beiden vertrauten Stimmen biegen sich und verschwimmen, als ich die Küchentür einige Zentimeter aufstoße, um hineinzuspähen. Über meine Schulter sieht Logan zu.

»Sieh nicht hin«, bittet er.

»Warum?«

Ein blutrotes Kaleidoskop breitet sich auf den weißen Fliesen aus, und um uns herum ertönt das nasse Geräusch einer Säge, die Fleisch und Knochen durchtrennt. Sie zerstückeln den Körper in leicht zu entsorgende Teile. Mum und Dad arbeiten in Harmonie, verbunden durch krankhafte Liebe.

»Es gibt nichts, was du hättest tun können«, flüstert Logan.

»Ich hätte sie aufhalten müssen.«

»Niemand gibt dir die Schuld.«

»Ich gebe mir verdammt noch mal die Schuld, klar?«, schnauze ich.

Schwer seufzend, mit mehr Schmerz als es Sinn ergibt, tritt Logan von der Küche zurück. Als wüsste er bereits, welches Grauen darin steckt, und bräuchte keine Erinnerung daran.

»Du musst dir selbst verzeihen. Das ist der einzige Weg hier raus.«

Als ich wieder zu ihm aufschaue, macht es endlich klick. Das Teil dieses beschädigten Puzzles, das mir so lange entgangen ist. Augustus mag dieses Knäuel aufgerollt haben, es benutzt haben, um mich zu verknoten und zu ersticken, aber er konnte nicht alles kontrollieren.

Ich lasse die entsetzten Tränen über meine Wangen laufen, weiche zurück und halte mir die Hände vor den Mund. Logan folgt mir nicht, sondern sieht mir zu, wie ich mich voller Angst von ihm entferne.

»Nein. Das kann nicht sein!«

»Zeit zum Aufwachen«, fleht er.

Ich drehe mich auf dem Absatz um und renne um mein Leben. Zurück die Treppe hinauf, in mein mit Teddybären gefülltes Schlafzimmer. Unter die Decke des Doppelbetts und schreiend zurück in die Gegenwart, um wie ein wiedergeborener Phönix aus Ruin und Verdammnis aufzuerstehen.

Ich bin nicht in diesem Haus, in Tod getränkt. Nicht mehr. Stattdessen umgibt mich meine Zelle, jetzt schattenlos. Die verriegelte Tür, die mich in der Hölle gefangen hielt, steht jetzt offen. Das Schloss ist durch etwas, das wie ein Schuss aussieht, herausgesprengt worden.

Da ist eine Stimme.

Ein geflüstertes, hoffnungsvolles Gebet.

»Komm schon, Amsel.«

Wer ist das?

Ist das ein Traum?

Bin ich wirklich echt?

Ich zwinge meinen unscharfen Verstand, sich zu konzentrieren, blinzle und entdecke jemanden, der mit mir in der Ecke kniet, wo ich mich zusammengekauert habe.

»So ist es gut, Baby. Mach die Augen auf.«

Ein scharfer Schmerz durchzuckt meine Wange an der Stelle, an der mich die Person ohrfeigt, und reißt mich zurück. Meine Sicht klärt sich, ich konzentriere mich auf die Umrisse und warte darauf, dass die Details klar werden.

Verheerende aquamarinblaue Augen.

Zerzaustes schwarzes Haar.

Wochenlang nicht rasierte Stoppeln.

Wirbel aus unzähligen dunklen Tätowierungen.

»Bitte komm zurück zu mir«, fleht er.

Der Mann ergreift meinen Körper und presst mich an seine hämmernde Brust. Ich konzentriere mich auf den Klang seines rasenden Herzschlags und blende alles andere aus. Der gleichmäßige Schlag fühlt sich an wie Schockwellen, die meinen Schädel durchdringen, wie die Nachbeben eines katastrophalen Erdbebens.

»Ich habe dich, und ich schwöre bei meinem verdammten Leben, dass ich dich nie wieder loslassen werde. Ich habe dich gefunden … Ich wusste, dass du hier bist, und ich habe dich verdammt noch mal gefunden. Genau wie ich es gesagt habe«, erklärt er.

Die Einsicht kommt langsam und schmerzhaft. Wie geronnenes Blut, das von einem verschmutzten Küchenboden geschrubbt wird, gewaschen mit Bleichmittel und Lügen, um Schrecken zu verbergen, von denen die meisten nicht einmal träumen würden.

Ich kenne ihn.

Das ist real, kein Traum.

Zum ersten Mal seit langer Zeit vernebeln die Schatten nicht meine Sicht und flüstern mir ihre gewalttätigen Freuden ins Ohr − ich werde von seinen starken, sehr *realen* Armen gehalten.

»Hudson?« Ich teste seinen Namen.

»Scheiße … ich bin's, Amsel.«

Ich streife mit meinen Fingerspitzen über seine Wange, die sich rau anfühlt, und suche sein vertrautes Gesicht ab. Ich lasse jedes Detail über mich gleiten und erlaube den unsichtbaren Fäden, gegen die ich so hart gekämpft habe, mich nach Hause zu führen. Ein schimmernder Nordstern in der Dunkelheit.

»Du kennst mich. Erinnere dich an mich.«

Die verrosteten Schlösser ihrer mentalen Kisten werden gesprengt, und alles kommt zurück, alles, was ich in Schubladen gesteckt und Augustus erlaubt habe, in die Bedeutungslosigkeit zu zerquetschen.

Hudson.

Eli.

Phoenix.

Kade.

Ich bin … Brooklyn.

»Du hast mich nicht vergessen«, wimmere ich.

»Ich habe dich einmal zurückgelassen, und ich habe einen Eid geschworen, das wiedergutzumachen. Ich habe dich damals nicht gerettet, Baby. Aber jetzt werde ich es verdammt noch mal tun.« Er presst seine Lippen auf meine, verzweifelt und rasend. »Für immer und ewig.«

Hudson hebt meinen unterernährten Körper in seine Arme und versucht aufzustehen, um mich mit erhobenem

Kopf aus der Todeszelle zu heben. Ich rufe ihm zu, er solle aufhören, und die unsichtbaren Fesseln gleiten wieder an ihren Platz.

»Was ist?«

»Du kannst mich nicht mitnehmen.«

»Blödsinn! Wir hauen hier ab.«

Ich starre in seinen kristallklaren Blick und schüttle den Kopf. »Ich kann diesen Ort nicht verlassen, es tut mir so leid. In diese Zelle gehöre ich. Die Dinge, die ich getan habe …«

Meine Stimme verlässt mich, ich bin zu überwältigt, um weiterzureden. Hudson packt mich am Kinn und zwingt mich, ihn anzusehen. Sein entschlossener Blick hält mich fest und lässt mich nicht mehr los.

»Du bist mehr als die Dinge, die du getan hast.«

»Nein«, beharre ich. »Ich verletze Menschen.«

»Du bist ein verdammtes menschliches Wesen. Wir haben alle Schaden zugefügt, und wir haben alle Schaden erlitten. Das ist das Leben.«

In meinem tiefsten Moment kommt *sie* zu mir zurück. Ihre Erinnerung. Ein schlaffes, lebloses Gesicht, bedeckt mit Blut in demselben kräftigen Rotton wie ihr Haar. Alle Anzeichen von Freude und Hoffnung sind verschwunden, und zurück bleibt nichts als ein vergeudetes Leben. Ein leuchtendes Licht und eine Unschuld, die ich mit meinen bloßen Händen ausgelöscht habe.

»Ich habe sie g-getötet. Teegan!«

Von allen Reaktionen erwarte ich nicht, dass Hudson lacht.

»Du törichte, schöne verdammte Irre.« Er neigt mein Kinn, damit ich nicht wegsehen kann, und grinst. »Teegan ist am Leben.«

»Was?«

»Sie ist am Leben, Brooke. Sie lag wochenlang auf der Intensivstation, wurde dreimal operiert und hatte eine höllische Genesungsphase. Augustus hat sie vorzeitig entlassen, um ein Gerichtsverfahren zu vermeiden. Sie ist wieder zu Hause, sammelt Schallplatten und färbt sich ihr Haar in den verrücktesten Farben. Ich habe letzte Woche mit ihr gesprochen.«

Ich atme die aufgestaute Luft aus, die ich gefühlt seit vielen, vielen Monaten angehalten habe … Ich bringe ein Lächeln zustande. »Sie ist am Leben?«

»Und ob sie das ist.«

»Oh mein Gott. Sie ist am Leben.«

Hudson nickt. »Können wir jetzt von hier verschwinden?«

Es ändert nichts, und es macht auch nicht all das Böse ungeschehen, das ich auf Augustus' Befehl hin angerichtet habe. Aber dieses magere, winzige Fünkchen Hoffnung ist genug. Etwas, woran ich mich in einem Land voller Elend festhalten kann.

Ich lasse mich von Hudson aus der Zelle tragen, der in der Tür innehält, damit ich an seinem Körper hinunterrutschen und auf meinen eigenen Füßen stehen kann. Ich drehe mich um und schaue in die dunkle Ecke hinter mir, um ihn zu suchen.

Logan wartet.

Er lächelt stolz.

Bereit für mich, ihn zurückzulassen.

»Bitte komm mit mir«, flehe ich.

Hudson sieht mich besorgt an und blickt sich in der leeren Zelle um. Ich ignoriere ihn und gehe ein paar taumelnde Schritte zurück ins Innere. Ich erstarre, als Logan die Hand hebt, um mich zu warnen.

»Du gehörst nicht hierher. Zeit zu gehen.«

Er glättet seinen hellblonden Pferdeschwanz, der genau denselben Farbton hat wie mein eigenes Haar. Genau wie unsere Mutter. Und unsere Augen, tiefgraue Becken der Hoffnungslosigkeit, geerbt von unserem Vater.

Logan gehörte nie zu Blackwood. Er ist nicht Augustus'

Wärter, Teil des Spiels oder eine Patrouille, die mich bewachen soll. All diese Monate … lebte er in mir.

Logan ist nicht real.

Er ist mein Bruder.

»Die ganze Zeit warst du es«, flüstere ich ins Leere.

Die Erinnerung daran, wie er vor zehn langen Jahren aussah, starrt mich an, mit einem stolzen Grinsen. Er hat sich nie eingemischt oder gesprochen. Er hat nie existiert. Aber die ganze Zeit über hatte ich meinen Bruder bei mir. Ich war nicht allein. Er war da, um meine Hand zu halten, wie er es in meinen dunkelsten Momenten immer tat.

»Ich habe dir versprochen, dass ich an deiner Seite bleibe«, erklärt er.

»Das war vor Jahren, bevor sie dich getötet hat.«

»Das spielt keine Rolle. Ich habe dir gesagt, die Realität kann sein, was immer du willst.«

Hudson starrt mich verwirrt an, während ich mit mir selbst rede. Ich muss wahnsinnig aussehen, wie ich mich an eine leere Zelle wende und mir die Augen ausheule. Aber das ist in Ordnung. Verrückt steht mir sowieso.

»Danke, dass du bei mir geblieben bist.«

Logan zwinkert. »Natürlich, Kleine.«

Ich hebe meine Finger an meine Lippen und drücke einen sanften Kuss darauf, bevor ich ihn in die Luft blase. Von der anderen Seite der Zelle aus fängt Logan ihn auf und drückt seine eigenen Finger an seine Lippen.

»Bitte verlass mich nicht wieder.«

»Es tut mir leid, Brooke. Es ist an der Zeit.«

Die Schatten sammeln sich an seinen Knöcheln, kriechen über seinen Körper und ziehen meine Halluzination zurück in die Dunkelheit, aus der sie hervorgegangen ist. Wo Logan einst stand, ist nichts als eine leere Folterkammer übrig. Sein Werk ist vollbracht.

Ich bin genau hier, Kleine.

Ich werde dich nie verlassen.

Ich bin so stolz auf dich, Brooke.

Ich bedecke mein pochendes Herz mit der Hand und kehre der Hölle den Rücken, die ich als mein Zuhause erkannt habe. Hudson wartet auf mich, entnervt, aber akzeptierend, die Waffe im Anschlag, um uns bis zu seinem letzten Atemzug zu verteidigen.

Mit seiner Kraft lasse ich die Vergangenheit hinter mir. Wir brechen in den düsteren Korridor hinaus, und die endlosen Schreie verstummen endlich.

»Brooklyn?«

Sadie wartet auf uns, eine exakte Kopie der Beschreibung, die ich von Roberts erhalten habe, aber nicht einordnen konnte, und lächelt, bevor sie ihre Arme um mich wirft.

»Wir haben dich, Mädchen. Ich wusste, dass wir es schaffen«, sagt sie triumphierend.

Bevor sie mich aus dem Z-Flügel zerren können, deute ich mit einer Geste auf die drei verschlossenen Türen um mich herum. Hinter jeder warten weitere Schrecken.

»Wir müssen sie mitnehmen. Sie alle.«

»Wen?« Hudson runzelt die Stirn.

»Augustus' Projekte. Wir sind die Einzigen, die noch übrig sind.«

Sadie nickt und blickt zu den beiden Zellen gegenüber. Ich habe Patient Fünf noch nie gesehen, nur einen Blick auf Zwei geworfen. Obwohl ich ihre schrecklichen Geschichten durch Jeffersons Sticheleien gehört habe.

»Ich mache sie auf«, bietet Sadie an.

»Wir müssen Sieben holen.« Ich mache eine Geste in Richtung der nächsten Zelle.

Hudson hebt seine Waffe und schiebt mich hinter sich. Er zielt perfekt, schießt das Schloss mit einem glatten Treffer ab und reißt die schwere Metalltür auf.

Ich folge ihm hinein und sehe, wie er sich auf denjenigen stürzt, der drinnen wartet. Als sich der Staub legt, hat Hudson

Jefferson im Schwitzkasten, die Waffe direkt an seine Schläfe gedrückt.

»Eine Bewegung und du bist tot«, zischt er.

Jefferson knurrt. »Du bist ein Idiot!«

Als Vergeltung schlägt Hudson ihn mit der Pistole zu Boden. Ich nutze die Gelegenheit und gehe hinein, in der Erwartung, Augustus zu finden, und entdecke stattdessen nur einen gebrochenen, bewusstlosen Körper.

Sieben ist an seine Pritsche geschnallt, mit Dutzenden von Drähten, die gegen seine nackte Brust geklebt sind, um den schmerzhaften elektrischen Strom weiterzuleiten. Er ist schließlich ohnmächtig geworden, unfähig, noch mehr zu ertragen.

»Das ist Sieben. Er kommt mit«, erkläre ich schnell.

Hudson scheint nicht überzeugt zu sein. »Warum?«

Ich weigere mich, einen Rückzieher zu machen oder mich für unsere Verbindung zu schämen, und beginne, die Drähte loszureißen und mit Siebens Fesseln zu kämpfen.

»Er ist ein Freund. Ich werde ihn nicht verlassen!«

Der Anflug von Wahnsinn in meiner Stimme spornt Hudson zum Handeln an, und er schlägt Jefferson zwischen die Augen, sodass er endgültig zu Boden sinkt. Während er ihn an seinem eigenen Blut ersticken lässt, übernimmt Hudson die Kontrolle und befreit Sieben in Sekundenschnelle.

»Er hat nur eine Hand«, knurrt er, als er den Stumpf bemerkt.

»Augustus hat sie abgeschnitten.«

»Soll das ein Witz sein?«

»Nein, ist es nicht. Lass uns gehen!«

Hudson wirft sich Siebens skelettartigen Körper über die Schulter und versucht, mich zur Tür zu schieben, aber ich rühre mich nicht. Jefferson atmet noch. Dieser Sadist ist mitverantwortlich für alles, was ich durchgemacht habe.

Bevor ich überhaupt fragen kann, drückt mir Hudson ein Messer in die Hand. »Es gehört dir, Baby.«

Ich stehle ihm einen herrlichen Kuss und umklammere die Waffe fest. Mit kribbelnden Lippen hocke ich mich hin und begegne Jeffersons geschwächtem Blick.

»Du hast mir gesagt, ich dürfe kein Mensch sein.«

Als er versucht, vor mir zu fliehen, drücke ich mein Knie gegen seine Brust und halte ihn fest, während er nach Luft ringt.

»Eilmeldung, Jefferson. *Du darfst nicht am Leben sein.*«

Mit der Erinnerung an die verzweifelten Schreie von Patient Zwei im Kopf hebe ich das Messer hoch und stoße es direkt in Jeffersons linke Augenhöhle, bevor er reagieren kann.

Blut und Flüssigkeit spritzen mir ins Gesicht, aber ich zucke nicht zurück. Das Zerschneiden seines Fleisches ist eine schmutzige Angelegenheit, aber ich genieße jede Sekunde, als ich mit dem linken Auge fertig bin und mich dem rechten zuwende.

Als meine Arbeit vollbracht ist, liegt Jefferson endlich still da. Nicht einmal ein Zucken. Von seinen Augen ist nichts übrig geblieben, geschickt entfernt mit meiner Klinge, bevor ich ihm zur Sicherheit noch die Kehle durchschneide. Ich lasse die blutigen Klumpen neben seinem Kopf als Warnung zurück.

Wir werden niemals blind für die Wahrheit sein.

»Das war so verdammt heiß«, stöhnt Hudson.

»Ernsthaft?«

»Spiel nicht mit mir, Amsel. Ich habe keine Zeit, dich neben der Leiche dieses Arschlochs zu ficken. Beweg deinen sexy Arsch, bevor ich meine Meinung ändere.«

Sein Blick brennt vor Verlangen, trotz des Blutes, das meinen ganzen Körper durchtränkt. Ich bewundere das tödlich scharfe Messer und behalte es für mich, indem ich es in meinem Ärmel verstaue.

»Du bist ein verdammter Psychopath, Hud.«

»Sagt das Mädchen, das Augen herausschneidet.« Er lacht.

Wir teilen einen schnellen, intensiven Kuss, der uns beide nach Luft schnappen und nach mehr verlangen lässt. Ich zwinge mich, von ihm wegzugehen, und werfe einen letzten Blick auf Jeffersons Überreste, bevor ich ihn in der Hölle verrotten lasse. Er wird diesen Ort nie wieder verlassen – den Ort, an dem er all den Schmerz und das Elend verursacht hat und der nun seine letzte Ruhestätte ist.

Sadie wartet im Korridor auf uns, ohne zu wissen, warum wir so lange gebraucht haben. Sie verdreht die Augen, als sie mich sieht, aber sie hinterfragt nicht die Unmengen an Blut. Ich bezweifle, dass sie meine Rache gutheißen würde, egal wie wütend sie ist.

Hinter Sadie hängen zwei Patienten aneinander, beide weiblich und dünner als hungernde Kinder, bedeckt mit Schmutz und Blut. Die eine, ich nehme an, Patient Fünf, hält die andere in einer engen Umarmung. Patient Zwei sieht anders aus als das letzte Mal, als ich sie sah – damals war sie frisch erblindet und krümmte sich vor Schmerzen. Dickes Narbengewebe liegt nun dort, wo früher ihre Augen waren.

Bevor wir etwas sagen können, wirble ich herum, als Sadie nach Luft schnappt. Sie steht wie erstarrt da, mit offenem Mund und erhobenen Händen, völlig schockiert. Als hätte sie einen Geist gesehen und wüsste nicht genau, ob sie den Verstand verliert oder nicht.

»Jude?«, ruft sie.

Mein Blick springt zwischen Hudson und Sadie hin und her und ich erkenne, dass sie sich an den bewusstlosen Körper wendet, der über seiner Schulter hängt. Sadie macht zwei Schritte nach vorn und streichelt Siebens schlaffes Gesicht, sucht seine Gesichtszüge ab, als wäre er der verdammte Heilige Gral.

»Er ist es. Mein Gott, er ist es wirklich.«

Ihre Geschichte kommt mir auf einmal wieder in den Sinn, die sie Monate zuvor in einem eiligen Austausch von Herzschmerz erzählt hat. Der Bruder, den sie durch

Blackwoods Brutalität verloren hatte und den sie für tot hielt, führte zu einem ungeklärten Fall und einer wilden Verfolgungsjagd durch die Jahrzehnte.

Jude. Sieben.

Ein und derselbe.

»Bist du sicher?«

Tränen färben ihre Wangen rosa. »Er ist am Leben. Nach all den Jahren … Ich dachte, ich würde nach einer Leiche suchen. Aber ich schwöre bei Gott, Brooke, das ist er. Es ist Jude.«

Hudson stemmt Siebens Gewicht hoch und hüpft auf den Fußballen. »Hör zu, es ist mir scheißegal, ob das der verdammte Weihnachtsmann oder die gottverdammte Zahnfee ist. Können wir weitergehen?«

Nach dieser Schelte rennen wir los, um dem Z-Flügel zu entkommen, bevor uns das Glück verlässt. Hudson übernimmt die Führung, duckt sich durch Gänge und leere Türöffnungen, während Sadie ihn und die wertvolle Fracht mit ihrer eigenen, hocherhobenen Waffe deckt.

Das Schrillen eines fernen Alarms spornt uns an, und je näher wir der Oberfläche kommen, desto lauter wird er. Ich übernehme die Nachhut, schiebe Zwei und Fünf nach vorn und treibe sie trotz ihrer Angst an.

Fünf muss jeden Schritt begleiten, den Zwei ins Unbekannte macht, die sich an sie klammert, um Sicherheit und Führung zu bekommen. Ich weiß nicht, wie lange sie schon hier unten eingesperrt sind, aber es ist riskanter zu bleiben, als dieses Leben hinter sich zu lassen.

»Patient Acht! Stehen bleiben!«

Unsere blutüberströmte, erschöpfte Gruppe kommt in der Hauptebene des Kellers zum Stillstand. Das Unvermeidliche steht da und blockiert unseren Ausgang.

Mein Erzfeind selbst, Besitzer der Schlüssel, die meinen gebrochenen Geist gefangen halten. Er wartet mit einer Waffe in der Hand, die auf mich gerichtet ist, zusammen mit drei anderen, die in den Händen der Wärter sind.

»Augustus.«

»Patient Acht. Ich hätte es wissen müssen«, donnert er.

Hudson zieht warnend seine Waffe, was Augustus' Aufmerksamkeit erregt und ihn noch mehr verärgert.

»Deine Freunde haben das teuerste soziale Experiment der Geschichte abgebrochen. Das wirst du mir büßen.«

Hudson kann sich ein Lachen nicht verkneifen. »Armer Doc. Das ist das Problem, wenn man sich mit sogenannten Kriminellen anlegt. Wir sind notorisch hitzköpfig und lassen uns nicht gern verarschen. Hast du das noch nicht gemerkt, du Genie? Geh aus dem Weg, sonst sezieren sie als Nächstes deine Leiche.«

Seine Waffe baumelt bedrohlich in der Luft und wir sind zu langsam, um zu reagieren, als Augustus sie direkt auf Hudson richtet. Die Zeit verlangsamt sich, während sein Finger am Abzug tanzt. Dann überrascht Augustus uns alle, indem er einen Schuss abfeuert – die Kugel spiegelt das ohrenbetäubende Knallen einer Peitsche wider.

Der Aufprall von Hudsons Pistole auf dem Boden geht seinem Sturz auf die Knie voraus. Blut fließt zwischen seinen Fingerspitzen, die er auf seine linke Schulter presst. Ich schreie seinen Namen, erstarre aber auf der Stelle, unfähig, mich auch nur einen Zentimeter zu bewegen, als Augustus seine Waffe als Nächstes auf mich richtet.

»Hör mir genau zu, Patient Acht.«

Hudson ist noch bei Bewusstsein und windet sich vor Schmerzen, während er darum kämpft, die Blutung zu stillen. Als ich Augustus gegenüberstehe, bemerke ich das hasserfüllte Grinsen, das seine Lippen umspielt, und schwöre mir im Geiste, es aus seinem verdammten Gesicht zu wischen.

»Ich werde dich nicht für deinen Ungehorsam bestrafen, wenn du zu mir herüberkommst«, befiehlt er. »Überlasse diese

Kriminellen ihrem Schicksal. Komm zurück zu mir und alles wird dir vergeben. Du hast mein Wort, Acht.«

»Dein Wort?«, murmle ich.

»Habe ich dir jemals einen Grund gegeben, an mir zu zweifeln? Sind deine Freunde nicht am Leben und wohlauf, so wie es unsere Abmachung vorsah?«

Hudsons Schmerzensschrei unterstreicht Augustus' Worte. Er schwankt am Rande der Bewusstlosigkeit, und auf dem Boden unter ihm sammelt sich eine rote Pfütze.

Glühend heiße Wut rast durch meine Adern und löscht alle anderen Gefühle aus. Die willkommene Leere umarmend, lasse ich mich zurück in die Haut von Patient Acht gleiten und trage ihre Rolle wie ein Wolf im Schafspelz.

»Brooklyn … hör auf«, stöhnt Hudson.

Ich ignoriere sein Flehen und kehre mit vorsichtigen Schritten zu meinem Herrn zurück. Augustus schenkt mir ein träges Grinsen, während er mich voller Zuversicht beobachtet. Als hätte er nie an seiner Fähigkeit gezweifelt, die Kontrolle über meinen Geist wiederzuerlangen.

Hudson ruft wieder meinen Namen und versucht, mich zurückzulocken, aber ich blende ihn aus. Es gibt keinen Platz für Gefühle oder Emotionen. Nicht in dieser Welt.

Das habe ich in der Dunkelheit schnell gelernt, indem ich die Schwäche meiner Gefühle verdrängt habe, um jeden Tag der Folter zu überleben. Aber jetzt sehe ich sie, die unbestreitbare Wahrheit. Solange Augustus lebt, kann ich niemals frei sein. Seine Kontrolle wird absolut bleiben, allein durch Worte wiedererlangt.

Ich bleibe nur wenige Zentimeter von der Stelle stehen, an der er wartet, und lasse zu, dass er mit einer Hand über mein Gesicht streicht, seine Zufriedenheit spürbar.

»Zurück, wo du hingehörst«, sagt er stolz.

»Doktor Augustus?«

»Ja, Acht?«

Der Drang, mich ihm zu unterwerfen, ist so stark, als wäre

seine Stimme mit dem Gewebe meiner Seele verwachsen. Ich brauche jedes Quäntchen meines Willens, um das Messer in meinem Ärmel zu umfassen, das noch immer mit Jeffersons Blut besudelt ist.

»Mein Name ist Brooklyn West.«

Augustus' Augen leuchten vor köstlichem Schock auf, kurz bevor ich ihm das Messer in die Brust ramme. Heißes Blut durchtränkt meine Hand, und ich lehne mich dicht an sein Ohr.

»*Nicht* Patient Acht.«

Ich genieße den Schrei, der über seine Lippen kommt, als Augustus stolpert und fällt. Sein Gewicht prallt auf mich und ich drehe das Messer so, dass es noch tiefer eindringt.

Der Schusswechsel zwischen Sadie und den übrigen Wärtern kann mich nicht davon ablenken, einen Moment zu genießen, von dem ich seit Monaten geträumt habe.

»Du hättest … so viel m-mehr sein können«, gurgelt Augustus.

Ich betrachte die purpurnen Rinnsale, die sein Hemd durchnässen, und ein trostloses Lächeln macht sich auf meinen Lippen breit.

»Ich bin genug. Das war ich schon immer.«

Wie unvermeidlich ist die Zerbrechlichkeit des menschlichen Lebens, selbst für diejenigen, die es bis zur Unkenntlichkeit verdrehen und ein parasitäres Monster im Körper eines Menschen schaffen.

Augustus bricht in einem leblosen Haufen zusammen, seine leeren Augen starren mich an. In der Hocke reiße ich ihm das Messer aus der Brust, um es als Andenken zu behalten. Sadie legt den letzten Wärter mit einer gut platzierten Kugel um, und der Korridor verstummt.

»Amsel?«

Seine Stimme zieht mich zurück, schält Schichten von Taubheit und Brutalität ab. Hudson hat sich aufgerappelt und hält sich immer noch die Schulter, um die Blutung zu stillen. Als er mich ansieht, ist sein Blick voller verdrehtem Stolz.

»Komm zurück zu uns, kleine Unheilige.«

Ich verdränge die Stimme von Patient Acht und sperre sie in die dunkelste Ecke meines Geistes. Hudson macht vorsichtige Schritte auf mich zu, bis ich in seinen Armen liege, und das unruhige Dröhnen seines Herzschlags hält mich in der Gegenwart fest.

»Er ist tot und kann dir nicht mehr wehtun.«

Unfähig zu sprechen, nicke ich an seiner Brust.

»Komm, lass uns nach Hause gehen.«

»Nach Hause?«, wiederhole ich.

»Die Jungs. Sie warten alle.«

Als wir uns trennen, verschwindet Sadie im nahen Büro von Augustus. Sekunden später taucht sie mit einem Laptop unter dem Arm und einem triumphierenden Grinsen wieder auf.

»Beweise.   Wir   werden   diesen   Giftmüll auseinandernehmen.«

Humpelnd und schwer verletzt, aber noch am Leben, verlassen wir als Gruppe den Zimbardo-Flügel. Wir schaffen es zurück zum Empfang, kaum in der Lage, durch die dicke Rauchwolke und die erstickenden Flammen zu sehen.

»Wir müssen in den Wald«, schreit Sadie.

Hudson zieht eine Grimasse. »Folgt mir!«

Wir ducken uns durch das schwelende Gebäude und rennen vor wilden, wütenden Flammen davon. Überall um uns herum liegen die unbeweglichen Körper von Wärtern und Patienten, die zu Asche verbrennen. Es hat ein komplettes Blutbad stattgefunden.

Was zum Teufel ist hier passiert?

Das Gemetzel vor dem Hauptgebäude verwischt unsere Spuren, denn die wenigen verbliebenen Wärter schaffen es nicht, die Ordnung aufrechtzuerhalten. Die Patienten stürmen auf sie zu, mit Stangen und gestohlenen Schlagstöcken, und schlagen sie zu Brei, selbst als das Kreischen der herannahenden Sirenen vor ihrem bevorstehenden Untergang warnt.

Hudson schreit mir zu, ich solle rennen, und wir laufen los. Verzweiflung und purer Überlebenswille jagen uns durch die Dunkelheit. Ich bin kaum in der Lage, einen Fuß vor den anderen zu setzen, getrieben vom Adrenalin.

Ich schaue über meine Schulter zurück und sehe, wie das Blackwood Institute hinter uns in Trümmer fällt, ein unerkennbarer Klotz der brennenden Hölle. Der Anblick spornt mich an, weiterzulaufen, auch wenn mein Körper mich im Stich lässt.

Aus dem Loch im Zaun ist ein ganzer Bruch geworden, mit einer Drahtschere durchtrennt und auseinandergerissen. Hudson lässt Sadie und den Mädchen den Vortritt und übernimmt die Nachhut mit Sieben auf dem Rücken, wobei sein ganzes Shirt mit Blut aus der Schusswunde getränkt ist. Als ich die Stirn runzle, winkt er mich ab und drängt mich vorwärts.

Wir rasen durch den Wald und folgen dem Lichtstrahl, der in einem rhythmischen Muster in den Himmel blitzt. In der Ferne sehe ich die Kapelle, vor der sich eine kleine Gruppe versammelt hat.

Gefährliche Hoffnung erstickt mich.

Mehrere Personen stehen auf, als sie uns sehen, und starren uns schockiert an, bevor eine Person losrennt.

Ich erkenne, wer es ist.

Seine Beine arbeiten wie eine Dampfmaschine.

Seine Arme sind ausgestreckt und verzweifelt.

»Eli!«, schreie ich aus vollem Halse.

Die anderen zögern ungläubig, bevor sie sich wieder aufrappeln und im Sprint folgen. Umgeben von dichtem Wald und Dunkelheit, erhellt das ferne Licht der außer Kontrolle geratenen Flammen den Weg unseres Wiedersehens.

»Kade! Phoenix!«

Während Blackwood fällt, finde ich den Weg nach Hause.

»Brooklyn!«

»Hitzkopf!«

Die Person, die ich einmal war, hört auf zu existieren, bis ich wieder in ihren Armen liege, eingequetscht zwischen vier vertrauten Körpern. Patient Acht verschwindet, und Brooklyn West nimmt ihren Platz ein. Alle schreien und schluchzen, verloren in dem Gemetzel.

Doch eine Stimme erhebt sich über alle anderen.

Stark und unerschütterlich, zum ersten Mal überhaupt.

»Bist du echt?«, fragt Eli verzweifelt.

Ich zögere, bevor ich ihn angrinse.

»Ja. Ich bin verdammt echt.«

EPILOG

IF I WERE YOU – NOTHING BUT THIEVES

KADE

ICH STARRE hinaus auf den ruhigen, windstillen Ozean und atme tief die salzige Seeluft ein. Ich lasse mich von ihr umspülen und befreie mich von jedem dunklen Moment, den die letzten vier Monate mit sich gebracht haben.

Scheiß drauf, das letzte Jahr.

So viel Leid und unnötiger Schmerz. All das habe ich ertragen, nur um an diesen Punkt zu gelangen – Freiheit. Nicht nur mit meinen Brüdern, sondern mit meiner ganzen intakten Familie. Und auch unser Mädchen lebt und atmet.

Es ist noch nicht vorbei.

Aber dies ist der Beginn eines neuen Kapitels.

»Kade?«

Als ich dem Ärmelkanal den Rücken zuwende, entdecke ich meine Mutter, die auf mich wartet. Ich laufe in ihre Arme und nehme die warme Umarmung an. Ich bin dankbar, dass sie ihre eigene Form der Hölle überlebt hat. Es ist so lange her, dass wir uns überhaupt umarmt haben.

»Du hast es geschafft, mein Sohn. Du hast es geschafft.«

»Nicht ohne deine Hilfe.«

»Unsinn. Das ist dein Sieg, Kade.«

Sie sieht mich mit einem solchen Stolz an, dass es mich umhaut. Nachdem wir Blackwood entkommen waren und das Chaos des Kriegsgebiets hinter uns als Deckung genutzt hatten, war es relativ einfach, zu unserem Treffpunkt zu gelangen.

Mum wartete auf uns, mit einem Auto und Vorräten im Schlepptau, genau wie wir es nach so vielen Monaten Trennung geplant hatten, um Vaters Verdacht zu entgehen. Achtzehn Stunden erschöpfter Fahrt später stehen wir am äußersten Rand von Nordschottland, weit weg von der Zivilisation.

»Wie geht es Hudson?«

Sie beißt sich auf die Lippe. »Wir haben die Kugel rausgeholt, er wird wieder gesund. Aber ich bin mir sicher, dass wir uns sein Gejammer noch eine Weile anhören müssen.«

Ich schnaube. »Damit kann ich leben.«

Mum stupst mich an der Schulter. »Komm rein, Sadie will uns etwas zeigen.«

»Ich komme schon. Wir müssen einen Plan machen.«

»Es ist alles für dich bereit, mein Sohn. Wie wir es vereinbart haben. Ich werde dich absetzen und nach Hause fahren, Cece braucht mich noch.«

»Was ist mit Dad? Ich kann nicht zulassen, dass er dir wieder wehtut.«

Sie kneift mir in die Wangen, ihr typisches mütterliches Lächeln im Gesicht. »Er ist zu sehr damit beschäftigt, die Folgen des Brandes von Blackwood zu bewältigen. Er weiß nicht einmal, dass ich weg bin. Ich werde zu Hause sein und packen, bevor er es merkt. Ich kann nicht mit dir weglaufen, Kade. Es tut mir leid.«

Ich ziehe sie zu einer weiteren Umarmung heran. »Ich weiß. Eines Tages werden wir nicht mehr weglaufen müssen. Dann können wir wieder eine Familie sein, alle zusammen.«

Mum wischt sich die Tränen ab und lächelt.

»Das werden wir. Bis dahin benutze das Wegwerf-Handy. Ich halte dich über unseren Standort auf dem Laufenden. Morgen unterschreibe ich die Scheidungspapiere und ziehe mit Cece um, inoffiziell. Er wird uns nicht finden können.«

Zufrieden mit unserem Plan, gehen wir Hand in Hand den gepflasterten Weg zurück. Morgen werden auch wir uns auf den Weg machen. Uns an einen ausgewiesenen sicheren Ort zurückziehen, unter dem Radar und mit Bargeld bezahlt.

Ein Ort, an dem sich unsere erschöpfte Gruppe ausruhen, heilen und erholen kann. Unsere nächsten Schritte planen. Uns selbst wiederfinden. Was auch immer getan werden muss, um den Schaden zu beheben, den Blackwood angerichtet hat.

Zurück in dem winzigen gemieteten Haus, in dem wir die Nacht verbracht haben, finde ich die kahle Küche gefüllt vor, während Hudson und Phoenix Sandwiches verschlingen. Offensichtlich ist er noch nicht dem Tode geweiht, wenn man bedenkt, wie er die Mahlzeit praktisch inhaliert.

»Freut mich, dass es dir besser geht.« Ich lache.

Er zuckt mit den Schultern, bevor er schmerzerfüllt das Gesicht verzieht.

»Tut mir leid, Bruder. So leicht wirst du mich nicht los.«

»Verdammt. Ich werde dich selbst erschießen müssen.«

Mum wirft ihre Arme um ihn und achtet auf seine bandagierte Schulter. Sie hat es geliebt, wieder Mutter zu sein, wenn auch nur für kurze Zeit. Und ich habe Hudson noch nie so sehr lächeln sehen wie an diesem Tag, auch wenn wir um unser Leben rennen.

In der beengten Sitzecke, ohnmächtig und wie Faultiere aneinandergekuschelt, sind Brooklyn und Eli praktisch zusammengewachsen. Er hat sich noch nicht von ihr gelöst, aber das ist okay.

Unser Eli ist in den letzten Stunden allein zu uns zurückgekommen, quicklebendig nach Monaten des

Schweigens. Er hat sogar mit mir gesprochen, um sich zu bedanken.

Ich habe es geschafft.

Nachdem ich meine Seele an den Teufel verkauft habe, habe ich es geschafft.

Wir sind frei.

Sie zieht einen Stuhl heran, um sich zu Sadie an den Küchentisch zu setzen, die von gestohlenen Papieren umgeben ist und über Augustus' Laptop brütet. Sie rührt sich kaum, kippt eine kalte Tasse Kaffee hinunter und erschaudert vor Ekel.

»Wie geht es … Sieben? Jude?«, frage ich unbeholfen.

Ihr gequälter Blick trifft meinen. »Ich musste ihn mit Laken festbinden. Die Beruhigungsmittel, die ich stehlen konnte, werden nicht lange wirken, aber es ist für den Moment eine vorübergehende Lösung.«

Ich nicke und speichere das für eine spätere Diskussion ab. Der Anfang einer langen Liste von dringenden Problemen, zusammen mit den zusätzlichen Passagieren, die wir nicht erwartet haben. Die Mädchen, die Brooklyn als Zwei und Fünf bezeichnet, haben auch nicht gesprochen. Sie haben sich im Badezimmer verkrochen und schlafen zusammen in der leeren Wanne.

»Ich muss euch allen etwas zeigen«, verkündet Sadie.

Eli und Brooklyn werden geweckt, und wir drängen uns alle um den Küchentisch. Hudson nimmt Brooklyn in den Arm, sein Gesicht in ihrem Haar vergraben. Sie blickt zu mir auf und ich kann mir ein Grinsen nicht verkneifen, weil ich mich freue, sie bei uns zu sehen, nachdem ich so lange dachte, sie sei für immer weg.

Ich murmle tonlos und hoffe, sie kann meine Worte lesen.

Du bist wunderschön.

Ihre Wangen erröten, und sie zwinkert mir mit dem Versprechen von Vergeltung zu. Ich schaffe es, meinen Blick von ihr abzuwenden, und konzentriere mich auf den Laptop, der vor Sadie steht, während bereits Hitze durch meine Adern fließt.

Der Bildschirm enthält unzählige geheime Dokumente. Eine Fundgrube an Informationen und ein verworrener Kaninchenbau, der uns alle zweifellos auf eine neue Achterbahnfahrt mitnehmen wird.

»Was ist?«, frage ich.

»Schau dir das an.«

Sadie zeigt eine seltsam anmutende Karte des Landes, die in Schwarz-Weiß-Töne getaucht ist, fast wie beim Militär. Die gekreuzten Linien bilden ein Raster mit mehreren roten Markierungen, die über das gesamte Vereinigte Königreich verteilt sind. In der unteren Ecke ist die Karte mit einem Wasserzeichen versehen, das stolz den Namen des Unternehmens verkündet.

Incendia Corporation.

»Was ist los?«, fragt Hudson.

Sadie öffnet ihr Notizbuch und räuspert sich.

»Hazelthorn House, Compton Hall, Kirkwood Lodge, Priory Lane, Harrowdean Manor, Blackwood Institute.«

Als sie die Liste beendet hat, blickt sie uns alle mit großen, erschrockenen Augen an. »Das sind die sechs stationären psychiatrischen Einrichtungen unter der Zuständigkeit von Incendia – der Muttergesellschaft, für die Augustus gearbeitet hat. Alle sind bis heute in Betrieb.«

Es folgt eine fassungslose Stille, in der man eine Stecknadel fallen hören könnte, obwohl wir zu siebt auf wenigen Metern zusammengepfercht sind.

Ich schnappe mir ihr Notizbuch, überfliege die Liste erneut und vergleiche sie mit den Satellitenbildern auf Augustus' Laptop.

Sechs Marker. Sechs Institute.

»Was bedeutet das?«, flüstert Brooklyn.

Ich schaue zwischen unserer zusammengewürfelten Gruppe hin und her, sehe das gleiche Entsetzen und die gleiche Erkenntnis, als wir alle auf die unbestreitbare Liste starren, und spreche die Angst aus, die alle empfinden.

»Das bedeutet, dass Blackwood erst der Anfang war.«

FORTSETZUNG FOLGT IN ...
Desecrated Saints (BI #3)

PLAYLIST

HIER ANHÖREN:
BIT.LY/SACRIFICIALSINNERS

Secrets – Written By Wolves
    Nightmare – The Veer Union
    Face Me – The Plot In You
    Why you gotta kick me when I'm down? – Bring Me The Horizon
    Lonely – Palaye Royale
    Careful What You Wish For – Bad Omens
    I Think I'm OKAY – Machine Gun Kelly, YUNGBLUD & Travis Barker
    Montreal – The White Noise
    No Answers – Amber Run
    Animal In Me – Solence
    Carry On – Falling In Reverse
    Hospital For Souls – Bring Me The Horizon
    Thousand Eyes – Of Monsters And Men
    Designer Drugs – FNKHOUSER
    Impersona – What Haunts You
    Smells Like Teen Spirit – Malia J
    High Water – Sleep Token
    Madness – Ruelle
    Violent Pictures – Dream On Dreamer

Save Me – Omri
Saint – Echos
15 Missed Calls – Mouth Culture
Higher – Sleep Token
If I Say – Mumford & Sons
My Body Is A Cage – Arcade Fire
Adrenaline – Zero 9:36
Destroyer – Of Monsters and Men
Deathbeds – Bring Me The Horizon
Through Ash – Moon Tooth
Shed My Skin – Within Temptation
The Lighthouse – Halsey
What You Need – Bring Me The Horizon
Fuck It – Glass Tides
NOT JUST BREATHING – The Plot In You
Heart of Glass (Crabtree Remix) – Blondie, Philip Glass & Jonas Crabtree
Chemical – The Devil Wears Prada
Numb – Linkin Park
I Feel It Too – Dream State
Anarchy – Lilith Czar
Worst Part Of Me – I Prevail
If I Were You – Nothing But Thieves

DANKSAGUNG

Dieses Buch kostete mich Monate der Arbeit, des Umschreibens, des Zweifelns an mir selbst und einer Million verschiedener Überarbeitungen, bis ich schreien wollte. Es ist eine Geschichte von Lektionen, harten Lektionen, denen sich niemand stellen will. Mit vielen davon habe ich selbst zu kämpfen gehabt.

Beim Schreiben wurde mir klar, dass wir alle es verdienen, dass man uns vergibt, und manchmal muss man damit beginnen, sich selbst zu vergeben. Es ist gleichermaßen erschreckend und transformierend, aber ich hoffe, dass ihr den Mut findet, es zu tun. Egal, was euer Verstand euch sagt.

Danke an euch alle, dass ihr mir den Raum gebt, ich selbst zu sein, dass ihr meine Arbeit lest und unterstützt, dass ihr mich in meinen DMs nach Antworten anschreit und dass ihr immer noch zurückkommt, wenn ich eure Herzen zertrample.

Das Blackwood Institute ist keine fröhliche Geschichte, das weiß ich. Aber ihr habt trotzdem alle zu mir gehalten. Diese Geschichte wollte erzählt werden, und ich hätte nie gedacht, wie viel Liebe sie bekommen würde.

Die Moral von der Geschichte – wir alle haben Gehirnaffen (danke K für die sehr treffende Bezeichnung), die uns die Hölle heißmachen und uns sagen, dass wir nicht gut genug sind, aber wir haben auch die Wahl, etwas mit ihnen zu machen.

Liebe Grüße von einer schläfrigen Autorin.

J Rose xxx

ÜBER DEN AUTOR

J Rose ist aus Großbritannien und eine unabhängige Autorin für düstere Liebesromane. Sie schreibt anspruchsvolle, handlungsorientierte Geschichten voller Ängste, Herzschmerz und gebrochener Charaktere, die um ihr Happy End kämpfen.

Sie ist im Grunde ihres Herzens ein introvertierter Bücherwurm mit Koffeinsucht, einer Vorliebe fürs Fluchen und einer ungesunden Bindung an fiktive Figuren. Melde dich gern über die sozialen Medien. J Rose liebt es, mit ihren Lesern zu reden.

Für exklusive Einblicke, Updates und allgemeines Chaos folge bitte J Rose's Bleeding Thorns auf Facebook.

Geschäftsanfragen: j_roseauthor@yahoo.com

Tritt dem Chaos bei. Stalke J Rose hier…
www.jroseauthor.com/socials

ALSO BY J ROSE

Hier lesen: www.jroseauthor.com/books

Empfohlene Lesereihenfolge:

www.jroseauthor.com/readingorder

Blackwood Institute

Twisted Heathens

Sacrificial Sinners

Desecrated Saints

Sabre Security

Corpse Roads

Skeletal Hearts

Hollow Veins

Briar Valley

Where Broken Wings Fly

Where Wild Things Grow

Harrowdean Manor

Sin Like The Devil

Burn Like An Angel

Anaconda Tales

Fractured Future

Ravaged Soul

Standalones

Forever Ago

Drown in You

A Crimson Carol

Unter Jessalyn Thorn geschrieben

Departed Whispers

If You Break

NEWSLETTER

Lust auf mehr Wahnsinn? Melde dich für den Newsletter von J Rose an und erhalte monatliche Ankündigungen, exklusive Inhalte, Sneak Peeks, Werbegeschenke und mehr!

Newsletter:
www.jroseauthor.com/newsletter